시절과 형식

김형중 비평집

시절과 형식

펴낸날 2024년 5월 18일

지은이 김형중
펴낸이 이광호
주간 이근혜
편집 윤소진 김필균 이주이 허단 유하은
마케팅 이가은 최지애 허황 남미리 맹정현
제작 강병석
펴낸곳 ㈜문학과지성사
등록번호 제1993-000098호
주소 04034 서울 마포구 잔다리로7길 18(서교동 377-20)
전화 02) 338-7224
팩스 02) 323-4180(편집) 02) 338-7221(영업)
대표메일 moonji@moonji.com
저작권 문의 copyright@moonji.com
홈페이지 www.moonji.com

ISBN 978-89-320-4279-4 03800

김형중 비평집

문학과지성사

시절과 형식

책머리에

벌써 여섯번째 비평집이다. 비평집을 한 권씩 낼 때마다 첫 비평집(『켄타우로스의 비평』) 서문을 다시 읽어보곤 한다. 그 서문은 프랑코 모레티의 『근대의 서사시』 한 구절을 인용하면서 시작한다. "공평을 기하자면 켄타우로스적 평론가가 필요할 것이다. 반쯤은 '어떻게'를 다룰 줄 아는 형식주의적 평론가이고 또 반쯤은 '왜'를 다룰 줄 아는 사회학적 평론가 말이다. 주의하라. 꼭 반반이다. 합리적인 타협의 여지는 없다." 그러고는 마치 무슨 다짐이라도 되는 것처럼 당시의 나는 이렇게 썼다. "어쨌거나 나는 가능한 한 '왜'와 '어떻게'를 반반씩 다루는 켄타우로스적 평론가가 되고자 노력했다." 그런 결심의 배경에 대해 말하자면 길어질 듯하니, 그저 내가 1980년대와 1990년대 문학의 세례를 받았고, 2000년대에 가장 활발하게 활동했단 사실만 적어 두는 게 좋겠다.

그사이 많은 일들이 있었고, 문학에 대한 내 입장 또한 세부적으로는 여러 차례 변모를 겪었다. 그러나 여섯번째 비평집 목차를 앞에 놓고 지난 7년 동안 써 모은 글들을 일별해 보니, 다행인지 불행인지 나는 아직 '켄타우로스적인 비평가'가 맞는 듯하다. 다행이라고 말하는 것은 여전히, 내가 '**시절**'이 글쓰기의 '**형식**'에 어떤 흔적을 남기는지,

혹은 잘 고안된 형식이 어떻게 해당 시절에 성대를 빌려주는지에 관심이 많았단 사실이 희미하게나마 확인되어서다. 불행이라고 말하는 것은 그 '시절'이 바로 '지금'이 아니라 자꾸 '지난 시절'을 향하고 있어서다. 내가 이른바 '현장 평론가'가 맞나 싶다.

1부에는 문학사에 대해 발언한 글들을 묶었다. 넓게 보면 (마르크스주의적이거나 프로이트주의적이거나) 비판이론의 자장권에서 읽고 썼으므로, 나는 '최종심'이란 단어를 (몇 가지 제한과 조건을 달아야겠지만) 여전히 버리지 못해 만지작거리고 있다. 내겐 여전히 매력적인 평론가 프레드릭 제임슨은 바로 그 최종심을 '역사'라고 불렀다. 이즘 같은 시절에 역사라니, 거창한 얘기 같지만 나이 쉰을 훌쩍 넘겼으니 나의 삶에도 이제 얼마간 '**사적(史的)**'인 맥락이 생겼다. 그러나 당연하게도 나는 역사적인 사건들을 공식 역사에 따라서만 겪지는 않았는데, 모름지기 한 개인은 역사를 그 자체로 겪는 것이 아니라 아주 '**사적(私的)**'인 방식으로 겪기 때문이다. 1부에 실린 글들은 그래서 이제 문학사에 속하는 주제들을 다루되 그것을 내가 체험한 방식에 따라 쓴 것이다. 얼마간의 냉소와 후회와 회고와 재평가가 뒤섞여 있는 것은 그런 이유다.

2부에는 지난 다섯번째 비평집(『후르비네크의 혀』)에 묶였던 '문학과 증언' 관련 글들의 연속선상에서 씌어진 것들을 모았다. 최종적으로 나는 대신해서 '**증언**'하려는 자로부터 '물러나 있는' 증언 불가능한 영역이 있고, 그래서 그것을 재현하려는 자는 '증언의 형식'을 끊임없이 고안하려 시도해야 하는 원환에 빠지게 마련이라고 믿는 편이다. 그럴 때 '**시점**'의 문제는 윤리적으로도 문학적으로도 중요한 키워드다. 김숨과 임철우의 이름이 여러 글에서 반복적으로 등장하는 것은, 그러므로 비평적 태만의 소산이 아니다. 마치 사울이었던 바울이 예수의 재림이라는 '사건' 앞에서 그랬던 것처럼, 그 두 작가는 '증언'의 문제와 예외적으로 치열하게 사투를 벌이고 있다. 그리고 그들의 작품에 관한 한 나는 앞으로도 무엇이든 (그들의 한계까지 포함해) 더 쓸 용의가 있다.

3부에는 5·18 관련 글들을 모았다. 김현과 5·18의 관계, 그리고 5·18과 공동체에 관해 공들여 쓴 글도 있으나, 전두환이나 지만원이란 이름도 등장하고, 문학작품을 전혀 거론하지 않는 글도 있으니 본격 문학비평이라고 하기는 어렵겠다. 그러나 나는 **광주에서** 평생을 살아온 사람, 사적으로도 공적으로도 원한이 남아 있음을 부정하지 않는다. 게다가 문학평론가가 수행하는 비평 작업(비판)이 반드시 문학 영역에 국한되어야 하는지에 대해서도 의구심이 많은 편이다. 그래서 종종 고상하지 않은 진흙탕에 들어가 내 무기(고작 내가 배운 개념과 범주들에 불과한 것이겠지만)들을 휘둘러 보고 싶은 이상한 욕망에 사로잡힐 때가 있다. 말하자면 '비판의 세속화'라고나 할까? 혹자는 '정신 승리'라고 말할지도 모르겠지만, 나로서는 앞으로도 종종 시도해보고 싶을 만큼 매력 있는 작업이다. 게다가 첫 비평집 서문에서 나는 5·18에 대해 매년 한 편 정도의 글은 쓰고 싶었다고 말한 적도 있다. 그 약속은 지킬 작정이다.

4부는 말 그대로 '**여록(餘錄)**'이다. 일정한 주제로 모으기 힘든 글들, 그러나 도저히 버리고 싶지 않은 글들을 모았다. 다만 다행인 것은 시절과 형식에 대한 고려가 이 글들에서도 여전히 눈에 띈다는 점이다. 그래도 이 글들 앞에서 얼마간의 우울은 감추기 힘든데, 최근 작가들이나 문학장의 변화에 대한 글들이 별로 없어서다. 점점 내가 기거할 공간이 현장 아닌 '뒷방'이 되어가는 듯싶다.

차례

책머리에 4

1부 사(史)적이고 사(私)적인

불과 시험—프로이트의 마음의 위상학과 안도현의 '연탄' 연작 11
이청준 문학과 '한(恨)'—「남도 사람」 연작을 중심으로 29
응답하라, 1983—박노해, 황지우, 백낙청의 시대 42
1980년대 민족민중문학론의 결여 52
마르크스주의와 형식—루카치의 『소설의 이론』에 대하여 66
눌변의 문학—이인성, 『낯선 시간 속으로』 79

2부 증언과 시점

기억을 복원한다는 것—김숨, 『L의 운동화』와 『한 명』 97
증언과 시점—김숨, 『군인이 천사가 되기를 바란 적 있는가』 112
불가능한 인터뷰—김숨, 『듣기 시간』 121
소설과 증기기관—황석영의 『철도원 삼대』와 김숨의 『떠도는 땅』 127
임철우, 사도 바울—임철우, 『연대기, 괴물』 136
나야, 몽희—임철우, 『돌담에 속삭이는』 149

3부 광주에서

그 밤의 재구성—김현과 5·18 159
공동체와 죽은 타인의 얼굴—『봄날』을 다시 읽으며 175
'총'이라는 물건—'사건'으로서의 5·18과 '총' 197

5·18을 가르친다는 것 215
그에게는 병식(病識)이 없어서 — 지만원의 『뚝섬 무지개』에 대하여 228
정작 중요한 것 — 전두환의 죽음에 부쳐 245

4부 여록(餘錄)

'최악'의 소설사 — 김이설론 263
아이를 찾았습니다만 — 김영하론 280
죽음이 다녀간 후 — 손홍규론 298
우리는 세 부류로 나뉜다 — 김숨, 『제비심장』 310
*그것*이 온다 — 백민석, 『헤이, 우리 소풍 간다』 325
분노조절장애 시대의 묵시록 — 백민석, 『공포의 세기』 337
소설과 SNS — 백민석의 『버스킹!』과 이장욱의 『에이프릴 마치의 사랑』 342
추리할 수 없는 세계의 추리소설 — 이장욱, 『칼로의 유쾌한 악마들』 351
다시, '환대'에 대하여 — 이기호, 『누구에게나 친절한 교회 오빠 강민호』 360
책임의 소재 — 편혜영, 『소년이로』 375
비(非)윤리 혹은 미(未)윤리적 소설 쓰기 — 백가흠론 382
제비가 떠난 후 — 윤대녕론 394
내가 뭘 잘못하지 않았는데? — 임현, 『그 개와 같은 말』 406
파기된 계약 — 양선형, 『클로이의 무지개』 417
젊은 아틀레타리아트의 초상 — 서이제, 『0%를 향하여』· 이민진, 『장식과 무게』· 신종원, 『전자 시대의 아리아』 424

1부
사(史)적이고 사(私)적인

불과 시험
— 프로이트의 마음의 위상학과 안도현의 '연탄' 연작

불에 대해 우리가 무엇보다 먼저 알게 되는 사실은
그것을 건드려서는 안 된다는 것이다.[1]

1. 들어가며 — '연탄' 연작

안도현의 시 「너에게 묻는다」와 「연탄 한 장」이 누리고 있는 유명세에 비할 때, '연탄'을 소재로 한 또 다른 시 「반쯤 깨진 연탄」은 그간 그다지 주목받지 못했다. 더욱이 이 세 편의 시가 시인의 명백한 의도에 따라 같은 시집[2] 안에 연이어 나란히 배치되어 있다는 사실 또한 대체로 간과되고 있는 듯하다. 순서는 이렇다. 「너에게 묻는다」(p. 13)가 맨 앞, 「연탄 한 장」(pp. 14~15)이 가운데, 그리고 마지막으로 마치 무슨 부록이나 되는 것처럼(애송되지 못할 줄 알기라도 했다는 듯이) 「반쯤 깨진 연탄」(pp. 16~17)이 세 편의 '연탄' 연작을 마무리한다. 워낙에 유명한 앞의 두 편은 인용을 생략하고, 상대적으로 생소한 「반쯤 깨진 연탄」만 전문을 인용해본다.

언젠가는 나도 <u>활활 타오르고 싶은</u> 것이다
나를 <u>끝 닿는 데까지 한번 밀어붙여 보고 싶은</u> 것이다

1 가스통 바슐라르, 『불의 정신분석』, 김병욱 옮김, 이학사, 2007, pp. 31~32.

2 안도현, 『외롭고 높고 쓸쓸한』, 문학동네, 1994.

타고 왔던 트럭에 실려 다시 돌아가면
연탄, 처음으로 붙여진 나의 이름도
으깨어져 나의 존재도 까마득히 뭉개질 터이니
죽어도 여기서 찬란한 끝장을 한번 보고 싶은 것이다
나를 기다리고 있는 뜨거운 밑불 위에
지금은 인정머리없이 차가운, 갈라진 내 몸을 얹고
아랫쪽부터 불이 건너와 옮겨 붙기를
시간의 바통을 내가 넘겨 받는 순간이 오기를
그리하여 서서히 온몸이 벌겋게 달아오르기를
나도 느껴 보고 싶은 것이다
나도 보고 싶은 것이다
모두들 잠든 깊은 밤에 눈에 빨갛게 불을 켜고
구들장 속이 얼마나 침침한지 손을 뻗어보고 싶은 것이다
나로 하여 푸근한 잠 자는 처녀의 등허리를
밤새도록 슬금슬금 만져도 보고 싶은 것이다[3]

보다시피, 이 작품의 어조는 앞의 두 작품의 어조와 확연히 갈린다. 실은 같은 소재를 시화한 작품임에도 불구하고 세 작품의 어조가 각각 다르다. 「너에게 묻는다」가 또박또박 끊어서 발화된 '명령'과 '힐난'의 어조("연탄재 함부로 발로 차지 마라/너는/누구에게 한 번이라도 뜨거운 사람이었느냐")를 취하고 있다면, 「연탄 한 장」의 어조는 '반성'과 '죄책감'의 어조("온 몸으로 사랑하고 나면/한 덩이 재로 쓸쓸하게 남는 게 두려워/여태껏 나는 그 누구에게 연탄 한 장도 되지 못하였네")를 취한다. 그리고 마지막 「반쯤 깨진 연탄」의 지배적인 어조는 '조바심'과 '흥분'

3 안도현, 같은 책, pp. 14~15. 밑줄은 인용자.

으로 요약 가능해 보인다.

2. 타오르는 연탄

'조바심'과 '흥분'은 성적인 성질을 띤다. 나의 존재가 뭉개지기 전에 "활활 타오르고 싶은" "끝 닿는 데까지 한번 밀어붙여 보고 싶은" "찬란한 끝장을 한번 보고 싶은" 조바심, "나를 기다리고 있는 뜨거운 밑불 위에" "내 몸을 얹고" "아랫쪽부터 불이 건너와 옮겨 붙"어 "서서히 온몸이 벌겋게 달아오르"기를 기대하는 정념의 기원이 성적이지 않다고 말하기는 힘들다. 게다가 시적 화자는 마지막 두 행에서 직설적으로 그와 같은 조바심이 성적 욕망에 기원을 두고 있음을 토로하기조차 한다. 타오르는 연탄은 "처녀의 등허리를/밤새도록 슬금슬금 만져도 보고 싶"은 화자의 욕망과 등가이다. 연탄(불)과 성적 욕망의 조응. 그러나 이러한 조응이 한국문학에서 아주 낯선 장면이라고 말하기는 힘들다.

이례적으로 아름답고 외설적인 연탄불이 오정희와 윤대녕의 단편 속에서도 타오른다. 오정희의 「미명」은 방 안에 피워놓은 연탄불의 상승과 하강 리듬에 따라 쓰인 소설이라고 해도 과언이 아니다. 두 달 전 아이를 출산한(아이는 그 얼굴도 보지 못했지만 젖은 매일 나온다. 생명력이다) 화자는 미혼모 보호소에서 오늘 막 이 집에 왔다. 거동할 수 없는 노파(화자는 이 노파에게서 다 타고 꺼져버린 재의 이미지를 본다. 생명과 동거하는 죽음과 불모의 상징이다)를 돌보는 일이 그녀에게 주어진 일이다. 이전에 이 일을 하던 다른 여자는 화자에게 노파 돌보는 방법을 "불씨의 전수자처럼 조용하고 은밀하게"[4](아궁이의 불을 지키고 전수하는 여신 헤스티아처럼) 전해주고 떠났다. 오후쯤 원래 자신이 이

집에 살았다는 낯선 사내가 방문한다. 그러자 화자는 "난로의 뚜껑을 열"고 "부엌에서 한창 불붙고 있는 연탄을 꺼내 갈아 넣고 물주전자를 얹었다"(p. 57). 사내와 말을 섞을수록 연탄난로 위에 놓인 "주전자의 물이 쉭쉭 소리를 내며 끓"(p. 59)는다. 사이사이 화자는 사내에게 "여긴 여자들만 사는 집"(p. 59)이란 사실, 자신은 "행실이 나빴"(p. 64)단 사실을 강조한다(명백한 유혹이다). 심지어 사내 앞에서 스스럼없이 젖을 짜내기도 한다. 그런 말들이 오고 갈수록 방 안의 온도는 올라가고 연탄난로 위의 물은 펄펄 끓는데, 그 온도의 정점은 사내가 아예 이 방 안에서 하루 묵기로 결정한 새벽 1시다. "시계가 한 시를" 치자 "주전자의 물이 풀꺽풀꺽 끓어오르고 넘치는 물이 타르륵타르륵 벌겋게 단 난로에서 튀어 올랐다"(p. 67). 그리고 아침에 사내가 떠난 후 "주전자의 물은 더 이상 끓지 않"(p. 68)는다. 요컨대 화자의 욕망이 상승했다가 하강하는 리듬은 연탄 위의 주전자가 끓어올랐다가 식는 리듬과 동일하다.

"집은 인간이 안전하고 편안함을 느꼈던 최초의 거처인 어머니 자궁의 대용품이었다"[5]라는 프로이트의 말이 아니라도, 집과 방이 많은 문학 작품들 속에서 여성의 자궁을 상징하는 데 사용된다는 사실은 상식에 속한다. 남성 작가 윤대녕의 빼어난 단편 「빛의 걸음걸이」에서도 연탄은 이와 유사한 역할을 한다.

> 뒤란은 지붕 처마에서부터 담장까지 비받이 차양이 드리워져 있어 서늘했다. 연탄은 집의 서쪽 끝 차양 밑에 차곡차곡 쌓여 있었다. 옆에는 감나무 한 그루가 담벼락에 바투 선 채 지붕을 모로 비

4 오정희, 「미명」, 『불의 강』, 문학과지성사, 2017 [개정판(초판은 1977)], p. 43.

5 지크문트 프로이트, 「문명 속의 불만」, 『문명 속의 불만』, 김석희 옮김, 열린책들, 1997, p. 275.

껴 하늘로 뻗어 올라가 있었다. 〔……〕 그 감나무 아래서 나는 어느 여름날에 엉거주춤 바지를 내리고 서서 첫 수음을 했고 같은 날에 첫 담배를 피우며 담벼락에 기대 진저리를 치고 있었다. 담배 이름이 은하수였든가 비둘기였든가 남대문였든가 아니면 명승이었든가? 아마도 불국사 사진이 박혀 있는 명승이었던 것 같다. 아무려나 나는 반쯤 피운 담배꽁초를 버릴 데가 없어 제대로 끄지도 않은 채 그만 옆에 쌓여 있는 연탄 구멍 속에 집어넣어 버렸다.

그날 밤 나는 집에 불이 난 꿈을 꾸고 있었다. 꿈속에서 맨발로 나가 보니 뒤꼍 처마 밑에 첩첩 쌓여 있는 수백 장의 연탄이 잉걸불처럼 빨갛게 타오르고 있었다. 불길은 감나무 푸른 잎새를 말리며 옆집으로 옮겨 붙고 잠에서 깨어난 마을 사람들이 저마다 물동이를 들고 달려오는 소리가 담 밖에서 요란했다.[6]

'연탄'이란 소제목이 붙은 장에서 따온 위 인용문은 연탄불과 남성의 욕망 간의 관련성에 대한 거의 모든 단서를 포함하고 있다고 해도 과언이 아니다. 성적 일탈(수음), 도덕적 일탈('아버지-초자아'에 대한 반항), 그리고 근친상간에 대한 욕망과 포기(어머니가 내놓은 불타는 구멍을 모독하기), 화재 꿈과 야뇨(방화에서 비롯된다고 알려진) 등이 그것이다. 인용문에는 등장하지 않지만 작중 '연탄집 박씨 아저씨'에게 아내에 의해 가해진 평생의 형벌 또한 눈여겨 읽어야 한다. 그는 젊은 날의 불장난(이발소 여자와의)을 20년에 걸친 연탄 배달로 속죄하고 있는 중이다. 연탄은 그토록 매혹적이면서 위험한 '불'이다. 안도현과 오정희와 윤대녕의 작품들 속에서 각각 연탄이 하는 역할들의 작지 않은 차이(가령 남성적 불과 여성적 불의 차이, 시와 소설이 이미지를 다루

6 윤대녕, 「빛의 걸음걸이」, 『많은 별들이 한곳으로 흘러갔다』, 생각의나무, 1999, pp. 115~16.

는 장르적 차이 같은)에 대해서는 다른 글에서의 논의로 미뤄두고, 일단 여기서 강조해두고 싶은 것이 그 점이다. 연탄은 내 안의 불, 곧 성적 욕망을 불러일으키는 속성을 가지고 있다.

굳이 한국의 문학사가 아니라도 많은 동서양의 인류학적 자료들과 문학작품에서 '불' 이미지가 성과 관련되어 있다는 사실은 여러 차례 지적된 바 있다. 가령 『호모 이그니스, 불을 찾아서』의 저자 오쓰카 노부카즈는 불의 기원과 성의 본질적인 동일성을 이렇게 보고한다.

> 발화법으로는 마찰법, 타격법, 압축법, 광학적 방법 등을 생각할 수 있다.
>
> 마찰법은 받침 나무와 발화봉을 이용하는 방법인데, 가장 소박한 방법인 만큼 전 세계의 각 민족에게서 찾아볼 수 있다. 이 방법의 비비는 동작이 남녀의 성행위를 연상시키기 때문에, 원시인에게는 불의 발생과 성의 본질적인 동일성을 생각하게 하는 것이기도 했다.[7]

같은 책의 다른 구절에서 그는 프로메테우스가 인간에게 가져다준 불을 두고 그리스의 비극 시인 아이스킬로스가 '스페르마sperma'라고 불렀다는 사실을 지적하기도 한다. 이 말은 '정액sperm'의 어원이기도 하다. 더불어 『불의 정신분석』의 저자 가스통 바슐라르의 "사랑은 불의 객관적 재생산에 대한 제1의 과학적 기술이다. 프로메테우스는 현명한 철학자라기보다는 정력 넘치는 정부이며, 신들의 복수는 질투심에 의한 복수다"[8]라는 말도 거론해둘 만하다. 그러나 그 어떠한 문헌학적 증

7 오쓰카 노부카즈, 『호모 이그니스, 불을 찾아서』, 송태욱 옮김, 사계절, 2012, p. 64.

8 가스통 바슐라르, 『불의 정신분석』, 김병욱 옮김, 이학사, 2007, p. 55.

빙도 인류가 일반적으로 사용하고 있는 불과 성의 일상적 유비보다 명백하고 다양한 자료를 제시하지는 못할 줄 안다. 그 어떤 문명권을 가리지 않고, '불타오르고' '재를 남기고' '화상을 입히고' '차갑게 식는'(모두 다 불의 속성이다) 것이 사랑이란 사실을 우리는 안다.

다시 안도현의 시 「반쯤 깨진 연탄」으로 돌아와서, 이제 이 작품을 지배하고 있는 '조바심'과 '흥분'의 어조가 어디서 기원했는지에 대해 말할 수 있게 된 셈이다. 이 시의 어조는 프로이트의 '마음의 위상학'에 따를 때, '이드Id'의 발화법에 가깝다. 세 편의 연작들 중 이 시의 화자는 이드의 위치를 점한다.

3. 소화(消火)와 문명

'성과 불'은 프로이트에게도 관심 있는 주제였던 듯하다. 가령 프로메테우스 신화를 분석한 글 「불의 입수와 지배」에서 그는 이렇게 말한다. "불에서 느껴지는 온기는 성적 흥분 상태를 동반하는 감정적 동요를 야기시킨다. 게다가 불꽃의 움직임은 발기한 남근을 상기시킨다. 불꽃이 신화적 의미에서는 남근이 되는 것은 이제 의심할 나위가 없어 보인다."[9] 불꽃과 성욕…… 이런 식의 프로이트다운 유비는 이제 충분히 납득할 수 있다. 바슐라르나 오쓰카가 지적한 바도 이와 일맥상통하기 때문이다. 그러나 「불의 입수와 지배」에서 정작 흥미로운 부분은 다음과 같은 구절이다.

> 고대인들은 간이, 모든 정열과 욕망이 들어앉는 자리라고 생각

9 지크문트 프로이트, 「불의 입수와 지배」, 『종교의 기원』, 이윤기 옮김, 열린책들, 1997, p. 437.

> 했다. 따라서 프로메테우스가 받고 있는 종류의 벌은 충동에 사로잡힌 채 죄를 범한 성범죄자에 대한 벌이었다. 그래서 간을 파먹히고 있었던 것이다. 그러나 이 〈불의 운반자〉에게는 정반대되는 진술도 가능하다. 즉, 그는 본능을 체념함으로써, 그런 체념이 문화의 발달에 얼마나 유익한 것인지, 얼마나 필요 불가결한 것인지를 보여 준 영웅이기도 하다.[10]

인용된 구절에서 프로이트는 프로메테우스를 양가적으로 평가한다. 이 티탄족은 신들(성적 억압을 모르는)의 불(주이상스)을 훔쳐 그 열락을 인간에게 전한 성범죄자이다. 그러나 그에게 가해진 형벌(일종의 항상적 거세)로 미루어볼 때, 그는 불이 야기하는 성적 욕망을 억제함으로써 인류에게 문명화의 모범을 보여준 영웅이기도 하다. 불은 입수되자마자 간수하고 지배해야만 그 파괴력을 다스릴 수 있다. 다른 말로 억압되어 전용(轉用)되지 않는 리비도(불)는 문명의 파멸을 초래한다. 끊임없이 욕망하는 리비도는 프로메테우스의 간처럼 매일매일 자제를 강요당할 때만 문명을 낳는다. 이런 식으로 '불과 성'이라는 주제가 '승화'(리비도 에너지의 탈성화, 문명화)의 주제와 겹쳐진다. 그리고 이 주제와 관련해 프로이트는 「불의 입수와 지배」를 쓰기 2년 전인 1930년에 이미 아주 재미있는 두 문학작품의 사례를 거론한 바 있었다. 「문명 속의 불만」에 달았던 각주에서다.

> 원시인은 불과 마주치면 오줌 줄기로 불을 꺼서 불과 관련된 유아적 원망을 만족시키는 습관이 있었던 것 같다. 전설에 따르면, 높이 솟구쳐 오르며 날름거리는 불길이 남근의 상징으로 여겨진 것

10 지크문트 프로이트, 같은 글, p. 437.

> 은 의심할 여지가 없다. 따라서 오줌으로 불을 끄는 것—소인국을 찾아간 걸리버와 라블레의 가르강튀아도 이 주제로 돌아가고 있다—은 남자를 상대로 하는 일종의 성행위이고, 동성인 경쟁자에 대한 성적 권위를 즐기는 것이다. 이 욕망을 포기하고 불을 살린 최초의 인간은 불을 갖고 돌아와서 유용하게 쓸 수 있었다. 그는 자신의 성적 흥분이라는 불을 끔으로써 불이라는 자연력을 길들인 것이다. 따라서 이 위대한 문화적 정복은 본능을 자제한 보상이었다.[11]

프로이트에 따르면 두 '거인' 가르강튀아와 걸리버는 '문명 영웅'들이다. 왜냐하면 자신의 성기에서 불타오르는 리비도에 굴하지 않고, 그것의 다른 용도를 이용해 불을 소화(消火)했기 때문이다. 그럴 때만 인간은 '내 안의 불'을 지배할 수 있다. 리비도를 탈성화하고, 문명의 발전에 유용한 에너지로 전용할 수 있다. '승화란 본능에 강요된 변화'라는 프로이트의 말은 그렇게 이해된다. 실제로 걸리버와 가르강튀아의 일화를 읽어보면 그들의 '방뇨' 장면이 무척 흥미롭다.

우선 두 거인의 방뇨가 모두 포도주와 관련이 있다는 점이 눈에 띈다. 걸리버는 소인국 릴리퍼트의 왕비궁에 불이 일어나던 밤 포도주를 많이 마셨다고 고백한다. 비슷하게 가르강튀아는 자신의 방뇨를 '파리인들에게 주는 포도주'라고 말한다. 바슐라르의 유비에 따를 때 포도주(술)는 '불타는 물'이다. 따라서 가르강튀아와 걸리버는 '불'의 기운에 의해 '흥분'한 상태로 방뇨한 셈이다.

게다가 두 거인의 방뇨가 도시 문명의 보존이나 창설과 관련된다는 점도 주의를 요한다. 걸리버의 방뇨 덕에 "완성되기까지 오랜 시간이

11 지크문트 프로이트, 「문명 속의 불만」, 같은 책, p. 274.

걸렸을 궁전의 나머지 부분은 화재로 인한 위험으로부터 안전하게 보전되었다"[12](문명의 유지). 그리고 지금의 도시 파리가 그 이름을 얻은 것은 가르강튀아가 '웃음으로' 방뇨했기 때문이다. "그 후로 이 도시는 파리(*par rys*, 웃음으로)라고 불리게 되었다"[13](새로운 문명의 창설). 한 가지 덧붙이자면 걸리버가 소화한 릴리퍼트 왕비궁의 화재 원인에 대한 정보다. 왕비궁은 "통속적인 연애소설을 읽다가 그대로 잠이 든 시녀의 부주의로" 불탄다. 그러니까 시녀의 리비도가 불타오르던 시간 왕비궁도 불타올랐던 셈이다.

요컨대, '내 안의 물'로 '내 안의 불'을 끄는 것이 불 앞에서의 (연탄재 앞에 선 남성들이 대체로 경험했지만, 무슨 이유로인지 안도현은 거론하지 않는) 방뇨가 갖는 정신분석학적 함의다. 승화의 원칙에 따를 때, 소화하는 방뇨야말로 문명의 기원이다. 그렇게 함으로써만 문명은 시작되고 유지된다. 어린 개체가 성인이 될 때, 대체로 그와 같은 과정(화재의 꿈, 몇 번의 야뇨, 연탄 앞의 수음)을 겪는 것도 그런 이유일 것이다. 그러므로 대체로 인류의 한 개체가, 특히 남성 개체가 불 앞에서, 혹은 불에 대해 방뇨하는 것은 공중도덕의 차원이 아니라 집단심리학적 관점에서라면 심하게 비난받을('연탄재 함부로 차지 마라'와 같이) 일이 아니다. 그것은 좀 힘들고 외로운 고투인데, 내 안의 불과 물, 이드와 자아가 그렇게 다툼으로써 일종의 '타협 형성'을 이루어나가는 과정이기 때문이다. 개체발생 차원에서나 계통발생 차원에서나, 인류가 단절적으로 성장하는 과정에는 방뇨가 포함된다.

물론 그 타협 때문에 문명은 발생하지만, 동시에 문명은 불만으로 가득 차기도 한다. 승화란 욕망 충족의 연기이기 때문이다. 이드는 더

12 조너선 스위프트, 『걸리버 여행기』, 신현철 옮김, 문학수첩, 1992, p. 63.

13 프랑수아 라블레, 『가르강튀아/팡타그뤼엘』, 유석호 옮김, 문학과지성사, 2004, pp. 92~93.

불태우기를 바란다. 그러나 자아는 그 타오르는 불을 진화할 소명을 가지고 있다. 그래야 문명에 진입할 수 있기 때문이다. 따라서 만약 누군가 아직 불기가 남아 있는 연탄재에 방뇨한 후 함부로 발로 찼다면 그는 인류 문명의 출범 이래 프로메테우스와 걸리버, 그리고 가르강튀아가 했던 고된 업무를 계승하고 있다고 말해야 한다. 실은 안도현의 '연탄' 연작이 무의식적으로 은폐하고 있거나 미처 통찰하지 못하고 있는 지점이 바로 거기다.

'연탄' 연작의 두번째 작품 「연탄 한 장」으로 돌아와서, 이 작품의 시적 화자가 취하고 있는 어조는 '반성'과 '죄책감'이었다. 그 어조는 주로 2연의 마지막 두 행 "한 덩이 재로 쓸쓸하게 남는 게 두려워/여태껏 나는 그 누구에게 연탄 한 장도 되지 못하였네"에서 가감 없이 드러난다. 사실상 오로지 이 두 행만이 인간 심리의 정곡을 찌른다(나머지 문장들은 '네 이웃을 네 몸과 같이 사랑하라'는 관습적이고도 실행 불가능한 도덕률을 담고 있을 뿐이다).

프로이트의 논지에 따라 저 두 문장을 다시 읽을 때, 시적 화자는 분명 타오르는 연탄에 매혹당한 적이 있다. 연탄은 누구도 피할 수 없는 '불의 시험' 앞으로 우리를 데려다 놓기 때문이다. 그래서 그 역시 윤대녕 소설 속 주인공처럼(정확히는 연탄의 시대를 살았던 대부분의 남성 주체들이 그랬던 것처럼) 연탄을 희롱했으리라고 짐작하는 것은 과하지 않다. (어머니가 내놓은, 어머니가 관리하는) 불타는 구멍에 이런저런 불쏘시개를 찔러 넣어보면서…… 그러나 이내 그는 두려움에 휩싸였을 텐데, 그런 행위의 성적이고 소모적인 의미를 초자아가 모를 리 없기 때문이다. 그 불에 휩싸이면 한 덩이 재밖에 남길 것이 없으리라는 두려움, 그래서 결국 그는 방뇨했을 것이다. 마치 방금의 일을 후회하고 반성한다는 듯이.

안도현의 '연탄' 연작에, 경험적으로도 광범위하게 입증 가능한 '방뇨'의 경험이 빠져 있다는 사실은 오히려 징후적이다. 방뇨의 쾌감은 이중적이었을 텐데, 한편으로 이드는 직전까지의 불장난을 통해 즐거웠고, 반면 자아는 방뇨를 통해 '내 안의 불을 내 안의 물로 단죄했다'는 사실 앞에서 자부심을 느꼈을 것이기 때문이다. 따라서 "한 덩이 재로 쓸쓸하게 남는 게 두려워/여태껏 나는 그 누구에게 연탄 한 장도 되지 못하였네"라는 문장은 실은 기꺼이 연탄처럼 타오르고 싶었으나 결국 그 쾌락을 포기해야 했던 시적 화자의 자아가 고안해낸 묘안이다. 「반쯤 깨진 연탄」과 비교할 때, 어떤 전도(방어기제의 일종이다)가 일어난다. 불타오르는 일에 대한 부러움이 공포로, 욕망 충족에 대한 조바심이 도덕적(대타자의 명령에 굴복한 결정이므로 윤리적이랄 수는 없는) 반성으로…… 다른 말로 저 두 문장들은 시적 방뇨다.

이제 이 작품을 지배하고 있는 '반성'과 '죄책감'의 어조가 어디서 기원했는지에 대해 말할 수 있게 된 셈이다. 이 시의 어조는 프로이트의 '마음의 위상학'에 따를 때, '자아ego'의 발화법에 가깝다. 세 편의 연작들 중 이 시의 화자는 자아의 위치를 점한다.

4. 너에게 묻는다

세 편의 연작들 중 「반쯤 깨진 연탄」에 '이드'의 자리를, 그리고 「연탄 한 장」의 자리에 '자아'의 자리를 마련해주었으니, 나머지 한 편인 「너에게 묻는다」의 자리에 '초자아super-ego'의 자리를 마련해주는 것은 당연해 보인다. 초자아란 이런 역할을 한다.

> 공격 본능을 만족시키기를 단념하면, 좌절된 공격 본능을 초자아가 모두 떠맡아서 (자아에 대한) 초자아의 공격성이 높아진다.

이것이 공격 본능의 자제가 양심에 미치는 영향이다.[14]

> 우리는 엄격한 초자아와 그것의 지배를 받는 자아 사이의 긴장을 죄책감이라고 부른다. 죄책감은 자기 징벌의 욕구로 나타난다. 따라서 문명은 개인의 공격성을 약화시키고 무장을 해제시키는 한편, 마치 정복한 도시에 점령군을 주둔시키듯 개인의 내부에 공격성을 감시하는 주둔군을 둠으로써 개인의 위험한 공격 욕구를 통제한다.[15]

공격 본능, 가령 연탄재에 방뇨하고 발로 함부로 차버리고 싶은 욕구가 좌절되면 그 본능은 모두 초자아가 떠맡는다. 애초에 양심과 자기 징벌을 담당하는 이 마음의 영역은 공격성이 강하다. 더 강해진 공격성으로 초자아는 엄하게 자아를 호명하고("너에게 묻는다"), 명령한다("연탄재 함부로 발로 차지 마라"). 그리고 힐난한다("너는 누구에게 한 번이라도 뜨거운 사람이었느냐"). 이 공격적인 초자아의 힐난을 감당하기 힘든 자아를 사로잡는 정념이 바로 전도된 '죄책감'이다("한 덩이 재로 쓸쓸하게 남는 게 두려워/여태껏 나는 그 누구에게 연탄 한 장도 되지 못하였네").

한국문학사상 유례가 없을 정도로 널리 인구에 회자되는 「너에게 묻는다」의 인기 비결은 이제 해명될 수 있다. 시가 짧아서 외우기 용이하다는 점, 잠언풍의 문장에 명쾌한 주제의식을 담았다는 점 등의 이유는 오히려 부차적이다. 짧은 시는 많고, 주제의식이 명쾌한 시도 많다. 그러나 저토록 폭력적으로 우리 안의 초자아에게 힘을 실어주는 시는

14 지크문트 프로이트, 같은 글, p. 321.

15 지크문트 프로이트, 같은 글, p. 314.

흔치 않다.

저 시를 읽으면서 독자들은 강렬한 만족을 얻는다. 그러나 그 만족은 연탄재처럼 타오르고 싶은 이드의 만족도, 타버린 연탄재에 방뇨하며 문명의 길을 시작하는 자아의 만족도 아니다. 만족하는 것은 독자들의 초자아다. 독자들은 두 입장의 선택지 앞에 놓이게 된다. 저토록 고압적인 시적 화자와 동일시한 후, 연탄재를 함부로 차는 저 많은 필부들을 도덕적으로 힐난하는 것이 하나의 선택지다. 그럴 때 누리는 만족은 다분히 사디즘적이다. 연탄재를 함부로 차본 적이 있는 자로서, 저토록 고압적인 시적 화자에게 힐난'당하는' 필부와 동일시하는 것이 나머지 선택지다. 그럴 때 누리는 만족은 다분히 마조히즘적이다. 그러나 사디즘도 마조히즘도 폭력적이라는 점에서는 마찬가지다. 그리고 거의 실현불가능한 도덕률을 소리 높여 주장하느라, 인간의 마음 깊은 곳을 전혀 들여다보지 못한다는 점에서도 마찬가지다. 도덕적으로는 (교사나 자아심리학자의 입장에서는) 가장 훌륭해 보이는 「너에게 묻는다」가 정신분석학적 견지에서는(학생이나 신경증자의 입장에서는) 최악의 시인 것은 그런 이유다.

5. 2009년 6월의 시험

「연탄 한 장」을 한국의 문학교육 현장에서 어떻게 가르치고 있는지 살펴보는 것으로 결론을 대신하는 것도 흥미로울 듯하다. 아래는 2009학년도 6월 고1 전국연합학력평가 언어 영역 23번 문항이다. 먼저 「연탄 한 장」 전문이 인용된다(앞서 이 시를 인용하지 않았으므로 생략하지 않는다. 강조는 출제자).

(나) 또 다른 말도 많고 많지만

삶이란

나 아닌 그 누구에게

기꺼이 **연탄 한 장** 되는 것

방구들 선득선득해지는 날부터 이듬해 봄까지

㉠조선팔도 거리에서 제일 아름다운 것은

연탄차가 부릉부릉

힘쓰며 언덕길을 오르는 거라네

해야 할 일이 무엇인가를 알고 있다는 듯이

연탄은, 일단 제몸에 불이 옮겨 붙었다 하면

하염없이 뜨거워지는 것

매일 따스한 밥과 국물 퍼먹으면서도 몰랐네

온 몸으로 사랑하고 나면

한 덩이 재로 쓸쓸하게 남는 게 두려워

여태껏 **나**는 그 누구에게 **연탄** 한 장도 되지 못하였네

생각하면

삶이란

나를 산산이 으깨는 일

눈내려 세상이 미끄러운 어느 이른 아침에

나 아닌 그 누가 마음 놓고 걸어갈

그 길을 만들 줄도 몰랐었네, 나는

—안도현, 「연탄 한 장」

그리고, 출제자는 이렇게 묻는다.

23. (나)와 〈보기〉를 연관 지어 수업한다고 할 때, 학생들의 반응으로 적절하지 않은 것은? 〔3점〕

〈보 기〉

선생님 : 작가의 창작 의도를 자신의 삶과 연관 지어 내면화하고 바른 삶을 살도록 이끌어 주는 것도 문학의 가치입니다.

Ⅰ. 한 소년을 돌보며 행복해하는 나무

Ⅱ. 소중한 것을 나눠주며 행복해하는 나무

Ⅲ. 가장 소중한 것도 아낌없이 주며 행복해하는 나무

Ⅳ. 아직 줄 수 있는 것이 있어 행복해하는 나무

① (나)의 '**연탄 한 장**'과 〈보기〉의 '나무'를 보니 우리를 위해 희생하시는 부모님의 얼굴이 떠올랐어.

② (나)의 '**하염없이 뜨거워지는**' 연탄과 〈보기〉의 아낌없이 주는 '나무'처럼 끝없이 베푸는 사랑을 해야겠어.

③ (나)의 '**한 덩이 재로 쓸쓸하게 남는 게 두려워**'하는 시적 화자와 〈보기〉의 밑동만 남은 '나무'는 같은 심정일 거야.

④ (나)의 '**나**'와 〈보기〉의 인물은 자신만을 생각하는 우리들의 모습을 그린 것이라 할 수 있겠어.

⑤ (나)의 '**연탄**'과 〈보기〉의 '나무'를 통해 두 작가는 인간의 삶과 관련된 주제를 드러내고 싶었던 거야.

저 문항이 도덕 교육과 문학 교육의 차이를 지워버리고 있지 않느냐는 불만은 일단 제쳐두더라도, 문제를 푸는 학생으로 하여금 독자의 입장이 아니라 교사의 입장에 서게 한 후, 역으로 학생들에게 기대할 만한 '적절한 혹은 적절하지 않은' 반응을 묻는 의도가 도무지 납득하기 힘들다. 만약 이 문제의 정답을 원한다면 학생들은 자신들의 입장에서 혹은 시 자체의 입장에서 시를 읽을 것이 아니라, 선생님이 학생들에게 기대하는 '적절한'(도덕적인) 방식으로 시를 읽어내야만 한다. 그러니까 저 문제는 시의 의미를 파악했는가를 묻는 문제가 아니라 문제를 출제한 초자아의 의중을 파악했는가를 묻는 문제이다. 지식의 진리치보다 답에 도달하는 스킬을 가르치는 수능 시험의 폐해를 지극히 전형적으로 보여주는 문제이기도 하다.

해설에 따르면 답은 ③번이란다. 이유는 "(나)의 시적 화자가 느끼는 두려운 심정과 달리 주어진 자료의 '나무'는 행복해하고 있"기 때문이다. 웃는 모습으로 그려놓았으니 저 나무가 행복해하고 있다는 말은 믿어준다 쳐도, 이제 연탄불에 대해 오래 생각해본 이의 입장에서 이 문제의 답은 네 개다. ⑤번만이 유일하게 연탄과 나무에 대한 '적절한' 반응으로 보이는데, 인간의 삶과 관련된 주제를 드러내지 않는 문학 작품은 없다는 의미에서 그렇다. 나머지 ①~④번은 대체로 상징이나 비유 속에 숨어 있다고는 하나 지나치게 외설적이고 가식적이다. 그러나 문제를 푸는 아이들은 그 사실을 알 리가 없다. 세상에 나가자마자 무수히 짓밟힌 연탄재를 보게 될 아이들에게, "윤리적 요구가 오용되고 있는 것은 분명해진다."[16]

16 지크문트 프로이트, 같은 글, p. 328.

이청준 문학과 '한(恨)'
—「남도 사람」 연작을 중심으로

1

문학과지성사판 이청준 전집 12권 『서편제』의 해설[1]을 쓰면서, (명시적으로는 아니었으나) 내가 이청준 문학 연구와 관련하여 제안한 것은 얼추 두 가지였다. 그 첫째는, 자주 거론되는 예의 '전짓불' 장면보다 바닷가에서의 변형된 '포르트-다fort-da 놀이' 장면이, 발생 시기에 있어서나 이청준의 전체 작품 세계에 미친 영향력에 있어서나 더 '원초적'이고 중요하다는 점이었다. 그리고 둘째는, 정신분석학적 견지에서 그 장면을 분석해볼 경우, 이청준의 소설 속에서 여러 가지 형식으로 변주되는 이항대립소들에 대한 일관된 해석이 가능해진다는 점이었다. 그 장면은 이렇다.

> 파도 비늘 반짝이는 바다가 내려다보이는 해변가 언덕밭의 한 모퉁이— 그 언덕밭 한 모퉁이에 누군지 주인을 알 수 없는 해묵은 무덤이 하나 누워 있었고, 소년은 언제나 그 무덤가 잔디밭에 허리 고삐가 매여 놀고 있었다. 동백나무 숲가로 뻗어 나온 그 길

1 김형중, 「지상에서 가장 생산적인 왕복운동」, 이청준의 『서편제』 해설, 문학과지성사, 2013.

다란 언덕밭은 소년의 죽은 아비가 그의 젊은 아낙에게 남기고 간 거의 유일한 유산이었다. 소년의 어미는 해마다 그 밭뙈기 농사를 거두는 일 한 가지로 여름 한철을 고스란히 넘겨 보내곤 했다.

〔……〕 그러면서 이제나저제나 밭고랑 사이로 들어간 어미가 일을 끝내고 나오기를 기다렸다. 하지만 여름마다 콩이 아니면 콩과 수수를 함께 섞어 심은 밭고랑 사이를 타고 들어간 어미는 소년의 그런 기다림 따위는 아랑곳이 없었다. 물결 위를 떠도는 부표처럼 가물가물 콩밭 사이를 오락가락하면서 하루 종일 그 노랫소리도 같고 울음소리도 같은 이상스런 콧소리 같은 것을 웅웅거리고 있었다. 어미의 웅웅거리는 노랫가락 소리만이 진종일 소년의 곁을 서서히 멀어져 갔다간 다시 가까워져 오고, 가까워졌다간 어느 틈엔가 다시 까마득하게 멀어져 가곤 할 뿐이었다.

그러던 어느 날.

하루는 그 바다가 내려다보이는 뙈기밭가로 해서 뒷산을 넘어가는 고갯길 근처에서 이상스런 노랫가락 소리가 들려오기 시작했다.[2]

「소리의 빛—남도 사람 2」에서 네 페이지에 걸쳐 문구 하나 달라지지 않은 채로 반복되기도 하는 이 장면(유사한 장면이 『당신들의 천국』이나 「이어도」 「해변 아리랑」 등에서도 여러 차례 반복된다)을 다작 작가의 궁색한 자기 표절로 읽어서는 곤란하다. 오히려 일종의 '증상'으로 읽는 것이 유익한 독법일 텐데, 외상적인 장면으로 반복해서 회귀하려는 기이한 충동에 대해서는 프로이트가 이미 '강박증'의 전형적인 증상으로 해석한 바 있기 때문이다.

2 이청준, 「서편제—남도 사람 1」, 같은 책, pp. 15~16.

저 장면이 외상적인 것은 오이디푸스적 상황의 모든 요소가 다 들어 있기 때문이다. "어미의 웅웅거리는 노랫가락 소리만이 진종일 소년의 곁을 서서히 멀어져 갔다간 다시 가까워져 오고, 가까워졌다간 어느 틈엔가 다시 까마득하게 멀어져 가곤 할 뿐이었다"라는 구절에서, 어머니와의 분리 불안을 이겨내기 위해 프로이트의 손자가 고안했다는 실패 놀이를 떠올리는 것은 자연스러워 보인다. 오히려 분리 불안에 관한 한, 이청준의 분신으로 보이는 저 유년의 아이가 프로이트의 손자보다 더 솔직한 편인데, 알다시피 실패는 바로 어머니이기 때문이다.

위 인용문에 곧바로 이어지는 장면 역시 정신분석학적으로 의미심장하다. 어느 날인가 "밭고랑만 들어서면 우우우 노랫소리도 같고 울음소리도 같던 어미의 그 이상스런 웅얼거림이", "그 산소리에 화답이라도 보내듯 더욱더 분명하고 극성스럽게 떠돌아 번지기 시작"한 것이다. "그리고 마침내 산봉우리 너머로 뉘엿뉘엿 햇덩이가 떨어지고, 거뭇한 저녁 어스름이 서서히 산기슭을 덮어 내려오기 시작하자, 진종일 녹음 속에 숨어 있던 노랫소리가 비로소 뱀처럼 은밀스럽게 산 어스름을 타고 내려"온다. "그리곤 그 뱀이 먹이를 덮치듯 아직도 가물가물 밭고랑 사이를 떠돌고 있던 소년의 어미를 후닥닥 덮쳐"(p. 17)버린다. 이후 「남도 사람」 연작 내내 소년이 찾아 헤매게 될 사내의 그 '소리'는 여기서 뱀으로 묘사된다. 팔루스다. 직전까지 상상적 공간이었던 바닷가 언덕 밭이 일순 위태로운 오이디푸스적 삼각형의 공간으로 변한다.

이후로 아이는, 소리꾼 사내에게는 있으나 자신에게는 없는 것(어머니가 욕망하는 것이 바로 그것이다), 즉 '소리'를 찾아 남도 곳곳을 유랑하게 된다. 그런 의미에서 「남도 사람」 연작을 저 소년이 이후 늙을 때까지 결여의 기표인 '팔루스-소리-햇덩이'를 찾아 떠도는 이야기로 읽는 독법도 가능해진다. 이 연작은 그러므로 타자의 욕망을 욕망하는 자의 운명에 대한 이야기다. 다만 어머니의 죽음 이후 상상적 타자의 자리에 누이가 놓인다는 점은 덧붙여둘 필요가 있겠다. 누이는 라캉식으로 말해 욕망의 대상이자 원인인 '대상 a'였던 셈이다.[3] 소년이 의붓아비(그 역시 딸을 욕망한다)가 된 소리꾼을 돌로 쳐 죽이려고 한 적이 있다는 사실, 아비가 딸의 눈을 (한을 심어주겠다는 명분으로) 실명케 한다는 사실(오이디푸스가 자신의 근친애를 자발적 실명으로 징벌했듯이), 「소리의 빛」 말미 해후한 남매가 소리를 통해 (실은 실제로도) 동침한다는 사실 등은 이 장면의 오이디푸스적 상황을 더욱 강조해준다.

흥미로운 것은 확대해서 해석할 경우 이청준 소설 세계 전체가 저와 같은 '포르트-다' 놀이에 바쳐지고 있다는 점이다. 한편에 상상적 타자인 어머니가 사는 고향 장흥이 있다면 다른 한편에 상징적 대타자의 처소인 근대 도시(서울, 광주)가 있다(「남도 사람」 연작, 「귀향 연습」 「새와 나무」 「날개의 집」 「해변 아리랑」 「눈길」 등등). 한편에 원심력을 가진 '자유'가 있다면 다른 한편에 구심력을 가진 '사랑'이 있다(『당신들의 천국』). 한편에 '타락한 말들'의 세계가 있다면 다른 한편에 '순수한 말' 혹은 '소리'의 세계가 있다(「언어사회학서설」 연작). 이청준의 거의 모든 주인공은 이 두 세계 사이에서 왕복운동한다. 한편에 도달할 만하면 다시 이탈하고, 한편에 안착할 만하면 다시 원래 출발했던 곳으로 되돌아간다. 마치 분리 불안을 이겨내려는 아이의 행로처럼, 혹은 상상적 타자에게 집어삼켜지는 것을 두려워하는 주체의 행로처럼, 두 세계 사이를 왕복하는 길 어디쯤에 이청준 문학 전체가 세워진다. 그런 의미에서 바닷가 언덕 밭 장면에서 처음 연출된 실패 놀이의 왕복운동이야

3 이와 유사한 해석이 정신의학자 김종주에 의해 제출된 바 있다. "그 햇덩이야말로 소년이 숙명처럼 찾아 헤매다니고 있는 그 자신의 '운명의 얼굴'이다. 그렇다면 여동생의 소리는 그의 욕망의 대상이자 그의 욕망을 불러일으키는 원인인 셈이다. 이러한 '욕망의 원인-대상'을 라캉은 타대상(objet petit a)이라고 불렀다."(김종주, 『이청준과 라깡』, 인간사랑, 2011, p. 264)

말로 이청준 문학의 왕성한 증기기관이다.

2

이 글에서 나는 저와 같은 가정을 (4·19와 함께) 이청준 문학의 두 태반 중 하나라 일컬어지는 '남도 정서'에 적용해보고자 한다. 그럴 때 「남도 사람」 연작의 기저에 자리한 이른바 '한'이라는 정념이 문제가 된다. 열림원판 전집 중 『서편제』의 해설을 쓴 우찬제가 지적하듯, 최소한 「남도 사람」 연작의 저자 이청준은 "한이라는 수레바퀴의 심층에서 창조적인 생명의 에너지를 이끌어내"[4]는 작가이기 때문이다. 이청준에게 남도 정서의 본질은, '서편제'의 가락에 녹아 있다는 정념, 곧 '한'이다.

한이라는 정념이 어떤 방식으로 이청준 문학 특유의 이항대립소들을 통합하는 데 기여하는지(특히 어떻게 「언어사회학서설」 연작의 주제와 「남도 사람」 연작의 주제를 변증법적으로 통합하는지)에 대한 논의는 우찬제의 글로 대신하고, 여기서는 다만 그 '한'이 우선은 그 기원에 있어 소망 충족의 실패와 관련이 있다는 점, 그리고 앞서 살펴본 것처럼 소망 충족의 실패에 오이디푸스적 상황의 각인이 있다는 점만 강조하고자 한다. 프로이트는 유명한 소논문 「가족 로맨스」에서 모든 이야기들의 기원인 이 원초적 서사의 변형태들에 대해 언급한 적이 있다.

> 그 외에도 특별히 이루려는 목적이 있다면 가족 로맨스로 여겨지는 과정을 이용할 수 있다. 왜냐하면 가족 로맨스의 여러 측면과

4 우찬제, 「한(恨)의 역설」, 이청준의 『서편제』 해설, 열림원, 1998, p. 208.

넓은 적용 범위는 어떤 종류의 욕구도 충족시킬 수 있기 때문이다. 예를 들어, 여자 형제에게 끌리는 아이는 이런 식의 상상을 하면서 금지된 여자 형제와의 혈연관계를 뛰어넘을 수 있게 된다.[5]

프로이트에 따르면 오누이 간의 사랑을 다룬 서사는 가족 로맨스의 변형된 형태다. 이때 이야기를 통해 이루려는 목적은 물론 이루지 못한 사랑, 곧 근친애에 대한 심리적 보상이다. 「남도 사람」 연작 전체가 누이를 찾아 떠도는 오라비의 이야기란 점은 그래서 의미심장하다.

누이의 입장에서 한은 아버지의 욕망에서 비롯된 실명 때문에 생긴다. 그리고 상징적으로 해석할 때 오이디푸스 이래 실명은 근친상간에 대한 징벌의 의미를 지닌다. 한편 오라비의 입장에서, 한은 어머니를 차지했고 이후에는 누이를 차지하기 위해 그 눈에 청강수를 부은 아버지 때문에 생긴다. 그가 자주 '햇덩이'라고 말하는 뜨거운 무엇은 정신의학적으로도 한의 정념이 유발하는 신체 증상과 유사하다.[6] 말하자면 오누이에게 있어 한의 기원은 근친애적 소망 충족의 실패와 관련된다.

이와 관련해 흥미롭게 읽히는 부분이 「소리의 빛」 말미 오누이의 해후 장면이다. 오래된 소망이 긴 세월을 기다려 충족될 기회가 마련되었기 때문이다. 아니나 다를까 누이가 소리로 부리는 조화의 리듬에서, 몸을 대지 않고 소리의 장단으로 펼치는 희롱에서, 그리고 오라비가 일그러진 얼굴로 흘려대는 땀방울과 헐떡이며 뱉어대는 숨소리에서, 남녀 간의 교합을 상기하지 않기는 힘든 것이 바로 그 장면이다. 마치 유년기에 충족하지 못한 소망을 그 한 밤에 다 채우겠다는 듯 두 남녀

5 지크문트 프로이트, 『성욕에 관한 세 편의 에세이』, 김정일 옮김, 열린책들, 1996, p. 60.

6 "특히 한은 목가슴 증상(가슴 속 덩어리-응어리, 한숨, 치밀어 오름)과 유의하게 관련되었다."(민성길 외, 「한(恨)에 대한 정신의학적 연구」, 『신경정신의학』 36권 4호, 대한신경정신의학회, 1997, p. 609)

는 격정적이다. 이 장면에서 소리와 성은 구별되지 않는다.

게다가 이 장면 후 이어지는 문장들에서 암시되는 바에 따르면 둘은 소리가 아닌 몸으로도 해한(解恨)한 듯 보인다. 가령 이런 구절들이 눈에 띈다. “손님과 여자는 새벽녘 동이 틀 무렵에야 간신히 소리를 끝내고 여인의 방에서 함께 잠자리로 들었다.” “손님 쪽도 그렇고 여자 쪽도 그렇고 소리가 끝났을 때 두 사람은 으레 그래야 할 사람들처럼, 그러기를 미리 작정해 둔 사람들처럼 아무 말이나 스스럼이 없이 한 방에다 나란히 잠자리를 펴고 든 것이다.” 그러고는 아침에 두 사람의 사연을 묻는 주막 주인 사내에게 누이가 답한다. “오라버니가 예까지 다시 절 찾아온다고 해도 우리 남매는 이제 이것으로 두 번 다시 상면을 할 수도 없는 처지고요.”[7]

‘해한’이라고 했거니와, 이 밤 두 사람은 한을 풀었다. 그러나 그렇다고 단정하기엔 석연치 못한 점이 하나 남는데, 의아하게도 오라비는 그토록 찾아 헤매던 누이와 하룻밤 한을 풀자마자 떠나버렸던 것이다. 이청준 소설들에서 반복되는 ‘도착하자마자 출발하는’(「눈길」 「치자꽃 향기」 「별을 기르는 아이」 「새와 나무」 「귀향 연습」 등등) 상황이 여기서도 연출되는데, 그 속 깊은 내막은 주막 주인 사내에 의해 설명된다.

> “그러고 보면 아마 자네 오라비라는 사람이 그렇게 가버린 것도 자네의 그 한을 다치지 않으려는 것이 아니었는가 싶네. 사람들 중엔 때로 자기 한 덩어리를 지니고 그것을 소중스럽게 아끼면서 그 한 덩어리를 조금씩 갈아 마시면서 살아가는 위인들이 있는 듯싶데 그랴. 자네가 그렇고, 내가 그렇고, 알고 보면 자네 오라비라는 사람도 아마 그 길에서 그리 먼 데 있는 사람은 아닐 걸세. 그런 사

7 이청준, 「소리의 빛」, 『서편제』, pp. 49~55.

람들한테는 그 한이라는 것이 되려 한세상 살아가는 힘이 되고 양식이 되는 폭 아니겄는가. 그 한 덩어리를 원망할 것 없을 것 같네. 더더구나 자네같이 한으로 해서 소리가 열리고 한으로 해서 소리가 깊어지는 사람이라면 더더욱 그것을 소중히 여겨야 할 것일세. 자네 오라비도 아마 그 점을 알고 있었던 듯싶네."[8]

주인 사내는 "한 덩어리를 조금씩 갈아 마시면서 살아가는 위인들"에 대해 말한다. 그리고 "한으로 해서 소리가 열리고 한으로 해서 소리가 깊어지는 사람"에 대해 말한다. 그에 따르면 '해한'은 반드시 치러야 할 의식은 아니다. 소리 하는 사람들에게 그것은 풀어버려야 할 원한이 아니라 평생을 조금씩 뜯어 먹어야 할 양식이기 때문이다. 어쩌면 이 지혜로운 사내의 말은 예술가의 기원에 대한 정신분석학적 해석의 세속 판본일지도 모른다. 이루지 못한 소망이 한을 만들고, 그 한이 바로 예술의 기원이다. 그런 의미에서 최소한 예술가들에게 한이라는 정념은 구성적으로 관여한다. 그것이 사라질 때, 예술도 함께 사라진다. 오라비는 그런 이유로, 더 이상의 해한을 단념하고 다시 길을 떠났던 셈이다.

3

사실 한과 예술의 관계는 프로이트의 이른바 '승화 메커니즘'을 통해서도 설명이 가능하다. 대상을 향해 투자된 리비도 에너지(사랑이다)가 어떤 이유로 좌절을 겪고(사랑하는 대상의 상실이다) 외부에서 다른 대

8 이청준, 같은 글, pp. 54~55.

체 대상을 찾지 못하면 내부로(유년기의 특정 발달단계들로) 퇴행한 후, 고착한다. 신경증은 그렇게 발생한다. 그런데 특별한 재능을 가진 이들이 있어(소수이지만) 리비도 에너지를 신경증 병발에 사용하지 않고 탈성화(脫性化)시킨다. 그러자 전혀 다른 결과물(예술 작품이다)을 낳는다. 말하자면 어떤 주체는 충족되지 못한 리비도 에너지를 '승화'시킴으로써 예술가가 된다는 것이 이 이론의 요체다.

아마도 예술가의 원형이라 불리는 오르페우스 신화(피그말리온 신화도)는 인류에게 아주 이른 시기부터 승화 이론의 적절한 사례를 제공해왔던 듯하다. 결혼 직후 에우리디케의 상실(피그말리온의 경우 타락한 여성들에 대한 환멸), 대상 리비도의 철회, 그리고 리비도 에너지의 탈성화 작업을 통한 신경증 모면, 그 과정의 마지막 결과물이 그가 부른 노래들(피그말리온의 경우 조각상)이다. 그렇다면 오르페우스가 에우리디케를 끝내 지상으로 인도해 오지 못한 데에는, 무의식중에나마 예술을 위해 해한을 포기하기로 작정한 '미필적 고의'가 섞여 있었다고 해석해도 무방해 보인다. 노래를 계속하기 위해 사랑을 포기한 자, 그가 바로 오르페우스였던 셈이다. 그런 사례를 우리는 이청준의 「해변 아리랑」에서도 발견한다.

> 한데 고향에 돌아오기가 싫어서든 돌아올 수가 없어서든, 아들은 끝내 그 바닷가 마을로는 돌아오지 않으려는 것이 확실해지고 있었다.
>
> —어머니, 저는 노래를 짓는 사람이 되어보렵니다……
>
> 아들에게선 마침내 그런 사연이 적혀왔다. 그가 떠나간 지 열두 해째 되던 해의 늦가을 녘이었다. 그가 노래를 짓는 사람이 되려는 것은 그것이 바로 어머니와 어머니의 노래를 사랑하는 일이며 어머니에게로 돌아오지 않고도 어머니 곁에 함께 있을 수 있는 길이

기 때문이라는 것이었다.[9]

의도적으로 고향(상상적 대타자이자 욕망의 대상으로서의 어머니)으로 돌아오지 않고, 그 돌아오지 않음으로부터 쌓이는 한을 양식으로 삼아 노래를 만들겠다는 자, 그는 오르페우스와 다를 바 없다. 비단 「해변 아리랑」만이 아닐 것이다. 앞서 이청준 문학의 증기기관은 그 영원한 '포르트-다 놀이'에서 발생하는 왕복운동이라고 했거니와, 욕망하되 그 실현을 끊임없이 유보시키는 자들이야말로 이청준 문학의 주인공들이다. 그들은 끊임없이 무엇인가를 욕망하지만, 그 대상에 도달하려는 순간 스스로 도피한다. 마치 '대상 a'의 목표는 대상 자체가 아니라 대상에 대한 욕망의 지속이라는, 따라서 대상의 결여가 실은 욕망의 진실이라는 라캉의 전언을 알고 있기라도 한 것처럼……

그들이 소리꾼일 경우, 바로 그 도달 가능성과 도달 불가능성 사이의 긴장으로부터 노래가 탄생한다. 그러나 우리는 소설가의 경우에도 바로 그와 동일한 왕복운동으로부터 작품이 탄생한다고 말해야 할 것이다. 풀리지 않은 한은, 일반적으로 예술 전체의 기원이지만, 특정하게는 소설가 이청준의 기원이기도 하다.

4

그렇다면 한이라는 정념을 그저 '승화'와 동일한 것이라고 말하면 되는 것일까? 만약 양자가 동일한 것이라면 정념로서의 '한'이 가지는 '민족 정서'나 '남도 정서'의 특수성에 대해 말할 필요는 사라진다. 물론

9 이청준, 「해변 아리랑」, 『벌레 이야기』, 문학과지성사, 2013, p. 17.

한 민족, 혹은 특정 지역민에게 선험적으로 고유한 본성이나 기질이 있다는 본질주의적 주장들은 대체로 이데올로기이기 십상이다. 그러나 프로이트가 말한 일반적인 승화 과정이 모든 민족에게서 동일한 방식으로 일어난다고 말하는 것도 그리 지혜로운 일은 아닐 것이다. 속해온 환경과 겪어온 역사와 이루어낸 문화가 어떤 방식으로건 승화 메커니즘에 각인되고, 그럼으로써 해당 집단에 특수성을 부여할 것이라는 점은 충분히 추론 가능하다. 정신의학적 임상 연구는 이 문제에 대해서도 실마리를 제공한다.

> 차이가 있다면 한은 오래전의 경험이기 때문에 관련된 감정이 어느 정도 극복되거나 체념되거나 잊혀진, 비교적 과거의 한때 누적되었던, 과거완료형과 같은, 또는 휴화산과 같은, 또는 재로 덮여 있는 것 같은 감정반응으로 생각된다.[10]

한의 본질에 '풂', 곧 '해한'은 없고 '시간의 누적'이 있다는 유사한 주장은 천이두에게서도 발견된다.

> 〈풂〉이라는 용어조차도 적절한 것이라 할 수 없다. 恨이 어두운 속성에서 밝은 속성에로 이행해가는 과정에 있어서 결정적인 유인이 되는 것은 풂의 행위가 아니라 〈삭임〉의 행위이기 때문이다. (분한 마음을) 가라앉히다, (먹은 음식을) 소화시키다, (날김치나 땡감 같은 것을) 익히어 맛이 들게 하다라는 뜻으로 쓰이는 〈삭이다〉라는 말이 오히려 적절하다. 한국적 한의 속성이 원한·한탄 등과 같은 부정적인 감정에서 출발하면서도 그것을 극복해가는 것은

10 민성길 외, 같은 글, p. 611.

사실이지만, 그렇다고 해서 그 극복해가는 과정은 어느 날 갑자기 그 어두운 감정을 풀고, 그것을 청산한 다음 개운하게 거기서 벗어나는 식의 돌연변이적인 것은 아니다.[11]

한이 승화의 일종인 것은 부인하기 힘들어 보인다. 그러나 한국적 승화 메커니즘에서 탄생한 정념인 한은 인용문에서 보듯 '풂'을 전제하지 않는다. 복수를 통해 풀리는 '원한'도 아니고, 죽은 자의 눈앞에 없음을 의식 속으로 받아들임으로써 대상으로부터 철회된 리비도 에너지를 소멸시키는 '애도'도 아니다. 애도는 대상에 대한 리비도 집중을 소멸시키고 원한은 대상 자체를 소멸시키지만, 한은 애정도 원한도 그리고 그런 감정들을 불러일으키는 대상도 유지한다. 승화에 대해서도 마찬가지 말이 가능할 것이다. 프로이트에게 승화란 철회된 리비도 에너지의 탈성적 소모 작업이다. 그러나 한은 그 에너지를 오히려 보존하고 삭인 후 조금씩 갈아 아껴 마신다. 행여 동나면 삶이 무너지기라도 한다는 듯이. 그런 의미에서 천이두는 '해한'이란 말을 부정한다. 한은 누적될 뿐만 아니라 쉽사리 풀어버려서도 안 되는, 한민족 특유의 정념이다.

그래서 천이두는 이 정념을 표현하기 위해 '삭임'이라는 단어를 가져온다. 이 단어의 원형은 '삭다'가 아니라 '삭이다'이다. 삭는 것은 주체가 어쩔 수 없는 세월의 일이지만 삭이는 것은 주체가 능동적으로 개입하는 '행위'(라캉적 의미로 이해해도 되는)다. 한은 상실한 대상을 애도하지도, 그로부터 철회된 리비도 에너지를 승화를 통해 소모하지도 않는다. 대신 그 고통과 슬픔을 버리지 않고 유지한 채로 노래가 될 때까지 삭인다. 말하자면 그것이 한국적 승화의 특수한 양태인 셈이다.

11 천이두, 「한국적 恨의 역설적 구조 연구」, 『논문집』 제21집, 원광대학교, 1987, p. 14.

마지막 질문이 남는다. 그렇다면 한을 품은 주체는 어떻게 해한하지 않고 그 정념을 삭여 노래로 만들 수 있는가? 홍어와 젓갈(삭이는 음식들이다)을 먹고 자란 남도 사람답게, 이청준은 그에 대해 이미 그럴듯한 답을 내놓은 적이 있다.

> "……하지만 자신을 부인하려 해도 소용이 없었습니다. 난 그때 이미 그 사내의 모습에서 초의 스님의 차 마심의 마음을 더없이 분명하게 읽고 있었으니까요. 글쎄, 그게 그보다 분명할 수가 없는 것이…… 그때 무언가 속에서 내 마음을 뜨겁게 덥혀 오는 것이 있었거든요. 마음속 깊이 뜨거워 오는 것, 그렇게 그것을 만날 수 있는 것보다 분명한 것은 있을 수가 없지요……."
>
> "그게 무엇입니까? 초의 스님이 차를 마실 때의 그 마음은 무엇이었습니까?"
>
> 〔……〕
>
> "다름아니라 그건 용서였습니다."[12]

이청준의 답은 '시간과 용서'다. 용서만이 한을 원한으로 만들지도, 쏟아버려야 할 '불쾌'로 만들지도 않으면서 오랜 시간을 삭일 수 있게 만든다. 그리고 그 삭인 한이 노래의 기원이고 소설의 기원이다. 그러나 용서에 대해서라면 다른 차원의 논의가 다시 필요하다. 왜냐하면 그것은 이청준 문학의 '윤리'와 관련된 영역에 속하기 때문이다.

12 이청준, 「다시 태어나는 말」, 『서편제』, 열림원, 1998, p. 173.

응답하라, 1983
— 박노해, 황지우, 백낙청의 시대

1

옛날 옛날, 전두환이 서슬 퍼렇게 젊던 시절, 『시와 경제』라는 무크지가 있었더랬다. 1981년, 그 첫 권이 나왔을 때, 이 잡지의 동인들은 "일상인이 곧 예술가요, 시인으로 통하는 사회"를 꿈꾸며, "현실과 밀착된 언어가 무엇인지 거듭 되묻는 자세를 멈추지 않을 것"[1]이라고 다짐했다. 독자들은, 서울대 출신 시인들과 실업고 출신 시인들의 이름이 나란히 한 지면에 올라 있는 이상하고도 바람직한 풍경을 거기서 보았다.

우여곡절이 좀 있었던가? 그로부터 2년이 지난 1983년에야 『시와 경제』 2집이 출간된다. 2집에서는 새로운 시인이 둘 소개되는데, 그중 한 사람에 대한 소개는 간단했다. "박노해, 1956년 전남 출생, 고교 졸업 후 현재 기능공." 그리고 시인 소개 옆에 나란히 「시다의 꿈」이란 시가 실려 있었다. "긴 공장의 밤/시린 어깨 위로/피로가 한파처럼 몰려온다……"[2]

본명 박기평. 그러나 자신의 이름을 아예 한 계급 전체의 이름(노동

1 김도연, 「언어질서의 변혁을 바라며」, 『시와 경제』 1집, 육문사, 1981, p. 3.

2 박노해, 「시다의 꿈」, 『시와 경제』 2집, 육문사, 1983, p. 97.

해방)으로 바꿔버린 시인, 그래서 개인이라기보다는 차라리 익명의 집단적 주체라 불러 마땅했던 시인, 박노해는 그렇게 출현했다. 다소 과장해서 말하건대, 이후 1980년대 한국문학의 3할쯤은 박노해의 몫이었다. 문학성을 문제 삼아 그를 외면하던 사람들까지도 그를 마음속에서 완전히 외면할 수는 없었다는 의미에서, 그는 당대 한국문학의 자산이자 부채였다.

훗날 도정일은 그의 시를 두고 "노동계급이 자기 목소리로 자기 계급의 의식을 표출하기 시작한 중요하고도 의미 있는 사건"[3]이라 기록하기도 했거니와, 「시다의 꿈」 이후 40년이 넘는 세월이 흘렀고, 그동안 세계도 그도 많이 변했다는 이유로[4] 당시 그의 등장이 가졌던 사건성의 의미를 폄하할 필요는 없어 보인다. 그가 꿈꾸었던 사회주의적 전망이 완전히 사라져버린 지금의 관점에서 보더라도 박노해의 등장은 정치적 사건이었다. 랑시에르는 '정치적인 것'이 시작되는 순간을 이렇게 기록한다.

> 정치는 다른 일을 할 시간을 남겨두지 않는 노동의 비가시적 공간에 머물러 있도록 운명 지어진 존재들이 그들이 갖지 않은 시간을 가짐으로써 스스로를 공통 세계를 함께 나눠 가진 자로서 긍정하고, 거기서 보이지 않았던 것을 보게 하고, 신체의 소음으로만 들렸던 것을 공통적인 것에 대해 논의하는 말로 듣게 만들 때 시작한다.[5]

3 도정일, 「박노해—그 〈길 찾기〉의 의미와 중요성」, 『작가세계』 1997년 겨울호, p. 49.

4 이제 그는 '다소 감상적인 박애주의 오지탐험 사진작가'가 되어 있다. 그러나 투옥 기간까지 고려해, 1997년 이후 그의 선택은 존중받아야 한다. 긴 옥생활이 사람을 여러모로 변하게 하는 일을 우리는 자주 보아왔으니까. 게다가 그가 '옳지 않은' 일을 하고 있는 것도 아니니까.

5 자크 랑시에르, 『해방된 관객』, 양창렬 옮김, 현실문화, 2016, pp. 85~86.

정치는 가청권 밖 '소음'의 주인이 가청권 내 '말'의 주인이 되려 할 때, 현행의 '감각적인 것들의 나눔'을 다른 나눔으로 대체하려 할 때, 간단히 말해 '몫이 없는 자들'이 몫을 요구할 때 시작된다. 박노해는 그런 의미에서 '노동자와 민중의 정치세력화'로 요약되는 1980년대식 정치가 시작되는 지점을 가장 첨예하게 지시한 대표적인 기표라 할 만했다. 고졸 학력에 등단 절차도 거치지 않은 노동자 시인, 노동의 비가시적 공간을 뚫고 나와 보이지 않던 것을 보이게 하고, 노동자들의 '소음'을 '말'로 바꾸어버린 자, 그러니까 그가 연출한 것은 한국문학장에서 몫을 나눠 갖지 못했던 이들이 극적으로 자신들의 몫을 요구하기 시작하는 순간의 장관이었다.

그러자 그간 자명해 보였던 많은 것들이 의문에 부쳐졌다. 소음이 목소리가 되려 할 때면 항상 기존 언어에 대한 반성과, 새로운 언어의 형식에 대한 기대가 급증하게 마련이다. 그의 등장과 함께 문학을 둘러싼 여러 범주가 반성의 대상이 되었다. 문학의 주인은 누구인가?(소위 '민족문학 주체논쟁'은 이 문제를 둘러싸고 벌어졌다), 문학의 장르 구분은 자명한가?(1970년대 중반 이후 꾸준히 발표되어왔던 노동자들의 르포, 수기, 일기 등은 이 시기에 이르러 새로운 장르 구분 혹은 무구분을 요구했다), '미'란, 혹은 '문학성'이란 무엇인가?(다양한 민중예술, 연희예술이 아름다움의 의미를 발본적으로 물으며 장르의 해체와 통합을 강제했다), 문학은 창조적 개성의 산물인가?(집단 창작이 낭만주의 이후 시인이 누려온 '고독한 천재'의 신화를 무너뜨렸다.)

이 모든 물음이 박노해로부터 촉발되었다고 말하기는 힘들지도 모른다. 그러나 그의 존재가 그런 물음들을 논의되어야 할 정당한 문제로서 제기하는 데 가장 강력한 근거이자 사례였다는 사실은 부인하기 힘들다. 그는 '문학'이 실은 텅 빈 기표라는 사실, 문학이라는 근대적 제도가 역사적으로 우연한 것에 불과하며 얼마든지 '다른 문학들'이 존재할 수 있다는 사실, '아무나'가 다 시를 쓰고 시를 향유할 수도 있다는 사실을 입증함으로써 '문학의 민주화'에 공헌했다.

2

그러나 박노해가 저와 같은 물음들을 스스로에게, 그리고 자신의 시에 대해 던진 적이 있었는지는 의문이다. 엄밀히 말해 그의 시는 '시'의 범주를 초과한 적이 없었다. 말하려는 바에 비해 말의 형식이 대체로 온건했다(점점 더 그렇게 변해서 지금은 지극히 정형화되고 '달달한' 글을 쓴다). 혹자에 따르면 그는 김수영과 김지하를 잇는 서정시인이었고, 3·4조와 4·4조에 능했으며,[6] 풍자적일 때도 교술적일 때도 있었다. 말하려는 바는 분명했으나 말하는 방식에 대한 자의식은 없는 시인이었던 것이다.

오히려 전통적인 시의 범주를 초과한 지점에서 '문학' 자체를 '의식적으로' 의문에 부쳤던 이는 황지우였다. 『시와 경제』 2집 뒤표지에 실린 목차에는 박노해의 이름 몇 줄 위로 '황지우'란 이름이 눈에 띄는데, 『시와 경제』 동인이기도 했던 그는 거기에 「활엽수림에서」 외 4편의 시를 발표했다. 그중 「벽」이란 시는 이렇다. "예비군편성및훈련기피자일제자진신고기간/자: 83. 4. 1.~지: 83. 5. 31."[7] 벽에 붙어 있는 예비군 관련 벽보 문구를 그대로 지면으로 옮겨온 시다.

그 후로 30년간 누적되어온 황지우 관련 담론들에 어느 정도 익숙해

6 정남영, 「박노해의 시세계」, 『사상문예운동』 제8호, 풀빛, 1991년 여름호 참조.

7 황지우, 「벽」, 『시와 경제』 2집, p. 54.

진 우리는, 이제 저 시의 (무)의미를 알고, 시인이 의도한 바에 대해서도 대체로 유추해낼 수 있다. "문학이란 무엇인가 하는 물음은 그때 그때 무엇이 문학으로 통용되고 있는지 그 '범주'의 문제로 넘겨진다"[8]라고 말한 이가 바로 황지우다. 그래서 "'시적인 것'은 '어느 때나, 어디에도' 있다. 물음표 하나에도 있고, 변을 보면서 읽는 신문의 심인란에도 있다. 풀잎, 깡통, 라면 봉지, 콩나물을 싼 신문지, 못, 벽에 저린 오줌 자국 등 땅에 버려진 무심한 사물들에까지"[9]라고 말한 이도 바로 황지우다. 그에게 초역사적으로 문학적인 것이란 존재하지 않는다. 문학적인 것과 비문학적인 것의 경계는 역사적일 뿐 자명하거나 근본적이지 않다.

"문학은 근본적으로, 표현하고 싶은 것을 표현할 뿐만 아니라 표현할 수 없는 것, 표현 못 하게 하는 것을 표현하고 싶어 하는 욕구와 그것에의 도전으로부터 얻어진 산물"이라고 말한 것도 그다.[10] "나는 말할 수 없음으로 양식을 파괴한다. 아니 파괴를 양식화한다"[11]라는 선언은 이제 너무 유명해서 다시 언급하는 것이 식상할 정도다. 이런 시론하에서 창작된(정확히는 옮겨 적은) 가장 전형적인 작품(정확히는 반-작품)이 『새들도 세상을 뜨는구나』(문학과지성사, 1983)에 실린 「숙자는 남편이 야속해」다. 일종의 '오려 붙이기'에 해당하는 이 시에서 신문 연예면의 일일 연속극 소개 글과 공중화장실 문에 쓰인 음란한 낙서는 '시적인 것'과 구분되지 않는다. 물론 똥 싸는 자와 시인도 구분되지 않는다. 문학이 말할 수 없는 것을 향해 있는 한, 문학적 형식은 항상 파

8 황지우, 『사람과 사람 사이의 신호』, 한마당, 1986, p. 12.

9 같은 책, p. 13.

10 같은 책, p. 22.

11 같은 책, p. 23.

괴의 대상이다. 저절로 문학적인 언어도 존재하지 않는다.

낙서도 대중문화도 악보도 벽보도 모두 시가 되는 세계를 지향했다는 의미에서, 황지우는 한국문학장의 가장 낯설고 먼 곳에 자리를 잡았다. 그럼으로써 그는 1980년대 한국문학을 랑시에르적인 의미에서 '탈정체화'하려고 시도했다. 문학의 범주와 문학성 자체를 반성의 대상으로 삼고, 장내의 모든 것들을 의심하고, '의미의 공백'[12] 상태를 창출하려고 시도했다는 점에서 그렇다. 의미의 공백 상태에서만 평등 전제에 의한 몫의 재분배가 실행될 수 있다는 점을 고려할 때, 그것은 이미 몫을 나누어 가진 지식인이 문학에 대해 할 수 있는 최대한의 반성적 행위였다. 그런 측면에서 황지우를 포함한 몇 사람의 시적 경향을 묶어 '해체시'라 이름 붙인 문학사가들의 명명법에도 오류는 없다. 실제로 당시 황지우가 시도했던 것, 그것은 한국문학에 작동하고 있던 '미메시스'의 원칙, 그 오래된 데코럼을 해체하는 것이었기 때문이다. 그는 전복적이었다.

랑시에르는 '미학적 전복'을 이렇게 정의한다. "미학적 전복이란 〔……〕 예술일 만한 대상과 그렇지 않은 대상을 분리하고, 그것을 맛볼 수 있는 공중과 그렇지 못한 공중을 분리하는 모든 장벽을 제거하는 것 사이의 긴장이다."[13] 의식했건 하지 않았건, 1983년의 박노해와 황지우는 그런 긴장 속에 있었다. 그리고 그 둘이 1983년에 『시와 경제』 2집의 지면에서 우연찮게 만났다. 당시 많은 무크지들과 수기와 르포들이 발표되고 출간되었지만, 이 지면의 사건성을 넘어서지는 못한다.

12 김예리, 「80년대 '무크 문학'의 언어 풍경과 문학의 윤리—『시와 경제』와 『시운동』을 중심으로」, 『국어국문학』 169호, 2014, p. 196.

13 자크 랑시에르, 같은 책, p. 208.

3

그러나 언제나 문학장 내에는 현행의 나눔을 수호하려는 치안 판사들도 있게 마련이어서, 다른 지면으로 눈을 돌리면 비슷한 시기에도 입장을 완전히 달리하는 문장들이 발견된다.

> 그러나 '무크시대'라 일컬음직한 시기가 무한정 지속되리라고는 보기 어렵다. 아니, 무한정 지속되어도 곤란한 일이다. 그것은 어디까지나, 자칫 암흑기로 떨어질 뻔했던 하나의 고비를 넘기는 데서 그 역사적 의의를 찾아야지, 무크와 같은 일종의 변칙적 출판활동이 이 땅의 문화운동을 계속 주도할 수는 없는 것이다. 〔……〕 조만간에 기존 잡지들의 각성과 새로운 정기간행물의 등장으로 무크지의 상대적 중요성이 감소되지 않는다면 결국 80년대 초의 무크운동은 실패한 운동이 될 것이다.[14]

백낙청이 "무크와 같은 일종의 변칙적 출판활동"이란 표현을 쓸 때, 그의 어법에서 어떤 불안감을 발견하기는 어렵지 않다. '변칙적인 출판활동'에 문화운동의 주도권을 빼앗긴 전직 '규칙적 출판활동' 종사자의 불안은 "이 땅의 문화운동을 계속 주도할 수는 없는 것이다" 같은 수행적인 주도권 주장으로 이어진다. 그는 이어서 무크지를 과도기의 "고비를 넘기는" 수준에서 필요한 임시적 출판 행위로 위치 지운 뒤, 무크운동의 실패가 오히려 한국문학의 건강을 증명하게 될 것이라는 요지의 말까지 한다.

물론 저 말에서 당시 혼란했던 한국 출판계에 대한 우려를 읽지 않

14 백낙청, 「1983년의 무크운동」, 『민족문학과 세계문학 2』, 창작과비평사, 1985, p. 108.

는다면 공평하지 못할 것이다. 안정적인 정세하에서 이루어지는 차분하고 냉정한 문학 논의(그러나 처음으로 공동의 몫을 주장하는 자들은 좀체로 차분하거나 냉정해지는 법이 없다)에 대한 기대가 그 안에는 있다. 그러나 무크운동이 과연 독재 정권하 출판 암흑기의 돌파구 정도로만 이해되어도 좋을 성질의 현상이었는지에 대해서는 이견이 있을 수 있다. 가령 황지우는 비슷한 시기에 쓴 「무크 바람의 풍향계」라는 글에서 이런 말을 한다. "아마도 그것은(무크운동, 특히 『실천문학』) 70년대 말 『창비』가 좋은 뜻에서건 나쁜 뜻에서건 '창비적'이라는 고정된 이디엄을 얻기 시작하면서 조금씩 드러냈던 어떤 새로운 보수성에 대한 반작용이었는지 모른다."[15]

그럴 때, 황지우와 박노해가 1983년에 한 무크지 지면에서 조우했던 사건을 완전히 우연이라고 보기는 힘들어진다. 『창작과비평』과 『문학과지성』의 폐간이 무크운동의 직접적인 원인이 아니라는 점, 오히려 그와 같은 '규칙적 출판물'들이 당대 '몫이 없는 자들'의 '소리'가 '말'이 되게 하는 데 그다지 도움이 되지 않았거나 어떤 경우 되레 방해가 되었기 때문에 무크지들이 등장했다는 것이 저 말의 취지다. 과도기는 항상 말의 형식을 유동하게 하는 법이고, 1980년 5월 이후 한국 정세가 여러 부문에서 다양한 불만과 변혁에의 기대들이 표출되던 상황이었음을 고려한다면, 무크운동은 '몫이 없는 자들'의 목소리가 분출되는 장이었다고 보는 것이 더 맞는 분석이다. 『시와 경제』에 실린 작품들의 목록을 그 사례로 들어도 좋을 것이다. '창비 식구'와 '문지 식구', 서울대 출신과 실업고 출신, 노동자와 엘리트 지식인이 한 지면에서 나란히 발화하는 계쟁과 불일치의 장소, 박노해가 아무나 시인일 수 있음을 주장하고 황지우가 아무거나 시적일 수 있음을 주장하는 장소, 그

15 황지우, 「무크 바람의 풍향계」, 『사람과 사람 사이의 신호』, p. 30.

장소는 『창작과비평』과 『문학과지성』이 만든 장소가 아니라, 그 두 잡지가 창출해내는 데 실패한 장소다. 황지우와 박노해가 무크지 지면에서 만난 것은 그러므로 우연이 아니었던 것이다. 그러나 백낙청은 박노해에 대해서도 입장이 다르다.

> 박노해의 시집 『노동의 새벽』을 두고도 비슷한 이야기를 할 수 있겠습니다. 물론 이것은 노동자만이 쓸 수 있는 훌륭한 시들이기는 하지만 어디까지나 시라는 장르적 특성을 잘 살렸기 때문에 훌륭한 것이고, 그리고 한국시를 어느 정도 읽어본 사람들이라면 박노해의 이런 시가 나오기까지 가령 김수영이라든가 신경림, 김지하 등 기성문인들의 작업이 밑거름이 됐다는 것을 금방 알아차릴 수 있다고 봅니다.[16]

그가 박노해의 시를 두고 "시라는 장르적 특성을 잘 살렸기 때문에 훌륭한 것"이라고 말할 때, 그에게는 황지우가 마련하고자 했던 '언어의 공백'에 대한 사유가 전혀 없다. 시라고 하는 장르에는 고유의 특성이 있는 법이고, 이 장르적 특성을 잘 살려야 훌륭한 시를 쓴다는 전제 속에서, 문학과 예술에 관한 기존의 '감각적인 것의 나눔'을 고수하려는 문학적 보수주의자의 면모를 발견하는 것은 어려운 일이 아니다. 게다가 "한국시를 어느 정도 읽어본 사람들", 그러니까 일정의 문학 능력을 갖춘 독자들만이 알아볼 수 있다는 문학사적 영향 관계(김지하에서 신경림으로, 다시 박노해로 이어지는)가 실은 창비 진영에서 두루 상찬해온 정전들의 계보라는 점도 걸린다. 한 사회의 문학장은 최종심에서 문학사가 방어한다.

16 백낙청, 「민족문학과 민중문학」, 같은 책, p. 346.

박노해는 그런 방식으로 백낙청에 의해 당대 한국문학장 내 진입을 허가받는다. 그러나 조건이 있다. '몫이 없는 자들' 전체의 '소리'를 가지고 들어오지는 말 것, 기존 문학장 내에 몫을 가진 이들의 한 분파이자 지류의 자격으로만 들어올 것, 최종적으로 현행의 나눔에 이의를 제기하지는 말 것…… 랑시에르는 그와 같은 함구 명령을 '정치'와 구분해 '치안'이라 불렀다. 어쩌면 당시 '진보적' 비평이 자신도 모르는 채로 수행했던 임무를 우리는 그렇게 불러야 할지도 모른다.

4

역사에서 가정법은 무의미하고 또 무례하기까지 하다는 것을 모르는 바 아니지만, 상상해본다. '아무나'가 시인일 수 있는 시대를 열었던 노동자가, '아무거나' 시가 될 수 있는 언어의 공백 상태를 창출해'냈을 수도 있었을' 문학사, 1983년 이후 줄곧 황지우처럼 '썼을 수도 있었을' 박노해, 몫이 없는 이들에게 말을 주기 위해 파괴를 양식화'했을 수도 있었을' 노동자 시인…… 한국어에는 없는 이 미래완료 시제의 문장은 참으로 허황되지만, 1980년대 한국문학이 철통같은 치안을 뚫고 어떤 종합이나 완성 같은 걸 이뤘어야만 했다면 아마도 그런 방식이었을 것이다.

1980년대 민족민중문학론의 결여

1. 모든 것은 영원했다, 사라지기 전까지는

1980년대 한국문학을 개관해보려고 이 글을 쓴다. 그러나 준비하는 와중에 나는 내가 그런 일을 하기에 적합한 사람이 아니란 사실을 알게 되었는데, 아무래도 그 시대와 나 사이에는 청산해야 할 무엇인가가 남아 있었던 모양이다. 비유컨대 전이가 해소되지 않은 채 끝나버린 정신분석 상담의 피분석자 같았달까? 기시감, 회한, 부인, 종종 '화난 향수' 때문에 감정이 요동쳤고, 그래서 '개관'하는 자가 응당 취해야 할 거리두기가 몹시 어려웠다. 먼지 묻은 채 꽂혀 있던 『노동의 새벽』 초판을 방금 꺼내놓았던 손이 느닷없이 『조국의 시간』으로 옮겨 가기도 했고, 다음 날은 황지우의 시론을 읽다가 금세 이게 다 무슨 소용이냐 싶어져 최근 출간된 알튀세르의 유작 이 페이지 저 페이지를 뒤지기도 했다. 그 행동들은 분명한 '증상'이었다. 결국 애초에 계획했던 1980년대 문학의 전체적인 개관은 불가능해 보인다. 대신 한 권의 책 이야기를 서두 삼아 몇 가지 단상이나 늘어놓아볼까 한다.

지금 내 눈앞에 놓여 있는 그 책은 『민족민중문학론의 쟁점과 전망』(이하 『쟁점과 전망』)[1]이다. 오래전, '이 책 속의 언어들은 이제 시효 만료되었다'고 생각하며 폐기하고 말았다가, 이참에 헌책방에서 다시 구한 책이다(내겐 그런 책들이 많다). 김사인과 강형철이 엮었고, 출간일은 1989년 9월 10일, '푸른숲' 출판사에서 나왔다. 구체적인 출간 날짜까지 적는 데에는 이유가 있다. 이 책이 나오고 꼭 한 달 뒤인 1989년 11월 9일에 베를린 장벽이 무너질 것인데, 그 짧은 시차를 강조하기 위해서이다(나는 그 사실을 몇 주 지나서야 알게 된다. 장벽 붕괴 바로 전날, 그러니까 11월 8일에 논산 훈련소에 입대했기 때문이다. 입대 직전까지도 나는 『노동해방문학』과 『현실과 과학』의 열렬한 애독자여서, 그 책들을 읽을 수 없게 된다는 것이 입대하기 싫은 가장 큰 이유였다). 생각해보면 세상에 얼마나 많은 것들이 영원하(다고 여겨지)던가, 다만 그것이 사라지기 전까지는……

1 최원식 외, 『민족민중문학론의 쟁점과 전망—80년대 문제평론선』, 김사인·강형철 엮음, 푸른숲, 1989. 이 책의 1부는 '민족·민중문학론의 흐름과 전망'이란 제목하에 최원식, 백낙청, 김진경, 김명인, 조정환의 글들을 묶었고, 2부는 '민족·민중문학론의 제문제'란 제목하에 박현채, 강형철, 성민엽, 이재현의 글들을 묶었다. 1부는 주로 통시적인 흐름에 따라 배열되었는데, 발표 시기도 그렇고 논리적 전개도 그렇다. 식민지 시기와 해방 직후의 민족문학 논의를 개관한 최원식의 글이 맨 앞에 배치되고, 민족문학론의 선편을 쥐었던 백낙청의 글이 그다음에, 그리고 이후 백낙청의 민족문학론이 지닌 계급적 한계를 지적하면서 등장한 김명인('민중적 민족문학론'), 조정환('민주주의 민족문학론', '노동해방문학론') 등의 글이 뒤를 잇는다. 2부는 1부 논의의 심화이자 문제 제기에 속한다. 3부 '노동문학의 흐름과 전망'에는 현준만, 백진기, 조정환의 글이 실려 있다. 1, 2부와 달리 '노동문학'이 별도의 독립된 지면을 차지하고 있는 셈인데(농민문학, 분단문학, 제3세계문학 등에는 별도의 지면이 없다), 김사인이 사노맹 기관지였던 『노동해방문학』의 발행인이었다는 점을 고려하지 않더라도 이런 구성은 대체로 납득할 수 있다. 김명인의 「지식인문학의 위기와 새로운 민족문학의 구상」이 발표되던 1987년 후반기 이후, 민족·민중문학론의 화두는 역시 '노동계급 전위/당파성'에 집중되었기 때문이다. 4부의 제목은 '민중문학과 창작방법론'이다. 수기, 르포, 집단창작, 장르 해체/확산, 문예 운동 조직 등의 문제를 다룬 4부의 글들은 주로 3부까지의 이론적 논의가 창작 현장에서 '적용되는' 방식에 대해 논한다. '적용'이라고 말하는 것은 이 시기 민족민중문학론의 '이론 중심주의', 그리고 '이론과 창작의 무매개성'을 염두에 둔 것이다. 이렇게 볼 때 이 책의 구성 자체를 어떤 의미에서는 1980년대 한국문학의 '심상지리' 혹은 '상징화 형식'이라 불러도 무방할 듯하다. 이 책을 이 글의 서두로 삼은 이유도 부분적으로는 여기에 있다.

2. 여우의 우울

그러나 영원하리라 믿었던 것이 사라진 후, 그것은 애초에 사라질 것이었고 이제 영원히 상실한 것이라고 말하는 것은 또 얼마나 손쉬운가? 그것은 일종의 우울증인데, 내 생각에 우울증에는 두 종류가 있다. 사라진 욕망의 대상을 '애초에 사라지게 되어 있던 것'으로 '가치절하'하기가 그 하나이고, '한때 소유했으나 이제 영원히 상실한 것'으로 '신비화'하기가 다른 하나다. 두 경우 모두 우울증인 것은 정당한 애도를 통해 '결여'를 수용하지 못하기는 마찬가지이기 때문이다.

끝내 먹을 수 없었던 포도를 등진 여우의 우화가 그 첫번째 증례다. 신 포도, 그러니까 소유하지 못하게 된 욕망의 대상을 '가치절하'함으로써 감정 비용을 절감하는 여우 이야기 말이다. '모든 것은 영원했다, 사라지기 전까지는' 같은 문장에 깃들어 있는 자조와 냉소에서 그와 같은 여우의 우울을 읽기는 그리 어렵지 않다. 두번째 증례는 지젝의 말로 대신한다.

> 욕망의 대상-원인이 원래부터, 어떤 구성적인 방식으로(우리로 하여금 무언가를 구성하게끔 만드는 방식으로) 결여되어 있는 것이라면, 우울증은 이 결여를 일종의 상실로 이해한다. 마치 이전에 갖고 있었는데 나중에 잃어버리기라도 한 것처럼 여기는 것이다. 요컨대 우울증이 헷갈리게 만드는 것은 욕망의 대상이 처음부터 결여되어 있었다는 사실, 욕망의 대상의 출현이 그것의 결여와 포개어져 있다는 사실, 욕망의 대상이란 어떤 공허/결여의 실정화일 뿐 '그 자체로는' 실존하지 않는 순전한 왜상적 실체에 불과하다는 사실이다. 역설적인 것은 결여를 상실로 옮기는 우울증의 이 기만적인 번역이 우리로 하여금 대상의 소유를 주장할 수 있게 해준다

는 점이다.[2]

저 문장들에 따를 때, 애초부터 나와 대상에 대해 구성적 '결여'였던 것을 지금은 '상실'한 무엇으로 만들기, 즉 '결여와 상실의 바꿔치기'가 또 다른 우울증의 증상이다. 우리는 가지고 있었던 것만 상실할 수 있다. 상실한 것은 '먼저 가졌으나 후에 잃어버린' 무엇이다. 따라서 상실은 소유의 보증이다. 그럴 때, (라캉의 'a'가 그렇듯이) 잃어버린 그 대상은 이상화된다.

그것의 결여를 말하지 않고 그것의 상실을 말할 때, 1980년대 진보적 문학인들이 꿈꾸었던 '민중/노동자가 문학의 주인이 되는 세상'은 여우의 신 포도 같은 것이 되지 않을까? 혹은 잃어버린 '욕망의 대상-원인' 같은 것이 되지 않을까? 이 글이 1980년대 민족민중문학론의 진리치를 문제 삼거나 공과를 따지지 않고, 또 한국의 현대사가 딱 한 번 향유하고는 상실해버린 '프롤레타리아트의 밤'으로 극화하지도 않으면서, 주로 그 결여에 대해 이야기하려는 것은 그런 이유다. 상실한 대상으로서 소유하지 않고 그것의 (그리고 나의) 결여와 함께 정당한 애도를 표하기, 나는 지금의 한국문학이 1980년대 민족민중문학 담론과 맺을 수 있는 가장 윤리적이고도 생산적인 관계는 그런 것이라고 생각한다.

3. 실천의 상이한 형태들

정당한 애도를 작정한 이상, 『쟁점과 전망』을 통독한 후 (사실 한때

2 슬라보예 지젝, 『전체주의가 어쨌다구?』, 한보희 옮김, 새물결, 2008, pp. 220~21.

이 책에 모인 글들 중 어떤 것들은 나에게 경전이자 지침이기도 했으니 통독이라기보다는 재독, 삼독이라고 해야 맞겠지만) 이미 많이 거론되었음에도 다시 거론해야 할 1980년대 한국문학의 '결여'는 '문학적 실천의 특수성'이었다고 말할 수밖에 없을 듯하다. 저 책의 거의 모든 페이지에서 발견되는 이런 문장들 때문이다.

> 개인의 문학적 역량보다는 노동운동의 성장 정도가 상대적으로 더 크게 작품의 질을 결정한다.[3]

> 현대의 한국사회라는 사물은 자본축적이 고도로 이루어진 사회로서 국가독점자본주의 단계에 이른 사회이다. 그러나 우리 사회의 자본축적은 제국주의의 신식민지임으로 해서 비로소 가능해진 것이다. 그리하여 우리 사회는 세계자본주의체제상에서 단순히 신식민지적 위치를 차지하고 있을 뿐만 아니라 사회의 내적 성격과 구조 그 자체가 신식민지적인 것으로 편성되어 있다. 이러한 신식민지 국가독점자본주의라는 복잡한 사물에도 이 사물의 성격과 그 발전의 전과정의 방향을 근본적으로 규정하는 하나의 모순이 있기 마련이다.[4]

첫 인용문을 내 방식으로 번역하면 '정치적 실천(노동운동)이 문학적 실천(작품의 질)을 결정한다. 그것도 곧바로 결정한다'쯤 될 듯싶다. 알튀세르 같은 명민한 마르크스주의라면 '토대가 상부구조를 결정한다'라는 마르크스의 명제에 대한 명백한 곡해이자, '상이한 실천들' 간의

3 김진경, 「민중적 민족문학의 정립을 위하여」, 같은 책, p. 88.

4 조정환, 「민주주의 민족문학의 현단계와 문학적 현실주의의 전망」, 같은 책, p. 168.

무매개적인 동일성 주장인 저 명제에 동의하지 않았겠지만 말이다.

조정환의 것인 두번째 인용문은 '민주주의 민족문학론'의 전제가 무엇인지를 보여준다. '신식민지 국가독점자본주의'는 당시 PD와 ND 계열의 사회구성체론이었다(내 기억이 맞다면 양자는 오지도 않은 사회주의 이행기가 특성인지 단계인지를 두고 의견이 갈렸다). 사회구성체론(이론적 실천)에서 변혁운동의 전략과 전술(정치적 실천)이 추출되고, 이는 곧바로 문학운동론(민주주의 민족문학론)을 규정한다. 그로부터 몇 달 뒤 정세가 진전되면(6월항쟁과 노동자대투쟁) 전략과 전술도 바뀌고 문학운동론도 바뀐다(노동해방문학론). 인용한 김진경과 조정환만 아니라 다른 모든 논자와 그룹들도 사정은 마찬가지였는데, 백낙청만 하더라도 한국에서는 (분단모순 때문에) 장기 지체된 시민혁명을 전제로 민족문학론을 전개했고, 백진기로 대표되는 이른바 '민족해방문학론' 또한 기저에 '식민지반봉건사회론(혹은 주체사상)'을 깔고 있었음은 말할 것도 없다.

요컨대, 1980년대 민족민중문학론에 결여되었던 것, 결여되어 있음으로 해서 오히려 여러 문학론에 구성적으로 관여했던 것, 그것은 상이한 실천들 사이의 구분이었다. 달리 말하자면 '문학(예술)적 실천'의 특수성에 대한 이해의 결여가 당시 문학장에서는 일종의 논쟁을 위한 '전제', 혹은 '발화가능성의 장'을 형성했던 것으로 보인다. 1980년대 후반 이후, '민족문학의 주체(시민, 민중, 노동자)'와 '창작 방법(집단창작, 장르 확산)', '문학운동의 조직과 매체(무크, 소집단, 야학, 통일전선, 당)' 등을 둘러싼 논쟁이 거셌다는 사실은 익히 아는 바다. 그러나 그런 논쟁이 가능하기 위해서는 '경험적/역사적 현실→사회구성체(혹은 변혁)론을 통한 현실의 이론적 상징화→이론에서 추출된 변혁운동의 전략/전술→변혁운동에 복무하는 하위 운동으로서의 문학적 실천'이라는 단선적이고 일방향적인 위계적 전제가 공유되어야만 했다. 이렇게 경제적 실천, 이론적 실천, 정치적 실천, 이데올로기적 실천, 문학(예술)적 실천처럼 각각 '상이한 재료에 상이한 공정을 가해 상이한 결과물을 산출하는' 제반 실천들이 무매개적이고 단선적인 방식으로 '정치적 실천'에 의해 흡수 봉합된다. 문학적 실천이 갖는 특수성에 대한 이해의 결여가 오히려 문학장 내 논쟁을 활성화한 셈인데, 이는 다른 종목의 룰들을 결여함으로써 한 가지 룰을 공유한 이들의 경기 외에는 스포츠가 존재할 수 없는 것과 마찬가지 이유에서다.

'사회나 정치와 무관한' 문학예술의 자율성('순수/참여 논쟁' 이후로 나는 이런 말을 아직도 하고 다니는 사람, 특히 평론가를 본 적이 없으나, 이런 말을 하고 다닌다는 사람들을 비판하는 사람들은 종종 봤다) 운운하자는 속셈으로 이런 말을 하는 것은 아니다. 알튀세르를 거론하기도 했거니와 엄밀하게 유물론적인 입장에서 상이한 실천의 유형들은 구분되어야 한다. 각각의 실천들은 경제적 생산이 그러한 것과 마찬가지로 원재료와 생산수단과 공정과 그로부터 산출되는 결과물을 달리하기 때문이다. 상대적 자율성에 입각한 그러한 구분 후에야 그것들의 앙상블로서의 "사회적 실천"을 말할 수 있다고 알튀세르는 말한다.[5]

지면 관계상 여기서 논의를 더 이어가지는 못하겠지만, 알튀세르 이후 그의 제자들이었던 마슈레와 바디우와 랑시에르가 '시에 의한 철

5 "따라서 우리는 실천을 행위자들을 실재와 능동적으로 접촉시켜서 사회적 유용성의 결과들을 생산해내는 사회적 과정이라고 부르겠다. '사회적 실천'을 그것의 앙상블 안에서 확실히 말할 수 있게 되는 것은 이 표현이 정당화될 때, 다시 말해 상이한 실천들이 서로의 관계에서 상호의 존적임을 사유하고자 할 때이다. 하지만 이 표현의 사용이 정당화되지 않을 때를, 예컨대 상이한 실천들을 '사회적 실천'이라는 밤에 묻어버리는 '장애'를, 각 실천의 종별성을 표시하지 못하고 예를 들어 과학적 실천이나 철학적 실천을 정치적 실천에 마치 '시녀'인 것처럼 예속시키는(스탈린 치하의 리센코 사례를 보라) 장애를 노정하는 것을 경계해야 한다. 실천이라는 것을 이해하기 위해서는 구별되면서 상대적으로 자율적인 사회적 실천들의 실존에 대한 인정을 경유해야만 한다. 기술적 실천은 과학적 실천이 아니며, 철학적 실천은 과학적 실천과 혼동되지 않는다 등등."(루이 알튀세르, 『비철학자들을 위한 철학 입문』, 안준범 옮김, 현실문화, 2020, p. 158)

학의 봉합'이나 '정치에 의한 문학의 봉합'에 반대하며, 어떤 방식으로 '문학의 정치'와 '진리 산출 공정으로서의 시'의 범주를 예각화하고 유물론적 문학이론을 전개해왔는지는 이제 많이 알려져 있다. 아울러 제임슨이나 모레티 같은 영미권 마르크스주의자들에게 알튀세르가 미친 영향력 또한 과소평가할 수 없고, 그들의 저작이 1980년대 이후 수십 년 동안 차례차례 번역되고 참조되면서 한국의 '문학과 정치' 관련 논의에 미친 영향력과 문제 제기도 당면한 현안을 이유로 간단히 무시하거나 제쳐놓을 성질의 것이 아니다.

내게 문학적 실천의 종별성 문제, 1980년대의 문학이 결여의 형태로 제기한 이 문제는 두고두고 변전을 거듭하면서('문학과 정치', '문학과 정치적 올바름' 등을 둘러싼 최근의 논쟁들이 떠오른다) 여전히 그 행방이 제대로 해명되지 않은 채 남아 있는 질문 형태의 유산인 것만 같다.

4. 상징적 질서

『쟁점과 전망』, 이 한 권의 책을 1980년대 한국문학장에 대한 일종의 심상지리이자 상징화 형식의 일례로 간주할 때, 거기 결여되어 있는 것으로 거론하고자 하는 두번째 것은 (생뚱맞게 들리겠지만) 한 편의 평문이다. 정과리의 「민중문학론의 인식구조」[6]가 그것이다. 분량으로 보나(60여 페이지에 이른다), 발표 시기로 보나(6월항쟁과 노동자대투쟁을 겪은 직후인 1988년 2월이다), 담겨 있는 내용(민족민중문학론에 대한 전면적이고도 발본적인 비판이다)으로 보나 이 글이 저 책의 한 자

6 정과리, 「민중문학론의 인식구조」, 『문학과사회』 1988년 봄호(창간호).

리를 차지하지 못했던 것은 의외인데, 경우의 수는 몇 가지가 있을 수 있겠다. 첫째, 필자가 수록을 거부했을 경우. 둘째, 민족민중문학론에 대한 전면적인 비판이라는 이유로 목록에서 배제되었을 경우. 셋째, 이 글을 실을 자리를 저 책에 마련할 수 없었을 경우. 말하자면 룰을 받아들이지 않은 축구선수처럼 이 글이 당대의 발화 규칙을 위반하고 있다고 판단되어 경기장에 들일 수 없었을 경우. 세 경우 모두 개연성이 있지만 아무래도 가장 생산적인 논의가 가능해지는 것은 세번째 경우일 듯하다.

결여라고는 했지만, 정과리의 글이 이 책에서 아예 언급조차 되지 않는 것은 아니다. 조정환의 글에서 「민중문학론의 인식구조」는 이렇게 인용된다. '장편 노동문학'을 기대한다는 김병익을 두고 "노동자문학의 유미주의화를 꾀함으로써, 이 공포를 해소하는 한편 문학권의 주도권을 쥐려는 개량전술의 일환"이라는 해석을 내놓은 뒤에 이어지는 문장이다.

> 또한 이것은 '민중문학론자들이여! 모조리 주도권을 내려놓으시오, 상징적 위계질서를 세우고 거기서 지도를 행사하려는 짓거리는 소시민적 엘리티즘에 불과한 것입니다'라고 허풍을 떨며 뒷전에서 살짝 주도권을 훔쳐가려 했던 정과리적 방법보다 더 교묘한 방법이다.[7]

조정환에 의해 소환되면서 말소되는 정과리의 글에서, '상징적 질서'라는 어휘가 가장 중요한 자리를 차지하고 있음은 사실이다. 그러나 조정환의 주장과 달리 그는 그 말을 전위를 가장한 엘리트들의 '위계적

7 조정환, 같은 글, p. 159.

상징화'라는 의미로만 쓰지 않는다. 전위를 자처하는 지식인들이 그들이 수립한 상징적 질서를 유일한 진리체계로서 평면화하고 현실화하려고 하는 정황에 대해 비판하는 글의 말미를 제외할 경우, 그가 말하는 '상징적 질서'는 차라리 라캉의 상징계(언어 바깥은 없다)나 알튀세르의 이데올로기적 현실(이데올로기 바깥은 없다), 혹은 문학에 국한시킬 경우 제임슨이나 모레티의 '상징화 형식'(소설은 세계가 부딪힌 '문제'를 상징적으로 해결하는 '형식'이다)에 가깝다. 그러니까 다음과 같은 용례로 정과리는 그 말을 사용한다.

> 이론은 경험 사실의 절대적 법칙이 아니다. 그것은 경험을 재구성하고, 그 경험에 다시 작용을 가하는 특별한 담론 체계이다. 그리고 실은 그 경험 자체가 이미 담론화된 경험이다.[8]

> 꼼꼼한 독자는 내가 여기서 엉뚱한 쪽으로 글의 방향을 돌리는 것에 대해 의아해할 것이다. 갑자기 웬, 상징적 질서 운운하는가 의심할 것이다. 나는 민중문학론의 담론 구조를 살피고 있다. 내가 주목하는 것은 그들이 근거하는 현실 자체가 아니라, 그들이 그 현상을 재구성하는 방식이다.[9]

> 해석이란 분명한 의미를 찾아내는 것이 아니라, 텍스트라는 원료에 노동(해석자의 해석 행위)을 가하여 새로운 의미 체계(세계 해석)를 생산해낸다는 입장에 선다면, 따라서 해석이란 또 하나의 세계의 개진이라는 입장에 선다면, 명확한 뜻을 밝히는 일은 그다

8 정과리, 같은 글, p. 90.

9 같은 글, p. 103.

지 중요한 일이 아니며, 한 구절을 둘러싼 해석의 다양성은 세계에 의미를 주려는 활동들의 다양한 교환과 충돌로 이해할 수 있다.[10]

인용문들을 오늘날 익숙해진 용어로(저 문장들을 통해 합리적으로 추론 가능한 것들을 포함해서) 번역해보는 것도 좋을 듯하다. 칸트의 '물자체' 같은 것은 없다. 세계는 '항상 이미' 담론화된 세계이다. 우리는 유아기의 몇 달을 제외하고는 필연적으로 언어적으로 상징화된 세계에서만 산다. 심지어 우리들의 무의식도 언어처럼 구조화되어 있다. 노동계급도 마찬가지고, 일종의 보호구역처럼 남겨져 반소외 이데올로기의 알리바이를 주로 담당하는 예술가도 마찬가지다. 이데올로기에 역사는 없어서, 그것에 호명된 이상 그 바깥을 상정할 수는 없다. 소설은 구멍이 난 세계의 상징적 질서를 메우려는 상징화 시도이고, 비평은 소설의 그런 시도가 어떻게 실패하는가를 보여주는 실천이다. 과학적인 비평은 현실을 대상으로 삼지 않고, 언어가 현실을 구조화하는 조건과 방식을 문제 삼는다. 말하자면 감성적인 것의 견고한 분할을 문제 삼는다. 이론적 실천이란 담론화된 경험에 작용을 가하여 새로운 담론 질서를 창출하려는 특수한 실천이다 등등.

이제 『쟁점과 전망』에서 정과리가 일갈의 대상으로 한 번 등장할 뿐 결여의 자리를 차지(하지 못)할 수밖에 없었던 정황이 이해가 된다. 그는 룰을 지키지 않았다. 이론적 실천이 정치적 실천을 추동하고, 그 정치적 실천이 다시 예술적 실천을 결정한다는 당대의 룰 말이다. 물론 언어의 투명성에 대한 범민족문학 진영의 합의에도 동의하지 않았다. 대신 그는 룰 자체를 문제 삼았다. 룰 속에서 논쟁하는 대신 이 룰 외에 다른 룰을 가진 상징적 질서가 있을 수 있고, 그것들 간의 경쟁이

10 같은 글, p. 93

실은 민주주의라고 말한다. 룰 바깥에 있는 선수를 경기장에 들일 수 없는 것과 유사한 이유로 그는 저 1980년대 한국문학장의 상징 형식 안에 입장 불가능했던 셈이다. 그렇다면, 앞의 세 경우는 사실상 한 가지 경우나 마찬가지다. 그에게는 자신의 글이 저 책에 수록되는 것을 거절할 이유가 충분했다. 편자들 측에서도 사정은 마찬가지였다. 그리고 저 책 자체가 일종의 상징 형식인바 그 안에 저 외계에서 온 듯한 글이 들어갈 자리는 없었다. 조정환의 일갈은 그런 의미로 이해되어야 맞을 듯하다. 그리고 그런 의미에서 「민중문학론의 인식구조」는 1980년대 문학이 결여의 형태로 우리에게 남긴 두번째 유산인데, 그 또한 질문들의 형태로 우리에게 도달해 있다. 대체로 이런 질문들인데, 이 질문들은 「민중문학론의 인식구조」에 대한 요약이기도 하다.

언어는 투명한가? 자본주의의 진행과 함께 구 소부르주아적 생산 방식으로 내몰렸음에도 불구하고, 시민혁명의 이데올로기(자유, 평등, 우애)에 대한 알리바이를 제공하도록 위치 지워진 문학의 이중적 지위는 어떻게 기구축된 담론적 경험 세계 너머를 지시할 수 있는가? 혹은 문학적 언어는 어떻게 기존의 담론 구성체에 난 균열을 봉합하거나 파열시키는가? 국가 이데올로기 관리체계(정과리는 알튀세르의 ISA를 그렇게 부르는 듯하다)[11]의 촘촘한 재정비와 그에 종사하는 신중간계급의 증가가 가져올 사회 변화를 문학은 어떻게 감당할 수 있는가? 그럴 때 비평은 재단하거나 지도해야 하는가, 아니면 작품 산출의 근거이자 조

11 당시 정과리가 저 글을 쓰면서 어떤 이론적 문제틀 속에서 사유했는지는 불분명하다. 고무적이게도 이론적 저작들에 대한 직접적인 인용이 없기 때문이다. 그러나 논의 방식의 발본성이나 이데올로기적 국가 장치들의 위력, 이론적 실천과 비평적 해석의 특수성, 그리고 경험 세계의 상징적 성격에 대한 강조 등으로 미루어볼 때 푸코(김현이 선구적으로 소개하고 연구했던)와 알튀세르, 그리고 라캉의 영향을 짐작할 수 있다. 특히 같은 해 『문학과사회』 겨울호에 윤소영이 「알튀세르를 어떻게 읽을 것인가」라는 장문의 글을 발표하면서 그의 전체적인 면모를 조망한다는 사실은 주목할 만하다. 아울러 종종 그가 언급하는 레이먼드 윌리엄스 등의 영미 문화유물론 전통도 눈여겨볼 필요가 있다.

건인 경험적 세계의 상징화 방식 자체를 문제 삼아야 하는가?

5. 여성, 무의식

『쟁점과 전망』이 결여하고 있는 것(그리고 정과리의 글이 결여하고 있는 것), 그것은 또한 '여성'이다. 우선은 그 많은 필자 중 여성이 단 한 명도 없다는 점이 의외다. 아니 솔직히는 의외가 아닌데, 나는 1988년의 어느 밤, 다음 날의 경찰서 타격을 앞둔 학생 전투조직원들(물론 모두 남성이다)의 술잔 앞에서 벌어진 문선대(물론 대부분 여성이다)의 공연을 기억한다. 1980년대가 그랬다. 젠더 문제에 대한 거의 완벽한 무지, 혹은 회피, 혹은 유예(이 문제에 관한 한 나는 반성할 것이 많다).

여성의 결여, 사실 이 결여는 1980년대 한국의 민족민중문학론만의 결여는 아니다. 이른바 '정통' 마르크스주의에 '여성 이론'이 부재하다는 점, 혹은 마르크스주의가 대체로 젠더 문제를 계급 문제로 환원한다는 점에 대한 지적은 오래전부터 있어왔다. 그리고 그 결여는 교조적 마르크스주의의 강력한 영향하에 있던 1980년대 한국문학장에서 다시 반복된다. 조연정의 말을 옮긴다.

> 사실 현실적 조건만을 따져 '민중'을 계급적 용어로, 그러니까 피지배·피착취의 대상으로 개념화할 경우, 여성은 (여성 내부의 계급적 차이를 막론하고) 온전히 민중에 포함되는 집단이라 할 수 있지만, 소위 '민중의 시대'라 불리는 1980년대에 여성이라는 차이의 정체성이 거의 삭제된 점은 심각한 아이러니가 아닐 수 없다.[12]

12 조연정, 「1980년대 문학에서 여성운동과 민중운동의 접점—고정희 시를 읽기 위한 시론」, 『우리말글』 제71집, 우리말글학회, 2016, p. 251.

'민중'에 속한다지만, 1980년대식 상징적 질서에서 완전히 삭제된 여성, 그러나 억압된 것은 반드시 귀환한다고 했던 이는 프로이트다. 우리는 1990년대 초중반 이후 한국문학에서 여성 작가들과 페미니즘의 대대적인 약진 현상을 그렇게 읽어왔다. 그리고 2010년대 한국문학은 1980년대가 결여의 형태로 물려준 '젠더 문제'라는 유산을 발본적인 수준에서 청산하려고 시도하고 있는 중이다. 종종 어떤 유산은 다음 세대가 갚아야 할 마이너스 통장의 형태로 전수되기도 한다는 말은 사실인 듯하다.

기왕 마르크스주의적 상징 질서에 '여성'이 없다는 말을 꺼냈으니, 그 질서에는 '무의식'도 없다는 말 정도는 보태야 할 듯하다. 그러나 이에 대해서는 2000년대 이후 라캉과 지젝이 역시나 억압된 것의 회귀라도 되는 듯 한국문학장의 중요한 개념적 재료들을 제공해왔음을 상기하는 것으로 족할 듯싶다. 사회주의권 몰락 이후, 1990년대 한국문학에서 가장 중요한 현상으로 거론되곤 하는 이른바 '내면으로의 회귀'도 같은 맥락에서 해석할 수 있으리라.

다만 최근 나는, 이제 다들 중장년의 나이에 접어들었고, 그래서 대체로 한국 사회의 기득권층에 편입되었고, 그랬음에도 불구하고 자기 연민 속에서 지난 시절에 고착되어 있고, (일상생활을 영위하지 못할 만큼 중증은 아니라지만) 얼마간의 박해 편집증과 범우주적 인류애 망상 같은 걸 안은 채 살아가고 있음에 틀림없어 보이는 1980년대적 주체들을 정신분석 해보고 싶은 욕심을 버리기 힘들다. 가령 피가 뚝뚝 듣는 조국의 문체라든가, 품이 너무 넓어 지상의 생명체 전체를 다 안을 것 같은 박노해의 '가상 저자' 같은 것 말이다.

그런 일도 내겐 1980년대에 대한 정당한 애도처럼 보인다.

마르크스주의와 형식
— 루카치의 『소설의 이론』에 대하여

1

(마르크스주의를 잘 몰랐으므로) 인류의 전(全) 역사를 죄업의 누적 과정으로 보았던 『소설의 이론』 시기 루카치와, (마르크스주의와 조우했으므로) 타락한 '자연주의/모더니즘'의 쇄말적 경향에 맞서 영웅적으로 투쟁하던 '위대한 리얼리즘 시기'의 루카치가 같을 수는 없다. 그것은 마치, 모더니스트들의 전유물이라 여겨지던 '몽타주적 총체성'(모레티가 『파우스트』 『율리시스』 등의 '세계텍스트'에서 나타나는 특징이라 일컫는)을 마지못해 승인하던 루카치 후기의 장편소설론이,[1] '총체성의 의향'이야말로 인간 영혼의 본질이라는(인간의 유적 본질 운운하는 말들은 내겐 백번 양보해도 비유물론적으로 들린다) 주장을 끝내 포기하지 못하던 중기의 장편소설론과는 다른 것과 마찬가지다. 따라서 2007년에 쓴 어떤 글에서 백낙청이 당시 박형서 소설집의 해설을 쓴 한 평론가를 두고 이런 식으로 점잖게 타일렀던 것은 온당해 보인다. "초기의 『소설의 이론』(1920)과 맑시스트가 된 후기 루카치의 리얼리즘론이 꽤 다르다. [……] 생산적인 소설론의 전개를 위해서는 단편적이고 관념

1 김경식, 「루카치 장편소설론의 역사성과 현재성」, 『다시 소설이론을 읽는다—세계의 소설론과 미학의 쟁점들』, 황정아 엮음, 창비, 2015, p. 39.

적인 루카치 이해에서도 탈피할 필요가 절실하다."[2] 맞는 말이다. 대체로 그렇듯이, 루카치의 삶 역시 완전히 유기적일 수는 없었을 것이고, 게다가 그는 오래 살았으니 복수의 국면과 단계를 두루 거친 사상가이기도 했을 것이다. 유기적이고 총체적인 단 하나의 루카치가 아니라 회심하고 단절하고 지양하기도 했던 몇몇의 루카치들이 있는 셈이다.

다만 그가 저렇게 타이르던 당시, 박형서 소설집 해설을 썼던 평론가는 여러 가지로 의아했다는 말 정도는 덧붙여도 좋겠다. 루카치를 '단편적이고 관념적'으로 이해한 사례를 굳이 찾아야 한다면, 백낙청 자신을 포함한 한국의 리얼리즘 평론가들에게서 찾는 것이 훨씬 빠르고 생산적일 것이란 판단 때문이었다. 『소설의 이론』의 두번째 번역자 김경식도 지적하고 있다시피(위의 글), 1980년대 이후 한국에서 각광받은 것은 초기 루카치가 아니라 1930년대의 소위 '위대한 리얼리즘' 시기 루카치였다. 한국의 리얼리즘 논자들이 이후로 즐겨 사용해오고 있는 '총체성' '전형' '자연주의/모더니즘' '사실주의적 기율' '진정한 리얼리즘'(제대로 된, 인간 본연의 마음에서 비롯되는, 자연주의와는 구별되는, 모더니즘의 이례적인 성과들에 대해서도 개방적인, 그러나 실제 비평에 있어서는 역시 그 개방성을 완전히 잃어버리고 사실주의적 기율만이 특권화되기 마련인 리얼리즘) 같은 개념들은 거의 그 원형을 루카치에게서 찾을 수 있다. 물론 1980년대의 정치적·문학적 상황을 고려할 때 마르크스주의자로 전회한 후 루카치의 리얼리즘론이 한국문학에 대해 발휘한 여러 긍정적 '효과'를 무시할 수는 없다. 그것을 잘 벼려진 무기로서 활용한 백낙청의 공적은 공적대로 인정되어야 한다. 그러나 그가 저와 같은 발언을 한 것은 2007년이었고, 그 시점에서 루카치를 단편

2 백낙청, 「외계인 만나기와 지금 이곳의 삶」, 『문학이 무엇인지 다시 묻는 일』, 창비, 2011, pp. 32~33.

적이거나 관념적으로 이해하지 않으려고 했다면, 『소설의 이론』 시기의 루카치를 재조명하거나, 말년의 루카치에게 어떤 사상적 변화가 일어났는지를 추적해보거나, 사회주의권의 몰락 이후 루카치 이론의 유효성은 어느 지점에서 찾을 수 있겠는지 등을 따져보는 게 더 합리적이었을 것이다. 『소설의 이론』은 루카치 자신에 의해 지양되었으므로, 그 지양된 루카치를 읽는 것이 그에 대한 단편적 이해를 넘어서는 것이라는 관습화된 주장이야말로, 1930년대 루카치를 특권화함으로써 그의 사상을 단편화하는 전형적인 방식이다. 그런 의미에서 백낙청의 저 말은 자신에게 돌려주어야 한다.

2

몇몇의 루카치들이 있었으리라고 했거니와 그 루카치들 중에는 물론, 인간의 성격 형성에 가장 큰 영향을 미친다는 유소년기의 루카치도 있었을 것이다. 루카치 말년의 대담[3](죽음을 목전에 두고 있었으므로 그는 솔직했으리라) 속에서 유년기의 '게오르크'는 이렇게 회고된다. "어릴 때는 친구가 하나도 없었습니다."(『맑스로 가는 길』, p. 49) "그건 내가 스스로를 유태인이라고 느껴본 적이 결코 없었기 때문입니다. 나는 내가 유태인이라는 것을 출생의 사실로서만 받아들일 뿐 그 이상은 아닙니다."(『맑스로 가는 길』, p. 50) 완성되지 못한 자서전 초고[4]에서는 이런 구절들도 발견된다. "합리적인 것을 보면; 반항하지 않음. '무

3 이슈트반 에외르시·게오르크 루카치, 「삶으로서의 사유—게오르크 루카치와의 대담」, 『게오르크 루카치—맑스로 가는 길』(이하 『맑스로 가는 길』), 김경식·오길영 엮고 옮김, 솔, 1994. 이 책에서의 인용은 제목과 쪽수만 밝힘.

4 게오르크 루카치, 「삶으로서의 사유」, 같은 책.

의미한 것'에도 더 이상 반항하지 않음; 오로지 분명한 의식: 일 자체는 아무런 의미가 없다고 하더라도 사람들은 복종해야 함(그 당시에 내가 어떻게 정리했는지는 잊어버렸지만 형식적인 복종)"(『맑스로 가는 길』, p. 265). "9살도 채 되지 않아/학교. 편하게 해줌: 하루 온종일 집에 있지 않게 됨"(『맑스로 가는 길』, p. 267). 그 외에도 말년의 여러 문서들에 따를 때, 그는 형보다 지적으로 훨씬 우월했지만 어머니에게 인정받지 못한 소년이었고, 어른들과 잦은 마찰을 일으켰고, 의례와 형식을 무척 혐오했으며, 그럼에도 불구하고 그런 상황에 저항하기보다는 총체적으로 무시함으로써 반항(그것은 항상 형식적 복종이기도 했다)한 아이였고, 그처럼 환멸적인 현실의 상태를 『일리아드』『모히칸 족의 최후』『톰 소여의 모험』『허클베리 핀의 모험』 같은 '영웅' 서사를 읽음으로써 보상받곤 했던 소년이기도 했다. 요컨대 게오르크는 낭만적인 업둥이(로베르적인 의미에서) 기질이 다분한 아이였던 것으로 보인다. 친부모에 대한 (심리적) 부인, 현실에 대한 총체적 환멸, 이상화되고 향수에 물든 '다른 세계'에 대한 동경, 그것은 업둥이 유형 가족 로맨스의 전형적인 특징들이다. '도피와 토라짐'[5]이야말로 소년 시절 루카치가 어머니에 대한 증오와 의례적인 유태교의 관습들, 그리고 학교의 규율로부터 스스로를 방어하는 최선의 방책이었다. 그 유명한 『소설의 이론』 첫 문장은 이미 저 때부터 준비되고 있었던 셈이다.

5 "사실상 바로 여기에 소설이 긴 역사를 따라 추구했었고 추구할 수 있는 두 가지 큰 흐름의 분할선이 있다. 왜냐하면 엄격하게 말해서 한 편의 소설을 만드는 데는 두 가지 방식만이 있기 때문이다. 하나는 리얼리스트적인 사생아의 방식으로서 그것은 세계를 정면으로 공격하면서 세계를 도와준다. 다른 하나는 업둥이의 방식으로서 그것은 지식과 행동 방식의 부족으로 도피나 토라짐을 통해서 싸움을 교묘히 피한다."(마르트 로베르, 『기원의 소설, 소설의 기원』, 김치수·이윤옥 옮김, 문학과지성사, 1999, p. 70)

3

기왕 프로이트를 끌어들이고 말았으니, 『소설의 이론』과 「가족 로맨스」를 나란히 놓아보자.

> (가족 로맨스는)……사라져 간 행복한 시절에 대한 갈망의 표현인 것이다.[6]

> 소설은 삶의 외연적 총체성이 더 이상 분명하게 주어져 있지 않고 의미의 삶 내재성이 문제가 되어버린, 그렇지만 총체성에의 의향은 갖고 있는 시대의 서사시이다.[7]

저 두 문장들 사이에서 발견되는 '구조적 상동성'을 어떻게 이해해야 할까? 로베르를 따라 가족 로맨스를 소설의 기원으로 인정한다면, 프로이트의 저 문장은 그대로 소설에 대한 정의이기도 하다. 가족 로맨스와 소설은 공히(존재했을 것으로 상상된, 그러나 그 실재 여부는 몹시 의문인) '황금시대'로의 '복귀 시도'에 다름 아니다. 알튀세르의 이데올로기에 대한 정의를 비틀어, 소설이란 '(대상 없는) 상실감에 빠진 주체가 과거 세계와 맺는 상상적 관계'라고 말해야 할까? 어쨌든 루카치는 저 시기, 아마도 자신 안에 있(다고 믿)는 '영혼의 본질', 곧 "총체성에의 의향"이 시키는 대로 『소설의 이론』 첫 문장을 "별이 총총한 하늘이 갈 수 있고 또 가야만 하는 길들의 지도인 시대, 별빛이 그 길들을 훤

6 지크문트 프로이트, 「가족 로맨스」, 『성욕에 관한 세 편의 에세이』, 김정일 옮김, 열린책들, 1996, p. 61.

7 게오르크 루카치, 『소설의 이론』, 김경식 옮김, 문예출판사, 2007, p. 62.

히 밝혀주는 시대는 복되도다"[8]라고 썼을 것이다. 그러나 이제 우리는 그가 자신 안에 있다고 믿었던 영혼의 본질이란, 실은 '총체적인 환멸과 낭만적 동경' 곧 업둥이 기질의 다른 말이었음을 이해한다.

4

소년 게오르크의 업둥이 기질이 청년기 이후까지 가지는 않았던 걸로 보인다. 말년의 대담에서 그는 『소설의 이론』 집필 직후의 상황을 이렇게 회상한다. "그 당시에 나는 기존 질서를 대체할 수 있는 어떤 것도 알지 못했습니다. 이런 관점에서 1917년의 혁명은 대단한 체험이었습니다. 그것은 사정이 다르게 될 수도 있다는 것을 명료하게 보여주었으니까요. 이 '다르게'라는 말을 어떻게 받아들이든, 그 사건은 우리 모두의 삶을, 우리 세대에 속하는 적지 않은 사람들의 삶을 변화시켰습니다."(『맑스로 가는 길』, p. 77) 러시아 혁명을 일종의 '사건'으로서 목도한 청년 루카치에게 이른바 '회심'의 순간이 찾아왔다. 그리고 그는 마치 바울처럼 사건에 충실해서(바디우) 나머지 평생을 가장 완고한 마르크스주의자로서 살았고, 그렇게 그의 업둥이 기질은 지양되거나 극복되었다고들 말한다.[9] 그러나 과연 그랬을까? 유소년기는 한 인간의 성격에 평생의 흔적을 남기는 바, 그는 상상적 타자인 어머니와의 업둥이적 애증 관계를 쉽게 청산하지는 못했던 것으로 보인다. 『삶

8 게오르크 루카치, 같은 책, p. 27.

9 백낙청이 『소설의 이론』 재판(1962)을 출간하면서 루카치가 행한 자기비판을 염두에 두고, 그를 단편적이고 관념적으로 이해하지 않기 위해서는 꼭 참조해야 할 지점이라고 말하는 부분이 여기다.(백낙청, 「문학의 사회적 의미와 사회학적 연구」, 『민족문학과 세계문학 2』, 창작과비평사, 1983, pp. 152~53)

으로서의 사유』 독어판 편자이자 앞서의 대담을 진행하기도 했던 에외르시는, 명민하게도 소년 게오르크와 성숙기 루카치의 삶에서 어떤 유사한 패턴을 찾아낸다. 대담 전체를 통틀어 가장 흥미로운 구절이므로, 길지만 해당 에피소드 부분 전체를 인용해본다.

> 이미 아주 어린 시절부터 나타나는 어머니에 대한 그의 분노를 보여주는 예들 가운데 「삶으로서의 사유」에서 다음과 같은 예도 볼 수 있다. "어머니와 게릴라전: 어두운 방, 약 8세. 아버지: 잘못을 빌지 않고도 풀어줌." 이에 관해 루카치는 대담 과정에서 다음과 같은 설명을 덧붙였다. "어머니에 맞서서 나는 일종의 게릴라전을 벌였어요. 어머니는 우리들에게 엄격했거든요. 집에는 목재로 된 어두운 방이 하나 있었지요. 우리가 용서를 빌 때까지 우리를 그곳에 가두어두는 것이 어머니가 가하는 벌의 일종이었어요. 형과 누이동생은 곧 용서를 빌었어요. 반면에 나는 약삭빠르게 구분해서 행동했습니다. 어머니가 나를 오전 10시경에 가두면 나는 10시 5분에 용서를 빌었어요. 그러고 나면 모든 게 정상이 되었죠. 아버지는 1시 30분경에 집으로 왔어요. 어머니는 아버지가 오셨을 때는 가능하면 집안에 긴장이 없도록 하려고 했죠. 나는 1시가 지나고 나서 갇혔다면 절대로 용서를 빌지 않았을 겁니다. 왜냐하면, 1시 25분이 되면 용서를 빌지 않더라도 풀려나리라는 것을 나는 알았기 때문이죠." 이러한 논리는 이후 그가 행한 자기비판의 메커니즘을 환히 볼 수 있도록 해주는 것이기도 하다. 어린 게릴라나 어른인 빨치산이나 똑같이, 자신을 구해줄 아버지가 적시에 집으로 오지 못할지도 모른다고 상황을 평가했을 때에만 자기비판을 행했다. 1956년 이후, 사람들이 그를 당에서 축출할 수 없었을 때(당이 그를 받아들인 적이 전혀 없었기 때문에), 체포될 위험이 절박하게

> 다가오지 않았을 때, 그는 자기비판의 버릇을 완전히 버렸다. 루카치는 자신의 인성 자체에 있는 이러한 면모를 분명하게 알고 있었다. 그는 자신의 유년기 저항에 대해서 다음과 같이 덧붙였다. "먼저 저항—그러나 복종, 나에겐 아무런 상관도 없다는 생각으로 복종: 어른들이 나를 조용해 내버려두길 바랄 때: 복종, 전체 일은 전혀 의미가 없다는 마음으로 복종." 나중에 그가 1929년에 씌어진 「블룸-테제」를 자신의 당원 신분과 심지어는 생명을 보존하기 위해서 금방 철회할 수밖에 없었던 이유를 분석했을 때, 다음과 같이 쓴 것은 특기할 만하다. "불가피한 비판을 헝가리 당에 한정하려고 시도; 〔……〕 그 때문에; 헝가리의 노선(실천적으로 아무런 전망도 없는)에 무조건 투항." 저울질하는 그 기술은 저 어두운 방에서 했던 것과 동일하다. 그 두 가지 경우의 강제 상태에서, 똑같은 그 약삭빠른 곁눈질이 우리를 힐끗 바라본다.[10]

어머니에 대해 복종하면서 동시에 저항하던 소년기 루카치의 삶이, 그가 헝가리 공산당과 벌인 이론적 '빨치산 투쟁'(복종하면서 저항하는 당 외곽의 이론 투쟁)에서 동일하게 반복된다는 것이 에외르시의 요지다. 루카치는 어두운 방에 자신을 가두곤 했던 어머니의 체벌에 '교활하게' 맞선 자신의 체험을 '게릴라전'이라고 표현했다. 그리고 엄밀한 마르크스주의자로서는 동의할 수 없는 현실사회주의적 정책을 관철시키곤 했던 당과의 이론 투쟁에 대해서는 일종의 '빨치산 투쟁'이라고 표현했다. 두 경우 모두 그는 일종의 '포르트-다fort-da 놀이' 같은 걸 수행했던 셈이다. 그것은 시쳇말로 일종의 '밀당' 게임에 가까웠는데, 당과 어머니를 사이에 둔 남성 마르크스주의자의 그와 같은 '실

10 이슈트반 에외르시, 「마지막 남긴 말의 권리」, 『맑스로 가는 길』, pp. 28~29.

패 놀이'에 관한 한 우리는 다른 사례도 알고 있다. 착란상태에서 알튀세르는 아내를 살해했다. 그리고 훗날 스스로 수행한 자기분석(『미래는 오래 지속된다』)에서, 그때의 아내는 '공산당/어머니'이기도 했다고 말한다. 아마도 오로지 이 두 사례를 일반화하여, 마르크스주의 미학에서 말하는 소위 그 '당파성'이란 (다시 알튀세르 자신의 이데올로기에 대한 정의를 비틀어) '마르크스주의자가 당과 맺는 상상적 관계'의 표현이라고 말하기에는 (아직) 무리가 있으리라.

5

당 외곽의 이론가로서의 삶은 그렇다 치고, 그래서 『소설의 이론』은 중후기의 루카치에 의해 '지양'되었을까? 루카치 자신에게는 그랬던 듯하다. 예의 그 대담에서 그는 에외르시가 『소설의 이론』의 이례적인 성공을 어떻게 생각하느냐고 묻자, 이렇게 답변한다. "아시다시피, 피히테의 '완전한 죄악의 시대'란 유럽이 1914년까지 사람들이 그 속에서 살아왔던 가짜 통합으로부터 벗어나서 현재의 상태에 이르기까지 무너져 버렸다는 것을 뜻합니다. 그런 의미에서 우리가 완전한 죄악의 시대를 논하는 것은 전적으로 정당합니다. 그것은 부정적 측면입니다. 물론 여기에 아직 결여되어 있는 것은 레닌이 바로 그것에서 추론해낸 것, 즉 사회 전체가 근본적으로 변혁되어야 한다는 요구입니다. 이것이 『소설의 이론』에는 아직 없었습니다."(『맑스로 가는 길』, p. 85) 『소설의 이론』이 지녔던 한계를 '레닌의 결여'라고 말하는 루카치는 이제 더 이상 업둥이 기질에 사로잡힌 낭만적 청년 이론가가 아니다. 동경하던 이상을 이론적이고 실천적인 방식으로 현실화하려는 그의 노력은 업둥이의 것이라기보다는 사생아의 그것[11]에 더 가깝다. 알다시피 로베르는 리얼리즘적 소설들을 사생아 유형의 가족 로맨스와 연결시킨다. 그러나 대담의 저 부분에서 더 흥미로운 부분은 리얼리스트 루카치의 답변보다는 오히려 대담자의 질문이다. 에외르시는 먼저 이렇게 완곡하게 물었다. "그 당시에 당신이 소설 형식과 역사를 연결지었다는 것은 놀라운 혁신이었음에 틀림없습니다."(『맑스로 가는 길』, p. 84) 그러나 루카치에게서 자신이 원하는 충분한 답변을 듣지 못하자, 다시 (이번엔 약간 도전적인 어조가 느껴지는데) 이렇게 묻는다. "그 책을 하나의 과도기적 현상으로 다루어가지고서는 제 질문이 부분적으로밖엔 해결되지 않는 느낌이 드는데요. 『소설의 이론』 같은 저작이 살아남아서 50년 이상 동안 영향력을 행사하고 있다면, 거기에는 분명히 과도기적인 가치만이 구현되어 있는 것은 아닙니다."(『맑스로 가는 길』, p. 85) 백낙청을 위시한 한국의 리얼리즘 평론가들에게도 도전적으로 느껴질 에외르시의 이 질문에 대한 루카치의 답이 바로 '레닌의 결여'였다. 물론 이 대답은 어딘가 빗나가고 있다. 왜냐하면 에외르시의 두 번에 걸친 질문은 첫째로, 『소설의 이론』이 놀라운 이유가 "소설 형식과 역사를 연결지었다"는 점에 있고, 둘째로, 루카치의 저작들 중 유독 『소설의 이론』만이 오늘날에도 널리 읽히는 데에는 이른바 '지양'으로는 설명되지 않는 다른 이유가 있을 것이라는 의미가 포함되어 있기 때문이다. 그러나 루카치의 대답은 다른 데를 향한다. "사회 전체가 근본적으로 변혁되어야 한다는 요구"의 결여, 루카치는 말하자면 소설의 '형식'에 대한 물음에 소설의 '내용'(혹은 전망)으로 답했던 것이다.

11 (가족 로맨스에 두 유형이 존재함을 설명한 후), "사실상 바로 여기에 소설이 긴 역사를 따라 추구했었고 추구할 수 있는 두 가지 큰 흐름의 분할선이 있다. 왜냐하면 엄격하게 말해서 한 편의 소설을 만드는 데는 두 가지 방식만이 있기 때문이다. 하나는 리얼리스트적인 사생아의 방식으로서 그것은 세계를 정면으로 공격하면서 세계를 도와준다."(마르트 로베르, 같은 책, p. 70)

6

어쩌면 두 종류의 '지양'에 대해 말해야 하리라. 『소설의 이론』의 '동구적 지양'과 '서구적 지양'…… 전자의 지양은 루카치 자신에 의해 수행되었다. 『역사와 계급의식』 『역사소설론』은 그 지양의 도정에서 산출된 결과물들이다. 후자의 지양에 대해서라면 루카치 자신은 의식적으로 함구하거나 딱히 할 말이 없다. 그러나 그의 자기비판에서도 드러나듯, 『소설의 이론』이 헤겔의 역사철학을 받아들여 역사와 문학 '형식'의 관계를 진화론적인 방식으로 살핀 최초의 사례라는 사실은 익히 알려져 있다. 에외르시가 지적하고자 한 것도 실은 이 점이었을 텐데, 앞서 인용한 『소설의 이론』의 한 구절은 바로 그 '서구적 지양'에 어떤 실마리 하나를 제공한다. "총체성에의 의향"이 그것이다. 근대가 '죄업이 완성된 시대'(루카치는 주로 그 죄업을 사물화와 연관 짓는다)여서 더 이상의 외연적 총체성을 기대할 수 없는 시대라면, 총체성은 '의향'에 의해 주체에 의해 드러내지거나 주체에 의해 부여되어야 한다. 소설의 주인공이 '문제적'인 것은 그런 이유 때문이다. 주어져 있지 않은 총체성을 찾아 헤매는 자, 그에게는 당연히 여행이 시작되자마자 길이 끝나 있다. 루카치는 이 아이러니한 상황이 소설을 일종의 '탐색담' 형식으로 만든다고 말한다. 그러나 『소설의 이론』의 서구적 지양을 수행한 제임슨과 모레티라면, 아마도 소설의 이런 형식적 특징을 두고 탐색담이라는 말보다는 '상징화 형식'이라는 말을 선호했을 것이다. 물론 이때의 (라캉과 알튀세르로부터 영향받았음에 분명한) '상징화 형식'이라는 말은, 소설이라는 장르가 무엇보다도 (루카치가 믿었던 것과는 달리) 이데올로기적 봉합의 매체임을 강조하는 말이기도 하다. 소설은 전 시대의 모든 대서사 장르들이 그랬듯이, 파편화되어버린 근대 세계를 이해할 수 있는 방식으로, 말하자면 이데올로기적인 방식으로 '봉합'하는 문화적 '형식'들 중 하나다.

7

이데올로기적 형식으로서의 소설 장르에 대한 제임슨과 모레티의 탐구는, 루카치 이후 우리가 소설 장르의 진보성에 대해 가지고 있던 신뢰(특히나 백낙청이 이 장르에 대해 가지고 있는 신뢰)를 배반하는 측면이 있다. 아쉬운 일이다. 그러나 다른 한편, (틀림없이 『소설의 이론』으로부터 비롯되었을) 그들의 작업은 『소설의 이론』을 애초에 그 책이 내포하고 있던 '상상적 퇴행'의 위험 혹은 '기원의 형이상학'의 위험으로부터 해방시켜주는 측면 역시 가지고 있다. 그 유명한 첫 문장을 두고, 지젝이라면 틀림없이 그 특유의 조롱 섞인 어조로 이렇게 말했을 것이다.

> 어떻게 주체는 상실의 경험 이전에는 잃어버린 실체적 내용이 없었는데도 갑자기 어떤 실체적 내용을 잃어버렸다는 환영에 빠지게 되는 걸까? 그 해답은 물론 뭔가를 "망각(혹은 상실)"하기 위해 우리는 먼저 망각될 것은 없다는 사실을 망각해야 한다. 이런 망각이 애초에는 망각될 뭔가가 존재했다는 환영을 가능케 한 것이다. 다소 추상적으로 들리겠지만, 사실 이런 성찰은 이데올로기의 작동 방법에 직접 적용된다. 망실된 과거의 가치들에 대한 향수 어린 한탄은 이런 한탄이 있기 전까지 그런 가치들은 한번도 존재한 적이 없었다는 사실을—그런 가치상실에 대한 한탄이 문자 그대로 그것을 발명해낸 것임을—스스로 망각한다.[12]

『소설의 이론』은 지젝의 이 조롱을 견뎌내지 못한다. 그러나 제임슨과 모레티에 의해 지양된 마르크스주의적 형식 탐구는 저 조롱을 견뎌낼 수 있다.

12 슬라보예 지젝, 『그들은 자기가 하는 일을 알지 못하나이다』, 박정수 옮김, 인간사랑, 2004, p. 225.

눌변의 문학

— 이인성, 『낯선 시간 속으로』

1

이인성의 『낯선 시간 속으로』〔문학과지성사, 2018(3판)〕는 네 편의 연작 중편소설로 이루어져 있다. 작품들은, 발표된 순서와 상관없이 각각 다루고 있는 시간의 선후에 따라 배열되어 있는데, 그 순서는 이렇다. 「길, 한 20년—1974년 봄, 또는 1973년 겨울」(1981년 발표), 「그 세월의 무덤—1974년 여름」(1980년 발표), 「지금 그가 내 앞에서—1974년 가을」(1982년 발표), 「낯선 시간 속으로—1974년 겨울」(1979년 발표). "작가가 그 네 개의 중편을 미리 치밀하게 구성한 뒤 그것을 따로 따로 써 발표했으리라"는 김현의 추측대로, 각각의 작품들은 상대적으로 독립성을 유지하면서도 인물이나 사건, 대사나 상황 등이 "능숙한 목수가 잘 맞춰놓은 가구처럼"[1] 아귀가 잘 맞는다.

굵은 서사 없이, 네 계절에 걸쳐 한 청년의 의식이 변모해가는 과정을 아주 세밀하고도 복잡하게 다루고 있는 이 연작들에서 사건들을 추출해, 이 청년의 이력과 행적을 요약해보면 대체로 이렇다.

1 김현, 「전체에 대한 통찰」, 이인성의 『낯선 시간 속으로』 초판 해설, 문학과지성사, 1997(2판), p. 317.

1974년 현재 만 23세. 서울 출생. 조부는 무교회주의자이자 브나로드 운동가. 부친은 평생 공부밖에 모르던 역사학자. 명문 중고등학교를 거쳐 (연극에 빠진 바람에) 재수 후 대학 진학. 대학 내 극단에서 활동. 극작가가 꿈.

1970년대 초반 반독재 시위에 참가했다가 강제징집. 군 복무 시절 같은 극단 여자 동료에게 실연당함. 이 여자는 역시 같은 극단의 다른 남자와 사랑에 빠짐. 그 남자의 옛사랑이 이 연작에서 '너'로 등장함. 앞의 여자에게서 받은 실연의 상처로 인해 자살을 시도했으나 실패함.

1974년 이른 봄 부친의 죽음으로 일병 계급장을 단 채 의가사 제대. 소설 「길, 한 20년」은 바로 이 시점에서 시작함. 그는 일부러 먼 길을 돌아 귀경하고, 귀경 후에도 갈 곳을 모르는 채로 서울 인근을 방황한 것으로 보임. 강박적으로 어딘가로 돌아가고자 하지만 돌아가야 할 곳이 어딘지는 알지 못함.

1974년 여름 아버지와 조부의 무덤을 찾음. 역시 마치 가기 싫은 곳에 가야 한다는 듯 많이 에둘러 감. 부친의 죽음과 대면함. 그리고 또 다른 자아인 '나'와 대면함. 「그 세월의 무덤」이 이 일화를 다루고 있음.

1974년 가을 자신이 쓴 연극을 관람함. 연극의 제목은 〈연극의 나라에서 그는 배우였다〉. 「지금 그가 내 앞에서」는 작품 전체가 이 연극의 상연 과정과 그것을 관람하는 청년의 분열적인 의식에 대한 기록으로 이루어져 있음.

1974년 겨울 미구시란 해안 소도시로 여행을 떠남. 「낯선 시간 속으로」가 이 여행을 기록하고 있는데, '너'와 함께했던 여행, 그리고 '나' 혼자서 온 여행이 겹쳐 서술됨. 손목에 실패한 자살 시도의 흔적을 가진 병정을 만남. 바다에서 한 번 절벽에서 한 번 죽을 뻔하는데, 일종의 자살 시도로 보임. '너'는 악몽 속에서 '다른 너'를 죽이고, '나'는 환영 속에서 속물적인 서울 출신 교사(이 '사내' 역시 '다른 나'로 읽히기도 함)를 죽게 함. 특기할 것은 소설 말미 나와 너의 섞임 장면이 환희에 가득 차 있다는 점. 대문자 '**그**'가 출현함.

2

청년의 이력으로 미루어보건대, 소설에서 다루고 있는 일화들의 출발점에는 '실연'과 '아버지의 죽음'이 있다. 말하자면 23세 청년에게서 흔히 일어날 법한 일, 즐겨 성장소설의 입사식 모티브로 사용되곤 하는 두 종류의 시련, '사랑'과 '죽음'이다. 관습적인가? 그러나 그게 그렇게 간단치만은 않다. 이 청년에게 실연과 부친의 죽음은 존재론적이자 인식론적인 '사건'이다. 왜냐하면 실연은 그에게 '우리'에 대한 회의를 불러일으키고, 아버지의 죽음은 그에게 '그들'에 대한 혐오를 가중시키기 때문이다. 말하자면 연이은 두 사건과 함께 그에게 대타자에 대한 환멸, 곧 상징적 위기의 순간이 도래한다.

먼저 '우리'.

그러나 울음이 아니었으면… 고통의 채찍이 아니라 환희의 탯줄

> 이었으면… 큰 하늘 밑 밝은 마당으로 나서는 한판 놀이였으면… 육신이 넘치는 하늘의 뜻을 감당하지 못해 마구 뛰쳐나오는, 맹목적으로 남의 이름을 부르며 얼싸안는, 전율과 황홀의 커다란 불이었으면… 그래, 그는 그것을 바랐었다. 그런 축제를 위해 그는, 저들 게임의 규칙을 무너뜨리는 자유로운 파격이기를 바랐었다. 그래서 그는 하늘의 넋을 받는 제단인 '우리'의 무대로 나아가려 했었다. 그리하여 어느 순간, 그는 주어진 연극을, 인간의 목소리를 떠나고, 그래서 신들린 그의 말이 신의 음성을 옮기고, 그것이 그들에게 펴져 나가고, 그들은 그 소리를 더 넓게 펼치기 위해 성전 밖으로 넘쳐흘러 나가기를 바랐었다. 춤추며, 기쁨과 기림의 노래를 부르며. 우리 모두 모여 하나가 되어~ 우리 모두 모여 하나가 되어~
> (「그 세월의 무덤」, p. 97)

그에게 연극(운동)을 통해 맺어진 '우리'는 "저들 게임의 규칙을 무너뜨리는 자유"의 매개자이자 "춤추며, 기쁨과 기림의 노래를 부르"고 "모두 모여 하나가 되"는 일을 가능하게 하는 저항의 울타리였다. '우리'는 믿음의 육화이자 신념의 공동체다. 그러나 실연의 상처는 바로 그 '우리' 안에서 온다. 우리의 일부가 우리의 일부를 배신한다. 그러자 이제 그에게 '우리'는 믿음의 체계이자 축제의 매개자일 수 없게 된다. '우리'는 심각한 회의와 불신의 대상이 된다.

다음으로 '그들'. 이 '그들'에 관한 한 하이데거의 문장들을 비껴갈 수는 없을 듯하다.

> 이러한 서로 함께 있음은 고유한 현존재를 완전히 "타인들의" 존재양식 속으로 해체해버리며 그래서 타인들의 차별성과 두드러짐이 더욱더 사라져버리게 된다. 이러한 눈에 안 띔과 확정할 수

없음 속에서 '그들'은 그들의 본래적인 독재를 펼친다. 우리는 남들이 즐기는 것처럼 즐기며 좋아한다. 우리는 남들이 보고 판단하는 것처럼 읽고 보며 문학과 예술에 대해서 판단한다. (……) '그들'은 어떤 특정한 사람들이 아니고, 비록 총체로서는 아니더라도, 모두인데, 이 '그들'이 일상성의 존재양식을 지정해주고 있다.[2]

'그들'은 "일상성의 존재양식"이다. 현존재에 의해 숙고되지 않은 '의견'이나 '통념'으로 번역해도 좋을 '그들'은, 주체로부터 삶의 고유성을 앗아 가 '나'를 타인들의 존재양식 속으로 해소시켜버린다. 일상이란 바로 이 '그들'의 독재라고 하이데거는 말한다. 작품 속에서 예를 찾자면 가령 이런 것들이 '그들'에 속하겠다. "〈學友여, 眞理는 우리의 빛, 眞實만이 우리를 自由롭게 할지니…〉" "〈꿈의 바캉스! 여름을 당신 품에! 산과 바다의 낭만으로, 돈판 관광의 최신형 냉방차가 당신을 안내합니…〉" "스타킹은 반달표~ 반달표 스타킹!~ 무뚝뚝한 그 사내도 깨물고 싶대요~" "〈안정된 사회 질서 뻗어가는 경제 건설〉"……(「그 세월의 무덤」, p. 98)

흥미로운 점은 정신분석학이 가르쳐준 교훈 그대로 저 '그들'이 부권의 영역(아버지, 조부)에 속한다는 점이다. 아버지와 '그들'의 연대, 할아버지와 '그들'의 연대…… 한때 아버지의 서재가 불타버리기를 바라기도 했던(pp. 75~76) 오이디푸스의 후예답게, 조부와 부친의 묘지를 찾아가는 길에 그는 이 공공연한 연대를 예민하게 알아차린다.

끊임없이 '저들'이 밀려오고 있었다. 그 속에, 그의 친할아버지가 오고 있었다. "이놈아 어딜 그리 방황하느냐?" 할아버지가 폭풍

2 마르틴 하이데거, 『존재와 시간』, 이기상 옮김, 까치, 1998, p. 180.

> 처럼 호령했다. "공부를 해야지, 공부를! 아는 것만이 힘이다." "압니다." "알다니, 뭘 알어? 교만하지 마라, 하느님이 굽어보신다."
> 〔……〕
> 끊임없이 '저들'이 밀려오고 있었다. 그 속에, 그의 친아버지가 오고 있었다. "왜 이러니, 너? 남의 귀엔 들리지도 않는 아우성을 치면서… 그래, 넌 거지를 볼 때마다 옷을 벗어줘야 한다는 주장이라도 하고 있는 게냐?" "그게 아니구요, 아버지. 아버지의 저 역사라는 것이 흘러가는 곳으로 흘러가야 한다고…" "사람들이 얽혀 흘러가는 일이 그렇게 단순한 게 아니야, 적어도 내가 아는 바로는." (「그 세월의 무덤」, pp. 104~05)

'저들'(이인성에게 이 인칭대명사는 '특정화된 그들'의 의미를 갖는다) 속에 친할아버지가 있고, '저들' 속에 아버지가 있다. '그들'은 그에게 방황을 금지하고, 공부할 것을 명령하고, 아우성치지 말기를 권유하고 삶이 단순하지 않음을 훈계한다. 그렇다면 정신분석학적 견지에서 '아버지-법'은 하이데거의 '그들'과 등가이다.

그런 아버지가 죽었다. 당연히 '그들'에 대한 그의 증오가 가중되리란 점은 예상 가능하다. 우두머리를 잃은 '그들'에 저항해 그는 "손에 든 광고지를 내던"지고 "저들의 피"(가게 냉장고 진열장에 즐비한 콜라와 사이다)와 "저들의 살"(빵집에 진열된 빵)을 마시지도 먹지도 않기로 결심한다(pp. 98~99). (이미 죽은) 할아버지와 아버지에게 "저랑 함께 무덤에나 가시지요?"(p. 104)라고 말하기도 한다. 그는 '그들'에게 동의하거나 합류할 의사가 전혀 없다.

이데올로기와 법, '우리'와 '그들', 믿음의 체계와 통념들의 그물, 이들을 통칭하는 말은 이른바 '대타자'다. 그리고 그것이 소멸하거나 소멸하려고 할 때, 주체는 상징 질서의 위기를 겪는다. 이제 살펴보겠지만 그 위기는 심대한 것이다. 그랬으니, 저 청년이 겪은 실연과 부친상은 단순히 스물셋쯤에 우리가 일반적으로 겪는 입사식 정도로 이해해서는 곤란하다. 다시 강조하건대 그는 지금 존재론적이고 인식론적인 위기 상태에 빠져 있다.

물론 '우리'에 대한 회의는 존재론적 위기를 몰고 온다. '나'란 타인과의 관계를 통해 형성될 수밖에 없기 때문이다. '우리'에 대한 감각은 '나'에 대해 구성적이다. 한편 '그들'에 대한 회의는 인식론적 위기를 몰고 온다. '세계'란 통념의 체계들에 의해서만 자명한 질서로서 이해 가능한 것이 되기 때문이다. '그들'에 대한 감각은 '세계'에 대해 구성적이다. 말하자면 '우리'와 '그들'은 '나'를 일관된 주체로 한정해주는 역할을 한다. 그러나 이제 저 청년(이제부터 그의 분열 상태를 감안해 이 청년을 '그-나'라고 부르자)에게는 '우리'도 '그들'도 회의의 대상이 된다. '우리'는 '우리'를 배신했고, '그들'의 주인기표 아버지는 죽었다. 그러자 '나'는 이제 동일자로 한정되지 못한 채 '나-그'로 분열하고(이 분열은 증식한다), 세계는 환상과 구별되지 않는다. 『낯선 시간 속으로』의 그 악명 높은 '난해성'은 다 이 분열과 시공의 중첩에서 비롯되는 듯하다.

먼저 고유명사를 대신하는 인칭대명사들: 나, 그, 너, 그, 그들, 저들, 우리. 게다가 이 인칭대명사들은 자주 같은 인물을 지칭하기도 한다.

다음으로 인물과 구별 불가능한 분신과 거울상들: "거울의 방"(p. 246), 버스나 기차 창문에 비친 자화상, "갈린 두 마음" "다른 마음"(p. 45), "내 의식의 척후병"(p. 141), "제대병"(p. 322), 가죽 점퍼 사내(p. 202), 술주정뱅이 교사(p. 262)……

구성에 있어 비동시적인 것들의 동시성: 현실의 나와 과거의 내가 하나의 시공에서 만나는 미구(「낯선 시간 속으로」), 제대병의 귀경 버스와 이미 귀경한 복학 준비생의 방황이 시간적으로 착종되는 현상(「길, 한 20년」), 죽은 아버지와 아버지의 무덤 찾아가기(「그 세월의 무덤」)……

3

그렇다면 『낯선 시간 속으로』를 상징 질서의 위기에 봉착한 한 주체의 의식이 분열했다가 재통합되는 과정에 대한 기록으로 읽는 독법도 가능하겠다.[3] 이른바 '의식의 흐름'인가? 그러나 그렇지 않다는 견해가 더 유력해 보인다. 프랑스어로 이 책을 번역(『유배의 계절들*Saison déxil*』)하는 데 참여한 장 벨맹-노엘은 이렇게 말한다.

> 명백히, 지금까지 우리가 살펴본 중첩과 분열의 효과들은 리얼리즘의 정점을 겨냥한 글쓰기 전략에 봉사하고 있다. 이것을 더 정확히 '극사실주의'라고 할 수 있는데, [……] 이것은 한편으로는 순수 실재는 없다는 것과 다른 한편으로는 우리가 '실재'로서 지각하고 경험하는 것만을 순전히 재현하기란 불가능하다는 것을 전제한다. 리얼리티가 동질적인 하나의 덩어리가 아니라는 것을 인정한다면, 그것에 온전히 도달하기 위해서는, 그것이 지니는 피할 수도 지울 수도 없는 상상계의 몫을 남겨두어야 한다. [……] 우리가 되돌아오는 곳은 언제나 그곳이며, 환상적 요소들이 젖어들지 않은 리얼리티나 리얼리즘은 있을 수 없다.[4]

그에 따르면 이인성의 소설적 전략은 의식의 흐름보다는 극사실주

3 가령 정연희의 독법이 있다. "애인의 배신과 아버지의 죽음이 불러일으킨 심층적인 문제는 상징계적 의미화의 사슬이 파열되고 실재계가 표명됨으로써 생기는, 이른바 주체화의 문제이다. 따라서 주인공의 여행은 전체의 통합과 일관성을 위해 희생했던(혹은 희생되었던) 자신의 '빈 구멍'을 대면하는 '낯선 시간'으로의 여행이라고 말할 수 있다."(정연희, 「외설적 자기질문으로서의 글쓰기—이인성, 『낯선 시간 속으로』를 대상으로」, 『현대소설연구』 36호, 2007, p. 242)

4 장 벨맹-노엘, 「유배의 양상들: 일상적 삶의 환상성—이인성의 『유배의 계절들』」, 『문학과사회』 2004년 겨울호, p. 1733.

의에 가깝다. 그런데 『낯선 시간 속으로』에서 이인성이 사용하고 있는 분열과 중첩의 효과들이 리얼리즘의 정점을 겨냥하고 있다는 벨맹-노엘의 말이 참이려면, '리얼' 자체가 분열과 중첩으로 이루어져 있어야 한다. 리얼리즘이 넓은 의미에서 '재현'의 범주 밖을 지시할 수는 없기 때문이다. 그런데 실제로 세계가 분열되고 중첩되어 있다는 사실에 동의하는 시대가 우리 시대다. 구조주의 이후, 특히 라캉과 알튀세르 이후, (그들의 말을 조금 뒤틀어서) '현실이란 인간이 세계와 맺은 상상적 관계의 산물'이란 말에 동의하지 않기는 힘들다. 세계는 그 자체로 있지 않고 우리가 보고 있다고 상정한 대로 있다. 현존재의 투사와 무관한 세계란 존재하지 않는다. 하이데거의 말처럼 현존재는 세계를 배려하고, 자신을 염려하고, 타인을 심려하면서 있다. 그 현존재를 통해 대상 세계는 세계로서 있다. 말하자면 객관적 세계도 세계로부터 독립된 주관도 없다. 가령 「지금 그가 내 앞에서」에 등장하는 저 무대처럼 말이다.

> 어쩌면 순수한 관객이란 애당초 존재하지 않을는지도 모르겠다. 그들 또한 자기들이 볼 수 있는 것만 볼 테니까. 그러고 보면, 나는 관객 뒤의 관객도 아니다. 나는 그저 여러 번 관람하여 익숙한 관객일 뿐. 그릇된 나침반을 길잡이로 떠난 내 의식의 척후병은 저 혼자 쓰러졌다. 사라지거라, 다른 무엇이 필요하다. 그것이 무엇인지 알 수 없지만. 나는 쓰러진 공기의 투명한 몸에게 그런 감을 보낸다. 소멸하거라. 얼룩진 투명함이 문득 사라진다. 아니, 뜻밖에도, 그 반대다. 문득 허공으로 확산되는 그 공기의 몸이 무대의 부피만큼 커져, 무대의 공간이 된다. 확대된 얼룩이 시야를 뿌옇게 한다. (「지금 그가 내 앞에서」, pp. 149~50)

"내 의식의 척후병"은 관람석에 앉아 있는 '나'(관람을 관람하는 메타적 자아)의 다른 자아, 곧 '관객-자아'이다. 실제로 우리는 영화나 연극을 볼 때, 그것을 보는 나와 그것을 보는 나를 의식하는 나로 '나'를 분리할 수 있지 않던가? 즉 몰입하는 나와 몰입을 의식하거나 반성하거나 자조하는 나(이런 일은 글쓰기나 독서 과정에서도 동일하게 일어난다). '나'가 그렇게 순수한 관객의 불가능성(왜냐하면 모든 관람에는 관객의 해석과 욕망이 개입할 수밖에 없으므로)을 자각하자 이 "의식의 척후병"은 사라진다. 그러나 절대적으로 사라지지는 않는다. 이 자아는 오히려 넓게 퍼져 무대의 공간 자체가 된다.

무대가 만약 세계의 은유라면 그런 식으로 삶이란 항상 자아가 만든 무대 위의 삶이다. 우리가 사는 현실에 대해 주관은 항상 이미 구성적인 것이다. 우리가 재현해야 한다고 믿는 세계는 실은 우리가 자신이 그 요소로서, 그리고 배경이자 무대로서 존재하는 세계이고 따라서 통상적인 리얼리스트들이 주장하곤 하는 객관적이고 총체적인 현실의 재현이란 세계를 총체적으로 취락펴락하지 않고서는 견디기 힘들었던 부르주아들의 이데올로기에 불과하다. 세계에는 항상 자아가 투영되어 있고, 자아는 이중 삼중으로 분열되어 있다. 그럴 때 문제는 세계 자체를 재현하는 것이 아니라 현존재가 세계를 재현하는 방식을 재현하는(방식을 재현하는 방식을 재현하는……) 것일 수밖에 없고, 그런 의미에서 이인성의 소설은 리얼리즘의 정점을 겨냥하고 있다는 말은 참이다.

박혜경은 언젠가 이런 말을 한 적이 있다. "이인성이 지속해온 문학적 실험은 이야기, 혹은 사실주의적 서사에 대한 보다 근본적인 문제제기를 그 근간으로 하고 있다. 그의 소설들은 이야기를 들려주기보다, 작가 자신의 표현을 빌리면 '끊임없이 내 앞을 가로막는 이야기들과 싸운다.' 이인성 소설은 바로 그 싸움의 기록이다."[5] 이 말은 그 의미에 있어 벨맹-노엘의 말과 크게 다르지 않다. 말과 이야기들은 실재를 재현하지 않는다. 아니 재현하지 못하거나 재현을 방해하기까지 한다. 그런 의미에서 그간 한국의 평균적 리얼리즘 이해는 되레 상상적이었다. 환각적이고 마술적이었다. 그러나 이인성은 말과 이야기가 어떤 방식으로 실재를 가리는지, 재현의 주체는 어떻게 분열되어 있는지를 악의적으로 재현한다. 말하자면 재현의 불가능성, 그 막연함을 재현함으로써 실재에 훨씬 더 근접한다.

> 막연함, 막연함이라… 어떡하면 주인공을 막연함으로 괴롭힐 수 있을까? 주인공이 막연함 속을 개처럼 기어 다니게 하려면 어떤 구도가 필요할까? 그는 잔인한 마음을 주인공에게로 몰아붙였다. 〔……〕 의문문만 가득 찬 상황, 제 안팎의 아무것도 모를 때처럼 가혹한 상황은 없을지도 모르지. 헉헉거리도록 허우적거리도록, 주인공 놈을 그런 늪에 풀어놔야 할 텐데, 제풀에 꺾이도록. (「길, 한 20년」, pp. 32~33)

아마도 저 대사를 이인성의 육성으로 이해해도 무방하리라. 그는 자신의 주인공들을 예의 '그-나'처럼 존재론적 분열과 인식론적 회의 상태로 몰아넣는다. '그-나'는 막연함 속을 개처럼 기어다니고, 말과 회의의 늪 속에서 헉헉거리고 허우적거린다. 그러나 그런 주인공들의 몰골이 말끔한 리얼리즘의 서사보다 훨씬 더 실제에 가깝다.

5 박혜경, 「소설, 자기 부정의 형식—이인성·한유주의 경우」, 『문학과사회』 2007년 여름호, pp. 386~87.

4

눌변만이 문학일 수 있다는 그의 문학관은 이로부터 연역되는 듯하다.

> 문학은 눌변으로부터 시작되는 것이 아닐지. 달변은 믿을 수 없으므로. 그것은 '저들'의 체계이자 함정이므로. 문학은 더듬거리며 허우적거리며 자기 말을 찾아 나서는 것이 아닐지. 마치 모든 것을 처음으로 말하듯이 그토록 어렵게.[6]

달변은 항상 '그들'의 체계이자 함정이다. 숙고되지 않은 통념과 의견만이 달변을 가능하게 하기 때문이다. '그들'의 아카이브로부터 고작 말을 실어 나르는 일이 달변이다. 눌변은 그와 달라서 '그들'의 말이 아닌 말, 따라서 아직 존재하지 않는 말을 찾아 나선다. 그러므로 그 말은 처음으로 하는 듯한 말이며, 기필코 더듬는다. 더듬더듬 없는 말을 찾아서 그토록 어렵게 뱉는 말. 아마도 '나-그'처럼 상징 질서의 위기에 봉착한 자만이 그렇게 말할 수 있을 것이다. 정확히는 상징적 질서와 실재의 경계에서 말하는 자만이 그렇게 말할 수 있을 것이다. '그들'과 결별하고 '우리'와도 결별한 '나-그' 같은 '비주체'들 말이다.

그러나 정신분석학의 교훈에 따를 때, 바로 그 '비주체'가 '주체'다. 왜냐하면 상징 질서의 틈을 본 자들, 언어가 포획하지 못한 어떤 잉여와 대면한 자들, 말하자면 그토록 두렵고 어렵고 고통스럽다는 '실재와의 대면'을 감내하기로 작정한 자들이야말로 진정한 의미에서 자기 욕망과 행위의 주인일 수 있기 때문이다. '그들'과 결별하고 '우리'와도 결

6 이인성, 「문학에 대한 작은 느낌들—문학을 시작하는 자리」, 『식물성의 저항』, 열림원, 2000, pp. 13~14.

별한 채, 오로지 자신의 법과 윤리에 따라 말하는 자들이 말을 더듬지 않을 도리는 없다. 통념과 의견 밖에서 말은 항상 더듬거린다. 그런 식으로 실재를 찾아 나서는 불가능한 시도를 행한다.

그러나 실재와의 대면이 이르는 곳이 죽음이란 사실은 익히 알려져 있다. 두 종류의 죽음이 있다. 상징적 죽음과 물리적 죽음, 그러니까 정신증과 자살. 따라서 의도와 달리 누구도 '기꺼이' 그곳을 향해 가려는 자는 없다. 무의식은 항상 그곳으로의 여정을 피하려 할 것이기 때문이다. 따라서 눌변은 대체로 이중적 의지의 산물이다. '그들'로부터 벗어나 나만의 언어로 실재에 도달하려는 의지와 그곳에 도달하는 순간을 한없이 연기하려는 무의식적 의지. 이인성 소설 특유의 강박신경증적 형식, 곧 '지연의 형식'[7]이 탄생하는 것도 이 두 의지 간의 긴장에서다.

독자들은 기억하리라. 「길, 한 20년」의 '그'가 '돌아가야 한다'란 말을 얼마나 자주 반복했는지. 그러나 막상 목적지에 이르기 직전에 그가 얼마나 자주 버스에서 내리고, 출발을 망설이고, 도착을 유예하고, 다시 목표 없는 방황을 시작했는지. 「그 세월의 무덤」의 주인공이 아버지와 할아버지의 '무덤으로 가기 위해'란 말을 얼마나 자주 반복했는지, 그러나 또한 얼마나 자주 해찰하고 우회하고 뒤돌아봤는지. 「낯선 시간 속으로」의 미구 시내가 얼마나 미로 같았는지, 그 안에서 '그-나'와 '우리'는 얼마나 자주 바다에 이르는 길을 제지당했는지. 그러나 바로 그 지연의 형식 '속에서', 혹은 그 형식을 '통해' 이인성의 인물들은

7 "주체의 실재에 대한 응시는, 앞서 살펴본 것처럼 '한없이 고통스러운 애매함' 그 자체가 된다. 이때 주체는 갑자기 조우하게 된 과도한 중핵적 대상을 감당하기 어려우므로 그 만남을 연기하되, 그렇게 많은 불신과 의혹 때문에 괴로움을 당하면서도 자기 자신에 대한 질문을 집요하게 던진다. 그런 의미에서 강박신경증적 주체라 부를 수 있는 '나'는, 향락적 대상과 만나기를 지연하는 환상 속에서 끊임없는 의식의 균열을 스스로 부추기고 감수한다." (정연희, 같은 글, p. 246).

역설적인 눌변으로 말한다. '그들'의 언어와 다른 언어로 실재와 대면하는 일이 얼마나 지난한 일인지, 그 일이 얼마나 위험하고 어려운 일인지. 내 말과 욕망과 행위의 주체가 된다는 일이 얼마나 고통스러운 일인지. 눌변의 언어와 지연의 형식은 이인성의 소설이 '어쩔 수 없이' 택한 전략이다.

5

눌변 속에서 오래 지연되었으나 '그-나'의 상징적 위기는 「낯선 시간 속으로」 말미에서 극복된다. 혹은 지양된다. 물론 두 차례의 '상징적 죽음'이 치러지고 난 뒤의 일이다. '너'는 악몽 속에서 '그들'의 첩자인 '다른 너'를 자동차 바퀴 속으로 밀어 넣는다. '그-나'는 또 다른 도플갱어로 보이는 술주정뱅이 교사 사내를 환상 속에서 병정에 의해 사살당하게 만든다. 그렇게 상징적 죽음의 제의를 치른 후, '나'와 '너'가 만나 몸을 섞을 때, 어떤 완전히 새로운 주체가 탄생한다. 그 풍경은 사뭇 장엄하다.

> 이제 난, 아직 이름은 없지만 엄연히 우리 앞에 놓인 이 확실한 현실들을 살아낼 수 있을 것 같아. 또, 이런 표현이 어울릴까, 그 현실과 마주 서는 고뇌를 가지고 춤출 수 있다고, 그렇게 말한다면. 문 창호지에 비쳤던 네 몸짓처럼 말이야. 그리고, 이건 보다 중요한 말일지도 모르는데, 앞으로 헤쳐 나갈 앞날이 참담하고 어렵게 느껴지긴 하지만, 어쨌든 이제야 난 싸울 수 있을 것 같아. 내 식으로, 모든 것과. 삶, 관계, 또 모든 것, 정치나 사회 같은 것들과도… 이를테면, 난 존재하기 시작한 거야. (「낯선 시간 속으로」, p. 317)

우리는 그 제대병이 앉아 있던 자리에 나란히 서서 호수를 조망한다. "지나간 모든 것은 도리가 없지. 그리고…, 어쨌든, 이게 또 하나의 시작이야. 아주 먼, 아주 작은 시작이야." 지금 우리가 바라보는 너른 호수는 희디흰 '비어-있음'의 공간이다. 그러나 그것은 가득 찬 '비어-있음'이다. 그 희디흰 공간 저쪽에서, 희디흰 물체들이 줄지어 번득이며 하늘로 떠오른다. 흰 물오리들의 날갯짓이 우련하다. "그래, 시작이야. 상처를 간직했으니." (「낯선 시간 속으로」, pp. 324~25)

"내 식으로", 그러니까 '우리'나 '그들'의 방식이 아닌 오로지 자신의 의지에 따라 살아갈 수 있게 된 주체, 그들이 상처를 간직한 채로, 가득 찬 '비어-있음'의 시작 앞에 서 있다. 혹자는 이 장면을 두고 (정신분석적인 의미에서) '주체'의 탄생을 말하고,[8] 혹자는 (들뢰즈적인 의미에서) 탈주선 그리기에 성공한 후 완전히 새로운 정체성을 획득한 노마드적 주체를 말하기도 한다.[9] 또 혹자는 비표상적으로 사유하는 예술적 주체의 발생을 보고,[10] 혹자는 분열되었던 햄릿과 돈키호테의 통합을 보기도 한다.[11] 그러나 어떻게 표현하건 저 장면은 근본에 있어 헤겔적이다. 애초의 동일자 '나', 그리고 그로부터 파생된 대립물 '그'

8 정연희, 같은 글.

9 정경운, 「성장소설의 세 가지 선(線)에 관한 고찰—이인성의 「낯선 시간 속으로」」, 『한국문학이론과 비평』 22집, 2004.

10 김주언, 「미적 주체에 이르는 길—이인성의 『낯선 시간 속으로』를 대상으로」, 『비평문학』 40호, 2011.

11 김대산, 「돈키호테—햄릿—둘시네아—오필리어-되기: 이인성의 『낯선 시간 속으로』」, 『문학과사회』 2006년 봄호.

가, 대문자 '**그**'(정신)로 통합된다. 물론 상처는 버려지지 않고 남아 '지양'된다. 아마도 40여 년 전에 처음 독자를 만났던 『낯선 시간 속으로』가 단 한 군데 시대적 제약을 벗어나지 못하는 부분이 있다면 이 결말일 것이다. 그 사이 헤겔적 종합은 많이 다쳤고 낡았으니까. 그러나 우리는 안다. 이인성의 『낯선 시간 속으로』가 열어놓은 어떤 계보 속에서 얼마나 빛나는 이름들이 어쩔 수 없이 택한 전략, 눌변의 글쓰기를 수행해왔는지. 그리고 그들이 이 종합을 또한 어떻게 지양해냈는지.

'어쩔 수 없이 택한 전략'이란 말에는 물론 모순이 있다. 전략이란 의도의 산물이기 때문이다. 그러나 우리가 예술에서 흔히 사용하는 '실험'이란 단어는, 말의 엄밀한 의미에서 항상 '어쩔 수 없이 택한 전략'이다. 진정한 의미에서의 문학적 실험이란 유희나 장난과 달라서, 말문이 막히고 마땅한 말의 형식을 찾을 수 없을 때, 어쩔 수 없이 터져 나오는 법이기 때문이다. 황지우가 '나는 말할 수 없으므로 양식을 파괴한다'라고 했을 때 지시했던 바가 정확히 그것일 것이다. 이인성은 눌변의 문학으로 바로 그 실험이 터져 나오는 숭고한 장면을 우리에게 시연했다. 그러면서 항상 우리가 문학에 대해 가지고 있는 관습적인 이해 지평에 대한 반성을 요구했다. 주로 난해하다는 불만이 그에게 돌아갔으나 그에게 주어진 그 "난해하다는 표지는 문학 내부에 자리하고 있는 가장 문학적인 타자에게 부여될 수 있는 명패와도 같은 것"[12]이었으리라고 나도 믿는다.

12 김동식, 「몸-바꿈의 환상성과 탈/경계의 운동성—이인성론」, 『작가세계』 2002년 겨울호, p. 102.

2부
증언과 시점

기억을 복원한다는 것
— 김숨, 『L의 운동화』와 『한 명』

1. 두 소설

아파해본 사람이 타인의 아픔에 대해 더 잘 공감한다는 말은 사실이다. 5·18을 겪은 유가족들이 세월호 참사를 겪은 유가족들의 손을 잡는 장면을 보던 날, 나는 그런 생각을 했다. 커다란 상처는 서로를 알아보는 법이라고…… 발생했던 시공이 다르고 그 역사적 배경이 달라도, 아물 수 없는 상처들은 서로를 부르는 법이라고……

오카 마리가 그랬던가, 외상적인 '사건은 시제를 파괴하는' 경향이 있다고…… 왜냐하면 어떤 경험이 정말로 사건event적이었다면 그것은 항상 내 앞에서 지금도 일어나고 있는 일일 수밖에 없기 때문이다. 혹독했던 상처에 과거형은 없다. 이는 마치 프로이트가 외상적 사건의 위력을 '반복'으로 설명할 때와 같은 이치여서, 5·18을 겪은 우리는 이한열의 죽음을 1980년 광주와 겹쳐서 다시 경험했고, 세월호 아이들의 죽음과 촛불시위를 1987년 6월의 광장 위에 서서 다시 경험했다. 그렇듯 참사와 폭력은 우리로 하여금 역사를 거대한 애도의 연속으로 이해하게 한다(우리가 아무런 애도도 필요 없는 시절을 산 적이 있던가).

그래서일까? 세월호 참사의 애도가 한참 진행 중인 와중에, 이한열의 죽음과 일본군 위안부 문제에 대해 김숨이 쓴 두 편의 소설은 전혀 낯설거나 느닷없게 여겨지지 않는다. 응당 시도되었어야 했던 것들이 이제야 시도되었다는 생각, 정당하고 용기 있는 작가라는 생각, 시절이 우리로 하여금 문학(소설)의 형식과 윤리를 되묻고 있다는 생각, 세월호라는 거대한 상처가 다시 이전의 상처들을 부르고 있다는 생각…… 그랬으니 그 두 권의 소설을 읽지 않을 도리는 없었다.

살펴보니 『L의 운동화』가 출간된 것은 2016년 5월(민음사)이었고, 『한 명』이 월간 『현대문학』에 연재되기 시작한 것은 같은 해 2월부터였다(그리고 출간된 것은 8월이다). 시기를 고려할 때, 두 편의 소설이 동시에 쓰였거나 최소한 같은 시기에 구상되었음은 확실해 보인다. 그리고 두 작품 모두 '기억의 복원' 문제를 다루고 있다. 전자는 1987년 6월 이한열의 죽음을, 후자는 1930~1940년대 일본군 위안부 피해자 문제를…… 그러나 두 작품 간에는 중요한 차이도 있는데, 후자가 일종의 역사소설이라면 전자는 역사소설 쓰기에 대한 소설, 곧 메타소설이라는 점이다. 『한 명』은 우리에게 기억 복원 작업의 소설적 결과물로서 제시된다. 반면 『L의 운동화』는 기억의 복원 작업에 임하는 자가 취해야 할 전제와 방법, 그리고 윤리에 대한 성찰로서 제시된다. 따라서 읽어야 할 순서는 명확하다. 『L의 운동화』를 먼저 읽어야 한다. 그리고 거기서 제안된 기억 복원술에 따라 『한 명』을 읽어야 한다.

『L의 운동화』를 기억의 복원에 대한 메타소설로 읽자는 말은 작중 복원 전문가의 작업을 소설 쓰기에 대한 알레고리로 읽자는 말과 다르지 않다. '나'(복원 전문가)에게 L(이한열)의 운동화를 복원해달라는 의뢰가 들어온다. 알레고리적으로 읽을 때 '나'는 소설가이고 L의 운동화는 역사적 기억이다. 질문이 시작된다. 소설은 왜, 어떻게 역사적 기억을 복원하는가? 복원할 수는 있는가? 복원해야 하는 것인가? 역사적 기억을 복원해야 한다는 문학적 의무(세월호가, 이한열이, 5·18이 문학에 대해 의무가 아니라면 무엇이겠는가) 앞에서 작가 김숨이 던지는 발본적인 질문이 이것들이다. 그리고 특유의 차분함과 세심함으로 이 질문들에 답해나가는 동안 『L의 운동화』라는 이름의 '역사소설론'이 완성된다.

내가 읽기에 그의 역사소설론은 역사의 소설화에 관한 한 오랫동안 정설로 받아들여진 루카치의 『역사소설론』보다도 얻을 게 많다.

2. 복원의 전제

기억을 복원하기 위해 가장 먼저 전제되어야 할 것은 물론 복원해야 할 재료다. 작중 그것은 이한열의 운동화다. 그런데 세월 속에서 마모되어버린 기억들이 흔히 그렇듯, 복원해야 할 기억 자료로서의 운동화는 상태가 자못 심각하다. 그것은 "환자에 비유하자면 중환자실의 생사를 다투는 환자로, 의사(擬死) 상태나 마찬가지다"(『L의 운동화』, p. 22. 이하 쪽수만 기재). 박물관 측에서는 그간 운동화의 손상과 변형이 더 이상 진행되지 않도록 하기 위해, "항습·항온 기능을 갖추고 자외선이 차단되는" "완전 밀폐가 가능한 진열장을 만"든 후, 그것을 "3단계 특수 처리 과정을 거쳐 수장고에 보관"(p. 20)해왔다(대체로 사건성이 박탈된 역사적 기억이란 그런 방식으로 방부 처리되어 '아카이브'의 화석 상태로 전시되지 않던가). L의 운동화가 그런 상태로, 기억을 복원하려는 자 앞에 임무로서 던져진다. "굽이 절단 난 밑창, 굽에서 떨어진 조각들, 부스러기들이 내가 본 전부다."(p. 79)

대상과 재료가 주어졌다지만, 복원 작업 이전에 전제되어야 할 것들은 더 있다. 이 재료를 어떤 방향으로 복원할 것인가? 복원의 방향이 먼저 정해져야만 복원의 방식도 정해지리라. 왜, 무슨 이유로, 무엇을 바라 이 운동화를 복원해야 하는가? 복원 작업이 의미 없는 '복제'

가 되지 않으려면 이런 질문에 답할 수 있어야 한다. 1987년 6월 9일 이한열의 발을 떠나 마모를 계속해오던 이 운동화를 복원한다는 것은 어떤 의미인가? 이 질문은 역사적 기억을 복원하려는 소설가라면 글을 쓰기 시작하기도 전에, 스스로 묻지 않을 수 없는 질문이기도 하다. 이에 대해 김숨은 두 가지로 답한다. '애도'와 '증언'이 그것이다.

작중 '나'는 한때 예술적 가치로 치면 그다지 쓸모없는 한 사내의 풍경화를 복원해준 적이 있다. "풍경화는 그에게 죽은 아내를 상징했다. 그러므로 풍경화를 복원하는 것은 그의 죽은 아내를 애도하는 행위이자, 되살리는 일이기도 했던 것이다."(p. 23) 이 문장으로 미루어볼 때, 애도는 마모되어가는 죽은 자의 기억을 되살림으로써 망각을 지연시키는 일이다. 역사적 기억은 복원에 의해 애도된다. 정확히는 애도 상태를 더 오래 유지하게 됨으로써 우리들의 기억 속으로 되돌아오고, 그럼으로써 증언을 계속한다. 역사적 기억이 증언하기를 멈추는 것은 애도가 종결될 때이다. 작중 채 관장의 말은 항상 옳다. "피해자가 이미 죽고 없으니, 피해자를 대신할 운동화를 어떻게든 살려야 하지 않을까요? 피해자이자 증인이니, 어떻게든 살아서 증언하도록요."(p. 55) "나는 역사를 기억의 투쟁이라고 생각해요. 그리고 기억은 구체적인 매개물로 형성되고 유지되는데, L의 운동화 같은 물건이 그 매개물이 아닌가 싶어요."(p. 135)

그에 따르면 이한열의 운동화가 복원되어야 할 이유는 애도와 증언을 위해서다. 이를, 역사적 기억을 복원하려고 작심한 소설가의 입장에서 번안해보자. '역사적 기억을 소설로 복원하는 일의 의미는 애도를 계속되게 함으로써 증언이 멈추지 않게 하는 데 있다.'

3. 복원 전 질문들

그러나 그렇게 복원 작업을 의미화하고 복원의 방향을 정했다 하더라도, 복원가는 다시 다음과 같은 질문들에 마주치지 않을 수 없다. 그가 신중하고 절박한 복원가라면……

> 채 관장이 사진들을 두고 돌아간 뒤 나는 스스로에게 질문들을 던진다.
>
> ① L의 운동화를 최대한 복원할 것인가?
>
> ② 최소한의 보존 처리만 할 것인가?
>
> ③ 아무것도 하지 않고 내버려 둘 것인가?
>
> ④ 레플리카를 만들 것인가?
>
> 〔……〕
>
> 그 질문들은, 내가 복원 작업에 들어가기 전 일차적으로 던지는 질문들이기도 하다. (p. 21. 번호는 인용자)

사지선다형 문제처럼 택일하면 되는 단순한 문제 같아 보이지만, 실은 저 질문들에 대해 답하는 일이 생각보다 쉽지는 않다. 다들 만만치 않은 난제들을 끌어들이기 때문이다. 질문 ①에 답하려 할 경우, 우리는 기억의 복원 작업이 갖는 태생적 한계에 봉착하게 된다. "설사 모든 조각이 온전하게 보존되어 있다 하더라도, 그리고 그 조각들을 완벽하게 맞춘다 하더라도, L의 운동화 밑창에는 복원이 불가능한 지점들이 존재"하기 마련이기 때문이다. "모세혈관처럼 미세한 금들뿐 아니라 땀구멍처럼 미미한 구멍들이 규칙 없이, 마치 망각의 지점들처럼."(p. 256)

저 구멍은 기억의 '맹점'이다. 아마도 역사적 기억이 참혹하고 끔찍할수록 저 구멍은 넓고 깊어질 것이다. 당연히 복원자가 무의식적 방어기제를 작동시켜 인식의 허방에 빠지는 사태를 피하려 할 것이기 때문이다. 어떻게 위안부 피해자들이 증언하는 폭력의 강도를 두 눈 버젓이 뜨고 감당할 수 있을 것인가? (『한 명』에서 우리는 그것을 읽게 되겠지만) 어떻게 재현의 범주를 훌쩍 초과해버린 '언어 너머'의 영역에서 일어난 일을 '말'로 기록할 수 있단 말인가? 소설가가 소위 '재현 불가능성' 담론('아우슈비츠 이후에도 시를 쓰는 일이 가능한가?')에 의탁하고 싶어지는 때는 이때다.

③의 경우도 반드시 무책임하다고만 할 수는 없는 질문이다. "아무것도 하지 않는 복원 역시 복원에 속한다. 분석만 하고 그 어떤 치료도 하지 않는 것도."(p. 21) 왜냐하면 L의 운동화는 "시위 현장에서가 아니라 보관 과정에서 파손되었"고, 따라서 "L의 운동화를 그대로 두는 것이, 운동화를 신화화하는 것일 수도"(p. 110) 있기 때문이다. 무책임과 방조에 의해 마모된 민주주의…… 운동화에 쌓인 세월의 녹은 긁어내지 않고 내버려둠으로써만 신화가 유지될 수 있을지도 모른다. 신화가 사라져가는 참담함을 증거하는 신화…… 게다가 신화를 말끔하게 복원하려는 저간의 서사적 시도들은 대체로 사건을 과장하거나 미화함으로써 되레 신화로부터 그 신화성을 박탈하는 경우가 많지 않았던가. 그러니 "L의 운동화가, L을 넘어서서는 안 된다. L을 집어삼켜서는."(p. 110)

④의 질문도 쉽게 답할 수 있는 성질의 것이 아니다. 레플리카는 모조품이지만, 원본과 진품의 아우라 운운은 옛말인 데다, 그 어떤 모사 행위도 실제에 있어서는 창작 행위와 구분하기 힘들 테니까…… 가령 작중 화자의 강의를 듣는 한 "여대생이 렘브란트의 자화상을 102장이나 모사할 수 있었던 것은, 그의 얼굴이 매번 미묘하게 달라 보였기 때문이 아닐까."(p. 42) 모조 역사를 쓰는 일도 따라서 항상 쓰는 순간의

주관이 개입하는 일종의 창작 행위는 아닐까?

이 질문들을 회피하지 않고 맞선 결과, 김숨은 대체로 ②의 질문이 권하는 방식에 응하기로 했던 듯하다. 그것은 '최소한의 복원'이다.

4. 최소한의 복원

『L의 운동화』를 꼼꼼하게 읽어보면 작가 김숨이 기억을 복원함에 있어 '최소한의 복원' 원칙을 지키고자 했던 이유 몇 가지를 지목할 수 있다.

그 첫번째 이유는 역사적 기억에 고유한 '보편성과 특이성의 변증법'과 관련된다. L의 운동화는 특이하면서도 보편적이다. 그것이 보편적인 이유는 "'역사'에 의해서, '시민'에 의해서" "특별히 '선택'되었"(p. 83)기 때문이다. "민주화를 위한 시위 현장에서 전경이 쏜 최루탄을 머리에 맞고 사망"함으로써 "6월항쟁의 도화선이 된"(p. 84) L의 운동화가 장삼이사들의 흔한 운동화와 같을 수는 없다. 시대가 그 안에 각인된 이상, L의 운동화는 개인의 유품이 아니다. 역사에 의해 보편적 가치와 상징적 의미를 부여받은 "시대의 유품"(p. 25)이다. 역사의 수레바퀴를 상기시키는 보편적 운동화……(그러고 보면 역사와 마찬가지로 운동화의 본질은 달리는 데 있다.)

그러나 L의 운동화는 또한 지상에 존재했던 단 한 사람의 것이었고, 그의 체취와 발 모양만을 간직하고 있으며, 그가 걷고 뛰었던 길들의 궤적만을 기억한다는 의미에서, 고유하고도 특이한 운동화다. 따라서 "한날한시에 똑같은 옷을 사 주는데도 형의 옷이 번번이 먼저 해지는 것을 나는 의아해했고, 습관뿐 아니라 성격과 기질이 그 사람의 옷과 신발과 가방 같은 물건에 고스란히 기록된다는 것을 어렴풋이나마 깨달았다. 개인이 소유하고 있는 물건들은 그 개인의 기록물이기도 하다는 걸"(pp. 80~81)이라고 말할 때, 작중 화자는 역사적 기억의 양가적 특징에 대해 알고 있다. 만약 복원 작업이 운동화의 보편성만 강조할 경우 훼손되는 것은 운동화의 특이성이다. 왜냐하면 L의 운동화는 시대의 유품이지만 동시에 그 누구도 아닌 바로 그 고유명사 '이한열'의 유품이기도 하기 때문이다. 반대로, 만약 복원 작업이 운동화의 특이성만 강조할 경우 훼손되는 것은 운동화의 보편성이다. 왜냐하면 L의 운동화는 고유명사 '이한열'의 유품이지만 동시에 시대가 선택한 보편적 유품이기도 하기 때문이다. 김숨이 이 모순적인 상황 앞에서도 복원 작업을 포기하지 않기 위해 택한 것이 바로 '최소한의 복원' 원칙이다. L의 운동화를, 그러니까 역사적 기억을 시대의 보편성을 상징할 수 있는 방식으로 복원하라. 그러나 그 보편성이 운동화의 특이성을 훼손하지 않는 범위 내에서……

게다가 복원가는 항상 자신이 복원하려는 대상에 각인된 '의도'도 염두에 두어야만 한다(이것이 '최소한의 복원'을 위한 두번째 원칙이다). 복원이 아무리 일종의 재창조 작업이라지만 작가의 의도마저 훼손하는 복원은 더 이상 복원이란 이름으로 불릴 수 없기 때문이다. 더군다나 역사적 기억은 예술 작품보다 훨씬 더 원래의 의도에 입각해 복원되어야 한다. 만약 거기에 의도가 있다면 말이다.

'L의 운동화'의 경우 복원가가 읽은 '작가의 의도'는 이한열이 운동화의 끈을 묶는 방식에 비유된다. "L의 운동화 끈은 독특한 방식으로 묶여 있다. L의 운동화를 예술 작품이라고 가정할 경우 '작가의 의도'가 드러나는 부분이 바로 끈이다./나는 끈을 풀 자신은 있지만, 묶을 자신은 없다. 더 정확하게 말해서 L이 묶은 방식 그대로 묶을 자신이./복원가인 내가 너무 많이 개입한다는 판단에 따라, 나는 끈을 그대로 둔 채 복원 작업을 이어서 진행해 나가기로 결정한다."(pp. 194~95)

복원하되 대상에 스며든 원작자의 의도를 훼손하지 않는 범위 내에서의 복원, 그것을 작가는 '적정한 선'을 유지하는 일이라고 말한다. "원작의 상태를 벗어나지 않는 적정한 선에서 작업을 멈추는 것", 그것이 "복원가의 역량이자 덕목이다". 물론 "복원 작업을 하다 보면 더 손을 대고 싶은 욕심이 생기는 순간이 있다. 아주 약간만 더 손을 대면 상태가 훨씬 나아질 것 같은 욕심이". 그러나 작가는 그런 욕심에 저항해야 한다. "복원 작업에 들어가기 전 시뮬레이션을 돌리듯 복원의 전 과정을 머릿속에서 수백 번 반복하는"(p. 92) 한이 있더라도……

그러나 제아무리 L의 운동화를 '보편성과 특이성의 변증법' 속에서 '역사의 의도'를 살려 복원한다 하더라도, 결국 그것을 복원하는 자는 현재를 사는 자가 아닌가. 모든 역사란 실은 현재가 기억하는 과거가 아닌가. 그런 의미에서라면 과거를 그 자체로 복원하는 일은 항상 불가능하거나 불충분하다. 역사적 기억은 반드시 현재의 지평 위에서만 복원될 수 있다. 김숨이 제안하는 '최소한의 복원' 세번째 원칙이 그것이다. 작중 화자는 말한다. "내가 복원해야 하는 것은, 28년 전 L의 운동화가 아니다. L이 죽고, 28년이라는 시간을 홀로 버틴 L의 운동화다. 1987년 6월의 L의 운동화가 아니라, 2015년 6월의 L의 운동화인 것이다. 28년 전 L의 발에 신겨 있던 운동화를 되살리는 동시에, 28년이라는 시간을 고스란히 담아내야 하는 것이다."(pp. 100~01)

L의 운동화는 '지금'의 시간 속에서만 우리 앞에 현시한다. 훼손과 마모도 그 운동화의 속성이다. 그럴 때 (마치 지난 30년의 세월은 존재하지도 않았던 것처럼) L의 운동화를 그것이 지나온 시간의 흐름과 분리시켜 복원하는 일은 정당해 보이지 않는다. 절대화되고 고정된 과거는 항상 과도하다는 의미에서 복원 작업 자체가 어쩌면 '과도한 개입'이 될 수도 있기 때문이다.

L의 운동화는 과거 속에서 '보존'되는 것이 아니라 현재 속에서 '복

원'된다. 그리고 과거가 복원되는 시간인 현재는 광화문 광장에서 "세월호 참사 진상 규명을 촉구하는 시위"(p. 47)가 일어나고 있는 현재이고, 일본군 위안부로 끌려갔던 할머니들이 "쉰한 분"(p. 254)밖에 살아 있지 않은(그러나 지금의 이상한 정부는 알 수 없는 이유로, 이 문제에 관한 한 일본과 '불가역적 합의'에 이르렀다고 선포하는) 현재이고, 독일에서는 전후 70년이 지났음에도 93세의 전범 오스카 그로닝이 "방조한 혐의"(p. 164)란 죄목으로 감옥행을 선고받는 현재이다. 역사적 기억은 그런 방식으로 현재 속으로, 현재에 영향을 미치면서 복원된다. 만약 김숨이 말하는 '최소한의 복원'이 역사적 기억에 대한 일종의 '개입'이기도 하다면, 그것은 바로 이런 이유 때문이다.

5. 복원 작업 중

저 많은 전제들과 저 많은 질문들을 뚫고 역사적 기억의 복원 작업이 시작된다(그것은 이렇게도 어려운 일이었다). 그러나 복원가가 헤쳐나가야 할 지난한 과정은 아직도 남아 있다. 우선 그는 "아기를 안는 심정으로"(p. 143) 기억의 자료들을 다루는 '마음'을 터득해야 한다(역사적 기억이란 얼마나 바스러지기 쉬운가). 그리고 "그것을 만지는 시간보다 조용히 지켜보는 시간"(p. 159)의 길고 긴 적요를 이겨내야 한다. 그러다 "1987년 6월 9일, L에게 무슨 일이 있었는지" "저마다 꺼내 놓는 기억들이 조금씩" 달라지는 '기억의 시차'(pp. 131~32) 또한 극복해야 한다.

그런 일을 다 겪으면서 힘겹게 진행되는 복원 작업의 과정은 "크게 다섯 단계로 정리된다. 경화, 메우기, 형태 고정, 색 맞추기, 클리닝, 코팅"(p. 171). 이 다섯 과정을 각각 '서사의 뼈대 만들기, 디테일 채우기,

퇴고, 교정, 디자인, 인쇄와 출간'에 대입시킨다면 분명 도식적이란 소리를 듣겠지만, 어쨌거나 역사적 기억의 복원은 그처럼 다사다난한 일들을 다 겪어야 성공한다(실은 실패할 확률이 더 높다). 그리고 김숨에 따르면 이와 같은 작업 와중에 가장 조심해야 할 것이 바로 기억이 불러일으키는 정념에 대한 복원가의 '전이'다.

참혹한 역사적 상처는 그것을 복원하는 자에게 강렬한 정념을 불러일으킨다(대체로 죄책감일 것이다). 그럴 때 복원가는 종종 자신의 기억과 상처를 역사적 기억 위에 덧씌우기도 한다. 오카 마리의 표현을 빌리자면 바로 '기억의 횡령'이다.

역사적 상처를 자신의 상처로 전유해버리는 짓, 역사 앞에서 우리 모두 울어야 할 지점을 자신의 울음으로 선점해버리는 짓, 그런 짓의 위험성을 보여주는 인물이 작중 또 다른 복원가 '이소연'이다. 그녀는 ('나'가 오른짝이라고 말해준 적이 있음에도 불구하고), 여지껏 L이 잃어버린 나머지 운동화가 왼짝이라 믿고 있다. 그녀가 자신의 상처를 통해서만 역사적 상처를 이해하기 때문이다. 역사적 기억에 자신의 감정을 전이시킨다는 말은 이런 말이다. 역사적 상처는 대체로 그것을 부인하려는 악의에 의해서 왜곡되기 마련이지만, 어떤 경우 그것을 자신의 상처로 받아들이려는 선의에 의해서도 왜곡된다. 양자 모두 역사의 진실을 훼손한다는 점에서 폭력적이기는 마찬가지다. 그녀에 대한 화자의 판단은 정확하고 단호하다. "그녀의 손은 혹 아들의 풀어진 운동화 끈을 매던 순간에 영원히 갇혀 버린 게 아닐까. 경복궁역에서 홍은동 집까지 걸어가던 길 어딘가에서 아들의 풀어진 운동화 끈을 다급히 매던 순간에."(p. 202)

"그녀는 자기 자신에게 말을 하듯, 모두에게 말하고 있"(p. 125)었던 것이다. 아니 모두에게 말하고 있는 듯했지만 실은 자기 자신에게만 말하고 있었던 것이다. 따라서 화자가 "복원에는 아무것도 하지 않는 복원도 있지만, 폭력적인 복원도 있다. 우 선배가 경계하는, 작가의 의도를 넘어서는 복원이 바로 폭력적인 복원이다"라고 말하면서 "작업대를 지키고 앉아 있는 그녀를" 단호하게 "모르는 척 지나"(p. 97)치는 행동은 전혀 부당하다거나 잔인하다고 말할 수 없다. 역사적 기억을 복원하려는 자에게 자기 연민은 일종의 죄다.

6. 복원된 기억

결국 화자의 운동화 복원 작업은 성공한다. 역사적 기억에 대해 할 수 있는 모든 조심을 다했으니 당연한 일이다. 그런데 아이러니한 것은 이 작업에 대해 어리석은 자기 연민으로 대응했던 이소연의 마지막 손길이 복원의 전 과정을 마무리한다는 점이다. 화자가 "코팅 처리 작업만 남겨 두고 있습니다"(p. 266)라고 말하지만 그녀는 운동화를 선뜻 만지지 못한다. 그러나 화자는 생각한다. "그녀의 손이 L의 운동화를 어루만지는 것이, 여러 과정 중 하나인 것 같은 생각이 든다. 내가 미처 염두에 두지 못했던 과정만. 복원의 전 과정을 머릿속으로 수백 번 반복하는 동안에도 전혀 떠오르지 않던. 그러니까 경화, 메우기, 형태 고정, 색 맞추기, 클리닝, 코팅으로 이어지는 과정들과 마찬가지로 반드시 진행하고 넘어가야 하는 한 과정만."(p. 266)

무슨 의미일까? 자기 연민을 다스리지 못해 역사적 상처를 전유해 버리는 실수를 범했던 이소연의 손길이 L의 운동화를 복원하는 작업의 마지막 절차라니…… 그 사연을 이해하기 위해서라면 소설 말미 이소연에게 일어나는 변화를 먼저 살펴야 한다. 그녀의 꿈(라캉에 따르면 꿈은 아주 불편하게 윤리적이다) 얘기다. 소설 초반부, 그녀는 "하나인 자신이 꿈속에서는 두 개로 쪼개져 존재한다고 했다. 아들의 왼발에 오른짝 운동화를 신기고 있는 자신과 그런 자신을 무기력하게 지켜보는 자신, 그렇게 두 개로 쪼개져서. 마치 색깔이 다른 원피스를 입고 나란히 서 있는 쌍둥이 자매처럼. 운동화 짝이 바뀌었다는 걸, 아들의 왼발에 신기고 있는 운동화가 오른짝이라는 걸 어떻게든 알려 주고 싶지만 알려 줄 방법이 없다고 했다"(p. 72). 그러나 소설 말미 L의 운동화가 복원되는 과정을 지켜본 후, 그녀는 이렇게 말한다. "셋이요…… 아들의 왼발에 오른짝 운동화를 신기는 나와…… 그런 나를 무기력하게 바라보는 나…… 그리고 그런 나를 심판하듯 똑똑히 지켜보는 나…… 그렇게 셋이요."(p. 264) 그러고는 덧붙인다. "자신을 고통스럽게 하는 '나'는 아들의 왼발에 오른짝 운동화를 신기는 나도, 그런 나를 무기력하게 바라보는 나도 아니라고", "그런 나를 심판하듯 바라보는 나라고. 자신에게 죄의식을 불러일으키는 그 '나'는 꿈속뿐 아니라 꿈 밖에도 존재한다고"(p. 265).

복원된 운동화와 함께 '나'가 하나 더 분리되었다. 그러자 자기 연민의 원환이 파괴된다. 애초의 원환은 아들에게 죄를 범하는 '나', 그리고 그것을 지켜보며 죄책감으로 충분히 괴로워하고 있다고 스스로 연민에 빠져 있는 '나'로 이루어져 있었다. 이렇게 두 '나'들이 만드는 원환은 그녀를 자기 연민의 폐쇄 고리에서 빠져나올 수 없게 한다. 그런데 운동화의 복원과 함께 새로운 '나'가 출현한다. 그리고 이 세번째 '나'의 출현은 그 사이 그녀가 아주 심대한 존재론적 변화를 겪었음을 증거한다. 왜냐하면 죄를 저지르고 있는 '나'를 단죄하면서 죄책감에 빠져 있는 '나' 역시, 결국엔 자기 연민으로 자신의 죄를 합리화하는 '나'라는 사실을 이 새로운 '나'가 고지하기 때문이다. 라캉은 그런 '나'를 '주체'라고 한다.

아마도 성공적으로 복원된 역사적 기억은 '항상' 저와 같은 방식으로 작동할 것이다. 모든 타인의 고통을 내 고통의 크기에 따라 판별하는 나, 그런 나를 스스로 비웃으며 충분한 자기 단죄가 이루어지고 있다고 상상하는 나(어쩜, 난 참 윤리적이기도 하지!), 그러나 그 두 '나'들 사이에 거대한 역사적 상흔이 개입한다. 잘 복원되었을 경우, 그 상흔은 '나'의 범위를 훌쩍 초과함으로써 제3의 '나'를 분리시킨다. 그럴 때, 우리는 타인의 종잡을 수 없는 고통 앞에서 크게 몸서리를 친다. 그러고는 (어느 정도, 얼마간의 시간 동안) 윤리적인 '주체'가 된다.

7. 한 명이 남았을 때

L의 운동화를 복원하던 중 화자는 채 관장과 이런 대화를 나눈 적이 있다.

> "일본군 위안부 피해자도 쉰한 분 남으셨다고 신문에서 읽은 기억이 납니다."
> "저도 읽은 것 같아요."
> "아직까지는 쉰한 분이 살아 계시지만 다들 연세가 있으시니까 한 분 한 분 세상을 떠나시겠지요? 한 분, 한 분 그렇게 세상을 떠나, 한 분밖에 살아 계시지 않은 날이 오겠지요? 단 한 분밖에 살아 계시지 않는 날이…… 그리고 결국 단 한 분도 살아 계시지 않는 날이 오겠지요? 그분들이 다 돌아가시면 누가 증언을 할까요?"
> 그래서 기록이 중요한 것 아니겠느냐는 말을 나는 구태여 하지 않는다. (p. 254)

저 장면에서 화자는 마치 무슨 약속을 하고 있는 듯하다. 일본군 위안부로 끌려갔던 할머니들이 한 분 한 분씩 다 사라지기 전에, 단 한

분이라도 살아 있을 때, 그 기억도 복원하겠노라고…… '기록'이란 그 분들이 다 사라진 후에도 '증언'이 계속되게 할 수 있는 유일한 방법이니까. 그리고 소설 『한 명』은 이런 프롤로그와 함께 시작한다. "세월이 흘러, 생존해 계시는 일본군 위안부 피해자가 단 한 분뿐인 그 어느 날을 시점으로 하고 있음을 밝힙니다."(『한 명』, p. 7) 화자는 약속을 지킨 셈이다.

그랬으니 이제 『L의 운동화』에서 김숨이 제안한 저 놀랍도록 조심스러운 기억 복원술에 따라, 평론가인 내가 『한 명』을 읽을 차례다. 복원해야 할 재료로서의 위안부 관련 구술 및 문서 자료들, 할머니들의 육성을 담은 316개의 각주들, '최소한의 복원' 원칙에 따라 작가는 행간에 숨고 각주들로 하여금 대신 말하게 하는 이 소설의 독특한 화법, 그 어떤 자기 연민과 감정 전이도 허락하지 않겠다는 듯 건조한 단문을 유지하는 서술자의 어투……

그러나 나의 독서는 더 이상 진척되지 않는다. 나는 못하겠다. 이소연에게 일어났던 일이 내게도 일어나고 있다. 나는 지금 셋으로 분열한다. 제아무리 힘들어도 역사적 트라우마를 재현해내고야 마는 새로운 언어의 형식을 고안해야 한다고 주장하려는 평론가로서의 '나'…… 차마 읽기 힘든 저 날것의 폭력 앞에서 그 어떤 발언도 죄가 될 것 같은 감정에 사로잡힌 독자로서의 '나'…… 그리고 소설이 "피를 토하기라도 할까 봐", 70년이 넘는 세월 동안 "삼키지도, 뱉지도 못하고 머금고 있던 썩은 피를 울컥울컥"(『L의 운동화』, p. 164) 토하기라도 할까 봐, 벌벌 떨면서 두 '나'들 간의 괴리만 가늠해보고 있는 제3의 나……

그러나 나는 안다. 이것은 잘 복원된 기억의 효과다.

증언과 시점
— 김숨, 『군인이 천사가 되기를 바란 적 있는가』

1

브루스 핑크의 『라캉과 정신의학』을 읽다 보면 이른바 '정신증'에 관한 흥미로운 임상 사례 하나를 만나게 된다.

> 로제는 그의 첫 분석가와 2년 동안이나, 거의 기계적으로 분석에 참여했다. 그는 분석가에게 산더미 같은 글을 가져왔다. 그는 자기가 꾼 꿈을 꼼꼼하게 기록해서 타이프로 쳤으며, 그것들을 암기해서 분석 때마다 외워댔다(이런 식의 '문학적인' 다산은 정신병에서 흔히 볼 수 있는 특징이다). 분석가는 로제의 글들에 관심을 가졌고 로제에게 오랫동안 그 꿈들을 외워보도록 했다. 그러던 어느 날 로제가 자신이 '장미로 뒤덮여 있는' 금빛 새장 속에 갇혀 있는 꿈을 외우자 분석가는 이것이 현재의 삶을 보여주는 이미지일 거라고 암시했다. 〔……〕 이러한 해석이 정당한 것인지의 여부를 문제 삼기 이전에 우리는 먼저 그것이 불러일으킨 효과를 지적할 필요가 있다. 어쨌든 그것은 로제에게 정신병의 발작을 가져왔다. 분석가는 해석을 통해서 로제에게 그가 모르고 있던 꿈의 의미를 일깨워주었다. 이때까지 로제는 꿈이 단지 즐겁고 멋진 이미지나 이

야기일 뿐이라고 생각했다. 분석가는 이 개입을 통해, 환자가 자기 생각과 꿈을 털어놓을 수 있는 증인의 위치가 아니라 타자의 위치, 다시 말해 의미가 결정되는 장소에 자리 잡으려 했다. (브루스 핑크, 『라캉과 정신의학』, 맹정현 옮김, 민음사, 2002, pp. 182~83. 밑줄은 인용자)

로제는 언어에 대한 두려움 때문에 항상 '쓰기'를 좋아했던 대학생 청년이었다. 그는 말을 하려는 매 순간 '단어들이 사물을 비켜가는 듯한 느낌'에 시달렸는데, 오로지 글을 쓸 때만 언어(기표)와 사물(기의)의 관계가 안정적으로 고정되는 듯한 위안을 얻을 수 있었다. 분석가는 몰랐겠지만, 꿈을 기록하고 외우는 자, 말과 사물의 일상적인 관계를 파기하고 다른 '기의/기표' 관계를 수립함으로써 '문학적 다산증'에 빠진 자, 말하자면 그는 시인이었다. 그를 담당했던 분석가가 한 일은 그러므로 시를 죽이는 일이었을지도 모르겠다. "증인"의 위치에서 그의 말들을 들어주고 기록하는 자가 아니라, "의미가 결정되는 장소" 곧 "타자의 위치"에서 그의 발화에 개입함으로써 말이다. 로제는 발작을 일으켰고, 그렇게 그의 '말'도 목숨을 잃었다.

2

'증언 소설'을 쓰려고 마음먹은 작가가 가장 먼저 경계해야 할 점도 그와 유사한 상황일 것이다. 일본군 '위안부' 피해자 길원옥 여사의 증언을 바탕으로 한 『군인이 천사가 되기를 바란 적 있는가』(현대문학, 2018) 「작가의 말」에서, 작가는 "할머니께서는 저를 소설가가 아닌 선생님으로 알고 계십니다"라고 쓴다. 흔히 취재 혹은 인터뷰를 통해 생산되기 마련인 증언 소설의 경우, 인터뷰어와 인터뷰이 사이에 일종의 '전이'가 일어나는 일은 다반사다. 많이 배우지 못했고, 이른바 '재현불가능'한 영역에 속한다고 해도 할 말이 없는 고통을 겪고도 평생을 침묵 속에서 살아온 '위안부' 피해자 할머니에게, 자신의 말을 들어주러 온 작가는 '선생님'이다. 즉 흔히 분석가가 차지하곤(해야) 한다는 '많이 알고 있는 것으로 가정된 자'의 위치가 작가의 위치가 되기 십상이다. 그러나 김숨은 이런 문장들도 남겼다. "방금 당신이 드신 과일도 기억 못 하시는 할머니와의 대화는 그런데 처음부터 제게 특별한 즐거움과 문학적 영감을 주었습니다. 보름달이 뜬 밤, 영혼과 영혼이 야생의 들판에서 만나 이중창을 부르는 것 같은 황홀함을 선물해주었습니다." 작가가 길원옥 할머니의 말들에 '의미를 결정하는 장소'를 취하지 않았으므로, 할머니는 부단히 말했다. 그 결과물이 시 같기도 하고, 독백 같기도 하고, 증언 녹취록 같기도 하고, 잠언록 같기도 한, 유례없는 증언 소설 『군인이 천사가 되기를 바란 적 있는가』이다. 어떻게 그런 일이 가능했을까?

3

타인의 압도적인 고통은 흔히 '재현불가능'한 영역으로 이전되곤 한다(임철우와 김숨 이전에 한국문학에서 '위안부' 피해자 문제가 바로 그러했다). 그러나 그러한 이전은 감히 상상해볼 수 없는 고통 앞에서의 미학적 망설임, 혹은 게으름의 다른 말이다. 『모든 것을 무릅쓴 이미지들—아우슈비츠에서 온 네 장의 사진』(조르주 디디-위베르만, 오윤성 옮김, 레베카, 2017. 이하 쪽수만 표기) 2장에서 디디-위베르만이 격렬하게 질타하는 것도 바로 그런 태도다. 그는 말한다. "'말로 표현할 수 없는 것'과 '상상할 수 없는 것'이라는 절대적 표현들— 대체로 호의적인, 언뜻 보아 철학적인, 실제로는 게으른— 로 아우슈비츠에 대해 말하는 것이 더 이상 가능하지 않다는 것을 감지하기 위해서는, '모든 것을 무릅쓴 이미지들'의 그 불안정한 자료총체에, 즉 그 '이미지들의 잔여'에 시선을 한 번 둔 것으로도 충분하다."(p. 43) 아마도 증언과 재현이 불가능해 '보이는' 참담한 고통이 있을 것이다(아우슈비츠, 광주, 세월호). 그러나 그것을 증언하고 기록하는 일은 "불가능하지만 불가결하다. 따라서 모든 것을 무릅쓰고 (다시 말해서 결함적으로) 가능하다."(p. 63)

4

모든 것을 무릅쓴 결함적 재현, 불가능해 보이지만 불가결하기도 한 재현, 그러나 그러한 재현에도 '부주의'의 위험은 있다. 아우슈비츠에서 발견된 네 장의 사진이 이후에 변형되는 과정을 통해 디디-위베르

〔그림 1〕 미상(아우슈비츠 존더코만도의 일원), 「아우슈비츠 제5소각로의 가스실로 몰리는 여인들」, 1944년 8월, 오슈비엥침, 아우슈비츠-비르케나우 국가 박물관.

만이 경고하는 것이 바로 그 두 가지 부주의다. '공포의 성상 만들기'와 '이미지를 재배치하기'.

〔그림 1〕의 사진은 1944년 8월경 아우슈비츠의 존더코만도(유대인 시체처리반)의 일원이 찍은 '가스실로 몰이당하는' 여인들의 모습으로, 촬영자가 숨어서 '모든 것을 무릅쓰고 찍은 사진'이다. 그러다 보니 앵글은 사각이고 형체는 불분명하다. 다음 〔그림 2〕의 우측 사진은 2001년에 발간된 한 책자에서 이 사진이 어떤 방식으로 보정되었는지를 보여준다.

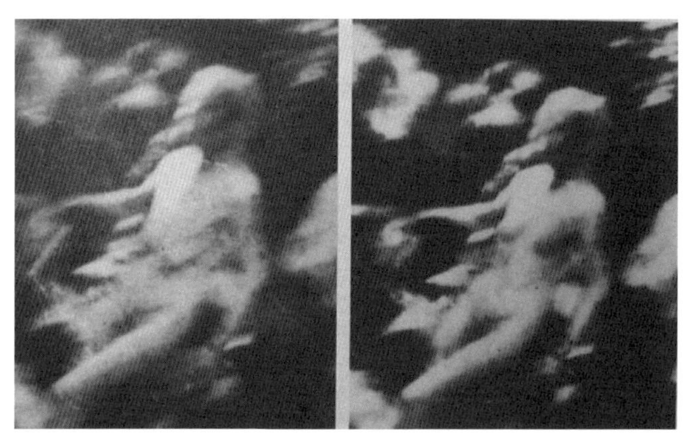

〔그림 2〕 그림 1의 세부 및 수정, *Mémoire des camps*, dir. C. Chéroux, Paris, 2001, p. 91.

"첫 번째 쇼트에서의 두 여성의 몸과 얼굴은 수정되었고 얼굴 하나가 발명되었고 젖가슴은 더 높이 올려지기까지 했다."(디디-위베르만, p. 58) 희생자의 성상을 만들기 위해 증언에 가해진 조작의 사례라 하겠다. 〔그림 3〕 역시 같은 날 찍힌 시체들의 화장 장면이다. 목숨을 건 위험 속에서 어딘가 건물의 어둠 속에 자리를 잡고 급하게 셔터를 누른 흔적이 역력하다. 말하자면 찍는 순간 촬영자의 '모든 것을 무릅씀'

이 사진에 고스란히 담겨 있다.

〔그림 3〕 미상(아우슈비츠 존더코만도의 일원), 「아우슈비츠 제5소각로의 가스실 앞 야외 화장 구덩이들 속에서의 가스살해된 시체들의 화장」, 1944년 8월, 오슈비엥침, 아우슈비츠-비르케나우 국가 박물관.

〔그림 4〕는 1993년에 발간된 한 책자에서 〔그림 3〕의 정보들이 어떤 방식으로 재배치되었는지를 보여준다. 유효한 정보를 위해 당시 촬영 상황 중 불필요한 부분을 배제하고, 프레임을 절단한 후 비극적 장면만 극대화하는 식으로 보정되었다. "그러나 이 사진들을 재배치함으로써, 동시에 형식적이고 역사적이고 윤리적이고 존재론적인 조작이 범해진다."(디디-위베르만, p. 61)

〔그림 4〕 〔그림 3〕의 재배치된 세부, *Auschwitz. A History in Photographs*, dir. T. Swiebocka, Oswiecim-Varsovie-Bloomington-Indianapolis, 1993, p. 174.

5

소설과 사진이 아무리 다른 매체를 다루는 상이한 장르의 예술이라 하더라도, 증언을 기록하는 일에 관한 한 저와 같은 '부주의'를 피해 가는 것은 공히 핵심적이다. 말하자면 로제의 말을 죽여버린 분석가의 위치에 서지 않는 것 말이다. 김숨은 저와 같은 부주의를 어떻게 피해 갔을까? 희생자의 성상을 만들지도 않고, 기억 자료를 재배치해 스펙터클을 고안해내지도 않으면서 말이다. 우선은 일인칭 관찰자 시점, 그것도 '화자 없는' 일인칭 관찰자 시점이 그 답인 듯하다. 증언에 있어 삼인칭 전지적 태도는 사태의 총체적 재현(리얼리즘! 그러나 어떻게?)을 요구하고 또 강요한다. 작가는 '더 많이 알고 있는 것으로 가정된 자' 곧 분석가가 된다. 삼인칭 제한전지적 태도는 타인, 곧 증언자의 고통에 대해 오만하다(누가 있어 삼인칭으로 표상된 한 무젤만Muselmann의 의식 세계를 들여다볼 수 있을 것인가!). 레비나스나 데리다가 그토록 경계하는 것이 바로 이러한 오만이다. 삼인칭 관찰자의 태도는 타인의 고통 표면을 더듬을 뿐이다. 고통은 묘사되지만 여전히 재현불가능한 영역에서만 묘사된다. 이인칭의 태도도 있겠으나, 그것은 일인칭 제한전지적 태도의 다른 말에 불과하다. 너(타인)에 대해 모든 것을 안다고 자부하는 화자(나!)는 실은 타인을 자신의 눈으로만 보는 나르시스트일 경우가 허다하다. 상상계에는 윤리가 없다. 일인칭 주인공의 태도가 증언에 적합한 경우는 증언자 자신이 화자일 경우(가령 프리모 레비)다. 그러나 그럴 때 증언은 일종의 고백록이나 자서전 형식이 된다. 결국 일인칭 관찰자의 태도. 그것도 화자가 증언에 개입하지 않음으로써, 말하자면 부재로서만 등장하는 시점이 디디-위베르만이 말한 증언의 부주의를 피할 수 있는 소설적 장치라고 김숨은 판단한 듯하다. 그런 시점이 여기 있다.

(벽을 등지고 침대에 모로 누워 눈을 감고.)

엄마…….

엄마…… 나 좀 도와줘…….

(머리맡 둥근 손거울이 그녀의 얼굴을 비춘다. 그녀가 손을 뻗으면 닿는 곳에 주황색 빗, 성경책, 휴대전화, 분홍색 천으로 만든 동전지갑, 플라스틱 물통이 있다.)

엄마…… 엄마…… 나 힘들어……. (『군인이 천사가 되기를 바란 적 있는가』, pp. 38~39)

지금 시간이 열 시 35분.

가지 마…….

가지 마…….

그냥 내 등에 붙어서 자…….

뼈아픈 일…….

하고 싶은 말이 안 나와…… 하고 싶은 말이 많았는데 하려니까 안 나와…… 왜 그런지 모르겠어. (같은 책, p. 116)

화자(인터뷰어, 작가)가 증언자(인터뷰이, 인물)의 등에 붙어 잔다. 화자는 증언자의 일거수일투족을 세심히(그러나 분석적인 눈이 아니라 한없는 애정의 눈으로) 들여다보되 소설 끝까지 아무런 말도 보태지 않는다. '보이지 않는 카메라invisible camera', 그것도 전 장면을 핸드헬드로 근접 촬영한 카메라의 시점. 그러자 그 부재의 자리에서, 증언자는 '모든 것을 무릅쓰고' 말한다. 물론 그 부재의 자리에 초대받는 것은 독자들이기도 하다. 이 소설에서 길원옥 할머니가 겪은 말 못 할 고통은 그 자체로 재현되지 않는다. 그러나 그 재현될 수 없는 고통을 우리는 화자가 마련해놓은 부재의 자리에서 '느낀다'. 그 고통을 지켜보고 그 고통과 같이 자고 같이 일어나고, 무엇보다 그 고통의 말을 '듣는다'. 그리고 결국 '말'을 함으로써 한 장엄한 삶을 완성한 이의 자부를 목격한다. 로제의 발작과 정확히 반대되는 극에서 발화되는 할머니의 마지막 말들은 이렇다.

> 말을 하고,
> 나를 더 사랑하게 되었어. (같은 책, p. 128)
>
> "원옥아, 그 고통 속에서 잘 넘어왔다."
>
> "원옥아, 고맙다." (같은 책, p. 132)

불가능한 인터뷰
— 김숨, 『듣기 시간』

1

1997년 8월 9일, 점심시간이 막 지난 오후 진주의 한 주택, 두 사람이 마주 앉아 있다. 둘 사이에선 흡음구가 400개 달린 휴대용 녹음기 속 테이프가 돌아가고 있다. 인터뷰 상황이다. 소설은 다음 날 새벽이 되어서야 끝날 참인데, 인터뷰이가 도통 말이 없기 때문이다.

인터뷰이는 '황수남'(아마 실명은 아닐 것이다), '위안부' 피해자 할머니다. 1982년에 분열증으로 정신병원에 입원한 적이 있고, 1992년 11월에 '위안부' 신고를 했으나, 본명을 밝히기를 거부한 '숨어 있는 피해자'다. "수천 년 전에 무너져 원형 복원이 영구히 불가능한 고대 사원이나 신전"(김숨, 『듣기 시간』, 문학실험실, 2021, p. 20. 이하 쪽수만 표기)처럼 폐허가 된 입을 가졌고, "기억하지 않아서 미치지 않을 수 있었"고 "기억하지 않아서 살 수 있었"던(p. 43) 사람이다. 그래서 녹음테이프는 돌아가지만 그녀는 말하지 않는다. 머리에서 마음에서 몸에서, "눈동자에서, 살갗에서"(p. 43) 기억을 지워버린 사람 같다. 그러나 알다시피 어떤 기억을 지운다는 것은 아직 그 기억을 간직하고 있을 때나 가능한 일, 그녀에게는 들을 말이 분명히 있다. 그렇다면, 이 인터뷰는 가능할까?

인터뷰어는 구술 증언 채록자 성윤주, 그러나 역시 실명은 아닐 것이다. 우리는 그녀의 본명을 알 듯도 한데, 성윤주는 필시 작가 김숨의 분신이다. 왜냐하면 『L의 운동화』(민음사, 2016) 이후 김숨이 해온 작업이 바로 성윤주의 작업에 다름 아니기 때문이다. 2016년 이후로 김숨의 화두는 '어떻게 위안부 피해자 할머니들의 고통을 증언할 것인가? 그리고 어떻게 그들의 증언을 기록할 것인가?'였다. 『한 명』(현대문학, 2016)에서 김숨은 '위안부' 피해자들의 발언을 300여 개의 각주로 인용함으로써 소설을 일종의 '증언 아카이브'로 활용하는 실험을 수행한다. '증언 소설' 혹은 '인터뷰 소설'이라는 명명에 가장 부합하는 두 편의 소설 『군인이 천사가 되기를 바란 적 있는가』(현대문학, 2018)와 『숭고함은 나를 들여다보는 거야』(현대문학, 2018)에서는 인터뷰어가 거의 개입하지 않은 채로 피해자들의 증언이 날것 그대로 소설의 재료가 된다. 『흐르는 편지』(현대문학, 2018)는 역시 '위안부' 피해자 문제를 다룬 서간체 형식의 역사소설이다.

그렇다면 저 불가능해 보이는 1997년의 인터뷰는 분명 성공적으로 수행된 셈인데, 그 결과물이 20년 지나 네 권의 소설로 출간될 것이기 때문이다. 거대한 트라우마가 벽처럼 말문을 막고 있는 저 기이한 인터뷰는 어떻게 성공했을까?

2

'인류애'란 말은 믿을 게 못 된다. 세계 도처에 즐비한 학살과 전쟁과 혐오와 차별이 그 유력한 물리적 증거이겠지만, 이 말은 존재론적으로도 인식론적으로도 오류다. 자아는 결코 타자를 완전히 이해하거나 사랑할 수 없다. 레비나스의 "자아임(자아로 존재함, être moi)은 자기에게 결부되어 있음을 함축하며, 자기를 처치해 버리는 일이 불가능하다는 점을 내포한다"(『존재에서 존재자로』, 서동욱 옮김, 민음사, 2003, p. 148)는 문장의 의미는 그런 점에서 되새겨볼 만한데, 국가폭력의 희생자를 인터뷰하려는 '자아'도 마찬가지다. 인터뷰어는 인류애의 이름으로 증언 속 경험을 '조망'해서는 안 된다. 「쉰들러 리스트」의 그 위선적인 스펙터클이 그 반증이다. 어떤 이데올로기적 전제에 따라(가령 '총체적 재현' 같은) 경험의 특이성을 봉합해서도 안 되고, 일종의 '전이' 속에서 동정과 연민으로 사연을 미화해서도 곤란하다. 아마도 이것이 인터뷰어의 '최소한의 윤리'일 것이다.

작중 성윤주는 그런 의미에서 지극히 성찰적이고 윤리적인 인터뷰어다. 그러나 정작 인터뷰이가 말을 하지 않는다. 열두 시간여를 함께 보내는 동안 황수남 할머니가 입 밖으로 뱉은 말은 문법적으로 재구성이 어려운 단편적인 단어들과 단문 몇 개뿐, 그럴 때 이 인터뷰는 어떻게 성공할 수 있(었)을까?

> 나는 내 목소리를 삭제하고 싶은 충동을 억누른다. 그럼 내 목소리와 함께 녹음된 그녀의 침묵도 지워지니까, 내 말보다 그녀의 침묵이 중요하니까, 그녀의 침묵은 발화되지 못한 말이기도 하니까.
>
> 녹취록을 풀 때 그녀의 침묵도 문자에 담아 기록해야 한다. 그녀의 표정, 몸짓, 한숨, 눈빛, 얼굴빛, 시선, 눈동자의 떨림, 망설임, 눈물도…… 그것들 역시 그녀의 발화되지 못한 말이므로. (pp. 9~10)

> *400개의 구멍으로는 부족하다.*
> *구멍이 더 있어야 한다.* (p. 22)

> *(내가 그녀를 위해 준비한 최초의 질문)*

듣기

(최후의 질문)

듣기

(최선의 질문)

듣기 (pp. 76~77)

스피커에 달린 400개의 흡음구로는 부족하다. 왜냐하면 인터뷰이가 말하지 않으니까. 흡음구는 항상 'N+1'개여야만 한다. 아무리 흡음구가 많은 녹음기라 해도 침묵을 녹음할 수는 없는 법이니, 침묵을 담을 흡음구가 항상 하나 더 필요하다. 녹취록에는 바로 그 침묵도 문자화되어 남아야 한다. 인터뷰이의 "표정, 몸짓, 한숨, 눈빛, 얼굴빛, 시선, 눈동자의 떨림, 망설임, 눈물도…… 그것들 역시 그녀의 발화되지 못한 말이므로". 그러니까 인터뷰어의 최소한의 윤리, 그것은 최초에도 최후에도 '듣기'이다. 만약 1997년 그날 성윤주의 인터뷰가 성공했다면 나는 바로 저 듣기의 윤리 덕분이었으리라고 생각한다.

3

그리고 나는 그렇게 해서 문자로 옮겨진 침묵의 자리, 그 자리를 문학의 자리라고도 생각한다. 결코 녹취록에는 담길 수 없는 침묵들이 말이 되는 자리, 그러나 결코 완전하게는 재현될 수 없는 고통의 자리, 그래서 항상 '결함적으로만'(조르주 디디-위베르만) 재현가능한 그 영역을 '문학' 말고 다른 말로 나는 지시하기 힘들다. 그러니까 김숨의 『듣기 시간』은 20년 후에야 '결함적으로' 성공하게 될 김숨의 증언 소설들에 대한 창작 보고서다.

각설하고, 맺는말 대신 지면을 좀 아껴서 1997년에 성윤주가 가까스로 녹음한(그러나 환청인지도 모를) 황수남 할머니의 육성을 같이 들으면서 듣기 시간을 마무리했으면 싶다.

데리고 갔어……

유령이 내는 소리처럼 도로 위에서 출몰한 소리가 어디서 기인한 소리인지 분간이 가지 않는다. 녹음기에서 흘러나오는 소리인지, 그녀의 입에서 흘러나오는 소리인지, 아니면 환청인지.

몸을 다 가져갔어……

그래서…… 몸이 없지……

다 가져가서……

죽지도 못해…… 몸이 없어서……

피는 나……

피는 눈에서 나는 거니까……

거기…… 굴 속에……

눈을 감아도 피가 흘러…… (pp. 163~64)

소설과 증기기관
— 황석영의 『철도원 삼대』와 김숨의 『떠도는 땅』

1

『철도원 삼대』(창비, 2020) 「작가의 말」에서, 황석영은 "철도는 식민지 근대와 제국주의의 상징물이기도 했다. 세계의 근대는 철도 개척의 역사로 시작되었다"(p. 616)라고 쓴다. 증기기관, 그리고 그것을 장착한 기차가 근대 세계에 미친 영향을 고려한다면 작가의 저 말은 옳다. 그가 각별히 '철도' 노동자 삼대의 연대기를 통해('연대기'는 분명 철도의 직선 궤적을 떠올리게 하는 서사 형식이기도 하다) 한국의 근대 100년사를 돌아보려 한 의도도 짐작되는데, 증기기관차와 산업자본주의의 관계에 대해서라면 확실히 (이제는 많이들 회의하는 명제지만) '토대가 상부구조를 결정'했던 듯도 싶기 때문이다. 증기기관이라는 생산수단 없는 (식민지) 근대는 상상하기 힘들다.

그러나 피터 브룩스의 저작을 읽은 적이 있고, 생산수단과 문학적 형식 사이의 관계에 대해 관심이 많은 나로서는 저 문장들 뒤에 한두 문장을 더 보태 글의 서두로 삼고 싶은 마음 또한 없지 않다. 보태고 싶은 문장은 이런 것이다. '그리고 근대소설도 철도와 함께 시작되었다. 아니 소설(특히 19세기의 위대한 리얼리즘 소설)은 그 자체로 증기기관이(었)다.'

디킨스, 플로베르, 베른, 졸라, 발자크 등의 작품에 출몰하는 증기기관들(인쇄 동력기, 증류기, 증기 엘리베이터, 기관차 등)을 길게 나열한 뒤 브룩스는 이렇게 쓴다. "근대라는 텍스트에서 삶이란 거의 열역학 과정이나 마찬가지다. 아주 쉽게 말해 플롯은 증기기관이다."(피터 브룩스, 『플롯 찾아 읽기』, 박혜란 옮김, 강, 2011, p. 83) 그러고는 저 명단에 중요한 사상가의 이름 하나를 추가한다. 그는 프로이트다. "연소장치—전형적인 예로 증기기관—를 통해 작동하는 이 자족적 동력기는 또한 인간 욕망이라는 개념의 출현과 일치한다. 18세기에 라 메트리에게 '인간 기계'가 있었다면, 프로이트 시대에 이르러 우리는 '인간 동력기'로 옮겨 왔다."(같은 책, p. 78) 요컨대 프로이트 이후 인간은 이른바 욕망의 역학에 따라 쾌락원칙과 현실원칙 사이를 반복해서 피스톤 운동 하는 일종의 증기기관처럼 이해되기 시작한다. 그렇다면 이제 소설이라는 근대적 장르가 일종의 증기기관인 것은 그것이 증기기관들을 즐겨 묘사하기 때문만은 아닌 셈이다. 주인공이 욕망을 가진 인간인 이상 그는 소설의 동력 기관이기도 하다. 인물의 욕망(그것이 에로틱한 것이 되었건, 신분 상승에 관한 것이 되었건, 더 나은 세계를 향한 의지가 되었건)이 증기기관이다. 이를테면 『적과 흑』은 소렐의 신분 상승 욕망을 동력기로 장착한 증기기관이었고, 『나나』는 여주인공의 신체에 의해 불러일으켜진 에로틱한 욕망으로 파리 사교계를 움직인 증기기관이었다. 그들의 욕망과 함께 소설은 시작하고, 그 욕망이 실현되거나 좌절되면 소설이 끝난다. 그 사이, 욕망과 좌절의 왕복운동(반복, 지연, 우회, 은유, 환유)이 얼마간 지속되는데, 그것이 소설의 플롯이다.

2

그런 의미에서라면 『철도원 삼대』 역시 전형적인 증기기관이다. 동력은 이백만, 이일철/이이철, 이지산, 이진오 이렇게 사대로 이어지는 철도 노동자 집안의 가계에서 나온다. 느리거나 빠르거나 간에 그 본질이 전진운동인 철도는 즐겨 역사의 비유가 되곤 하는데, 그 역사의 전진을 멈추지 않으려는 노동자 사대의 의지가 소설의 동력이다. 일제강점기를 거쳤고 전쟁을 지나왔으므로 많은 우여곡절과 방해물이 없었던 것은 아니지만, 그 동력은 강력해서 600여 쪽을 지나 텍스트의 결말에 이르기까지 소설의 서사 진행은 마치 폭주 기관차를 닮는다. 가령 작가가 서사를 진행시키는 속도를 보자.

> 새벽의 고문은 매우 끔찍하게 계속되었다. 방우창은 세 번이나 기절했고 그때마다 대기하던 의사가 들어와 강심제 주사를 놓았다. 날이 밝아올 무렵에 방은 꺾였고 권 모가 은신한 익선정 담뱃가게 아지트를 불었다. 경무국에서 직접 나와 있던 경부보는 비상전화를 통하여 형사대를 익선정에 급파했고 그를 검거했다는 소식이 들어왔다. 모리의 지휘를 받아 방우창을 직접 고문한 야마시타 등 조선인 형사들은 영등포 관할의 각 공장으로 나가 노동자들을 잡아들이기 시작했다. 그날 오후 방우창은 최후의 기력을 잃었는지 사망하고 말았다. 의사의 진단서에는 심장마비라고 적혀 있었으나 장시간 전기고문과 물고문에 의한 폐 손상이 분명했다. (pp. 380~81)

방우창은 소설의 많은 부분에서 이이철과 관련을 맺게 되는 중요한 인물들 중 한 사람이다. 그러나 황석영의 빠르고 건조한 남성적 문장들은 그의 죽음 앞에서도 한 치의 머뭇거림이 없다. 사태만큼 문장들은 급박하게 진행하고 그의 체포와 고문과 조직 와해와 죽음에 이르기까지 고통의 감각, 내면의 갈등, 추적과 체포의 과정 등에 대한 묘사는 일체 생략된다(게다가 이 소설의 남성 인물들은 워낙에 의지적이고 말이 없고 무뚝뚝하다). 마치 서둘러야 한다는 듯 고속으로 질주하는 서사가 이 작품의 전체적인 독서 속도를 지배한다.

물론 이 작품에 '여담digression'이 존재하지 않는 것은 아니다. 크게 두 종류로 구분 가능한 여담들이 등장하는데 하나는 이전 황석영의 작품들에서 자주 등장하곤 했던 '마술적' 요소들이고 하나는 여러 문헌에 출처를 둔 자료적 요소들이다. 전자의 경우에는 주로 죽은 주안댁의 출현, 그리고 신금이의 예지력과 관련된 장면들이 속한다(여성 인물들이 없었다면 이 소설을 끝까지 읽기는 힘들었으리라). 이 장면들에서 독자들은 긴박한 서사의 압박에서 벗어나 민담적 '구라'를 즐기며 독서 행위를 향유할 수 있게 된다. 후자의 경우 일제강점기 영등포 인근의 풍물, 당시 기차의 운행 방식, 사회주의 노동운동의 계보와 동향, 일제 경찰의 고문 방식 같은 디테일들이 포함된다. 소설에서 가장 사료적인 부분들인데 전자와는 반대로 가장 읽어나가기 힘든 페이지들이기도 하다. 그러나 두 종류의 여담은 공히 '묶인 동기'의 수준을 넘어서는 일탈을 보여주지는 않는다. 사료적 요소들은 당시 사회주의 계열 운동의 전체 맥락을 개관하는 역할을 하고, 민담적 요소들 역시 마술과 전승적 과장 사이에서 적당히 균형을 잡는다. 『철도원 삼대』는 말하자면 우회하거나 연착하지 않는 증기기관차에 가깝다. 이 말은 이 작품이 아무래도 19세기적이란 의미이기도 한데, 「작가의 말」에서 토로한 대로 작가의 욕망(작가의 욕망도 소설의 동력기다)이 한국문학에 여전히 공백으로 남아 있는 산업 노동자들의 삶을 문학사에 기입·보충하려는 것이란 점을 감안한다면 그것은 '유의미한 시대착오'라 할 만하다.

3

공교롭게도 비슷한 시기에 출간된 김숨의 『떠도는 땅』(은행나무, 2020) 역시 기차의 이동에 따라 서사가 진행(?)되는 플롯을 취한다. 그러나 이 소설 자체를 두고 증기기관이라는 말을 하기는 어려울 듯한데, 그것은 우선 이 소설의 (의도적으로 잘 짜이지 않은) 플롯 때문이다. 기차는 인물들을 싣고 연해주에서 카자흐스탄을 향해(기차니까 어쩔 수 없이) 직선운동을 하고 있다지만 플롯은 도통 '전진운동' 하는 것처럼 보이지 않는다. 카자흐스탄으로 가는 긴 이주 열차 행렬 중 한 량(거의 아우슈비츠 수송 열차를 방불케 하는 이 공간의 열악함은 주로 소리와 냄새, 추위 같은 감각을 통해 환기된다), 거기 도합 스물일곱 명의 인물들이 타고 있다. 그러나 서술자가 스물일곱이라고 말했으니 그렇게 여기게 될 뿐, 실제로 독자들은 그 인물들 각각의 성격과 세부적 특징을 구분해내기 힘들다. 물론 그들에겐 이름과 연령대와 성별이 주어지지만(주어지지 않는 경우도 있다), 그들 하나하나를 개성적인 인물로서 확인하려는 관습적 독서는 최종적으로 좌절하게 되어 있다. 이런 상황들 때문이다.

> "되돌릴 수 없어요."
> "이 열차처럼요……."
> "일단 숨이 끊어지면 모든 게 끝이에요."
> "죽는 게 아무것도 아니에요. 우리가 아무 생각 없이 들이마시고 내쉬는 숨 하나에 달려 있으니 말이에요."
>
> 아기가 죽었대요…… 아기가 죽었대요…… 성냥 긋는 소리…… 아기가 죽었대요…… 시계태엽 감는 소리…… 아기가 죽었대

요…… 사기요강에 오줌 떨어지는 소리…… 아기가 죽었대요…… 성냥 긋는 소리……

"엄마, 아기가 죽었대요!"

"미치카, 넌 그 입 때문에 망할 거야!" (p. 252)

열차 안에서 아기가 죽는다. 그 엄마는 아기의 죽음을 모르는 채(실은 부인한 채) 아기에게 젖을 물린다. 그럴 때 열차 안에 저 소리들이 '떠다닌다'(이 단어는 중요해 보인다. 그들은 이 소리들처럼 기원도 정박지도 없이 떠다니는 이민들이다). 요강에 오줌 떨어지는 소리나 시계태엽 감는 소리는 그렇다 치고, 분명 특정 인물의 입을 통해 발화되었을 문장들의 주체를 우리는 전혀 알 수가 없다. 서술자가 발화된 말과 주체를 고정시켜주지 않기 때문이다. 게다가 어떤 발화는 따옴표에서마저 해방되어 아예 발화 주체 없는 익명의 소리로 자율화되어버린다. "아기가 죽었대요…… 아기가 죽었대요……"

그런 식으로 자율화된 발화는 종종 운문의 형식으로 변형되기까지 하는데, 예를 들면 이런 식이다. 정체를 알 수 없는 열차 안의 발화자 1이 먼저 "부끄러움도 모르고 내 손이 구걸을 하고 있네……"라고 말한다(노래한다고 해야 더 정확할지도 모르겠다). 그러자 역시 정체를 알 수 없는 발화자 2가 '손'이라는 시제를 이어받기라도 하듯 "모이를 주던 손으로 모가지를 비틀고"라고 노래한다. 이어 발화자 3은 "갈퀴를 쓰다듬던 손으로 심장을 꺼내고"라며 운을 맞추고, 마지막 발화자 4는 "손이 원수예요"라고 마지막 행을 마무리한다. 그럴 때 작가는 저 네 문장의 앞과 뒤에 행간을 두어 그것들의 독립성을 강조한다. 그렇다면 저 문장들은 디에게시스적인 발화일까, 미메시스적인 발화일까? 이도 저도 아닌 일종의 노래일까? 발화 주체를 알 수 없는 익명의 소리들이 만드는 교향악(그러나 주제부는 없는), 소설이 끝날 때까지 독자가 읽게 되는 것은 대체로 그런 문장들이다.

물론 발화 주체가 지명되는 발화도 많다. 그렇지 않았다면 이 작품은 소설이라기보다는 한 편의 긴 시에 가까워졌을 테니 말이다. 그러나 그렇다고 해서 주로 대사 위주로 된 『떠도는 땅』을 읽으면서 각 대사의 발화 주체를 특정하려고 애를 쓰는 것도 별로 의미 있는 독법처럼 보이지는 않는데, 이 작품에는 특권적인 초점 인물도, 중심이 되는 주 서사도 없기 때문이다. 다만 이민들의 처참한 가계사, 삶의 일화, 기억 속 장면, 두고 온 살림과 가축들의 기나긴 목록 같은 것들이 마치 콜라주처럼 시공을 무시한 채로 나열되고 중첩된다. 여기(『철도원 삼대』에서라면 서사의 속도를 위해 한두 문장으로 요약되고 말았을) 작중 금실이 집에서 가져온 잡동사니들의 목록이 있다.

> 남편이 돌아오기 전에는 절대 떠날 수 없다고 다짐하면서도 금실은 떠날 채비를 했다. 열차에서, 그리고 도착해서 꼭 필요할 것 같은 물건들과 귀중품들을 생각해뒀다가 보따리를 쌌다. 이불, 양초, 갈아입을 겉옷과 속옷 서너 벌, 성냥, 바늘, 실, 칼, 가위, 양철 냄비, 양철 그릇, 놋그릇과 놋수저 세 벌, 그리고 결혼식 때 찍은 사진과 예물로 받은 은가락지, 한자로 쓴 근석의 사주단자, 시아버지의 고향집 주소와 근석을 비롯한 아들들의 한자 이름과 생년월일시가 적힌 종이, 근석의 사진들과 그가 아끼는 물건들—근석의 큰형이 가문비나무를 깎아 만든 새, 금마차 모양의 작은 오르골, 은박 하모니카. (pp. 56~57)

금실에게는 남편의 사주단자나, 시아주버니가 만든 나무 새, 금마차 모양의 오르골 등속이 '꼭 필요한 물건'이나 '귀중품들'로 분류된다. 말하자면 유용성이 아니라 그것에 묻어 있는 손때나 사연이 사물의 가치를 결정한다. 그래서 목록은 길어지고 각 목록 앞의 관형절도 길어진다. 나는 그와 유사한 분류법을 (그리고 소설 속 기차 안과 유사한 냄새와 소리 들도) '익명의 여성'(실은 본명이 알려져 있다. 마르타 힐러스이다)이 쓴 전쟁 일기 『함락된 도시의 여자: 1945년 봄의 기록』(염정용 옮김, 마티, 2018)이나, 유대인 여성 루트 클뤼거가 쓴 자전소설 『삶은 계속된다』(최성만 옮김, 문학동네, 2018) 같은 책에서 가끔 발견한 적이 있다. 공통점은 모두 여성 저자가 쓴 기록물들이었다는 점이다. 그 텍스트들에서는 많은 서사소가 시공을 부유하지만 대체로 질주하는 기관차 같은 서사의 전진운동을 이루지는 않는다. 만약 김숨의 소설 『떠도는 땅』이 기관차라면, 아마도 그것은 목적지에 이르도록 모든 사연의 역사(驛舍)를 다 들르는 사려 깊고 내밀한 기차임에 틀림없다. 물론 그 기차의 젠더는 여성일 것이다.

4

사실 『떠도는 땅』은 증기기관차로서의 근대소설이라 부르기도 힘들 듯한데, 이유는 동력기의 부재 탓이다. 일제하 조선의 사회주의자들에게도, 굴뚝 농성 408일의 신화 차광호 씨(『철도원 삼대』 속 이진오의 모델이 된 실존 인물이다)에게도 의지와 이념이라는 동력이 있었다. 그러나 러시아인도 아니고 조선인도 아닌, 기원도 목적도 없고, 인권도 시민권도 없이 떠도는 열차 속 이민들에게는 그마저도 존재하지 않는다. 특정 사회의 계급 구조에도 안착할 수 없는 이들이 난민이고 이민들이다. 아감벤식으로 말해 '벌거벗은 생명'인 이민들의 문제는 작금의 세계적 상황으로 미루어볼 때 비단 역사소설의 주제일 수만은 없다.

김숨의 『떠도는 땅』에 어떤 시대감각이 숨겨져 있다고 판단하게 되는 지점이 여기인데, "일단 숨이 끊어지면 모든 게 끝이에요"라고 말하는 이들, 그들에게는 삶에의 욕망Eros이 없어서 19세기적인 의미에서 소설의 증기기관이 되지 못한다. 예외상태의 난민들은 인간 동력기가 될 수 없다. 『떠도는 땅』의 기차는 차라리 삶의 욕망보다는 '죽음 충동Thanatos'으로 가득 차 있어서 좀체로 (19세기적이고 남성적으로는) 달리기가 힘들어 보인다.

그러나 증기기관이 없는 소설에도 미덕은 있다. 직선운동의 가속을 포기하자, 많은 소리가, 많은 냄새가, 많은 사연이 뒤섞여 어떤 불협의 악곡 같은 소설 형식 하나가 탄생한다. 이민들처럼 떠도는 말들의 형식, 젠더 의식이 개입된 역사소설, 바흐친이라면 '역사 다성 소설'이라 불렀을지도 모를 이 형식은, 『L의 운동화』 이후 김숨이 줄곧 탐구하고 있는 '기억과 역사의 소설화' 작업(『한 명』 『흐르는 편지』 『숭고함은 나를 들여다보는 거야』 『군인이 천사가 되기를 바란 적 있는가』)이 낳은 또 하나의 성과물임에 틀림없어 보인다.

임철우, 사도 바울

— 임철우, 『연대기, 괴물』

1

회고적인 말이겠지만 임철우의 출세작 「아버지의 땅」(1984)의 화자가 유해 발굴자였단 사실은 여러모로 예기(豫期)적인 데가 있었다. 이후 임철우의 모든 소설 쓰기가 일종의 유해 발굴 작업과 같았기 때문이다. 그는 끈질기게도 오래전 묻힌 시신들을 지상으로 데려오는 일에만 관심을 보였다. 게다가 휴전선 인근에서 시작된 그의 발굴 작업은 광주(『봄날』, 1997), 제주(『백년여관』, 2004), 강원(『황천기담』, 2014)을 거쳐, 태평양 전쟁기 일본군 주둔지(『이별하는 골짜기』, 2010), 베트남의 전장(「연대기, 괴물」) 등으로 그 지역대와 시간대를 넓혀갔는데, 발굴 작업에서 돌아오는 그의 손엔 매번 차마 입에 담지 못할 형체의 유해들이 들려 있었다. 그랬으니, 그의 문장들을 읽고 난 밤이면 나는 종종 악몽을 꾸었다. 보이느니 시신들뿐이고 들리느니 신음과 비명뿐이었다. 나는 꿈속에서 그 주검들에 대해 책임이 있었고, 그 사실을 알면서도 은폐하느라 바빴고, 쫓겼고, 발각되었다 싶을 즈음 땀에 젖은 채로 깨어나곤 했다. 나는 그것이 윤리적인 체험이었다고 생각하는데, 임철우 덕분이었다. 그는 한국 현대사의 가장 참혹한 시간들을 현재 순간으로 되불러오는 자, '기억의 발굴자'였다.

2

그런데 발굴이라니…… 임철우가 발굴한 기억들은 대체로 이런 모습이었다.

> 점차 더 많은 시신들이 물결을 따라 떠내려왔다. 총 맞은 시신도 있었고 상처 없이 멀쩡한 시신도 있었다. 철사나 밧줄로 양손을 묶인 채 굴비처럼 한 두름이 되어 서너 명씩 나란히 떠내려오기도 했다. 젊은 남자들만은 아니었다. 노인과 여자 들도 있었다. 머리에 총을 맞았거나 내장이 쏟아져 나온 시신, 상처 하나 없이 말끔한 경우도 있었다. 여자들의 치렁한 머리채가 수면에 풀어져 해파리처럼 흐늘거렸다. 시간이 갈수록 퉁퉁 불어터지고 물고기에 참혹하게 뜯겨나간 시신들이 늘어났다. 밤사이 개펄 바닥으로 떠밀려 온 시신엔 뻘게 떼와 고둥들이 새까맣게 구물구물 들러붙어 있었다. (임철우, 「연대기, 괴물」, 『연대기, 괴물』, 문학과지성사, 2017, p. 62. 이하 작품 제목과 쪽수만 표기)

발굴이란 항상 발굴되어야 할 대상과 발굴하고자 하는 주체의 의지를 상정하는바, 꿈속에서마저 견디기 힘든 저 참혹한 주검들을 자신의 의지로 발굴하려는 자가 있을 리 없다. 쾌락원칙은 기억에도 작동하기 마련이어서, 불쾌한 기억은 매장 상태로 내버려두는 편을 택하는 것이 일반적인 인간의 심리다. 그렇다면 기억은 '어떤 경우'(그러니까 불쾌를 자극하는 성질을 가진 경우, 그럼에도 불구하고 회귀하는 경우), '나'에 의해 발굴되어야 할 '대상'이라기보다는 스스로 망각으로부터 걸어 나오려는 속성을 가진 '주체'라고 말하는 편이 맞을 듯하다. 참사나 재난,

고통과 파국에 관련된 사건을 환기할 때, 기억은 대상이 아니라 주체다. 『기억·서사』(김병구 옮김, 소명출판, 2004)의 저자 오카 마리는 이런 사태를 다음과 같이 묘사한다.

> 기억은—또는 기억이 매개하는 사건은—'나'의 의사와는 관계없이 나에게 찾아온다. 여기에서 주체는 바로 '기억'이다. 그리고 '기억'이 이와 같이 갑자기 도래하는 것에 대해 '나'는 철저하게 무력하며 수동적이게 된다. 바꿔 말하면 '기억'이란 때때로 나에게는 통제 불가능한 것으로, 나의 의사와는 관계없이 나의 신체에 습격해 오는 것이기도 하다는 점이다. 그리고 사건은 기억 속에서 여전히 생생하게 현재를 살아간다. 그렇다면 기억의 회귀란 근원적인 폭력성을 숨기고 있는 게 된다. (『기억·서사』, p. 49)

오카 마리에 따르면 '사건적' 기억은 대상이 아니라 주체다. 그것이 폭력적으로 회귀할 때 '나'는 철저하게 무력화되고 주체의 자리를 기억이 점령한다. 주체에 의해 '발굴되는' 것이 아니라 기억이 스스로 '도래한다'. 기억을 회피하려는 '나'보다, 기억이 더 주체적이 되는 순간이 있는 셈이다. 그 순간은 폭력적이고 외상적이어서 누구나 피하려 하지만, 피할 수 없는 그런 절체절명의 순간이다.

'고통의 사제'라 불려 마땅하다지만, 임철우라고 해서 예외는 아닐 것이다. 「흔적」의 첫 문장은 이렇게 시작한다. "죽은 아내가 다시 집으로 돌아왔다."(p. 11) 「연대기, 괴물」의 주인공이 괴물의 환시를 경험할 때마다 반복적으로 내뱉는 말은 이렇다. "그놈이다! 놈이 또 나타났어!"(p. 52) 유사하게 유년기 문둥이촌에 살던 친구의 기억도(「남생이」), 죽은 아내나 연인에 대한 죄책감의 기억도(「간이역」 「물위의 생」) 모두 부지불식간에 '도래'할 뿐, 의지에 따라 '발굴'되지 않는다. 임철우의 소설들 속에서 기억은 항상 나타남, 돌아옴, 침입, 즉 '억압된 것의 회귀'와 관련된다. 그리고 그 회귀가 얼마나 커다란 고통을 동반하건, 임철우가 그것을 회피하는 법은 없다.

3

'임철우는 한국문학사를 통틀어 가장 윤리적인 작가(들 중 하나)다'라는 단언은, 따라서 참이다. 사건적인 기억의 침입('실재와의 대면' '고통스러운 반복' '외상적 순간', 그것을 어떻게 부르건 상관없다) 앞에서 그는 도망가는 법이 없다. 그는 '사건에 대해 무조건적으로 충실한' 작가다. 그리고 알다시피 알랭 바디우가 사도 바울 같은 '윤리적 주체'(진리의 주체)에 대해 필요충분조건으로 제시하는 덕목이 바로 그것이기도 하다.

> 분명히 길 위에서의 우연한 만남은 정초적 사건과 닮았다. 부활이 전혀 예상할 수 없는 것이며, 바로 그것으로부터 시작해야 하는 것이듯 바울의 믿음은 바로 그가 주체로서 출발하는 지점으로, 어떤 것도 그를 그러한 지점으로 이끌고 가지 않았다. 이 사건—길이라는 익명성 안에서 순수하고 단순하게 '도래한'—은 그리스도의 부활이라는 엄밀한 의미에서의 사건의 주체적 신호이다. 이 사건은 바울 본인 안에서 일어난 주체의 (다시)일어남[(부)활(ré)surrection]이다. (알랭 바디우, 『사도 바울』, 현성환 옮김, 새물결, 2008, p. 40)

바울은 어느 날 길 위에서 부활한 예수를 만난(만났다고 주장한)다.

그 '우연한' 만남, 의도되거나 기획되지 않은 채 순수하게 '도래한' 만남이야말로 바울에게는 '정초적 사건'이다. 그 사건 이후로 바울은 '주체'가 된다. 아니, 되지 않을 도리가 없다.

물론 그 일이 쉬운 일은 아니다. 실은 거의 불가능하다. 사건에 대한 무조건적인 충실성은 상징적으로나 물리적으로나 두루 죽음을 감당해야 하는 일이기 때문이다. 게다가 (주관적으로만 증명할 수 있는 말이지만, 적지 않은 대담들, 인상과 행동거지, 말투와 표정 등으로 미루어볼 때) 임철우는 한없이 여린 사람이다. 따라서 임철우의 육성처럼 들리는 다음과 같은 발언들을 과장으로 읽어서는 곤란하다.

> 당시의 상황을 재현해내는 작업 자체가 참으로 고통스런 반복체험에 다름아니었다. 지난 10년 동안 나는 내내 5월 그 열흘의 시간을 수없이 다시 체험해야만 했고, 수많은 원혼들과 함께 잠들고 먹고 지내야 했다. 그러는 동안 가끔은 정서적으로나 정신적으로 몰라보게 피폐되어가는 듯한 내 자신을 깨닫고 깜짝깜짝 놀라기도 했다. 고통스런 기억의 반복 체험이란 것이 얼마나 사람을 소모시키는 것인지, 처음으로 알았다. (「책을 내면서」, 『봄날 1』, 문학과지성사, 1997)

주체 임철우가 "고통스런 기억의 반복 체험이란 것이 얼마나 사람을 소모시키는 것인지, 처음으로 알았다"고 말했다면 그 말은 곧이곧대로 받아들여져야 한다. 『봄날』을 쓰는 10년 동안 원혼들과 함께 잠들고 먹고 지내야만 했던 작가가, 끔찍한 환청과 환시의 고통 속에서도 지옥의 시간에 결박당한 사람들의 이야기, 삶과 죽음을 한꺼번에 보듬고서 저주 같은 이 지상의 시간을 견뎌내야만 하는 사람들의 이야기를 반드시 써야 한다며, 반복해서 그런 일을 한다면, 우리는 그 말을 믿어야 한다. 그리고 그 단순하고 확고한 '믿음'이 임철우의 소설을 읽는 유력한 독법이다.

가령 그가 "끊임없이 떠돌지 않으면 견디지 못했다. 내면의 무서운 혼란은 종종 그를 지옥으로 끌고 들어갔다. 잠시라도 틈새를 열어주면 수많은 시신들이 당장 눈앞을 까맣게 막아섰다. 밤낮없이 피와 비명, 총성과 폭음이 고막을 갉아먹었다. 그때마다 술을 마시고 수면제와 안정제를 삼켜야 했다"(「연대기, 괴물」, p. 88)라고 썼다면, 이 문장들은 고스란히 작가 자신의 불면증과 불안의 경험에서 나온 것이다. 또 그가 "고통과 후회로 뼈가 녹아내리는 것 같은 시간들. 때론 숨도 제대로 쉬지 못하고 가슴을 부둥켜안은 채 방바닥을 데굴데굴 굴러다녔다. 한밤중에 오두막에 앉아 미친놈처럼 밤새도록 물레를 돌리기도 했다. 그런 순간마다 그의 손끝으로부터 새가 한 마리씩 태어났다. 아직 유약을 칠하지 않은 맨 옹기의 밑동이나 주둥이 안쪽 오목한 홈 같은, 쉽사리 눈에 띄지 않는 자리에 그 작은 새들은 은밀한 부적처럼 숨어들었다"(「세상의 모든 저녁」, p. 137)라고 썼다면, 이 문장들을 고스란히 작가 자신의 문학관으로 읽는 것이 옳은 독법이다. 아마도 그는 저 노인이 옹기를 빚을 때처럼 참을 수 없는 고통 속에서 방바닥을 데굴데굴 구르며 소설을 썼을 것이고, 그 고통의 극점에서 문장들 안에 종종 새들이 몇 마리 날아들기도 했을 것이다.

감당할 수 없는 형태로 '나'에게 '도래한' 사건을 받아들이고, 그에 대해 충실함으로써 주체가 된 자가 사도 바울이었다면 임철우는 한국문학의 사도 바울이다. 한국 현대사의 가장 처참했던 사건들에 대한 충실성, 이 윤리에 관한 한 임철우를 따라갈 작가는 없다. 그 어떤 형체의 유골이 지상으로 되돌아가겠노라고, 내 몫을 요구하겠노라고, 그러니 나의 사연을 지상에 전하라고 자신을 소환해도, 묵묵히 이에 응하는 발굴자의 자리에 임철우가 있다. 그는 사건들의 기록자다.

4

그런데 사건을 기록하다니…… '말할 수 없음'이 유력한 정의인 '사건'을 말로 기록해야 한다는 이와 같은 역설은 많은 논란거리를 낳는다. 다시 오카 마리의 말이다.

> '사건'이 언어로 재현된다면, 반드시 재현된 '현실' 외부에 누락된 '사건'의 잉여가 있다는 것, '사건'이란 항상 그와 같은 어떤 과잉됨을 잉태하고 있으며, 그 과잉됨이야말로 '사건'을 '사건'답게 만들고 있는 것일 터이다. 그리고 '사건'의 폭력을 현재형으로 하여 살아가고 있는 사람들은 그러한 이유로 그 사건에 대해 이야기하는 말을 지닐 수 없는 것은 아닐까.
>
> 그러나 그렇다 하더라도 지금—아니 바로 그러하기 때문에—말할 수 없는 '사건'은 말해지지 않으면 안 된다. '사건'의 기억을 타자와 공유하기 위해서. 그리고 그것을 위해서 '사건'의 기억은 타자에 의해서 말하여지지 않으면 안 된다. 스스로 말할 수 없는 그 사람들을 대신해서 말이다. (『기억·서사』, p. 148)

사건이란 항상 언어적 상징질서 바깥(너머, 곁, 틈)의 것이 침입할 때 발생한다. 게다가 주체의 의지와 무관하게 도래하는 것이 또한 사건이다. 그럴 때 언어의 주인은 사건 앞에서 말을 잃는다. 차마 말로 할 수 없는 것이 곧 사건이기 때문이다. 따라서 언어로 재현된, 혹은 서사화된 사건은 항상 누락된 '잉여'(신음, 비명, 울음, 침묵)를 남긴다. 그리고 실은 바로 그 잉여가 사건성의 처소일 것이다. 인용문의 첫번째 문단의 의미는 그렇다. 그러나 두번째 문단은 역설적으로 '그럼에도 불구하고'("아니 바로 그러하기 때문에") 누군가는 사건을 언어로 재현해야 함을 주장한다. "사건은 말하여지지 않으면 안된다." 왜냐하면 사건은 타인과 나누어 가져야 하고, 사건을 겪은(는) 사람들은 그 사건에 대해 스스로 말할 수 없기 때문이다. 요컨대 작가는 기필코 언어화할 수 없는 사건을 언어화하려고 사력을 다해야만 한다. 사건의 존속 가능성은 이야기를 통해서만 유지되기 때문이다.

사건과 언어 간의 이 모순적인 관계를 두고 양극단의 입장이 있을 수 있겠다. 소위 '재현불가능성'의 담론('아우슈비츠 이후에도 서정시를 쓰는 일이 가능한가'라고 물었던 아도르노)과 '리얼리즘적 욕망'(「라이언 일병 구하기」의 스필버그, 그리고 약간 다른 의미에서 '재현불가능한 것은 없다'라고 말한 랑시에르)의 담론. 전자는 사건의 재현을 포기하게 만든다. 언어와 서사가 그토록 폭력적이고 무능력하다면 사건은 결코 온전히 재현될 수 없기 때문이다. 후자는 최대한의 기술과 기교를 동원해 사건을 '있는 그대로', 그리고 '총체적으로'(랑시에르의 경우 몽타주적으로) 묘사하려 한다. 그러나 양자 모두 죄를 범하기는 마찬가지인데, 전자는 무책임의 죄를, 후자는 "기억의 횡령" 혹은 "서사의 횡령"(『기억·서사』, p. 135) 죄를 범한다. 그렇다면 이 두 죄를 모두 범하지 않으면서 사건을 재현하는 서사적 가능성은 없는 것인가. 오카 마리는 그 제3의 방식을 이렇게 제안한다.

> 말로는 이야기할 수 없을 것이 분명한 그 '사건'에 대해 말하려고 하는 우리가 '말할 수 있는 자'로서 행동하려고 한다면, 그 순간 우리는 '사건'을 배반하게 될 것이다. 표상 불가능한 '사건'을 표상하는 것, 말할 수 없는 '사건'에 대해 말하는 것, 그것은 무엇보다도 '사건'의 말할 수 없음 자체를 증언하는 것이 되어야만 하지 않을까. (『기억·서사』, p. 149)

사건 앞에서 우리는 재현을 포기할 것이 아니라, '말할 수 있는 자'로서 행동(다시 강조하자면 이는 목숨을 건 행동이다)해야 한다. 그러나 말이 사건을 잉여 없이 '총체적으로' 재현하는 것이 아니라, 사건의 '말할 수 없음 자체를 증언'하게 해야 한다. 말하자면 사건과 언어 사이의 괴리, 언어의 실패, 언어의 무능력, 언어를 초과하는 사건의 위력이 균열의 형태로 텍스트 내에 각인되어야만 한다.

따라서 사건과 관련해 말할 때 훌륭한 이야기는 항상 '최선을 다해 실패한 이야기'일 수밖에 없다. 주체로서의 작가는 사건의 재현을 위해 사력을 다해야 할 것이다. 임철우처럼…… 그러나 그 노고의 끝에서 이야기는 결국 실패할 수밖에 없어야 할 것이다. 임철우의 소설들처럼(탁월한 역사의식을 소유한 작가임에도 불구하고 출중한 리얼리스트의 계보에 편입되지 못하는 불운은 감수해야겠지만)…… 그 실패 속에 사건들의 처소가 마련되기 때문이다. 임철우 소설들에서 자주 출몰하는 저 두렵고 불안하고 모호하면서도 선연한 구멍, 저수지, 우물, 그림자, 눈빛 들처럼……

5

구멍, 그림자, 괴물, 유령, 눈빛, 어둠, 밤…… 그 모든 것들을 상기시키는 '그것'을 어떻게 불러야 할까? 등단작 「개도둑」("산소 용접기의 푸른 불꽃처럼 이글이글 타오르는 두 눈으로" "창밖에서 나를 쏘아보고 있"던 "파랗게 빛나는 두 개의 점") 때부터 지금까지 임철우 소설의 가장 섬뜩한 위치에서 전혀 예기치 않은 방식으로, 나타나고 돌아오고 침입하던 '그것'을 그냥 '그것'이라고 부르는 도리 외에는 없을 듯하다. '그것'은 『연대기, 괴물』에서도 여전히 곳곳에서 출현한다.

놈의 꼬리를 이번처럼 또렷하게 목격한 건 처음이었다. [……] 그 거대한 꼬리는 끝이 뭉툭했고 검은 털이 부숭숭하게 박혀 있었다. 갑자기 가슴이 답답해오고 목덜미에 식은땀이 돋았다. 눈앞이 깜깜해지면서 광장 바닥과 건물들이 일시에 와르르 가라앉았다. 그는 두 눈을 질끈 감고 땅바닥에 주저앉았다. 그놈과 마주칠 때마다 어김없이 경험하는 증상이었다. 눈앞으로 점점 다가오는 동굴의 검은 입구를 지켜보며 그는 숨을 헐떡였다. 그 검은 구멍은 어느새 괴물의 거대한 아가리로 변했다. (「연대기, 괴물」, p. 53)

그는 아직도 또렷하게 기억하고 있었다. 교실 문을 나서기 직전, 말없이 자신을 쏘아보던 그 아이의 눈빛을. 그 큰 눈망울은 깊고 검었다. 너무 깊어서, 까마득히 가라앉은 우물처럼 보였다. 그 깊고 어두운 심연 속, 퍼렇게 타는 불덩이 하나를 그는 얼핏 보았다. 어쩌면 환각이었는지도 모른다. 하지만 그 작고 푸른 발광체는 그의 영혼 가장 깊숙한 어둠 속에, 이 순간에도 또렷하게 박혀 있었다. (「남생이」, pp. 286~27)

「연대기, 괴물」에서 인용한 구절로 미루어보건대, 괴물의 형태로 출현한 '그것'은 역사적 트라우마들과 관련이 있다. 작중 송달규 노인은 일생 동안 저 괴물을 여러 차례 목격하는데, 서북청년단 단원들에 의해 마을 사람들이 학살당했을 때, 자신이 베트남전에서 양민을 학살했을 때, 그리고 세월호 시민 집회에서 자신의 부친이자 원수인 김종확을 만났을 때 등이다. 즉 자신이 경험했으나 차마 말로 할 수 없는 외상적 기억이 회귀할 때는 어김없이 저 뭐라 이름 붙일 수 없는 '그것'이 괴물의 모습으로 등장한다. 큰 아가리를 가져서 지상에 존재하는 무엇이든 삼켜버릴 것 같은 저 괴물은 그러므로 언어적 재현을 초과하는 지점에서 '도래한다'. '그것'에 어떤 이름도 부여할 수 없으므로 사건들의 연대기는 '괴물'이 된다.

「남생이」에서 '그것'은 추미화(문둥이집 소녀)의 눈빛으로 등장한다. 그녀의 눈 역시 언어적 재현을 초과하는 어두운 심연 속에서 환각처럼 빛난다. 그 눈빛 앞에서 주인공을 사로잡는 정념은 죄책감이다. 그가 상처를 주었으나 그 상처의 깊이를 감히 짐작할 수조차 없을 때, 그 눈은 이제 "서사 밑바닥을 향하여 입을 크게 떡 벌리고 있는 개구부, 말할 수 없는 '사건'의 잉여를 향하여 연결되어 있는 동굴—황천으로 향해 가는 길—을 영원히 막아버린 봉인"(『기억·서사』, p. 162)이 된다.

물론 괴물의 정체는 끝내 알 수 없고, 소녀는 단 한 번도 고통스럽다고 말하지 않는다. 그러나 "운명적으로 망각에 서툰 사람"(「물 위의 생」, p. 359)인 임철우는 사건을 재현하고 고통을 전달하고자 필사의 노력을 다한 끝에 뭐라고 이름 지을 수 없는 저 괴물의 어둠과 소녀의 눈빛을 독자에게 제시한다. 거기는 지각의 한계 지점이자 인식의 한계 지점이다. 말하자면 재현이 실패하는 지점이다. 그러나 고통의 전이는 그 실패 속에서 일어난다. 말로 할 수 없는 고통, 언어를 초과하는 사건이 있었음을 독자들은 이제 이해하게 된다. 그리고 그런 방식으로 이야기를 통해 사건의 사건성과 그것을 겪은 당사자의 말할 수 없는 고통이 재현되고 전이될 수 있는 것이라면, 그런 기적은 저 괴물과 소녀의 눈빛에서 우리가 발견하게 되는 고통의 개구부(開口部) 덕분일 것이다. 임철우의 소설을 읽고 우리가 악몽을 꾸게 되는 밤은 그렇게 찾아온다.

6

악몽을 꾸게 하는 임철우의 소설들…… 이 말은 곧 임철우의 '마술적 리얼리즘 시기'가 끝났음을 의미하기도 한다. 전작들인 『백년여관』과 『이별하는 골짜기』, 그리고 『황천기담』에서 임철우가 마련했던 마술적이고 신화적인 공간이 『연대기, 괴물』에서는 전혀 등장하지 않는다. 수백 년 넘은 왕벚나무도 없고, 그 꽃그늘 아래에서 불운한 남자들에게 젖을 먹이던 대모신도 없다. '위안부' 소녀 유령의 머리 위로 나비는 날지 않고, 무지갯빛 칠선녀주에 취한 보름밤의 축제도 끝났다. 그러므로 이제부터 우리를 기다리는 꿈에는 그 어떤 해원도, 위안도 없을 것이다. 대신 '지금, 여기'에 우리와 나란히 사는 이들의 차마 말 못할 고통만이 우리를 기다리고 있다.

나는 『연대기, 괴물』을 읽은 후 독자들이 꾸게 될 꿈의 내용을 얼핏 짐작할 수도 있을 듯하다. 구멍, 그림자, 괴물, 유령, 눈빛, 어둠, 밤…… 소리 소문 없이 죽고 썩어가는 독거노인들…… 지하철에 뛰어들거나 독약을 들이켜는 실직자와 노숙인들…… 그리고 물에 잠겨 죽어간 세월호의 아이들…… 특히 세월호 참사(「연대기, 괴물」)는 그간 임철우가 발굴한 모든 '그것'들이 총집결해서 폭발 직전에까지 이르는 임계점으로 그려진다. 한국전쟁과 보도연맹 사건과 베트남전과 5·18과 세월호가 모두 등장하는 꿈을 상상해보라. 그것들이 내용이라면 아마도 꿈은 지독한 악몽이 되겠지, 다시는 꾸고 싶지 않을 그런 악몽……

그러나 꿈은 악몽일수록 거짓말하지 않는 법이다. 지젝의 말마따나 내 아이를 불태우고 싶어 했던 욕망의 주인이 바로 나였음을 나 자신에게 폭로하기도 하는 것이 꿈 본연의 윤리적 기능이다. 꿈속의 아이가 묻는다. '아버지, 제가 불타고 있는 것이 보이지 않으세요?' 아주 드물게 일어나는 일이기는 하지만 소설도 그런 일을 해낼 때가 있다. 임철우의 소설을 읽을 때는 그런 일이 유독 자주 일어날 수 있음을 항상 유념해야 하고 또 기대해야 한다. 그가 마술 대신 새로 붙든 '연대기 형식'(「흔적」「연대기, 괴물」「세상의 모든 저녁」「이야기 집」「물 위의 생」이 모두 연대기적인 형식을 취하고 있다)으로 우리에게 전할 사건들의 소식이 더없이 흉흉하고 더없이 고통스럽기를(그러나 작가의 심신이 그 고통으로 인해 피폐해지지는 않기를) 바라는 심사는, 그러므로 전혀 악의적인 것이 아니다.

나야, 몽희
— 임철우, 『돌담에 속삭이는』

1

한국 현대사는 '항상적 예외상태'의 역사였다고 해도 과언이 아니다. '예외상태'란 말을, '법률을 효력 정지시킴으로써 오히려 법의 힘을 강화하는 비식별역'이라는 아감벤적인 의미로 사용한다면 그렇다는 말이다. 36년에 이르는 식민지 시기에 조선의 법은 일찌감치 그 효력을 정지당했고, 일본 본토의 법마저 식민지에는 그대로 적용되지 않았다. 해방 정국에서도 법은 법보다 더 막강한 위력을 지닌 양대 이데올로기에 의해 효력 정지되기 일쑤였고, 군법이 민간인에게도 집행되던 전쟁 상황은 말할 것도 없다. 4·19 이후 들어선 새로운 권력은 매일매일의 예외상태(계엄, 위수령, 긴급조치) 선포를 통해서만 법을 초월한 권력을 자신의 영토 내에서 작동시킬 수 있었고, 신군부는 5·18이라는 예외상태를 발판 삼아 권력을 획득했다. 그리고 이후 신자유주의는 한국인들을 항상적인 '경제적 예외상태' 속에서 살게 했다.

와중에 한국 영토 내에 거주하는 '인구'는 자주 '호모 사케르'의 지위로 내몰렸다. 징집당하고, 체포당하고, 고문당하고, 동원당하고, 학살당한 자들의 역사, 그런 의미에서라면 한국 현대사는 '죽여도 죄가 되지 않고, 죽어서도 희생 제의에 봉헌되지 못하는 벌거벗은 생명들'의 역사이기도 하다. 다음과 같은 사건이 우리 역사에서도 우리 소설에서도 그리 낯설지 않은 것은 그런 이유 때문일 것이다.

> 소개령이 내려진 지역은 일체의 통행이 금지되고, 눈에 띄는 자는 누구나 폭도로 간주돼 총살에 처해졌다. 불과 두 달 사이에 한라산 기슭의 수많은 중산간 마을들은 예외 없이 완전히 텅 빈 폐허로 변했다. 마을 전체가 불에 타고, 셀 수도 없이 많은 주민들이 곳곳에서 무차별로 떼죽음을 당했다. 토벌대를 피해 남녀노소 가족들을 이끌고 한라산 골짜기를 헤매는 사람들이 부지기수였다. (임철우, 『돌담에 속삭이는』, 현대문학, 2019, p. 151. 이하 본문에 쪽수만 표기)

모든 법이 효력 정지되고 단순히 '눈에 띈다'는 사실만으로 죽임을 당하게 되는 예외상태로서의 소개령…… 임철우가 이번에는 우리들을 소개령하의 어떤 작은 마을로 데려간다. 거기는 1948년 12월 15일, 제주의 월산리라는 마을이다.

2

임철우는 항상 이중적인 의미에서 예외상태의 작가였다. 첫째로, 그의 거의 모든 문장이 항상 저와 같은 역사적 예외상태하에서 희생당한 자들을 인양하는 데 바쳐졌다는 점에서 그렇다. 그리고 둘째로, 그가 항상 작가로서의 자신의 위치를 '비상사태' 속에 두어왔다는 점에서 그렇다. 임철우에 관해 글을 쓸 때마다 어김없이 떠오르는 구절을 여기로 다시 옮겨와 본다.

빚진 게 없다고? 문득 소설을 쓰고 싶은 강렬한 충동에 휩싸여, 당신은 책상 앞에 앉았다. 쓰자. 써야 한다. 지옥의 시간에 결박당한 사람들의 이야기. 삶과 죽음을 한꺼번에 보듬고서 저주 같은 이 지상의 시간을 견뎌내야만 하는 사람들의 이야기를. 당신은 숨을 몰아쉬었다. 그것은 성욕처럼 격렬하고 절박한 욕구였다. 환청이 들려온 것은 그때였다.

"시간이 없어! 시간이!" (『백년여관』, 한겨레신문사, 2004, pp. 22~23)

"시간이 없어! 시간이!"라는 환청을 기록한 활자의 크기는, 그의 소설 쓰기가 어떤 강렬한 충동 속에서 '다급하게' 이루어지는 작업임을 보여준다. 그는 "지옥의 시간에 결박당한 사람들의 이야기" "삶과 죽음을 한꺼번에 보듬고서 저주 같은 이 지상의 시간을 견뎌내야만 하는 사람들의 이야기"를, 항상 '비상사태'의 감각 속에서 써내는 것, 그것이 글쓰기의 임무라고 생각하는 작가다.

그런 임철우가 거처를 제주로 옮겼다는 소식을 들은 지 꽤 지났으니, 그가 어떤 작품을 써서 또 세상에 내보낼 것인지는 충분히 예상 가능했다. 그는 아주 오래전부터 "동굴의 시커먼 아가리"(p. 17) 같은, 혹은 "어둠의 핵심"(p. 46) 같은 '구멍'(틈, 공백, 허방?)을 눈에 달고 다니는 사람이었으니, 거기 제주에서도 또 심연을 보았으리라…… 휴전선 인근(「아버지의 땅」)에서, 광주(『봄날』)에서, 강원(『황천기담』)에서, 태평양 전쟁기 일본군 주둔지(『이별하는 골짜기』)에서, 베트남의 전장(「연대기, 괴물」)에서, 그는 그간 자신의 문학 이력 전체를 바로 그 심연을 들여다보는 일에 바쳤다. 그리고 그가 들여다본 심연 속에는 항상 시신들이 즐비했다. 그가 제주에서 무엇을 볼지는 자명했던 셈이다.

아니나 다를까 그의 시선은 1948년의 월산리 학살 사건을 향했고, 다시 심연 속에서 이런 것들을 본다.

> 또 다른 무리가 눈앞으로 다가온다.
>
> 수십 명씩 굴비 두름처럼 한 줄로 나란히 엮여 있다.
>
> 다들 똑같이 등 뒤에서 손목이며 팔뚝을 밧줄 혹은 철사 줄로 결박당한 모습. 밧줄이 고삐처럼 목에 그대로 휘감겨 있는 사람도 있다. 하나같이 백지장으로 변한 얼굴들. 목덜미와 가슴께까지 온통 피투성이인 까까머리 소년. 두 눈을 허옇게 부릅뜬 채 굳어버린 노인. 양팔로 가슴을 그러안고 새우처럼 웅크린 젊은 여자. 아직도 입에서 검은 피를 울컥울컥 토해내는 청년…….
>
> 거기엔 아이들도 있다. 두어 살, 예닐곱 살, 까까머리 초등학교 아이들까지. 젖먹이를 품에 안은 젊은 어미. 팔다리가 잘려 나가고, 얼굴이 짓이겨진 남자들. 두 눈을 빤히 뜨고 이쪽을 노려보는 노인. 산발한 머리채를 미역 줄기처럼 검게 풀어 헤친 채 떠내려가는 여자……. 은은한 달빛 아래 끝없이 펼쳐지는 그 무서운 광경 앞에서 그는 차마 숨조차 쉬지 못한다. (pp. 20~21)

직장 은퇴 후, 제주에 거처를 마련하고서도 그의 눈에 장착된 심연은 고통을 인양하느라 여념이 없어 보인다. 전작 『연대기, 괴물』(문학과지성사, 2017)에 붙인 해설에서 내가 그를 일컬어 한국문학의 '사도바울'이라 칭했던 것도 이런 이유였는데, 『돌담에 속삭이는』에서도 그는 여전히 한국문학의 "특별한 눈" "아파하는 마음"이고, 온 노력을 다해 일어난 일들의 참혹함을 전하는 '고통의 사도'다.

3

참혹한 사건의 인양자이자 기록자로서의 면모는 여전히 유지하되, 『돌담에 속삭이는』에 새로 도입된 어떤 장치가 있다면 그것은 몽희의 시선, 곧 '응시'로 읽힌다. 관건은 눈인 셈인데, 임철우의 소설에서 항상 그랬듯 먼저 두 종류의 눈이 있다. 몽희는 눈에 대해 이렇게 말한다.

> 우린 이렇게, 당신들 눈앞에 존재하고 있어.

> 그럼에도 당신들은 우릴 알아보지 못하지. 왜냐면 당신들이 애초에 우릴 보려고 하지 않기 때문이지. 보려 하지 않으므로 보이지 않고, 보이지 않으므로 우리에 대해 아무것도 알지 못하는 거야. 애당초 들으려 하지 않고 느끼려 하지 않으므로, 우리의 목소리를 듣지 못하고 우리의 존재를 느낄 수가 없는 거야. (p. 49)

> 어쩌면 당신은 그 특별한 눈을 이미 지녔는지도 몰라. 당신은 남다르게 '아파하는 마음'을 가졌으니까. 그런 마음의 눈, 영혼의 눈을 가진 이들만이 우리들의 존재를 알아보고, 감지하고 또 공감할 수 있어. (p. 205)

몽희의 말에 따르면 두 종류의 눈이 있다. '보려고 하지 않는 눈', 즉 보고 싶은 것만 보는 눈…… 그리고 "특별한 눈", 즉 "그 눈을 갖게 된다면, 당신은 그 순간부터 지상을 떠도는 수많은 불행한 혼들의 슬픔, 절망, 원망, 분노, 고통과 직접 마주쳐야만"(p. 206) 하는 눈……

간과하는 경우가 많지만 눈에도 욕망이 있다. 그리고 욕망은 쾌락원칙의 지배를 받는바, 우리가 원하는 것만을 보도록 하는 경향이 있다.

눈에 콩깍지가 씌었다는 말은 그런 말일 텐데, 대체로 우리 눈의 콩깍지는 고통과 불쾌를 피하려는 속성을 가지고 있다. 만약 우리가 몽희(4·3의 현현)를 보지 못한다면, 그것은 우리의 눈이 몽희를 보지 않음으로써(감정 지출의 경제에 따라) 불쾌를 피해가려는 속성을 내장하고 있기 때문인 셈이다. 몽희가 '당신들'로 지칭하는 이들의 눈, 그러니까 일반적으로 '우리들'의 눈은 그토록 착란적이다.

물론 그런 눈이 임철우나 한민우의 눈일 리 없다. 비상사태의 감각 속에서 매번 역사의 가장 참혹한 심연을 '들여다보는' 일을 업으로 삼았던 이의 눈은 "특별한 눈"이다. "아파하는 마음"을 가진 그 눈은 우리에게 콩깍지 너머를 보도록 한다. 예의 그 심연 속 시신들 말이다. 이 작품에서도 임철우는 그런 눈으로 여전히 고통의 사도로서의 자기 몫을 해낸다.

4

그러나 『돌담에 속삭이는』에는 예외적으로 다른 눈, 제3의 눈이 있다. 그것은 바로 "우린 이렇게, 당신들 눈앞에 존재하고 있어"(p. 49)라고 말하는 화자 몽희의 '응시'다. 소설 곳곳에서 제2의 화자로 등장하는 유령 몽희가 한민우에게(아니 실은 독자들에게) 이렇게 말한다. "하지만 우린 당신을 잘 알고 있어."(p. 50) "언제 어디서건, 당신의 옆자리 혹은 바로 등 뒤에서 우리는 조용히 당신을 지켜보며 서 있어." "자, 고개를 돌려봐."(p. 11) 몽희의 이 문장들을 읽는 순간 어떤 일이 일어날까? 저 저주 같기도 하고 경고 같기도 한 몽희의 말들과 함께 내내 시선의 주체였던 독자들은 시선의 객체, 즉 '바라보는' 위치가 아닌 '보여지는' 위치에 서게 된다. 보는 것은 피할 수 있지만, 보여지는 것은 피할 수 없다. 시선은 내 의지와 욕망에 따라 거둘 수 있지만 응시는 거둘 수 없다. 게다가 그 응시하는 타자가 영혼이라면 더더욱 그렇다.

독자로 하여금 자신이 보는 주체가 아니라 보여지는 객체라는 사실을 자각하게 하는 바로 저 응시 덕분에, 『돌담에 속삭이는』을 읽고 나서도, 우리가 감정 지출의 경제에 따라 1948년 제주의 많은 일들(우리를 그지없이 불편하게 하는)을 잊고 살 수 있을지는 미지수다. 동화적인 아름다움(제주 '서천꽃밭' 신화의 차용에서 비롯된)과 서정성에도 불구하고, 이 소설이 읽는 이로 하여금 섬뜩하고 강렬한 죄책감 같은 것을 불러일으키는 것은 이 '응시' 때문이다.

응시는 일종의 위협이자 저주인데, 몽희의 저 부탁대로 고개를 돌려볼까? 그러면 우리가 무심코 지나친 모든 곳, 모든 순간 속에서 그들이 우리를 지켜보고 있었음을 발견하고는 소스라치지 않을 도리가 없다. "강변 모래밭이나 풀덤불 속에서 반짝이는 작은 빛"에도 "무더운 여름 한밤중에 숲이나 강가에서 춤추는 반딧불"(p. 208)에도 그들이 있다면 우리가 그들을 어떻게 피할 수 있을까? "바람도 없는데 나무 이파리 하나가 유독 저 혼자 파르르 떨리거나, 혹은 보일락 말락 까닥까닥 흔들리는" 모습, "한겨울 눈 쌓인 들판이나 골짜기 바위틈에 신기하게도 딱 갓난아이 손바닥만큼만 눈이 녹아 있"(p. 209)는 자리를 우리는 얼마나 자주 목도하는가? 그런데 그런 풍경들도 모두 그들이 다녀간 흔적이라면?

그러나, 우리 눈의 쾌락원칙을 초과하면서, 몽희가 '당신들'에게 내리는 축복이자 저주 같기도 한 문장들은 더 길게 이어진다.

> 과일나무에서 귤이나 자두 열매가 저 혼자 뚝 떨어져 바닥에 떼구루루 구른다면, 그건 대부분 우리들의 짓이지.

강아지가 별안간 제 꼬리를 물려고 뱅글뱅글 맴을 돌거나, 고양이가 저 혼자 뜀틀 선수처럼 제자리에서 펄쩍펄쩍 뛴다면, 그건 틀림없이 아이들이 꼬리 끝에 매달려 마구 간지럼을 태우고 있기 때문이야.

해 저물녘 강이나 호수에서 물고기가 느닷없이 혼자 수면 위로 쑹! 하고 튀어나왔다가 퐁! 하고 다시 물속으로 사라진다면, 그건 물어보나 마나 우리들이 물속에서 물고기들이랑 한창 숨바꼭질을 하고 있다는 얘기이고……. (p. 210)

자, 이제 우리가 어떻게 그들의 존재를 모른다고 말할 수 있을까? 우리가 용기를 내 들여다보지 않아도, '아파하는 마음'과 '특별한 눈' 이전에도 이후에도, 지상 모든 곳에 편재하는 고통스러운 영혼들이 이미 우리를 응시하면서 말을 걸고 있는데 말이다. 이렇게……

"나야, 몽희." (p. 126)

3부
광주에서

그 밤의 재구성
— 김현과 5·18

1. 어떤 밤

김현이 한국문학에 대해 쓴 최후의 글들 중 하나(확정할 수만 있다면 나는 이 글을 그의 최후의 글로 읽고 싶다. 아니, 그렇게 읽을 참이다)로 보아 무방한 「보이는 심연과 안 보이는 역사 전망」에는 이런 구절이 있다.

> 도시가 본다기보다는, 만나는 사람들마다 보고 있다. 그 눈들은 시인을 감시하고 있다. 무엇 때문에? 이 시의 핵심은 여기에 있는 것이지만, 놀랍게도 시인은 꽃 때문이라고 말한다. 눈들은 한쪽으로는 시인을 감시하면서, 한쪽으로는 꽃을 감시하고 있다. 그 꽃은 싱싱한 아름다운 꽃이 아니라, 하늘의 상석에 올려진 꽃이다. 거기에서 주목할 것은 아직도라는 말이다. 의미론적으로 보자면, 그 아직도는 피비린내 나는에 걸린다. 그러나 시인은 아직도와 피비린내를 분철시켜—전문적인 용어로는 척치시켜, 아직도와 상석을 은연중에 결부시킨다. 꽃은 아직도 피비린내 나며, 아직도 하늘의 상석에 올려져 있다. 그 꽃에 대해 시인은
>
> ⅰ) 아직도 하늘의 상석에 올려져 있다;

ii) 아직도 피비린내 난다;

iii) 눈부시고 눈부시다

라고 말한다. 그 묘사에는 광주 사태의 모든 것이 간결하게 함축되어 있다.[1]

저 순간 김현이 읽고 있는 시는 (의미심장하게도) 1980년대의 마지막 겨울, 『문학과사회』에 실린 최하림의 「죽은 자들이여, 너희는 어디 있는가」이다. 그러니까 김현은 아마도 그 시를 1989년 말부터 1990년 5월 사이(1980년 5월로부터 정확히 10년이 지난 시기)에 읽었겠다. 그는 1990년 6월에 죽었고 마지막 병상에서는 글을 쓸 수 없었기 때문이다.

최하림의 시에서 김현이 "광주 사태의 모든 것이 간결하게 함축되어 있다"고 말한 문제의 묘사 부분은 이렇다. "이 도시의 눈들이 내 모든 것을 보고 있다/오오 나를 감시하는 눈들이 보는 저 꽃/하늘의 상석에 올려진 아직도/피비린내 나는/눈부시고 눈부신 꽃/살가죽이 터지고/창자가 기어 나오고/신음 소리도 죽은/자정과도 같은,/침묵의 검은 줄기가/가슴을 휩쓸면서/발끝에서 정수리로/오오 정수리로……" 이미 자신의 죽음을 예감한 한 예민한 평론가가, 저토록 아름다운, 아니 저토록 '아름답게' 시를 읽던 순간은 밤이었을 것이라고 상상되는데, 그것은 비단 시의 어두운 분위기 때문만이 아니다. 평생 감상을 그토록 싫어했던 김현은 이 글을 이런 문장으로 마무리한다. "오십의 나이에 울음은 가슴 아프다."[2] 50의 나이(정확히는 48이었을 텐데 그는 마치 좇

1 김현, 「보이는 심연과 안 보이는 역사 전망—최하림과 임동확」(1990), 『분석과 해석/보이는 심연과 안 보이는 역사 전망』(김현문학전집 7), 문학과지성사, 1992, p. 297. 이하 이 글은 「심연과 전망」으로 적고, 나머지 김현의 글은 제목과 집필 연도, 그리고 전집 권수 및 쪽수만 표기.

2 같은 글, p. 307.

기듯 서둘러 50이라고 말한다)에 누군가 시를 읽고 운다면 아마도 그 시간은 홀로 앉은 밤, 게다가 모든 글에는 (김현 자신이 자주 '신의 몫'이라 부르곤 했던) 독자 몫의 잉여가 남겨져 있는 법, 그래…… 최선을 다해 그의 글을 읽은 독자로서 나는 마흔여덟의 병든 평론가가 시를 읽고 울던 저 순간을 밤으로 확정한다. 저 '각별하게 문학적인' 밤에, 죽음을 눈앞에 둔 김현이 5·18과 독대했다. 나는 그 밤을 재구성해보기 위해 이 글을 쓴다.

2. 불화

김현의 본명은 김광남, 전남 진도에서 태어났고 목포에서 자랐으며 대학 1학년 때 4·19를 겪었다. 이 몇 가지 전기적 사실들은 김현이 5·18에 대해 남긴 문헌들의 빈약함을 의아하게 만든다. 남도 출신의 4·19 세대 기수, 문학으로 유토피아를 꿈꾸던 사람, 그러나 기대와 달리 김현은 최하림의 시와 대면한 후 「심연과 전망」을 쓰기 이전까지는(그러니까 죽기 직전까지도) 5·18에 대해서도, 오월문학에 대해서도 그다지 많은 발언을 하지 않았다. 게다가 행한 발언들마저 대부분 단편적이었고 삽화적이었으며 문학의 구호화를 경계하자는 원론 수준에서 크게 벗어나지 않았다. 그나마 오월시에 대한 견해를 길다 싶게 밝힌 것은 아래 곽재구론의 서두 정도이다.

> 80년초에 남도에서 일어난 사건이 시의 지평을 거의 완전히 바꿔버렸다는 진술은 어느 면에서는 옳고 어느 면에서는 옳지 않다. 그것이 민중시라고 폭넓게 불리는, 그러나 사실은 노동시라고 부르는 것이 더 타당할 새 시의 지평을 연 것은 사실이지만, 그 노동시

까지를 포함하여, 그것이 새로운 시적 상상력을 열기는커녕 오히려 70년대에 유행하던 여러 이미지들을 상투적으로 재생산한 것도 사실이다. 그러한 것들은 그러한 것들에 너무 가까이 있어 그러한 것을 잘 볼 수 없었던 시기에 비해 그것과 어느 정도의 시적 거리를 유지할 수 있게 된 지금에는 비교적 잘 보인다. 그래서 그러한 상투적인 세계에 갇혀 자신의 목소리를 찾지 못한 시인들의 상당수는 목소리를 더욱 높여 탈출구를 찾거나 시 자체를 팽개치고 실천의 세계라고 불리는 곳으로 거의 완전히 이사를 한다. 몇 안 되는 시인들만이 어렵게 자기의 목소리를 찾으려 애를 쓰고 있는데, 어떤 시인들은 어느 정도 성공을 거두기도 하고 어떤 시인들은 끝내 모방의 세계에서 빠져나오지를 못한다.[3]

5·18이 촉발한 1980년대 한국 시의 지평 변화가 그 실제에서는 1970년대 시들의 상투적 재생산이라는 것(그것은 진정으로 새로운 이념형이 등장하지 않았다는 말에 다름 아니다), 그런 의미에서 그것은 시적 자아의 체험과 반성을 거치지 않은 모방에 불과하다는 것이 저 문장들의 요지다(나는 지금 저 말들에 대체로 동의한다. 그러나 당시로서는 저 말들이 형식주의적이고 문학주의적으로 들렸다는 고백 정도는 해야겠다. 말은 항상 정황 속에서 발화되고 수화되는 법이다).

김현이 공식적으로 발표를 염두에 두지 않고 썼던(훗날 출간을 결정하고 손을 봤다고는 하지만) 일기들 속에서도 사정은 마찬가지다. 아니 일기라는 글쓰기의 특성상 오월문학과 자신의 불화(나는 5·18과 김현의 불화라고는 쓰지 않는다)를 드러내는 직설적인 어휘와 어조들이 되레 도드라진다. 예를 들자면 이런 식이다.

3 김현, 「추상적 정열에서 구체적 사랑으로—곽재구의 시적 확대」(1990), 『전집 6』, p. 259.

그 넋두리는 때로 절실하게 느껴지기도 하지만 삶의 구체성이 진솔하게 표현되어 있지 않아 지루한 다짐 같아 보인다. 술취한 사람이 내지르는, 그에게는 굉장히 중요하게 느껴지지만, 다른 사람에게는 안 그럴 수도 있는 것들과 같이, 끈질기게 지루하다. 지루한 것은 되풀이 때문인데, 그 되풀이는, 광주는 고난의 자리이다, 우리는 통일을 위해 싸워야 한다, 우리는 쇠붙이를 미워하고 생명력을 길러야 한다로 요약될 수 있다. 다른 사람들은 그런 것에 전연 관심이 없다는 듯, 자기만이 거기에 관심을 쏟고 있다는 듯, 그 되풀이는 지루하게 끈질기다. 그런데 그의 사유의 거의 대부분은 김지하의 생명 사상에 기대어 있다. 힘있던 시인이 갑자기 스메르자코프가 되어버린 것을 보는 슬픔![4]

전라도 말로, 광주 사태를 찜쪄먹고 달려들기는 드는데, 그 달려듦의 난폭함은 미숙하게 술취한 사람의 난폭함 같다……[5]

반성과 성찰 없이 내뱉어진 시어(구호)에 대한 질타를 담고 있는 조롱조의 저 문장들은 각각 김준태(최초의 오월시인!)와 황학주를 향해 있다. 저럴 때 김현은 모질다고 해도 좋을 만큼 오월문학과 거리를 두고 불화를 자초한다. 말하자면 그 밤이 오기 전까지 김현은 5·18과 그다지 화해롭지 못했던 것으로 보인다. 그러나 최하림의 시를 읽은 후, 이례적으로 「심연과 전망」은 이렇게 시작한다.

4 김현, 「행복한 책읽기—1987. 1. 9.」, 『전집 15』, pp. 59~60.

5 김현, 「행복한 책읽기—1987. 6. 26.」, 같은 책, pp. 98~99.

> 1980년대는 광주와 죽음-죽임의 연대이다. 그 연대는, 한국의 지식인들에게는, 40년대 후반의 아우슈비츠와 유대인 학살을 상기시키는, 아니 그것을 실제로 느낄 수 있었던, 불행한 연대이다. 처음에는 분노와 비탄과 절망, 그리고 침묵으로 점철되었던 광주는, 그 뒤에는 일종의 원죄의식으로 변화하여, 그것에 어떤 식으로든 반응하지 않고서는 살 수 없는, 물론 육체적으로는 살 수 있겠으나, 정신적으로는 살기 힘든, 그런 장소가 된다. 그곳은 더구나 오랫동안 소외되어온 곳이어서 역사적 숙명론의 흔적—흔적? 차라리 실체가 아닐까?—까지 보여준다. 시인들도 그 원죄의식에서 자유롭지 못하다.[6]

저 구절들로 미루어보건대, 그의 불화는 5·18이라는 '사태' 자체와의 불화는 아니었던 듯하다. 시 한 편을 읽은 저 밤에 말 못 했던 내심이 드러난다. 그에게도 5·18은 죄의식의 원천이었다. 다만 그는 당대의 '오월문학'과 불화했었다. 말 못 했던 내심의 드러남, 그 밤이 김현의 문학적 연대기에 있어 각별했던 첫번째 이유다.

3. 문화(문학)의 고고학

오월문학과 김현 간 불화의 이유는, 초기 저작들에서 이미 어느 정도 완성을 본 김현의 체계가 쉽사리 5·18이라는 '사태'를 포섭하기 힘들었다는 데에서 찾을 수 있다. 김현은 『한국 문학의 위상』과 『현대 한국 문학의 이론』 『사회와 윤리』 등에서 다음과 같은 도식으로 요약 가

6 김현, 「심연과 전망」, 같은 책, p. 294.

능한 거시적인 체계를 구축하려고 시도한다.

<table>
<tr><td>전통 1</td><td>전통 2</td><td></td></tr>
<tr><td colspan="2">전통 2-1</td><td>전통 3</td></tr>
</table>

이른바 '단절과 감싸기'[7]로 명명되곤 하는 저 변증법적 과정에서 예외적인 개인과 그의 문학작품은 특권적인 자리를 점한다. 하나의 전통, 그것은 고유의 풍속과 이념을 배태하는데, 예외적인 개인으로서의 작가야말로 작품을 통해 그 굳어버린 제도로서의 풍속과 이념을 질문에 부치고, 그 속에서 안주하고 있는 우리들의 의식을 '고문'하기 때문이다. 김현이 종종 비평을 '문화의 고고학'[8]이라 부르고, 스스로를 '분석적 해체주의'에 속하는 평론가로 자리매김하는 이유도 여기에 있는데, 그에게 문학이란 "우리가 익히 아는 경험적 현실의 구조 뒤에 숨어 있는, 안 보이는 현실의 구조를 밝히는 자리"[9]이기 때문이다. (내가) 성글게 정리한 이 체계가 "어두운 시절을 보내고, 새 시대를 바라다보고 있"[10]던 1980년 3월, 비평집 『문학과 유토피아』를 세상에 내놓을 때까

7 전통 1과 전통 2 사이에는 단절이 있다. 그러나 전통 1은 전통 2에 흡수되어 전통 2-1을 이루며, 그것은 전통 3과 단절되어 전통 3의 한 내용을 이루게 된다. 그 변증법적 과정을 전통의 '단절과 감싸기'라는 말로 표현하고 싶다. 전통의 단절은 그러나 흔히 생각하듯 그렇게 갑작스러운 현상이 아니다. 앞의 도표를 계속 이용하자면, 전통 1은 그 자체 내의 구조적 모순에 의해서, 다시 말하자면, 그 자체 내의 규칙을 벗어나는 요소에 대한 오랫동안의 억압에 의해서, 전통 2의 씨앗을 그 속에서 키우는 것이며, 그 씨앗이 예외적인 개인이나 집단에 의해 표면화되었을 때, 전통의 단절이라고 부를 수 있는 현상이 생겨난다. 전통 2는 전통 1의 어떤 요소의 부인이며, 어떤 요소의 긍정이다. 전통 2는 전통 1 속에 내재해 있던 어떤 것이 표면화되면서 전통 1의 어떤 요소를 의식적으로 배척하는 것이다.[「한국 문학은 어떻게 전개되어왔는가」(1976~77), 『전집 1』, p. 95]

8 김현, 「한국 문학의 가능성」(1970), 『전집 2』, p. 52.

9 김현, 「비평의 유형학을 향하여」(1985), 『전집 7』, p. 234.

10 김현, 「문학과 유토피아—책머리에」(1980), 『전집 4』, p. 9.

지 김현의 사유를 지배한다. 그러나 어두운 시절은 끝나지 않았고, 고작 두 달도 지나지 않아 5·18이라는 한국 현대사 초유의 사태가 발생한다.

그리고 1980년 5월 이후, 5·18을 소재로 한 문학작품들이(주로 시 쪽에서) 간헐적으로, 그리고 얼마 지나서는 폭발적으로 생산되지만, 앞서 살펴본 것처럼 그는 그것들과 거리를 유지한다. 이제 얼마간 그 이유는 추측이 가능하다. 그가 초기에 세운 저 체계에 대해 오월문학은 (아직) 이질적이었다. 일단 그것들이 개화기로부터 시작된 전통 부재의 '문화 접변기'를 돌파할 만한 새로운 이념형을 제시하고 있는지가 그에게는 의문이었을 것이다. 따라서 앞의 곽재구론에서 그가 "노동시까지를 포함하여, 그것이 새로운 시적 상상력을 열기는커녕 오히려 70년대에 유행하던 여러 이미지들을 상투적으로 재생산"하고 있다고 비판할 때, 그것은 단순히 한 평론가의 개인적 취미 판단이 아니었다. 그는 그 문장들(그리고 김준태나 황학주, 박몽구, 임철우 들을 향해 산발적으로 발화된 문장들)을 통해 침전된 내용으로서의 형식(그것들이 한 시대의 양식을 이루게 된다)을 새로이 창출하지 못할 때, 그것은 진정한 의미에서 '촉발적'일 수도, 문학적 사건일 수도 없음을 경고하고 있었던 셈이다.

어쩌면 그렇게 거리를 두고 가급적 침묵하면서, 김현은 기다리고 있었는지도 모를 일이다. 저 도식에 비추어 볼 때, 그는 기다릴 수밖에 없었을 것인데, 왜냐하면 5·18이 문학적으로 사건성을 획득할 수 있다면 그것은 작품들을 통해서일 것이고, 새로운 언어의 형식과 새로운 이념형의 창출을 통해서일 것이기 때문이다. 그러나 그가 보기에 당대의 오월시에서는 그 전범을 찾을 수 없었고, 그런 사정은 소설에서도 마찬가지였다. 왜냐하면 최윤이 오월소설의 걸작 「저기 소리 없이 한 점 꽃잎이 지고」[11]를 발표한 것은 1988년이었지만, 임철우의 『봄날』이나 정찬의 『광야』, 황지우의 『오월의 신부』, 송기숙의 『오월의 미소』, 한강의 『소년이 온다』, 김경욱의 『야구란 무엇인가』 등이 누적적으로 발표되면서 '오월문학'이 한국문학에서 일종의 하위 장르로 자리를 잡은 것은 그가 죽고 나서도 한참 뒤의 일이기 때문이다.

그러던 차, 그 각별한 문학적 밤에 김현은 우연히 최하림의 시를 읽었으리라. 내면화되지 않은 구호도 아니고, 1970년대식 이미지와 운율의 재생산도 아닌 오월시 한 편을…… 우리가 흔히 오월시를 읽어오던 (비분강개의) 방식이 아니라, 그토록 꼼꼼하게, 리듬과 행갈이와 호흡과 이미지들의 충돌까지를(왜냐하면 형식이야말로 침전된 내용이니까) 모두 다…… 그러고는 투명한 몇 방울의 눈물이 흘렀을 텐데, 그 밤이 각별했던 두번째 이유는 그것이다.

4. 하늘의 상석에 올려진 꽃

김현은 부지런하기로 소문이 자자했던 평론가로, 5·18이 촉발했을지도 모를(왜냐하면 어떤 사건의 사건성은 사후에 증명되는 법이므로) 진정 새로운 문학의 도래를 기다리는 동안 (수동적이라는 비판을 면하기는 힘들겠지만) 그가 나태했으리라고 상상하기는 힘들다. 전범적인 작품이 눈앞에 없고 또 당분간 생산될 기미도 보이지 않을 때, 그는 이제

11 김현은 최윤의 이 작품을 읽은 흔적을 일기에 남겼다. 1988년 7월 12일의 일기에서 그는 이렇게 쓴다. "'폭력에서의 도피'라는 제목으로 쓰고 싶은 글: 아주 심한 폭력은, 육체의 자기 방어 본능 때문에, 그 폭력과 관계된 상황에 대한 기억상실증을 유발하기도 한다. 예: 김국태의 어떤 소설(육이오 때 강간당한 어머니에 대한 아이들의 기억상실증. 그 제목이 뭐더라?), 임철우의 「사산하는 여름」, 최윤의 데뷔작. 조금 더 작품을 모아볼 것"(「행복한 책읽기—1988. 7. 12.」, 같은 책, pp. 146~47). 그러나 그는 이 글을 쓰지 못했다. 만약 더 많은 작품이 있었더라면 아마도 그는 (아도르노를 읽었으니) 외상적 폭력과 재현(불)가능성의 문제에 봉착하지 않을 수 없었으리라. 그리고 프리모 레비나 파울 첼란 쪽으로 경사했을 수도 있었으리라.

자신이 그간 구축해온 체계를 바꾸어놓을지도 모르는 연구에 착수한다. 알다시피 연구의 주제는 '르네 지라르의 이론을 통한 폭력의 이해'였다. 그 연구가 국가폭력으로서의 5·18을 근본적인 수준에서 이해하기 위한 우회로였다는 사실은 이미 알려진 바다. 『르네 지라르 혹은 폭력의 구조』(나남, 1987)의 「글머리에」에서 그는 이렇게 쓴다.

> 욕망은 폭력을 낳고, 폭력은 종교를 낳는다! 그 수태 분만의 과정이 지라르에겐 너무나 자명하고 투명하다. 그 투명성과 자명성이 지라르 이론의 검증 결과를 불안 속에 기다리게 만들지만, 거기에 매력이 있는 것도 사실이다. 나는 그래서 지라르의 이론을 처음부터 자세히 검토해보기로 작정하였다. 거기에는 더구나, 1980년 초의 폭력의 의미를 물어야 한다는 당위성이 밑에 자리잡고 있었다. 폭력은 어디까지 합리화될 수 있는가? 지라르를 통해 던지는 그 질문에는 또 다른 아픔이 배어 있다.[12]

지라르를 통해 1980년 5월의 폭력을 성찰하기, 그러나 당겨 말하건대 그 작업은 모순적인 결과를 낳는다. 모순적이라기보다는 양가적이라는 말이 맞을지도 모르겠는데, 문제는 지라르의 이론 자체에 내재된 이율배반, 즉 '평화적 파시즘'(나의 명명이다)에서 비롯된다. 지라르의 모방욕망 이론에서는 '차이 없음', 즉 '무차별 상태'가 폭력의 원인이다. 인간의 모든 욕망(어머니에 대한 오이디푸스의 욕망까지도)은 중개자를 매개로 하는 삼각형의 욕망인데, 중개자와 욕망의 주체 간에 차이가 없으면 욕망의 대상을 둘러싼 경쟁 상태가 발생한다(해볼 만하니까). 결국 둘(짝패) 간의 과도한 경쟁이 이중간접화를 통해 폭력을 유

12 김현, 「르네 지라르 혹은 폭력의 구조—글머리에」(1987), 『전집 10』, pp. 18~19.

발하게 되는데, 만인이 만인에게 적인 상태(현대)가 그것이다. 표면적인 의미와 달리 지라르의 '사람들은 서로에게 신으로 비칠 것이다'라는 고귀한 명제는 실은 잔인한 명제였던 셈이다. 나(욕망의 주체)와 별 차이도 없어 보이는 타인들(중개자)이 모두 신적인 것을 소유하고 있을 것이라는 믿음, 그래서 경쟁을 통해 그것을 쟁취하려는 욕망이 폭력을 부른다.

반대로 중개자가 나와 완전히 차이 날 때(신분상으로나 능력에서나) 욕망의 주체는 경쟁을 포기하고 그를 숭배한다. 완연한 차이, 곧 숭배는 폭력을 부르지 않는다. 그러나 현대는(고대에도 종종 그랬지만) 차이가 없는 시대여서(민주주의) 결국 만연한 이중간접화가 만장일치의 폭력을 낳게 된다. 그 만장일치의 폭력에서 희생당하는 자가 바로 속죄양이다. 그러므로 속죄양의 역할은 희생을 통해 죽임을 당함으로써 만연한 폭력을 질서의 상태로 복귀시키는 것이다. 그리고 이 악순환은 되풀이된다.

다행히 (기독교에 깊이 침윤당한 지라르의 사유 구조 내에서) 출구는 있다. 벤야민이 이른바 '신적인 폭력'(법제정적 폭력이나 법보존적 폭력과 달리 이 폭력은 폭력 자체를 끝장낸다)이라 부른 것과 유사한 폭력, 가령 예수(지라르는 예수의 희생을 역사상 최대의 스캔들이라고 말한다)에게 가해진 폭력 같은 것이 있을 수 있다. 그 폭력은 이후의 모든 폭력을 끝장내는 폭력이다. 그리고 나머지 하나의 길, 그것은 '용서와 화해'이다. 그런데 말이야 그럴듯하지만 현대에 예수 같은 희생양이 등장할 리 없고, 이유 없이 인류 전체가 한날한시에 자신의 욕망을 내려놓고 화해할 리 없다. 게다가 지라르의 이론 속에서라면 민주주의는 '차이 없음'의 상태, 곧 무차별적 희생 위기를 부른다.

이상이 거칠게 요약한 지라르 이론의 요체인바, 꼼꼼한 독서가 김현이 그 모순(평화적 파시즘)을 파악하지 못했을 리는 없다. 게다가 그는 이런 문장을 쓴 적이 있는 평론가다. "차라리 그들이 돌아가야 할 세계는 세계 그 자체일 따름이다. 고난의 시인들에겐, 현실 밖에 극락이나 천국이 존재하지 않는다. 극락과 천국이 있다면, 이 땅에 있어야 한다."[13] 초월도 유토피아도 그에게는 지상에서 일어나야 할(일어나지 못하겠지만) 일이다. 그래서 그는 최종적으로 지라르를 이렇게 읽는다.

> 『속죄양』에서의 지라르의 결론은 "이제 서로서로 용서할 때가 왔다. 아직도 기다린다면 시간이 없다"라는 절박한 권유이다. 지금 서로 용서하지 않으면 파멸이 온다는 지라르의 경고는 충분히 납득이 가는 경고이지만, 그것의 처방이 서로 용서하라는 것이라는 것은 해답을 위한 해답이다.[14]

> 지라르의 가설은 여러 분야에 자극을 주고 있으나, 그 자극이 긍정적인 결과를 낳을지 부정적인 결과를 낳을지는 아직 확실치 않다. 그러나 그의 가설이 신화·설화 분석에는 대단히 유용하다고 확실하게 말할 수 있다.[15]

첫번째 인용문은 지라르 이론의 허황됨에 대한 명백한 비판이다. 그리고 두번째 인용문은 지라르 이론에 대한 적용상의 제한이다. 신화와 설화 분석에는 쓸모가 있는 이론…… 그러나 현대 문명이나 국가폭력의 문제에는 적용하기 불가능한 이론…… 이 두번째 인용문이 그의 기나긴 지라르 연구를 결산하는 마지막 문장이었다는 사실은 어딘가 억

13 김현, 「고난의 시학」(1988), 『전집 7』, p. 270.

14 김현, 「르네 지라르 혹은 폭력의 구조」(1987), 같은 책, p. 70.

15 같은 책, p. 102.

울하고 씁쓸한데, 아니나 다를까 김현은 지라르 이론을 차용한 완결된 글을 단 두 편 남긴다. 안정효의 『갈쌈』(책세상, 1987)과 전상국의 「외딴길」(1981)을 지라르 이론에 따라 분석한 글 한 편,[16] 그리고 제주 개벽 신화를 분석한 글 한 편.[17] 둘 다 이론의 단순 적용에 가까운 시론적인 성격의 글이다.

그러나 지라르의 이론이 김현과 오월문학의 관계에 아무런 영향도 미치지 않았다고는 말하기 힘든데, 그것은 서로 얼마간 모순되는 다음의 두 구절 때문이다.

> 기초적 폭력은 복수를 낳고 그것은 또 폭력을 낳는다. 그 악순환은 합법적인 것과 비합법적인 것 사이의 차이를 지워버리며 그 상태는 문화의 종말을 부른다라는 지라르의 추론은 끔찍한 추론이다. 광주 사태 이후, 비합법적인 것 사이의 실제적인 차이가 자꾸만 없어져간다. 피고가 재판관을 꾸짖고, 재판관은 피고를 훈계한다. 서로가 서로를 훈계한다. 끔찍한 일이다.[18]

광주청문회는 1988년 11월의 일이니, 1987년에 쓰인 인용문의 '피고'가 전두환 일파를 지시하지 않는 것은 분명해 보인다. 그렇다면 피고는 학살당하고 투옥당한 광주 시민들, 혹은 역사적 정의의 이름으로 대항 폭력을 행사하려는 이들일 수밖에 없다. 1980년 5월의 기초적 폭력(법제정적 폭력이다. 왜냐하면 광주에서의 학살을 통해 제5공화국이 탄생했으므로. 그러나 법보존적 폭력이기도 하다. 왜냐하면 군부독재를 연장

16 김현, 「증오와 폭력—만인 대 일인의 싸움에 대하여」(1988), 『전집 7』.

17 김현, 「폭력과 왜곡」(1988), 같은 책.

18 김현, 「행복한 책읽기—1987. 3. 20.」, 같은 책, p. 80.

했으니까) 이후의 대항 폭력, 거기서 김현은 지라르가 말한 '이중간접화' 현상을 본다. 악순환될 것임이 틀림없는 폭력의 난무, 그 앞에서 그는 끔찍함을 느낀다. 말하자면 그에게 광주에서의 학살로부터 비롯된 대항 폭력은 모든 폭력을 끝장낼 신적인 폭력이 아니다. 이때 광주는 폭력의 악순환을 정지시킬 최종적인 속죄양의 지위에 놓이지 않는다. 그러나 김현은 그보다 한 해 전, 이청준에 대한 한 편의 글에서는 이렇게 쓴 적이 있다.

> 그 마적 정신주의는 고통의 세계에서 모두 예수의 아들이 되어 그 차이를 잃어버리는 경향에 대항하여, 차이를 드러내고 강조한다. 차이를 강조하는 것을, 차이를 지우려는 사람들은 파괴적 폭력이라 부른다. 그러나 그 파괴적 폭력은 새 의미를 낳는 기초적 폭력이다. 차이를 강조하지 못하는 한, 억압적인 현실은 파괴되지 않는다. 내가 용서하지 않으면, 너는 용서받은 것이 아니다라는 전언은 이청준의 마성이 전하는 핵심적 전언이다.[19]

김현이 다루고 있는 텍스트는 이청준의 「벌레 이야기」(1985)이다. 이 작품이 5·18 이후 용서와 구원의 문제를 다루고 있다는 사실은 잘 알려져 있다. 그런데 저 문장들에서 '아내'의 폭력(자살)은 어딘가 신적인 폭력의 지위를 부여받는다. 그녀의 죽음이 차이를 지우려는 사람들(우리 모두 하나님의 아들딸이다) 사이에 차이를 도입한다. 모두가 화해를 말할 때, 죽음으로써 화해를 거부하는 속죄양이 그녀다. 그러나 그녀의 폭력은 악순환의 고리에 말려들지 않는 폭력이다. 왜냐하면 폭력을 부르는 폭력이 아니라 이 질서가 만장일치의 폭력 위에 설립되어

19 김현, 「떠남과 되돌아옴—이청준」(1986), 『전집 7』, pp. 155~56.

있음을 드러내는 폭력(지라르는 예수의 죽음이 바로 그런 폭력이라고 말한다)이기 때문이다.

한편에 폭력의 악순환, 그리고 다른 한편에 신적인 폭력의 속죄양…… 어떻게 된 일일까? 아마도 지라르 연구 이후 김현에게는 5·18과의 관계에서 어떤 갈등이 존재했던 듯하다. 그것은 신적인 폭력인가, 아니면 악순환의 폭력인가? 그리고 1990년 죽기 얼마 전의 그 밤이 찾아온다. 최하림의 시에서 그는 수수께끼 같은 시구를 발견한다. 이제 원래의 행갈이와 호흡을 살려 그 부분을 다시 인용해본다.

> 이 도시의 눈들이 내 모든 것을 보고 있다
> 오오 나를 감시하는 눈들이 보는 저 꽃
> 하늘의 상석에 올려진 아직도
> 피비린내 나는
> 눈부시고 눈부신 꽃
> 살가죽이 터지고
> 창자가 기어 나오고
> 신음 소리도 죽은
> 자정과도 같은,
> 침묵의 검은 줄기가
> 가슴을 휩쓸면서
> 발끝에서 정수리로
> 오오 정수리로……

최하림도 남도(목포) 출신이었으니, 죄의식은 컸으리라. 그가 어떤 도시에서 피비린내 나는 꽃들에 대해 노래했다면 그 도시는 물론 광주다. 이제 김현이 그가 쓴 저 죄의식의 시를 읽는다. 그러고는 특히 세번째 행의 '아직도'에 주목한다. 척치를 통해 '아직도'는 충격적으로 행갈이 됨으로써 같은 행의 '하늘의 상석에 올려진'과 다음 행의 '피비린내 나는'을 동시에 수식하게 된다. 꽃에서는 아직도 피비린내가 날 뿐 아니라, 아직도 하늘의 상석에 올려져 있다.

김현은 거기서 두 가지 사실을 알아본 듯하다. 하나는 내용은 침전된 형식이라는 평소의 신념. 그러니까 문학작품의 경우 5·18의 고통은 구호를 통해 전해지는 것이 아니라 시적 언어의 형식을 통해 전해진다는 것, 척치로서 행갈이 하나를 바꾸는 형식이 의도보다 강하다는 것(마치 괴테보다 그가 부지불식간에 고안한 '세계 텍스트' 형식이 더 오래 살아남았듯이), 그런 시가 지금 내 앞에 실제로 존재한다는 것……

그리고 나머지 하나는 희생양으로서의 광주, '아직도 하늘의 상석에 올려진', 그리고 '아직도 피비린내 나는' 눈부신 꽃 광주……(나는 피비린내를 풍기며 하늘을 향한 제단에 봉헌된 존재를 '희생양' 외에 달리 부르는 방법을 모른다). 예수처럼 초월적이지 않으면서도(그러나 예수처럼 아무런 죄도 없이), 이 땅의 질서가 폭력 위에 세워진 것임을 10년이 지난 그 시점까지도 증언하는 죽은 자들…… 그러자 50의 나이에 눈물. 저 시에 "광주 사태의 모든 것이 간결하게 함축되어 있다"라고 했으니, 김현은 아마도 지라르를 통해, 그러나 그를 무시하고 변형시키면서, 저 구절들 위에서 광주와 독대하고 화해했던 것이리라. 그 밤이 각별하게 문학적이었던 세번째 이유다.

공동체와 죽은 타인의 얼굴
—『봄날』을 다시 읽으며

1

범박하게 말해, (인간이 본능을 넘어서는 충동의 동물이란 점은 일단 논외로 하고) 인류를 포함해서 생명 가진 모든 것들에게는 단 두 종류의 본능만이 있다. 개체보존본능과 종족보존본능. 따라서 에로스Eros와 타나토스Thanatos를 대립적인 두 개의 충동drive으로 구분하던 후기의 프로이트는 틀렸다. 에로스와 타나토스는 한 가지 본능, 곧 종족보존본능에서 파생되는 충동의 두 양태이다. 유기체는 항상 종족의 존속을 고려할 때만 죽음을 불사한다. '에로티즘은 작은 죽음이다'라고 말하던 당시, 바타유는 그 사실을 알고 있었다. '쾌 너머의 쾌', '죽음을 불사하는 쾌'로서의 '주이상스jouissance'에 대해 말할 때, 라캉도 그 사실을 알고 있었던 듯하다. 대립의 선은 오히려 개체보존본능과 종족보존본능 사이에 그어져야 한다. (최종심에서 DNA가 결정하는 일이기는 하겠지만) 유기체 내에는(생명 없는 물질 내에도) 스스로의 '연장' 상태를 유지하려는 경향이 각인되어 있다. 자기 자신을 염려하지 않는 유기체는 없다. 자신에 대한 염려가 타자에 대한 심려보다 항상 우선한다. 그런 의미에서 모든 생명체는 그 근본에 있어 이기적이다. 다만 예외적인 경우가 있다면, 유기체가 단순히 개체로서의 자신만이 아닌 자신이 속한 종 전체의 존속을 고려할 때이다. 내 그늘 아래 다른 종의 생장을 용인하지 않던 한 그루의 사과나무가 열매를 맺는 것은, 자신의 연장을 위해서가 아니다. 과도한 에너지(혹은 영양분, 그것은 자신을 위해 사용되는 것이 아니므로 항상 과도하다)가 열매를 향해, 최초의 타자('나'를 나누어 준 타자로서의 아이, 내 종에 속한 다른 개체)를 향해 소모된다. 그때의 에너지는 자신을 위해 사용되지 않는다는 점에서 탕진이고, 과도하다는 점에서 죽음이다. 꽃을 피우는 봄날에 열매를 익히는 가을날에(생식하는 때에), 사과나무는 그러므로 에로스 '속에서' 타나토스에 사로잡힌다. 에로스와 타나토스는 하나다. 하나의 본능에 이바지한다는 점에서도 하나이고, 자기보존본능이 유발하는 이기적 관성('욕구')과는 반대로 완전히 '이타적'이라는 점에서도 하나다. 자기보존본능이 삼키고 축적하라고 종용할 때, 종족보존본능은 토해내고 나누라고 종용한다. 그런 의미에서 이기적인 모든 생명체는 또한 그 근본에 있어 이타적이기도 한데, 한갓 지구상의 여러 유기체들 중 하나인 우리가 '타자에 대한 윤리'에 대해 말할 수 있다면 바로 거기에서부터다.

2

타자와 '나'가 하나의 세계(공동체)를 이루는 윤리적 순간이란 대립적인 두 본능 간의 항상적 갈등상태가 종족보존본능 쪽의 결정적 우세로 기울어지는 때이다. 블랑쇼와 낭시가 '연인들의 공동체'에 대해 말할 때, 바디우가 '사랑'을 두고 '동일자가 최초로 둘이 되는 경험'이라고 말할 때, 그들 역시 공동체의 가능성을 '종에 대한 심려'에서 찾고 있었던 셈이다. 그들에게 사랑은 (사적이고 아주 협소하지만) 공동체의 학교다. 종 전체의 존속에 대한 심려 속에 공동체의 가능성이 최초로 각인되어 있다. 그러나 일상의 '나'는 항상 자기보존에 심하게 몰두하고 있어서, 대립하는 다른 본능의 영역(이타성의 영역)으로 이동하기 위해서는 어떤 계기, 혹은 '편위(偏位, clinamen)'가 필요하다. 우리는 타인 쪽으로 기울어져야 한다. (블랑쇼나 낭시 같은 윤리학자들은 '외존exposition'하는 '공동-내-존재être-en-commun'로서 개인들의 '탈자태extase'를 말하며, 타자에 대한 윤리가 '나'에 대해 존재론 수준에서 구성적임을 입증하려고 사력을 다하기도 하지만) 주로 자기보존본능이 지배하는 세계를 '일상'이라고 할 때, 일상 속에서 '나'의 동일성이 저절로 무너지는 순간이 흔하게 찾아오는 법은 없기 때문이다. 낭시마저도 이렇게 말한다. "우리는 단순한 원자들로 하나의 세계를 이룰 수는 없다. 그 원자들 안에서 편위가 있어야만 한다. 동일자가 타자로, 동일자가 타자로 인해, 또는 동일자가 타자에게 향해 있거나 기울어져 있어야 한다. 공동체는 적어도 '개인'의 편위에서 연유한다."[1]

3

우리를 에로스 속에서 타나토스에 사로잡히게 할, 말하자면 '나'의 보존이 아닌 나와 타인들의 보존으로 향하게 할, 그 어떤 편위란 대체로 죽은 타인의 모습으로 나타난다. 급작스럽게 내게 당도한 죽은 타인의 얼굴처럼, 편위는 우발적이고 외상적이다. 편위는 개체의 보존에 급급하던 일상의 '나'가, 견고하던 자기 동일성으로부터 단박에 분리되게 한다. 그러나 재난과 참사와 거대한 국가폭력이 끊이지 않는 사회의 경우, 그런 순간은 드물지 않다. '나'가 (느닷없는) 타인의 죽음을 목

1 장-뤽 낭시, 『무위의 공동체』, 박준상 옮김, 인간사랑, 2010, p. 26.

도할 때[2]가 그때다. 블랑쇼는 이렇게 쓴다.

> 무엇이 나를 가장 근본적으로 의문에 빠지게 하는가? 그것은 유한한 내 자신에 대한 나의 관계, 즉 죽음으로 향해 있고 죽음을 위한 존재임을 의식하는 내 자신에 대한 나의 관계가 아니다. 그것은 죽어가면서 부재에 이르는 타인 앞에서의 나의 현전présence이다. 죽어가면서 결정적으로 멀어져 가는 타인 가까이에 자신을 묶어두는 것, 타인의 죽음을 나와 관계하는 유일한 죽음으로 떠맡는 것, 그에 따라 나는 스스로를 내 자신 바깥에 놓는다. 거기에 공동체의 불가능성 가운데 나를 어떤 공동체로 열리게 만드는 유일한 분리가 있다.[3]

죽은 타인의 얼굴…… 방금까지 말하고 먹고 사랑하고 피와 온기가 돌던 ('상상적 타자'이자 또 다른 '나'였던) 그 '사람'이, 차갑고 딱딱하고 의지에 따라 움직일 수 없고 믿을 수 없을 만큼 보랏빛이고 터질 듯 붓고 구멍이 뚫렸고 흘리던 피마저 굳어, 동물의 사체 혹은 무기물과 구

2 박준상은 모든 인간의 내부에 있는 타자의 영역이 적나라하게 드러나는 경우를 (낭시와 블랑쇼를 따라) 세 가지로 정리한다. "고통과 죽음, 에로티시즘, 우리 모두의 삶을 떠받치고 있는 이 사건들은, 인간이 아무리 사회화·문화화되고 스스로를 정신적인 존재로 자임한다 하더라도 결국은 자연을 떠나지 못한—또는 언제나 하나의 자연에, 하나의 생명에 불과한—어린아이 또는 '동물'에 불과하다는 사실을 보여준다. 다시 말해 그 사건들은 인간이 문화적으로 결정된 정신적·의식적 자아가 아니라 자아의 타자에 불과함을, 가련하게도 자신의 외부에 매달려 있을 수밖에 없는 자임을, 주변자임을 증거한다. 우리에게 이 세 가지 사건이 없었다면, 우리는 타인과의 만남과 소통이 무엇인지, 공동체가 무엇인지 결코 이해할 수 없다."(박준상, 「환원 불가능한 (빈) 중심, 사이 또는 관계—타자에 대하여」, 『빈 중심』, 그린비, 2008, p. 234) 그러나 그가 말하는 고통과 죽음과 에로티시즘은 유기체의 종족보존본능이 종의 절멸을 예감케 하는 위기 상황에서 강도 높게 작동시키는 '에로스/타나토스' 충동의 세분화된 양태들이 아닐까?

3 모리스 블랑쇼/장-뤽 낭시, 『밝힐 수 없는 공동체/마주한 공동체』, 박준상 옮김, 문학과지성사, 2005, p. 23.

분되지 않는 상태('실재적 타자'[4])가 되었다. 그런 상황에서, 살아 있는 '나'는 내 안의 타자성과 맞대면해야만 한다. 보아라(그러나 어떻게?), 죽음이다. 너는 결코 모를, 그러나 필연코 너도 맞아야 할 죽음이다. 그렇듯 타인의 죽음은('나'의 죽음은 원리상 있을 수 없다. 나의 경험 밖에 있으므로) 내가 '나'로부터 분리되는 경험이고, '나'의 보존이 더 이상 문제가 되지 않고 문제가 될 수도 없는 경험이다. 그런 식으로 "나의 세계를 초월한 절대적인 타자가 나에게 말 건넬 때, 나는 나의 자기만족적인 생활 세계로부터 산산이 분해된다. 그리고 나는 이러한 말 건넴에 응답할 때, 나의 자기중심성과 내 가정Home의 안정성을 포기해야 한다."[5]

4

타인의 죽음 앞에서 종에 대한 심려가 개체에 대한 염려를 압도한다. 존재의 변이는 그럴 때 일어난다. 만약 누군가들이, 가령 5·18 당시 죽은 타인의 사진을 두고 '북한군의 소행' 운운하며 고개를 외로 틀었다면, 그것은 그가 소위 반공 이데올로기에 심하게 호명당한 주체여서만은 아니다. 실은 죽은 타인의 얼굴이 불러일으키는 분리('나'로부터 나의 분리), 내 안에서 일어나는 타자의 융기를 그들은 감당할 수 없었던 것이다. 그들은 타자의 죽음이 요청하는 실존적 결단을 방기했다는 이유로 스스로에게조차 용서받을 수 없다. 타인의 죽음을 외면했으니 그들은 잘 죽지 못하리라. 반대로 누군가 그 시신을 태극기로 감싸

4 '상상적 타자'와 '실재적 타자'의 구분에 대해서는 지젝의 「이웃들과 그 밖의 괴물들」(슬라보예 지젝 외, 『이웃』, 정혁현 옮김, 도서출판 b, 2010, pp. 228~29) 참조.

5 슬라보예 지젝, 같은 글, p. 231.

주었다고 해도 사정은 마찬가지인데, 그럴 때 국가의 깃발은 가면이다. "죽어 가는 자의 몸은 인간이 결국 자기동일적이지 않은 타자라는, 즉 언제나 외부를 향해 있으며 외부에 내맡겨진 자라는 사실의 징표"[6]일진대, '민족'이나 '국가의 이름'('그들의 죽음에도 의미는 있었다!')은 '완전히 낯선' 죽은 자들에 대한 애도라기보다는 그들을 다시 '낯익은' 상징질서 내로 편입시킴으로써 언젠가는 죽을 살아 있는 자들에게 위안을 제공하는 일에 불과할 것이기 때문이다. 그런 의미에서라면 1980년 5월, 광주에서 잠시 발생한 '절대공동체'의 이름과 성격을 두고 일어났던 여러 차례의 상징투쟁은, 모두 본질에서 벗어난 일종의 "기억 횡령"[7] 시도였다. 광주의 공동체는 바로 저 죽은 타자의 얼굴이 명령하고 요청한 윤리에 대해 '(나로부터 분리된) 나'들의 응답이 만들어낸 결과였다. 그들에게는 어떤 목적이나 과제도 없었다. 오로지 타인의 죽음 앞에서 그것이 내린 윤리적 명령에 충실하기 위해 자기보존본능의 위력을 이겨낸 이타적 주체들의 공동체…… 그것은 '에로스/타나토스'의 공동체였다.

5

개인들이 참혹한 '죽은 타인의 얼굴'을 마주했을 때, 즉 "동일자가 타자에게 향해 있거나 기울어져 있"게 만드는 편위가 개인들에게 작용했을 때 일어나는 일들을, 임철우는 이렇게 기록한 적이 있다.

6 박준상, 같은 책, p. 231.

7 오카 마리, 『기억·서사』, 김병구 옮김, 소명출판, 2004, p. 135.

"그 사람의 튀어나온 눈알…… 그걸 보는 순간에, 내가 무슨 생각을 했는지 아냐? 난 그놈들을 죽여버리겠다는 생각밖에 없었어. 너도 알다시피, 난 솔직히 민주주의가 뭔지, 운동이 뭐고, 자유가 어떻고 하는 어렵고 고상한 말 따위는 아직도 잘 모르겠어. 하지만…… 난 인간이 이렇게까지 미쳐버릴 수는 없다는 것, 인간이 다른 인간에게 이렇게까지 해서는 결코 안 된다는 것, 아니 이렇게 미친 자들의 손에 우리 목숨을 맡겨놓을 수는 없다는, 그 사실만은 확실히 믿어. 그뿐이야……"

셋은 한동안 말없이 앉아 있었다.

명기는 슬그머니 손등으로 눈자위를 지웠다. 부끄러웠다. 하지만 명기는 내심 그런 자신의 예기치 못했던 변화에 대해 놀라고 있었다. 그것은 지금껏 한번도 느껴보지 못했던 뜨겁고 강렬한 의지와 용기 같은 것이었다. 그것이 자신의 내면에 숨어 있었다는 사실만으로도 명기는 불현듯 가슴이 불덩이처럼 뜨겁게 달아오름을 느꼈던 것이다. (『봄날 3』, pp. 62~63)[8]

"인간이 다른 인간에게 이렇게까지 해서는 결코 안 된다", 그래서 그 "미친 자들의 손에 우리 목숨을 맡겨놓을 수는 없다"고 말할 때, 작중 '명기'는 인류라는 종에 어떤 구분을 도입한다. 한편에는 그 폭력의 정도에 있어 인류라고 부를 수 없는, 인류의 존속에 위협이 되는 개체들이 있다. 그리고 다른 한편에 그들의 폭력에 의해 절멸의 위기에 처한 동족이 있다. 따라서 명기의 내면에 잠복해 있다가 저 순간 그의 가슴을 불덩이처럼 달아오르게 만드는 그 "뜨겁고 강렬한 의지와 용기"란 나와 같은 종에 속한 인류 전체의 존속을 향해 있다. 종에 대한 심려가

8 임철우, 『봄날 3』, 문학과지성사, 1997, p. 63. 이하 본문에 제목과 쪽수만 표시.

개체에 대한 염려를 넘어선다. 그럴 때, 개체로서의 '나'는 사라지고 타인의 죽은 얼굴이 내게 내린 명령에 응답하는 윤리적인 주체가 그 자리를 차지한다.

6

그리고 그 주체들이 '벌떼'처럼 한자리에 모일 때, 밝힐 수도 없고 불가능하며 도래하고 있으되 완성되지는 않는, 따라서 '유물론이나 사회과학만으로는 결코 설명할 수 없는 절대공동체'[9]가 생겨난다. 임철우는 그 모습도 기록한 적이 있다.

> 감격에 겨운 사람들은 차도로 뛰어내려가 운전석에 앉은 기사들의 손을 움켜잡아 흔들기도 하고, 옆사람을 아무나 부둥켜안고 펄쩍 펄쩍 뛰는 시늉도 하고, 그러다가 엉엉 울음을 터뜨리기도 한다.[10] 명기도 민태도 민호도 똑같이 목이 쉬었다.
>
> "이, 이럴 수가! 얌마, 참말로, 참말로, 저것이 우리 시민들이냐?"

9 "유물론은 결코 5·18이 이루어낸 절대공동체의 정신에 접근할 수 없다."(최정운, 『오월의 사회과학』, 오월의봄, 2012, p. 186)

10 이 문장의 시제는 흥미롭다. 『봄날』에는 이처럼 과거형 시제들 사이로 현재형 시제가 마치 문법적 오류를 무시하듯 튀어나오는 경우가 종종 있다. 특히 죽음을 불사한 시민들의 대열이 형성되는 모습을 묘사할 때 자주 그런 일이 일어난다. 이와 관련해 "항상 현재형으로 회귀하는 사건은 시제가 파괴되어 있다"(같은 책, p. 55)는 오카 마리의 말은 의미심장하다. 5·18에 대한 임철우의 기록은 '사실'이나 '경험'을 향해 있지 않은 것처럼 보인다. 그는 언어화하기 불가능한 '사건' 앞에서 '리얼리즘적 욕망'을 드러내지 않는다. 오히려 그는 의미화 되기 이전의 '체험', 당시 본인을 사로잡았던 '감정' 이전의 '정동'을, 그 강도의 손상 없이 독자에게 전달하려고 의도했던 것으로 보인다. 이에 대해서는 김주선, 「임철우 『봄날』의 재현 형식에 관한 연구」(조선대학교 대학원 박사학위논문, 2016) 참조.

> "됐어! 됐어! 이제는, 이제는, 됐어! 흐으으……"
>
> 명기와 민태는 저도 모르게 울고 있었다. 눈물이 줄줄 흘러내렸다. 눈앞에서 벌어지고 있는 광경이 도무지 믿어지지가 않았다.
>
> '아아, 저들은 어디서 이렇게 기적처럼 나타났단 말인가. 저들이 정말 내가 지금껏 알고 있던, 세상 일엔 그리도 무관심한 것처럼만 보이던 바로 그 시민들이란 말인가. 평소엔 그리도 거칠고 이기적으로만 보이던 사람들. 늘상 무질서하고 무지하며 무기력하게만 보이던 사람들. 하루하루의 생계에만 매달린 채 그저 평범하고 속되게만 살아간다고 여겨왔던, 그 이름없는 사람들이 바로 저들이란 말인가……'
>
> 명기는 믿어지지가 않는다. 그러나 눈앞에서 벌어지고 있는 광경은 결코 기적도 신기루도 아니었다. 명기는 가슴 터질 듯한 감격에 자꾸만 눈물이 솟구쳤다. (『봄날 3』, pp. 197~98)

저 문장들을 인용문 속에 고립시키지 않고 전체 문맥 속에서 읽을 때, 울지 않을 독자는 별로 없다. 그 울음은 존재의 변이를 거쳐 새로운 주체가 탄생하는 장면을 목도한 자의 울음이다. 작중의 군중들도 그래서 운다. "평소엔 그리도 거칠고 이기적으로만 보이던 사람들. 늘상 무질서하고 무지하며 무기력하게만 보이던 사람들. 하루하루의 생계에만 매달린 채 그저 평범하고 속되게만 살아간다고 여겨왔던, 그 이름없는 사람들"이 죽은 타인의 얼굴 앞에서 전혀 다른 주체로 변한다. 그 순간 그들을 사로잡는 것은 이제 더 이상 자기에 대한 염려가 아니다. 종 전체의 존속을 심려하는 그들은 '합쳐지는 기쁨'을 누리는 에로스적 주체들이다. 아마도 마르쿠제나 카치아피카스였다면 저 순간을 '에로스 효과Eros effect'의 전형적인 사례로 꼽았을 것이다. 그러나 또한 그들은 이제부터 죽음을 불사할 주체들이기도 하다. 말하자면 저 장면은 (이런 표현이 가능하다면) '타나토스 효과'가 자기보존에 여념이 없던 익명의 군중들을 사로잡는 순간이기도 하다. 원자적 개인들이 타인에게로 기울어진 주체로 변하는 순간, 그들은 어떤 문턱을 넘어선 셈이다. 죽은 타인의 얼굴은 그 문턱을 넘어서기 위해 '나'가 통과해야만 하는 제의적 사건과 같다.

7

이 새로운 주체의 명칭을 최대한의 조심을 다해 '봉기(蜂起)'의 주체라고 불러도 무방하리라. 우선은 대열을 이룬 그들의 모습이 '일어난〔起〕 벌떼〔蜂〕'의 형상을 닮았기 때문이다.

> 그 자욱한 안개 속을 십만여 명의 시민들은 격렬한 물결을 이루며 숨가쁘게 요동쳤다. 그들은 이제 최루탄도 페퍼 포그도 두려워하지 않았다. 흡사 어떤 불가사의한 힘에 사로잡히기라도 한 것처럼 사람들은 하나의 거대한 덩어리로 뭉쳐 이리 흐르고 저리 솟구치며 끝끝내 제자리를 지키고 있었다. (『봄날 3』, pp. 193~94)

종의 절멸을 초래하는 위기 앞에서(가령 말벌의 침입) "흡사 어떤 불가사의한 힘에 사로잡히기라도 한 것처럼", "거대한 덩어리로 뭉쳐 이리 흐르고 저리 솟구치며 끝끝내 제자리를 지키"는 무리, 그것은 벌떼다. 그 형상에 있어서만 아니라 그 동기(종족의 보존)에 있어서도 저 주체들은 벌떼를 연상시킨다. 따라서 이정로와는 전혀 다른 의미에서[11]

11 5·18을 '봉기'라 부르자고 가장 먼저 제안한 이는 이정로였다. "광주의 명칭을 회복할 것을 강력히 제안한다! 명칭을 회복할 때에만 광주봉기의 의의와 한계를 노동자계급의 관점에서 철저

5·18을 '봉기'라 부른 한보희의 논의는 반드시 경청해둘 필요가 있어 보인다. 그는 우선 자신이 사용하는 '봉기'라는 말의 의미를 "직역하면 '(인민들이) 벌떼처럼(蜂) 일어난다(起)'는 뜻이다. 이는 봉기하는 사람들의 무리가 벌떼처럼 보인다는, 그 외관이나 기세의 유사성에서만 선택된 비유는 아닐 것이다"[12]라고 전제한 후, 이렇게 덧붙인다.

> 봉기의 핵심은 바로 이것이다. 개체를 넘어서는 생명(trans-individual life)! 개체의 생명이 아니라 개체를 초과하는 생명이 위기에 처할 때, 그러한 초-개체적 생명을 위해 자신의 생명을 내던져 싸우려는 개체들의 무리와 그들의 행동이 '봉기'라면, 봉기의 진정한 주체는 개체도 아니고 개체들의 총합도 아닌 바로 그 초-개체적 생명이라고 할 수 있다. 봉기란 개체를 초월하는, 그러나 개체 없이 따로 독립해 존재할 수 있는 것은 아닌 어떤 생명의 일어남(깨어남)이다. 그런데 아이러니하게도 그런 초-개체적 생명은 봉기하는 벌 개체들의 입장에선 일종의 '치사적 인자(lethal factor)'

히 평가할 수 있다. 그리고 명칭을 회복해야만 모든 영역에서의 기회주의적 관점과 철저히 투쟁할 수 있다. 명칭을 회복해야만 광주문제에 대한 적당한 타협선을 찾는 자유주의자들의 잘못된 시각과 분명한 선을 그을 수 있다. 이제 우리 모두 그날의 투쟁을 '광주민중무장봉기'라고 부르자! 칼날처럼 곤두선 그날의 구호처럼 우리의 문제의식도 예리하게 갈아서, 총을 든 것을 '무장'이라 하고, 적을 향하여 투쟁에 떨쳐나선 것을 '봉기'라고 부르자!"(이정로, 「광주봉기에 대한 혁명적 시각 전환」, 『노동해방문학』 1989년 5월호, p. 39) 그러나 그의 제안은 오카 마리의 어법을 따를 때 명백한 '기억의 횡령' 시도이다. 그에 대한 비판은 낭시의 다음과 같은 문장으로 간단히 대신하되, 이 글에서 사용하는 '봉기'라는 용어가 이정로가 제안한 '봉기'와는 가능한 한 먼 곳을 지시한다는 사실만은 강조해둔다. "공동체는 어떤 의미에서는 저항 자체, 즉 내재성에 대한 저항이다. 결과적으로 공동체는 초월성이다. 어떠한 '신성한' 의미도 갖지 않는 그 '초월성'은 정확히 내재성에 대한(모든 자들의 연합에 대한, 또는 하나 또는 몇몇 사람을 배제하려는 정념에 대한, 주체성의 모든 형태와 모든 폭력에 대한) 저항 이외에 다른 어떠한 것도 의미하지 않는다."(장-뤽 낭시, 같은 책, p. 86)

12 한보희, 「봉기와 애도」, 『공동체의 경계』, 박경섭 외, 전남대학교출판부, 2016, p. 164.

로 작용할 수밖에 없다.[13]

한보희가 말하는 '초-개체적 생명'이 인류라는 종, 그리고 그들이 만든 공동체임을 추론하기는 어렵지 않다. 인류의 절멸을 예감할 정도로, 인간성의 범주를 완전히 넘어서버린 막대한 국가폭력("인간이 다른 인간에게 이렇게까지 해서는 결코 안 된다") 앞에서 개체들은 이제 '나'를 넘어선(탈존적인) 주체가 된다. 종족보존본능이 자기보존본능을 초과한다. 왜냐하면 그들이야말로 이미 살펴본 대로 죽은 타자의 얼굴과 대면한 적이 있는, 그래서 '나' 안의 타자성에 심하게 노출된 자들이기 때문이다. 박준상이 "타자는 문화 내에서 규정될 수 없는, '우리'의 공동의 탈존을, 문화의 틀을 뚫고 나오는 자연적 생명의 움직임을 지정한다. 타자는 의식에 따라 이해되고 해명되기 이전에 직접적으로 감지되는 '우리' 공동의 자연성, 나아가 동물성 가운데 표현된다"[14]라고 말할 때 지시하고자 했던 바도 이와 같을 것이다. '우리 공동의 자연성(그것이 우리 안의 타자다)'에 노출된 자들, 봉기란 그처럼 탈존적이면서도 타자 지향적인 주체들의 일어섬을 의미한다. 그리고 그 주체들은 죽음 앞에서도 망설이지 않는다. 아니 엄밀하게 말해, 주체의 성격이 바뀐 이상(개체가 주체로) 죽음 앞에서도 그들은 망설일 수조차 없다. '에로스/타나토스 효과'가 주체에게는 다시는 넘어설 수 없는 불가역적 문턱이 된다는 말은 이런 의미이다.

13 한보희, 같은 글, p. 165.

14 박준상, 같은 책, p. 238.

8

그런데 저 벌떼처럼 봉기한 주체들의 대열은 왜 축제 행렬이면서 동시에 장례 행렬인가? 그들은 왜 울면서 웃는가? 그들은 왜 공포와 불안 속에서만 충만한 해방감을 향유하는가? 『봄날』의 기록에 따르면 봉기의 주체들은 항상 이 모순적인 양가감정에 사로잡혔다.

> 입을 반쯤 벌린 채 잠들어 있는 아이의 흰 꽃잎 같은 얼굴을 들여다보면서, 무석은 불현 듯 저도 모르게 목구멍으로 치밀어오르는 알 수 없는 격한 감정에 휩싸여 침을 꿀꺽 삼켰다. 그것은 불덩이처럼 뜨거운 감격 같기도 하고, 얼음처럼 차가운 분노와 설움의 덩어리 같기도 했다. (『봄날 3』, p. 133)

> 무석은 조금 전 그들을 보고 장례식의 추모 행렬 같다고 느꼈던 자신의 생각을 수정했다. 이제 보니, 그것은 열기에 들뜬 한바탕 축제의 행렬 같기도 했다. 분명 이 순간 뭔가 강렬하고 불가사의한 힘이 그들을 지배하고 있었다. 놀랍게도 그 수많은 사람들의 얼굴엔 공포의 흔적은 거의 보이지 않았다. 구호를 따라 외치고, 손뼉을 치고, 노래를 부르고…… 그러다가 와르르 웃음을 터뜨리기도 하는 시민들의 모습에서는 어떤 여유 같은 것마저 보인다.
>
> 어떻게 된 일일까. 다시 한번 무석은 어리둥절해졌다. (『봄날 3』, p. 137)

> 무석은 믿어지지가 않는다. 도대체 어디서 이렇게 끝없이 쏟아져나오는 것인가. 무엇이 이들을 저마다 엄청난 두려움에 떨면서도 거리로 밀려나오도록 만드는 것일까. 까닭 모를 희열과 함께 무석

은 두 다리가 후들거려옴을 느꼈다. (『봄날 3』, p. 151)

그들을 사로잡은 정념은 "불덩이처럼 뜨거운 감각"이면서 동시에 "얼음처럼 차가운 분노와 설움"이다. 추모 행렬이 일순 축제의 행렬로 변하고, 방금까지 굳은 얼굴로 공수부대의 바리게이트를 향하던 사람들이 "와르르 웃음을 터뜨리기도" 한다. "엄청난 두려움"이 "까닭 모를 희열"을 동반한다. 이 모순적인 양가감정을 이해할 수 없어 임철우는 『봄날』 곳곳에 서술자로 개입해 많은 의문문과 감탄문들을 쓰고('……은 …… 무엇이었을까?' '어떻게 …… 수 있었을까?' '……란 말인가'), 중문과 복문들을 쓰고 ('…… 같기도 하고 …… 같기도 한 ……' '……이면서도 ……이고' '……인 듯하지만 ……은 아닌'), 시제의 일관성을 허물어뜨린다(앞의 '각주 10' 참조). 그러나 무의식 속에서 임철우는 그 모순적인 감정의 정체를 알고 있었던 듯하다. 세번째 인용문에 사용된 '희열'이라는 단어(임철우가 라캉을 모르는 채로 발설한)가 그 증거다.

9

희열jouissance…… 죽음을 불사하는 쾌, 에로스와 타나토스에 동시에 사로잡힌 주체의 법열, 대타자(법, 이데올로기, 아버지의 이름)의 결여를 보아버린 자의 분리적 탈존 상태…… 그 무엇이라고 부르건 저 강렬하면서도 모순적인 정념은 '나'의 동일성 상실과 관련된다. 말하자면 '나'를 이루던 모든 '근거Grund'가 사라진 자리에서 발생하는 공포와 해방감의 동시 병존, 그것이 저 모순적인 정념의 기원이다. 후쿠시마의 3·11 대지진을 염두에 두고 행한 강연에서 사사키 아타루는 하이데거의 「근거율」을 인용하며 이런 발언을 한 적이 있다.

> 근거라는 것은, 혹은 이성과 토대라는 것은 독일어로 '기초'입니다. 'Grund.' 영어에서 말하는 'ground'입니다. 즉 '대지' '토지'와 같은 말이군요. 다리가 발 딛는 이 대지가 근거이자 이유이며, 이성을 움직이는 무엇입니다.[15]

대지진은 지반Grund을 붕괴시켰다. 땅으로서의 지반만이 아니라 '이성의 근거'로서의 지반도 붕괴시켰다. 그러나 그런 의미에서라면 5·18도 대지진이었다. 4·19도 4·3도, 4·16도 대지진이었다. 저 죽은 타인의 얼굴들 앞에서, 그 얼굴이 요구하는 윤리적 명령 앞에서, '나'를 나로서 유지하기는 불가능하기 때문이다. '나'는 근거 없다. 공포와 해방감의 병존은 바로 그 근거의 사라짐에서 유래한다. 어떤 근거도 없는 곳에서 주체는 항상 두렵고 불안하다. 대타자의 지침이 사라진 곳, 모든 법이 정당성을 상실한 곳, 사유와 행위에 그 어떠한 이유도 없는 곳은 마치 지반이 사라진 건축물처럼 위태롭다. 그래서 해방구 안에서도 사람들은 애국가를 부르고, 시신을 태극기로 덮고, 총기를 회수한다. 근거를 부르고 근거를 회수하고 근거를 덮는다. 그러나 그 근거라곤 없는 공간은 또한 해방구이기도 하다. 국가도 이데올로기도 법도 그곳에서는 문제가 되지 않는다. 다만 전혀 새로운 법, 전혀 새로운 세계, 타자에게로 기울어버린 '공동-내-존재'들의 무대가 바로 거기이기 때문이다. 그래서 일시적인 절대공동체 안에서 사람들은 총을 들고, 자치기구를 만들고, 죽음과도 친구가 된다. 엄밀한 의미에서 '공동체'란 바로 그 '근거 없음' 위에, '일시적으로' 세워진다.

15 사사키 아타루, 「부서진 대지에, 하나의 장소를」, 『사상으로서의 3·11』, 쓰루미 슌스케 외, 윤여일 옮김, 그린비, 2012, p. 60.

10

근거가 사라진 공동체가 얼마나 아름다울 수 있는지를 최정운은 이렇게 기록한다.

> 당연히 이곳에는 모든 개인이 지고의 존엄성을 인정받는 이상 계급도 없었다. 나아가서 이곳에는 개인이 죽음의 공포로부터 자유로운 이상 유한성이 극복되고 시간이 아무런 의미를 갖지 않는 영원의 공간이었다. 또한 죽음의 공포를 절대공동체로 극복하는 경험은 모든 세속적 감각과 번뇌로부터의 해방이었다. 여기에는 우리의 일상생활의 모든 욕망과 이상은 아무런 의미가 없는 전체적인 삶, 그 자체만이 있을 뿐이었다.[16]

근거가 사라진다는 말은 모든 위계와 분류가 사라진다는 말이기도 하다. 위계화와 분류란 항상 근거에 따라 행해지기 때문이다. 심지어 삶과 죽음의 구분도 없고, 번뇌와 욕망도 없다. 따라서 근거가 사라진 공동체에 '몫이 없는 자들'(랑시에르)이 있을 리 없다. 몫을 배분하기 위해서도 근거가 필요하니까. 1980년 5월 27일, 마지막까지 전남도청을 지키던 사람들 중의 다수가 소위 '몫이 없는 자들'이었다는 점은 그런 의미에서 시사적이다. 그들은 총을 놓지 않았고, 죽음을 택했다. 정확히는 총을 놓지도, 죽음을 피해가지도 '못했다'. 왜냐하면 그들은 주체성의 어떤 문턱을 넘었던 것이다. 그 넘어섬은 불가역적이어서 일단 넘어선 이상 그들은 이전의 주체로 되돌아갈 수는 없다. 박경섭은 이를 랑시에르의 어투를 빌려 이렇게 풀어 쓴다.

16 최정운, 『오월의 사회과학』, 오월의봄, 2012, p. 186.

> 시위대에 합류하고 시민군이 된다는 것은 어떤 자격이 필요한 것이 아니었다. 이것이 공동체에 생동감을 부여한 것이다. 고아, 양아치, 직업이 없는 사람들이 공동체를 지키기 위해서 최전선에 나섰다. 해방 공간에서 기존의 질서와 권위, 권력이 녹아내린다. 〔……〕 해방 공간에서 자격 없는 자들이 자격을 얻고, 공동체 방어를 통해 스스로가 전혀 다른 사람, 시민이라고 부를 수 있는 자가 된다. 이들 중 일부가 26일에서 27일 최후항전에서 공동체를 위해 자신의 몸을 희생했다.[17]

고아, 양아치, 직업이 없는 사람들, 심지어는 마르크스마저 보류하거나 미분류 상태로 내버려두었던 바로 그들이 공동체의 최전선에 있었다. 공동체는 '몫이 없는 자들', 심지어 단 한 번도 존재해본 적이 없는(사회 속에 그들의 위치가 없었고, 치안 속에 그들의 장소가 없었으며, 언어의 가청권 내에서 그들의 목소리가 들리지 않았으므로) 비존재들에게 몫을 주었다. 그리고 비존재가 존재가 되는 경험을 한 이상, 그 존재가 다시 비존재로 돌아갈 수는 없는 노릇이다. 따라서 그들에게 "총을 버린다는 것은" "이미 달라져 버린 자기 자신을 부인하는 것이었다. 총을 들고 죽음을 무릅쓰고 몸을 바쳐 지키고자 한 것은 바로 자신과 공동체, 아니 공동체의 일부가 되어버린 자신이었다."[18] 그러나 결국 그 총이 문제였다.

17 박경섭, 「광주오월항쟁의 마음과 공동체」, 『공동체의 경계』, p. 133.

18 박경섭, 같은 글, pp. 136~37.

11

최정운은 1980년 5월 20일부터 단 하루 동안 지속되었던 '절대공동체'가 '총'과 함께 균열되기 시작했다고 말한다.[19] 총은 최초로 공동체의 구성원들을 분류한다. 총을 든 자와 들지 않은 자, 새로운 법을 꿈꾸는 자와 새로운 법 앞에서 주저앉는 자, 투항하려는 자와 싸우는 자…… 총은 그런 의미에서 되찾은 '지반'이고 재도입된 '근거'다. 그리고 이 최초의 분류로부터 여러 분류들이 파생된다.

> 27일 도청에서 붙들려 상무대 영창에서 고문과 심문 과정에서 그들은 군부에 의해 인격적 성분이 분석되고 폭동에 대한 가담 정도에 따라 분류되었다. 아니 이미 항쟁기간 동안 군부는 온갖 선전과 조작극(대표적으로 5월 25일 아침 도청의 독침 사건)을 통해 간첩과 폭도와 선량한 시민을 분리하려 했으며, 총을 든 자와 그렇지 않은 자를, 도청에 있는 사람과 그렇지 않은 사람을 구별하고자 했다. 그들은 27일 도청에서 최후까지 공동체를 지키기 위해 싸우다 붙들린 사람들의 등에 '극렬분자, 총기휴대' 등의 글씨를 써서 분류하고 수습했다. 합동수사본부의 폭압적인 수사와 심문과 고문에서는 항쟁에 참여한 이들은 더욱 세심하게 지도부와 비지도부, 수습위의 강경파와 온건파, 간첩과 내란음모자와 단순 가담자로 분류되었고, 이러한 분석과 분류의 최종 작업은 결국 특별법 제정과 5·18 피해자 보상 과정에서 국가 유공자와 그렇지 않은 자로 분류되면서 끝을 맺었다.[20]

19 최정운, 같은 책, pp. 187~88.

20 박경섭, 같은 글, pp. 137~38.

구분과 분류가 또 다른 구분과 분류를 낳고, 이 과정에서 공동체는 다시 확고한 '근거'를 획득한다. 법이 다시 서고, 대타자가 귀환하고, 치안이 회복된다. 많은 이들이 그 일시적이었으나 황홀했던 공동체에 어떻게든 정체성을 부여하려 함으로써 (폭동, 민주화 운동, 항쟁, 봉기) 기억의 횡령죄를 범하기 시작하고, 그 와중에 다시 일상이 시작되는 날들의 어느 즈음, '초월적-개체의 생명'을 향해 기울어져 있던 '나'들은 다시 자기보존본능의 감옥으로 복귀한다. 공동체는 그렇게 종결된다. 아니 잠정 중단된다. 그리고 (인정하고 싶지 않지만) 아마도 진정한 의미에서의 공동체가 지닌 일반적인 운명이 저와 같을 것이다.

12

어떤 내재성에 따라 규정되는 공동체(인종과 계급은 그 가장 극렬한 형태다)만이 견고하고 지속 가능하다. 그러나 낭시는 "관계(공동체)가 존재한다면, 그것은 오직 자신의 원리 속에서 절대적 내재성의 독재를 무너뜨리는 것일 수밖에 없다"[21]고 말한다. 공동체는 공유된 어떤 내재적 본질에 따라 견고한 형태로 세워지는 것이 아니다. 그렇게 세워진 공동체는 말의 엄밀한 의미에서 공동체일 수 없다. 그 어떤 '본질'도 '비본질'을 상정하지 않을 수 없고, 따라서 공동의 것일 수 없기 때문이다. 그러므로 '共同體'를 '空洞體'로 표기하곤 하는 논자들의 말놀이를 단순한 유희로 치부해버려서는 곤란하다. 1980년 5월의 광주가 그랬듯, 공동체는 그 어떤 근거도 본질도 내재하지 않는 곳에서, 죽은 타

21 장-뤽 낭시, 같은 글, p. 27.

인의 얼굴과 함께 '항상' 출현한다. 공동체가 모습을 드러내는 곳이 거의 예외 없이 거대한 '애도'의 자리였던 것도 그런 이유 때문이다. 참사, 국가폭력, 재난이 있는 곳이라면 어디서나 불현듯 공동체는 그 모습을 드러낸다. 우리 안의 종족에 대한 심려가 '에로스/타나토스 효과'를 증폭시키는 것은 그와 같이 종이 위험에 처해 있을 때다. 근거가 사라진 공동(公同, 空洞)의 위기 상태가 역설적으로 공동체의 모태다. 그것이 레베카 솔닛의 감동적인 문구가 지닌 함의이기도 할 것이다. "재난 속에서 섬광처럼 스쳐 지나가는, 짧은 유토피아와도 같은 세상."[22] 그러나 바로 그와 똑같은 이유로 공동체는 또한 일시적이다. 만약 공동체가 모든 내재성에 대한 저항이라는 낭시의 말이 맞다면, 공동체는 또한 자기 자신에 대해서도 저항해야 하지 않겠는가. '공동체'란 단어 앞에 '불가능한'(블랑쇼), '무위'(낭시), '도래하는'(아감벤) 같은 부정 의미의 수식어가 따라붙는 것도 그런 이유다. 공동체는 이중적 의미에서 '애도 작업' 그 자체라고 말할 수도 있으리라. 죽은 타인의 얼굴에 대한 애도와 함께 출현하고, 그 자체가 끝나지 않는 애도의 대상으로서 사라지는 것이 공동체이기 때문이다.

13

죽은 타인의 얼굴에 대한 종결 없는 애도. 만약 공동체에 대해 문학 역시 어떤 책임을 져야 한다면 여기가 바로 그 지점이다. 혹자는 말한다. 죽은 타자의 얼굴은 글쓰기에 대해 '애초부터' 구성적이라고……

22 레베카 솔닛, 『이 폐허를 응시하라』, 정해영 옮김, 펜타그램, 2012, p. 459.

“왜냐하면 우리는 언제나 누구에겐가 쓰기 때문”[23]이고, “가장 고독한 작가는 오직 타자만을 위해”[24] 쓰기 때문이라고…… 또 혹자는 말한다. 문학은(특히 소설은) ‘애초부터’ 근거가 사라진 시대(루카치)가 낳은 글쓰기이고, 오르페우스 시절부터 ‘이야기’란 항상 애도의 산물이었다고…… 물론 불가능한 공동체가 우리에게 명하는 바를 글로 쓰려는 이들에게 가장 위안을 주는 말은 ‘문학의 공산주의’에 관한 낭시의 발언들이리라. 문학이, 혹은 글쓰기(에크리튀르) 자체가 ‘애초부터’ 공산주의적 실천의 일환일 수밖에 없다는 요지의 그 말들…… 모두 맞는 말이다. 그러나 ‘애초부터’란 말은 얼마나 편리한가. 그러니 글을 쓰는 일을 ‘애초부터’ 윤리적인 행위로 특권화함으로써 글 쓰는 이들에게 ‘선험적’인 안도감을 선사하곤 하는 저 이론적인 언설들보다, 오늘은 차라리 세월호 참사의 애도 한복판에서 발언된 한보희의 뜨거운 몇 문장을 옮겨본다.

> 말이란 도대체 무엇이겠는가. 죽어가는 자와 죽은 자에게 우리가 우리의 영혼을 담은 어떤 소리들—노래와 이야기들—이외에 달리 무엇을 줄 수가 있겠는가. 언어(이름과 추억)의 형식을 취하지 않고서야 그들이 어떻게 우리 곁에 남아 있을 수 있겠는가. 그처럼 죽은 자들, 부재하는 것들과 우리가 공유하는 생명이 아니라면, 언어란 것은 도대체 무슨 소용이 있겠는가. 산 자들과의 관계에선 언제나 말보다 행동, 말보다 실물이 중요하지 않던가. 말이 마음을 형성하고 마음을 움직이고 마음에 상처를 입힐 때, 마음이란 우리 육체에 가장 깊이 달라붙어있는 말이고 우리 존재 가장 심층에

23 장-뤽 낭시, 같은 글, p. 97.

24 장-뤽 낭시, 같은 글, p. 149.

놓여있는 공동(空洞)과의 관계가 아니고 달리 무엇일까.[25]

25 한보희, 같은 글, p. 183.

'총'이라는 물건
—'사건'으로서의 5·18과 '총'

1. 1980. 5. 21. 남평지서

미국 평화봉사단으로 한국에 파견되어 1979년부터 1981년까지 전남 나주의 나환자촌에서 봉사 활동을 했던 폴 코트라이트Paul Courtright의 회고록에는, 1980년 5월 21일 나주 인근 남평지서에서 벌어진 기묘한 상황이 아래와 같이 묘사되어 있다. 이 글은 이 장면의 기이함이 불러일으킨 몇 가지 의문을 계기 삼아 쓰게 된 것으로, 필요에 따라 그 부분을 다소 길게 요약해본다.

> 무기 문제로 논쟁을 하던 군중들은 자신들을 지키기 위해서는 무기가 필요하다는 측과 군인들의 보복이 우려되기 때문에 무기를 들어서는 안 된다는 측으로 확연하게 갈렸다. 〔……〕
>
> 사람들이 무기고에 있던 총과 탄약을 전부 밖으로 끄집어냈다. 일부는 도로 위에 쌓였고, 어떤 무기는 주민들의 손에 쥐어지거나 버스에 타고 있던 시위대의 손에 들려졌다. 함성은 없었으나 사람들의 열정은 대단했다. 무기를 둘러싼 군중은 200명이 넘었다. 그때 네 명의 민간인이 탄 군용 지프 한 대가 군중 쪽으로 접근했다. 그중 두 사람이 내리더니 군중 속으로 들어왔다. 행동만으로도 리

더의 카리스마를 느낄 수 있었고, 사람들은 그들에게 길을 터주었다. 그중 한 사람이 중앙으로 나오더니 무기 더미를 응시했다.

"무기를 반납합시다. 여러분들이 무기를 들게 되면 군인들은 보복할 명분을 갖게 되고 결국 우리 모두는 죽을 겁니다."

점잖지만 힘이 들어간 목소리였다. 순간 침묵이 흘렀다. 잠시 후, 대부분의 사람들이 동의하는 표정을 지었다. 사람들은 순순히 무기를 내려놓기 시작했다. 그때, 어느 노인이 나와서 무기 더미에서 총을 하나 잡더니 이렇게 외쳤다.

"우리가 무기를 반납하면 그놈들은 이 무기를 이용해서 우리를 죽일 겁니다. 이 무기들은 전부 부셔버립시다."

엄숙하던 분위기가 일순간에 축제 분위기로 바뀌었다. 남녀노소 할 것 없이 무기 더미에서 소총을 잡아들었다. 그들은 소총을 거꾸로 잡고 무기 상자를 힘차게 내려쳤다. 상자가 깨져서 사방으로 날아갔다. 그들은 무기를 분해해서 부품을 구부리거나 긁어버려서 사용할 수 없도록 만들었다. 내 주변의 사람들도 우르르 달려들었다. 정의를 위한 파괴 작업이었다. 그들의 표정은 만족감으로 가득 차 있었다. 마지막 소총이 망가뜨려지자 사람들은 환호성을 질렀다. 무기고가 열리고 모든 무기를 폐기시키는 데까지 채 한 시간도 걸리지 않았다.

〔……〕 사람들은 오늘 하루 일은 못해 가족들에게 가져갈 돈은 벌지 못했지만, 이 감동적인 일을 함께하고 성공하는 데 기여했다는 것에 기뻐하는 것 같았다. 길 위에 쌓인 무기 부품들의 잔해는 특별한 이날을 기념하는 자랑스런 전리품이었다.[1]

1 폴 코트라이트, 『5.18 푸른 눈의 증인』, 최용주 옮김, 한림출판사, 2020, pp. 82~83.

저 장면의 기이함이 (최소한 필자로서는) 처음 읽는 자료의 '낯설음' 때문인 것만은 아니다.[2] 우선 논리적으로 '어느 노인'의 말에는 설득력이 없다. 이미 광주에서 온 시위대에 의해 집단 발포의 참상을 들은 후인 바에야, M16과 장갑차로 중무장한 공수부대원들이 멀리 남평까지 와서, 그것도 재래식 무기들을 탈취해 시민을 살상할 리 없다는 것쯤은 누구나 유추해낼 수 있는 사실이다. 그러나 군중은 아무런 논리적 저항 없이 그 말을 받아들인다. 그러고는 총이라는 '물건'을 분해하고 구부리고 긁어서는 "사용할 수 없도록" 만든다. 이어지는 상황은 일종의 축제 상태다. 망가진 총을 전리품으로 남긴 이 기이한 축제 장면을 코트라이트는 버스 터미널에서도 본 적이 있다고 기록한다. "오래된 한복 차림의 할머니들도 같이 어울려서 춤을 추기 시작했다. 마치 강력한 전류 한줄기가 버스에 탄 젊은이들을 통해 거리에 모인 군중들에게, 그리고 마침내 나에게 전달되고 있는 것 같았다. 모두가 아찔한 희열에 도취되고 있었다. 보잘것없는 작은 이 마을이 그 순간 우주의 중심이 된 것 같은 느낌이었다."[3]

'항쟁파'와 '수습파'의 이분법도 문제가 되지 않고, 논리적 모순과 심리적 양가성도 금세 허용되는 저 장면들의 '아찔한 희열(아마도 일종의 주이상스jouissance[4])과 도취', 그 앞에서 정신분석학자라면 (최대한의 조

2 필자가 5·18 관련 사료에 대해 과문한 탓인지 모르겠으나, 5월 21일 남평지서에서 저런 상황이 있었다는 기록은 읽은 적이 없다. 가령 『광주오월민중항쟁사료전집』(한국현대사사료연구소 엮음, 풀빛, 1990. 이하 『전집』)에 실린 최인영 씨의 증언은 다음과 같다. "우리를 본 남평 주민들은 무기고를 열 수 있도록 도끼를 갖다 주기도 했다. 경찰서 건물 뒤에 무기고라 씌어진 창고가 있었다. 우리는 도끼로 무기고 문을 열고 가지런하게 세워진 카빈총 20여 정과 탄알 박스 7,8개를 들고 나왔다. 카빈총 사이에는 M1 몇 정이 끼여 있고 수류탄은 보이지 않았다."(『전집』, p. 378)

3 폴 코트라이트, 같은 책, p. 78.

4 '쾌락원칙 너머의 쾌, 죽음을 불사하는 쾌', '에로스(삶의 충동)와 타나토스(죽음 충동)가 구별 불가능해지는 지점' 정도로 번역 가능한 라캉의 개념이다.

심을 다해서! 왜냐하면 정신분석학은 어둡고 비루한 세계의 해석학이므로) 무슨 말인가 하고 싶어질 수도 있겠다. 가령 '증상' 같은 단어 말이다.

2. 법보존적/법정립적 '축제'

프로이트에 따를 때, 꿈도 증상도 '타협 형성물'이다. 물론 타협은 욕망과 현실 사이에서 발생한다. 쾌락원칙에 종속된 욕망은 모든 금기를 넘어서 대상을 추구한다. 그러나 현실은 대타자(아버지의 이름, 법, 금기)가 이미 선험적으로 구획해놓은 상징질서에 의해 작동한다. 아니 그 상징질서가 곧 현실이다. 현실 속에서 주체는 항상 그 상징질서의 어떤 위치와 자신을 동일시(상징적 동일시)하게 마련인데, 그런 의미에서 욕망은 제약당하고, 타협적으로만 충족될 수밖에 없다. 고통을 유발하지만 주체에게 이득도 없지 않은 '증상' 역시 ('승화'와 함께) 그 타협 형성물 중 하나이다.

1980년 5월 21일 남평지서에서 일어난 저 상황이 일종의 증상이라면 남평의 면민들이 욕망했던 것은 무엇이고 그들을 가로막았던 것은 또 무엇이었을까? 코트라이트의 기록을 축자적으로 읽을 때 그들이 욕망한 것은 '총'이었다. 그리고 그들을 가로막은 것은 첫눈에도 "리더의 카리스마를 느낄 수 있었"던(이 표현은 아마도 정신분석학자에게는 '초자아'의 의인화처럼 읽히리라) 어떤 이의 입에서 발화된 "명분", 곧 '법'이었다. "무기를 반납합시다. 여러분들이 무기를 들게 되면 군인들은 보복할 명분을 갖게 되고 결국 우리 모두는 죽을 겁니다."

'총을 들면 (국가에게) 죽일 명분을 준다.' 언뜻 평범해 보이는 이 말에는 제법 심오한 법철학적 함의가 숨겨져 있다. 총기 회수의 임무를 부여받은 수습파의 일원으로 보이는 저 사내의 말을 발터 벤야민의 어법으로 다시 번역해볼 수도 있겠다. '국가만이 유일하게 합법적으로 폭력을 행사할 수 있다. 국민이란 모든 폭력의 권리를 국가에 위임한 자들의 집합이다. 바로 그 위임이 무차별적 인민을 국민이게 한다.' 따라서,

> 법은 개인들의 수중에 있는 폭력을 법질서를 위협하는 위협으로 간주한다. [……]
>
> 이와는 반대로 개인들에 맞서 폭력을 독점하려는 법의 이해관계는 법적 목적들을 보존하려는 의도가 아니라, 오히려 법 자체를 보존하려는 의도에 의해 설명된다는 놀라운 가능성을 고려해 볼 수 있을 것이다. 곧 법의 수중에 있지 않을 때의 폭력은 그것이 추구할 수도 있는 목적들 때문이 아니라 그것이 법의 바깥에 현존한다는 사실 자체 때문에 법을 위협한다.[5]

폭력은 그 목적의 옳고 그름을 떠나, 개인들의 수중에 있을 때 법질서에 대한 위협이다. 법은 그들로부터 폭력을 위임받은 국가에 의해 합법적으로 행해지는 '법보존적 폭력'만을 용인한다. 벤야민이 보기에 법의 목적은 오로지 법의 보존 그 자체이기 때문이다. 반면 실정법 바깥에서 이루어지는 폭력, 즉 '법정립적 폭력'[6](가령 제헌의회나 과도정부)은 현존하는 법의 파괴 위에 새로운 법을 세우려는 시도, 곧 불법적 폭력이 된다.

5 발터 벤야민, 「폭력의 비판을 위하여」, 자크 데리다의 『법의 힘』 부록, 진태원 옮김, 문학과지성사, 2004, p. 144.

6 벤야민은 이 두 폭력 외에도 '신화적 폭력'과 '신적 폭력'에 대해 거론한다. 그에게 궁극의 폭력, 메시아적 폭력은 모든 폭력을 종식시키는 폭력, 곧 '신적 폭력'이다. 아마도 이전 시대의 마르크스주의자라면 '프롤레타리아 혁명'에서 그와 같은 폭력의 가능성을 찾았으리라. 그러나 이 글은 그와 같은 '믿음' 속에서 쓰이고 있지 않다.

다시 남평지서 장면으로 돌아가서, 면민들이 애초에 무엇을 욕망했는지는 이제 분명하다. 그들은 총을, 법의 보존을 위해 국가에 위임했던 폭력의 회수를 의도했다. 알려진 바와 다르게 총기 (탈취가 아니라) 회수는 오히려 시민들이 시도했던 셈인데, 그러나 긴 세월 반공주의와 국가주의라는 대타자의 법에 호명된 채 살아온 그들이다. 국민이라는 상징적 위치, 빨갱이와는 다른 주체라는 상징적 위치가 그 욕망을 가로막는다. 그 순간 타협이 이루어진다.

말하자면 그들은 그날 법보존적 폭력과 법정립적 폭력 사이에서 분열하고 갈등했다. 위임했던 폭력을 회수하려는 폭력과 위임받은 폭력을 재회수하려는 폭력 간의 갈등, 그리고 그 갈등의 타협 형성물, 그것이 증상이라고밖에는 달리 말하기 힘든 바로 그 희열과 도취의 축제였다. 분해하고 구부리고 긁어버림으로써, 즉 총으로부터 폭력으로서의 기능을 삭제시키는 축제를 통해 그들은 법보존적 폭력을 '상상적으로' 무력화시켰다. 그것은 욕망의 실현이었다. 그러나 동시에 그들은 자신들의 폭력이 '법정립적'이게 만드는 위험 부담을 피해 갔는데, 왜냐하면 그들은 국가에게 위임한 폭력을 무력화시켰을 뿐 회수하지는 않았기 때문이다. 실현되면서 동시에 제어된 욕망, 그날의 희열과 도취를 일종의 증상이라 명명하는 것은 그런 이유다.

3. 탄창 없는 총

혹자는 남평지서 에피소드는 예외적이었을 뿐 화순, 나주, 백운동, 효덕동 등지에서는 시민군이 오로지 동족을 구하겠다는 일념으로 한 치의 망설임 없이 국가로부터 폭력을 회수하지 않았느냐고 반박할 수도 있겠다. 그러나 식민지 경험을 했고, 전쟁을 겪었으며, 오래 군부

독재 치하를 살았던(그러니까 한 세기 가까이 총의 공포 속에서 살았던) 1980년의 한국에서, 자신이 위임했던 폭력을 국가로부터 회수하겠다는 욕망을 당당하고 일관되게 드러내는 주체가 단박에 등장하는 것은 쉬운 일이 아니다. 게다가 어떤 정치적 사건이 민중들의 의식을 단절적이고 비약적으로 일깨운다는 신화는 사후에 부여되는 공식 기억의 서사일 경우가 많다.[7]

가령 김정한의 경우 그와 같은 일종의 영웅서사를 이론적으로 재가공하기도 하는데, 그는 초기 반공과 자유민주주의 이데올로기 내에서(법보존적으로) 사유하고 저항하던 시민들이, 이후 총을 들면서 '형제공동체'를 '일반적 타자'로 삼은 주체로 변화하고, 마지막 국면에서 죽음을 각오한 정치적 (법정립적) 주체로 도약한다는 단계론적인 논의를 전개한다.[8] 그러나 2021년 5·18민주화운동기록관에서 발간된 『오월 일기』를 검토해보면 사실상 그런 일은 일어나지 않았거나 최소한 예외적으로 항쟁 마지막 날에만 일어난 현상이었음을 확인하기는 어렵지 않다.[9]

7 『오월 일기』의 해제에 해당하는 1장에서 박경섭은 『죽음을 넘어 시대의 어둠을 넘어』 이후 익숙해진 항쟁의 서사적 구성에 대해 이렇게 쓴다. "이 책의 저자들은 항쟁의 배경을 설명하는 1부에서 시작해서 많은 시민들의 시위 참여로 '저항'이 '항쟁'으로, 21일 계엄군의 퇴각 이후 맞이한 상황을 '해방'이라는 용어로 해석하고 27일 계엄군의 무력진압으로 인한 항쟁의 종료 및 시민군의 패배를 '완성'이라는 말로 표현하여 10일간의 항쟁을 완결된 형태로 정리했다."

8 김정한, 「5·18 광주항쟁에서 시민군의 주체성」, 『사회과학연구』 제18집 1호, 2010.

9 『오월 일기』에서 몇 가지 사례만 옮겨본다. 1) "보복하지 않겠다던 '사북사태'는 어떠했는가? 우리는 그 보복이 무서웠고 계험(엄)군의 만행이 무서웠기 때문에 총을 회수하려 해도 회수되지도 않았던 것이다. 이대로 끝날 순 없다. 우리의 궁국(극)적 목표인 민주화가 되기 전에는. 대통령께서 상무대에 오셔 담화문을 발표했다. 이에 상황실은 완전히 깨졌고 모두들 울면서 서로가 어찌할 줄 몰랐다." 2) "또한, 시민들은 폭도들이라 보도되는 학생들을 지지하고 원조해 주었읍(습)니다. 시민들이 처음부터 그들을 두려워했던 것은 아닙니다. 그들을 위하여 주먹밥을 싸주고 약품과 식량을 제공했으며 헌혈을 하기도 했던 것입니다. 그러나, 이들이 총으로써 무장하고 광주시를 장악하게 되자 외부와의 연락이 안 되고, 물자의 공급이 막히고 국가의 안보의 위태로움을 느끼게 된 시민들은 이들로부터 멀어지기 시작한 것입니다." 3) "그럼 누가 그

『오월 일기』의 주요 필자들과 마찬가지로, 직접 총을 탈취하고 시민군으로 활동했던 이들 또한 일관되고 확고한 신념으로 '총을 든' 주체는 아니었던 것으로 보인다. 남평지서 에피소드처럼 전형적인 형태로는 아닐지라도, 그들 또한 모순적이고 망설이고 허둥대기는 마찬가지였다. 『전집』 곳곳에서 우리는 다음과 같은 구절들과 마주하게 된다.

> 우리는 무기고로 갔다. 무기고 문이 잠겨 있어서 군용트럭으로 서너 차례 밀었더니 철문이 열렸다. 맨 앞줄에서 들어간 사람들이 너도 나도 권총을 들고 나왔다. 내가 들어갔을 때는 공기총과 장총밖에 없어서 나는 공기총으로 무장했다. 그때 우리는 실탄은 가지고 있지 않았다.[10]

> 그는 한밤중에 M16 소총(?)을 들고 돌아왔다. 총을 어디서 구했는지는 알 수 없었으며, 그 아저씨는 총만 들고 있을 뿐 실탄은 없었다.[11]

랬을까요? 인간 살인마 전두환이가 한 짓이라는 것은 너무도 확실한 것입니다. 그는 오늘의 5·18사건을 군의 구테(쿠데)타로 생각하고 만반의 준비를 하고 김일성이가 6.25사변을 이르(일으)키듯이 조용한 일요일을 택해서 전국을 수라장으로 만들고 말았읍(습)니다." 4) "그에게 특별한 은총을 내리시어 떳떳한 경쟁을 통해 이 나라 모든 국민이 마음 아픈 상처를 받지 않고 당신 나라를 세울 수 있는 참된 인권이 균등하게 보장될 민주주의 국가를 세워주소서!" 총의 회수를 반대하며 민주화를 쟁취하기 전까지는 투쟁을 끝낼 수 없다는 필자가 대통령에게 극존칭을 사용하며 감동하는 장면은 모순적이다(첫번째 인용문). 총을 들 수밖에 없었던 시민군의 입장을 변호하면서도 폭도와 시민을 분리하고 안보를 걱정하는 두번째 인용문 역시 모순적이기는 마찬가지다. 세번째 인용문은 반공 이데올로기가 어떤 방식으로 총을 든 광주 시민들을 정당화하는지를 적나라하게 보여준다. 김일성과 전두환이 동일시되고 둘은 나란히 나쁜 대타자가 된다. 그리고 네번째 인용문에서는 민주주의를 수호하는 좋은 대타자로서 김대중이 등장한다. 대타자의 분리를 통한 시민군의 정당화다.

10 『전집』, p. 353.

11 『전집』, p. 355.

우리가 다이너마이트를 좀 나눠달라고 하자 트럭에 있던 사람들이 얼마쯤 넘겨주었다. 그리고 도화선도 한 타래 넘겨주었는데, 도화선은 40센티미터 정도의 운형으로 멍석처럼 두루마리로 되어 있는 것이었다. 그러나 그 다이너마이트에는 뇌관이 없었으므로 무용지물이라고 했다. 지프차에 싣고 다니면서 발로 밟고 다니는 등 아무렇게나 취급했다.[12]

실탄도 없는 공기총이 M16에 대항할 만한 '무장'일 수는 없다. 뇌관이 없어서 '발로 밟고 다니는 등 아무렇게나 취급'해도 좋은 다이너마이트도 마찬가지다. 말하자면 당시 많은 시민군에게 총은 실물로서의 무기가 아니었고,[13] 따라서 그들은 무장하되 무장하지 않았다. 혹은 무장하지 않으면서 무장했다. 그것은 타협 형성이다. 남평 면민들이 법을 보존하면서 동시에 법을 파괴했던 것처럼 말이다. 그렇다면 그들에게 총은 인명 살상용 무기라기보다는 상징 투쟁용 무기, 혹은 '상징' 그 자체였다고 말할 수밖에 없다. 아마도 그 '상징'의 정점에 '김 군'이 있을 것이다.

2022년 5월 12일 자 『한국일보』에는 "끝까지 못 한 죄책감—'시민군 김군' 차복환, 5·18 기억 소환하다"[14]라는 제하의 기사가 실렸다. 지만원이 '광수 1호'로 지목해 되레 5·18시민군의 상징적 이미지가 되어

12 『전집』, p. 357.

13 김정한은 다른 글에서 계엄군 사망자 중 광주 시민들의 총격이나 공격 행위로 인한 사망자는 8명이었고, 그중 3명은 차량 사고였음을 강조한다(「5·18 무장투쟁과 1980년대 사회운동」). 『전집』에 실린 증언들에서도 도청에서의 마지막 날 시민군들의 대다수는 총을 쏘지 않았거나 조준하지 못한 채 무작위적으로 방아쇠를 당겼던 것으로 나타난다. 애초부터 총은 무기로서의 구실을 할 수 없었던 셈이다.

14 https://www.hankookilbo.com/News/Read/A2022051017080001164?did=DA

버린, 바로 그 사진의 주인공이 실존해 있다는 내용이었다. 그의 본명은 차복환이었고, 군 미필자였으며 기관총은 물론 소총도 다룰 줄 몰랐고 심지어 사진에 찍힌 총에는 탄창도 끼워져 있지 않았다. 세월이 흐르는 사이 그는 우연히 자신의 사진을 본 적도 있다. 그러나 그는 자신을 몰라봤고 그저 '저 사람 카리스마 있네'라고 생각하며 스쳐 지나가기까지 했다고 기사는 전한다.

그렇다면 그가 들고 있었던 것을 인명 살상용 무기라고 해야 할까? 그는 총으로 무장한 시민군이었다고 해야 할까? 아닐 것이다. 그가 무장하지 않았단 말이 아니다. 그는 무장했다. 그러나 물리적인 폭력으로서의 총이 아닌 상징으로서의 총으로 무장했고, 그럼으로써 실제로 '카리스마 있는' 상징이 되었다. 물론 그 카리스마는 탄창 없는 총이(흔히 팔루스의 상징으로 해석되는) 부여했다는 점에 대해서는 강조할 필요가 있다.

4. 사건으로서의 총

남평지서의 에피소드와 5·18을 모순적으로 의미화하는 일기들, 그리고 탄창 없는 총의 사례를 길게 거론한 것은, 1980년 5월 21일 이후 시민군의 무장이 한갓 우스꽝스러운 에피소드에 불과했음을 보여주기 위해서가 아니다. 오히려 그 반대인데, 저와 같은 모순적이고 비논리적인 타협 형성물들 자체가 그들에게 '무엇인가' 일어났음을 반증하기 때문이다. 단어 자체의 의미가 그렇듯 '타협'은 갈등하는 양축 사이에서 일어나게 마련이다. 그러니까 당시 그들에게 갈등과 모순을 촉발하는 '무슨 일인가' 일어났고 그들은 허둥댔다. 그럴 때 '실탄 없는 총'이야말로 그들에게 일어난 일의 상징물이다.

이론의 입장에서 '총'이 애초부터 물리적 무기가 아닌 상징이었다는 것은, 총이 이제 '해석'의 대상이 되었음을 의미한다. 상징은 그 자체로 지시대상과 일치하는 기표가 아니다. 상징은 심층과 표층으로 나누어진 기표다. 총은 이제 말 그대로 총을 지시하지 않는다. 말하자면 '해석'이 필요한 대상이 된다. 그리고 알랭 바디우였다면 아마도 그 '총'을, '(정치적) 사건'(그에게 있어 사건들은 구별된다. '정치적 사건' '수학-과학적 사건' '시적-미학적 사건' '사건으로서의 사랑'이 그것들이다)의 상징이라 불렀을 것이다. 아래는 파비앵 타르비와의 대담에서 바디우가 '정치적 사건'을 정의하는 부분이다.

> 나에게 사건이란 비가시적이었던 것 또는 사유 불가능하기까지 했던 것의 가능성을 나타나게 하는 어떤 것입니다. 사건은 그 자체로 현실의 창조가 아닙니다. 그것은 어떤 가능성의 창조이고, 어떤 가능성을 열어젖힙니다. 사건은 알려지지 않았던 가능성이 실존한다는 것을 우리에게 가리킵니다. 어떤 점에서 사건은 하나의 제안에 불과합니다. 〔……〕
>
> 정치적 사건이란 지배적인 권력이 행하는 가능한 것의 통제에서 벗어나는 가능성을 돌발하게 하는 어떤 것입니다. 갑자기 사람들은, 때로는 많은 사람들이 다른 가능성이 있다고 생각하기 시작합니다. 그들은 그것에 대해 토론하기 위해 집결하고, 새로운 조직들을 만듭니다. 어떤 경우에는 몇 가지 중대한 과오를 범하지만, 그것이 중요한 점은 아닙니다. 그들은 사건에 의해 열린 가능성이 살아있도록 합니다.[15]

15 알랭 바디우·파비앵 타르비, 『철학과 사건—알랭 바디우, 자신의 철학을 말하다』, 서용순 옮김, 오월의봄, 2015, pp. 25~27 부분 발췌.

바디우에 따를 때 사건은 새로운 상징질서(현실)를 설립(창조)하지는 않는다. 5·18에 대한 공식 기억들의 서사가 가정하는 것처럼 이전 상징질서에서 다른 상징질서로의 '자연스러운' 이행 같은 기적은 없다. 대신 정치적 사건은 국가가 통제하는 가능성의 영역이 배제한 불가능성의 영역을 '제안'한다. 그 제안을 받아들인 이들, 그 사건에 충실fidelity하기로 작정한 이들, 그들을 바디우는 '(정치적) 주체'라고 부른다. 그들은 따라서 어떤 의미에서는 '중대한 과오'를 범하기도 하는 '허둥대고' '모순적인' 주체이기도 하다. 왜냐하면 사건은 항상 돌발적이고, 침입적이고, 의미화를 거부하면서, 한 번도 사유해본 적이 없는 것을 사유하도록 강제하기 때문이다. 5·18 기간 내내 각종의 토론을 하고 집결하고 새로운 조직들을 만들고, 그러는 와중에 "중대한 과오"(가령 전옥주를 간첩으로 신고한다거나 하는)를 범하기도 했던 광주 시민들처럼 말이다.

그런 의미에서 총은 사건의 상징이다. 총이라는 상징은 그간 전혀 불가능한 영역으로 보였던 어떤 정치적 장소 하나를 마련한다. 그러니까 총과 함께 시민은 폭력의 원소유자이며 그것이 정당하게 사용되지 않을 때는 국가로부터 다시 회수할 수도 있다는 전대미문의 정치적 진리가 시야에 떠오른다. 그러나 사건은 또한 역설적이다. 왜냐하면 어떤 사건의 사건성은, 그것이 촉발한 '진리 공정', 그리고 그 공정에 동참하기로 작정한 주체들의 충실성에 의해 판가름 나기 때문이다. 바디우는 사건의 이와 같은 역설적 사후성을 이렇게 설명한다.

> 사건은 우리에게 무언가를 제안합니다. 모든 것은 사건을 통해 제안된 이 가능성이 세계 안에서 포착되고 검토되며, 통합되고 펼쳐지는 방식에 달려 있을 것입니다. 그것이 내가 '진리의 절차'라고 부르는 것입니다. 사건은 어떤 가능성을 창조하지만, 정치의 틀

> 안에서는 집단적인 작업이 〔……〕 그 뒤로 이어져야 합니다. 그래야 비로소 그 가능성은 현실이 됩니다.[16]

시민이 총을 들었다. 그것은 물론 잠재적으로 사건이다. 국가가 통제하던 가능성과 불가능성의 나눔을 해체해버렸기 때문이다. 이제 국가가 위임받은 폭력의 특권적 기표였던 총은 다시 인민에게 회수되었다. 그렇게 정치적 진리 공정 하나가 시작된다. 그러나 어떤 집합적 행동이 이어져야 한다. 그래야 총이라는 사건은 사건성을 입증받을 수 있다.

그래서 총에는 탄창이 없다. 이제 그 총을 누가 쥘 것인가, 혹은 누구에게 위임할 것인가? 빨갱이가 되지 않으면서, 법은 보존하면서, 그러나 또한 법을 재정립할 수도 있을 것 같은 상황 속에서 아직 과녁을 찾지 못한 총, 말할 수 없이 벅차고 용기를 주지만 또한 한없이 두렵고 한없이 혼란스러운 이 기이한 물건, 그것이 당시 시민군들이(그들은 자주 공포탄을 쏘거나 밤하늘의 어둠을 향해 무작정 방아쇠를 당겼다) 들었던 총의 무게였다. 진리 공정은 시작했으나 그것은 아직 제대로 가동되지 않았던 것이다. 최소한 27일 새벽까지는 그랬다는 말이다.

5. 윤상원들과 정치적 주체

김정한은 앞의 글에서, "따라서 총을 드는 선택은 절박한 선택이었지만, 어쩌면 개별적인 실존적 고민을 깊게 요구하는 선택과는 거리가 있었을 것이다. 그만큼 총을 드는 것은 하나의 집단적인 흐름이었고

16 알랭 바디우·파비앵 타르비, 같은 책, p. 25.

자연스러웠다"[17]라고 쓴다. 그러나 새로운 상징질서로의 이행이 그렇게 집단적이고 '자연스러울' 수는 없다. 총을 든다는 것은, 그리고 죽음의 순간까지 버리지 않는다는 것은, "개별적인 실존적 고민을 깊게 요구하는 선택"이다. 그도 지적했듯이 지젝이 말하는 '정치적 행위'는 필연코 '상징적 자살'의 한 형식이기 때문이다.

'상징적 자살'이란 말을 그저 '고통'의 은유 정도로 해석해서는 곤란하다. 그것은 실제의 자살과 맞먹는 자살, 곧 '폐제foreclosure'를 의미하기 때문이다. 라캉은 폐제를 치료 가능한 신경증이 아니라 치료 불가능한 정신증, 특히 분열증(환각과 환청, 환시, 망상, 둔주, 발작, 의미화 불가능 등을 수반하는)의 병인으로 보았다. 그리고 우리는 그와 같은 상징적 자살의 가장 비극적이고 숭고하며 참담한 사례를 알고 있다. 5·18 이후 평생을 자살 충동과 환각과 환청에 시달리다 죽음을 맞은 김영철의 삶 전체가 그것이다.

게다가 지젝이 말하는 '주체' 또한 '새로운 상징질서의 정립자'가 아니란 사실도 지적할 필요가 있다. 김정한 본인도 인용하고 있듯이 "주체는 현존하는 상징계가 새로운 상징계로 이행하는 데 필수불가결한 사라지는 매개자이다".[18] 그리고 "사라지는 매개자는 현실의 상징적 재구성을 위한 공간을 열어 놓는바, 현실로부터의 근본적인 철회라는 '광기적' 제스처이다".[19] 즉 지젝의 '주체'란 새로운 상징질서의 정립자이거나 이행자가 아니라 기존 상징질서의 완전한 거부자, 광기적 제스처를 통해 현실의 상징적 재구성을 위한 공간을 열어놓고 (정작 본인은 자신이 해놓은 것이 무엇인지 알지 못한 채로) 사라지는 매개자이다. 그

17 김정한, 「5·18 광주항쟁에서 시민군의 주체성」, 『사회과학연구』 제18집 1호, 2010, p. 133.

18 김정한, 같은 글, p. 142.

19 슬라보예 지젝, 『까다로운 주체』, 이성민 옮김, 도서출판 b, 2005, p. 64.

주체는 바디우의 주체와 닮았다.

> 나는 정치적 주체가 언제나 두 사건들 사이에 있다고 주장합니다. 정치적 주체는 단지 사건과 상황의 대립에 직면해 있는 것이 전혀 아닙니다. 그는 가깝거나 먼 과거의 사건이 만든 상황 속에 있고, 이전의 사건과 도래할 사건의 둘-사이입니다.[20]

사건과 사건의 사이로서의 정치적 주체, 이 수수께끼 같은 문장들을 어떻게 이해해야 할까? 그러나 우리가 여전히 5·18이라는 사건의 자장권 안에 살고 있는 것이 맞다면(이것은 수행적 발화다), 저 문장들을 읽는 일이 그리 어렵지는 않다. 저 문장들의 '정치적 주체'를 '윤상원'들로,[21] '사건'을 '5·18'로 바꿔보자. "윤상원들은 두 사건 사이에 있었습니다. 윤상원들은 단지 5·18이라는 사건이 열어 놓은 '가능성'과, 총을 놓지 않은 바에야 오늘 죽어야 한다는 '상황' 간의 대립에만 직면해 있었던 것이 아닙니다. 그들은 5·18이라는 전대미문의 사건이 만든 상황 속에 있었고, 동시에 그들의 죽음 이후에 도래할 또 다른 사건 사이에 있었습니다. 아니 차라리 그들은 그 두 사건들 사이 그 자체입니다."

윤상원은 당시 도청에 남았던 그 누구보다도 목적의식적인 사람이었으니, 말할 수 있다면 아마도 자신들의 죽음을 '민주화'에 바쳤다고 할 것이다. 그러나 그가 '민주주의'를 어떤 정체로 표상했건 그것은 기표를 초과한다. 민주주의란 말 자체가 애초에 텅 빈 기표이기 때문이다. 혹자는 민주주의를 '합의'라고 하고, 혹자는 그것을 '계쟁'이라고 한다. 혹자는 '다수의 통치'라고 말하고 혹자는 '아무나의 통치'라고 말한

20 알랭 바디우·파비앵 타르비, 같은 책, p. 30.

21 이 글에서는 '윤상원'을 고유명사로 사용하지 않는다. '윤상원'은 복수형이 가능한 일반명사다.

다. 혹자는 시장의 자유를 민주주의라 하고, 혹자는 다중의 집합성을 민주주의라 한다. 그러나 어떤 기표가 그토록 많은 것을 의미한다면 그 기표는 텅 빈 기표다. 의미 없는 기표라는 뜻에서가 아니라 무한히 열린 기표라는 뜻에서 그렇다.

'일어난 사건'이 열어놓은 가능성과 '도래할 사건'이 열어놓을 가능성 사이에서, 아니 바로 그 사이로서, 윤상원과 그의 동료들은 죽거나 투옥되었다. 본인들도 예상한 일이었고 결단과 의지로 택한 죽음이었다. 브래들리 마틴 기자가 마지막으로 본, 체념과 의지가 뒤섞인 윤상원의 부드러운 표정은 사건이 열어놓은 가능성이 오래 살아 있도록 하기 위해 죽음을 결심한 자, 곧 정치적 주체의 그것이었다. 그리고 5·18은 그들의 충실성으로 인해 그때 비로소 온전한 사건이 된 셈이다.

이후로 40년 넘게, 그 새벽 죽음의 의미를 두고, 그 진상의 규명을 두고, 항쟁의 성격 규정을 두고, 투쟁의 주체를 두고, 이행기 정의를 두고, 5·18 정신의 실체를 두고, 많은 사실적이거나 수행적인 발화들이 이루어져왔다. 5·18 이후 지금까지도 작동 중인 어떤 정치적 진리 공정 하나가 그때 시작되었고 아직도 가동을 멈추지 않고 있기 때문이다. 만약 우리가 아직 그 공정 속에서 새롭게 도래할 어떤 사건을 맞을 '채비'를 포기하지 않는다면, 그래서 5·18에 대해 할 말이 많이 남아 있다고 생각한다면, 우리는 여전히 윤상원들의 사도다(이 역시 수행적 발화다).

6. 보유—정신분석과 '총'

총을 상징으로 이해할 때, 즉 해석 가능한 하나의 기표로 상정할 때, 5·18은 '사건의 철학'만이 아니라 정신분석학과도 조우할 수밖에 없다

(그 조우가 5·18에게 반가운 일일지는 알 수 없다). “총(칼도 마찬가지다)이야말로 정신분석학에서는 유례가 없을 정도로 권위적인 ‘물건’이기 때문이다. 프로이트가 『꿈의 해석』에서 기다랗고 공격적인 물체들 모두를 ‘팔루스’의 상징으로 설명한 이후로, 정신분석학에서 무기들(불을 뿜고 몸을 쑤시는)이 누려온 상징적 지위는 아주 확고하다. 그리고 물론 팔루스는 라캉적 의미에서 상징적 대타자(아버지, 법)의 ‘특권적 기표’(실은 텅 비어 있다지만)다. 그렇게 해석할 때 총이라는 상징을 둘러싼 갈등은 ‘대타자-아버지’의 ‘남근-기표’를 어떻게 이해할 것인가를 두고 벌어진 두 형제 사이의 갈등으로 치환 가능해진다. 총을 내 것으로 만든다는 것은 대타자가 설계한 상징적 질서의 권위를 전혀 인정하지 않겠다는 의미일 것이고, 따라서 법의 바깥에서 새로운 법을 창설하겠다는 의지의 표명으로 읽힐 수 있다(부친살해, 왕위찬탈). 이른바 ‘항쟁파’와 ‘수습파’는 정신분석적 견지에서 이렇게 완전히 갈리는 두 주체였던 셈인데, 이후 사태의 추이는 알려진 바와 같다. 전자에게는 죽음과 투옥이, 후자에게는 끊임없는 죄의식이. 물론 아버지는 자신의 무대로 귀환했고”,[22] 오래 살다가 얼마 전 죽었다.

만약 부친살해 모티브를 5·18에 좀더 신중하게 적용한다면, 정신분석학은 당시 ‘총’이 불러일으킨 부랑아와 넝마주이에 대한 공포에 대해서도 해석의 실마리를 제공한다. 많은 시민이 팔루스-총을 든 ‘폭도’와 그것을 들지 않은 선량한 ‘시민’을 분리하려고 시도했고, 그 시도에는 분명 심리적 기원이 있다. 그 분리 속에서 ‘부랑아’와 ‘넝마주이’는 항상 핵심에 있는 단어였다. 실제 당시 총을 든 시민군 중 넝마주이나 부랑아가 어느 정도의 비율을 차지하고 있었으며 그들의 역할이 어떠했던가는 정신분석학이 밝힐 수 없고 관심사도 아니다. 그러나 그 불안과

22 김형중, 「총과 노래—최근 오월소설에 대한 단상들 1」, 『문학들』 2015년 가을호, p. 98.

공포가 '정주하지 못하는 자들' '자신의 위치를 지키지 않는 자들', 즉 대타자가 기획한 지배적 상징질서 내에 자신의 위치를 정하지 못한 '몫이 없는 자들'에 대한 방어와 배제의 기제였음은 충분히 밝혀질 수 있을 것이다.

프랑스 혁명을 프로이트의 '가족 로망스' 모형에 따라 연구한 린 헌트의 작업을 따라,[23] 5·18 당시 '총을 든 성인 남성'들의 연대, 이른바 '형제 공동체'의 정체를 밝히는 작업도 의미 있는 작업으로 보인다. 알다시피 '가족 로망스'의 핵심에는 서자 의식과 대타자에 대한 폄하가 놓여 있다. 그리고 한 여성을 대상으로 한 남성 간(부자간, 형제간) 경쟁과 연대의 서사도 넓은 범위에서는 그 안에 포함된다. 당시 전라도민들의 서자 의식, 좋은 대타자(친부)로서의 김대중과 나쁜 대타자(의부)로서의 전두환을 분리하려는 시도 등으로 미루어볼 때, 호남인들에게 '가족 로망스'가 일종의 정치적 무의식으로 작용할 수 있는 토양이었음은 쉽사리 짐작할 수 있다. 게다가 5·18 기간 중 '어머니'와 '누이'의 훼손된 신체 이미지가 '형제 공동체'의 결속력에 어떤 영향을 미쳤는지도 알려진 바 있다.[24] 그럴 때 가장 가부장적인 학문의 하나인 정신분석학은 역설적으로 '절대공동체'의 최대 수치였던 '젠더 의식의 부재'를 성찰하는 데 기여하는 바가 클 것이다.

23 린 헌트, 『프랑스 혁명의 가족 로망스』, 조한욱 옮김, 새물결, 1999.

24 김영희, 「'5·18 광장'의 기억과 '여성'의 목소리」, 『무한텍스트로서의 5·18』, 김형중·이광호 엮음, 문학과지성사, 2020.

5·18을 가르친다는 것

1. 그럼 무얼 부르지

「그럼 무얼 부르지」는 작가 박솔뫼가 2011년 『작가세계』 가을호에 발표한 단편소설이다. 5·18 30주기를 맞아 외국에 사는 친구와 함께 광주를 방문한 화자의 에피소드를 담고 있는 이 작품에는 눈여겨 읽어 보아야 할 구절들이 많다.

> 우리는 머리를 맞대고 읽었다. 김정환의 「오월곡(五月哭)」이라는 시였다. 〔……〕 나는 펜을 꺼내어 이전에 해나가 했던 것처럼 줄을 그었다. "우리들 가난의 공동체여"라는 부분과 "제3세계여 공동체여"라는 부분이었다. 〔……〕 공동체는 community, 제3세계는 third world, 해나는 영어로 적는다. 공동체와 제3세계는 몹시 세계 공용 단어 같아서 그 두 단어에 밑줄을 그은 김정환의 시는 김남주의 「학살 2」처럼 꼭 광주의 이야기만은 아닐지도 몰라 이건 60년대 남미의 이야기일지도 모르지 하는 생각이 들게 했다. 모든 명확한 세계들이 내게서 장막을 치고 있었다. 〔……〕 나는 그런 명확한 세계가 없었다. 마치 아주 복잡한 지도를 보고 있는 것처럼 거기는 어디지? 하고 들여다보아야만 했는데 그렇다고 무언가가 보이는

것도 아니었다. 나는 그렇게 들여다보는 사람이었으므로 당사자는 아니며 또한 명확한 세계의 시민도 아니었다. 내 앞에는 장막이 있고 나는 장막을 걷을 수 없으므로.[1]

해나를 광주에서 만났던 날 광주는 조용했고 큰 소리로 무언가를 말하는 사람은 아무도 없었다. [……] 나는 3년 정도의 시간은 하나로 볼 수 있으며 3년 전은 3년 후의 시선으로 볼 수 있으며 그러므로 나는 모든 시제를 지울 수 있으며 그렇게 볼 수 있는 시간들은 점점 늘어나지만 나의 시선은 김남주가 이야기한 "광주 1980년 오월 어느 날"에는 가닿지 않는다는 말인데 이건 좀 신기할 수도 있지만 실은 당연한 이야기다. 확실한 이야기다. 어떤 같은 밤들이 자꾸만 포개지는 나의 시간 속에서도 말이다. 몇 번의 5월의 밤이 포개지는 나의 시간 속에서도 말이다.[2]

인용문의 배경은 2010년 5월, 광주 구시청 사거리의 어느 재즈 바. 화자에 따르면 그날 "광주는 조용했고", 다만 중년의 취객(방금 전까지 동석한 여인과 키스를 나누던)이 구시청 사거리(5·18 기간 동안 그 거리에서 많은 일들이 있었다)에 있는 어떤 바에서 「님을 위한 행진곡」을 틀려다가 주위의 만류로(전혀 정치적인 이유는 아니었고 짜증이나 염증 같은 것이 만류의 이유였다) 틀지 못했고, 바의 사장은 외지에서 온 것으로 보이는 화자와 친구 해나에게 (1980년의 광주에 대해서는 단 한마디도 하지 않고) 광주의 맛집에 대해서만 길게 얘기했다.

날이 날이었던 만큼 화자와 친구 해나는 김정환의 「오월곡」이란 시

1 박솔뫼, 「그럼 무얼 부르지」, 『그럼 무얼 부르지』, 자음과모음, 2014, pp. 158~59.

2 같은 책, p. 167.

를 읽기도 했는데, 이 오래되고 비장한 시(김남주의 「학살 2」와 마찬가지로)가 그들에게 어떤 감정의 고조를 유발하거나 하지는 않았던 듯하다. "우리들 가난의 공동체여"라는 부분과 "제3세계여 공동체여"라는 부분을 읽으면서 그 시어들이 딱히 광주의 1980년만이 아니라 "60년대 남미의 이야기"를 지시하는 것처럼 읽히기도 했다고 화자는 무심하게 말한다. 어떤 "장막" 때문이다. 이 장막 때문에 화자는 광주를 들여다볼 수 없다. 그리고 스스로를 5·18의 당사자로서도 명확한 세계의 시민으로서도 상상할 수 없다.

두번째 인용문에 따를 때, 그 장막은 '시간'의 부산물로 보인다. 화자에 따르면 시제 구분이 필요 없는 3년의 시간과 달리, 30년이란 시간은 너무 길어서 김남주가 말한 "광주 1980년 오월 어느 날"과 자신이 경험한 '광주 2010년 오월 어느 날'은 포개지지 않는다. 30년을 격한 이 두 시간대가 포개지지 않는 일은 화자가 보기엔 "좀 신기할 수도 있지만 실은 당연한 이야기"이다.

작가의 전기적 사실이 작품을 읽는 데 항상 쓸모 있는 법은 아니지만, 이 작가가 광주 출신이고 1985년생이란 정도의 언급은 필요할 듯싶다. 그리고 이 작품의 서술시와 발화시가 거의 일치한다는 말도 덧붙인다. 요컨대 이 작품은 광주 출신 작가가 5·18로부터 30년이 지난 시점에 5·18 30주기를 맞은 광주에 대해 쓴 지극히 '징후적인' 소설이다.

광주 출신의 1970년대생 작가인 김경욱(『야구란 무엇인가』)이나 한강(『소년이 온다』)만 하더라도 5·18에서 자유로울 수 없었고, 기꺼이 자유롭고자 하지도 않았다. 그러나 박솔뫼는 스스럼없고 무심하게 "그 두 사람은 내게 너는 광주 사람이니까 너도 다 아는 사람이지 했는데 나는 그런가? 하고 혼잣말을 내뱉으며 실실 웃었다. 나는 맥주를 두 잔 더 마시고 그 바를 나왔다. 어쩌면 한두 잔 더 마셨을 수도 있다. 어쨌거나 나는 거기 서 있는 사람은 아니고 거기 서 있는 건 누구라고 말할 수 있는 사람도 아니었고 손가락으로 광주가 어디 있는지 짚을 수 있는 사람도 아니었고 단지 손바닥을 허공에 내미는 사람이었다"[3]라고 쓴다. 또 "한밤중 군인들이 도시로 밀려 들어와 사람들을 죽이는 것 사람들이 죽임을 당하는 것 비명을 지르는 것 통곡을 하는 것을 쓴 그 사람은 50이 되기 전에 병으로 죽었으며 그 사람이 죽은 때는 90년대로, 누군가 환멸의 시기라고 말하던 때였으며 6, 70년대 스페인과 멕시코가 어땠는지 무심하게 썼던 칠레의 대표적인 작가인 로베르토 볼라뇨는 50 즈음에 죽었으며 그것과 무관하게 그 시는 여전히 60년대 남미의 이야기처럼 보였고 아일랜드의 피의 일요일을 노래한 것처럼 보였는데 광주의 그날도 공교롭게 일요일이었다고 하며 내가 자꾸만 남미와 아일랜드를 들먹인다고 해서 남미와 아일랜드를 잘 안다는 이야기는 아니다. 그런 뜻은 아니다"[4]라고도 쓴다.

1980년 5월 광주에 대한 무심함을 아무렇지 않게 고백할 수 있는 세대, 「님을 위한 행진곡」의 비장함에 동일시하지 못하면서도 그 노래를 대신해 불러야 할 다른 노래 또한 찾지 못한('그럼 무얼 부르지?') 세대, 이른바 '포스트post 오월 세대'의 등장이다.

2. 시간 향우회

그러나 젊은 작가 박솔뫼를 소환한 이유가 역사의 법정에 그와 그의 세대를 세워놓고 '역사의식의 결여'를 꾸중하고 질타하기 위해서는 아

3 박솔뫼, 같은 책, p. 161.

4 같은 책, p. 166.

니다. 그것은 마치 86세대를 4·19의 법정에 세운 뒤, '민주주의의 대지에 뿌려진 숭고한 피' 운운하는 일과 크게 다르지 않아 보인다. 박솔뫼의 말마따나 경험하지 않은 것을 망각하는 일은 쉬운 일일 뿐만 아니라 "당연한 이야기"이고 "확실한 이야기"이다. 그 누구도 시간의 결을 거스를 수 없고, 기억은 대체로 쾌락원칙의 지배를 받기 마련이다. 그런 의미에서라면 박솔뫼는 5·18에 대해 쓴 작가들 중 가장 솔직한 작가일지도 모른다. 주관적인 바람과 무관하게 어떤 사건이 '세대'의 벽을 넘어 기억되기는 쉬운 일이 아니기 때문이다.

전상진은 『세대 게임』(문학과지성사, 2018)에서 독일 작가 제발트와 사회학자 부데의 '시간 고향Zeitheimat' 개념을 차용해 '세대'를 이렇게 정의한다.

> 제발트와 부데가 말하는 고향은 사전적 의미의 고향, 가령 나고 자란 곳 또는 조상 대대로 살아온 곳이 아니다. 시간 고향은 하나의 "기억된 감정의 풍경"이다. 어떤 세대에 속해 있다는 감정적 느낌이나 자각이라 말할 수 있는 시간 고향은 특정한 장소를 지칭하지 않는다. 비슷한 나이대의 사람들, 곧 고향 친구들과 함께한 시간 그리고 그들과 함께 살아낸 시간을 통해서 정의된다. 시간 고향 친구들, 줄여서 시간의 향우鄕友는 공간 근접성을 통해 가까워진 것이 아니다. 시간의 향우들은 유사한 경험을 통해 만들어진 공통의 감정과 감각으로, 가까운 또는 이웃한 느낌을 지니게 된다. 내가 "벗어날 수 없는 뭔가를, 그리고 나와 비슷한 연배들과 공유하지만 명백히 언급되지 않는 '우리'라는 감정의 토대인 뭔가"를 나는 시간의 향우들과 공유한다. 또한 시간 고향은 "망각에 대항하여 이의를 제기"한다. "제발트는 자신이 속한 세대에게 그들의 끔찍한 기원을 기억하라고 요구한다." 마지막으로 시간 고향은 "역사의 단

절"이다. 이전과 다른 역사에서 자신과 동년배들의 결속을 찾는다. 요컨대 시간 고향은 결코 벗어날 수 없는 '우리 감정'의 토대이고, 망각에 이의를 제기하고, 단절을 통해 세대를 결속한다.[5]

전상진에 따르면 "시간 고향을 중심으로 만들어진 동년배 집단, 줄여서 시간의 향우회가 바로 '세대'다".[6] 또한 "기억된 감정의 풍경"을 공유하는 집단이 바로 세대이기도 하다. 그럴 때, 1985년에 태어난 주체에게 1980년의 일을 기억하지 못한다고 비난하는 일은 적절하지도 정당하지도 않다. 시간이 많이 흘렀고, 이제 시간 고향을 달리하는 새로운 주체들이 세대를 형성하기 시작했다. 「그럼 무얼 부르지」를 두고 징후적이라고 했던 이유가 여기 있는데, 박솔뫼는 작가된 자의 입으로 그들의 세대 경험을 발언하기 시작했을 뿐인 셈이다.

그들의 시간 고향은 4·16일 수도, IMF일 수도, 촛불집회일 수도 있다. 따라서 그들이 5·18 세대와 동일한 방식으로 과거를 기억하지 못한다고 해서 저절로 역사의식이 없다거나 이기적이라는 의심을 받아야 할 이유는 없다. 게다가 박솔뫼가 속한 세대가 딱히 5·18을 기억하지 못한다거나 이해하지 못한다고 말하기도 힘든데, 2010년 구시청 사거리의 재즈 바에서 (이즈음엔 5·18 세대에 속한 이들도 거의 읽지 않는) 김남주와 김정환의 시를 읽은 것도 그들이고, 다른 나라의 국가폭력에 관한 역사적 지식과 5·18을 연결 지어 떠올린 것도 그들이다. 그들은 역사적 사실로서의 5·18에 대해서는 기억하고 이해한다. 지식에 관한 한 그들은 정의롭다. 다만 그 기억과 이해에 '감정'이 결락되어 있을 뿐이다. 말하자면 5·18 세대와 동일한 시간 향우회의 일원이 아닌 탓에

5 전상진, 『세대 게임』, 문학과지성사, 2018, pp. 181~82.

6 같은 책, p. 183.

공식적 기억(지식과 역사적 사실) 너머(혹은 이전) '우리 감정'의 토대를 공유하지 못한다.

'감정의 결락'이란 말을 들뢰즈의 '정동affect'[7] 개념에 따라 달리 설명해볼 수도 있을 듯하다. 새로운 세대에게 5·18과 관련된 각종 담론이나 정보들과의 접촉은 그들의 행위 능력이나 존재 능력을 비약적으로 확대시키지 못한다. 요컨대 직접 체험이 아니라 각종 자료들을 통해 습득된 지식이 주체를 '기쁨' 쪽으로 정동하는 일은 좀체 일어나지 않는다. 주로 우발적(사건적)인 '마주침occursus'[8]이 정동의 강도를 비약적으로 강화시킨다고 할 때, 새로운 세대에게 5·18은 사건적이라기보다는 예측 가능하고 공식적인 역사 지식에 가깝다. 비유컨대 그것은 마치 1997년 이후 집회를 허가받은 5월의 금남로가 시들해져버린 현상과도 유사하고, 정작 5·18의 진상에 대해 무슨 말이든 해도 처벌받지 않게 되자 급작스럽게 오월소설들이 쇠퇴의 기미를 보이던 2000년대의 상황과도 유사하다.

따라서 「그럼 무얼 부르지」의 화자 세대에게 문제가 있다면 그것은 '역사의식의 결여'가 아니라, '정동의 결여'다. 5·18에 대한 화자 특유의 무심하고 냉소적인 어조는 역사에 대한 지식의 결여에서 오는 것이 아니라 지식에 동반하지 않는 정서 탓이다. 정서가 동반되지 않는 기억이 행위에 대한 의지와 용기를 불러올 리는 만무하다. 향후 '5·18교육'에 대한 고민의 핵심에 이른바 '감정 교육'이 놓여야 하는 이유가 여기에 있다.

7 이 용어를 둘러싼 얼마간의 논란과 오해에 대해서는 이 글에서 깊게 다룰 이유가 없으므로 언급하지 않는다. 이에 대해서는 최원의 「'정동 이론' 비판」(『문화과학』 2016년 여름호)과 조정환의 「들뢰즈의 정동이론」(계간 『파란』 2016년 가을호) 참조.

8 질 들뢰즈, 「정동이란 무엇인가?」, 『비물질노동과 다중』, 서창현 옮김, 갈무리, 2005, p. 38.

3. 5·18을 가르친다는 것

5·18기념재단 주관으로 열린 〈5·18교육대토론회: 5·18교육의 오늘, 그리고 미래를 말한다〉(2010년 5월 25일, 5·18기념문화관)와 〈민주시민교육으로서 5·18 워크숍〉(2010년 11월)이 박솔뫼의 소설 「그럼 무얼 부르지」의 시간적 배경과 완전히 일치한다는 사실은 우연처럼 보이지 않는다. 전상진은 한 세대가 공유하는 '시간 고향'의 특징들 중 하나로 "망각에 대하여 이의를 제기"한다는 사실을 강조하는데, 흔히 30년을 하나의 세대 단위로 묶곤 하는 관습을 염두에 둘 때, 이 시기에 5·18을 시간 고향으로 간직한 전 세대들이 후속 세대의 망각에 대해 제기한 이의가 '교육'에 대한 관심으로 나타났을 것임은 미루어 짐작이 가능하다. 당시 대회에 참가했던 토론자들이 5·18교육의 필요성을 제기하는 이면에서는 얼마간의 불안과 위기의식도 눈에 띈다.

> 학생들은 5·18을 모른다. 몇 차례 반복된 영상자료 교육을 통해 떠올리는 장면들은 있지만, 그것은 지나간 전설이며, 다시 그런 일이 있을 것이라 생각하지 않는다. 어쩌면 다수 교사들도 그렇다.[9]

> 5·18항쟁도 한 세대가 지나고 있다. 학교현장에서는 5·18항쟁이 어떤 사건인지, 언제 일어났는지도 모르는 학생들이 많다는 우려가 나오기도 한다. 하지만 그것을 단지 30년이란 시간의 풍화작용 탓으로 돌리기는 어려울 것이다.[10]

9 배이상헌, 「5·18교육의 가치지향 논의」, 『5·18과 민주시민교육』, 5·18기념재단 엮음, 5·18기념재단, 2010, p. 102.

10 곽형모, 「바닥으로부터의 새 출발」, 같은 책, p. 111.

그러나 이와 같은 불안과 위기의식을 잠재울 수 있을 만큼 타당하고 구체적인 교육 방안이 2010년의 두 차례 논의에서는 제안되지 못했던 것으로 보인다. 심성보(「5·18교육의 가치지향과 재구성을 위한 교육적 논의」)의 발표는 그간 5·18에 대한 사회학적(변혁이론적) 논의들을 답습하는 수준 이상을 넘지 못했고, 홍윤기(「민주시민교육으로서 5·18교육의 과제와 가치지향」)의 발표는 원론적이고 거시적인 차원에서 향후 민주시민교육의 밑그림을 제시했다는 의의만 인정된다. 오히려 흥미로운 대목은 토론대회 후 종합토론의 사회자로 참가한 박구용의 기조 발언에서 발견된다.

> 큰 틀에서 오늘 우리 주제와 관련해서 여러 가지 주제가 있지만 토론할 만한 주제 첫 번째, 5·18교육을 감성으로 접근해야 되는가 이성적으로 접근해야하는가? 그것이 과연 따라체험과 실천운동과 같이 통해서 이루어지는 교육방식이 효과적이냐 아니면 추상화된 형태의 교육이 필요한가? 그래서 사실은 감성과 이성의 교차로에서 5·18이 우리를 기다리고 있다는 인식, 새로운 토론할 가치가 있지 않은가 라는 생각이 듭니다.[11]

사건으로부터 한 세대가 지난 5·18이 2010년 현재 "감성과 이성의 교차로"에 서 있다는 표현이 인상적인데, '애국애향교육과 민주시민교육 간의 갈등' '추모냐 축제냐' '학교교육으로서의 역사교육과 민주시민교육으로서의 5·18교육의 양립 가능성' 등과 같은 주요한 문제들보다 이 문제를 우선적인 토론 주제로 삼고 있다는 점은 의미심장하다.

11 5·18교육대토론회 종합토론, 「우리는 무엇을 위해 5·18교육을 이야기 하는가?」, 같은 책, p. 193. 녹취된 내용을 그대로 자료집에 실은 탓에 비문이 다수 있으나 수정하지 않은 채로 인용한 것임을 밝혀둔다.

그러나 자료집의 내용으로만 판단할 때, 이 문제에 대해서는 '감성과 이성을 두루 아우르는 교육' 정도의 일반론 외에 더 이상의 진척된 논의는 없었던 듯하다.

'감정 교육'이 5·18교육에 있어 얼마간의 위상을 확보하기 시작한 것은 5·18기념재단 주관으로 '오월교육 원칙 개발'을 위한 각종 사업들이 진행되던 2014년에 들어서였다. 그해 7월부터 '오월교육 원칙 개발을 위한 교사 연구모임'이 운영되었고, 이후 『독일의 역사 교육』(대교출판, 2009)의 저자 최호근이 독일과 미국, 이스라엘 등의 홀로코스트 교육 자료들을 조사하고 이를 5·18교육에 접목시키는 방안을 연구했고, 몇 차례의 포럼과 집담회를 거쳐 최종적으로 '오월교육 원칙'이 '잠정' 확정된 것은 2017년의 일이다. 총 12개의 항목[12]으로 구성된 이 원칙들 중 '감정 교육'과 관련해 특기할 만한 것은 5항과 10항이다.

> 5. **공감을 도모하나, 정서적 부담은 경감한다**
>
> 정서적 공감은 여러 면에서 예외성과 특수성 가득한 5·18을 이해하는 데 필수적이다. 그러므로 5월 교육에서는 내면의 울림을 통해 인지학습의 효과를 배가할 수 있는 방법을 모색해야 한다. 그러나 정서적 부담이 심해질 경우 교육의 효과는 반감되기 쉽다. 따라서 잔혹한 장면에 대한 상세한 묘사나 정서적 부담을 가중시키는 시각영상 자료 활용은 연령에 맞게 조절해야 한다.

12 5·18기념재단에서 배포한 「5월교육원칙」 리플릿에 따르면 12개 항목은 다음과 같다. 1. 5·18의 보편적 의미를 깨닫는다. 2. 5·18이 현재와 관련된 사건임을 확인한다. 3. 그날의 희생이 불가피한 것이 아니었음을 환기한다. 4. 생존자의 증언을 통해 새로운 증인이 된다. 5. 공감을 도모하나, 정서적 부담은 경감한다. 6. 목표 집단에 적합한 교육방법을 모색한다. 7. 야만의 회귀 가능성을 경계한다. 8. 시민의 용기와 참여에 주목한다. 9. 5·18이 생생한 민주공동체였음을 깨닫는다. 10. 공감과 의분의 능력을 배양한다. 11. 비판적 사고를 키운다. 12. 개인의 자율성을 육성한다.

〔……〕

10. **공감과 의분의 능력을 배양한다**

억눌린 약자에 대한 배려, 폭압적 강자에 대한 의분이야말로 우리 시대의 교육을 통해 육성해야 할 가장 우선된 가치이다. 5·18은 공동체 유지와 발전에 필수적인 공감과 의분(義憤)이 평범한 사람들의 일상에서 표출된 인상적 집단경험이었다. 따라서 5월 교육은 진정한 의미에서 사회적 정의를 촉진하는 역사교육이 되어야 한다.

정신분석에서 말하는 이른바 '실재와의 대면'에는 어마어마한 '정서적 부담'이 필요하다는 사실, 그래서 그것을 경감해야 한다고 말하는 주체는 대체로 피교육 대상이 아니라 자신이 감당해야 할 충격에 대해 스스로를 방어하고 있는 경우가 많다는 사실, 또 '공감과 의분'의 능력이란 지젝이 말한 '분노 자본' 없이는 결코 '배양'되지 않는다는 사실, '내면의 울림'(감동)과 '인지학습' 간에는 풀어야 할 숙제가 아주 많을 거라는 사실 등을 길게 지적하는 일은 그간 5·18기념재단과 원칙 개발자들이 쏟은 노고에 찬물을 끼얹는 짓에 불과할 것이다. 다만 우선 마련된 저 열두 가지 교육 원칙들은 상호 배타적인 것들이 아니어서 5·18의 보편적 의미를 깨닫게 하고, 5·18이 여전히 현재적이며 우리가 매일매일 경계하지 않는다면 언제든 회귀하고 말 야만이라는 사실에 주의를 게을리하지 않게 하는 데 '감정'의 역할이 반드시 필요하다는 사실은 강조해둘 필요가 있을 듯하다. 감정 교육은 배타적 선택지가 아니어서 열두 가지 원칙 모두와 불화할 이유가 없다.

4. 감정 교육과 예술적 재현

그러나 질문들이 뒤를 잇는다. 감정을 어떻게 교육할 수 있을 것인가? 아니, 감정 혹은 정동이 가르칠 수 있는 것이기나 한가? 이런 질문들 앞에서 대체로 '예술적 재현'과 '예술 작품의 향유'가 방안으로 등장할 것임은 어렵지 않게 짐작 가능하다. 그러나 그렇다고 질문이 더 늘어나지 않는 것은 아니다.

예술적 재현과 개념적 재현의 차이는? 어떤 재현이 교육적 재현인가? 미적 재현과 교육적 재현은 반드시 일치하는가? 5·18이나 아우슈비츠 혹은 오키나와처럼 '재현불가능'해 보이는 사건들을 재현하는 일은 어떻게 가능한가? 현재 한국의 교육제도하에서 예술 교육에 어떤 기대를 건다는 일이 가능한가? 보다 구체적으로 한국의 예술은 5·18을 어떻게 재현해왔는가? 그중 어떤 작품들이 교육과정에 편입되어야 하는가? 그리고 보다 근본적으로 5·18교육은 제도권 교육과 양립할 수 있는가? 만약 그렇다면 그것은 더 이상 5·18교육이 아니지 않은가!

산적해 있는 저 복잡한(철학, 교육학, 미학, 심리학, 문학, 사회과학 등등에 모두 걸쳐 있다는 의미에서) 질문들 앞에서, 5·18의 감정 교육에 관한 한 우리는 이제 겨우 첫발을 뗀 것에 불과해 보인다. 이 글은 그저 누스바움의 몇 문장을 인용함으로써 그 걸음에 힘이나 좀 보태는 것으로 마무리해야 할 듯하다.

> 좋은 문학이란 대부분의 역사 및 사회과학적 글쓰기가 갖지 않는 혼란을 가져다준다는 점이다. 좋은 문학은 우리에게 격렬한 감정을 불러일으키고, 불안을 야기하며, 당혹스럽게 만든다. 〔……〕 심리적 동일시와 감정적 반응을 촉진하는 문학 작품들은 직면하기 어려운 많은 것들을 보게 하고 또 그에 반응하기를 요구하면서 자

기방어적 계략을 깨부순다.[13]

첫 문장의 주어를 '문학'이 아니라 '예술' 혹은 '영화'로 바꾸어 읽어도 상관은 없겠다. 특히 영화 「화려한 휴가」 「26년」 「택시운전사」는 '5·18의 전국화'에 기여한 바 크다는 공적을 인정받아 마땅할 것이다. 그러나 그 세 편의 영화가 첫 문장의 주어를 수식하는 '좋은'이란 관형사의 제약에서 자유로운지에 대해서라면 회의적이다. 감정은 교육되어야 하지만, 역사를 낭만화하고 관객 수를 고려하면서 그렇게 되어서는 곤란하다. 좋은 문학과 마찬가지로 좋은 영화도 향유자의 자기방어적 계략을 깨부순다. 최윤이나 임철우나 한강이나 공선옥의 소설들처럼. 그런 의미에서라면 당분간 누스바움의 저 문장의 주어는 '문학' 그대로 두어도 될 듯싶다.

13 마사 누스바움, 『시적 정의』, 박용준 옮김, 궁리, 2013, p. 34.

그에게는 병식(病識)이 없어서
— 지만원의 『뚝섬 무지개』에 대하여

1. 증상으로서의 '다큐소설'

지만원의 『뚝섬 무지개』[1]는 장르가 모호한 텍스트다. 스스로는 '다큐소설'이라 칭했고, 읽히기에는 자서전으로 읽힌다. 그러나 다큐멘터리라고 하기에는 다루고 있는 사건들과 화자 간의 거리가 전혀 없고, 소설이라 하기에는 화자의 실제 삶이 아무런 플롯이나 문학적 장치 없이 연대기적으로 나열되어 있다. 게다가 자서전이라고 하기에는 '내면'이 없다.

자서전은 고백의 양식, 곧 고백해야 할 내면을 가진 근대적 주체의 양식이다. 글 쓰는 이가 스스로를 성찰과 반성의 대상으로 삼을 수 있을 때라야, 자서전은 쓰일 수 있다. 가령 역사상 자서전 문학의 백미라 일컬어지는 루소의 『고백록』은 이렇게 시작한다.

> 내면을 속속들이(*Intus et in cute*)
>
> 나는 전에도 결코 예가 없었고 앞으로도 그 성취를 모방할 사람

1 지만원, 『뚝섬 무지개』, 시스템, 2018. 이하 쪽수만 표기.

> 이 전혀 없을 기획을 구상하고 있다. 나와 같은 인간들에게 한 인간을 완전히 자연 그대로의 모습으로 보여주려고 하는데, 그 인간은 바로 내가 될 것이다.
>
> 오직 나뿐이다. 나는 내 마음을 느끼고 인간들을 알고 있다. 나는 내가 보아온 어느 누구와도 같게 생기지 않았다. 현존하는 어느 누구와도 같게 만들어져 있지 않다고 감히 생각한다. 내가 더 낫지는 않다 하더라도 적어도 나는 다르다. 〔……〕
>
> 나는 1712년 제네바에서 시민 이자크 루소와 시민 쉬잔 베르나르의 자식으로 태어났다.[2]

루소가 독자에게 보여주고자 의도한 것은 바로 자신, 지상의 그 누구와도 같지 않은 자기 자신이다. 이때의 '자신'이 이른바 '이상적 자아'(상상적 동일시에 의해 '~처럼 되고 싶은 자아')나 '자아 이상'(상징적 동일시에 의해 '~하게 보여지고 싶은 자아')이 아님은 말할 것도 없는데, 이어지는 루소의 고백들이 어떤 것인지 우리는 익히 알고 있기 때문이다. 자신이 저지른 악행이나 추행까지 모든 것을 고백하고, 스스로 그런 행위의 의미에 대해 질문하고 답하기를 포기하지 않는 성찰적 내면이 그의 『고백록』을 걸작이게 한다. 말하자면 자서전은 '대자적' 장르이다. 스스로를 성찰하는 글쓰기, '의심'과 '회의'를 확실성의 준거로 삼는 데카르트적 주체만이 엄밀한 의미에서 자서전의 주인이 될 자격을 얻는다.

정확히 『뚝섬 무지개』가 (이제 살펴보게 되겠지만) 결여하고 있는 것이 바로 그 '의심과 회의', 곧 성찰하는 내면이다. 그런 의미에서라면 이 책은 '얼마간 소설'이라고 할 수 있는데, 왜냐하면 이 책의 저자는

2 장 자크 루소, 『고백록 1』, 이용철 옮김, 나남, 2012, pp. 11~13.

실제 지만원(그런 게 있다면)이라기보다는, 그의 이상적 자아 혹은 자아 이상에 의해 상상되고 상징화된 '화자 지만원'으로 읽히기 때문이다. 다만 이때의 '화자'는 이른바 서사 이론에서 말하는 '믿을 수 없는 화자'에 속한다.

그러나 그렇다고 이제부터 이 책을 문학평론가의 명함을 걸고 '문학적으로' 읽어줄 용의가 있다는 말은 전혀 아니다. 내가 아는 '문학'에 대한 정의들 중 가장 믿을 만한 것이 바로 '진부한 언어와의 결별'인바, 다음과 같은 문장들을 문학적이라 부를 수는 없을 듯하기 때문이다.

> 나는 책 속에서 내가 가장 되고 싶어 하는 인간상을 찾아냈다. 출세도 아니고 부자도 아니었다. '영원한 자유인'으로 살아가는 것이었다. 내가 말하는 자유인이란 남에게 구속되지 않고 자기 신념과 소신에 따라 사는 사람을 말한다. 20대에 나는 클린트 이스트우드가 주연하는 황야의 무법자를 보았다. 인습과 통념에 얽매이지 않고 오직 스스로 정한 자기 규율과 신념에 따라 행동하는 자유로운 영혼을 가진 클린트 이스트우드가 부러웠다. 그 후 영화 속의 클린트 이스트우드는 내 인생의 우상(idol)[3]이 되었다. (「프롤로그」에서)

> 일생을 통해 가장 잔잔한 평화를 누렸던 이 시절, 가을 나비의 지친 몸짓에서도 인생이 보였고, 스치는 바람결에서도 인생을 읽는 듯했다. 보는 것, 읽는 것, 듣는 것 모두에 의미가 있었다. 때로는 섬세해지고, 때로는 격정적이고, 때로는 센티해지기도 했다. (p. 64)

3 이 영어 병기는 도대체 뭘까?

> 가을이 되면 찾아드는 낭만의 병, 우수(melancholy)![4] 열아홉, 스무 살 때에는 스치는 바람결과 흔들리는 풀잎에서 우수를 느꼈다. 그리고 그 우수는 마흔두 번째 가을에 한 번 더 찾아왔다. (p. 336)

너무도 진부해서 문학적으로는 읽을 수 없다면 (수많은 문헌의 인용 출처조차 제대로 밝히지 않고 있는 이 텍스트를 사료나 다큐로 읽을 수도 없으니) 어떻게 읽어야 할까? 첫번째 인용문이 아마도 그 실마리가 될 법하다. 이 텍스트는 프로이트가 말한 일종의 '타협 형성물'이다. 스크린에 비친 이미지로서의 클린트 이스트우드와 그 이미지에 매혹된 실제의 주체(주체 이전의 전 주체),[5] 이상적 자아처럼 되고 싶은 욕망(이 욕망은 결코 실현될 수 없다. 이상적 자아란 실은 기의 없는 기표이기 때문이다)과 그것을 가로막는 현실(현실 속의 자아는 항상 이상적 자아에 미치지 못한다), 그 사이에서 타협이 이루어진다. 다큐와 소설의 갈등이 '다큐소설'이라는 기이한 합성명사를 만들어낸 것처럼…… 그리고 알다시피 프로이트는 그런 '타협 형성물'을 '증상'이라고 불렀다. 욕망과 현실 사이에서 신경증적(혹은 정신증적) 주체는 증상으로 도피한다.

2. 전장의 영웅들

증상은 해석되어야 하는바, 텍스트 초입 학창 시절의 에피소드[6]에서

4 이 영어 병기는 또 뭘까?

5 정신분석학적인 견지에서 '주체'란 말은 함부로 쓸 수 없다. 엄밀한 의미에서 '주체'는 타자의 욕망과의 환상적 관계를 횡단하는 한에서만 주체다.

6 이 에피소드에서 그는 자신이 불법으로 중학교 졸업장을 받았고, 키와 체중을 속여 육사에 입학했단 사실을 '낭만'과 '목가'의 시절에나 가능했던 미담처럼 이야기한다. (pp. 22~34 참조)

드러나는 외모 콤플렉스(자타공인 잘생긴 얼굴과 천재성, 그러나 작은 키와 체중)가 눈에 띄지만, 인신공격은 피해야 할 터이니 이에 대해서는 길게 거론하지 않을 생각이다. 대신 '상상적 동일시'(이상적 자아)와 '상징적 동일시'(자아 이상)에 관한 지젝의 언급을 분석의 실마리로 삼아보자.

> 상상적 동일시와 상징적 동일시 간의 관계(이상적 자아Idealich와 자아 이상Ich-Ideal)는 (미출간 강의에서의) 밀레의 구분을 빌리자면 '구성된' 동일시와 '구성하는' 동일시 간의 관계와 같다. 간단히 풀이하자면 상상적 동일시는 그렇게 되면 우리가 우리 자신에게 좋아할 만하게 보이거나 '우리가 그렇게 되고 싶은' 이미지와 동일시하는 것이고, 상징적 동일시는 우리가 관찰당하는 위치와, 우리가 우리 자신에게 사랑하고 좋아할 만한 것으로 보이게 되는 위치와의 동일시이다.[7]

'이미지'와의 동일시와 '위치'와의 동일시, 라캉의 '시각'과 '응시'에 대응하는[8] 이 두 종류의 동일시(실은 후자가 전자를 지배한다)가 바로 알튀세르가 말하는 '호명 테제'의 진의일 것이다. '이데올로기는 개인이 세계와 맺게 되는 상상적 관계이다.' 말하자면 우리는 두 종류의 동일시를 통해 세계를 이데올로기적 환상 속에서 마치 자명한 것인 양 구조화한다. 우리는 이상적 자아를 통해 '상상적으로' 자아를 형성하고, 자아 이상을 통해 '상징계' 속의 어떤 위치에 이데올로기적 주체로서 자리 잡는다.

7 슬라보예 지젝, 『이데올로기의 숭고한 대상』, 이수련 옮김, 새물결, 2013, p. 176.

8 자크 라캉, 『자크 라캉 세미나 11—정신분석의 네 가지 근본 개념』, 맹정현·이수련 옮김, 새물결, 2008. 2장 참조.

『뚝섬 무지개』의 거의 대부분이 상상적 동일시와 상징적 동일시의 산물이므로 저자의 이상적 자아와 자아 이상이 무엇인지를 가늠해볼 만한 사례들은 셀 수 없이 많다. 그중 인상적인 장면만 옮겨본다.

> 벌주는 일은 누구나 할 수 있었다. 계급 자랑, 성질 자랑도 누구나 할 수 있는 일이었다. 하지만 나만은 무엇인가 달라야만 한다는 생각이 들었다. 순간 나폴레옹과 한니발을 생각했다. 만일 그들이 내 입장에 서 있다면 이를 어떻게 해결했을까? [……] 예수를 생각했다. '그분처럼 훌륭한 위인도 아무런 잘못 없이 온갖 수모를 당했는데 나 같은 사람이 무엇이 잘났다고 이만한 수모에 자존심을 상해야 하나. (p. 214)

> 이명박 퇴진 집회를 확대하기 위해서는 막대한 자금이 필요했다. 연말은 기부의 계절이다. 빨갱이들은 연말 대목을 보기 위해 문근영을 이용한 것이다. 기부금 잘 내는 배우 등 돈 있는 사람들의 경쟁심을 유도해 '사회복지공동모금회'에 연말모금을 대대적으로 유치하고, 문 양에게 광고 모델료가 쇄도하게 해서 많은 자금을 유치하려 했던 것이다. 이렇게 해서 문 양에 대한 사회적 입지가 굳어지면 감히 누구도 범접할 수 없는 바위 같은 존재가 되는 것이다. [……] 그래서 나는 수많은 언론들로부터 공격받을 것을 각오하고 문제를 삼은 것이다. 기부금의 계절인 연말특수 계획이 탄로 났다고 생각해서인지 좌익들이 땡비 떼처럼 일어난 것이다. 언론이 소리를 키울수록 국민들이 깨어났다. 그래서 저들의 연말대목이 수포로 돌아갔다. 이것이 내가 공격받은 데 대한 유일한 위안이 되었다. (p. 463)

첫번째 인용문은 저자가 어떤 '이미지'들과 자신을 '상상적으로' 동일시하는지를 보여준다. 나폴레옹과 한니발, 그리고 심지어 예수! 앞서 클린트 이스트우드도 거론한 바 있지만, 다른 지면에서는 이사도라 덩컨(무용가), 잭 도슨(영화 「타이타닉」의 남주인공, 디캐프리오가 맡은 배역), 헤스터 프린(『주홍 글씨』의 여주인공), 그리고 맥아더를 포함한 몇몇 미군 장군들(한국 장군으로는 유일하게 채명신)도 거론된다. 책을 통해(돈키호테나 보바리 부인이 그랬던 것처럼) 세상을 배웠다고 자주 말하는 그의 독서 편력이 대체로 짐작이 되는데(그는 많은 책들을 읽고 감명받았다고 말하지만 그 책의 제목들은 별로 눈에 띄지 않는다), 아마도 영웅전과 위인전들이 주였을 듯싶다. 영웅, 장군, 건맨, 영화 주인공들이 그의 이상적 자아였던 셈이다.

두번째 인용문은 저자가 어떤 '위치'와 자신을 '상징적으로' 동일시하는지를 보여준다. 그는 "수많은 언론들로부터 공격받을 것을 각오하고" '문근영'을 이용한 '빨갱이들의 연말특수 계획'을 문제 삼은, 그래서 그들의 계획을 수포로 돌아가게 한 국가 수호의 영웅이다. 그에게 세계는 여전히 빨갱이들과 전쟁 중이고 자신의 위치는 여전히 전장에 있다. "항재전장!" 그에 따르면 이 말은 "옛날 1960년대에 군에 유행되던 말이었다. 항상 전장에 있는 것처럼 생각하라는 뜻이었다"(p. 162). 상징적 동일시는 (타자의) 응시의 산물이라고 했다. 내가 보여지는 입장(응시의 자리)에서 만족할 만한 나의 위치 찾기가 자아 이상이 하는 역할이다. 그는 그 위치를 찾았고 아주 오랫동안 바꾸지 않았다. 그 위치는 전쟁 중인 국가, 그러나 아주 오래된 국가(주의)의 최전방 어디쯤이다.

전쟁 중인 국가의 최전방 논객(상징적 동일시)의 위치에서 영웅의 풍모로(상상적 동일시) 싸우는 자…… 그런데 이상적 자아가 위대할수록(가령 예수!), (전)주체는 망상과 편집증에 쉽게 노출된다. 현실과 이상과의 간극이 커지면 커질수록 그 간극을 메우기 위해 과도한 정신승리법과 (현실적부심을 통과하지 못한) 망상들이 필요해지기 때문이다. 박해 편집증과 구세주 망상은 그런 거대한 정신승리법의 한 종류다. '문근영이 기부를 많이 했다→그런데 그의 외조부가 비전향 장기수였다→따라서 이명박 퇴진 운동에 자금이 필요한 빨갱이들이 문근영을 연말특수 계획으로 이용하려 한 것이다→그러나 탄압을 무릅쓰고 내가 그 계획을 막았다→그래서 탄압받았지만 그것은 절대자가 내게 준 운명이므로 나는 위안을 얻는다'. 이런 식의 기이하다 못해 기괴한 논리의 곡예(편집증의 전형적인 특징이다)를 나는 그 유명한 '슈레버 판사'(하나님의 빛을 항문으로 받아 구세주를 잉태하리라)의 사례 외에 들어본 적이 없다.

지만원을 두고 (정신분석학적 견지에서) '주체'라 부르기 꺼려지는 이유, 그리고 '내면'이 없다고 말했던 이유도 여기에 있다. 지젝은 말한다.

> 상징적 동일시의 지배 아래 이루어지는 상상적 동일시와 상징적 동일시 사이의 이런 상호작용은 주체를 소위 일정한 사회적·상징적 영역 속에 통합시키는 메커니즘을 구축한다. 라캉 자신이 분명히 지적했듯이 그 메커니즘은 바로 주체가 자신에게 '위임된 역할'을 맡는 방식이다. 〔……〕 하지만 유일한 문제는 호명의 '원의 사각'은, 즉 상징적 동일시와 상상적 동일시의 순환운동은 반드시 일정한 잔여물을 남긴다는 점이다. 소급적으로 의미를 고정시키는 기표 연쇄의 '누빔'이 모두 일어난 후에 세 번째 그래프에서 그 유명한 '케 보이?'로 표기될 수 있는 어떤 간극이, 구멍이 항상 남겨진다. 즉 '너는 나에게 그것을 말하지만 그것을 통해 도대체 무엇을 원하고 무엇을 겨냥하는 것인가?'[9]

상상적 동일시와 상징적 동일시를 통해 주체는 일정한 사회적·상징적 영역 속에 통합된다. 말하자면 전장의 논객 같은 위치 속에 말이다. 그러나 지젝에 따르면 그런 통합은 대체로 완벽하게 이루어지지 않고 어떤 잔여, 구멍 같은 것을 남긴다. 그 잔여가 주체로 하여금 자신을 응시하는 대타자를 의심하게 하고 질문하게 한다. '나를 응시함으로써 나를 어떤 위치에 붙박아두는 너의 욕망은 도대체 무엇이냐?'(케보이?)

라캉은 이를 두고 '히스테리적 담화'라고 부른다. 그리고 또한 주체의 확실성은 항상 의심에 의해 구성된다고 말하기도 한다. 그러나 지만원은 대타자로서의 (오래전부터 항상 전쟁 중인) 국가를 의심하지 않는다. 성찰하지 않고 자신의 위치가 대타자의 응시에 의해 결정되지 않았는지 회의하지도 않는다. 주체란 데카르트와 함께 탄생했다고들 말한다. 그런 의미에서라면 지만원은 아마도 주체가 아닐 것이다.

3. 고정지시자 '빨갱이'

지만원이 회의하는 주체가 아니라는 말이 그의 발화들이 국가라는 대타자의 응시 속에서 '일관된 체계'를 형성하고 있다는 말로 해석되어서는 곤란하다. 물론 이데올로기는 과학과 달리(엄밀하게는 과학도) 모순을 '모른다'. 그러나 이 말의 의미는 글자 그대로 이데올로기적 담화들에는 모순이 '없다'는 말이 아니라 모순으로 가득 차 있음에도 불구하고 그 모순을 봉합하고 일관되게 통일시키는 어떤 메커니즘이 존재한다는 말이다. '고정지시자'(고정 간첩이 아니라) 혹은 '누빔점'이 그것

9 슬라보예 지젝, 같은 책, pp. 184~85.

이다. 다음 인용문들은 『뚝섬 무지개』 여기저기서 발췌한 것들이다.

> 마치 군인의 전부인 것처럼 신봉해 왔던 체력단련은 몇몇 생도들의 목숨을 앗아갔을 만큼 고문과 중노동에 해당했던 반면, 그것이 훗날 장교로서의 프라이드나 리더십을 키우는 데 긍정적으로 기여했다는 증거는 없다. 가장 많은 기합을 받고 자란 생도, 가장 단련된 체력을 쌓았다는 생도가 훗날 훌륭한 장교로 성장했다는 증거도 없다. (p. 53)

최소한 이 문장들을 쓸 때, 지만원은 오래된 군대의 얼차려 문화를 비판하는 합리주의자다.

> 연대에서 헬리콥터가 날아와 그 뱀을 가져갔다. 어린 마음에 모두는 그 뱀이 창경원에 갈 줄로만 알았다. 하지만 나중에 들리는 소문으로는 부연대장님 등 어른들이 보신용으로 삶아 드셨다고 했다. 이빨이 없기 때문에 오래 살지 못한다는 것이다.
>
> 몇 년이 지난 후 나는 그때를 회상하며 후회를 했다. 아무런 목적의식 없이 하나의 생명을 절단 냈기 때문이었다. (p. 145)

이 문장들을 쓸 때, 지만원은 뱀 한 마리의 죽음에도 죄의식을 느끼는 (의사)생태주의자처럼 보인다. 그러나 이 문장들 직후 두 페이지만 넘기면 이런 문장들도 눈에 띈다.

> 네 대의 미군 전투기가 마치 독수리처럼 수직선으로 내려 꽂혔다 야자수 높이에서 다시 날아오르면서 사정없이 폭격을 가하고

있었다. 흙먼지가 피어오르고, 나뭇조각이 야자수 숲 위로 날아오르고, 연기가 온 마을을 자욱하게 덮었다.

"따다다다닥… 쾅…" 한 마디로 장관이었다. 이런 것을 보고 전쟁을 예술이라고 표현하는구나 싶었다. (pp. 147~48)

이 문장들을 쓸 때, 뱀 한 마리의 생명도 소중하게 여기던 그는 돌연 전쟁광처럼 보인다. 한 마을이 불타는 장면을 보면서 그는 그 마을 안에서 죽어가는 많은 사람들을 떠올리지 않는다. 포연의 장엄함이 그에게는 예술처럼 보일 뿐이다.

문제의 근원은 군이 추진하는 대부분의 사업은 장교들의 발상에 의하여 추진되는 것이 아니라 기업 주도로 이뤄지고 있다는 사실에 있다. 기업들이 장교에게 아이디어를 제공해 주고, 사업에 대한 교육도 시켜주며, 적지 않은 도장 값으로 매수하는 것이다. 이 문제가 해결되지 않는 한 정경유착은 절대로 근절되지 않는다. (p. 477)

1997년 『말』지(지만원은 김대중의 적화 작전이 실행되기 전까지 이 잡지가 빨갱이 매체라는 사실을 몰랐다고 말한다. 이 말은 이중으로 부정확하다. 왜냐하면 이 잡지가 빨갱이 매체가 아니고 그가 이 잡지의 성격을 몰랐다는 사실을 믿을 수 없기 때문이다)에 기고한 글의 일부인 이 문장들을 쓸 때, 그는 정경유착에 반대하고 군 예산 집행 '시스템'[10]의 효율

10 지만원이 이 책 전체에서 가장 많이 거의 강박증적으로 사용하는 단어들 중 하나가 바로 '시스템'이다. 이 책을 낸 자신의 출판사 이름이 '시스템'이고, 그가 운영하는 홈페이지도 '시스템클럽'이다. 그리고 알다시피 그는 시스템공학 박사로 그와 관련된 책을 내기도 했다. 나로서는 그의 시스템 강박적인 사고와 편집증적 사고의 유사성에 관심이 많다.

화를 주장하는 신자유주의자로 보인다.

합리주의자이면서 생태주의자이면서 전쟁광이면서 신자유주의자이면서 시스템 신봉자인 국가주의자…… 인용하지 않았지만 어떤 구절들에서 그는 친미주의자이고, 다른 구절에서는 유교적 가치의 신봉자이다. 또 다른 구절에서는 '광주에는 여성에도 아름다움이 없었다'고 말하는 여성혐오자이자 아태재단에서는 '영구분단이 통일의 지름길'이란 말로 인구에 회자되기도 했던 자칭 일급 강사다. 그러나 지만원은 이런 모순을 '모른다'. 이데올로기는 항상 오류와 모순을 '모르는' 법이기 때문이다. 그렇다면 저 많은 기표들의 모순을 봉합하면서 일관된 하나의 체계로 누벼주는 메커니즘은 무엇일까? 지젝은 이렇게 답한다.

> 하나의 이데올로기 장에서 실정적 내용들이 아무리 바뀌어도 그러한 장을 동일한 것으로 창조하고 유지하는 것은 과연 무엇일까? 〔……〕 원-이데올로기의 요소들이라 할 수 있는 수많은 '떠도는 기표들'이 어떤 '매듭'(라캉이 말하는 누빔점)의 개입에 의해 통일된 장으로 구축된다는 것이다. 즉 매듭에 의해 그 기표들이 누벼지면서 미끄러짐을 멈추고 의미가 고정된다는 것이다.[11]

합리주의, 생태주의, 신자유주의, 친미주의 같은 원-이데올로기소들은 부유하는 기표들이다. 애초에 이 이데올로기소들에 일관성이나 통일성이란 없다. 그러나 어떤 누빔점, 곧 고정지시자가 등장해 그 기표들을 하나의 일관된 매듭으로 묶는다. 그리고 (당연한 말이겠지만) 지만원의 경우 그 고정지시자는 '빨갱이'다. 그가 5·18 당시 광주에서 암약했다고 주장하는 1,200명의 '광수들' 사례는 식상해서(실은 어이없어

11 슬라보예 지젝, 같은 책, p. 149.

서) 제쳐두더라도(그의 편집증적 망상의 절정이지만), 그가 빨갱이란 말의 범주를 어떻게 이해하고 있는지는 다음의 인용문이 잘 보여준다.

> 최홍재 홍진표 하태경 등 대표적 얼굴마담들이 "이제부터는 애국자가 되겠다"며 전향을 공표했다. 전향 발표와 함께 이들은 '뉴-라이트'라는 조직을 만들어 지지층을 확대했다. 모든 언론들이 이들을 프리마돈나로 띄웠다. 모든 우익들이 탕아가 돌아왔다며 환호했다. 12명이 국회의원이 되었고, 150여명이 국회의원 보좌관으로 들어가 국회를 사실상 장악했다. 지금도 여야 없이 보좌진 세계는 주사파들이 장악하고 있다. 하지만 이 주사파들의 전향은 힘을 쟁취하기 위한 치밀한 전략이었을 뿐이다. '한번 걸레는 영원한 걸레'다. (p. 453)

만약 뉴라이트마저 좌파이고, 국회의원 보좌관 150여 명이 주사파라면(그는 또한 자신을 재판한 판사들의 대부분이 빨갱이거나 빨갱이들의 관리 대상이고, 한국 언론의 대부분이 빨갱이 언론이라고 말한다. 여기에는 『조선일보』도 포함된다. 그리고 김대중·노무현·문재인은 말할 것도 없고 이명박과 박근혜 정부마저 한국의 적화 경향에 책임이 있다고 말한다) 도대체 빨갱이의 범주가 어디까지인지는 헤아리기 힘들다. 그 빨갱이들과 싸우기 위해, 군대의 시스템은 합리적으로 개혁되어야 하고, 정경유착의 고리는 끊어야 하고, 미군의 시스템을 본받아야 하고, 전쟁은 예술이 되어야 한다. 그런 방식으로 '빨갱이'는 떠도는 기표들의 매듭, 곧 고정지시자가 된다.

그러나 만약 어떤 기표가 무수한 기의들을 가지고 있다면, 그 기표에 실정적 내포가 있다고 말할 수 있을까? 빨갱이란 말이 『조선일보』와 뉴라이트와 세월호와 '위안부' 피해자와 5·18과 천안함과 4·3항쟁을 모두 의미할 수 있다면 도대체 빨갱이라는 말에 어떤 내포가 있을까? 지젝이 들고 있는 재미있는 예에서처럼 '스카페이스'는 그가 설사 얼굴의 흉터를 지웠다고 하더라도 여전히 '스카페이스'로 남는다. 그리고 그 기의 없는 기표가 그를 '스카페이스'란 은유에 달라붙을 수 있는 모든 기표들을 누비고 고정시킨다. 가령, 잔혹함, 음모, 어둠, 폭력, 마약, 테러 등등. 고정지시자는 말하자면 기의 없는 순수 기표로서 다른 기표들에게 매듭을 제공하는 기능을 한다. 지만원에게는 '빨갱이'가 바로 그런 방식으로 모순적인 이데올로기소들의 매듭을 제공한다.

4. 애타게 빨갱이를 찾아서

그렇다면 라캉의 어법을 빌려 표현할 때 지만원에게 빨갱이란 말은 빨갱이(그는 현대 좌파들의 조류가 얼마나 다양한지를 전혀 모른다. 실은 제대로 된 지식인들이라면 죄다 좌파라는 사실도) 자체를 지시하는 것이 아니라 '빨갱이보다 더 빨갱이 같은 무엇'(대상 a)을 지시한다고 말해도 좋겠다. 이 기표 주위로 5·18, 4·16, 4·3, 천안함, 촛불시위 같은 기표들이 매듭을 만든다. 지만원의 눈에는 보이는 그것이 다른 사람들의 눈에는 보이지 않는 이유, 역으로 다른 사람들 눈에는 전혀 보이지 않는 그것이 지만원의 눈에'만' 보이는 이유도 거기 있을 것이다.

> 이 9개 줄을 놓고 군과 안기부와 검찰 및 법관들은 겉만 읽었고, 나는 속을 읽었던 것이다. 그래서 그들은 북한특수군을 보지 못했고, 나만 보게 된 것이다. (p. 414)

> 검찰자료와 안기부는 수십 개 페이지에 걸쳐 낱개 항목들만 나

> 열해 놓았을 뿐, 이를 통계적으로 처리하지 못해 의미 있는 정보를 가공해 내지 못했다. 통계학에 훈련된 분석가가 없었기 때문이었다. 가공해 낸 위 정보가 있으면 북한군이 보이는 것이고, 검찰이나 안기부처럼 항목들만 나열해놓고 있으면 북한군이 보이지 않는 것이다. (pp. 414~15)

대체로 보통의 사람들은 다른 이들의 눈에 보이지 않는 것이 내 눈에만 보일 때 자신의 시각이나 의식 상태를 의심한다. 그러나 '케 보이'가 부재하는 정신의 소유자에게는 의심이 없다. 그러고는 확신 속에서 기꺼이 박해받는 예언자가 되고 타인들이 보지 못하는 것들을 본다.

그런데 빨갱이라는 고정지시자가 사라지거나 존재하지 않는 상황에 처하게 되었을 때(가령 한국이 북한 주적론을 포기하거나, 통일이 눈앞에 다가오거나, 5·18이 국가폭력이었음이 명백히 입증되거나 하는 상황이 도래했을 때) 빨갱이라는 고정지시자로 자신의 상징체계를 구축해온 (전)주체는 어떻게 될까? 이른바 '투케tuche'를 경험하게 된 주체는 '실재와의 어긋난 만남'을 통해 엄밀한 의미에서의 '주체'가 될 수도(맥동적으로나마) 있으리라. 그러고는 '민주주의'나 '진보' 같은 다른 고정지시자를 통해 새로운 상징체계를 구조화하게 될 수도 있으리라.

그러나 실재와의 만남을 증상으로의 도피를 통해 기피한 주체는 이미 명백해진 사실 앞에서도 자신의 고정지시자를 포기하지 않으려 한다. 그런 의미에서 '빨갱이'는 적화되어가는 사회가 욕망하는 것이 아니라 바로 그 (전)주체가 욕망하는 것이다. 빨갱이는 지만원의 '대상 a'다. 빨갱이가 '항상' 있어야만 그는 '항재전장'의 이데올로그라는 상징적 위치를 유지할 수 있다. 그러나 빨갱이는 실정적 내포를 지닌 대상이 아니다. 왜냐하면 항상 존재하려면 실체가 없어야 하기 때문이다. 즉 그것은 고정지시자로서의 기의 없는 기표이다. 그럴 때 환상과 이데올로기는 편집증적인 수준에 이르고 정신은 파산한다. 그리고 여기 한 파산한 정신이 얼마나 잔인하고 우스꽝스러울 수 있는지 보여주는 문장들이 있다.

> 꽃밭을 만들고 정원을 가꾸어 아름답게 가꾸어야 할 이 땅에 보기 흉한 소녀상을 전봇대처럼 많이 세우는 것은 위안부의 권익을 위한 것도 아니고 위안부의 명예를 위한 것도 아니다. 오로지 위안부를 정치적 앵벌이로 하여 대한민국의 이미지를 위안부의 나라로 인식되게 하는 해국행위일 뿐이다. 겨울이면 이 위안부 소녀들은 목도리와 스카프와 고급 담요로 치장된다. 이를 바라보는 여식 아이들은 "엄마, 나도 위안부 될래" "엄마 우리 할머니도 훌륭한 위안부였지?" 참으로 기막힌 정서가 자라난다. 대한민국 땅을 밟는 외국인들은 웬 한국에 위안부가 천지로 깔렸느냐며, 나이든 한국의 할머니들을 일본군 위안부 정도로 바라볼 수 있을 것이다. (p. 509)

이것은 명백한 광기다.

5. 보유 — 그에게는 병식이 없어서

푸코도 아감벤도 공히 지적하는 것이 생명정치의 확산에 따른 '의학의 권력화' 현상이다. 실제로 우리는 권력과 의학이 착종되는 여러 현상들을 목격하고 있다. 안전 메커니즘의 등장과 함께 건강에 해로운 것은 악이자 위법이 되는 시대다. 정신의학의 경우도 사정은 유사해서 범죄자의 정신감정이라는 형식으로 사법 권력에 개입해 일종의 면책 특권을 행사하거나 처벌 가능 여부를 판정하곤 한다. 이른바 '심신미약' 상태 여부의 판정은 그 좋은 예다.

그러나 정신분석에 따르면 우리 모두는 다소간 정신증적이거나 신경증적이다. 이 말은 전두환이나 지만원 같은 이들과 우리가 실제에 있어서는 증상의 경중 외에 별다른 차이가 없다는 말과 다르지 않다. 지만원은 편집증적이다. 그러나 우리도 모두 얼마간은 편집증적이다. 이런 식의 결론은 우리 또한 광기로부터 자유롭지 않다는 경계의 말이 될 수도 있다. 한나 아렌트가 아이히만의 악을 '진부함'이라고 정의했던 것처럼 말이다. 사유 없이 진부한 우리 모두가 아이히만이 될 수 있다는 말은 문명 전체에 대한 경고다. 그러나 이런 식의 일반화는 아이히만이라는 악인이 범한 죄의 크기와 특수성을 지워버릴 위험을 수반한다. 누구나 아이히만이라면 그를 처벌할 정당성은 어디에서 찾을 수 있을까? 정신분석의 경우도 마찬가지일 것이다. 우리 모두가 얼마간 편집증적이라면 편집증 속에서 발화한 저 독하고 잔인한 말들을 어떻게 처벌할 수 있을까? 지만원의 텍스트를 '정신분석'의 이름으로 살펴보면서 내내 들었던 의문이 이것이었다.

그나마 다행인 것은 최소한 지금까지 그에게는 병식이 없어서, 자신이 심신미약 상태에서 그런 발언들을 하고 다녔다고 말하지는 않을 것 같다는 점이다. 그의 눈에는 도처에 빨갱이들이 즐비해서 아마도 그리 오래 남지 않은 여생도 병식 없는 채로, 끝내 국가주의라는 대타자의 응시 속에서 '항재전장'의 주체 위치를 고수하다 삶을 마감할 듯하다. 정신분석이 그에게 내릴 수 있는 최대한의 저주가 고작 이것이다.

정작 중요한 것
— 전두환의 죽음에 부쳐

1

2021년 11월, 책을 한 권(『무서운 극장』, 문학과지성사) 출간했다. 출간 날짜는 11월 15일로 인쇄되었으나, 책이 내게 당도한 날은 22일 즈음이었다. 좀 무거운 영화 관련 에세이집이었는데, 책 맨 앞에 실린 글의 제목은 「사유 없이 죽을 자」였고, 첫 문장은 이랬다. "2019년 3월 11일, 조비오 신부에 대한 사자 명예훼손 혐의로 기소된 전두환이 광주지방법원에 출두했다. 〔……〕 '발포 명령 인정하십니까?' '광주 시민에게 사과하실 생각 없으십니까?'라는 취재진의 질문에, 신경질적인 표정으로 그가 뱉은 유일한 답은 '이거, 왜 이래?'였다. 이 책의 첫 글을 마가레테 폰 트로타 감독의 〈한나 아렌트〉에 대한 이야기로 시작해야겠다 싶어진 것은 그 장면을 보고 나서였다."(p. 9) 그리고 그 글을 나는 이렇게 마무리했다. "죽는 순간마저도 자신의 고유한 죽음을 맞이할 수 없는 진부함, 오로지 단 한 번, 삶 전체를 의미화할 수 있는 시간을 흔한 관용어로 낭비하고야 마는 사유 없는 자의 진부함, 그것이 악이다. 그렇다면 지난 3월 11일에 내 귀에 들렸던 '이거, 왜 이래?'라는 말의 발화자가 맞게 될 마지막 순간도 예서 그리 멀지 않을 거라 생각한다."(p. 19)

그 글에서 나는 전두환을 그 유명한 독일의 전범 아이히만에 빗댔다. 그리고 한나 아렌트가 『예루살렘의 아이히만』에서 기록한바, 그 역시 아이히만처럼 사유 없는 진부함 속에서 죽을 것이라고 (얼마간의 저주를 섞어) 예견했었다. 그리고 그는 정말 그렇게 죽었다. 노태우가 "자신에게 주어진 운명을 겸허하게 그대로 받아들여, 위대한 대한민국과 국민을 위해 봉사할 수 있어서 참으로 감사하고 영광스러웠다"라는 (진부하기 그지없는) 유언을 남기고 죽은 지 한 달 만이었다. 유족들은 그의 회고록에 기록된 (역시나 진부하기 그지없는) 마지막 문장을 전두환의 마지막 유언으로 삼았다. "내 생이 끝난다면, 북녘땅이 바라다보이는 전방의 어느 고지에 백골로라도 남아 있으면서 기어이 통일의 그날을 맞고 싶다"(『전두환 회고록 3—황야에 서다』, 자작나무숲, 2017, p. 643. 이하 인용 시 제목은 『회고록』, 해당 권수와 쪽수만 밝혀 표기). 2021년 11월 23일이었고, 그날은 공교롭게도 내가 책을 받아 본 바로 다음 날이었다.

이 기묘한 우연의 일치 때문에 이 글을 쓰게 된 지금, '운명'이라거나 지식인으로서의 '책임감'이라거나 광주 시민으로서의 '의무' 같은 (진부한) 표현을 사용할 생각은 없다. 그는 광주에서 나고 자란 나 같은 일개 서생의 삶에 대해 알았을 리 없으나(그가 등장하지 않았다면 내 삶은 어땠을까?) 나는 그의 '사유 없음'으로 인해 생의 많은 날들을 (주로 좋지 않은 방향으로) 영향받았으니, 글 한 편쯤은 더 써야 하지 않을까라는 생각은 들었다.

2

예상했던 대로, 그의 회고록은 무척이나 나를 힘들게 했다. 총 2천여

페이지에 달하는 세 권짜리 회고록의 어마어마한 분량 때문만은 아니었다. 거기 적힌 빽빽한 문장들이 대부분 자기합리화나 정신승리에 바쳐지고 있다는 이유 때문도 아니었다. 거기 적혀 있는 주장들의 오류와 왜곡을 밝히는 것은 역사학자들이나 연구자들의 몫이라 생각한다. 정작 나로 하여금 그의 회고록을 읽기 힘들게 만든 것은 다름 아닌 '진부함' 그것 때문이었다. 그는 이런 사람이다. 편의상 시점을 일인칭으로 바꿔본다.

1931년, 경상남도 합천군 율곡면 내천리에서 태어난 '나'에게 "가난은 숙명과도 같았다". "어려운 환경에서도 내가 구김살 없이 자라날 수 있었던 건 가정의 화목을 가장 중요시해 자식들을 사랑으로 길러주신 부모님 덕분이었다. 나는 타고난 기질이기도 하겠지만 남들과 잘 어울리는 부지런한 소년이었다."(『회고록 3』, p. 18) "어렵고 힘든 상황에서도 남 탓을 하거나 비관적으로 생각하지 않고, 능동적인 자세로 대처해나갈 수 있는 나의 성격은 아마도 그 고단한 어린 시절을 지내오면서 형성된 것이 아닌가 생각된다."(p. 26)

국민학교 시절 "동생을 업은 채로는 방바닥에 앉아서 공부를 할 수가 없어 선 채로 책을 보곤 했다. 그래서 널빤지를 구해와 고무줄에 묶어 천장에 매달아놓고는 그 위에 책을 올려놓고 공부하고는 했다"(p. 28). 대구공고 시절 좌익계열 선배들이 수업 거부를 선동할 때, "나는 그들이 나를 해치려고 할 경우 당당히 맞설 충분한 신념과 자신감이 있었다. 말을 마친 나는 좌익 간부를 노려보았고 그는 나의 기세에 눌렸던지 선동을 멈추고 물러갔다. 그 이후 우리 기계과는 더 이상 좌익들의 선동과 위협에 휘둘리지 않고 수업을 진행할 수 있었다"(p. 31). "육사 생도 시절 나는 학과 공부와 독서에 열중하는 가운데 운동도 열심히 했다. 축구, 농구, 테니스, 탁구, 배드민턴, 권투 등 운동이라면 가리지 않고 좋아했지만 그중에서도 축구를 가장 좋아해 축구부 주장 생도가 되었고 3군 사관학교 체육대회에 선수로 출전하기도 했다."(p. 42) 그러던 중 한 소녀를 만나고 "나는 이성을 느꼈다. 소리 없이 내리는 봄비가 대지를 적셔 새싹을 움트게 하듯 세월이 흐르면서 우리 두 사람의 가슴엔 자신도 모르게 사랑의 감정이 싹트고 있었던 것이다"(p. 47).

이후로 여러 훈련과 연수를 받으면서 인간의 한계를 넘어서는 고통이 닥칠 때마다 "나는 스스로 가치 있다고 믿는 일에 나를 내던질 수 있어야 한다"(p. 70)는 신념과 "지옥과 같은 상황에서도 노력 여하에 따라서는 내면의 초인을 끄집어내 살아남을 수 있다는 가능성과 자신감"(p. 69)으로 그 모든 것을 견뎠다. 결국 "내가 대통령이 된 것은 기회를 잡은 것이 아니라 운명을 받아들인 것이었다. 나는 운명 앞에 겸손해질 수밖에 없다고 생각했다. 10·26사건의 수사를 책임져야 했을 때처럼, 12·12를 결행해야 했을 때처럼, 어렵고 위험한 길이라 해도 회피할 수 없다고 마음을 굳혔다. 역사는 사람이 만들어가지만, 역사 또한 사람을 역사적 존재로 만든다"(『회고록 1』, p. 58).

이상이 전두환 자신의 회고에 의해 요약된 삶의 간단한 연대기인바, 이후 대통령 재임 기간 중 자신이 행한 일들에 대해서는 다음 문장들을 인용하는 것으로 대신한다.

> 항간에서는 "박정희 없는 전두환은 없다"는 말들을 한다고 한다. 맞는 말이다. 그 말에 이어서 나는 "전두환 시대가 없었다면 박정희 시대도 없었다"고 말하고 싶다. 10·26 이후 1980년대 초에 우리가 직면했던 국가적 위기는, 앞에서 언급했듯이 박정희 대통령이 18년간 애써 닦아놓은 도약의 토대가 자칫 유실될 수도 있는 상황이었다. 역사에 가정은 무의미한 것이므로 그때, 자신의 집권만이 '민주화'라는 아집에 사로잡혀 있던 사람들이 국정을 맡게 되었다면 그 뒤 우리나라는 어떤 길을 걸어 왔을까 하는 물음을 내놓을

> 생각은 없다. 그러나 어쨌든 나는 재임 중 우리 경제가 '단군 이래의 호황'을 누릴 수 있게 만들었고, 아시아 국가 중 두 번째 올림픽 개최국이 되게 했으며, 6·29선언으로 '민주화'로의 순조로운 이행을 실현했고, 헌정사상 최초로 평화적 정권 이양의 선례를 만들어 놨다. 그러니까 나는, 박정희 대통령 그 어른이 5·16혁명의 기치를 올리던 때 품었던 꿈을 가장 충실하게 이루어놓았다고 말할 수 있는 것이다. 말하자면 박정희 대통령이 저 세상에서 이 땅을 내려다 보신다면 나에게 치하와 감사의 말씀을 하시면 하셨지 자신의 믿음을 배신했다고 하실 일은 없다고 나는 굳게 믿고 있다. (『회고록 3』, p. 612)

어떤 사람에게는 위인전처럼 읽힐 수도 있겠다는 생각이 들지 않는 건 아니지만, 글쓰기 유형 중 위인전이라는 장르를 가장 싫어하는 나로서는 저런 문장들을 읽어내기가 무척 버겁고 답답했다. 전두환의 회고(내가 모든 것을 다 했다!)가 내가 배우고 경험한 한국 현대사의 전개와 너무 상이해서이기도 했지만(사람들은 얼마나 자주 과거를 선택적으로 기억하는가!) 그보다는 문장과 서사가 너무도 진부해서였는데, 한 문장을 제시하면(가령 '그는 가난한 가정에서 태어났다') 바로 그다음 문장이 떠오르는('그럼에도 불구하고 나는 밝고 부지런한 소년이었다') 클리셰의 연쇄를 2천 페이지나 읽어야 한다는 건 생각보다 큰 노고를 필요로 했다. 지치고 피로한 내 눈에 저 문장들은 '회고록'이라기보다는 '자전적 위인전'에 훨씬 더 어울려 보였다.

내가 위인전을 싫어하는 것은 위인전 속 위인이란 대체로 미화되기 마련일 뿐만 아니라, 그들은 (라캉적 의미에서나 바디우적 의미에서나) '주체'가 아니란 판단 때문이다. 그들은 묻는 법을 모른다. 회의하거나 의심하는 법도 모른다. 위인전의 진부함은 거기서 온다. 그런 이유로 나는 저 인용문의 마지막 "박정희 대통령이 저 세상에서 이 땅을 내려다보신다면"이란 구절이 그나마 흥미로웠는데, 저 문장을 통해 은연중 전두환은 '나는 항상 대타자의 응시에 흡족할 만한 삶을 살았다'고 고백하고 있는 셈이기 때문이다. 박정희, 혹은 박정희가 대표하는(대표한다고 여겨지는) 어떤 이데올로기는 전두환에게 항상 대타자였고, 바로 그 대타자의 응시에 대해 하등의 질문 없이 살아온 것이 그에게는 자랑이다.

그런데 나는 그렇게, 주어진 세계의 자명성을 회의할 줄 모르는 사람, 난관이란 돌파를 위해서만 존재한다고 여기는 사람, 역사가 나를 불렀고(그러나, 역사란 무엇인가? 도대체 '나'란 무엇인가?) 나는 그것이 내게 부여한 임무에(마치 아이히만처럼, 그 임무의 성질이 무엇이 되었건!) 최선을 다했다고 여기는 사람과는 밥 한 끼도 같이 먹을 수 없을 것만 같다. 민주주의가 무엇인지에 대해 질문하지 않은 채 스스로 민주주의에 기여했다고 믿는 사람, 민족이란 상상의 공동체일지도 모른다는 생각은 해본 적도 없는 민족지상주의자, (국민)국가란 어쩌면 근대의 우연한 산물일지도 모르며 오늘날은 철 지난 범주일 수도 있다는 자각 없이 국가의 이익(그러나 도대체 국가에 이익이 되는 일은 무엇인가?)에 봉사하는 사람과는 단 한 시간도 같이 대화할 수 없을 것 같다. 그럴 의사가 없을 뿐만 아니라, 그럴 능력도 인내력도 없다. 질문할 줄 모르는 (비)주체와는 애초에 대화가 불가능하기 때문이다.

3

질문할 줄 모르는 사람이라고 했거니와 이쯤, 전두환은 결코 몰랐을, 그러나 그의 심리에 대해서는 많은 것을 설명해줄 수 있을 듯한 라캉의 공식 하나를 가져와보자(나는 지금 라캉의 고급 이론을 이런 종류의 텍스트에 적용하는 것이 라캉에게 미안한 일은 아닌지 회의하면서 이 글을 밀고 나간다). 공식은 이렇다.

· 환상에 대한 라캉의 공식: $◇a

생소한 독자들이 있을 수도 있겠으니 저 공식에 대한 짧은 설명쯤은 필요하겠다. 이제 많이 알려져 있다시피 주체란 '항상 이미', 언어에 의해 그리고 무의식에 의해 분열되어 있다. 본원적인 주체(그런 것은 없다)가 말하거나 욕망하는 것이 아니다. 언어적이고 무의식적인 상징질서(오늘은 그것을 국가주의나 민족주의 같은 이데올로기라고 해두자)가 우리 입을 통해 말하고 우리로 하여금 욕망하게 한다. 우리는 항상 이미 이데올로기에 호명당해 있고 그 속에서 산다. 주체($)에 빗금이 쳐진 이유다. 그런 점에서 주체는 항상 결여의 주체이기도 하다.

그런데 언어에 의해 결여를 안게 된 주체는 자신이 잃어버렸고 되찾을 수 있다고 상정되는 대상을 욕망한다. 그러나 일단 언어적 상징질서에 편입된 이상 그 대상은 현존하지 않는다(가령, 옛날 옛적 젖을 통해 모든 것을 주던 엄마를 다시 욕망할 수는 없다). 그럴 때 그것을 현실에서 대신하는 대상이 'a'(오브제 프티 a, A가 아닌 대상 소문자 a)다. 주체는 그것을 향한 욕망에 눈먼다. 왜냐하면 그것은 '나보다 더 나 같은' 무엇이어서 그것을 소유할 때만 나는 잃어버린 나의 결여분을 채울 수 있을 것 같기 때문이다(사랑이 흔히 그렇다). 그럴 때 공식에서의 마름모(◇)는 '환상'이 생성되고 유지되는 메커니즘을 표시한다. 환상이란 존재하지 않는, 혹은 그것 자체가 이미 결여인 대상에 대한 맹목적인 욕망이다.

강조할 것은 '환상'을 지시하는 마름모의 아래 두 변이 오른쪽으로 이동하는 '소외의 벨(*vel* : or)'을 이루고 위쪽의 두 변은 다시 왼쪽으로 이동하는 '분리의 벨'을 이룬다는 점이다(J. 라캉, 『자크 라캉 세미나 11—정신분석의 네 가지 근본 개념』, 맹정현·이수련 옮김, 새물결, 2008, pp. 316~17). 말하자면 저 도식을 확대했을 경우, 마름모의 아랫변 오른쪽 끝과 윗변 왼쪽 끝에는 각각 화살표가 붙어 있다. 이 말은 어떤 (반성적이고 윤리적인) 주체는 '소외된' 주체였다가, '분리된 주체'로 이행한다는 얘기이기도 한데, 엄밀하게 말해 이때 '주체'란 말은 '분리의 주체'와 동의어다. 왜냐하면 헛된 대상에 맹목적으로 정향되어 있는(자신으로부터 소외되어 있는) 주체를 온전한 주체라고 부를 수는 없기 때문이다. a를 회의하는 주체, a에 대해 질문을 던지는 주체, 그로부터 분리를 시도하는 주체를 우리는 아마도 온전한 의미에서 주체라고 부를 수 있을 것이다. 오늘은 전두환의 회고록에 대해 이야기하는 자리이니 이제 주체의 자리에 전두환을, a의 자리에 '국가, 민족, 역사' 같은 이데올로기적 범주를 놓아보자.

· 전두환에 대한 라캉의 환상 공식: $\$$(전두환)◇a(국가, 민족, 역사)

그는 '국가'가 무엇인지 '민족'이 무엇인지 단 한 번도 묻지 않는다. 다만 그것을 욕망하고, 그것에 헌신하고 복무한다. 권력욕도 사심도 없이 그랬다고, 그는 말한다. 그는 역사가 무엇인지 그것이 어떤 방식으로 진행하거나 후퇴하는지 묻지 않는다. 다만 역사가 자신을 불렀고 자신은 소임을 다했다고 믿을 뿐이다. 나는 그가 거짓말한다고 생각하지 않는다. 그는 실제로 그렇게 믿었을 것이다. 그러니까 그의 환상 공식에는 '분리'가 없다. 그리고 이것이 바로 이데올로기의 작동 방식이다.

지젝은 파스칼을 인용하면서 이 메커니즘을 아주 적절하게 설명한 적이 있다. 파스칼은 이런 문장을 남겼다. "그들이 시작했던 그 방식대로 하라. 그들은 모든 것을 자기들이 이미 믿고 있었다는 듯이 행했고 성수를 받고 미사를 올렸다. 그렇게 한다면 당신은 저절로 믿게 되고 훨씬 더 유순해질 것이다." 지젝은 파스칼의 이 문장을 이렇게 해석한다.

> 그렇다면 파스칼의 최종 대답은 이런 것이다. 이성적 논증은 접어두고 그저 이데올로기적 의식에 너 자신을 맡기고 무의미한 제스처를 반복해서 무뎌져라. 그리고 마치 너 자신이 이미 믿고 있는 듯이 행동해라. 그러면 믿음이 저절로 생길 것이다. 이데올로기적 전향을 얻기 위한 그런 절차는 기독교에 국한되지 않고 보편적으로 적용된다. (슬라보예 지젝, 『이데올로기의 숭고한 대상』, 이수련 옮김, 새물결, 2013, p. 79)

요컨대 신의 존재 여부에 대해 묻는 자는 신을 믿을 수 없다. 그러니 일단 무릎 꿇고 기도하라. 그러면 믿음이 생길 것이다. 모든 이데올로기는 이런 방식으로 작동한다. 이데올로기는 질문을 허락하지 않는다. 다만 맹목적인 믿음을 통해서만 그 진리성을 보장받는다. 진리임을 검증했기 때문에 믿음이 생기는 것이 아니라, 믿음이 있기 때문에 진리가 상정되는 형국이다. 즉 소외만 있고 분리는 없는 주체, 그런 주체가 바로 이데올로기적 (비)주체이다. 반면 분리의 주체는 질문을 던진다. 라캉에 따를 때, 그 질문의 형식은 이렇다. *Che Vuoi(케 보이)?*

이 간단한 의문문에 대한 지젝의 번역은 다음과 같다. "왜 나는 당신(타자)이 나라고 말하는 바가 되는 것일까?"(같은 책, p. 188) 그러니까 전두환에게 결여되어 있었던 질문, 그럼으로써 스스로를 국가와 민족의 수호자라는 상징적 위치와 완전히 동일시하게 만든 질문, 그것은 대체로 이런 것이었으리라. "국가와 민족은 무엇인가? 나는 왜 국가와 민족이 나라고 지칭한 그런 주체가 되는가?" 그리고 아마도 한나 아렌트였다면 바로 그런 질문을 두고 '사유'라고 불렀으리라. 마치 영원히 자명한 것처럼 내게 주어진 진부한 이데올로기들, 임무들, 역할들, 기능들, 습관들 너머에서 혹은 그 너머를 반성하는 행위, 그것이 사유이니까 말이다. 그런 의미에서 전두환은 역시나 아이히만과 동궤의 인물이다. 사유 없음만이 아니라 바로 그 사유 없음으로 인해 엄청난 비극을 초래했다는 점에서도.

4

저 환상 공식이 지젝이 말한 이른바 '이데올로기의 누빔점' 이론을 잘 설명해준다는 점에 대해서는 따로 강조할 필요가 있을 듯하다. 우선 전두환의 회고록을 통틀어 그가 반성적인 면모를 보여주는 거의 유일한 장면, 그러나 나로서는 가장 끔찍했던 장면을 인용해본다.

> 백일기도의 제목은 '국태민안과 영가천도'였다. 천도기도의 대상은 개국 이래 순국하신 영령들, 2차대전 때 희생된 한민족 영령들, 6·25전란 때 희생된 군·경·민의 영령들, 광주사태로 인해 희생된 영령들, 삼청교육으로 희생된 영령들, 아웅산 순국 외교사절 영령들, 대한항공 여객기 참사로 희생된 영령들, 의령 사건으로 희생된 영령들, 순직 근로자들의 영령들 등이었다. 백일기도 과정 중 삼배를 올릴 때에는 국민에게 축복과 지혜와 용기를, 국가의 지속적 성장을, 이 민족에게 평화와 통일을 발원했고, 사배를 바칠 때엔 이

> 나라 정치가 잘 되기를, 이학봉 전수석과 장세동 전 안기부장이 석방되기를, 구속 상태에 있는 형님과 동생의 건강을 그리고 나를 위해 고생하는 사람들에게 축복을 내려달라고 발원을 했다. (『회고록 3』, p. 187)

우선, 불심(그는 청와대에서 나와 온갖 왜곡과 정치 공작으로 핍박을 받은 후, 백담사에서 스스로 깨달음을 얻었다고 말한다)에 의한 자기 용서가 마치 이청준의 소설 「벌레 이야기」에 등장하는 그 유괴범을 연상시킨다는 점은 먼저 언급해둔다. 하느님께 귀의하여 스스로를 용서해버린 자. 그리하여 지상의 원한과 죄과로부터 훌쩍 도피해버린 그 아동살해범 말이다. 그러나 그보다 더 이해할 수 없는 것은 어떻게 5·18을 '사태'라고 부르면서 그 영령들에게 백일기도를 드릴 수 있다는 것인지, 그것도 장세동의 석방과 함께 그들의 영면을 기원할 수 있다는 것인지 하는 점이다. 열악한 노동조건 속에서 희생당한 노동자와 국가의 지속적 성장을 함께 기원하고, 삼청교육대 희생자들과 형 전경환의 석방을 함께 기원하는 것이 도대체 어떻게 가능한지 하는 점이다.

그러나 나로서는 윤리적으로도 논리적으로도 도저히 불가능할 것 같은 저 일이 그에게는 가능하다. 왜냐하면 순수 기표(그것의 지시대상은 없으므로)이자, 절대 기표(그것은 모든 것을 가능하게 해주므로)인 'a'가 있기 때문이다. 그리고 앞서 말했듯 전두환에게 'a'는 국가와 민족이다. 국태민안의 이데올로기는 그런 방식으로 저 이질적인 이데올로기소들에 속해 있는 영령과 인물들을 하나로 묶는다. 냉전이데올로기와 민주주의, 민족주의, 개발지상주의, 반공주의, 휴머니즘이 동일한 위상의 자격으로 하나로 묶인다. 그러니까 라캉의 환상 공식은 이질적인 이데올로기소들이 어떻게 하나의 누빔점에 의해 일관된 체계를 형성하는가에 대한 설명을 마련해주기도 하는데, 전두환에게는 그것이 국태민안이었다.

누빔점으로서의 국가이데올로기 안에서 국가가 저지른, 국가를 위한, 국가에 의한, 국가를 등에 업은, 국가란 이름으로 자행된 모든 이질적인 사태들이 하나로 결합한다. 그러나 여전히 국가란 무엇인지, 무엇이어야 하는지, 국가가 번영한다는 것은 무엇인지, 평화와 통일은 어떤 식으로 이루어지는지에 대한 질문은 없다. 질문의 결여, 사유 없음, 그 속에서 '자행된' 저 백일기도는 그래서 내 눈에 그저 끔찍한 자기 용서 그 이하도 이상도 아니다.

5

돌이켜보니 전두환이 죽었을 때, 나는 그다지 놀라지도 기뻐하지도 (물론 슬퍼하지도) 않았던 것 같다. 혹자는 축배를 들었고, 혹자는 분개했지만 그 전에 이미 '회고록'을 한 번쯤 훑어본 적이 있는 나로서는 별다른 감흥이 없었다. 회고록으로 미루어 나는 그가 결코 반성하거나 사죄하지 않을 것임을 알고 있었던 듯하다. 정확하게는 회고록을 그렇게 쓰는 사람이라면 반성도 사죄도 할 줄 '모르는' 사람임을 알고 있었다고 해야 맞겠다.

회고록이란 자신의 생애 전체를 돌아보며 쓴다는 점에서 반성의 양식이고, '죽음으로 미리 달려가 봄'(하이데거)으로써 자신의 고유한 삶에 최종적인 의미를 부여한다는 점에서 죽음의 양식이다. 그러나 그의 회고록은 자신이 쓴 위인전일 뿐, 그 안에 고유한 주체로서의 '전두환'이 없었다. 엄밀히 말해 대타자(이데올로기)에 기대지 않는 한 그는 아예 회고 자체를 할 수 없는 사람이었다. 아렌트식으로 말해 그는 사유 없는 자, 말하자면 이데올로기의 한 기능에 불과한 진부한 사람이었고 그런 이가 하는 반성과 사죄는 대체로 거짓이기 십상이다. 그렇다면 차라리 사죄하지 않은 채로 죽음을 맞는 게 낫겠다 싶기도 했다. 미움은 남을 테니까. 이런 생각도 들었던 것 같다. 기능 하나가 자연사했구나. 그런데도 '그가 죽었다는 사실이 그렇게 중요한가?'

그러던 중 우연히 나는 그때 내가 던졌던 것과 유사한 질문을 한 편의 소설 속에서 다시 만났다. 이기호의 「어두운 골목을 배회하는 자, 누구인가?」(『한국문학』 2022년 상반기호)가 그 작품이다. 연희창작촌에 입주한 한 작가가 새벽에 연희동 골목길을 배회하다 산책 중인 한 노인을 만난다. 전두환이다. 재판을 피해 세간에 그가 변명하고 다닌 것처럼 알츠하이머 환자로는 보이지 않는다. 놀란 작가는 동료 시인에게 그 사실을 이야기한다. 전두환이 알츠하이머병에 걸린 게 아닌 것 같다고. 그러나 시인은 반응이 없다. 마치 그게 뭐가 중요한 거냐는 듯. 이제 작중 화자는 그 사실이 중요한 이유를 찾아야 한다. 그러나 달리 중요한 이유가 떠오르지 않는다. 그리고 결국 그는 전두환의 투병 여부나 심지어 죽음조차도 그리 중요하지 않다는 사실을 깨닫게 되는데 그것은 이런 장면을 보고 나서다.

> 그의 집 앞에 도착한 신문배달부는, 다른 집처럼 신문을 집어던지지 않았다. 그는 아예 오토바이를 세우고 내려 양손으로 조심스럽게 전두환의 집 대문 아래로 신문을 밀어 넣었다. 그러곤 허리를 숙여 인사까지 했다! 그 모든 동작은 마치 어떤 요가의 연결 동작처럼 자연스러워 보였고, 하나로 이어져 있었으며 또 숙련되어 있었다. (「어두운 골목을 배회하는 자, 누구인가?」, 같은 책, p. 83)

저 소설을 읽고 생각해보니 '그게 그렇게 중요한가?'라는 질문은 이중 질문인 듯도 하다. '그게 그렇게 중요한가?'라는 질문 이면에는 대체로 '정작 중요한 건 이것 아닐까?'란 질문이 숨어 있게 마련이지 않던가? 작가 이기호는 그 두번째 질문에 대해 저 장면으로 답했던 듯하다. 반성도 사죄도 없이 전두환이 죽었다. 그러나 그 사유 없음 자체가 죽은 것은 아니지 않은가. 전두환은 죽었으나 저 신문배달부에게 그는 'a'로 남아 있지 않은가? 정작 중요한 것은 그런 방식으로 전두환이 살아남는다는 점일 것이다.

6

이제 이기호의 소설 속 저 장면보다 더 극적인 장면 하나(QR코드)를(이미 독자들도 많이들 본 사진일 테지만) 여기 옮겨놓으면서 글을 마무리할까 한다. 그것은 한 장의 사진이다.

영정 사진으로 걸려 있다지만 전두환은 죽지 않았다. 군모에 낡고 검은 코트를 걸친 사진 속 저 사내에게 그는 욕망의 대상이자 원인, 그리고 상상적 동일시의 대상으로서 여전히 현존한다. 그는 전두환의 영정 사진에서 지시대상이라곤 없는 순수 기표로서의 국가를 보고 민족을 본다. 그에게 국가가 무엇이고 민족이 무엇이고 전두환이 누구였느냐고 묻는 것은 부질없다. 질문 없는 믿음, 그것이 이데올로기이기 때문이다. 이데올로기 속에서 전두환은 그에게 국가와 민족의 수호자다. 그러나 그의 이데올로기는 자신의 결여, 말하자면 발뒤꿈치도 건사하지 못하는 해진 양말 같은 것을 외면함으로써만 지탱된다. 실은 그처럼 누추한 자신의 결여를 등지고서만 저 사내는 자신의 이데올로기를 유지할 것이다. 이데올로기란 환상을 먹고 자라기 때문이다.

전두환이 저기 저대로 저 사내와 같은 (비)주체들의 대상 a로서 현존하고 있다. 정작 중요한 것은 바로 그 점이다.

4부

여록(餘錄)

‘최악’의 소설사
— 김이설론[1]

1. 어떤 일이 더 생겨야 최악이 되는 걸까

언젠가 나는 김이설의 소설을 두고 ‘자연주의적’이라는 표현을 쓴 적이 있다. 그만큼 김이설의 소설 세계는, 특히 초기 소설의 세계는 사회계약 이전 ‘동물의 왕국’에 가까웠다. 주인공들에게 주어진 삶은 극단적으로 열악했고, 그들의 행동은 의식적인 ‘행위’라기보다는 생물학적 ‘반응’과 흡사했다. 그 세계에서는 어떤 도덕도 희망도 삶에 개입할 수 없었다. 루카치의 폄훼와 달리, 나로서는 오히려 그 ‘자연주의적’ 적나라함과 낙관 없음이 김이설의 매력이자 독특함이라고 생각해왔는데, ‘자연주의’를 특정 시기에 생성되었다가 사라진 한시적 ‘문예사조’로서 이해하지 않을 경우 그렇다는 말이다. 내게 자연주의란, 거의 생물학적 인과만이 기능하는 수준의 비참이 세계에 잔존하는 한 사라지지 않을 문예사조, 정확히는 ‘문학적 태도’에 가깝다. 그리고 어떤 시대나 우리 곁에 엄존하는 비참에서 눈을 돌리지 않는 작가들은 있게 마련이고,

1 이 글을 쓰면서 참고한 김이설의 작품들은 다음과 같다. 『나쁜 피』(민음사, 2009), 『아무도 말하지 않는 것들』(문학과지성사, 2010), 『환영』(자음과모음, 2011), 『선화』(은행나무, 2014), 『오늘처럼 고요히』(문학동네, 2016), 『우리의 정류장과 필사의 밤』(작가정신, 2020), 『잃어버린 이름에게』(문학과지성사, 2020), 『누구도 울지 않는 밤』(문학과지성사, 2023).

그런 이들을 나는 장기 지속하는 '자연주의적' 작가라고 이해한다.

형식은 내용과 조응하기 마련⋯⋯ 그래서 김이설의 문체에는 언어에 대한 자의식이라든가 소설 장르에 대한 자기반영적 탐구 같은 것이 없었다. 무기교의 기교랄까. 눈이 찌푸려질 만큼 적나라한 세계를 정면으로 응시하기로 작정한 작가에게 수사는 사치였을 것이다. 오히려 김이설의 자의식은 문장 자체보다는 자신이 기필코 그려내기로 작정한 세계의 비참, 즉 대상을 향해 있었다. 그럴 때, 아르노 홀츠의 자연주의 공식 '예술=자연−X'는 김이설의 문장에 잘 어울려 보였다. 홀츠의 주장에 따르면 X값, 즉 작품의 생산수단과 기교의 개입(문학에서는 언어와 그 운용) 정도가 '0'으로 수렴할수록 예술 작품은 자연과 흡사해진다. 김이설의 문장들에서 어떤 기교나 수사를 발견할 수 없었다면 그가 바로 저 공식에 충실한 '무기교의 기교'를 실천했기 때문이었으리라.

사정이 그렇다 보니 김이설의 작품들에서 X값 높은 '메타픽션'이나 '예술가 소설'을 찾기는 어렵다(『우리의 정류장과 필사의 밤』에 예외적으로 시인 지망생 화자가 등장하기는 한다. 그러나 이 작품은 메타픽션이라기보다는 김이설판 '자기만의 방', 곧 시와 돌봄노동의 적대에 대한 이야기다). 이 말은 곧 그의 작품 속에서 작가 자신의 '글쓰기 전략' 혹은 '작법'에 대한 힌트를 발견하기가 쉽지 않다는 말이기도 하다. 종종 '작가의 말'을 통해 고통스럽더라도 본인이 직시하고 있는 비참한 세계에 대해 쓰기를 멈추지 않겠다는 강한 다짐 같은 것을 발견할 수는 있지만, 그러나 그와 같은 다짐은 전략이나 작법이 아니라 글쓰기의 '동력'에 해당한다고 보는 편이 맞다.

그렇더라도 김이설의 전체 소설 세계가 구축되는 방식을 집약적으로 보여주는 실마리 하나쯤은 찾아내야 하는 것이 '작가론' 쓰는 입장에서는 의무이기도 할 터이니, 그런 구절 하나를 여기 인용해본다.

> 모든 일은 한꺼번에 터지곤 한다. 어떤 일이 더 생겨야 최악이 되는 걸까. 나는 무릎을 세워 앉아 바닥을 노려봤다. 민영이나 준영의 전화를 받는 것이다. 기껏해야 돈이 있느냐 물을 게 뻔했다. 시골의 노파가 아프다는 소식, 밀린 병원비나 수술비가 청구되는 상황이 조금 더 끔찍하겠다. 차라리 큰아들이 떠넘겨놓은 빚을 남기고 노파가 세상을 뜬다면. 큰아들은 실종되어 그 빚이 고스란히 남편의 몫이 되고, 두 아이들까지 내가 맡는다면 최악이 될 수 있을까. 더 끔찍한 걸 생각해보자. (『환영』, p. 154. 밑줄은 인용자)

작중 화자의 "어떤 일이 더 생겨야 최악이 되는 걸까" "더 끔찍한 걸 생각해보자"라는 독백은 내게 이중의 의미로 읽힌다. 우선 그것은 더 이상의 최악을 상상하기 힘들 정도로 최악의 상황에 빠진 화자의 단말마다. 아이는 못 일어서고, 남편은 허리를 다쳐 누워 있고, 여동생은 빚에 몰려 자살하고, 남동생은 도주중인 사기꾼인 데다, 엄마는 사기당하고, 본인은 '물가' 백숙집에서 서빙 아르바이트를 하다 몸마저 판다. 게다가 배 속에는 누구의 자식인지도 모르는 아이가 자라고 있다. 이보다 최악인 상황이 있을 수 있을까? 그럴 때 김이설의 주인공들이 상황을 견뎌내는 방식이 저와 같다. 최악에 대한 상상으로 최악의 상황을 견뎌내기, 그것은 김이설 소설 주인공들의 독하고 강력한 처세술이다.

그러나 저 문장들을 달리 읽는 독법도 가능하다. 자신이 창조한 작중 인물에게 줄 수 있는 더한 최악…… 최악보다 더한 최악의 상황…… 자연주의적인 작가 김이설에게도 어떤 글쓰기 전략이 있다면 저 두 문장으로 압축 가능하지 않을까? '글쓰기 전략으로서의 최악' 말이다. 그러고 보니 2006년 「열세 살」이라는 충격적인 단편으로 등단한 후, 17년이 넘도록 작가는 바로 저와 같은 최악의 상황을 일관되게 소설화해왔다. 그런 의미에서라면 김이설의 17년 작가 이력을 '최악의 소설사'라 부르는 것도 그리 나쁜 비유는 아닐 듯싶은데, 이제 작가에게는 길고도 길었을(최악 중의 최악인 삶을 그토록 오래 들여다본다는 것은 얼마나 힘든 일일까) 그 17년, '최악의 소설사'에 대해 짧게나마 이야기해볼 참이다.

2. 물가에서

최악의 소설사는 '물가'에서 시작한다. 이 말은 우선 김이설의 초기 소설들 상당수가 '물가'를 배경으로 하고 있음을 지시한다. 특히 초기의 두 장편 『나쁜 피』와 『환영』, 그리고 『오늘처럼 고요히』에 실린 단편 「미끼」의 '물가'는 압도적이다. 그러나 김이설의 소설에서 '물'이 흔한 방식대로 '치유'나 '생명' 같은 이데올로기소들과 연관될 것이라고 상상해서는 곤란하다. 그의 소설에서 물가(천변)는 오히려 넘어설 수 없는 '계급적 경계'이자 '생물학적 경계'다. 우선 그것이 계급적 경계라는 것은 바로 이런 문장들 때문이다.

> 고등학생이 되던 해, 텔레비전에서는 대대적으로 천변을 보여주었다. 붉은 자전거 전용도로가 천변을 따라 길게 이어졌다. 사람들은 살을 빼기 위해 밤낮으로 운동했다. 그들은 모두 현란한 색깔의 옷을 입고 있었다. 하늘은 푸르고 물은 맑았다. 그러나 천변 이쪽, 고물상 동네를 보여주진 않았다. 할머니와 내가 사는 제일 오래된 집, 동네에서 제일 큰 외삼촌의 고물상이나 조각 논에 땅을 부치는 노인들의 더러운 재래식 화장실도 등장하지 않았다. 나는 둑에 서서 텔레비전에서 보았던 풍경을 쳐다봤다. 내 등 뒤의 세계와 전혀

다른 곳이었다. 여기와 저기는 붙어 있지만 완전히 다른 세상이었다. (『나쁜 피』, pp. 56~57)

물은 두 세계를 가른다. 둑 이편과 저편…… 두 세계는 완전히 다른 세계인데, 밝고 풍요로운 저쪽은 신도시의 세계이다. 그리고 재개발에서 밀려난 이쪽은 가난과 폭력과 더러움의 세계다. 그러나 이 경계를 딱히 계급적 경계라고만 할 수도 없는데, 왜냐하면 둑을 경계로 외삼촌의 고물상이 있는 이쪽 세계에는 (계급적 범주에 속하는) '노동자'나 '도시빈민'이 산다기보다는 생물학적인 수컷과 그것에 의해 지배당하고 폭행당하는 다른 수컷들, 그리고 상처받은(또 서로 상처를 주기도 하는) 암컷들이 산다고 해야 맞을 듯하기 때문이다. '물가'에 위치한 외삼촌이 운영하는 고물상은 빈민촌이라기보다는 '하렘'이다.

아마도 「미끼」의 배경인 낚시터만큼 '물가'의 생물학적(진화론적) 특성을 여실히 보여주는 작품은 달리 없을 텐데, 몇 문장을 인용해보면 이렇다.

> 낚시를 배우던 무렵부터 아버지한테 맞았다. 잡은 물고기를 털려도 맞았고, 담배 심부름이 늦어도 맞았다. 밥풀을 흘려서 맞고, 멍하게 앉아 있어서 맞았다. 어릴 때는 맞는 게 무서워서 빌었고, 잡아온 여자를 가지고 논 이후에는 잘못한 게 있어서 맞았다. 잘못한 게 없어도 맞았다. 맞고 나면 다른 것도 같고, 틀린 것도 옳았다. 때리는 놈은 계속 때리고 맞는 놈은 계속 맞는다. 그것이 세상을 편히 살 수 있는 방법이었다. (『오늘처럼 고요히』, p. 23)

물가에서, 성체 수컷인 아버지의 직계존비속 폭행과 성폭력, 부녀자 살해, 시신 훼손은 밥 먹듯이 일어난다. 그리고 어린 수컷은 맞으면서 그 세계의 논리를 전수받는다. 유전이다. 이것은 생물학, 특히 나쁜 쪽으로 정향된 진화론의 논리이지 사회계약 이후의 세계를 설명하는 논리가 아니다. 약육강식, 적자생존, 생물학적 결정론, 가난과 폭력의 유전…… 얼핏 모계를 포함한 여성들 간의 연대가 모습을 드러내기도 하지만 그것은 오늘날 페미니즘의 논리로 설명할 수 있는 그런 연대가 아니다. 하렘의 우두머리에게 맞고 윤간당하고 내쫓긴 암컷들 간의 (적대적이거나 비적대적인) 연대는 사회적이라기보다는 생물학적인 공동체(무리)에 가까울 것이란 의미에서 그렇다.

그렇다면 김이설의 초기 소설 대부분이 '물가에서' 쓰였다고 해도 과언은 아니다. 설사 '물가'를 배경으로 삼지 않았다 하더라도, 동일한 진화론의 논리가 작품들 전반을 지배하기 때문이다. 특별히 「열세 살」 「엄마들」 「순애보」 「막」 등의 단편(『아무도 말하지 않는 것들』), 그리고 장편 『환영』은 기억해둘 만한 작품들인데, 결국 '물가'란 김이설에게 졸라적인 의미에서 '실험실'이라 해도 무방하겠다. 클로드 베르나르의 『실험의학 서설』에 영향받은 에밀 졸라에게 소설이란 일종의 실험실이었는데, 가령 주인공이 놓이게 되는 환경은 실험 조건이다. 그리고 인물은 피실험체이고, 작가는 실험의 관찰자가 된다. 그리고 그의 기록이 실험 결과로서의 소설 작품이다.

김이설의 작품 세계를 일러 '자연주의적'이라고 했던 이유 중 하나도 여기에 있는데, 모텔과 백숙집이 즐비한 저 물가(『환영』)에서 먹고 죽이고 때리고 배설하는 군상들의 모습을 낱낱이 묘사할 때, 아무래도 그는 비관적이고 냉혹한 인류학자나 생물학자를 닮았다.

3. 신도시에서

'최악의 소설사'에 어떤 단절이 도입되는 것은 소설집 『오늘처럼 고요히』부터였던 듯하다. 물론 이 작품집에는 여전히 (비유적으로 말해) '물가'에서 쓰인 것으로 보이는 「미끼」 「흉몽」 같은 작품도 실려 있다. 그러나 「한파 특보」나 「아름다운 것들」 같은 작품은 김이설의 인물들이 두 가지 의미에서 물가를 벗어났음을 보여준다. 공간적으로 그들은 이제 물가를 벗어나 대도시 주변부나 신도시에 산다. 시간적으로 그들은 사회계약 이전의 선사적 공간을 벗어나 '사회' 속에 산다. 말인즉슨 그들에게 역사특수적 시공이 생겼다. 무슨 말인가? 김이설 소설들 중 가장 아픈 작품으로 읽히는 「아름다운 것들」의 한 문단을 인용해본다.

> 팔십여 일간의 파업 끝에 남편은 구속되었다. 남편 때문에 파업을 한 것도 아니고, 남편 때문에 회사가 그 지경이 된 것도 아니었다. 그런데도 벌을 받은 건 남편이었다. 차라리 잡혀 들어가는 것으로 끝나는 일이었다면 남편은 죽지 않았을지도 모른다. 회사는 파업으로 인한 피해에 보상을 하라고 소송을 걸었다. 살고 있는 아파트 육십 채쯤 팔면 가능할 금액이었다. 차라리 웃음이 나왔다. 백만원이라면, 아니 천만원쯤 되면 실감이 났을지도 모른다. 살면서 만져본 적도, 본 적도 없는 액수였다. 차라리 웃었다. 그걸 갚으라고? 우리보고? 남편이 고개를 끄덕였다. 웃음은 이내 사라졌다. 농담이 아니었다. 백억에 가까운 돈을 파업 농성을 했던 육십 명의 노조원들이 감당해야 한다는 뜻이었다. 그 금액의 육십분의 일은 남편과 우리 식구가 짊어져야 한다는 뜻이기도 했다. (『오늘처럼 고요히』, p. 278)

남편은 이제 더 이상 하렘을 지배하는 우두머리 수컷이 아니다. 그는 파업 노동자다. 주인공은 학대받는 암컷이 아니라 부당해고를 당한 후 자살한 노동자의 아내다. 게다가 물가에서는 문제가 되지 않던(문제로서 부각되지 않던) 아파트 관리비, 가스 요금, 피해 보상금, 은행빚, 보증금 등이 '최악'의 상황에 요인으로서 가세한다. 그러니까 여기는 하렘이 아니라 '빚과 노동과 가난'의 세계, 곧 '사회'다. 그런 점에서 「한파 특보」는 이제 늙고 추해진 하렘의 마지막 수컷 우두머리에 대한 소설로 읽히는데, 이 작품에서는 늙은 외골수 가부장에게도 사회심리학적 성격 형성과정이 부여된다. 반공주의와 가장으로서의 근거 없는 자부심과 여성혐오와 특정 정당 지지 같은 이데올로기소들이 역사적 상황 속에서 인과 관계를 형성한다. 마치 태극기 부대의 심리를 분석하기 위해 쓴 것처럼도 보이는 이 작품과 더불어 김이설의 소설사에서 생물학의 시기는 끝난다.

그러나 '최악의 소설사'도 함께 끝나는 것은 아니다. 앞서 인용한 「아름다운 것들」에 대해 두어 가지 정보를 보태본다. 실직당한 남편은 자살했다. 화자는 그 사실에 몹시 분노하기까지 한 적이 있다. 그 어떤 최악에서도 살아남는 것이 최선의 삶이라고 여기는 김이설의 여성 주인공들에게 자살이란 혼자 편하자고 행하는 도피에 다름없으니까…… 그러나 남편의 자살은 그런 도피가 아니었음이 소설 말미 드러난다. 남편은 자신의 병을 확인했고, 그 병이 되레 가족들에게 더한 고통을 안겨주리라는 사실 때문에 자살했다. 그리고 한 가지 더, 지금 화자는 아이들을 하늘나라로 보내고 있다. 소설은 이런 문장과 함께 끝난다. "나는 반듯하게 누워 있는 아이들 옆에서 날이 밝아올 때까지 두 눈을 뜨고 앉아 있었다. 이제 내 차례였다."(『오늘처럼 고요히』, p. 296)

물가에서 일어나곤 했던 최악의 상황이 이제 도시 주변에서 일어난다고 해서 최악이 아닌 것은 아니다. 빚과 해고와 동반 자살의 세계도 최악이긴 마찬가지다. 게다가 우리는 「아름다운 것들」에 묘사된 저와 같은 상황이 전혀 허구가 아니라 실제로 일어났던, 그리고 지금도 일어나고 있는 일들에 근거하고 있다는 사실에 대해서도 잘 안다. 최악의 소설사는 그 단계를 달리했을 뿐 계속해서 유지된다. 다만, (아무리 동물일지라도) 인간이라는 종의 고통은 역사적으로 그리고 사회적으로 (법과 제도와 이데올로기, 그리고 무엇보다도 돈에 의해) 매개될 수밖에 없다는 의미에서, 그와 같은 변화는 김이설 소설의 일보 전진을 의미한다는 말 정도는 덧붙이고 싶다.

4. 정신병동에서

『오늘처럼 고요히』 말미에 실린 「빈집」은 작가 김이설의 이력에서 예의 「한파 특보」와 「아름다운 것들」만큼이나 의미심장한 작품이다. 이 작품은 본인 소유의 집 없이 정처 없는 삶을 살던 부부가 '신도시'의 본인 아파트로 이주하는 체험을 담고 있다. 남편의 직장도 안정적이고 새집을 꾸밀 여유 정도는 가진 여성 '수정'이 주인공이다. 요컨대, 『환영』에서 그려진 '이쪽'의 삶이 '저쪽'의 삶으로 이행해가는 과정을 그린 작품으로서 주목을 요한다. 김이설의 주인공들도 나이를 먹어가면서 계층 상승을 이룬 결과라고나 할까? 그러나 사정은 그리 단순치 않다. "수정에게는 취향이랄 것이 없었던 것이다."(『오늘처럼 고요히』, p. 304) 그래서 수정은 '모방'한다. 사진 속 완벽한 집을…… 그러나 완벽한 집은 결코 완성되지 않는다.

> 액자와 화분을 구비했지만, 수정의 친구들을 부른 집들이에서는 커피 캡슐 머신이 없느냐는 말을 들었다. 남편 직장 동료들 집들이

때는 여직원이 와인을 선물하는 바람에 와인잔이 필요해졌다.

무언가 계속 사들이는데도 무언가 계속 부족했다. 뭔가 계속 채우는데도 없는 것은 계속 존재했다. 완벽에 도달하는 것은 불가능한 일처럼 여겨졌다. 새 아파트를 누군가에게 계속 자랑하고 싶은 마음은 여전했지만 그랬다가는 수정이 미처 채워놓지 못한 것을 또 발견하게 될 것 같았다. 결핍을 확인하는 건 괴로운 일이었다. 이제는 더 이상 아무도 초대하지 않기로 결심했다. (『오늘처럼 고요히』, pp. 316~17)

말할 것도 없이 수정은 지금 신경증을 앓고 있다. 증상으로 미루어 '강박증'이다. 완벽한 집을 위해 무언가 계속해서 사들이고 꾸미지 않으면 불안해서 견디질 못한다. '모방'도 그 증상 중 하나다. "행복해서가 아니라, 행복하다는 감정을 느낀다면 바로 이 순간에 느껴야 할 것 같았기 때문"에 행복을 연기하는 것은 강박적 모방이다. 왜 이런 사태가 벌어진 것일까?

아마도 부르디외라면 상속 자본과 획득 자본 운운하며 그 어떤 취향도 상속받지 못한 '물가'의 딸이 문화 자본의 획득 절차를 밟지도 못한 채 계층 상승을 실현한 탓이라고 분석할 수도 있을 듯하다. 김이설의 소설 이력에 따를 때 수정은 실제로 그와 같은 상황과 마주하고 있음에 틀림없다. 그러나 더 중요한 것은 김이설 소설의 주인공이 겪는 갈등 상황이 '생물학적 욕구'로부터 '심리적 결여'로 이행해가고 있다는 사실이다. 전자는 식욕과 성욕의 세계이지만 후자는 욕망과 신경증의 세계이다. 그리고 신경증이 김이설 작품의 주요 모티브로 등장하기는 「빈집」이 처음이다.

당연한 말이지만 사자는 다른 동물을 잡아먹으면서 갈등하지 않는다. 잡아먹고 나면 태평스레 잔다. 욕구는 갈등을 모른다. 사자에게 신경증이 없는 것은 그런 이유다. 녀석에게 생물학적 욕구는 있을망정, 심리적 결여 따위는 없다. 사정이 그렇다면 '물가' 시절의 김이설 소설 속에 신경증이 등장하지 않는 것도 어찌 보면 당연하다. 그러나 이제 상황이 바뀌었다. 신도시에 터를 구한 그들에게 생물학적 욕구 충족에 별다른 어려움은 없다. 그러자 대신 결여가 발생한다. 채워도 채워도 다 채워지지 않는 허기…… 게다가 「빈집」은 그 시작에 불과하다. 이어 출간한 연작 소설집 『잃어버린 이름에게』는 '정신병동 복도에서 마주친 네 여자의 이야기'라고 요약해도 무방하다. 소영, 근주, 선혜, 나, 이 네 인물들은 모두 우울증을 앓고 있다. 그들과 함께 우리는 이제 '최악의 소설사' 다음 단계에 진입한다. 생물학적 단계와 사회적 단계에 이어지는 신경증의 단계 말이다.

19세기 유럽의 (주로 부유층) 여성 히스테리 환자들을 치료하던 중, 이 병의 병인을 '질병으로의 도피'라고 명명하며 얼마간 양심적인 회의에 사로잡혔던 이는 바로 정신분석학의 창시자 프로이트였다. 그의 회의는 이런 것이었는데, 과연 이들을 치료해 가정으로 돌려보내는 것이 옳은 일인가, 아니면 질병 속으로 도피한 상태를 유지하게 하는 것이 옳은 일인가? 명민하게도 프로이트는 주로 여성들에게서 나타나는 히스테리 증상의 병인이 가혹한 돌봄노동과 성적 불평등, 그리고 모험과 사업으로부터 배제된 일상의 권태에 있음을 알아챘다. 그와 같은 상황을 피해 여성들은 종종 일종의 타협 형성물로서의 증상 속으로 도피한다는 것이 프로이트의 진단이다. 물론 그의 환자들이 주로 하층계급이 아닌 중상층계급에 속해 있었다는 점은 지적할 필요가 있는데, 그것은 '물가' 이쪽에 살던 시절 김이설의 여성 주인공들이 질병으로 도피할 겨를조차 없었다는 사실, 본인의 마음을 돌아보고 그것을 진단해볼 교양을 엄두를 낸 적이 없었단 사실과 무관하지 않다. 그러나 이제 집과 얼마간의 부를 소유하게 되자 사정은 바뀐다. 우울증이 시작된다. 신도

시로의 이사가 문제다. 「미아」의 소영은 의사에게 이렇게 말한다. "이사를 했어요. 엄청 힘들었어요. 스트레스도 어마어마했고요. 그게 기폭제가 됐을 거라고 생각하고 있어요."(『잃어버린 이름에게』, p. 129)

본인은 이사가 기폭제라고 답했지만 정확하게 말하자면 '이사 후의 삶'이 기폭제다. 우울증을 앓을 겨를도 없이, 오로지 집 한 채를 갖기 위해 달려온 젊은 날이 가고, 신도시에 집을 마련해 이사를 왔다. 그러나 집을 얻는 와중에 잃은 것이 있었으니 그것은 바로 자기 자신이다. 직장도 취향도 이름마저도 포기한 삶이었던 것이다. '집사람'이 되어 매일매일 반복되는 돌봄노동 외에 스스로의 존재 가치를 확인할 수 없게 된 그들에게 찾아온 병이 우울증이다. 실은 그들 역시 무의식중에 자신의 병인을 이해하고 있다. 두 달 동안 영화만 400편을 본 우울증자 소영에게 의사가 묻는다. "왜 그렇게 영화만 보세요? 특별한 이유라도?" 그러자 소영이 답한다.

> "회피겠죠."
>
> 의사는 회피,라는 단어를 받아 적을 것이었다. 무엇으로부터의 회피냐고 묻는다면, 지금 나 자신으로부터라고, 지긋지긋한 일상과 변하지 않는 하루하루라고 답을 할 생각이었는데, 그 질문은 하지 않았다. (『잃어버린 이름에게』, p. 129)

소영이 하려고 했으나 의사가 묻지 않은 저 대답은 프로이트의 진단과 완전히 일치한다. 일상으로부터의 회피…… 같은 책에 실린 다른 연작의 주인공들도 마찬가지다.

나는 지금 김이설의 주인공들이 먹고살 만하게 되었다는 이야기를 하고 있는 것이 아니다. '최악'의 상황에 또 한 번의 변화가 일어나고 있다는 점을 강조하고 있는 것이다. 이 연작을 읽다 보면 다시 확인하게 되는 것이 김이설은 여전히 '최악'을 소설로 쓰고 있다는 사실이다. 자연주의를 일삼아 비판하던 루카치적 의미에서, 네 편의 연작은 확연히, 그리고 여전히 '자연주의적'이다. 보상 없는 돌봄노동의 세부 묘사는 그것의 반복적인 리듬과 정밀함으로 인해 읽는 이로 하여금 그 권태로움과 억울함을 추체험하게 만든다. 그러나 루카치가 그토록 바라마지않던 사회적 전망이나 총체적 인과는 전혀 제안되지 않는다. 출구의 배제, 그럼으로써 그들의 고립 상황은 최악이 되는데, 최악은 이제 보상도 보람도 없고 인정도 받지 못하는 돌봄노동에서 우울증 속으로 도피할 수밖에 없게 된 여성들의 심리적 극한 상황이다.

그러나 한편으로 생각하면, 심리적 결여감은 다른 삶에 대한 기대와 욕망이 있을 때만 발생하고, 징후적 타협 형성은 갈등의 양자가 존재할 때 발생한다. 즉 이상적인 삶과 실제 삶의 괴리를 지각하지 못하는 주체는 신경증적 주체가 될 수 없다. 증상은 어떤 점에서는 이제 막연하게나마 자신만의 삶에 대한 욕망이 생겼음을(『우리의 정류장과 필사의 밤』의 주인공에게는 시 쓰기가 그것이다), 그리고 그것에 대해 지각하고 반응하고 있음을 암시하는 현상이기도 하다. 요컨대 고유명사로서의 이름조차 없는 삶을 살아온 여성이 자신의 삶을 회고와 반성의 대상으로 삼을 수 있을 때, 신경증은 발병한다. 그런 의미에서라면 신경증은 병이면서 동시에 치유 가능성이 발현되는 장소이기도 할 것이다. 예를 들어 「미아」의 소영이 보여주는 변화가 그와 같다.

> 나를 힘들게 했던 사람들이 이제야 노여워요. 그때 제대로 말하지 못하고 대응하지 못한 내 자신이 환멸스러워서 분노가 치밀어요. 그리고 매일 머리가 터질 것처럼 아파요. (『잃어버린 이름에게』, p. 128)

작중 소영은 대화 치료를 믿지 않는다. 오로지 약만 믿는다. 그러나 그녀가 모르고 있는 것 중 하나는 바로 저와 같은 방식으로 치유가 시작된다는 점이다. 자신을 힘들게 했던 사람들, 그때는 제대로 말하지 못했던 것들에 대한 억울함과 환멸을 말하기 시작하는 지점에서 치유는 시작된다. 그것은 '타인에 대해서'가 아니라 오롯이 '자기 자신으로서' '자기 자신에 대해' 존재하려는 의지의 발현이기 때문이다.

돌봄이란 단어는 듣기에 참 좋은 말이지만 바로 그와 같은 의지에 가장 반하는 것이 '노역이 된 돌봄'이다. 내가 선택하지 않은 돌봄이란 내가(대부분이 여성이다) 나로서 존재하는 것이 아니라, 타인에 대해서 존재한다는 말과 동의어이기 때문이다. 그런 점에서 「미아」의 결말은 제목 못지않게 의미심장하다. 소영은 대수롭지 않게 집에 식물들을 들여 기르기 시작했다고 말한다. 그러나 그녀가 골라온 것들이 "너무 흔해 누구에게도 눈길을 받지 못하는 애들"(p. 153)이라는 말에서 자기 치유의 징후를 읽어내지 못할 독자는 그리 많지 않아 보인다.

5. 치유정원에서

당연한 수순일까? 2023년에 출간한 작품집 『누구도 울지 않는 밤』에 실린 단편들은 그간 김이설의 소설 중 가장 밝다. 상대적으로는 그렇다는 말이다. 왜냐하면 동시대 다른 작가들의 소설에 비할 때 김이설의 소설은 여전히 우리 삶의 가장 어둡고 비참한 구석을 어떤 과장이나 낙관 없이 그려내고 있기 때문이다. 빚과 생활고와 돌봄노동과 실직과 실연…… 그러니 최근 김이설의 소설에서 얼마간 밝은 기운이 느껴진다면 그것은 작품이 다루고 있는 세계가 밝아져서가 아니라 세계를 대하는 인물들의 태도에 얼마간의 변화가 생겨서라고 해야 맞을 듯하다.

우선 눈에 띄는 것은 아버지의 변화다. 가령 「축문」의 아버지는 "나이라고 믿어지지 않을 만큼 권위를 내세우지 않았"고 "부엌일을 제외한 집안일은 주로"(『누구도 울지 않는 밤』, p. 114) 도맡아해온 사람이다. 죽은 아내의 제삿날 녹두전과 생선전을 부쳐온 사람이고, 딸들에게 억지 절을 시키는 대신 와인과 맥주를 주고받으며 "기억하고 싶은 것만 기억하고 살자. 요즘은 모든 걸 다 알게 되는 것이 의미 있는 건 아닐지도 모른다는 생각이 들더라"(p. 121)라고 말하는 사람이다. 그 아버지 덕분에 김이설 소설에서는 정말 드물게도 그 밤은 '누구도 울지 않는 밤'이 된다. 인상 깊은 아버지는 「환기의 계절」에도 등장한다. 결혼하고, 아이들을 낳고 나서야 자신의 성적 정체성을 인정하고 떠난 사람. 그래도 책임은 피하지 않겠다며 끝까지 아이들의 아빠로 살겠다고 작정한 그 사람 말이다. 아이들은 몰랐지만 그렇게 떠난 후로도 그는 아내와 친구 관계를 유지했다.

이모의 존재도 두드러진다. 가족이라면 가족이고 가족 외인이라면 외인일 텐데, 바로 그 이모를 중심으로 '동성 사회적homo social' 연대가 이루어지는 장면이 작품집 곳곳에서 발견된다. 「환기의 계절」의 이모가 그렇고, 「내일의 징후」의 이모가 그렇다. 현명하고 생명력 강하고 당찬 이 이모 덕분에 김이설의 주인공들은 '잠시나마' 용기를 얻고 위안을 얻는다. 자기 삶의 주인은 바로 자신이라는 교훈도 얻는다. 그래서 『누구도 울지 않는 밤』에 실린 소설들은 대체로 이렇게 마무리된다.

> 쉽지 않은 봄이 지나가고 있었다. 전염병은 사그라질 기미가 보이지 않았다. 언제부턴가 아이는 더 이상 아빠의 안부를 묻지 않았다. 이제는 예전의 일상을 되찾을 수 없을 것이다. 그래도 나는 다음 계절을 기다리기로 했다. 그것이 내가 유일하게 할 수 있는 일

> 이었다. (「환기의 계절」, 『누구도 울지 않는 밤』, p. 154)

> 치유정원이라고 해서 무너진 마음이 금세 아물 리 없었다. 덧난 상처가 나아지거나 나쁜 기억이 사라지게 할 수도 없었다. 다만 혼자서 오래 걷기에 맞춤이었다. 꼿꼿하게 머리를 쳐든 침엽수를 보며 하루를 버틸 수 있는 힘 정도만 얻으면 충분했다. 그것으로 충분했다. (「치유정원에서」, 『누구도 울지 않는 밤』, p. 181)

최악의 세상이지만 어떻게든 살아갈 수 있는 용기와 희망! 그러나 저 문장들이 식상하게 읽히지 않는 것은 우리가 이미 '물가' 시절 김이설의 주인공들이 살아가는 모습을 읽어왔고, 우울증으로 도피할 수밖에 없었던 신도시에서의 삶도 읽어왔기 때문이다. 우공이산의 교훈은 바로 그 산을 옮겨본 우공의 입에서 발화될 때 가장 설득력이 있듯, 치유란 말은 정말 오래 아파본 사람의 입에서 나올 때 관습에서 벗어날 수 있다.

게다가 우리는 저 결말이 결코 무슨 유토피아에 대한 낙관이나 전망을 지시하지 않는다는 사실에 유념해야 한다. 유토피아는 당도할 수 없을 만큼 먼 데 있어서 허위에 가깝다(『환영』의 주인공은 언젠가 자신을 사람처럼 대해준 유일한 사람이 잠들어 있는 '유토피아 모텔'에서 단호하게 뒤돌아선 적이 있다). 그러나 김이설의 주인공들이 지금 할 수 있는 것은 '다음 계절'을 기다리거나 '하루를 버틸 수 있는 힘 정도만 얻는 것', 그뿐이다. '치유정원'이라 이름 붙여진 수목원을 걷는다고 해서 "덧난 상처가 나아지거나 나쁜 기억이 사라지게 할 수"는 없다. 수목원을 나가는 순간 그들 앞에는 여전히 빚과 병과 이별과 노동과 우울의 세계가 펼쳐져 있을 것이다. 김이설의 주인공들은 그 사실을 누구보다도 잘 알고 있다. 그러니 하루, 혹은 한 계절씩 그 최악의 세계를 살아낼 정도의 힘만 얻으면 족하다.

최악의 소설사는 그렇게 다시 이어진다. 등단 후 17년이 지난 지금까지 김이설식 자연주의는 장기 지속 중이다.

아이를 찾았습니다만
— 김영하론

1. 옮겨 심어진 자들이 말하는 법

작가 김영하, 내 마음속에서 그의 정체에 대한 의심이 (강한 유대감과 동류의식을 동반한 채로) 일기 시작한 것은 『빛의 제국』(문학동네, 2006)을 읽은 직후였다. '아하, 그는 이를테면 간첩이 아닌가!' 그리고 얼마 지나지 않아 그 의심은 이내 확신으로 변했는데, 평론가 서영채와의 대담에서 그가 고백한 다음과 같은 말들 때문이었다.

> 넓게 보자면, 이 소설 역시 『검은 꽃』과 같은 궤도에 있는 소설입니다. 『검은 꽃』이 멀리 떠나서 유배되는 사람들의 이야기라면, 다시 말해 일종의 '비자발적 이민자들'의 이야기라면. 『빛의 제국』 역시 서울로 '옮겨심어진' 사람의 이야기거든요. 비록 같은 언어를 쓰는 같은 인종의 사람들이 사는 세상이지만 실은 영원히 스며들 수 없는 삶으로 내던져진 사람의 이야기죠. 저 역시 그런 경험을 겪은 바 있습니다. 별다른 사전 정보 없이 대학에 들어갔는데, 들어가보니 정말 딴 세상이었어요. 바깥세상과는 다른 노래를 부르고 다른 책을 보고 다른 옷을 입고, 여자들은 화장과 장신구를 하지 않고, 연애는 금지되어 있는, 그런 세계 안으로 던져진 거지요.[1]

평론가 서영채가 『빛의 제국』의 주인공 김기영을 두고 '그런데 왜 하필 간첩인가'라는 요지의 질문을 던지자 김영하가 한 대답이 저와 같다. 그의 답변은 대체로 '옮겨 심어진 세대의 존재론', 혹은 '영원히 스며들 수 없는 삶으로 내던져진 사람의 이야기'로 요약 가능하다. 갑자기 다른 노래를 부르고('높이 올려라 붉은 깃발을'), 다른 책을 보고('꽃파는 처녀' '주체의 문예이론'), 다른 옷을 입고(최루탄 내에 찌든 낡은 청바지, 무명으로 만든 마당극 공연용 한복), 화장과 장신구와 연애는 금지되어 있는(혁명적 동지애!) 세계 안으로 던져진 자, 김기영…… 1968년 즈음에 태어난 이들이 1986년 즈음에 들어간 대학은 그런 곳이었다. 최소한 담장 안에서나마, 그곳은 자본주의 국가 남한의 영토가 아니었다. 주체사상과 마르크스주의의 나라, 민중가요와 탈춤의 나라, 어리석게도 수많은 김기영들이 그 안에서 스스로를 '이 세계 아닌 곳'과 동일시하는 기술을, 혹은 '이 세계'와 비동일시하는 기술을 연마하고 있었다.

그러나 김기영은 다시 한번 더 내던져져야 하는데, 이번에는 그를 내던진 본국이 그가 내던져진 적국의 그를 잊는다. 지령은 없고 임무도 주어지지 않는다. 별다른 과업 없이 적국에 잘 적응한 생활인을 연기하며 살아가야 하는 간첩, 그럴 때 그는 또 한 명의 1968년생 작가 박민규의 말마따나 '개체 참조가 개체의 인스턴스로 설정되어 있지 않은' 듯한 기분(「절」) 속에서 살아가야만 한다. 왜냐하면 간첩은 항상 적국에서 암약하는 자이고, 적국은 그가 동의하지 못하는 세계의 다른 말이기 때문이다. 동의하지 못하는 세계에서, 동의하는(정확히는 이제 마찬가지로 동의하지 못하게 된) 세계의 지원도 없이, 마치 이질적인 땅

1 김영하·서영채, 「대담: 내면 없는 인간의 내면을 향하여」, 『문학동네』 2006년 겨울호, p. 104.

에 옮겨 심어진 식물처럼 뿌리내리고 살아야 하는 자의 존재론적 방랑, 그것이 『빛의 제국』에서 김영하가 그려낸 자신 세대의 후일담이었다.

그런데 돌이켜보면 작가 김영하에게 이런 식의 뿌리 뽑힌 삶은 워낙에 낯선 것이 아니었던 듯하다. 그는 틈날 때마다 자신의 유년 시절을 이렇게 회상(하지 못)하곤 한다. “아버지는 군인이셨죠. [……] 아버지가 군인이셨기 때문에 어렸을 때부터 전국을 떠돌았고 그러다 열 살 때 연탄가스를 마셔서 그전의 기억은 다 잊어버렸습니다. 그 이후로는 죽 서울에서 살았기 때문에 시골에 관한 기억이 많지는 않아요. 그리고 초등학교 6학년 때부터 계속 잠실에서 살았죠.”[2] ‘선험적 고향 상실성’이라는 유명한 말이 김영하에게는 단순히 근대인의 소설적 상황을 지시하는 비유만은 아니었던 것이다. 그는 실제로 고향이 없는 채로 자랐고, 심지어 연탄가스 중독으로 인해 단편적인 유년기 기억마저 모조리 상실해버렸다고 여러 좌담에서 반복적으로 토로한다. 마치 그와 같은 전기적 사실이 자신의 작품 세계와 깊은 관련이 있음을 알아달라고 요청이라도 하듯이……

그의 요청에 부응해서, 작가 자신의 ‘고향 없는 유년기’와 간첩 김기영의 ‘옮겨 심어진 삶’을 일관된 의미 계열체로 통합하는 일은 그다지 어렵지 않다. 비유컨대 그는 생래적으로 간첩이었다.[3] 그러고 보니 김기영 이전에도 이후에도 그의 주인공들은 항상 옮겨 심어진 자로서 행

2 김영하·서영채, 같은 글, p. 124.

3 황종연과의 다른 대담에서 김영하는 이렇게 말한 적이 있다. “저는 지나간 시절의 친구들을 잘 안 만나게 되더라고요. 중학교를 졸업하면 중학교 동창을, 고등학교를 졸업하면 고등학교 동창을, 대학을 졸업하면 대학교 동창을 안 만났어요. 그런데 며칠 전 뉴욕에 있는 고등학교 동창에게 연락이 왔어요. 이 년이 다 돼서야 제가 와 있는 걸 알았다나봐요. 만나러 나간다고 하니까 아내가 “우와, 간첩 아니었네” 하면서 신기해해요. 혹시 학력위조한 거 아니냐고 놀리곤 했거든요. 생전 동창이나 옛 친구들 만나러 나가는 법이 없었으니까요.”(김영하·황종연, 「대담: 아무도 가보지 않은 가장 낯선 곳에서」, 『문학동네』 2012년 여름호, p. 50)

동하고 또 그런 식으로 말했다. 『빛의 제국』이 우리에게 명시적으로 확인시켜주었던바, 김영하는 운명적인 아이러니스트였다. 그는 항상 그 어떤 것도 확신하지 않았고, 삼인칭이 확보해주는 정도의 거리를 두지 않고서는 누구에 대해서도 말을 걸지 않았으며, 설사 일인칭으로 말하는 화자들을 등장시켰다 하더라도 대부분 '믿을 수 없는 화자'들뿐이었다. 도착적이고 나르시시즘적인 세태에 대한 조롱과 냉소에 능했고, 마치 할 말은 따로 있지만 그 말을 피하기 위해 다른 말만 하는 사람처럼 즐겨 복화술을 사용하곤 했다. 그럴 때 작가는 마치 이따위 세계에는 합류하지 않기로 작정한 사람 같았다. 그리고 이 점에 대해서라면 김영하를 오래 읽어온 평론가들 사이에서도 합의가 이루어진 듯하다. 서영채는 『빛의 제국』 이전, 김영하의 어법을 이렇게 요약한다.

> 그런 시선이야말로 사실은 우리 삶의 현실에 대한 가장 큰 냉소가 아닌가 싶었어요. 현실의 이 어쩔 수 없음에 대한. 그래서 작가는 현실을 향해서 절대로 투신하지 않고…… 그게 어떤 대의가 있든 간에, 어쨌든 뛰어드는 것 자체가 센티멘털리즘이기 때문에. 이런 방식으로, 현실과 스스로의 간격을 유지하고자 하는 일종의 아이러니의 시선. 그런 것들을 견지하고자 했던 것이 사실은 김영하 씨의 소설을 지탱해준 가장 큰 힘이 아니었을까 싶어요.[4]

서영채가 요약한 김영하 특유의 거리두기와 아이러니는 비교적 근작에 속하는 『너의 목소리가 들려』(문학동네, 2012)나 『살인자의 기억법』(문학동네, 2013)에서도 여전히 유지된다. 전자의 책이 출간된 후, 황종연과의 대담에서 김영하는 이렇게 말한다. "그러나 저는 결국 동

4 김영하·서영채, 같은 글, p. 116.

규의 입을 통해 제이를 보는 문체를 택하게 되었고, 그 동규조차도 작가인 '나'를 통해 보게 만드는 쪽을 택했습니다. 제이와 같은 인물은 직접 다루기에는 지나치게 인화성이 강하다고 판단했기 때문입니다. 제이와 독자 사이에는 (혹은 제이와 작가 사이에도) 일종의 완충장치가 필요했습니다."[5] 인화성이 강한 인물과의 동일시를 피해 제이와 독자(그리고 작가) 사이에 일종의 완충장치로서 동규를 설정했다는 말인데, 이 작품을 읽은 독자는 동규가 어느 정도 '믿을 수 없는 화자'이고 그래서 1~3장에서 서술된 제이의 행적이 과장된 서술일 수 있다는 사실을 안다. 그는 폭주족들의 예수이기도 하지만 달리 보면 구세주 망상증자이기도 하다. 연쇄살인범이자 알츠하이머 환자인 『살인자의 기억법』의 화자가 "완전히 믿을 수 없는 화자"[6]란 사실은 말할 것도 없다.

작가 김영하의 전체 작품 활동 시기를 거쳐 줄곧 반복되고 유지되어 온 이 '거리두기'의 기원에 예의 그 간첩의 존재론이 놓여 있을 것이라는 추론은 따라서 합리적이다. 고향 없음을 긍정하고, 자발적으로 친구를 만들지 않고, 동일시와 감상을 가장 두려워하며, 발을 완전히 들여놓기를 경계하는 간첩의 태도로 이 세계에서의 삶을 영위하는 자, 그런 작가가 김영하였다. 말하자면 그는 (자신의 어법을 빌려 말해) 아이러니적 글쓰기에 최적화된 정도의 '카그라스 증후군Capgras syndrome'[7] 환자였고, 친밀성 불안증자 특유의 냉소와 반센티멘털리즘이야말로 그의 자산이었으며, 독자들은 그의 그런 점을 좋아했고, 한국문학은 그로

5 김영하·황종연, 같은 글, p. 48.

6 류보선, 「수치심과 죄책감 사이 혹은 우리 시대의 윤리」, 『문학동네』 2013년 겨울호, p. 528.

7 망상적 동일시와 친밀성 불안을 수반하는 이 증후군의 사례가 장편 『살인자의 기억법』과 단편 「밀회」(『무슨 일이 일어났는지는 아무도』, 문학동네, 2010)에서 각각 등장한다. 자의식이 강한 작가답게 김영하는 관계에서 파생되는 친밀성 불안에 관한 많은 사례들을 작품 속에 자주 등장시킨다.

인해 역사상 예외적으로 차가운 소설들을 1990년대 이후의 문학사 내에 편입시킬 수 있었다.

최소한 2014년 4월 16일, 그러니까 세월호 참사가 일어나기 전까지는 그랬다는 말이다.

2. 아이러니와 타인의 고통

『빛의 제국』은 비유적으로 말해 카그라스 증후군 환자의 어법이 가장 빛나는 효과를 발휘한 작품이다. 친밀성 불안증자처럼, 남에도 북에도 마음의 거처를 정하지 못한 거리두기의 달인 김기영의 눈은 마치 먹이를 찾지 못한 지 오래된 매의 눈처럼 차갑고 우울해서, 냉소적 지성의 위대함을 입증하고도 남는다. 한쪽과의 동일시를 거부하는 비교에 의해 남과 북의 동일성과 차이가 백일하에 드러나고, 인간의 실존적 정처 없음이 육중하게 전경화된다. '무의미하지만 어쩔 수 없이 살아가야만 할 삶'을 결론으로 제시하는 수사관 '정'의 마지막 대사는 이 소설의 압권이다. 내연관계였던 처형, 처형의 임신, 그 사실을 알게 된 아내, 그리고 이어진 처형네 가족의 동반 자살, 그런 일을 겪고도 살아지는 게 인생이라고 그는 말한다. 이처럼 카그라스 증후군적 어법은 희망이라는 인류 최초이자 최후의 이데올로기마저 거부하게 하는 냉혹함이 장점이다.

그러나 단점 또한 없는 것은 아닌데, 흥미로운 단편 「마코토」를 쓸 때, 김영하가 자조적으로(그러니까 역시나 냉소적이고 아이러니적으로) 의식하고 있는 것도 바로 그 점이다. 아래는 이루어질 법한 사랑은 아예 시도조차 하지 못하는 "이른바 짝사랑 전문가"(친밀성 불안증자의 다른 말일 것이다)인 소설의 화자가, 소설가였고 뇌종양으로 일찍 죽어버린 친구 '현주'(화자는 그녀에 대해 항상 오해하고 있었다)를 두고 하는 말이다.

> 거기 황궁이 있다는 것을 모두가 알고 있지만, 그래서 이렇게 돌아가야 한다는 것도 알고 있지만, 거기에선 아무도 조깅 같은 것을 할 수 없다는 것을 알고 있지만, 그래도 아무 말 하지 않는다. 롤랑 바르트의 말마따나 그것은 그냥 거기에 있다. 비어 있는 중심으로 말이다.
>
> 마코토와 나 사이에도 그런 황궁이 있다. 우리는 필사적으로 어떤 게임을 하고 있다. 그 게임의 이름은 이렇다. 현주에 대해서 절대로 말하지 않으면서 다른 모든 것을 말하기. 현주에 대해서는 절대로 생각하면 안 돼! 우리는 그런 암묵적인 약속 아래 만났고 그 룰을 지키고 있다. 〔……〕 죽은 현주가 만들어놓은 이 팔진도(八陳圖)에서 어서 탈출해야 해![8]

아마도 현대 정신분석학에 얼마간 조예가 있는 독자라면 저 문장들을 쓰던 당시 김영하가 라캉이나 지젝을 염두에 두지 않았으리라고 장담하기는 어려울 것이다. 도쿄의 황궁처럼 "비어 있는 중심"은, 물론 그 유명한(그러나 이 말이 함의하는 공포의 크기에 비해 함부로 남발되곤 하는) '실재'다. 그리고 이 단편의 경우 실재의 자리에 놓여 있는 것은 '타인의 고통'이다. 고통은 타인의 정수, 그러나 우리는 대체로 그것을 피함으로써만 그것에 대해 언급할 수 있다. 회피와 방어 없이 실재에 대해 말하는 것은 거의 불가능하다. 실재와의 대면은 '나'를 붕괴시키는 일일 테니까. 현주의 죽음에 대해 말하자면 화자는 자신이 타인

8 김영하, 「마코토」, 『무슨 일이 일어났는지는 아무도』, 문학동네, 2010, pp. 134~35.

에 대해 저지른 죄와 자신에 대해 수행한 '상상적' 가공 작업에 대해서도 함께 말해야 한다. 그런 식으로 항상 말들은 실재 주변으로 꼬이게 마련이다. 그러니 실재란 비어 있는 중심, 말들의 '팔진도'다.

방어와 회피를 포기하지 않는 이상, 끊임없이 공허한 말들을 남발하는 것 외에 그 팔진도를 벗어날 방도는 없다. 그것이 설사 나는 공허한 말들만 하고 있다는 사실을 자인하는 말들일지라도 사정은 마찬가지다. 회피란 회피한다는 사실에 대한 발설을 통해서도 이루어지는 법이기 때문이다. 친밀성 불안을 겪는 이의 발화는 더 그렇다. '나는 내가 타인의 고통에 연루되기를 꺼려한다는 걸 알아'라고 말함으로써 냉소적으로 타인의 고통을 회피할 때도, 아이러니는 발생한다.

요컨대 이것이 카그라스 증후군적인 어법의 단점이다. '네가 내 가족이라고 하니 그런 걸로 해두지.' 그런 식으로 말한다면 그 어떤 발화자도 타인의 고통에 접근할 수 없다. 그가 설사 작가라 해도 사정은 마찬가지인데, 자기방어적(임이 뻔히 보이는) 화자를 등장시켜 타인의 고통을 요리조리 피하는 상황을 연출한 후, 이런 화자를 아이러니한 우스갯거리로 만든다고 해서 한 작품이 타인의 고통에 대해 말하고 있는 것은 아니다. 타인의 고통에 대해 말하지 못하는 화자에 대해 말하는 것과, 타인의 고통을 말하는 것은 완전히 다른 일에 속하기 때문이다.

타인의 고통에 대해 말할 때는, 항상 정색하고 말해야 한다. 그러므로 세월호 참사에 대해 말할 때도, 우리는 평론가 류보선처럼 진심을 다해, 정색하고 말해야만 한다.

> 우리가 세월호 사건을 잊지 않고 기억하고 지켜보고 또 그 진실과 대면하고 응답하기 위해서는 무엇보다 자기성으로부터 벗어나지 않으려는 우리 자신과 싸우는 것은 물론 사건을 금지하는 '존재' 전체와 싸워야 한다. 그리고 동시에 만약 세월호 사건 후 우리

> 모두가 같이 고통스러워하고 다 같이 위험사회를 혁신하자고 결심하던 그 순간이 벤야민식의 메시아적 시간이라고 할 수 있다면, 우리는 메시아적 시간을 원초적으로 억압하며 유일한 역사상으로 자리잡고 있는 역사의 연속성 관념도 균열시켜내야 한다. 버겁더라도 한국문학은 이 일을 외면해서는 안 된다. 이것이 시작이며, 한국문학은 바로 이 일부터 시작해야 한다.[9]

류보선의 말마따나 '존재'는 완고하게 사건을 금지하려는 경향을 가지고 있다. 무릇 생명 있는 존재자들의 자기보존 본능은 사건이 수반하는 불가역적 탈정체화로부터 스스로를 방어하려는 성향이 강하다. 존재는 사건을 회피함으로써만 스스로를 보존한다. 그럴 때 일상적 시간의 연속성을 포기하는 한이 있더라도 세월호 참사를 하나의 사건으로 받아들이고, 그 사건성에 대해 충실해야만 윤리적 행위는 발생할 수 있다. 물론 문학 역시 이 일에서 예외일 수는 없다. 오히려 문학이야말로 '사건에 대한 충실성'이라는 바디우적인 의미에서의 '윤리'를 앞장서서 보여줘야 하는데, "문학이란 쓸모없는 실존으로 격하된 존재들을 발견하고 그들의 삶에 내재된 가치를 복원시키고 맥락화하는 데 최적화된 제도"[10]이기 때문이다.

그런데 문제는 「마코토」의 화자로 대표되는 김영하의 주인공들에게 이와 같은 사태야말로 거대한 위기에 다름 아니라는 점이다. 사건은 다른 말로 실재와의 대면이고, 냉소란 그 실재와의 대면을 피하기 위해 고안된 어법의 일종이라는 위에서의 언급들이 사실이라면, 세월호 참사는 김영하와 같은 아이러니스트에게는 틀림없는 위기다. 사건은

9 류보선, 「'살인자의 기억법'과 '너의 목소리'—세월호와 한국문학, 그리고 계간 『문학동네』 이십 년」, 『문학동네』 2014년 겨울호, p. 7.

10 류보선, 같은 글, p. 7

거리를 용인하지 않고, 벌어진 사태 앞에서 냉소를 보내기보다는 정색할 것을 요구하기 때문이다. 타인의 고통 앞에서 간첩은 이제 더 이상 간첩으로 살 수 없다. 사건은 주체의 탈정체화와 기나긴 재주체화를 요구한다. 4·16 이후 누군가 문학의 윤리에 충실하고자 한다면, 그는 어떤 방식으로든 기괴한 형태로 팽목항에 모습을 드러낸 '그라운드 제로'[11]와 대면해야만 한다. 아이러니스트에게 존재론적 결단의 순간이 닥쳐온 셈이다.

냉철한 작가이니, 김영하도 그 사실을 알았던 듯하다. 그는 세월호 참사가 우리에게 부여한 정언명령을 정확히 읽어낸다.

> 그해 4월엔 우리 모두가 기억하는 참혹한 비극이 있었다. 그 무렵의 나는 '뉴욕타임스 국제판'에 매달 우리나라에서 일어나는 일을 칼럼으로 쓰고 있었다. 4월엔 당연히 진도 앞바다에서 벌어진 의문의 참사에 대해 썼다. '이 사건 이후의 대한민국은 그 이전과 완전히 다른 나라가 될 것이다'라고 썼는데……[12]

"이 사건 이후의 대한민국은 그 이전과 완전히 다른 나라가 될 것이다"라고 쓸 때, 그는 아마도 "사건"이란 말을 바디우적인 의미로 사용했을 것이다. 그리고 "그 이전과 완전히 다른 나라"라는 말은 모든 근거의 소멸 상태, 곧 '그라운드 제로'를 지시하기 위해 사용했을 것이다. 그는 확실히 4·16을 일종의 존재론적 위기로 체감하고 있었다. 어떤 냉소도 없이 정색한 채 말했고, 그 이전과 이후의 삶이 연속적일 수

11 그라운드(Ground, Grund), 곧 상징적 질서의 '근거'가 붕괴되었다는 의미에서 세월호 참사 이후 우리는 '근거 없는' 상태를 살아야 하고 또 살고 있다. 이에 대해서는 졸고, 「문학과 증언—세월호 이후의 한국 문학」(『후르비네크의 혀』, 문학과지성사, 2016) 참조.

12 김영하, 「작가의 말」, 『오직 두 사람』, 문학동네, 2017, p. 267.

없다는 것이 사건 이후 자신에게 던져진 정언명령이란 사실도 이해하고 있었다. 그랬으니 그의 새 소설집 『오직 두 사람』을 펼쳐 들고 말미의 「작가의 말」부터 읽기 시작했을 때, 내 관심사는 오로지 하나였다. 4·16 이전과 이후, 김영하는 어떻게 달라졌을까? 이 희대의 냉소적 아이러니스트는 임박한 존재론적 위기를 어떻게 돌파하려는 걸까?

장담컨대, 향후 김영하란 작가의 전체 문학세계를 이해하는 데 아주 중요한 문서가 될 것임에 틀림없으므로, 『오직 두 사람』 말미에 실린 「작가의 말」을 좀더 자세히 인용해보자.

> 칠 년 동안 쓴 일곱 편의 중단편을 묶어 소설집을 내게 되었다. 발표 순서대로 나열해보면, 「옥수수와 나」 「슈트」 「최은지와 박인수」 「아이를 찾습니다」 「인생의 원점」 「신의 장난」, 그리고 「오직 두 사람」이다. 교정을 보며 이렇게 다시 읽어보니 나 자신의 변화뿐 아니라 내가 살아온 이 시대도 함께 보이는 것만 같다.[13]
>
> 이 수상 소감을 다시 읽어보면서 이 소설을 기점으로 지난 칠 년간의 내 삶도 둘로 나뉘었구나 하는 생각이 들었다. 이전 세 편에선 「옥수수와 나」의 찌질하고 철없는 작가, 생물학적 아버지의 유골을 받으러 뉴욕으로 떠나 양복만 걸치고 돌아오는 「슈트」의 편집자, 싱글맘이 되겠다는 직원 때문에 골머리를 썩는 출판사 사장이 나온다. 그에 비해 이후의 네 편은 훨씬 어둡다. 희극처럼 시작했으나 점점 무거워지면서 비극으로 마무리되는 영화를 보는 기분이다. 아이를 유괴당했거나, 첫사랑을 잃었거나, 탈출의 희망을 버렸거나, 아버지의 죽음을 지켜보는 딸의 이야기를, 나도 모르게 쓰고 있

13 김영하, 「작가의 말」, 같은 책, p. 267.

었던 것이다.[14]

먼저 인용된 부분에서 김영하는 이 소설집의 구성에 대해 말한다. 문제작 「아이를 찾습니다」는 세월호 참사가 일어나던 2014년 겨울에 발표되었고, 나머지 여섯 편은 각각 세 편씩 이 작품 이전(「옥수수와 나」 「슈트」 「최은지와 박인수」)과 이후(「인생의 원점」 「신의 장난」 「오직 두 사람」)에 쓰인 것들이다. 그래서 만약 세월호 참사 이전과 이후, 작가 김영하의 변화가 궁금하다면 그 순서에 따라 읽는 것이 좋은 독법이라는 것이 이 인용문이 담고 있는 정보다.

두번째 인용문에서 김영하는 자신의 삶 또한 「아이를 찾습니다」 이전과 이후로 양분되고 있음을 토로한다. 이전의 세계가 여전히 방어기제와 냉소의 세계라면 "아이를 유괴당했거나, 첫사랑을 잃었거나, 탈출의 희망을 버렸거나, 아버지의 죽음을 지켜보는 딸의 이야기"들로 이루어진 이후의 세계는 "훨씬 어둡다". 그는 스스로 세월호 참사 이전과 이후, 자신의 삶이 "둘로 나뉘었구나" 하고 생각한다.

당겨 말하건대, 김영하의 저와 같은 고백에 거짓은 없어 보인다. 이제 『오직 두 사람』에 실린 단편들을 모두 읽어본 나는, 그가 정말로 변화하고 있다고 생각한다. 「아이를 찾습니다」 이전과 이후, 김영하는 다른 소설을 쓴다. 4·16은 그에게도 분명 사건이었던 것이다.

3. 아이를 찾았습니다만

「아이를 찾습니다」 이전에 쓴 작품들은 작가의 말마따나 이전 작품

14 김영하, 「작가의 말」, 같은 책, p. 270.

들과의 친연성이 강하다. 말하자면 냉소와 아이러니의 자장권 속에 있는 작품들이다. 특히나 등장인물들이 보여주는 방어와 회피 기제가 여전하다. 가령 「옥수수와 나」의 주인공 '박만수'(그는 작가다)는 총을 들고 위협하는 출판사 사장 앞에서 자신은 닭 앞의 옥수수가 아님을 강변한다. 그러나 희비극적인 어조로 쓰인 이 작품을 내내 읽어온 독자는 그가 아무리 아니라고 강변해도 실제로는 닭 앞의 옥수수에 불과함을 이미 알고 있다. 스스로를 제임스 조이스에 비교하는 이 덜떨어진 작가는 '에피파니' 운운하며 자신의 천재성을 방어하지만, 총을 든 출판사 사장 앞에서 빚진 소설가가 옥수수가 아닐 수는 없다. 독자와 인물 사이의 거리가 아이러니를 만든다. 「슈트」에서도 유사한 방식의 아이러니가 발생한다. 아버지-대타자의 죽음이 몰고 올 상징질서의 공백 앞에서, 주인공이 작동시키는 방어기제는 일종의 페티시즘이다. 이 인물은 대타자의 결여를 대타자의 슈트로 대신 메운다. 아버지의 허울을 뒤집어쓴 이 초라한 아들의 모습을 묘사할 때, 작가의 어투에는 연민과 함께 냉소의 기미가 섞여 있다. 마찬가지로 단편 「최은지와 박인수」 말미, 주인공이 보여주는 태도는("위선이여 안녕!") 지젝이 '현대의 비극'이라 칭한 형식의 전형적인 결말을 답습한다. 위선적인 세계에 위선으로 맞서 스스로를 방어하는 일, 그러니까 "그래, 난 인간쓰레기야. 사기꾼에다 거짓말쟁이 맞아. 그래서 어쩌라구? 그게 인생이야" 같은 태도[15]는, 김영하의 이전 작품 세계에서도 얼마든지 찾아볼 수 있는 것으로, '숭고한 냉소' 바로 그것이다.

그러나 「아이를 찾습니다」에 이르면 사정이 달라진다. 그 사이 세월호 참사를 겪었고, 그것을 사건으로 체험했으므로, 이제 김영하는 정색한다. 그러고는 정말이지 견디기 힘든 지점, 실재가 떡하니 입을 벌리

15 류보선, 「우리 시대의 비극—김영하 소설을 통해 본 민주화 이후의 한국문학」, 『문학동네』 2008년 봄호, pp. 399~400.

고 있는 지점까지 우리를 데리고 간다. 이렇게 말하는 것은 이 작품이 실로 위험할 정도로 끈질기게, 실재와 대면하는 일의 어려움과 고통을 우리에게 전하기 때문이다.

11년 동안을 유괴된 아이를 찾는 일에 삶 전체를 걸었던 한 아버지가 있다. 그 사이 아내는 조현병자가 되었고 생계는 완전히 망가졌다. 집은 거의 쓰레기장, 유괴된 아이를 찾는 전단지를 돌리는 일이 그의 유일한 삶의 목표다. 그런 그에게 어느 날 문득 거짓말처럼 아이가 돌아온다. 아내는 낫고, 아이는 부모의 품에 안겨 울고, 세 가족은 행복하게 살게 될까? 그러나 김영하는 그렇게 쓰지 않고, 이렇게 쓴다.

> 영원과도 같았던 지난 십 년 동안 그의 의무는 자명했다. 잃어버린 자식을 찾아오는 것이었다. 그 명료하고도 엄중한 명령 앞에 모두가 길을 비켜주었다. [……] 십 년간 그는 '실종된 성민이 아빠'로 살아왔다. 그런데 하루아침에 그것이 끝나 버렸다. 행복 그 비슷한 무엇을 잠깐이라도 누리고 있다는 느낌을 받은 적이 없었다. 그러나 그 불행이 익숙했던 것만은 사실이었다. 내일부터는 뭘 해야 하지? 그는 한 번도 그 문제를 진지하게 생각해본 적이 없다는 것을 깨달았다. 성민이만 찾으면, 성민이만 찾으면. 언제나 그런 식이었지 그 이후를 상상해보지 못했던 것이다. 그 문제만 해결되면 퇴행성이라는 미라의 조현병까지도 씻은듯이 나으리라 생각했다.
>
> 견딜 수 없다고 생각했던 것은 지나고 보니 어찌어찌 견뎌냈다. 정말 감당할 수 없는 순간은 바로 지금인 것 같았다.[16]

2014년 4월 16일 이후, 우리는 모두 아이를 잃었다. 그랬으니 저 구

16 김영하, 「아이를 찾습니다」, 같은 책, p. 65.

절을 우리는 사라진 아이들의 부모 입장에서 읽어야 한다. 아니 그렇게 읽지 않을 도리가 없다. 그러나 그렇게 읽는 일이 결코 쉬운 일은 아닌데, 김영하가 저 구절을 통해 우리에게 전하고자 하는 말의 진의는 이런 것이기 때문이다. 아이를 되찾는 순간이 실은 영원히 아이를 잃어버리는 순간이라고, 아이가 돌아와도 당신이 상상하던 그런 아이는 아닐 거라고, 애타게 아이를 찾는 행위 이후에도 우리는 아이를 잃게 될 것인데, 왜냐하면 애타게 아이를 찾아 헤매던 우리들의 행위 자체가 아이들의 영원한 부재를 부인하기 위한 일종의 방어기제에 불과했기 때문이라고…… (나는 차라리 세월호 유가족들이 김영하의 이 소설도 그리고 나의 이 글도 읽지 않기를 바란다.) 그러나 누군가는 이렇게 말해야 하지 않을까? 아이들이 돌아오는 세상은 이제 없다고. 아이들을 잊지 않고자 우리는 최선을 다해야 하겠지만, 그리고 아이들이 더 이상은 사라지지 않는 세상을 만들고자 노력해야겠지만, 바로 그 잊지 않으려는 행위 자체가 아이들의 영원한 부재 상태로부터 우리를 방어하는 방식의 일종이 되어버릴 수도 있다고, 우리는 이제부터 아이들이 없는 전혀 다른 세계, '이후의 삶'을 살아내야만 한다고……

세월호 참사에서 희생된 아이들을 잊지 말아야 한다는 말들은 이제 흔하게 들린다. 그러나 그 정언명령의 홍수 속에서 우리는 애도를 종결하지 않고 사자들과 함께 살아가는 행위가 얼마만큼의 고통과 위험을 수반하는지에 대해 실감하지 못하는 경우가 많다. 김영하는 아마도 그 고통의 불가역적인 절대성을 성민 아빠의 입을 통해 전하고 싶었던 모양이다. 「작가의 말」에서 그는 다시 이렇게 말한다.

> 이 소설의 주인공은 아이를 잃어버림으로써 지옥에서 살게 됩니다. 아이를 되찾는 것만이 그의 유일한 희망이었습니다. 그러나 진짜 지옥은 그 아이를 되찾는 순간부터라는 것을 그는 깨닫게 됩니

> 다. 이제 우리도 알게 되었습니다. 완벽한 회복이 불가능한 일이 인생에는 엄존한다는 것, 그런 일을 겪은 이들에게는 남은 옵션이 없다는 것, 오직 '그 이후'를 견뎌내는 일만이 가능하다는 것을.[17]

아마도 이전의 아이러니스트였다면, 고통스러움을 과장함으로써 고통으로부터 스스로를 방어하는 인물이 소설의 주인공 역을 맡았으리라. 그러나 이제 달라져버린 김영하에게서 냉소의 기미는 찾을 수 없다. "완벽한 회복이 불가능한 일이 인생에는 엄존한다"는 사실, 그리고 그런 일을 겪은 후 삶에 다른 옵션은 없다는 사실, 따라서 오로지 우리에게 주어진 '그 이후'의 삶이란 이 지옥 같은 세계를 회피하지 않고 견뎌내는 일뿐이라는 사실을 전하는 자를 일컬어 냉소주의자라고 할 수는 없다. 그런 이들을 우리는 차라리 사건에 충실한 자, 곧 윤리적 주체라고 부르기도 한다.

4. 언니에게

이제 우리는 「아이를 찾습니다」 이후에 쓰인 김영하의 소설들이 지시하는 방향에 대해서도 얼추 짐작할 수 있게 되었다. 그 세계는 마치 프로이트가 히스테리 환자를 치료해서 돌려보내는 것이 옳겠는지를 회의하게 했던 현실 세계와 유사하다. 방어기제란 고통스러운 현실 앞에서의 도피이다. 죽음을 농담으로, 고통을 아이러니로, 실재를 상상으로, 신념을 냉소로, 현실을 망상으로…… 따라서 방어기제가 사라진 자리에서 주체가 마주해야 할 세계는 대체로 사막이거나 지옥이다. 「아

17 김영하, 「작가의 말」, 같은 책, p. 269.

이를 찾습니다」 이후 김영하가 발표한 세 편의 작품에서 우리가 목도하게 되는 세계가 그와 같다. 돌아가거나 회복해야 할 그 어떤 원점도 없는 세계(「인생의 원점」), 사력을 다한 탈출이, 공포와 권태로부터의 해방이 아니라 누적되는 추락의 과정으로 귀결되고야 마는 세계(「신의 장난」)를 이제 김영하는 그리고 있다. 그러니까 행복한 미래라고는 전혀 없어 보이는 신자유주의하 한국을 그가 독한 마음으로 들여다보기 시작했다.

그러나 나로서는, 김영하의 변화에 관한 한 이 두 작품이 그려내고 있는 지옥 풍경보다 더 흥미로운 것이 표제작 「오직 두 사람」의 화자 '현주'다. 그리고 그녀의 어법이다. 김영하 소설에서는 예외적이게도 그녀가 '완전히 믿을 수 있는' 화자여서다. 게다가 그녀가 택한 어법은 고백체. 그녀는 '언니에게' 편지를 쓴다. 편지는 이렇게 끝난다.

> 장례를 다 치르고 오랜만에 노트북을 켜니 언니에게 쓰다 만 메일이 뜨더군요. 불과 며칠이 지났을 뿐인데 아득한 과거처럼 느껴지는 것 있죠. 아빠가 돌아가시던 날 쓴 부분을 다시 읽다가 문득 언니가 있어 참 다행이라는 생각이 들었어요. 아니면 그 순간의 제 감정은 그대로 어디론가 날아가버렸을 거잖아요. 언니, 전 이제 괜찮아요. 너무 걱정 안 하셔도 돼요. 저도 알아요. 한 번도 살아보지 않은 삶이 저를 기다리고 있다는 것을요. 그런데 그게 막 그렇게 두렵지는 않아요. 그냥 좀 허전하고 쓸쓸할 것 같은 예감이에요. 희귀 언어의 마지막 사용자가 된 탓이겠죠.[18]

완전히 믿을 수 있는 화자의 고백, 여기에 아이러니는 없다. 냉소도

18 김영하, 「오직 두 사람」, 같은 책, p. 41.

없고, 방어기제도 없다. 친밀성 불안의 병인이었던 아버지-대타자의 죽음 앞에서, 그녀는 친밀하게도 "언니, 전 이제 괜찮아요"라고 쓴다. 평생 자신을 지탱해주면서 동시에 옭아매던 아버지가 죽었으므로, "한 번도 살아보지 않은 삶"이 기다리고 있을 것임을 그녀도 알지만, '그 이후'의 삶이 "막 그렇게 두렵지는 않아요"라고 그녀는 쓴다. 그러나 이와 같은 그녀의 담대함이 아버지-대타자 없는 세계를 정신승리적으로 극복하려는 방어기제 때문인 것은 아니다. 희귀 언어의 마지막 사용자가 된 듯한 고독, 그런 삶의 허전함과 쓸쓸함을 그녀도 예감하고 있다. 그러나 그녀는 그럼에도 불구하고, 그 세계에 이제 막 발을 들여놓을 참이다.

나는 그녀의 위태롭고 아슬아슬한 발걸음 위로, 작가 김영하가 이제 막 떼어놓으려는 발걸음이 겹쳐지는 것을 느낀다. 농담도 아이러니도 냉소도 없는 그 세계가 그로서는 지상에 단 한 사람만이 사용하는 희귀 언어의 세계처럼 낯설겠지만, 위기는 기회다. 그리고 냉소적이었던 현주 오빠가 그랬던 것과는 달리, 나는 이 말을 '기회는 위기다' 따위의 냉소 섞인 재담으로 조롱하고 싶은 생각이 전혀 없다. 위기는 기회다. 우리는 한때 같은 국적을 두었던 간첩들, 옮겨 심어진 자의 자격으로 오래오래 냉소와 조롱을 일삼았으나 이제는 진지해져야 할 때, 분명히 우리에게도 이런 날은 올 수밖에 없었던 거다.

죽음이 다녀간 후
— 손홍규론

1

출처가 다른 세 문장을 인용하면서 이야기를 시작해보자.

1. "나는 마르께스주의자야."
2. 언제부턴가 그는 그렇게 집으로 가출해버렸다.
3. 그러고 보면 얼마나 많은 사람들이 수치 속에 죽어 갔을까.

각각의 문장은 손홍규의 소설이 거쳐 온 몇 단계의 변모 과정을 압축적으로 요약한다. 세번째 문장에 대해서는 말을 좀 아껴두고, 우선 첫번째 문장과 두번째 문장이 원론적인 견지에서 모순된다는 점은 지적할 필요가 있어 보인다. 두 문장은 다른 세계에서 나온 문장들이다.

2

초창기 손홍규의 소설에서 마치 전설이나 신화 속에서 방금 걸어 나온 듯한 인물들을 만나는 것이 어려운 일은 아니었으니, 「마르께스주의자의 사전」(『톰은 톰과 잤다』, 문학과지성사, 2012, p. 77)에서 따온 "나는 마르께스주의자야"라는 문장에 거짓은 없어 보인다. 누구는 사진 속 죽은 할아버지와 대화했고, 누구는 이무기와 끼니를 나누기도 했으며, 뱀이나 소 같은 신성한 동물들과 인간의 경계가 (상징적으로가 아니라 생물학적으로) 모호해지는 일도 다반사였다. 게다가 마르케스가 『백년 동안의 고독』에서 그랬듯, 손홍규는 한국 현대사의 중요하고도 비극적인 장면들을 잘 고안된 마술적 세계 안에 알레고리의 형식으로 녹여내는 데 탁월한 수완을 보여주기도 했다. 그리고 그런 경향은 대강 『이슬람 정육점』(문학과지성사, 2012)을 발표하던 때까지 이어졌다.

그런데 얼마간의 논란을 무릅쓰고 말하자면, 마술적 리얼리즘이란 '가출이 곧 귀향'인 서사다. 이 말은 라틴아메리카를 국적으로 갖는 마술적 리얼리즘이 본질에 있어서는 서구적 의미의 '소설'과 크게 다를 바 없다는 말이기도 한데, 소설의 이론에 초석을 놓았다는 루카치가 이 장르를 이미 '선험적 고향 상실성의 장르'라 정의한 바 있기 때문이다. 고향을 상실한 자는 가출한 자이고, 가출한 자는 항상 지금 살고 있는 곳을 임시적인 거처라 여기며 본원적인 고향으로의 귀향을 꿈꾼다. 귀향의 꿈, 마술적 리얼리즘도 같은 꿈을 꾼다. 실은 더 노골적으로 꾼다.

마술적인 세계는 대체로 우리 뒤에 혹은 이전에 있어서, 그것을 재현하거나 그리움의 대상으로 삼고자 한다면 우리는 우리가 살고 있는 '지금-여기'의 세계로부터 가출해야 한다. 그러고는 미인이 산 채로 승천하고 아버지가 죽는 날 하늘에서 꽃비가 내리는 세계 속으로 '돌아가야' 한다. 아직 마술의 위력이 사라지지 않은 시대가 지금의 현실 속으로 호출되지 않는 한 마술적 리얼리즘은 불가능하다. 그러니까 각박하고 살벌한 현실의 집으로부터 가출해서 어딘가 있다고 가정된 마술적 세계(본원적 고향)로 돌아가려는 욕망이 마술적 리얼리즘의 근저에 놓여 있다. 루카치에게 그랬듯, 마르케스에게도 가출은 귀향이다.

고향에 대한 믿음이 있으므로 그곳에서 이야기는 활력을 얻고 상승의 리듬을 탄다. 왜냐하면 마술이 가능한 세계에서는 인간과 자연이 조응하고, 개연성은 얼마간 무시되어도 비난받지 않으며, 설사 돼지꼬리 기형과 함께 비극적 종말을 맞게 되는 한 가문의 이야기일지라도 신화적인 위엄과 숭고의 아우라를 뿜어내기 때문이다. 손홍규의 초기 소설들이 보여준 놀라운 활력은 이렇게 '가출=귀향'이라는 등식 속에서 설명이 가능하다. 그는 마술적 세계를 고향으로 여기며 그곳을 찾아 가출하는 일이 잦았다.

3

손홍규 소설의 두번째 시기를 요약하는 "언제부턴가 그는 그렇게 집으로 가출해버렸다"라는 문장은 「그 남자의 가출기」(『그 남자의 가출』, 창비, 2015, p. 57)에서 따왔다. 이 문장은 그 자체로 역설적이면서 동시에 초기 손홍규의 소설 세계와 모순된다. '가출'이란 말이 이미 집을 나간다는 의미를 가지고 있으므로, 저 문장을 축자적으로 해석하면 '그는 그렇게 집을 향해 집을 나가버렸다'가 된다. 동어 반복이다. 그런데도 누군가가 굳이 이런 문장을 사용했다면 거기에는 대체로 '집을 명실상부한 집으로 여기지는 않은 채로 돌아갔다' 혹은 '돌아가야 할 본원적인 고향을 찾지 못한 채 마지못해 돌아왔으나 여전히 집을 집으로 여기지는 못했다' 정도의 의미로 읽어야 한다. 그렇게 항상적인 가출 상태를 살아가는 자의 발화법이 저 문장에 묘한 아이러니를 부여한다. 저 문장의 발화자는 집에 도착했음에도 불구하고 귀향에는 실패한 자다. 여행은 시작했으나 길이 끝나버렸으므로, 돌아가야 하고 또 돌아갈 수도 있는 마술적 세계는 실은 지상 어디에도 존재하지 않는 장소, 곧 '비장소(U-Topia)'로 판명 난다.

소설집 『그 남자의 가출』에 실린 대부분의 작품들이 집에 안착하지 못한 채 어딘가를 끊임없이 배회하는 자들을 주인공으로 삼고 있다는 점은 그러므로 의미심장하다. 특히 표제작 「그 남자의 가출기」에서 늙은 주인공의 입 밖으로 신음처럼 흘러나오던 다음과 같은 독백들은 초기 손홍규의 주인공들이 감행했던 가출이 총체적인 실패로 귀결되었음에 대한 고백으로 읽힌다.

> 그는 구시장 사거리에서 다리를 건너자마자 충동적으로 핸들을 왼쪽으로 꺾었다. 마침 좌회전 신호이기도 했지만 물리치료를 받기 위해 메일 오가던 길에 갑자기 알 수 없는 분노가 생겨서이기도 했다. 그러나 새로운 길이란 없었다……. 제아무리 멀고 먼 길을 택한다 해도 집으로 돌아가야만 한다면 어느 길이나 마찬가지임을 천변도로를 따라 달리며 그는 깨달았다. (p. 36)

> 예순셋, 어머니가 세상을 떠난 나이에 이르러서야 처음으로 맞닥뜨린 질문이었다. 나는 뭐지. (p. 42)

> 어디든 그가 머물 만한 곳이었으나 마찬가지로 어디든 그가 머물지 않아도 상관없는 곳이었다. (p. 44)

> "대파를 심었는데 양파가 났어. ……대체 무얼 심었기에 내가 된 걸까." (p. 54)

모든 곳이 머물러도 좋고 머물지 않아도 좋은 곳이라면 가출은 실패했다. 왜냐하면 제대로 된 가출이란 본래 머물지 않을 수 없는 곳, 애초에 머물도록 운명 지워진 곳을 목적지로 삼는 법이기 때문이다. 마찬가지 이유로 그는 또한 기원을 부인당한 자가 된다. 가출의 목적지는 대체로 존재의 기원일 수밖에 없는데, 자신이 기대했고 실현하려 했던 기원(대파)이 애초부터 가짜(양파)였음이 입증되었기 때문이다. 삶은 그가 전혀 원하지 않던 곳으로 그를 데려다 놓았다. 그리하여 예순셋, 어머니가 세상을 떠난 나이에 이르러서야 저 늙은 주인공은 처음으로 "나는 뭐지"라는 질문에 맞닥뜨린다. 63년 동안 대파를 기원으로 대파의 잠재성을 실현하려 대파로서의 삶을 살았는데, 만년에 돌아본 자신의 정체가 그 기원부터 양파였으니, 그의 삶은 총체적으로 실패이고 오류이다.

다른 방도는 없어 보인다. 그는 오랜 가출을 포기하고 집으로 돌아가야 한다. 새로운 길이란 없다. 제아무리 멀고 먼 길을 택한다 해도 집으로 돌아가야만 한다. 단, 그 집 또한 돌아가야 할 곳은 아니라는 체념 속에서, 느릿느릿 하강의 리듬으로 돌아가야 한다. 말하자면 자신이 속해 있다고 믿었던 마술적 세계를 떠나 남루하고 누추한 현실의 집으로 가출해야 한다. 정동의 강도 '0' 상태로 수렴해간다고 해도 과언이 아닐 정도로 우울에 깊이 침윤당한 손홍규의 근작 소설들은 이렇게 '귀향=가출'이라는 등식으로 설명이 가능하다.

논리적으로 설득하기는 어렵겠지만, 이런 삼단논법도 성립할 수 있겠다. '가출은 귀향이다. 그런데 귀향은 가출이다. 따라서 성공적인 귀향이란 없고 모든 가출은 그저 가출이다.' 즉 삶이란 선험적으로 고향을 상실한 자들의 항상적인 배회에 불과한 것이어서, 본원적인 고향으로 돌아가려는 그 어떠한 노력에도 불구하고 우리들은 매 순간 가출 상태에 처할 수밖에 없다. 그리고 이 절망적인 삼단논법과 함께 손홍규는 초기의 소설들과 결별한다. 마르케스주의 시기는 그렇게 끝난다.

이런 문장을 남긴 채로…… "그이가 마주친 실재 세계는 그이가 오래 전부터 예상했듯이 우울했다."(「배회」, 『그 남자의 가출』, p. 115)

아니나 다를까, 마술적 세계를 떠난 손홍규의 소설은 급격히 우울해졌다. 그 사이 그는 무슨 일을 겪은 것일까? 그의 마음은 도대체 어디까지 다녀온 것일까? 물론 이 의문이 '작가'를 향해 던져진 것이니 그 대답은 '작품'에서 찾을 일이다. 『그 남자의 가출』을 읽은 독자들이라면 이미 두루 맞닥뜨렸을 저 많은 자살과 병사와 안락사들, 그리고 일단 읽고 나면 필연코 우리에게도 찾아들 죽음에 대해 생각해보지 않을 수 없게 만드는 「배회」와 「아내의 발라드」의 이런 문장들이 그 단서다.

> 어쩌면 문학이란 유서의 수많은 변형태 가운데 하나에 불과할지도 모른다. (「배회」, p. 100)

> 무슨 일이었는데 아직까지 화를 내고 계세요.
> 내가 태어난 거.
> ……저도요. (「배회」, p. 119)

> 그래 살아남을 수 있겠지. 동시대와 몰락하지 않고 살아남은 자들은 예외 없이…… 비열하니까. 비열하게 아름답거나 아름답게 비열하니까. (「아내의 발라드」, p. 137)

> 희망은 그것을 품은 존재를 좀먹는다. (「아내의 발라드」, p. 137)

> 부탁이다 조카야. 거기에서 나오지 말거라. 거기에서 부서져라. 존재하지 않았다는 듯 사라져라. (「아내의 발라드」, p. 138)

미래는 실현되었다. 설령 이런 일이 생기지 않았다 해도 동시에 죽지 않는다면 누군가는 상대방의 사망신고서를 작성해야 할 테고 산다는 게 이처럼 평생을 함께 한 사람의 사망신고서에 싸인을 하지 않으면 안 되는 남루한 일이라는 걸 깨달으며 사라지게 될 거였다. (「아내의 발라드」, p. 139)

아내가 그랬듯이 내게도 삶은 처방할 수 없는 공포다. (「아내의 발라드, p. 145)

태어났다는 사실 자체에 화를 내고, 살아남는 일을 비열함의 증거로 여기고, 희망을 좀벌레처럼 경멸하고, 누나의 배 속에 든 조카에게 그 안에서 나오지 말고 부서져버리라고 저주하고, 삶의 유일한 목적을 먼저 죽은 동반자의 사망신고서에 사인하기 위해서라고 단정하고, 그래서 최종적으로 삶을 '처방할 수 없는 공포'라고 판결하는 이 가혹할 정도로 염세적인 어법…… 미루어보건대, 손홍규에게 죽음이 다녀간 듯하다.

1975년생이니 자신도 모르게 죽음의 순간을 생각해보기도 한다는 중년의 나이에 접어들었겠고, 노환이나 병으로 세상을 뜬 친척이나 가족들도 있었겠다. 삶을 고역의 연속이자 무간지옥으로 표상하게 만들고야 마는 '헬조선'의 현실도 큰 몫을 했겠고, 무엇보다도 『톰은 톰과 잤다』가 발간되던 2012년과 『그 남자의 가출』이 발간되던 2015년 사이 우리 모두가 겪어야 했던(그래서 그의 작품들 곳곳에 '깊은 슬픔'의 흔적을 남긴) 아이들의 참혹한 죽음을 그도 겪었을 것이다. 그 모든 것들이 아마도 그를 죽음 쪽으로 강하게 견인했으리라 생각하는 것은 자연스럽다.

그러나 그런 일들을 겪은 모든 작가들이 문학을 아예 "유서의 수많은 변형태 가운데 하나에 불과"하다고 정의하면서 저토록 슬픈 정동으로 자신을 혹사시키지는 않는다는 점을 상기해보면, 죽음이 그에게 다녀간 만큼이나 급격히 작가 역시 죽음 쪽으로 다녀왔던 것이 분명하다. 그러니까 하이데거의 어법을 빌려 그는 우리가 알기도 하고 모르기도 하는 여러 가지 이유로, (죽음을 그저 슬픈 정동을 유발하는 외적 자극으로 내버려두지 않고) '죽음을 향해 미리 달려가 본' 적이 있었음에 틀림없다.

4

손홍규가 마술적 세계로부터 자발적으로 걸어 나와 죽음을 향해 미리 달려가 본 적이 있음을 증거하는 작품이 바로 그에게 2018 제42회 이상문학상의 영예를 안긴 중편 「꿈을 꾸었다고 말했다」이다. 이 작품의 첫 장면은 이즈음 손홍규가 죽음과 얼마나 가까운 데서 지내고 있는지를 상징적으로 보여준다. 지극히 연극적인 방식으로 연출된 도입부, 불한당들의 주점에 상복을 입은 청년 한 명이 들어선다. "세상 모든 종류의 사람을 만나본 것 같은 인상"의 이 청년은 "가슴속에 슬픔을 매설해둔" 사람이다. 그의 깊은 슬픔은 금방 전염된다. 그래서 그가 술을 마시고 자리를 뜬 후, 불한당들은 깨닫는다. "자기 내부를 헤매는 이 불길한 청년과 때때로 조우하며 수십 년을 살아왔음을. 청년과 그들은 헤어진 게 아니라 함께 거주하며 서로를 증오하고 힐난하고 할퀴면서 수십 년을 견뎌왔음을."(『문학사상』 2017년 9월호, p. 169)

하이데거는 『존재와 시간』(이기상 옮김, 까치, 1998)에서 죽음에 대해 이렇게 말한 적이 있다. "죽음은, 현존재가 존재하자마자, 현존재가 떠맡는 그런 존재함의 한 방식이다. 인간은 태어나자마자 이미 죽기에는 충분히 늙어 있다."(p. 329) 그렇다면 저 청년은 물론 죽음이고 죽음이 몰고 올 슬픈 정동이다. 그래서 우리는 대개 이 "불길한 청년과 때때로 조우하며 수십 년을 살"게 된다. 슬픔과 공포와 불쾌를 피해 자주 그를 외면하고 그와 헤어지려 하지만, 그와 우리는 필연코 "서로를 증오하고 힐난하고 할퀴면서 수십 년을 견뎌"야만 하는 사이다. 그래야 청년과 이별한다. 아니 정확히는 죽음과 하나가 된다. 인간에게 죽어서는 안 될 만큼 어린 나이는 없다. 심지어 엄마 배 속에서도 죽고, 백살이 넘어서도 죽는 게 인간이다. 결국 살아 있는 인간은 매 순간 죽음의 가능성을 떠맡은 채 죽음과 동거하다가 결국엔 어떻게든 다 죽는다. 죽음은 차라리 존재함의 방식이자, '현존재 최고의 가능성'이다. 누구에게나 언제 어떻게든 실현되고야 마는 가능성, 그것이 죽음이다.

아마도 하이데거라면 여기서 멈추지는 않았으리라. 죽음의 경험이 애초부터 타자로부터만 올 수 있다는 점(왜냐하면 자신의 죽음은 결코 경험할 수 없으므로), 그래서 죽음으로 미리 달려가 보는 경험은 유한한 현존재가 다른 유한한 현존재와 동일한 가능성의 세계 내에 함께 존재하고 있음을 깨닫게 한다는 점을 들어, 어떤 '윤리'로의 도약을 시도했으리라. 그러나 손홍규는 그렇게 하지 않는다. 연극의 서막처럼 죽음이 다녀간 후, 이어지는 소설의 전개는 오로지 죽음의 방문으로부터 촉발된 비극적 삶의 조망으로 점철된다. 모두 다 죽는다는 자명한 사실 앞에서, 그의 인물들은 자신의 일생 전체를 개관한다. 그러나 개관된 그들의 삶은 전혀 아름답지 않을 뿐만 아니라 윤리를 향해 도약하지도 않는다.

남편은 자신의 삶을 이렇게 회고한다. "내게도 이런 일이 일어났어, 라고 할 만한 사건은 없었지. 그 일이 무슨 일이든 내게도 한 번쯤 일어나면 좋겠어. [……] 그러니까 내게도 이런 일이 일어났어, 라고 말할 수 있는 날은 영영 오지 않을 거야. [……] 무언가를 저지를 수 있는 능력이 나한테는 없어."(p. 186) 아내 또한 자신의 삶을 이렇게 회고한다. "소멸의 과정이 아니라 부패의 과정인 것만 같은, 죽어서야 부패가 시작되는 게 아니라 오래전부터 부패가 시작되었음을 일러주는 듯한 노인의 냄새. 별로 동정할 가치도 없고 죽어 사라지면 그걸로 끝이며 아무도 죽음을 기억하지 않게 될 시어머니를 바라보는 그는 스스로도 이상하리만치 냉담했다. 초연해서가 아니라 어차피 일어나게 될 일이기 때문이었고 그러한 운명을 피해갈 수 있는 사람은 이 세상에 단 한 명도 존재하지 않기 때문이었다. 나는 죽음이 다가오면 굶을 거야. 죽을 때까지 굶을 거야."(p. 152)

소설을 통틀어 완전한 상실감에 포획당한 문장들은 이보다 더 많다. 거의 모든 문장들이 '행동 능력 0', '존재 능력 0'을 향해 수렴한다. 이 암담하고 참혹한 세계, 죽었거나 죽을 사람들만 즐비한 세계, 얻은 것은 아무것도 없고 오로지 잃어버린 것들만 있는 세계, 어떤 충만한 기억도 일생을 구성하는 데 기여하지 못하는 세계를 굳이 요약할 하나의 문장을 꼽으라면 아마도 다음과 같을 것이다.

> "그러고 보면 얼마나 많은 사람들이 수치 속에 죽어 갔을까."
> (『문학사상』 2017년 10월호, p. 152)

5

작가가 저 가혹한 우울의 상태를 얼마나 더 연장할 작정인지, 그런 일에 얼마나 많은 번민이 찾아들고 힘겨워할지 독자로서는 짐작하기 힘들다. 그래서 이제 작가를 걱정해야 할 시간인가? 가령 프로이트나 아감벤을 따라 우울이란 상실감의 일종인데, 엄밀하게 말해 상실한 대상은 존재하지 않는 법이라고…… 그러니 빠져나오라고…… 게다가 더러는 대상 없는 상실감이 쟁취해야 할 대상을 만들어내는 법이기도 한데, 그것이 바로 유토피아라 불리는 것이라고…… 존재하지 않지만 존재하는 것으로, 잃어버린 적이 없지만 잃어버린 것으로 여겨야 우리가 살아갈 수 있는 장소가 바로 거기, 비장소라고……

손홍규의 소설들을 끝까지 읽어낸 독자라면 대체로 선한 마음들을 가졌을 테니, 그와 같은 우려는 비난받을 만한 일이 아니다. 그러나 다만 소설 속 늙고 지혜로운 불한당의 말은 새겨두어야 할 필요가 있겠다.

> 누군가를 상실한 사람은 유예 기간을 겪어야만 진정한 슬픔에 이르게 되지. 상실한 사람의 부재를 거듭 느끼면서—먹을 사람은 없는데 자기도 모르게 밥상 위에 수저 한 벌을 올려놓았다가 혹은 방구석에서 그이의 유품임이 분명한 잡동사니를 발견했을 때처럼 최초의 상실 이후에 되풀이해서 똑같은 상실을 겪어야 한다는 걸, 한번 상실하게 되면 영원히 상실하게 된다는 걸 깨달으면서 점점 더 깊은 슬픔에 이르게 되니 말일세. 단순하고 우둔한 사람에게도 일정한 시간이 필요하고 섬세하고 예민한 사람이라면 몇 년이 걸릴 수도 있다네. 깊은 슬픔은 단번에 그냥 주어지지 않아. 그것은 오히려 고통을 겪은 사람이 획득해야만 하는 것과 같다네. (『문학사상』 2017년 9월호, p. 175)

우리는 멀지 않은 과거의 같은 날 같은 시간에 다 같이 누군가들을 상실했던 적이 있고, 진정한 슬픔에 이르기엔 아직 긴 유예 기간이 남아 있다. 되풀이해서 상실을 겪어야만 우리는 진정으로 깊은 슬픔을 '획득'할 수 있으리라. 앞으로도 얼마간은 쉼 없이 죽음과 상실에 대해서만 이야기할 것 같은 작가 손홍규에게도 분명 전략이란 게 있으리라고 믿어야 할 이유는 있는 셈이다.

그러고 보니 「꿈을 꾸었다고 말했다」의 순희 씨는 죽음과 같은 우울 속에서도 여전히 파업 중이었다. 여기 꼭 기록해두고 싶다.

우리는 세 부류로 나뉜다
— 김숨, 『제비심장』

1. 철(鐵)

김숨의 『제비심장』(문학과지성사, 2021)을 읽기 전에 '조선소 노동자들'을 다루고 있다는 이야기를 전해 들었을 때, 나는 우선 『철(鐵)』(문학과지성사, 2008)부터 다시 읽어야겠다고 생각했다. 신뢰 섞인 기대 때문이었는데, 다른 작가도 아닌 김숨이, 이미 한 번 쓴 적이 있는 이야기를 다시 썼다면, 거기엔 분명 육중한 이유가 있으리란 생각이 들었기 때문이다.

이제 많이들 알다시피 김숨은 문학적으로(그리고 윤리적으로도) 집요한 작가다. 『L의 운동화』(민음사, 2016) 이후, 그가 써낸 일련의 일본군 '위안부' 피해자 증언 소설들이 그 증거다. 『한 명』(현대문학, 2016), 『군인이 천사가 되기를 바란 적 있는가』(현대문학, 2018), 『숭고함은 나를 들여다보는 거야』(현대문학, 2018), 『흐르는 편지』(현대문학, 2018), 『듣기 시간』(문학실험실, 2021)에 이르기까지, 마치 '위안부' 피해자 문제에 관한 한 소설로서 할 수 있는 모든 것을 다 해보겠다는 듯, 그는 이 주제를 거듭 고집하고 변주했다. 그리고 『떠도는 땅』(은행나무, 2020)에서는 그 지난한 '듣기 시간'을 통해 얻은 특유의 청각으로 이름 없이 사라져간 중앙아시아 강제 이주 조선인들에게 목소리를 돌려주기도 했다. 그런 김숨이 13년 전 『철』에서 한 번 다룬 적이 있었던 조선소 노동자들의 이야기를 다시 썼단다. 매년 그토록 많은 노동자가 죽어나가는 데도, 제대로 된 중대재해처벌법 하나 만들어내지 못하는 작금의 한국에서 말이다. 먼저 『철』을 읽었던 것은(그리고 이 글이 『철』에 대해 길게 이야기하게 된 것도) 그런 이유다.

『철』은 한국의 1960~1980년대, 그러니까 혹자는 '산업화 시대'라 부르기도 하고 혹자는 '개발독재기'라 부르기도 하는 시기, 한 '조선소 마을'을 무대로 한 알레고리 소설이자 (출간 당시로서는 희귀했던, 그리고 지금까지도 희귀한) 노동소설이다. 요약하자면 이런 줄거리다.

자갈만 나뒹굴던 황무지에 조선소가 건설된다. 그리고 그 조선소 중심에 용광로가 들어선다(산업화 시대의 시작이다). 용광로는 이후로 엄청난 양의 철을 삼키고 뱉어낸다. 사람을 삼키기도 하고 열과 철가루와 녹을 뱉어낸다. 배에 쓸 철판을 만들어내기 위해서다. 덕분에 풍요해졌던 마을은 점차로 환경도 인간도 모두 쇠의 기운에 지배당한다.

물론 이 용광로는 생산력의 상징, 자본주의의 심장에 대한 은유이겠다. 그것이 한번 힘을 발휘하기 시작하면 철은 신물(神物)이 되고 노동은 종교가 된다. '위대한 조선소 노동자'는 모든 마을 남자들의 꿈이 되고(산업 역군 운운은 개발독재 시대의 가장 강력한 이데올로기였다), 무쇠 칼은 아내들의 물신(物神)이 된다. 노인들은 너나없이 쇠로 틀니를 만들어 끼우고, 아이들은 쇠공으로 비둘기를 잡는다(난쟁이가 쏘아 올린 쇠공 같은 것은 이 마을에 없다). 심지어 온 삶을 조선소에 바친 한 노동자는 죽어서 철이빨과 철간과 철심장과 철폐와 철위를 가진 '철인'이 되어 철관에 들어가 매장되기도 한다(그는 말하자면 아이언맨인데, 우상은 가장 효율적으로 많은 이들의 자아 이상이 된다).

그러나 이 같은 열광은 '위대한 철선'의 완공을 만방에 알리겠다고 개최한 '만물박람회'와 함께 끝난다. 녹먼지에 혀와 폐가 굳어 피를 토하며 죽을 지경으로 노동하던 이들은 끝내 '위대한 철선'(그러니까 조국의 번영 따위)을 보지 못한다. 소설 말미, 위대한 철선, 그것은 신기루의 효과였음이 드러난다. 그것의 모습은 이렇다.

> 철선은 '빛'에 휩싸여 있었다. 빛이 너무나 찬란하고 눈부셔서 철선을 제대로 볼 수 없었다. 사람들은 빛 때문에 눈을 제대로 뜰 수조차 없었다.
>
> "과연!"
>
> "위대한 철선!"
>
> "위대한 조선소!"
>
> "위대한 조선소 노동자!" (『철』, p. 176)

> 한순간 전기가 나가며 철선을 휩싸고 있던 빛이 순식간에 사라졌다. 철선이 당연히 놓여 있어야 할 곳은 텅 비어 있었다. (『철』, p. 177)

텅 빈 철선의 자리, 애초부터 부재했던 욕망의 대상-원인, 노동자들은 향유할 수 없는 노동의 결과물…… 그러나 당연히 이후로도 사람들은 철을 신봉하고, 철선의 존재를 의심하는 자는 사라지거나 폐렴 환자로 '규정'되어 수용소에 격리된다. 용광로가 완전히 식을 때까지, 아니 식은 후에도(아직도 그 철의 시대를 신봉하는 이들이 있지 않던가!).

2. 왕국과 영광

그러나 저 문장들을 읽고 철선은 없었다고 말해서는 곤란하다. 철선은 없었던 것이 아니다. 철선은 있었으나, 다만 노동을 종교로 삼은 이들의 "위대한 철선!" "위대한 조선소!" "위대한 조선소 노동자!" 등의 '환호송' 안에만 있었다. 이 '환호송'은 이 말은 조르조 아감벤으로부터 가져온 말이다. 『왕국과 영광』에서 아감벤은 이렇게 말한다. "현대 민주주의는 전적으로 영광에 기반한 민주주의이다. 즉 모든 상상을 초월한 미디어에 의해 증가되고 흩뿌려지는 환호송의 효력에 기반한 민주주의이다."(『왕국과 영광』, 박진우·정문영 옮김, 새물결, 2016, p. 521) 그에 따를 때, 주권자의 영광은 주권자 자신으로부터 기인하지 않는다. 말하자면 주권자는 '벌거벗은 임금님'이고 주권자의 자리는 '빈 왕좌'이다. 다만 확성기와 TV와 라디오(지금이라면 영화와 인터넷)가 그에게 돌리는 영광만이 그를 철의 권력자이게 한다. 그리고 최소한 표면적으로는 한 체제를 다수결에 의거한 민주주의로 보이게 한다. 정확히 『철』이 극화하고 있는 지점이 바로 거기다.

> 그렇지만 조선소 노동자들조차 조선소의 주인 되는 자가 누구인지 알지 못했다. 조선소 곳곳에 내걸린 파란색 확성기들만이 근면, 성실, 진보, 지향을 외치며 조선소 노동자들을 부리고 있을 뿐이었다. 조선소 노동자들은 다만, 파란색 확성기 저 너머 어딘가에서 조선소의 주인 되는 자가 자신들을 지켜보고 있을 것이라고 믿었다. (『철』, pp. 47~48)

"근면, 성실, 진보, 지향"을 외쳐대는 확성기, 그리고 그 뒤(에 있을 것이라고 상상된) 주권자, 그러나 그의 실체는 없고 왕좌는 비어 있으니, 그는 벌거벗은 임금님이다. '조국의 번영' '산업의 역군' '신성한 노동'의 이데올로기에 호명된 조선소 마을 사람들의 환호송이, 되레 주권자에게 권력을 부여한다. 말하자면 중심이 비어 있는 시스템 자체가 권력이다. 그리고 내 기억이 맞다면 분명 1960~1980년대는 노동 종교의 시대였을 뿐만 아니라, 각종 확성기들(새마을운동의 노래, 경제개발 5개년 계획, 컬러 TV, 프로 스포츠, 대한뉴스, 올림픽)이 무척이나 시끄럽게 떠들어대던 시대이기도 했다.

3. 보건소와 가정독본

좀 이상한 말처럼 들리겠지만 확성기 외에, 『철』에서 한 가지 더 눈여겨보아야 할 것이 있다면 그것은 '보건소'와 '가정독본'이다. 먼저 보건소……

마을의 조선 노동자들이 하나둘 피를 토한다. 그러면 조선소는 가차 없이 그들의 "노동을 박탈"(『철』, p. 124)한다. 이중의 소외다. 노동의 결과로부터 소외(그들은 자신들이 만든 철선을 끝내 보지 못한다), 그리고 노동 자체로부터의 소외(그들은 떠돌거나 격리된다). 그런데 흥미로운 것은 이중 소외를 당한 그들에게 즉시 나타나는 이들이 보건소 직원들이란 점이다. 그들을 폐병 환자로 ('진단'이 아니라) "규정"하는 것도 보건소고, 그들을 이송해서 완치될 때까지(그런 날은 오지 않는다) 돼지 축사에 격리 수용하는 것도 그들의 일이다. 말하자면 시스템으로부터 이탈한 신체들의 관리자가 바로 보건 권력이다(코로나 바이러스로부터의 안전이 인류 최대의 관심사가 되어버렸던 얼마 전까지의 상황도 그렇지 않다고는 못 하겠다). 의외인 것은, 살인이 나고, 싸움이 나고, 사이비 종교가 극성을 부려도 끝내 경찰은 나타나지 않는다는 점인데, 마치 이 마을의 권력이 몽땅 법보다는 의료 행정에 주어져 있는 형국이다. 사법을 대신한 보건의 권력화라고나 할까?

그러나 보건소만이 아니다. '가정독본'도 있다. 작중 양순영에게는 이런 습관이 있다.

> 황개남과 몸을 섞고 난 뒤면 그녀는 부엌에 나와 뜨거운 물로 가랑이를 씻고, 가정독본을 읽었다. 가정독본에는 신혼 첫날밤 신부가 보여야 할 자세에서부터 차 마실 때의 예절, 편지 쓰는 방법, 뜨개질과 바느질 기술, 제사상 차리기 등 가정주부라면 반드시 알아두어야 할 것들이 깨알같이 적혀 있었다. 〔……〕 그녀는 이미 세 번이나 아이를 지운 적이 있었다. 보건소에서는 마을 여자들을 대상으로 중절수술을 해주었다. 한 가정에 한두 명의 자녀를 둘 것을 장려하며 급격히 불어나고 있는 마을 인구를 통제했다. (『철』, p. 43)

보건소에서는 피임 교육과 중절 수술을 통해 마을의 인구를 통제하기도 한다. 게다가 부녀자들에게 '가정독본'을 배포하고 품행과 예절도 가르친다. 자세와 기술과 품행과 태도는 법의 적용 대상이 아니다. 그것은 규율의 적용 대상이다. 법을 통한 처벌 이전에 규율을 통한 예방, 그러니까 저것은 (푸코에 따를 때) 사법 권력의 통치술이 아니라 규율 권력, 그리고 그와 착종된 생명 권력의 통치술이다.

알다시피 박정희가 대통령이 되자마자(실은 그보다 앞선 1961년 국가재건최고회의 의장 시절에) 가장 먼저 실시한 것이 '가족계획사업'이었고, 죽기 두 해 전인 1977년에 출범시킨 것이 '건강보험제도'였다. 말하자면 박정희는 절대 권력을 가진 주권자였던 것만이 아니라 통계와 효율에 따라 인구와 환경과 생명에 작용하는 새로운 통치술의 입안자이기도 했던 것이다.

멀리 돌아왔지만 『철』은 그런 작품이었다. 『철』은 분명 '노동소설'의 범주에 속하지만 그것은 이전 시대와는 완전히 다른 패러다임 속에서 씌어진 이례적인 노동소설이었다. 그리고 그 이례성의 내용은, '폭력적인 주권 권력과 자본가 계급의 탄압 대 그에 맞서는 노동자 계급의 투쟁'이라는 전대(前代) 이분법과의 결별이었다. 『철』은 그렇게 전대와는 사뭇 달라진 2008년의 시점에서 1960~1980년대 한국의 노동 현장을 재조명한 문제적 노동소설이었던 것이다.

그리고 13년이 지났다. 그 사이 우리는 용산 참사를 겪었고, 쌍용자동차 사태를 겪었고, 수많은 비정규직 노동자들이 어처구니없이 죽어나가는 장면들도 지켜보아야 했다. 반면, 대기업 노동자들의 봉급부르주아화(지젝), 신자유주의의 전면화, 전통적 계급 분할의 와해, 그에 따른 노동운동의 대기업 남성 정규직화 같은 현상도 동시에 지켜보아야 했다. 아울러 저간의 노동자 투쟁 속에 여성의 자리라곤 없었다는 사실, 한국의 가장 험한 노동 현장의 위험을 외국인 이주 노동자들에게 싼값에 외주했다는 사실 등도 확인해야만 했다. 기왕 『철』을 썼던 작가로서, 김숨이 다시 한번 조선소로 돌아갈 수밖에 없었던 정황은 그렇게 이해된다. 그는 집요하게 윤리적인 작가니까.

4. 여성, 이방인, 하루살이

우선 『철』의 연장선상에서 읽게 되는 것들…… '철상자'(화자인 혜숙은 엔진 등 주요 설비가 들어가게 될 이 상자를 철선의 심장이라 부른다) 안의 노동자들 모두가 다 병들고 아프거나 죽는다. 도장공들은 페인트와 시너 탓에 후각을 잃고, 용접공들은 강한 빛과 불꽃 탓에 시각을 잃는다. 포설공들은 전선의 무게 탓에 허리가 나가고, 발판공들은 발판을 만들다 추락한다. 수직으로 선 거대한 철벽의 중력 탓에 수많은 연장과 도구들이 공중을 떠다니고, 녹과 유리 먼지는 폐를 망가뜨린다.

『철』에서와 방불하다.

이 철선의 주인이라는 '사장의 부재'도 『철』과 마찬가지다. 조선소의 주인은 철선을 만드는 법을 모르는 채로도 철선을 소유한 자다. "그는 그냥 조선소 주인의 아들로 태어났"(p. 97)기 때문이다. 노동하지 않는 자가 노동의 결과를 소유하고 노동하는 자는 곧추선 철판의 중력을 이기지 못한 채 한없이 추락하는 부조리도 여전하다. 그러나 『철』과 『제비심장』의 유사점은 여기까지다. 김숨이 보기에(그래서 이 소설을 썼겠지만) 개발독재 시대의 노동 현장과 21세기의 노동 현장은 많은 점에서 다르다.

『철』의 경우, 조선소는 견고하고 딱딱하고 범접 불가능한 곳으로 그려진 바 있다. 누구도 벽으로 고립된 그 안에서 일어나는 일을 알지 못한다. 철선의 크기도, 작업의 진행 정도도, 완공 시기도, 사라진 노동자들의 행방도…… 이를테면 『철』의 조선소는 장벽에 의해 보호되는 일종의 성채 같았다(그곳의 노동자가 되는 일은 선별 과정을 필요로 했다. '박탈'도 마찬가지다). 심지어 그 안에서 일하는 노동자들조차 혀가 굳어 그 안에서 일어나는 일을 발설하지 못했다.

그러나 『제비심장』에서는 다르다. 이제 노동자들은 모두 다 철상자 '안에' 있다. 정확히는 하루의 반을 철상자에 갇혀 있다. 입구와 출구가 같은 이곳에서 결국 범접 불가능성은 탈출 불가능성으로 변한다. 그들은 시간 감각도 없고 공간 감각도 없는 철상자 속을 액체처럼 부유한다. 침묵이 지배하던 『철』의 조선소와 달리, 누구의 것인지조차 알 수 없는 수많은 말도 떠다닌다. 고체 근대에서 액체 근대(바우만)로의 이행이랄까?

그래서인지 그 안에서는 자주 길을 잃는다. 철벽에 페인트칠을 하고 그라인딩과 샌딩을 하기 위해 발판이 마련되어 있다지만, 그 높이 탓에 구조는 복잡하고 발판은 멀다. 탈출 불가능한 미로 속에서 작업하는 셈인데, 따라서 한 노동자가 "철상자에서는 나침판이 무용지물"(p. 191)이라고 말할 때, 그 말은 방향감각을 상실한 채로 유연해지기까지 한 이 나라 자본주의의 실태에 대한 은유로 읽히기도 한다.

당연한 말이 되겠지만, 노동자들의 인종 구성과 성별 구성도 『철』에서와는 다르다. 『철』의 경우, 신체 건강한 한국인 남성만이(그래서 작중 꼽추는 영원히 위대한 조선 노동자가 되지 못한다) 조선소 노동자의 자격을 얻을 수 있었다. 그러나 『제비심장』에서는 외국인 이주 노동자들의 비율이 적지 않다. 1992년 노동시장 개방 이후의 상황을 반영한 것일 테지만, 나는 특별히 중력의 영을 거슬러(니체, '모든 선한 것은 가볍나니') 날아오르기 위해 "뼈와 내장이 들여다보이는 투명한 물고기만 먹"(p. 19)던 베트남 출신 발판공 '녹'의 아름다움을 기억한다.

화자인 '나'(혜숙)을 포함해 도장공들의 대부분이 50대를 웃도는 여성들이란 점도 지적해둘 만하다. 『철』에서는 여성 인물들이 하나같이 가사 노동만 전담하고 있었단 사실을 감안할 때, 이 역시 눈여겨볼 만한 변화인데, 독자들에게는 특별히 『제비심장』 164~66쪽, 거의 세 쪽 분량에 달하는 여성의 비임금 돌봄노동 세부 묘사에 주목하기를 권한다. 이 세 쪽만으로도 『제비심장』은 1980년대 (그리고 이후에도) 노동소설에서 완전히 배제되었던 노동의 젠더 문제를 도입했다는 의의를 인정받을 만하다.

그러나 『제비심장』에서 작가 김숨이 주목한 한국 자본주의의 가장 큰 변화는 뭐니 뭐니 해도 '새로운 계급 분할', 정확히는 '계급의 하향 분할'인 듯하다. 가령 이런 수수께끼 같은 대화를 어떻게 이해해야 할까? "반장도 조선소 노동자가 아니야." "그럼 누가 조선소 노동자야?" "우리 중에는 없어. 나는 조선소에서 일한 지 2년이 넘었지만 조선소 노동자를 만난 적이 없어."(p. 96) 답이 필요하다면 아래의 인용문을 주의 깊게 읽어야 한다.

조선소에서 철배를 만드는 우리는 세 부류로 나뉜다. 정규직 노동자, 하청 업체에서 파견한 노동자, 하청 업체에서 재하청을 받는 물량팀에서 파견한 노동자. 나는 물량팀 노동자다. 〔……〕 하는 일에 따라 다르게 불리는 우리는 조선소에서 일하지만 조선소에서 임금을 받지 않는다. 박 반장 같은 물량팀 반장들이 우리에게 임금을 준다. 조선소가 아니라 반장들이 우리를 고용했기 때문이다. 조선소에서 하청 업체에 하청을 주는 것은 노동자들을 관리하지 않아도 되는 데다 인건비가 적게 들어서다. 나 같은 물량팀 노동자들은 일당으로 임금을 받기 때문에 이틀 일거리를 하루에 끝내면 인건비를 절반으로 줄일 수 있다. (pp. 47~48)

1980년대 노동소설에서 노동계급은 단일 계급이었다. 특히나 대기업 노동자들은 그 규모와 특유의 집단성으로 인해 노동 해방의 전위부대란 칭호를 마다하지 않았다. 2008년에 출간된 『철』의 경우만 해도, 작중 '위대한 조선소 노동자'들 내에 위계는 따로 없었다. 그러나 2021년, 재하청 물량팀 파견 노동자 혜숙의 눈에 노동계급은 하나가 아니다. 철선의 심장 안에서 일하지만, 조선소 노동자가 아닌 하청 노동자들, 그래서 그들은 "철상자에는 아무도 없어" "철상자 속 우리는 있으면서 없으니까" "그래서 우리의 죽음도 없어" "하지만 고통은 있어"(p. 217) 같은 말들 속 '예외상태'의 인간, 요즘 흔한 말로 '호모 사케르'의 지위를 벗어나지 못한다. 노동과 노동 박탈 사이의 비식별역에서 이중 소외에 시달리다 죽어도 그 죽음조차 증명하거나 보상받을 수 없는 존재는 분명 '벌거벗은 생명'이다. 당연히 이런 죽음이 꼭 조선소에서만 일어나라는 법은 없을 것이다. 이런 죽음은 지하철 선로 밑에서, 붕괴하는 건물 밑에서, 안전망 없는 건축 공사장에서 매일매일 일어난다.

5. 안전 요원

이쯤, 『철』에서 보았던 그 보건소 직원들의 행방이 궁금해지는 것도 당연하겠다. 그들이 조선소의 치안을 유지하는 사람들이었으니까. 『제비심장』의 조선소 치안은 누가 유지하는가? 보건소 직원들은 온데간데없고, 대신 등장하는 것이 안전 요원과 '숫자'다. '안전'이란 단어가 새겨진 노란 완장을 찬 그들은 대체로 이런 일들을 한다. "작업이나 작업 환경이 너무 위험하다고 판단되면 작업 현장에 '작업 중지' 스티커를 붙인다." 그럼 노동자들은 "꼼짝없이 작업을 중단해야 한다". 만약 "항의하거나 스티커를 무시하고 작업을 계속하면 안전 요원들은 경고 스티커를 발부한다". 그럼 노동자들은 "꼼짝없이 벌금을 내야 한다" (p. 283). 보건소 직원은 이탈 노동자를 감금 격리했지만 안전 요원은 그들에게 스티커를 발부한다. 물론 발부된 스티커는 벌금을 부른다. 말하자면 이것은 사법적 처벌도 아니고 보건적 구금도 아닌 경제적 손해부과다. 저 하루살이 노동자들에게 말이다.

그러나 스티커는 경제적 처벌일 뿐만 아니라 통계, 즉 숫자에 따른 처벌이기도 한데 숫자는 이렇게 작동한다.

> "392, 무재해 무사망 392일. 어제는 391, 오늘은 392, 내일은 숫자가 393이 되겠지. 모레는 394가 되고. 그렇게 하루가 갈 때마다 1이 더해지지. 그러다 누가 다치기라도 하면 0이 되지. 그럼 0부터 다시 시작해야겠지."
>
> 우리는 조선소에서 일하다 다쳐도 함부로 산업재해 신청을 할 수 없다. 그랬다간 무재해 무사망 0일이 되니까. 그래서 우리 중 누군가 추락해 뼈가 부러져도, 목숨을 잃어도 조선소는 무재해 무사망이다. (p. 249)

통계학은 숫자만을 이해한다. 그러나 숫자는 정말이지 그 자체로는 아무 의미도 없다. 응급실에 가지 못한 채 죽은 노동자가 그 숫자 0을 지킨다. 그러나 통계는 숫자 너머의 사연을 셈하는 법을 모른다. 다만 사망률, 사고율, 회복률, 절감 비용, 위험 비용만을 이해한다. 그 통계에 따라 안전을 유지하기 위해 안전 요원들은 스티커를 발부한다. 그러나 바로 그 통계를 유지하기 위해 벌거벗은 생명으로서의 하루살이 노동자들은 다치고 치료받지 못한 채 죽는다. 푸코는 이런 식의 통치를 (사법 메커니즘, 규율 메커니즘과 구분하여) '안전 메커니즘'에 따라 행해지는 '생명정치', 우리 시대의 경우 정확히 '신자유주의'라고 불렀다.

이제 김숨이 다시 한번 조선소로 돌아간 이유를 온전히 이해할 수 있을 듯하다. 2008년, 시대의 제약에 따라 자신의 노동소설이 결여하고 있었던 것들(물론 1980년대 노동소설은 짐작조차 할 수 없었던), 즉 '젠더'와 '이방인'과 '신자유주의' 같은 우리 시대의 긴급한 문제들과 노동 현장의 문제를 겹쳐 읽기, 아마도 그는 그 작업이 갈급했던 것이리라. 그리고 그 갈급함 덕분에 우리는 2008년의 『철』에 이어 2021년에도, 『제비심장』이라는 '고통스럽고 아름답고 당대적인' 노동소설 한 편을 읽는 행운을 누리게 된 것이리라.

6. 보유 — 프롤레타리아의 낮

김숨의 최근 소설들을 거론하면서 그의 문체 변화에 대해 함구하는 것은 공정한 일이 못 된다. 두 편의 '위안부' 피해자 증언 소설(『군인이 천사가 되기를 바란 적 있는가』『숭고함은 나를 들여다보는 거야』)을 쓰면서부터 눈에 띄게 도드라지기 시작한 김숨의 이런 화법 때문이다.

> "날게 내버려둬. 못도, 나사도…… 철사, 발판, 페인트통, 호스, 스패너, 전동 드릴, **죽은 종달새**, 안전모, 작업화, 그리고……"
>
> "얼굴." (pp. 45~46)

> "내 손이 왜 저렇게 멀찍이 있지?"
>
> "내 손이 망치를 들고 있네."
>
> "망치가 내 손을 놓아주지 않네."
>
> "망치가 내 손을 데리고 달아나네." (p. 76)

첫 인용문의 "철사, 발판, 페인트통, 호스, 스패너, 전동 드릴"과 "안전모, 작업화" 사이에 불쑥 끼어든 굵은 고딕체의 "**죽은 종달새**", 그리고 한 행의 호흡을 요구하며 그 아래 멀리 떨어져 있는 "얼굴"이라는 단어…… 도구들의 명칭으로 이루어진 명사들의 계열체와는 전혀 어울리지 않는 '죽은 종달새'와 '얼굴'이라는 단어로 인해, 저 문장은 마치 초현실주의자들의 '데페이즈망' 기법을 연상시킨다. 두번째 인용문 역시 리듬과 운율로 인해 도저히 산문처럼 읽히지 않는다. 내 의지를 떠나 하나의 도구가 되어버린 '손'에 대한, 말하자면 소외된 노동에 대한 시적 표현이라면 모를까?

다른 문장들도 있다. 니체의 「중력의 영에 대하여」에서 따온 "뛰어오르고, 기어오르고, 춤추는 걸 배우고 와"(p. 34) 같은 문장들, 소로의 『달빛 속을 걷다』에서 따온 "달의 돌에는 하얀 점이 있어서 달이 커지면 커지고 달이 작아지면 줄어든대"(p. 185) 같은 문장들. 이외에도 시오랑, 브레송, 바슐라르…… 덧붙여 분명 일인칭 '나'(혜숙)가 등장함에도 불구하고, 화자의 청각 범위를 넘어서서 허공에 울려 퍼지는 (비극의) 코러스 같은 음성들, 발화 주체를 알 수 없는 채로 철상자 속을 떠다니는 맥락 없는 (그러나 아름다운) 문장들……

나는 김숨의 이런 문체가 이전 몇 작품에서 수행하고 있는 기능에 대해 한두 차례 언급한 적이 있다. 예를 들어 '위안부' 피해자 증언 소설과 (거의 유령적으로만 개입하면서 증언을 녹취하는) 일인칭 관찰자 시점의 윤리적 겸허함(『듣기 시간』), 수많은 발화자가 갇힌 밀폐된 공간에서 지각에 의해 통제될 수 없는 채로 떠돌아다니는 불수의적 청각 기호들(『떠도는 땅』)의 효과……

그러나 작품의 맥락이 달라지면 같은 문체라도 그 수행적 효과가 달라지는 법, 『제비심장』의 저 문장들은 비유컨대 소설 속에서 미리(혹은 겨우) 실현된 '프롤레타리아의 밤'(랑시에르) 같다. 노동하는 낮과 노동력을 재생산하는 밤으로 분할된 치안의 시간, 그러나 그 밤을 노래하고 시를 쓰고 토론하는 데 쓰기로 작정한 19세기 프랑스의 노동자들이 있었다고 랑시에르는 보고한다(『프롤레타리아의 밤』, 안준범 옮김, 문학동네, 2021). 그런 방식으로 그들은 '노동자다움'의 이름으로 부과된 기율에 저항했다.

니체의 문장으로 질문하고 바슐라르의 문장으로 대답하는 노동자 인물의 등장은 분명 '리얼리즘적 기율'에 어긋난다. 물론 '노동소설'의 기율에도 어긋난다(노동소설은 항상 리얼리스트의 전유물이었으니까). 암묵적으로 그 기율은 이런 것이었다. 노동자는 노동자답게 말할 것(전라도 사투리나 오랜 경험에서 나온 걸걸함 같은 게 섞여 있으면 더할 나위 없다), 50대 여성 도장공은 니체나 바슐라르의 방식으로는 말하지 말 것(그들의 언어는 지식인이나 소부르주아의 전유물이었으니까). 그러나 기율은 그 어떤 좋은 의도에서 나온 것일지라도 선행의 '감성적 분할'을 공고히 하는 데 기여한다. 반대로 모든 훌륭한 문학작품은 기율 안쪽이 아니라 그 바깥쪽을 향해 있다고 나는 믿는 편이다.

『제비심장』의 이런 문장들이 그 증거인데, 나는 이토록 아름답고 절제된 문장으로 말하는 노동자들이 '존재하는' 세상을 어서 보고 싶다. '*여보, 거기는 바람이 심하게 불지요?*' '*여보, 바람이 불지 않는 곳은 죽은 곳이야.*'(p. 312) 작중 4호 크레인 꼭대기에서 279일째 고공 시위 중인 정 씨와 그의 아내가 나눈 쪽지 대화다. 그러나 "한때 조선소 용접공이었던 정 씨가 4호 크레인 위에 있다는 걸 나는, 그리고 우리는 잊곤 한다"(p. 311).

*그것*이 온다

— 백민석, 『헤이, 우리 소풍 간다』

1

백민석의 장편소설 『헤이, 우리 소풍 간다』〔문학과지성사, 2023(3판). 이하 모두 이 책에서 인용〕에서 가장 특권적인 동사는 '오다'이다(물론 특권적인 대명사는 '그것'이다). 가령 첫 장 「산책하는 사람들」 말미에서 우리는 이런 문장을 만난다. "K는 차고 습기 찬 시멘트 포도에 풀썩 무릎을 꿇고 앉는다. 두 손으로 목을 싸쥔다. 훌쩍거림 울먹임이 K와 경비 초소 사이에서 울려 퍼진다. *자전거들이 와, 그것들이 와, 그것들이 날 태우러*……"(「산책하는 사람들」, p. 32). 그리고 마지막 장인 「저택」은 이런 문장들과 함께 끝난다. "알겠어, 희? 다시 온다, *벅스버니*, *그 미친 성난 토끼*가 다시 온다…… 다시 와…… 우리의 *퐁텐블로*로, 우리의 *퐁텐블로*로……"(「저택」, p. 366).

'온다'에서 시작해 다시 '온다'로 마무리되는 순환 구조, 이것은 계산된 것임이 분명하다. 그렇다면 백민석의 이 악몽 같은(끔찍한 악몽들은 종종 순환 구조를 취한다. 영영 헤어 나오지 못할 것 같은 반복!) 작품을 '온다'라는 동사의 용례를 중심으로 살펴보는 것도 나쁜 발상은 아니겠지 싶다. 우선 눈에 띄는 것은 '반복'이다.

2

'온다'의 원형인 '오다'의 사전적 의미는 '다른 곳에서 이곳으로 움직이다'이다. 그렇다면 작가가 기필코 현재형 시제를 고집하고 있는 '온다'는 '다른 곳에서 이곳으로 움직이고 있는 중이다' 정도의 의미를 갖는다. 이 단어를 작가는 소설 전반에서 (이탤릭체 '그것' 다음으로) 빈번하게, 그리고 심지어는 운율까지 고려해가며 리드미컬하게 반복 사용한다. 그럼으로써 의미론적으로 가장 강조한다.

그런데 흥미로운 것은 이렇게 현재 시제로 씌어진 '온다'의 반복이, 읽는 이로 하여금 모종의 불안한 감정을 느끼게 한다는 점이다. 반복해서 읽어보자. 무엇인가가 온다, 온다, 온다, 온다…… 이동 중이지만 여전히 도착하지는 않은 채로 점점 이곳으로 오고 있다. 『헤이, 우리 소풍 간다』를 읽는 독자들이 만약 일종의 '침입 강박'이나 '엄습 불안'을 경험하게 된다면 그것은 책 곳곳에서 마주치게 되는 이 '온다'의 반복 때문이다.

3

게다가 '온다'의 주어들이 대부분 '그것'이나 '그것들' 혹은 '손오공' '딱따구리' '벅스버니' 등과 같은 별명들(별명 또한 대명사 역할을 한다)이라는 사실도 주목을 요한다. '그것'이 노골적으로 프로이트의 '이드Id'를 연상시킨다는 점은 차치하더라도, 작가가 아주 오랫동안 '그것'이나 각 별명이 지칭하는 대상을 독자에게 드러내 보여주지 않음으로써, 해당 대명사가 무엇을 대신하고 있는지 정보를 제공하지 않는다는 점은 흥미롭다. '그것'과 별명들은 그리하여 원관념 없는 보조관념처럼 변한다. 말하자면 부정칭대명사(아무나, 아무개)나 다름없어진다.

이런 효과는 '그것'이란 단어를 (주어로 사용되건 목적어로 사용되건 가리지 않고) 대부분 이탤릭체로 표기함으로써 배가되는데(이 글에서도 이제부터 '그것'은 이탤릭체로 표기한다), 이탤릭체 *그것*은 아무래도 무차별적인 강조로 인해 더 이상 대명사 구실을 하지 못하는 것처럼 보인다. 그리고 이 모호한 주어들이 예의 그 불안한 동사 '온다'를 만난다. 그러면 이른바 '침입 강박'에 동반되는 불안은 더해진다. '정체를 알 수 없는 *그것*이, 계속해서 온다, 오고 있다.'

여기에 *그것*들이 오게 되면 벌어질 일을 암시하는 장면들의 폭력성이 가세한다. 가령 "뭔가에 미친 듯 매혹되지만 그 정체는 전혀 생각하지 않는"(「장화 신은 토끼」, p. 37) *그것*들이 오면 이런 일이 일어난다.

> 딱따구리들이 골목 안으로 한 노파를 끌어들였을 때, 그리고 잠시 후 고통에 찬 늙어빠진 후두를 타고 올라오는 숨 가쁜 비명을 들었을 때, 아,
>
> 그 노파는 이미 볼품없이 찢긴 상한 고깃덩이에 불과했다. 딱따구리들의 손아귀에서 마침내 골목 밖으로 던져진 노파의
>
> 센 머리카락은 마치 은빛 광섬유 다발처럼 보도블록들 위로 펼쳐졌고
>
> 흰 저고리는 보잘것없는 비늘 조각처럼 한쪽 어깨에서 벗겨져 떨어져 내리고 있었다. (「산책하는 사람들」, pp. 9~10)

이후 『목화밭 엽기전』까지 이어질 저와 같은 폭력 묘사는 백민석의 소설 세계에서 그리 낯선 것이 아니지만, 저 장면이 그의 첫 장편 『헤이, 우리 소풍 간다』(1995)의 도입부라는 점은 강조할 필요가 있겠다. 마치 이후 그가 오랫동안 보여주게 될 피로 물든 세계에 대한 경고나

예고처럼 말이다. 그렇게 '온다'의 주어, *그것*은 감당할 수 없는 폭력에의 예감과 함께 온다. 온다. 오고 있다.

4

공포는 방어를 부르기 마련이다. 따라서 오고 있는 *그것*들이 몰고 올 폭력에의 예감이 강렬할수록, 예감의 당사자들이 작동시키는 방어기제 또한 강해진다. 실은 K와 그의 친구들이 겪고 있는 불안과 공포 자체가 작동 중인 방어기제의 결과물이다. 불안과 공포는 위험 앞에서 뇌가(혹은 무의식이) 보내는 예고이자 경고이기 때문이다. 가령 샐리는 *그것*의 도착을 예감했을 때 이렇게 반응한다.

> 난 알아, 샐리가 불안에 떠는 목소리로 저 혼자 속삭이듯 중얼거린다, 왔어, 난 알아, *그것*들이 왔어, 그 빌어먹을 것들이 왔어.
>
> *그 미친 샐리년*들이…… 샐리는 계속 보이지 않는 어떤 것의 존재를 확인하려는 듯 쉴 새 없이 초점 없는 두 눈동자를 굴리고 있다. *그 미친 샐리년*들이 왔어…… (「앰뷸런스가 온다」, p. 89)

인용문은 샐리가 '*미친 샐리년*들'이라고 부르는 *그것*의 도착을 얼마나 두려워하는지를 보여준다. 그 두려움을 샐리는 히스테리성 실명과 부분 기억 상실증을 통해 방어한다.

그러나 더 눈여겨봐야 할 것은 그들이 *그것*의 도착을 두려워하기만 하는 것은 아니란 점이다. 그들은 모순되게도 한편으로는 그토록 공포의 대상인 *그것*의 도착을 기다리고 또 기대하기까지 한다. 「태생들」에서 K는 이렇게 말한다. "알겠어? 기다리던 것이 가까워졌어,"(「태생들」,

p. 129). 「물댄동산」에서 독자는 이런 문장과 조우하기도 한다. "경제와 만연한 스트레스와 탈진한 정치와 활황 중인 뇌내출혈의 1번가, 이 거리를 휩쓸고 공포에 발작하게 하며 미친 듯 고통에 휩싸이게 하는 거야, 한갓 바퀴벌레처럼 우리의 격렬한 부리와 날개 아래 구겨놓아버리는 거야, 알겠어?"(p. 273)

이때 공포와 불안을 유발하던 동사 '온다'는 이제 기다림과 기대의 의미를 동시에 가진 동사로 변한다. 공포의 의미를 전달하던 '온다'라는 동사에 기대의 의미가 겹쳐진다. *그것*은 너무도 폭력적이어서 절대 도착해서는 안 되는 무엇이지만, 한편으로 *그것*이 오자마자 이 부조리하고 무의미하고 권태로운 세상은 끝장을 볼 터이므로, '왔으면 좋을' 무엇이기도 하다. 그러고 보니 '온다'라는 동사에는 분명 어떤 기다림과 기대의 뉘앙스가 담겨 있기도 하다.

5

이제 '온다'라는 동사에 기다림과 기대를 한껏 담아 반복해서 발음해 보자. 이를테면 예수의 재림을 기다리는 사도의 기도처럼 말이다. 부활의 날은 온다, 온다, 온다. 이때 '온다'는 사실 발화라기보다는 수행적 발화에 가까워진다. 그런 방식으로 아직 오지 않은 *그것*이 이제 올 것, 오고야 말 것, 와야만 하는 것이 되는 사태가 발생한다. 이때 발화는 간절한 '부름'이라는 행위와 구별 불가능해지고 그 간절한 부름이 이루어지는 날은 이런 날이다.

> 자기 삶의 지층 저 깊은 아래에
> 얼마나 거대한 죽음과 공포의 불연속 힘이 꿈틀대는지, 얼마나

치명적인 불안과 스트레스의 불연속 힘이 발광하고 있는지, 그리고 오늘은 그 힘이 분출되는 날이야, 오늘이 바로

그날이야, 자기 삶의 지층이 한꺼번에 대격변을 일으키는 날, 딱따구리 데이

우리 딱따구리들이 죽음과 공포의 분출을 도와주는 날, 친절하게도 대신 목을 따주는 날, 바로 딱따구리 데이. (「물댄동산」, p. 274)

*그것*의 정체가 이제 어느 정도 드러난다. 백민석의 정의에 따를 때 *그것*은 "삶의 지층 저 깊은 아래"에서 꿈틀대는 "거대한 죽음과 공포의 불연속 힘"이다. 그리고 *그것*이 오는 날, "삶의 지층이 한꺼번에 대격변을 일으키"고 죽음과 공포는 분출되어 모두의 목을 대신 따준다. 그날이 바로 구원의 날 "딱따구리 데이"다.

그렇게 동사 '온다'는 이제 공포와 불안을 야기하지만 동시에 기대와 기다림, 그리고 부름과 확신을 의미하는 수행적 동사가 된다. 프로이트라면 아마도 타나토스Thanatos가 최종적으로 온 지구를 뒤덮는 날이라고 불렀을 이날의 풍경에서, 악의적으로 전도된 묵시록의 기미를 읽지 못할 독자는 없을 듯하다. 파괴만이 구원이다! 1995년, 백민석은 마치 *그것*처럼, 이토록 무시무시하게 한국문학장에 등장했던 것이다. 그러나 여전히 궁금증은 남는다. 도대체 그런 파괴 충동은 어디에서 온 것일까?

6

다시 '온다'의 사전적 의미로 돌아가서, 이 동사는 '다른 곳에서 이곳

으로 움직이고 있는 중이다'라는 의미를 가진다고 했다. 이는 이 단어가 특정 지점이나 장소(다른 곳)에서 이 지점이나 장소(이곳)로의 이동을 지시한다는 말과 다르지 않다. 말하자면 '온다'는 '거기에서 여기로'라는 여정의 궤적을 함축할 수밖에 없다. 내내 '*그것*이 온다'에 대해 말해왔으니 이제 그렇다면 *그것*들이 '어디서' 오는지에 대해 물어야 할 차례다.

*그것*들은 어디서 오나? 우선 공간적으로는 폐허가 된 무허가 판자촌에서 온다. 그런데 그곳은 어떤 곳인가? 이미 책의 한복판에 잘 배치된 「태생들」을 읽었을 테니 판자촌의 일상 세목을 길게 나열하고 인용하는 일은 피할 참이다. '태생'이라는 말에서 짐작할 수 있듯 마치 영영 벗어날 수 없는 운명처럼 가난과 계급 차별로 점철된 곳, 존비속 폭행과 살해가 비일비재하고, 태생 나쁜 젊은이들은 거의 삼청교육대에 끌려가고, 아이들에게는 부도덕과 위악이 가해지고 또 전수되는 곳, 그런 곳에서 *그것*은 온다. 이곳에서 *그것*들이 누렸던 유일한 위안이자 참교육이었던 안 선생님의 음악 교실이 어떤 식으로 문을 닫게 되는지, 안 선생님의 말로가 어떠했는지는 이 공간의 절망적인 변화 불가능성에 대한 예시라 할 만하다.

이렇게 굳이 *그것*이 온 곳, *그것*들의 태생에 대해 언급하는 것은 백민석 소설 특유의 파괴 충동이 단순히 '심리적' 충동조절장애 때문만은 아니라는 사실을 확인하고 싶어서다. 백민석, 그리고 그의 소설 속 주인공들의 파괴 충동은 '계급적' 충동조절장애 때문이기도 하다. *그것*들의 분노와 폭굉의 기원에는 분열증적 착란이 가져다주는 엑스터시에 대한 탐닉만 있었던 것이 아니다. 그들의 폭주는 계급적인 분노의 표출이기도 하다. 딱따구리들이 저지르는(정확히는 '저지르려는') 폭력의 난폭함이 항상 기름지거나 고상한 대상, 권태롭고 무의미한 일상, 안전강박적이고 규칙 강박적인 평균치 삶을 향해 있었다는 점은 따라서 의미심장한데, 우리는 그런 삶을 '(프티)부르주아적'이라 부르기도 하기 때문이다. 이 점은 강조할 필요가 있는데, 『헤이, 우리 소풍 간다』가 처음 출간되던 1995년으로부터 거의 30년이 지난 지금, 한국문학에서 좀처럼 찾아볼 수 없는 것이 바로 이 계급적 '분노 자본'이기 때문이다.

7

다시, *그것*들은 어디서 오나? 시간적으로 *그것*들은 1980년과 1981년에서 온다. 그리고 어떤 숫자에는 핏물이 들러붙어 아주 오랫동안 사라지지 않기도 하는 법. 1980이란 숫자가 그렇다. 5월 광주 말이다. 물론 *그것*들이 살던 무허가 판자촌이 광주 소재였던 것은 아니다. 작중 K의 동선으로 미루어 한나절이면 다녀올 수 있는 곳이니, 그곳은 아마도 수도권 인근 교외에 속해 있었을 것으로 보인다. 그러나 이런 문장이 있다.

> *용서해주세요, 다신 안 그럴게요, 다신. 그것*의 눈에선 눈물 대신에 검푸른 체액이 호스의 물처럼 거세게 사방으로 뿌려지고 있었다. 1980년의 일이었다. *그것*의 툭 튀어나온 한쪽 눈알에서 그리고 눈알을 감싼 손가락들 사이사이로 마치 물총을 쏘듯 검푸른 체액이 사방으로 흩뿌려지고 있었다. *그것*의 어머니가 핏물 웅덩이들을 호스로 씻어내고 있었다. (「태생들」, p. 140)

맥락과 무관하게 저 문장들만 떼어놓고 읽을 때, 눈알이 뽑힌 *그것*의 이미지에서 5·18 당시 구타당하고 살해당한 누군가의 얼굴을 연상하지 않기는 힘들다. "1980년의 일이었"기 때문이다. 게다가 작가는 반복적으로 '1980'이라는 숫자가 단순히 연도만을 지시하지 않음을 강조하는데, 가령 이런 문장들이 그렇다. "*그것*의 아버지가 무개 하수구에 떨어져 죽은 지 한 달 만의 일이었다. 1980년이었고 무언가 세상이 잘못 돌아가고 있다는 것을 *그것*이 어렴풋이 느끼기 시작하던 때의 일이었다."(「태생들」, p. 142) 그러나 그 어떤 문장도 *그것들*의 주체 형성 과정에 5·18이 뚜렷한 족적을 남겼음을 다음의 대목만큼 명확히 보여주지는 못한다.

> 아까 물댄동산에서 사람 살 썩는 냄새가 맡아진다는 아저씨도 마찬가지고…… 그 아저씨는 1980년 5월 광주에서 있었던 살육이…… 우리 전체에 영향을 미치는 정신적 외상이라고…… 한 사회, 한 나라 구성원 전체에 작용하는 훼손, 결핍이라고 늘 말하고 다니시지…… 살 썩는 냄새, 이를테면 자기가 그렇다는 거야. (「슈퍼아빠 슈퍼엄마」, pp. 320~21)

샐리의 말에 따를 때, 5·18은 "한 사회, 한 나라 구성원 전체에 작용하는 훼손, 결핍"이다. 그렇다면 설사 열세 살의 *그것들*이 살던 당시의 무허가촌이 광주 소재가 아니었다 하더라도 그들은 분명 그 훼손과 결핍 속에서 유년기를 통과해 청소년기에 접어들었다. *그것*들의 나이를 1980년 당시 열세 살, 초등학교 6학년쯤으로 설정한 작가의 의도 또한 명백해 보이는데, 유년기를 벗어나는 시기에 그들이 겪은 통과의례는 축복이나 도약과는 거리가 멀다. 그들은 평생 1980년의 시취를 안고 살아가야 하는 주체, 바로 '*그것들*'로서 청소년기를 맞는다. 그들의 파괴 충동 이면에는 심리적인 이유(폭굉의 엑스터시)나 계급적인 이유(가난과 차별) 외에도 1980년의 전 국민적 훼손과 결핍이 작동하고 있었던 셈이다.

8

그러나 1980~1981년 즈음에 5·18만 있었던 것은 아니다. 훗날에야 그 심대한 영향력이 밝혀지지만 컬러 텔레비전 방영이 시작된 것도 그 즈음이다. 혹자는 백민석을 두고 '텔레비전 키드'라 부르기도 했던바(신수정), 『헤이, 우리 소풍 간다』의 주인공들이 주체 형성 과정에서 압도적인 영향을 받은 것으로는 컬러 텔레비전을 빼놓을 수 없다. 특히 만화영화가 그렇다. 그들의 별명을 보라. 실제로 그들은 텔레비전이 자신들에게 미친 영향을 이렇게 실토하기도 한다.

> 그것도 몰라? 우리가 텔레비전 브라운관을 통해 열광하며 보았던 그 1981년의 만화 주인공들이 실은…… 브라운관 안의 전자총으로 쏘아대는 전자빔이 만들어낸 수많은 휘점, 즉 빛의 점들에 불과한 거야, 그런 빛의 점들의 집합체가 바로 *일곱 난쟁이*였고 *오로라공주와 손오공*이었고 *집없는소년*이었고……
>
> 그러니까 우리는 고작해야 그러한 휘점, 즉 전기신호들과 우리 자신을 동일시하고 있었던 셈이란 말이지…… 1980년, 1981년에 말이야. (「잊힌 만화의 주인공들을 위해」, pp. 233~34)

작중 뽀빠이는 '동일시'라는 표현을 쓰고 있다. 고작해야 브라운관의 휘점, 즉 전기신호들과의 동일시, 혹은 그 현란한 이미지로의 도피. 그리고 알다시피 '동일시'는 주체 형성 과정 자체를 일컫는 말이기도 하다. 라캉의 전언대로 우리 모두는 외부 이미지와의 동일시를 통해 자아를 '상상적으로' 형성한다. 그런 의미에서 *그것*들은 한국문학사상 만화영화 속 이미지에 자신들을 동일시함으로써 주체가 된 최초의 주인공들이다.

어떤 이미지? 실은 하수구의 설치류에 불과하지만 수틀리면 수트 입고 날아올라 괴력을 행사하는 생쥐, 자동차 바퀴에 치여 도로에 납작 눌려 죽기 십상이지만 금세 부풀어 올라 다시 깡패짓을 일삼는 딱따구리, 허약해빠진 주제에 시금치만 먹으면 금세 근육질로 변해 야만인(브루투스)으로부터 백인 여성을 구해내는 백인 남성 제국주의자, 실은 오키나와의 그 지독한 옥쇄에 기원을 두고 있으면서 예쁜 미니스커트 차림으로 요술봉을 들고 단합해 악당을 물리치는 일제 소녀들, 그 손쉬운 도피와 환상의 이데올로기소(素)들…… 그러나 실상에 있어서는 브라운관의 휘점에 불과한 그 이미지들이 *그것*들의 폭굉에 형식을 부여한다. 난동과 무질서와 현실적부심의 무시라는 형식.

9

이제 우리는 *그것*들이, 그리고 *그것*들의 파괴 충동이 어디서 오는지를 확정할 수 있다. 계급적 적개심, 1980년의 총체적 훼손과 결핍이 *그것*들의 분노 자본이다. 이 분노 자본이 그들의 폭굉에 내용을 부여한다. 그리고 그들의 폭굉에 형식을 부여하는 것은 컬러 TV의 이미지다. 중력에 구애받지 않고 날뜀. 그것이 바로 그 형식이다.

그렇다면 *그것*들은 이제 '어디로' 오는가? 물론 2024년 현재로 온다는 말도 가능하다. 작금의 한국문학장을 보건대 *그것*들의 분노가 일종의 자본으로서 절실히 필요해 보이기 때문이다. 그러나 『헤이, 우리 소풍 간다』가 처음 한국문학장에 '온' 것은 1995년, 민중도 리얼리즘도 시민도 모더니즘도 그 위력을 잃어가던 시절이었다. 그럴 때 백민석이 마치 '*그것들*'처럼 온 것이다.

그의 작품들이 불러일으킨 충격은 실로 커서, (감탄도 없지는 않았으

나) 대체로 많은 평론가가 그 고상하지 못함, 비선형성, 폭력성에 놀라고 우려하고 질타했다. 말하자면 『헤이, 우리 소풍 간다』는 당시로서는 '클래식'의 반열에 오를 가능성이 전무한 작품이었다. 물론 작가 또한 정전에 대한 욕심이 있어 보이지는 않았는데, 자신이 속한 세대를 "언어적 고아들"(「저택」, p. 355)이라 여기는 작가가 기존의 언어들이 만든 위계를 탐할 리는 없기 때문이다. 아마도 당시 작가 백민석이 가장 싫어했던 용어들 중에는 분명 '정전'이라는 말도 포함되어 있었으리라.

그로부터 많은 세월이 지났다. 그간 작가 백민석에게 일어난 일들은 아는 사람들은 아는 바대로 '파란만장'했다. 그 파란만장 안에는 10여 년의 절필도 포함된다. 그리고 소설가로서의 재기도 포함되고, 이어 속속 발표한 (『혀끝의 남자』 『공포의 세기』 『수림』 같은) 걸출한 작품들의 목록도 포함된다. 와중에도 그는 여전히 분노 자본을 간직한 몇 되지 않는 현직 작가로 활동 중이다. 그런 의미에서 백민석의 시작을 알린 『헤이, 우리 소풍 간다』는 '클래식'의 반열에 오를 만하다. 일종의 응원으로서, 일종의 오마주로서.

『헤이, 우리 소풍 간다』의 작가와 독자들 모두 기뻐해주기를, 자랑스러워해주기를 바란다. 반정전들의 역사를 엄선해 정전의 역사를 다시 쓰는 것, 그것이 이 작품이 28년이 지난 지금 다시 세상에 나온 이유라는 점을 헤아린다면 말이다.

분노조절장애 시대의 묵시록

— 백민석, 『공포의 세기』

백민석의 장편 『공포의 세기』(문학과지성사, 2016. 이하 인용은 쪽수만 표기)의 주인공 중 한 명인 '수'는 중고 서점에서 책 한 권을 찾고자 한다. 조르주 캉길렘의 『정상적인 것과 병리적인 것』이다. 작중 중고 서점 주인의 말대로 이 책은 한국의 두 출판사에서 같은 해(1996)에 각각 다른 제목으로 번역 출간된 바 있고, 지금은 모두 절판되었다. 나는 그중 한 권을 가지고 있는데, 도저히 읽기 힘든 방식으로 번역된 그 책에서 가장 인상적으로 읽은 부분은 다음과 같다.

> 로브리(Ch. Laubry)와 브로스(Th. Brosse)는 힌두교의 요가 수행자가 식물성 생활기능을 거의 완전하게 정복할 수 있는 종교적 훈련의 생리적 효과에 대해 최신의 기록을 가지고 연구했다. 이때 정복이란 항문과 방광의 괄약근의 작용을 모든 방향으로 사용하고 연동운동과 역동운동을 잘 조정하여 횡문 근육조직과 평활 근육조직의 생리학적 구별을 없애버린다는 것이다. 〔……〕 호흡의 감소에 의해 신체는 '동면 중인 동물의 상태에 필적하는 완만한 생활양식'에 처하게 된다. (조르주 캉길렘, 『정상과 병리』, 이광래 옮김, 한길사, 1996, p. 175)

“정복”에 성공해서 “동면 중인 동물의 상태에 필적하는 완만한 생활 양식”을 얻은 상태란 아마도 욕망과 욕구가 극한까지 최소화된 상태, 곧 ‘해탈’일 것이다. 따라서 캉길렘의 저 구절은 내겐 풍자문학의 범주에 속하는 것으로 읽힌다. 그에 따르면 흔히 해탈이라 부르는 ‘내적 구원’이란 ‘횡문근과 평활근 간의 갈등으로부터 해방됨’ 외에 다른 것이 아니기 때문이다. 저 요가승은 구원받았으니, 그야말로 똥을 싸려는 욕구(불수의근인 평활근의 일이다)와 그것을 참으려는 욕구(수의근인 횡문근의 일이다) 간의 기나긴 갈등에서 해방된 자이다. 그런 이유로 나는 흔히 고행하는 자들이 추구한다는 내적 구원을 믿는 편이다. 단 자학적 단련을 통해 똥을 잘 참을 수 있게 되는 일이 구원이라면……

작가 백민석이 캉길렘의 저 구절을 읽었는지는 모르겠다. 그러나 『공포의 세기』로 미루어보건대, 그가 내적 구원에 대해 별 관심이 없다는 점은 확실해 보인다. 구원에 대해서라면 그의 시야는 넓어서 자신의 괄약근보다는 외부 세계 전체를 향해 있다. 악과 돈이 지배하는 시대, 강간과 살인자들의 왕국, 거기에 구원이 있을 수 있나? 있다면 그것은 어떤 것일까? 『요한계시록』에 등장하는 일곱 천사에 비견될 만한 인물들(모비, 경, 령, 심, 수, 효, 한창림)을 등장시켜 백민석이 진지하게 묻는 질문이 이것이다.

일단 이 세계를 묵시록의 시대로 간주한 바에야 작가가 성경의 여러 모티프들을 차용하는 것도 어찌 보면 당연하다. 다만 그렇게 차용된 성경 구절들은 다분히 선별적일 뿐만 아니라 작가에 의해 ‘현대적으로’, 그러니까 종교에 대해 지극히 적대적인 시대 풍조에 따라 ‘악의적으로’ 변형된다. 특히 『사도행전』과 『요한복음』, 그리고 『계시록』의 몇 모티프들이 도드라진다.

『사도행전』 2장 ‘불의 혀’ 에피소드는 대체로 성령의 능력과 말씀의 임재에 대한 증거로 즐겨 인용되어왔다. 사람들의 머리 위에 갈라지는 불의 혀가 임하자 다들 방언이 터졌으니 이는 성령의 힘으로 하나님의 말씀(혀)이 온 세계에 퍼지게 됨을 의미한다. 그러나 『공포의 세기』에서 불의 혀는 그와 다르다. 일곱 명의 주인공들 모두 불의 혀가 발화하는 소리를 받아들이는 순간 어마어마한 분노와 망상 속에서 스스로를 태우고 타인을 태운다. 불의 혀, 그것은 간단히 말해 분노조절장애의 다른 이름이 된다. 주인공들은 『요한계시록』 3장과 5장의 말씀을 환청으로 듣기도 한다. "귀 있는 자는 들을지어다…… 다윗의 열쇠를 가지신 이 곧 열면 닫을 사람이 없고 닫으면 열 사람이 없는 그이가 가라사대…… 하늘 위에나 땅 위에나 땅 아래에 능히 책을 펴거나 보거나 할 이가 없더라."(p. 196) 세계를 열거나 닫을 권세, 봉인된 책을 펴거나 볼 수 있는 권세는 물론 구세주의 것이다. 그러나 『공포의 세기』에서의 책과 열쇠는 역시 그와 다르다. 그것은 분노조절장애에 빠진 살인자들의 혀에 새겨진 문신이 된다. 분노조절장애자들의 혀에 새겨진 책과 열쇠의 문신, 그것은 폭굉의 전조다. 그리고 마지막으로 『요한복음』 2장의 말씀, "진리가 너희를 자유케 하리라"는 이렇게 전도된다. "고통이 너희를 자유롭게 할 거야."(p. 170)

일곱 명의 살인자들, 그들의 중심에 모비가 있다. 다음의 두 인용문은 그의 정체를 일거에 드러낸다.

> "구유란 사람이 죽은 다음 영혼이 돌아가는 곳이기도 하단다. 구유에는 그런 뜻도 있어. 땅속에서도 가장 낮은 땅속."
>
> 모비의 어머니는 반쯤 잠들어 있는 모비의 귓바퀴에 입술 끝을 대고 간지럼을 태우듯 속삭였다.
>
> "가장 낮은 땅속이면 어디겠니? 지옥이야. 죽은 사람의 넋이 돌아가는 곳. 구유란 실은 지옥이란다. 예수께선 지옥에서 태어나 세상에 나오셨고 우리 죄인들을 죄에서 구원하셨어." (p. 100)

> 모비는 눈을 부라리며 이건 칵테일이 아니라 성모 마리아의 피라고 혼잣말하듯 중얼거렸다. 다들 성모 마리아의 피맛을 보고 싶은 모양이지, 하고 돌아서서 혼잣말을 했다. 그리고 몇 달 뒤, 새 밀레니엄의 첫날에 레스토랑을 다시 찾은 그는 뼈칼로 사장의 살진 혀를 둘로 갈랐다. 블러디 메리 같은 색깔의 피투성이로 만들어주었다. 피에서 피어난 꽃을 따라가라는 언약을 지킨 셈이었다. 피꽃의 향기, 피비린내가 가리키는 곳을 향해 가라는 엄마의 유언을 지킨 셈이었다. (p. 108)

지옥에서 나서 평생 어미(아비 없이 모비를 임신했다)의 '말씀'에 따라 살다가 세계를 피투성이로 만듦으로써 구원하겠다고 나서는 자 '모비'. 신학의 어휘를 빌려 말하자면 그는 적그리스도다. 그러나 정신분석학의 어휘를 빌려 말할 때, 그는 '어머니와의 상상적 동일시에서 벗어나지 못한, 그래서 무법의 세계에 사는 구세주 편집증자'다. 그랬으니 『공포의 세기』의 문장들에서 온통 피비린내와 살 타는 냄새가 진동하는 것을 막을 도리는 없다. 그 냄새는 백민석의 초기 소설들보다 더 강렬하고 맹렬하다.

지나친가? 그럴 수도…… 언짢은가? 그럴 수도…… 그러나 소설은 성경이 아니다. 루카치를 다시 인용할 필요도 없이 소설이란 장르는 애초부터 구원이 불가능해진 시대가 낳은 속악한 문장들로부터 탄생했다. 게다가 나는 잘 모르겠다. 저 지옥 같은 『공포의 세기』 속 한국과 오늘 아침 날아온 신문 지면 속의 한국이 어디가 어떻게 다른 것인지…… 유일한 생존자 한창림(그는 『목화밭 엽기전』에서 돌아온 자다)이 이제부터 말로써 증거할 것이 그 두 한국의 동일성이리라. 그도 잉크와 만년필로 자신의 혀에 책과 열쇠를 새겼다. 그러니까 그 역시 불타는 혀를 가졌다. 그러나 그 혀는 이제 섣사리 구원을 말할 혀가 아니다. 가령 "클로드 로랭의 풍경화처럼 아름답고 정감 넘치는 세상의 표상" 따위, "애정을 갖고 지속적으로 가꾸고 싶을 만큼 가치 있는 세상의 표상"(pp. 190~91) 따위를 한창림도 백민석도 그리지는 못하리라. 소설은 항상 천국보다는 지옥에 가깝고, 치유보다는 고통에 가깝기 때문이다. 어쩌면 백민석의 불타는 혀에서 우리는 고통이 종종 우리를 자유케 하는 경험을 하게 될지도……

소설과 SNS

— 백민석의 『버스킹!』과 이장욱의 『에이프릴 마치의 사랑』

1

아래는 백민석의 소설집(?, 이 물음표에 대해서는 후술한다) 『버스킹!』(창비, 2019)의 한 구절이다.

> "네네, 그래요. 하지만 난 정말 아무 잘못도 저지르지 않았어, 하는 확신이 들 때조차도 저는 죄의식에 가슴을 쥐어뜯을 때가 있어요."
>
> 소설가는 축축하게 젖은 못생긴 눈으로 우리를 한명씩 돌아봤다.
>
> "그럴 때마다 저는 여러분을 한두명씩 지어냈지요. 그러고는 여러분이 저 대신 잘못이나 죄 같은 걸 짓게 한 다음 벌을 받게 하는 거예요. 뭐, 경찰에 잡힌다든가, 차에 치인다든가, 자살을 한다든가… 교도소에도 보냈지요." (『버스킹!』, p. 145)

역사로부터도 해방되었고 운율이나 형식으로부터도 해방되었고 소위 문체의 데코럼 원칙으로부터도 해방된 가장 근대적인 장르로서의 소설은, 저처럼 작가에게 거의 무한한 자유를 부여한다. 작가는 마치 신이라도 되는 것처럼 원한다면 신부를, 대학생을, 기술자를, 교수를,

물리치료사를, 바리스타를 자신의 소설 속에 등장시킬 수도, 그리고 원한다면 죽여버릴 수도 있다. 작가는 저 구절 얼마 후 자신이 쓴 여러 작품(『공포의 세기』『목화밭 엽기전』『죽은 올빼미 농장』 등)을 거론하며 '여러분'은 이미 불타거나 구타당하거나 한강에 뛰어내리거나 목에 밧줄이 걸린 채 죽은 자들임을 상기시킨다. 그의 어조는 의기양양한데, 그렇게 소설가는 (최소한 그의 상상력이 허락하는 범위 내에서만큼은) 전지전능하다.

모레티나 지라르의 말마따나, 따지고 보면 소설이라는 장르의 위력이 애초부터 그랬다. 소설은 지금껏 지구상에 존재했던 그 어떤 예술 장르보다도 제국주의적인 장르라는 것이 그들의 주장인데, 실제로 시도, 음악(악보)도, 광고도, 일기도, 논문도, 편지도, 욕설도 작가가 마음만 먹으면 소설의 일부(혹은 전체)가 될 수 있다. 그러다 보니 우리가 종종 잊게 되는 사실이 하나 있다. 그래봐야 소설 또한 이차원의 예술에 불과하다는 점이 그것이다.

이유는 간단하다. 소설이 대체로 종이로 된(혹은 종이 역할을 하는), 이차원의 (대개는 백색인) 평면 위에, (대체로 검게 마련인) 선과 점들로 이루어진 문자를(종종 다른 기호들이 등장할 수도 있지만) 매질로 삼기 때문이다. 독자는 인쇄 처리가 끝난 평면들의 묶음을, 주로 위에서 아래로, 그리고 좌에서 우로(드물게 그렇게 읽지 않는 독자도 있겠고 또 그런 태만한 독서를 장려하는 특수한 이론들도 있다지만) 읽어간다. 소설 작품의 향유란 바로 그렇게 이차원적 평면에서의 시선 이동에 따라 얻어진 독서 체험의 지적, 정서적, 감각적 효과에 따라 이루어진다. 아마도 고전적 리얼리즘 소설의 원근법은 (특정한 시점에 의해 사건이 일관되게 어떤 소실점을 향해 가도록 한다는 점에서) 회화에서와 마찬가지로 소설의 그 같은 한계를 극복하고자 작품에 '환영'으로서의 사실감을 부여하려는 시도였을 테고, 역으로 프루스트 이후 현대 소설들의 이른바

'의식의 흐름'이나 '내적 독백'은 오히려 그와 같은 인쇄 매체의 이차원성을 강화함으로써 소설 장르의 자율성을 부각시키려는 시도였을 것이다.

2

그간 이장욱의 소설이 흥미로웠던 것은 (다른 여러 이유들도 많지만) 무엇보다도 그가 소설 장르의 그와 같은 이차원성을 돌파하려고 시도한다는 점에 있었다. 돌이켜보면 그의 등단작인 장편 『칼로의 유쾌한 악마들』이나, 평판작인 「고백의 제왕」「곡란」「밤을 잊은 그대에게」 등이 모두 하나의 사건을 정확히 여섯 면을 가진 입방체처럼(피카소나 브라크의 작업에 대한 소설적 대응이라도 되는 것처럼) 탐구하고 있었다. 그리고 소설 속 공간은 유클리드기하학을 초과해 시공이 겹쳐진 (그의 명명에 따를 때) '아르마딜로 공간'처럼 그려내고 있었다(「아르마딜로 공간」「곡란」「밤을 잊은 그대에게」「어느 날 욕실에서」「이반 멘슈코프의 춤추는 방」). 그래서 나는 그의 작품들을 얼마간 유머러스하게, 그러나 감탄을 담아 '소설무한육면각체' 혹은 '입체파 소설'이라 부르기도 했다.

소설집 『에이프릴 마치의 사랑』(문학동네, 2019)에서도 이차원을 초과하려는 그의 소설적 시도는 여전해 보인다. 가령 「행자가 사라졌다!」는 애완 뱀을 유기한 (가족 내) 범인을 찾는 추리소설 형식을 취하지만, 최소한 네 사람의 피의자(?)를 상정해 사건의 전모를 입체화한다. 「복화술사」가 결코 일관되거나 통일될 수 없는(그래서도 안 되는) 입체적이고 분열적인 발화자 곧 소설가의 운명에 관한 작품임은 말할 것도 없고, 「최저임금의 결정」에서도 '나'의 발화가 '당신'의 발화에 의해 상대화되고 입체화되기 전까지 사건의 전말은 드러나지 않는다. 「크리스마스 캐럴」에서 과거와 미래와 현재의 '나'가 만나는 기이한 사건은 '해변의 태양'이라는 이름의 카페에서 일어나는데(이장욱의 공간에 대한 미장센은 영화로 치면 박찬욱에 필적할 만하다), 그곳은 역시나 예의 그 '아르마딜로 공간'에 해당한다. 「최저임금의 결정」 마지막 장면, 새벽 4시의 편의점도 그런 공간이고, 「양구에는 돼지코」의 장례식장도 그런 공간이다.

3

그러나 이장욱의 이 소설집을 통틀어 단연 눈에 띄는 것은 '시점'인데, 좀 이상하게 들리겠지만 '일인칭 (제한)전지적 시점'이 그것이다. 상식적으로 말해 우리는 일인칭 화자가 (제한적으로라도) 전지적일 수 있다면 그 화자는 신이거나 정신증자라고 믿어 의심치 않는다. 작중 모든 인물의 감정과 생각을 읽을 수 있는 이라면 그는 바로 그 인물들의 창조주인 신이거나, 아니면 (스스로 그 모든 것을 다 알고 있다고 믿고 있지만 실제로는 아닌) 망상증 환자일 수밖에 없을 테니까. 이 말은 곧 어떤 소설의 화자가 '일인칭 전지적 시점'의 화자라면 그는 그저 망상증 환자일 것이란 말과 다르지 않은데, 왜냐하면 신이 화자인 소설은커녕 그저 등장하기만 하는 소설마저도 근대인인 우리로서는 무척이나 받아들이기 힘들기 때문이다.

당연히 『에이프릴 마치의 사랑』에 실린 일인칭 전지적 시점의 단편들에도 신경정신과에 들락거리는 화자들, 혹은 그러기를 권고받는 이들, 그리고 입에 수면제나 기타 향정신성 의약물을 달고 다니는 인물들이 등장하지 않는 것은 아니다. 그들 역시 대체로 환영을 보거나, 현실적부심을 통과하지 못한 상상을 실제와 혼동하는 망상증 환자들이다. 그러나 그들의 구체적인 증상과 병인에 대해서라면 할 말이 좀 있을 듯하다.

「에이프릴 마치의 사랑」과 「최저임금의 결정」은 그런 점에서 주목할 만한 작품들이다. 「에이프릴 마치의 사랑」은 "나는 그녀가 오늘 아침 늦은 시간에 일어나 잠시 스트레칭 자세를 취한 뒤 슈만의 환상 소곡집을 틀어놓고 맞은편 빌라의 외벽에 가로막혀 있는 창밖을 멍하니 바라보았다는 사실을 알고 있다"(p. 41)라는 얼토당토않은(어떻게 그녀의 저런 일상의 세부를 모조리 알 수 있단 말인가) 화자의 독백으로 시작한다. 「최저임금의 결정」도 유사한데 일인칭 화자인 '나'는 (역시 얼토당토않게) 이렇게 말한다. "당신은 쉰다섯 살이고, 당신은 매일 바쁘다. 당신은 열심히 일하고, 자주 피로를 느끼고, 만성이니 어쩔 수 없다고 생각하고, 아주 가끔씩 사소한 즐거움을 느낄 뿐이다. 당신은 엘지가 역전승했을 때 잠깐 즐겁고, 엘지가 역전패했을 때 급격히 기분이 나빠진다."(p. 206)

흥미로운 것은 전지적 포즈를 취하는 두 일인칭 화자의 독백을 믿기 힘듦에도 불구하고, 그들을 완전한 망상증 환자라고 보기는 힘들다는 점이다. 설사 망상증 환자라 부르는 게 맞는다 할지라도 최소한 그들을 두고 바로 지난 시대 한국문학에 출현했던 '사회적 전망이 완전히 사라진 시대의 정신승리법'을 구사하고 있다고 말하기는 힘든데, 왜냐하면 이장욱 소설의 화자들에게는 저와 같은 전지적 발언에 대한 일말의 근거가 있기 때문이다. SNS가 그것이다.

4

「에이프릴 마치의 사랑」의 화자 김강준(그는 종일 모니터를 들여다보는 시인이다)이 저토록 그녀의 일상을 자세히 파악, 추리, 재구성할 수 있게 된 것은 그녀의 블로그에 올라 있는 자료들(세련되게 콘텐츠라 불러야 하나?)을 통해서이다. 그러니까 김강준의 망상이 현실적부심을 아예 통과하지 못했다고는 말하기 힘든데, 실은 우리 모두가 이즈음은 세계를 그런 방식으로 입체화하기 때문이다. 다소 과장과 자조를 섞어 말해 우리 시대의 현실은 최종심에서 SNS가 결정하지 않던가? 그런 점에서 「최저임금의 결정」 마지막 장면, '당신'의 역습은 충격적이다. 알고 보니 '당신' 또한 '나'에 대해 '전지적'이다. 김강준이 사랑했던 희수는 바로 김강준 자신('나')의 스토킹 때문에 죽었다는 '당신'의 말에 따라, 사건의 표면(나)과 이면(당신)이 결합한다. 즉 입체화된다. 그러자 당신을 죽이려던 나의 계획은 수포로 돌아가고 일순 편의점은 아르마딜로 공간이 된다.

매클루언이나 키틀러 이후, 매체 기술이 세계에 대한 인간의 지각이나 인식 방식을 바꿔놓는다는 말에 우리는 이제 익숙하다. 말하자면 매체는 '토대'인데, SNS라고 그러지 말란 법은 없다. 아니나 다를까 이장욱의 저 소설들을 읽자니 꽤 오래전부터 우리는 마치 브리콜라주 하듯이, 혹은 스토커처럼, 한정된 정보를 이리저리 조합한 후 그것을 프레임 삼아 세계를 주관적으로 입체화하는 데 익숙해진 히키코모리들이었던 것 같기도 하다. 그렇게 읽을 때, 이장욱의 이 소설집은 최근 우리 사회에 만연한 사회병리로서의 망상적 세계 인식, 그것의 사회적 기원을 탐구하고 있다고 말해도 무방해 보인다(그의 소설의 다른 장점들, 가령 믿을 수 없는 화자와 이야기체 형식, 정교한 무대 설정, 단단한 인식론적 불가지론, 그리고 종말론적 주제와 정교한 언어 감각 같은 것들은 보다 긴 글에서 다시 언급하는 게 좋겠다).

다만 그의 소설들이 거의 예외 없이 (경험을 대신하는 자료 체험으로 이루어진) 화자들의 망상이 실패하는 지점을 향해 있다는 점은 강조할 필요가 있다. 이른바 아르마딜로 공간이 그것인데, 시공이 구부러지고 참과 거짓이 구분 불가능해지고 사실과 환영이 마구 뒤섞이는 비유클리드적 공간이 열리는 것은 화자의 망상이 타인과의 실제 접촉(오래전부터 사라져가고 있는 '경험'이라고 해도 좋다)을 통해 깨질 때다. 내가 알고 있었던 것이 환영이었을지도 모른다는 당혹감, 내가 믿었던 것이 허위였을지도 모른다는 충격, 그럴 때 일순 시공에 어떤 틈이 생기고 다른 공간과 시간 들이 동시에 그 틈에서 조우한다. 라캉이라면 '실재'라 불렀을 어떤 것이 출현하는 순간, 그것은 카이로스의 시간이자 엄밀한 의미에서의 (윤리적) '주체'가 맥동적으로나마 탄생하는 순간이기도 할 것이다.

5

소설집이라는 이름으로 부르는 것이 반드시 정확하다고는 할 수 없는 『버스킹!』을 읽어(들어, 바라)보자니, 이차원 예술로서의 소설을 입체화함으로써 그 장르적 한계를 돌파하려는 시도는 백민석에 의해서도 수행되고 있는 듯하다. 『헤이, 우리 소풍 간다』나 『16 믿거나 말거나 박물지』 등의 초기 소설에 등장하는 (일탈적이고 저항적인) 대중문화의 기호들로 미루어볼 때, (한때 '텔레비전 키드'라 불리기도 했던) 작가 백민석이 문학적 상상력의 상당 부분을 하위문화로부터 차용해왔다는 사실은 확실하다. 근작 『공포의 세기』 『수림』 『해피 아포칼립스!』 등에서도 그런 흔적은 역력한데, 좀비물이나 묵시록적 서사는 작가에게 거의 생래적인 '계급적 분노'와 잘 어울린다. 그랬으니 이제 와 새삼 그가 한국 소설의 범위와 경계를 확장하는 데 남다른 재능을 보였다고 말한다면 다소 식상한 말이 될지도 모르겠다. 그러나 『버스킹!』의 경우는 사정이 좀 다르다.

책의 형식은 이렇다. 통상적인 단편보다는 짧고, 엽편이나 콩트로 분류하기엔 좀 긴 소설들이 총 16편 실려 있다. 분량상 어느 정도 알레고리적일 수밖에 없는 각 작품에는 특정 뮤지션들(주로 세계 대중음악사상 불멸의 이름으로 남은 록 계열의 뮤지션들)이 인물이나 소재로(혹은 배경음악으로) 등장한다. 그리고 각 작품의 말미마다 부록처럼 이 뮤지션들에 대한 작가의 평을 담은 짧은 소개글(음악 에세이라고 봐도 무방하다)이 딸려 있다. 그뿐 아니다. 최근 해외여행을 많이 다닌 것으로 보이는 작가가 (주로 이탈리아에서) 찍은 버스커들의 사진이 지면 곳곳에서 소설 속에 등장한 전설적인 뮤지션들의 이름을 달고 독자들의 눈을 사로잡는다.

아마도 이 책을 손에 들고 읽어 내려가기 시작한 독자라면 어느 순간 작가가 소개하는 뮤지션들의 음악을 찾아 듣고 싶은 욕심을 버리기 힘들 텐데, 그렇다면 이 책은 읽는 책일까? 보는 책일까? 듣는 책일까? 이렇게 묻는 것은 음악이나 사진을 소재로 한 이전의 소설들과 이 책에 실린 작품들이 질적으로 다르다는 점을 강조하기 위해서다. 우리는 그간 음악이나 사진을 소재로 한 소설들을 적지 않게 읽어왔다. 그러나 그 경우 대체로 음악이나 사진은 소설의 소재나 상징적 장치로 사용되기 마련이었고, 그것도 소설 특유의 매체인 '문자'를 통해 묘사되거나 해석되어왔을 뿐이다. 그러나 『버스킹!』은 다르다. 이 책에서 문자는 음악과 사진을 고작 요소나 소재로서 합병하지 않는다. 그러자 사진이 소설 속에서, 그러나 소설과 무관하게, 독자적인 감상의 대상이 된다. 음악도 마찬가지다.

6

『버스킹!』에서 문자는 소설 장르 특유의 특권을 상실한다. 아니 특권을 포기하거나, 다른 장르와 나눠 갖는다. 소설이 그렇게 종합 예술이 된다. 그래서 다시 SNS 이야기를 하지 않을 수 없겠다. 작가 백민석이 페이스북의 열렬한 유저란 사실은 꽤나 알려져 있다. 그는 거기에 해외여행 중 찍은 사진들을 자주 올리고, 문학작품이나 다른 책들에 대한 단평들도 종종 올리곤 한다. 짧아진 소설, 여행 사진들, 좋아하는 음악들에 대한 에세이…… 『버스킹!』은 정확히 페이스북적인 글쓰기의 산물이다. 페이스북은 그런 식으로 작가 백민석을 통해 소설을 탈장르적으로 입체화하는 중이다.

한 가지 첨언하자면, 『버스킹!』은 소설 작품을 읽고 해석하는 것이 업인 (나 같은) 문학평론가들에게도 적잖이 곤혹스러운 질문을 던지는 것 같다. '읽기만 하시지 말고, 보고 듣기도 좀 하시지. 바야흐로 SNS 시대가 아닌가!'

추리할 수 없는 세계의 추리소설
— 이장욱, 『칼로의 유쾌한 악마들』

1

이장욱의 '소설 등단작'이자(당시 그는 이미 시집을 낸 기성 시인이었고 탁월한 연구서를 낸 외국문학 연구자이기도 했다) 첫 장편인 『칼로의 유쾌한 악마들』이 내 손에 처음 도착했던 것은 2005년, 그러니까 무려 19년 전 일이다. 그렇다면 나는 지금 조금 이상한 글쓰기를 하고 있는 셈인데, 이를테면 미래완료 시제의 글쓰기랄까? 이 작품 이후 그가 쓰게 될, 정확히는 이미 써버린 작품들(『고백의 제왕』『기린이 아닌 모든 것』『천국보다 낯선』『에이프릴 마치의 사랑』『캐럴』)을 다 읽은 상태로, 그리고 그에 대한 글도 두어 편 쓴 상태로, 나는 『칼로의 유쾌한 악마들』(민음사, 2021)의 개정판을 다시 읽는다. 이 글이 이전에 이장욱의 소설 세계에 대해 내가 썼던 글의 반복으로 읽힌다거나, 이후에 그가 쓴 작품들과의 상호 텍스트적 독해로 읽힌다면 그런 이유가 크다. 나는 지금 이미 일어난 미래에 갓 도착한 과거에 대해 쓰고 있는 것이니까. 마치 『캐럴』의 주인공 '도현도'처럼.

2

소설은 어느 해(아마도 IMF 정국을 막 경과한 2000년대 초반으로 보인다) 7월 26일 새벽, 지하철역에 널브러진 어떤 청년의 시신을 묘사하면서 시작한다. 시신을 묘사하는 화자의 시선은 참으로 차갑고 차분해서, 꺾인 다리와 흐르는 피, 입고 있는 트레이닝복의 디자인과 문양에 이르기까지 묘사는 길고도 세밀하게 이어진다. 그 시선은 마치 변사체 발견 현장의 모든 세부에서 사건의 흔적을 찾아낼 수 있다고 자신하는 잘 훈련된 검시관의 그것을 닮았다.

그리고 이어지는 엉뚱한 한 문장. "토요일 아침의 이 모든 풍경은 한 여자의 두통에서 비롯되었다."(p. 16) 이제 밝혀야 할 사인(死因)과 던져진 실마리가 생겼다. 시신과 두통, 그렇다면 이제 남은 것은 당연히 그 둘 사이의 연관 관계를 찾아내는 일이다. 작가가 차용한 추리소설의 문법에 따라 이 소설을 읽는다면 말이다. 복수? 돈? 음모? 그러나 나는 전부터 이미 알고 있었고, 이 소설을 처음 읽은 독자도 이제 알게 됐듯이 이 사건의 전말은 그렇게 관습적이지 않다. 소설 말미 화자가 우리에게 들려준 바에 따라 사건의 전말을 역순으로 재구성해보자.

죽은 이는 실업 상태의 청년인 '나'다. '나'를 밀친 것은 복권 판매소의 노인이다. 노인에겐 왼팔이 없었고 그래서 휘청거리다 스스로를 지탱하지 못해 청년을 밀쳤다. 그러나 그보다 먼저 노인을 밀친 것은 30대의 한 남성이었고, 그는 지난밤 노인처럼 왼팔이 없는 '갈라파고스의 외로운 조지'에게 일종의 모욕을 당하고 난 참이다. 모욕은 동행한 30대 여성으로 인해 비롯되었는데, 그 여성은 한때 그와 연인 사이였던 대학 동창이고 다른 동창의 장례식장에서 해후했다. 죽은 동창은 기관사였는데, 화요일에 죽은 두통을 느낀 여자를 친 지하철을 운전했었고…… 한편 죽은 청년은 비글 한 마리를 안고 있었는데, 나흘째 잠을 못 잔 복권 판매소 노인은 마침 출근길에 베란다로 내던져져 죽음을 당한 치와와의 눈빛을 자신의 눈에 담아온 상태다. 노인의 눈과 비글의 눈이 마주쳤을 때, 노인이 넘어진다. 그런데 베란다 창밖으로 내던져진 그 치와와는 지난 화요일에 지하철에 치여 죽은 바로 그 두통을 느끼던 여자가 기르던 개다. 그 개를 던진 것은 그녀의 남편이고, 둘 사이에는 자폐증에 걸린 아들이 하나 있었는데……

그러나 이 전말의 재구성 작업을 더 이어나가야 할 이유가 있을까? 아니, 이 전말을 전말이라고 할 수나 있을까? 도저히 논리적으로 추리할 수 없는 우연들의 연속으로 이루어진 이 복잡한 서사는 결국 이 소설이 형식적으로는 추리소설의 관습을 가져왔으되 전혀 추리할 수 없는 사건을 다루고 있음을 보여준다. 추리 불가능한 추리소설, 그것이 『칼로의 유쾌한 악마들』이다.

3

나는 지금 '추리 불가능한'이라는 말을 '탈근대적'이라는 의미로도 사용하고 있다. 말의 축자적인 의미 그대로 '추리'야말로 전형적인 '근대적' 사유 형식이기 때문이다. 가라타니 고진이 「소세키의 알레고리」(『나쓰메 소세키론 집성』, 윤인로 옮김, 비, 2021)란 글에서 '추리소설'과 '마르크스주의' 그리고 '정신분석'을 나란히 언급하는 장면은 자못 흥미로운데, 징후이자 결과로서의 현상, 그리고 그 너머의 원인 찾기라는 서사 구조는 이 세 사유 형식을 일관되게 지배한다. 결과로서의 상부구조들 너머에 원인으로서의 경제적 토대가 있다. 결과로서의 징후들 너머에 원인으로서의 외상적 순간, 혹은 무의식이 있다. 추리소설이라는 장르는 19세기 후반에 탄생한 이 두 사유 체계와 그 기원을 같이한다. 결과로서의 증거들 너머에 원인으로서의 범죄와 범죄자가 있다. 바로 그런 의미에서 추리소설은 전형적으로 근대적인 서사 형식이다. 이성은 합리적 사유를 통해 기필코 현상 너머 본질에 도달할 수 있다는 믿음, 근대는 바로 그 믿음 위에 세워졌기 때문이다.

아니나 다를까, '탈근대적' 추리소설 『칼로의 유쾌한 악마들』은 합리적 인과율에 따른 선형적 구성을 취하지 않는다. 원인들의 추적을 통해 결론으로 향해가는 선 모양의 구성 대신, 피카소나 브라크가 선택했던 입방체, 그것이 이장욱이 택한 구성법이다. 사건의 인과를 밝히기보다 사건을 입체로서 재구성한다고나 할까? 물론 입방체에는 여섯 개의 면이 필요하다. 『칼로의 유쾌한 악마들』의 여섯 등장인물들(두통을 느낀 여자, 그녀의 남편, 기관사, 기관사의 대학 동기, 그의 옛 여자친구, 복권 판매소 노인)처럼 말이다. 혹은 이후에 이장욱이 쓰게 될(이미 써버린) 다른 작품 「밤을 잊은 그대에게」의 유령을 포함한 여섯 불면증 환자나, 모교 인근 호프집에 둘러앉은 「고백의 제왕」의 여섯 친구들, 혹은 「곡란」의 202호실에 모여든 여섯 유령들처럼 말이다. 언젠가 내가 이장욱을 두고 '입체파 소설가'라 불렀던 것도 그런 이유였는데, 그는 확실히 데카르트 이후 세계를 지배해온 이성 중심주의(리얼리즘은 이것의 문학적 상관물이다)를 입체적 소설 쓰기를 통해 해체하려 시도한 야심 찬 작가다.

4

나는 지금 '입체적'이란 말을 루이 알튀세르의 '중층결정된'이란 의미로 사용하고 있기도 하다. 그러니까 지상에서 일어나는 그 어떤 사건도 단일한 인과율에 따라 일어나는 법은 없다. 소설 속 지하철 사고를 포함해 모든 사건은 수많은 우연이 우발적으로 마주쳐 일어나게 마련이라는 의미에서 '중층결정되어 있다'. 복권 판매소 노인의 아내가 나흘 전에 죽지 않았다면, 그래서 노인이 불면으로 덜 고생했더라면 '나'가 죽었을까? 옛 연인 관계였던 30대의 두 남녀가 전날 밤 장례식장에서 해후하지만 않았다면, 두통을 느낀 여자의 남편이 하필 바로 그 시간에 치와와를 베란다 바깥으로 던지지만 않았다면…… 사실 매사는 이런 식으로 우발적인 우연들이 겹치고 겹쳐 일어나게 마련이다. 사건들의 배후에는 항상 우연들의 중층결정이 있다. 그리고 입방체 소설 쓰기란 바로 그 중층결정된 이면의 우연들을 드러내는 이장욱식 스타일이다.

그러나 어떤 사건이나 구조가 제아무리 중층결정되어 있다 하더라도 최종심에서는 '토대'가 그것을 결정하기 마련이라고 말한 이도 알튀세르다. 그가 말하길 중층결정된 우연들의 결합체를 최종심에서(나마) 결정하는 것은 '토대'란다. 그러나 '토대', 혹은 '계급투쟁' 같은 어마어마한 말들의 시대는 이제 지나가고 말았으니 나는 그 낡은 단어들을 (그저 알튀세르의 의도만 살려) '사회적인 것'이라고 고쳐 부를 생각이다. 우연들의 입방체는 최종심에서(만) 사회적인 것이 결정한다. 말하자면 완전히 우발적인 것들의 결합체로 보이는 사건 이면에서도 사회적인 것이 '필연코' 작동한다.

과거에서 도착한 『칼로의 유쾌한 악마들』을 다시 읽어보니 이장욱은 그에 대해서도 충분히 이해하고 있는 작가임에 틀림없어 보인다. 작중 우연한 사고로 죽음을 맞이한 '나'(군에서 막 제대한 그는 게으르고 낙천적이었다. 바로 어제까지는)가 토요일 아침 6시 35분의 지하철 승강장에 비글을 안고 서 있을 확률, "그것은 마치 이 글을 읽고 있는 당신의 삶이 지중해의 파라솔을 흔드는 바람의 각도와 무관하고, 대통령 수행 비서의 옆구리에 꽂혀 있는 검은색 권총과 아무런 관련이 없는 것과 비슷하다"(p. 210). 그러나 "ROTC도 아니었고 의대생이나 법대생도 아니"고 "장래가 불투명한 문과생"으로서 제대 후에도 별다른 할 일 없이 루저로 살아가는 청년 실업자가 토요일 6시 35분의 지하철 승강장에 들어오는 기차를 멍하게 바라보고 있을 가능성은 그보다 훨씬 높다. 게다가 IMF 정국을 막 경과한 시점의 한국이라면 말이다.

입방체의 나머지 다섯 면을 이루는 이들도 마찬가지다. 과로에 시달리고, 스크린도어가 설치되기 전의 지하철을 몰고, 제 눈앞 차창에서 매일매일 죽은 여자의 시신이 흘러내리는 환상을 지켜보아야 하는 기관사가 바로 그 여자가 죽은 지하철역에서 자신도 기차를 향해 뛰어들 확률은 생각보다 낮지 않다. 나흘 전 아내가 죽고, 죽은 아내를 냉장고에 안치한 채로 불면에 시달리는 가난한 노인도 그렇고 자폐증 아이를 맡길 곳이 없는 동화 작가인 엄마도 역시 그렇다.

말하자면 그들 모두는 완전히 우발적으로 그 시간 그곳에서 우연의 여섯 면 입방체를 만들었던 것처럼 보이지만, 청년 실업자나 외상 후 스트레스 장애에 시달리는 기관사, 아내를 잃고 생을 비관한 빈곤층 노인이 거기 그 자리에 있던 것은 얼마간 필연이다. 이장욱의 소설은 이런 식으로 우발적인 것들의 마주침에 작용하는 필연의 위력을 기입한다. 추리할 수 없을 만큼 우발적인 사건들의 저변에서 그 우연들을 결정하는 최종심으로서의 '사회적인 것' 말이다.

5

최종심에서 사회적인 것에 의해 결정된 우발적인 사건들이 마주친 결과, 소설 말미 '나'는 죽는다. 죽어가는 순간, 이 운 없는 청년 실업자의 눈에 비친 세계의 모습은 이렇다.

> 나는 지금 자크 칼로의 기이한 풍경을 바라보고 있다. 미친 듯이 날아다니는 악마들이 승강장에 가득하다. 악마들은 견딜 수 없이 유쾌해 보인다. 견딜 수 없을 정도로 유쾌하기 때문에 악마들이라고 해도 좋을 정도다. 그들은 날개 소리와 함께 기이하게 날카로운 울음소리를 내고 있다. 들리지 않는 소음들이, 조금은 얼이 빠진 사람들의 귓속으로 들어갔다가 빠르게 흘러나온다. (p. 234)

2000년대 초입 한국의 지하철역에서 '나'가 겹쳐 보고 있는 저 풍경은 17세기 화가 자크 칼로의 악마적인 그림 「성 안토니우스의 유혹」(1635)이다. 앞서 장례식장에서 해후한 두 남녀가 들른 추억의 카페 '갈라파고스' 벽에도 걸려 있던 그림이다. 구도 없이 날뛰고 날아다니며 악행을 벌이는 악마들의 형상을 담은 저 그림은 한마디로 지옥도다. 모든 질서가 무너지고 상식과 품위가 조롱당하는 세계……

죽는 자는 마지막에 세계의 진실을 본다는 속설이 맞는다면, 아마도 '나'가 본 그런 세계가 우리 세계의 진실일지도 모르겠다. 그러니까 지옥 같은 이 '사회'가 최종심에서는 두통을 느끼는 여자와, 기관사와, '나'의 죽음을 결정했을 수도.

6

『칼로의 유쾌한 악마들』 이후로도 이장욱은 줄곧 소설을 썼다. 그러나 이제 19년 만에 내게 다시 도착한 이 작품을 재독해보니, 그가 이 작품을 영영 떠나지는 않았던 것 같다. 이미 언급했거니와 그는 이 작품 이후로도 많은 입방체를 만든다. 「고백의 제왕」의 여섯 고백자들,

「밤을 잊은 그대에게」의 여섯 불면증자들, 「곡란」의 여섯 유령들이 그 입방체의 이면들이다.

입방체만 아니다. 「행자가 사라졌다!」 「동경소년」처럼 추리 불가능한 추리소설도 쓴다. 심지어 후자의 작품에서는 탈근대적 추리소설가로서의 본모습을 직설적으로 드러내기도 하는데, 작중 한 인물은 이렇게 말한다. "네가 할 수 있는 말을 다 해봐! 해보라구! 아니면 미친 듯이 생각이라도 하는 거야! 생각하고 생각하고 또 생각해봐! 그러면 생각하는 넌 남을 거 아냐!"(『고백의 제왕』, 「동경소년」, 창비, 2010, p. 36) 나로서는 그 유명한 데카르트의 '코기토'에 대한 저토록 신랄한 조롱을 소설 속에서는 읽은 적이 별로 없다.

그뿐 아니다. 『칼로의 유쾌한 악마들』에 등장하는 시간이 멈춘 카페 '갈라파고스'는 이후 여러 작품에서 변주되면서 재등장한다. 「고백의 제왕」의 모교 인근 호프집, 「곡란」의 202호실(모란의 203호실과 조응하기도 한다), 「아르마딜로 공간」의 횡단보도, 『캐럴』의 카페 '태양의 해변' 등등. 이 공간들은 시간이 겹치거나 멈추는 비유클리드적 공간들이다. 그리고 알다시피 비유클리드적 공간은 코기토에 대해 완전히 외재적이다.

『칼로의 유쾌한 악마들』에서 사용된 일인칭 전지적 시점(유령이 되어 사태의 전말을 모두 알게 된 화자)이 이후 작품에 다시 등장하기도 한다. 「에이프릴 마치의 사랑」 「최저임금의 결정」 등이 그런 작품이다. 다만 이 화자들은 유령은 아니어서 병리적으로 타인에게 집착하는 화자들이다. 시대착오적인, 그러나 오래된 장인의 쓸쓸한 풍모 같은 분위기를 풍기던 복권 판매소 노인도 일련의 캐릭터 속에서 살아남는다. 가령 변희봉, 배삼룡, 정귀보 등등. '갈라파고스의 외로운 조지'도 마찬가지다. 가령 카페 '태양의 해변'의 꽁지머리 주인(『캐럴』). 자크 칼로의 판화처럼 회화적 이미지에서 착상을 얻은 작품도 있다. 「아르놀피니 부부의 결혼식」이 그런 예다. 이 작품은 얀 반 에이크의 1434년작 동명 그림을 중심 모티프로 하고 있다.

요컨대 『칼로의 유쾌한 악마들』은 소설가 이장욱에게는 일종의 '원천 텍스트'이자 '오래된 미래'다. 그가 이후로 쓰게 될, 아닌 이미 써낸 작품의 재료들이 곳곳에 산재해 있다는 의미에서 원천 텍스트이고, 19년 후에 우리에게 다시 유의미한 방식으로 도달해 있을 텍스트라는 의미에서 '오래된 미래'다.

다시, '환대'에 대하여
— 이기호, 『누구에게나 친절한 교회 오빠 강민호』

1. 이야기의 윤리

이기호의 이전 소설집 『김 박사는 누구인가?』(문학과지성사, 2013, 이하 『김 박사』)는, 비유적으로 말해 완전히 양식이 다른 두 종류의 언어 간에 전투가 벌어지는 일종의 전장이었다. 한편에 제도로서의 언어, 곧 행정과 법의 언어가 있다. 학적부(「행정동」), 탄원서(「탄원의 문장」), 개명신청서〔「이정(而丁)—저기 사람이 나무처럼 걸어간다 2」〕, 정신과 의료 상담(「김 박사는 누구인가?」) 등을 포함하는 이 언어는 "입학 연도와 졸업 연도, 주소 이외의 모든 내용은 그대로 생략할 것"(「행정동」, pp. 20~21)을 명령하는 언어이고, "형용사 하나 없이" "주어와 목적어와 술어로만" 이루어진 채 "오로지 입증 가능한 사실들"을 지시하면서 "결론들을 향해서만, 무정하게 내달"(「탄원의 문장」, p. 193)리는 언어다. 말하자면 배제하고 생략하고 익명화하는 언어다.

다른 한편에 '이야기' 양식, 곧 소설의 언어가 있다. 「내겐 너무 윤리적인 팬티 한 장」과 「밀수록 다시 가까워지는」의 화자는 이 언어에 대해 각각 다음과 같이 말한 적이 있다.

> 이해되지 않고, 알 수 없는 것들을 이해하기 위해선, 우선 그것

> 들에 대해서 차근차근 이야기해야 한다. 그것이 내가 알고 있는, 유일한 윤리이다. 오직 그 윤리 때문에 이야기는 존재하는 것이다. (「내겐 너무 윤리적인 팬티 한 장」, 『김 박사』, p. 339)

> 사람들은 저마다 이야기 속에 한 가지씩 여백을 두고, 그 여백을 채우려 다른 이야기들을 만들어내는 법인데, 그게 이 세상 모든 이야기들이 태어나는 자리인데, 그때의 나는 그것을 미처 알지 못하고 있었던 것이다. (「밀수록 다시 가까워지는」, 『김 박사』, p. 85)

생략'하거나' 배제'하는' 것이 아니라 오히려 (법과 행정 언어에 의해) 생략'되거나' 배제'된' 여백에서 태어나는 말들, 입증을 필요로 하는 세계가 아니라 입증 불가능한 세계의 사연들을 차근차근 옮기는 말들, 그것이 이기호에게는 특출하게 윤리적인 말하기 양식으로서의 '이야기', 곧 '소설'이었다.

전장이 소설의 지면상에 있었으므로, 두 언어 간의 전투에서 대체로 승리한 것은 후자였다. 그래서 『김 박사』에는 후자가 전자와의 전투에서 얻은 전리품들이 많았다. 좀체로 잊어버리기 힘든 고유하고도 특이한 인물들과 그들의 사연…… 나는 특별히 「밀수록 다시 가까워지는」의 후진 안 되는 프라이드와, 「화라지송침」의 두루마리 화장지 공포증자 기종 씨를 기억한다. 작가 이기호가 그 둘에 얽힌 '입증 불가능한' 사연들을 '차근차근' 이야기하자, 단 한 사람을 향해 수십만 킬로미터를 전진한 고물 프라이드는 '절대 자동차'가 되고, 두루마리 화장지 공포증자 기종 씨는 '능동적 수동성의 윤리'를 필경사 바틀비만큼이나 완벽하게 체현한("아닌데요. 전, 괜찮은데요" "고맙습니다. 전, 괜찮은데요!") 성자가 된다. 공식적인 언어로는 말할 수 없는 삶의 여백에서 탄생한 그 이야기들을, 나는 '소설의 윤리란 무엇인가'란 해묵은 질문에 대한 잠정적 모범 답안으로 읽었다. 그리고 이제 소설집 『누구에게나 친절한 교회 오빠 강민호』(문학동네, 2018)에 실린 일곱 편의 작품들을 읽어보자니, 역시나 이기호에게는 여전히 그 "빌어먹을 윤리적인 태도"(「탄원의 문장」, p. 183)가 문제다.

2. 고유명사의 윤리

이 소설집에서 가장 먼저 눈에 띄는 것은 작품들 제목에 선명하게 각인된 고유명사들이다. 최미진, 나정만, 권순찬, 박창수, 김숙희, 강민호, 한정희…… 너무 평범해서 도저히 소설의 주인공들을 지시한다고는 믿기 힘든 이 이름들이야말로 말의 엄밀한 의미에서 '고유명사'다. '김형중'이나 '이기호'란 이름이 그 자체로는 평론가나 소설가의 상징 혹은 은유가 될 수 없는 것처럼, 저 흔하디흔한 이름들은 그렇게 불리는 어떤 인물 외에 아무것도 지시하지 않는다. 단 하나의 기의만을 가진 기표이므로, 일반적인 소설적 작명법의 원리에 따라 저 이름들에서 해당 인물의 성격이나 암시된 주제를 찾으려고 한다면, 그것은 헛수고다. 아이러니하게도 어떤 명사는 그 말이 지시하는 바로 그것 외에 아무것도 지시하지 않기 때문에 '고유명사'라 불린다.

현대 사회의 익명화와 획일화 현상을 이니셜(K, H, Y……) 명명법으로 암시하곤 했던 것이 그간의 유력한 소설적 관습이었음을 고려할 때, 거기서 벗어난 저와 같은 작명법을 '고유명사의 윤리'라고 불러도 좋겠다. 왜냐하면 앞서 살펴본 대로 이기호에게 소설의 윤리란 법과 행정의 언어 반대편에서만 찾을 수 있는 것이기 때문이다. 제도의 언어는 고유한 인물을 허락하지 않는다. 배제하고 삭제함으로써 (고유할 수밖에 없는) 개인들의 삶을 (누구나 이해 가능한, 즉 평준화된) '요지'로 만들어놓고야 마는 것이 제도의 언어다. 제도의 언어 안에서 이름은, 마치 상품이 사용가치로부터 소외되듯 인물로부터 소외된다. 반대로 소설의 언어는 그에 맞서 항상 요지를 초과하게 마련인 삶의 여백과 입증 불가능한 사연들을 이야기한다. 그럼으로써 한 인물에게 고유성을 되돌려준다. 이기호에게 소설이 윤리적인 장르라면, 그것은 소설이라는 장르가 익명화된 개인들을 다시 고유명사화할 수 있는 역량을 가지고 있기 때문이다.

그런데, 한 인물에게 고유한 이름과 사연을 부여한다는 것은, 그를 우리가 이미 알고 있는 익숙한 범주 내로 동일화하지 않는다는 말이기도 하다. 동일자로 환원되지 않는 자, 곧 절대적 타자만이 고유할 수 있다. 왜냐하면 고유한 자는 말의 의미 그대로 지상의 누구와도 '같지 않은' 자이고, 누구와도 '차이 나는' 삶을 살았던(사는) 자이기 때문이다. 그러므로 고유명사의 윤리는 타자를 항상 '나와 다른 자' '짐작 불가능한 자'로 정의할 수밖에 없게 한다. 바로 그 짐작 불가능성을 유지한 채로, 타자를 나에게 이해된 바가 아닌 그 자신의 이름에 따라 호명하고, '차이 속에서' 관계 맺는 것이 고유명사의 윤리다. 얼마간 유행했던 데리다와 레비나스의 '환대의 윤리'란 말이 함의하고 있었던 바도 아마 이것이었을 것이다. 이방인의 정체를 심문하지 않는 환대, 그 어떠한 조건도 없이 나와 다른 자(그래서 고유한 자)를 인정하고 맞아들이는 환대…… 그래서 환대의 윤리는 항상 무조건적일 수밖에 없다.

이기호식으로 말해, 이 윤리는 우리로 하여금 '누구에게나 친절한 교회 오빠 강민호'가 되기를 명령한다. '누구에게나'…… 친절을 베풀어야 할 사람들을 선별하거나, 친절을 베풀지 않아도 될 사람들을 배제한다면 그 과정에 반드시 타자에 대한 검열과 동일화 기제가 작동되기 때문이다. 나와 같지 않으므로, 그는 고유하다. 그래서 고유함은 항상 짐작 불가능한 속성을 그에게 부여하지만, 그럼에도 그를 이웃으로 맞아들이는 일이 고유명사의 윤리이자 환대의 윤리이다.

3. 그 빌어먹을 윤리적 태도

우리는 모두 '누구에게나 친절한 교회 오빠 강민호'가 되어야 한다. 고유명사의 윤리에 따를 때 그것은 정언명령이다. 그러나 그게 그리 쉬운 일일까? 정언명령들은 대체로 화끈하지만, 안타깝게도 '일상적으로는 거의 실현 불가능함'이란 공통점을 갖는다. 『누구에게나 친절한 교회 오빠 강민호』에 실린 이기호의 소설들이 슬슬 불편하게 읽히는 지점이 여기다. 독자를 전혀 불편하게 하지 않는 소설은 훌륭한 소설이 아니라는 신념이 내게는 있으니, 이번 소설집을 통틀어 나를 가장 불편하게 했던 문장들을 군데군데 생략한 채로나마 여기 길게 옮겨본다.

> 작가로 십오 년 넘게 살아오는 동안 나는 다른 많은 사람의 이야기를 쓰고 또 써왔다. 어수룩한 사람들의 이야기를 쓸 때도 있었고, 이 세상에 없을 것만 같은 사람들의 이야기도 썼지만, 그래도 내가 가장 많이 쓰고자 했던 것은 고통받는 사람들에 대한 이야기였다. 그걸 쓰지 않는다면 작가가 또 무엇을 쓴단 말인가? 〔……〕 그걸 쓰는 과정은 단 한 번도 즐겁지 않았다. 〔……〕 작가는 숙련된 배우와도 같아서 고통에 빠진 사람에 대해서 그릴 때도 다음 장면을 먼저 계산해야 하고, 또 목소리 톤도 조절해야 한다고 들었는데, 그게 잘 되지 않아서 고통스러웠던 적이 많았다. 그게 잘 되지 않는 고통…… 어느 땐 내가 이해할 수 있는 고통이란 오직 그것뿐인 것 같다는 생각이 들기도 했는데, 그런 생각이 들 때면 어쩐지 내

> 가 쓴 모든 것이 다 거짓말 같았다. 〔……〕
>
> 내겐 환대,라는 단어도 마찬가지였다. 나는 어느 책을 읽다가 '절대적 환대'라는 구절에서 멈춰 섰는데, 머리로는 그 말이 충분히 이해되었지만, 마음 저편에선 정말 그게 가능한가, 가능한 일을 말하는가, 계속 묻고 또 묻지 않을 수가 없었다. 신원을 묻지 않고, 보답을 요구하지 않고, 복수를 생각하지 않는 환대라는 것이 정말 가능한가, 정말 죄는 미워하되 사람은 미워하지 않는 일이 가능한 것인가, 그렇다면 죄와 사람은 어떻게 분리될 수 있는가, 우리의 내면은 늘 불안과 절망과 갈등 같은 것들이 함께 모여 있는 법인데, 자기 자신조차 낯설게 다가올 때가 많은데, 어떻게 그 상태에서 타인을 이해하고 받아들일 수 있는가…… 나는 그게 잘 이해가 되질 않았다. 나 자신이 다 거짓말 같은데…… (「한정희와 나」, pp. 264~66)

마치 작가의 육성처럼 들리는 저 솔직한 고백체의 문장들이 아니더라도, 이기호가 그간 "고통받는 사람들"에 대해 썼다는 사실은 맞는 말이다. 그랬던 그가 이번에는 그런 이야기들을 쓸 때 작가로서 느꼈던 자신의 고통을 호소한다. 그러고는 항변한다. "정말 그게 가능한가, 가능한 일을 말하는가"……

"신원을 묻지 않고, 보답을 요구하지 않고, 복수를 생각하지 않는" "절대적 환대"에 대해 말한 이는 데리다였으니, 작중 화자(그는 작가의 분신으로 보인다)가 읽었다는 "어느 책"은 데리다의 『환대에 대하여』가 틀림없다. 말하자면 그는 데리다의 '모두에게 친절한 오빠가 되어라'라는 요지의 정언명령에 내포된 과도한 염결성에 반발하고 있는 셈이다. 그러나 데리다 아닌 나로서도 저 구절을 읽으며 불편한 감정을 숨기기는 힘들었는데, 나 역시 이런 구절을 쓴 적이 있었기 때문이다.

> 레비나스나 데리다가 말하는 환대는 '나그네와 고아와 과부'처럼 환대하기에 적합하도록 '선별된' 이방인들에 대한 환대만은 아니다. 절대적 외부로부터 도래한 이방인이 항상 동정과 연민을 불러일으키는 온순하고 가난한 자들이라는 보장은 없다. 타자에게 이름을 묻고, 소속을 묻고, 위험 여부를 확인하는 것은 환대의 윤리가 아니다. 타자의 절대적 외부성이 보장될 때만, 환대는 윤리가 된다. (김형중, 「사건으로서의 이방인—'윤리'에 관한 단상들 1」, 『살아 있는 시체들의 밤』, 문학과지성사, 2013, p. 24)

작가가 저 구절들을 읽었는지에 대해 나는 알 수 없다. 그러나 나는 저 글을 쓰던 당시 데리다와 레비나스의 사도였고, 아무 데서나 '타자의 절대적 외부성' '무조건적 환대의 윤리' 같은 말들을 남발하곤 했다. 그랬으니 내 귀엔 작가 이기호의 항변이 나를 향한 것으로 들리는 불편을 감수하지 않을 도리가 없었다. 게다가 그런 유의 불편함은 이기호가 이전부터 독자들, 특히 나 같은 평론가들에게 종종 주곤 했던 일종의 선물이기도 해서, 이전 소설집에 실린 표제작의 다음과 같은 구절을 읽을 때 느꼈던 불편함과 묘하게 중첩되기도 했다. "김 박사님, 김 박사님…… 김 박사님께서 해주신 이야기 잘 들었어요. 하지만 김 박사님…… 이 개새끼야, 정말 네 이야기를 하라고! 남의 이야기를 하지 말고, 네 이야기, 어디에 배치해도 변하지 않는 네 이야기 말이야!"(「김 박사는 누구인가?」, p. 130)

단순히 내 성이 김씨이고, 최종 학력이 박사여서 불편했던 것만은 아니다. 실은 작가 이기호가 저 소설을 쓰던 즈음, '환대의 윤리' 운운하던 만큼이나 내가 자주 남용했던 말이 '실재와 대면하는 윤리'였고, 그래서 저 소설이 극화하고 있는 정신분석 상담 상황이 작가와 평론가의 대화 상황과 자꾸 겹쳤기 때문이다. 실재와 대면하는 일에는 거의 죽음을 불사하는 용기가 필요하다는 사실을 알고 있으면서도, 작가들에게 그 윤리를 실천하라고 간단하게 말하고 다니던 나는, 저런 식으로 작중에서 호명당해 발가벗겨진다는 느낌이 들었고, 그것이 불편함의 정체였다. 물론 이후로 윤리란 말을 좀 아껴 썼으니, 그건 좀 고마운 일이다.

아마 적당한 기회에 변명할 수도 있었을 것이다. 이론이란 그런 게 아니라고, 이론은 항상 극한을 사유하고 정합한 개념을 대상과 재료로 삼는 것이지 일상적인 삶이 가져다주는 우연과 예외를 다루는 것이 아니라고…… 그러나 소설가로서도 재반박할 수 있었으리라. 소설이란 이론을 다루는 것이 아니라고, 소설의 가장 넓은 밑바닥은 항상 삶과 접면을 형성하고 있어서, 대체로 개념의 정합성과 삶의 우연성이 갈등을 일으키는 비식별역 같은 데서 씌어지는 것이 소설이라고…… '그래야 할 바'와 '그리할 수 없음'이 매일매일 긴장과 갈등을 일으키는 곳이 소설이라는 이름의 전장이라고, 소설의 윤리란 그러니까 삶의 이름으로 제도만이 아니라 개념과도 싸우는 것이라고, 개념에 닿지 못하거나 개념을 초과하는 곳에 소설의 터전이 있지 않겠느냐고……

먼 길을 돌아와놓고 말을 바꾸는 셈이 되겠지만, 그러므로 이기호의 소설집 『누구에게나 친절한 교회 오빠 강민호』는 '환대의 윤리'에 관해(서만) 말하는 책이 아니다. 그것은 '환대의 불가능성'에 관한 책, 혹은 무조건적 환대의 정언명령과 이방인을 쉽사리 환대할 수 없는 인간 조건 간의 갈등에 관한 책이다. 순진하고 단순하게 환대의 윤리를 향해 직진하는 책이 아니라, 아이러니와 비애 속에서 "그 빌어먹을 윤리적 태도"의 어려움에 대해 말하는 책이다. 이제 그렇게 작품들을 읽어보자.

4. 예상 가능한 아이란 없는 법이지만

오래, 그리고 자주 읽으면 착해지지 않을 도리가 없을 것만 같은 이기호의 소설들에서 환대의 윤리를 실천하는 인물들을 찾기는 어려운 일이 아니다. 가령 「한정희와 나」에 등장하는 '마석 엄마와 아빠'가 있다. 화자의 아내 주희는 초등학교 시절 내내 이 부부의 집에서 살았다. 친부모의 사정이 갑자기 어려워져서였는데, 그러나 그녀는 남의집살이를 했던 이 시절을 되레 "인생을 통틀어 가장 많이 웃고, 또 가장 많은 사랑을 받았던 시절"(「한정희와 나」, p. 244)로 기억한다. 주희는 자신의 집에서보다 타인의 집에서 더 환대받았다. 피 한 방울 섞이지 않은 친구의 딸을 친부모보다 더 사랑해준 마석 부모가 보여준 선행을 무조건적 환대라는 말 외에 달리 표현하기는 힘들어 보인다. 이 작품의 화자(나, '이기호')가 보여준 태도 역시 환대의 윤리란 이름에 값할 만하다. 아내 주희로부터 마석 부모의 이야기를 오래전부터 들어왔던 그는, 곤란에 처한 그들의 손녀 '한정희'를 아무런 조건도 보상도 없이 맞아들인다. 그는 한정희를 마음을 다해 돌보는데, "나중에 정희 때문에 가슴이 텅 비어버리는 일이 생기면 어떡하지?"(「한정희와 나」, p. 255)라는 생각이 들 만큼 그의 환대는 극진하다.

「나를 혐오하게 될 박창수에게」「누구에게나 친절한 교회 오빠 강민호」「권순찬과 착한 사람들」에서도 그런 인물들은 쉽게 찾을 수 있다. 김숙희의 남편 김준수는 아내에 의해 죽임을 당하던 순간까지 오로지 아내를 위해서만 살았고, 교회 오빠 강민호는 작은아버지와 교회 후배들과 아내에게 두루 친절했으며, G시의 모 아파트 단지 주민들 역시 딱한 처지에 빠진 이방인 권순찬 씨를 오로지 '근린애'로 대했다. 경우가 좀 다르기는 하지만 「최미진은 어디로」에 등장하는 실명 작가 '이기호'가 생면부지의 독자 최미진에게 "좋은 인연"이라고 서명할 때, 그 역시 상대에게 아무것도 묻지 않았으니 '누구에게나' 친절하기는 마찬가지였다.

"예상 가능한 아이란 없는 법"(「한정희와 나」, p. 251)임에도 불구하고, 그 어떤 심문과 배제의 절차도 없이 호의와 친절을 베푼 그들은 윤리적으로 떳떳하다. 당당해도 될 듯하고, 얼마간 윤리적 자부심을 드러내도 미워할 수 없을 듯하다. 그러나 그게 꼭 그렇지만도 않은 것이, 소설들은 대체로 이렇게 끝난다.

> 아내와 나는 가끔 산책을 하면서 정희 이야기를 했다. 잘 지내고 있을까? 아내가 그렇게 물어오면 그때마다 나는 잘 지내겠지 뭐, 하고 자신 없는 목소리로 대답했다. 나는 아내에게 차마 그 말은 하지 못했다. 내가 하지 않았으면 좋았을 말들과 해서는 안 되는 말들. 그 말을 들은 정희의 표정…… 그건 아내에게도 너무 가혹한 일이 될 거라고 생각했기 때문이다. (「한정희와 나」, p. 271)

소설이 끝날 때쯤, 이기호의 인물들이 거의 예외 없이 느끼는 감정은 저와 같은 '부끄러움'이다. 타인의 손녀를 최선을 다해 환대했던 자의 부끄러움…… 누구에게나 친절했던 교회 오빠 강민호도, 어떤 독자들이나 호의로 대했던 소설가 이기호도, 남편 김준수를 죽인 김숙희도, 용산 참사를 기록하겠다고 용기를 낸 소설가도 이 부끄러운 감정에서 자유로울 수는 없다. 우선은 납득하기 힘든 이 역설적인 감정이, 실은 환대의 윤리와 관련해 이기호가 이번 소설집의 독자들에게 던지고 있는 진일보한 질문에서 유래한다는 사실은 중요하다. 그 질문은 다음과 같다. "당신의 환대는 무조건적일 수 있는가? 그리고 환대받은 타인은 당신의 환대를 감당할 수 있을까?"

5. 부끄러움에 대하여

그렇게 읽자니 『누구에게나 친절한 교회 오빠 강민호』에 실린 모든 작품들이 결국은 부끄러움에 대한 이야기들이다. 부끄러운 감정은 대체로 두 가지 연원을 갖는 것으로 보인다. 한편에 환대한 자가 "당신의 환대는 무조건적인가?"라는 질문 앞에서 느끼는 부끄러움이 있다. 그리고 다른 한편에 환대받은 자가 "당신은 타인의 환대를 감당할 수 있는가?"라는 질문 앞에서 느끼는 부끄러움이 있다. 후자에 김숙희 연작 두 편(「나를 혐오하게 될 박창수에게」「오래전 김숙희는」)이 속하고, 전자에 나머지 작품들이 속한다.

먼저 환대 주체의 경우, 아이러니한 일이지만 매번 작품 말미에 추궁을 당하는 것은 환대의 대상이 아니라 바로 이들이다. 이런 장면들이 있다.

> "아저씨…… 아저씨는 우리 미진이도 잘 모르잖아요…… 모르면서 그냥 좋은 인연이라고 쓴 거잖아요…… 그건 그냥 쓴 게 맞잖아요…… 씨발, 아무것도 모르면서…… 내가 왜 책을 파는지…… 내가 당신이 쓴 글씨를 얼마나 오랫동안 바라봤는지…… 우리 미진이가 어디서 어떻게 사는지…… 아무것도 모르잖아요……" (「최미진은 어디로」, pp. 30~31)

> 나, 근데 아까부터 진짜 궁금한 게 하나 있었어요…… 아니, 아니, 다른 게 아니고…… 거 용산에서 일어난 그거 말이에요…… 지금 형씨가 그걸 쓰겠다고 이러는 거 아니에요…… 그거 때문에 우리가 그 난리를 쳤고…… 한데요…… 그걸 쓰려고 하는 사람이…… 하필 왜 나를 찾아왔어요? 기출이 그 새끼한테 다 듣고서

도, 그러고서도 나를 찾아온 거잖아요? 그러니까, 난 그게 진짜 이상하다는 거예요…… 거기 있었던 사람들을 만났어야지, 거기에 갔던 크레인 기사를 만났어야지, 왜 나를 찾아왔냐…… 나는 그게 진짜 궁금한 거예요…… 그게 정상 아니에요? 거기에 갔던 크레인 기사를 만나는 게? 아니에요? (「나정만씨의 살짝 아래로 굽은 봄」, pp. 66~67)

"기억을 못하는 건가요, 아니면 아예 기억을 안 하고 사는 건가요? 오빠가 어떻게 저한테 삼 년 만에 찾아와서 그런 말을 할 수가 있는 거죠?" (「누구에게나 친절한 교회 오빠 강민호」, p. 232)

작중 소설가 이기호가 무심코 독자 최미진에게 베푼 호의는, 뜻하지 않았지만 그녀의 남자친구에게 벗어나기 힘든 상처를 준다. 차마 입에 담기 힘든 용산 참사에 대해 쓰겠다는 소설가의 윤리적 결단에는, 부끄럽게도 무의식적인 방어기제가 끼어든다. 그가 정말 용산 참사라는 실재에 직면하고자 했다면, 그는 참사 당일 거기에 가지 않은 나정만이 아니라 거기에 갔던 크레인 기사를 만났어야 했다. 그의 용기에는 비윤리적인 도피의 흔적이 역력하다. 본인은 다 잊어버렸지만, 강민호는 같은 시기 아내와 윤희에게 모두 친절했던 적이 있다. 그리고 그의 친절은 오해를 불러 윤희의 인생을 엉뚱하게도 히잡 안에 가둔다. 자, 그렇다면 그들의 환대는 무조건적인가? 이쯤에서 사랑에 빠진 사람은 대상을 사랑하는 것이 아니라 사랑받는 자기 자신을 사랑하는 것이라는, 그러니까 모든 사랑은 자기애라는 오래된 교훈을 도용해보고 싶어지는 것도 무리는 아니다. 환대는 정말 무조건적일 수 있을까? 환대는 환대받는 대상을 향해 있는가, 아니면 환대하는 주체 자신을 향해 있는가? 당신은 타인을 환대하는가, 아니면 타인을 환대하는 자기 자신의 이미지를 환대하는가? 비단 작중 인물들에게만 국한시키기 힘든 이 부끄러움 앞에서 환대의 정언명령은 쉽사리 대답하기 힘든 질문에 봉착한다.

그러나 이기호의 질문은 더 이어진다. 당신이 타인을 환대할 때, 환대받는 타인의 감정에 대해 생각해본 적이 있는가? 타인은 당신의 환대를 감당할 수 있을까? 가령 남편을 파이프 렌치로 때려죽일 수밖에 없을 만큼 강렬하게 김숙희를 사로잡았던 감정의 정체는 무엇이었는가?

> 한데, 오빠랑 계속 만나다보니까, 이게 어떻게 된 건지…… 오빠 때문에 내가 자꾸 부끄러워지는 거야…… 내가 더 찌질해 보이고…… 나 때문에 부끄러워지는 게 아니고…… 오빠 때문에 내가 부끄러워지더라구…… 부끄러운 건 원래 나 때문에 생겨야 하는 거 아닌가…… 나는 그렇게 말하다가 잠이 들어버리곤 했다. (「나를 혐오하게 될 박창수에게」, p. 125)

부끄러움이다. 타인이 베푸는 절대적 환대 앞에서의 부끄러움…… 환대하는 자와 환대받는 자 사이의 불균등성에서 필연적으로 발생할 수밖에 없는 부끄러움…… 환대의 주체가 환대의 대상이 가질 법한 감정을 헤아리지 못할 때, 이 부끄러움은 금세 의심할 만한 것이 되고 만다. 남편 김준수에 대한 김숙희의 적개심은 그러므로 충분히 수긍할 만하다. 김숙희는 진술서에 이렇게 쓴다. "우리는 저마다 각기 다른 여러 개의 선을 가지고 있는데, 그것을 하나의 선으로만 보려는 것은 그 사람 자체를 보려는 것이 아닌, 그 사람을 보고 있는 자기 스스로를 보려는 것이라고, 나는 그렇게 의심을 하게 될 때가 더 많아졌다."(「나를 혐오하게 될 박창수에게」, pp. 131~32) 그렇다면 김준수는 어떤 의미에서 악처 김숙희에게 살해당한 것이 아니라, 타인의 감정을 고려하지 않은 채로 행한 자신의 환대에 의해 살해당한 셈이다.

환대하는 자의 부끄러움과 환대받는 자의 부끄러움, 이 이중의 부끄러움 앞에서 독자들은 몹시 불편해진다. 쉽게 권장하고 질타하는 경우가 많다지만, 환대의 윤리를 실천한다는 것은 이렇게도 어려운 일이다.

6. 법과 법들 사이에서

그러나 그런 방식으로 읽는 이들을 불편하게 하고, 또 부끄럽게 만드는 이기호의 소설은 여전히 윤리적이다. 실은 더 깊은 차원에서 윤리적이기도 한데, 이제 이기호가 환대의 윤리에 대해 던진 저 질문들과 함께 데리다를 다시 읽어볼 때가 된 듯도 하다. 지나치게 화끈한 정언명령으로서의 '절대적 환대'를 강조하느라, 우리가 간과하거나 의도적으로 홀대한 데리다의 다른 문장들이 있다.

> 달리 말하면 이율배반이 있다. 환대의 법과 환대의 법들 사이엔 해결할 수 없는 이율배반, 변증법화할 수 없는 이율배반이 있는 듯하다. 한편 환대의 법은 무제한적 환대에의 무조건적 법(도래자에게 자신의 자기-집과 자기 전체를 줄 것, 그에게 자신의 고유한 것과 우리의 고유한 것을 주되 그에게 이름도 묻지 말고 대가도 요구하지 말고 최소의 조건도 내세우지 않을 것)인가 하면, 다른 한편 환대의 법들은 언제나 조건 지어지고 조건적인 권리들과 의무들로서, 그리스-라틴 전통이, 유대-그리스도교적 전통이 규정하고 있으며, 칸트 그리고 특히 헤겔까지의 모든 권리(법)와 모든 법철학이 가족·시민사회·국가에 걸쳐 규정하고 있는 환대의 권리들과 의무들이기 때문이다. (자크 데리다, 『환대에 대하여』, 남수인 옮김,

동문선, 2004, pp. 104~05).

이제 다시 읽자니 데리다는 대문자 환대의 '법Law'에 대해서만큼이나 강조해서, 소문자 환대의 '법들laws'에 대해서도 말한 적이 있었다. 『환대에 대하여』의 상당 부분이 실은 바로 그 법과 법들 간의 이율배반을 논의하는 데 할애된다. 그에 따르면 환대의 윤리는 정언명령이자 대문자 '법'이다. 그러나 우리는 실제로 그 법이 명하는 바를 우리가 속한 가족과 시민사회와 국가의 '법들' 속에서만 수행할 수 있다. 말하자면 항상 부족한 환대, 항상 제한적인 환대, 항상 특정 조건과 상황 속에서만 실행되는 환대…… 무조건적 환대 같은 것은 애초에 불가능하다. 환대는 그래서 항상 부끄러움을 수반한다. 이렇게 말할 수도 있으리라. 부끄러움은 환대의 윤리에 대해 구성적이다. 환대하는 자는 항상 자신의 불철저한 환대에 대해 부끄러워하는 자이기도 하다. 그러니 부끄러움 속에서 환대하라.

작가 이기호에게 황순원문학상의 영예를 안긴 작품 「한정희와 나」의 마지막 구절이, 한없는 부끄러움 속에서 이 글을 쓰는 내내, 내게 일깨워준 교훈이 그것이다.

> 때때로 그렇게 귀가 시리고 얼굴 전체가 쩡쩡 얼어버릴 것 같은 길을 걷다보면, 아, 어쩐지 대단한 글을 쓸 것만 같은 착각에 빠지기도 한다. 그러면서 한편 이런 생각을 하기도 한다. 이렇게 춥고 뺨이 시린 밤, 누군가 나를 찾아온다면, 누군가 나에게 도움을 요청한다면, 그때 나는 그를 어떻게 맞이할 것인가? 그때도 나는 과연 그에게 손을 내밀 수 있을까?
>
> 그 생각을 하면 나는 좀처럼 글을 잘 쓸 수가 없었다. (「한정희와 나」, p. 271)

책임의 소재
— 편혜영, 『소년이로』

편혜영의 『소년이로(小年易老)』(문학과지성사, 2019)에 실린 단편 「개의 밤」의 한 장면, 얼마 전 '13호' 주택의 노인이 죽어 나간 타운하우스 마을의 관리인과 주인공 '지명'이 나누는 대화다.

> "여섯 마리나 되는데 한 마리도 짖지 않았다는 게 이상하지 않습니까?"
> "이상하지 않습니다. 이런 태평한 동네에 개가 짖을 일이 뭐가 있다고요. 짖었을 수도 있고요. 원래 그런 소리는 잘 안 들려요." (pp. 152~53)

많은 이들이 편혜영의 소설을 일종의 알레고리로 읽는 독법에 동의한 바 있었으니, 저 장면도 그렇게 읽어보자. 우선 개 짖는 소리는 '경고음'으로 읽힌다. 예상치 못한 침입이나 사고, 혹은 범죄가 일어날 수도 있다는 경고음…… 그러나 살인이 일어나던 밤, 경고음은 울리지 않았다. 혹은 울렸으나 사람들이(안이해서) 듣지 못했다. 그 이유는 이 마을이 "태평한 동네"이기 때문이다. 이 '태평하다'라는 형용사는 이중의 의미로 읽히는데, 마을의 상태가 그렇다는 말로도 들리고, 마을 사람들의 의식 상태가 그렇다는 말로도 들린다. 그러나 그간 편혜영의 소설을 읽어온 독자라면 후자의 의미로 읽을 가능성이 농후한데, 이 작가가 즐겨 다루어온 테마 중 하나가 바로 "우연에 미숙"(「작가의 말」, p. 254)한 사람들 이야기였기 때문이다.

두번째 소설집 『사육장 쪽으로』(문학동네, 2007)가 대체로 안온한 일상에 느닷없고 예상치 못하게 닥친 '우연'의 불안과 공포에 관한 이야기들을 담고 있었다. 그리고 세번째 소설집 『저녁의 구애』(문학과지성사, 2011)에는 경고음 없이 돌발하는 사건들로부터 어떻게든 일상을 지키기 위해 '반복'에 집착하는 강박증자들에 대한 이야기가 많았다. 그들은 다들 우연에 미숙해서, 단 한 번의 우연만으로 일상을 모두 잃거나, 혹은 단 한 번의 우연도 허락하지 않기 위해 어떠한 변화도 없는 '동일성의 지옥'에 스스로를 가두곤 했다.

그렇다면 저 장면은 편혜영이 여전히 '우연에 취약한 일상'이란 테마를 손에서 놓지 않았다는 증거로 읽어도 무방하겠다. 안온하고 견고해 보이는 일상('타운하우스'), 그러나 단 한 번의 우연으로도 그 일상은 산산조각 날 수 있다. 게다가 그 우연은 경고음 없이 침입한다. 아니나 다를까 『소년이로』에 실린 거의 모든 단편에는 우연에 의해 "아픈 사람들"(「작가의 말」, p. 254)이 등장한다. 그들은 하나같이 예상치 못한 사건이나 질병으로 인해 아프다. 사기(「우리가 나란히」), 실족(「원더박스」), 교통사고(「식물 애호」), 뇌졸중(「원더박스」), 치매(「다음 손님」)……

이 인물들은 어떤 측면에서는 이전 소설집의 인물들보다 훨씬 더 심하게 아픈데, 어느 정도냐면 대부분 거동을 못하는 채로 침대에 누워 지내야만 할 지경으로 아프다. 반신불수, 말하자면 그들은 죽음과 삶, 인간과 식물, 의식과 환각 사이의 비식별역에 산다. 따라서 그들의 장애가 단순히 의학적인 곤란에 국한되지 않고 실존적인 문제로 비화할 수밖에 없는 것도 당연하다. 왜냐하면 '현존재'로서 인간의 본질은 아무래도 '죽음으로 미리 달려가 봄'(하이데거)에 있다고들 하니까 말이다. 지구상에서 유일하게 '잘 죽고 싶은' 동물이 인간이다. 그러나 그런 행운조차 그들에게는 주어지지 않는다. 왜냐하면 그들의 삶에는 '비밀'이(조차) 없기 때문이다.

도대체 그들이 갈망하는 '비밀'이란 것이 무엇이기에, 그것 없이는 잘 죽지도 못 한다는 것일까? 단서가 될 만한 장면이 「소년이로」에(그리고 「원더박스」와 「월요일의 한담」에도) 있다.

> 그곳은 오직 유준의 아버지만이, 소도시에서 몇 개 안 되는 공장을 운영하고 커다란 집을 건사하는 사람만이 가질 수 있는 비밀스러운 공간이었다.
>
> 〔……〕 영 다른 물건이 들어 있을 터였다. 소진이 짐작하거나 상상할 수 없는 것이. (p. 18)

'소진'은 '유준'의 친구…… 친구네 집은 저택(편혜영 특유의 정밀한 문체로 그려낸 미장센 덕에 이 집은 시각적으로도 재현 가능한데, 마치 형식주의 영화감독이 지은 세트장처럼 그로테스크하다)…… 그리고 그 안 서재에 놓여 있는 유준 아버지의 책상, 그 '가운데 서랍'에 있다고 여겨지는 것, 그것이 '비밀'이다. 그러니까 나는 가지고 있지 않지만 타인은 가지고 있을 것이라고 짐작되는, 그것이 무엇인지는 알 수 없지만 하여튼 상상할 수 없을 만큼 "영 다른" 무엇…… 아마도 라캉이라면 그것을 '대상 소문자 a'라 불렀을 테지만, 여기서는 그것을 그저 범박하게 '고유성의 근거' 혹은 '실존의 근거'라고 부르겠다. 비밀의 정의란 '오로지 나에게만 고유한 것'일 테니 말이다.

하여튼 그 '비밀'이 있는지의 여부가 죽음 앞에서 내 삶이 그나마 고유했고 의미 있었음을 근거 짓는다면 『소년이로』의 주인공들은 그렇게 죽지 못한다. 유준 아버지의 서랍은 텅 비어 있고(그래서 그의 죽음은 공허하다), '진'의 다이어리(「월요일의 한담」)에는 실연의 날들에 대한 진정한 기록이 없다(그래서 그 사실을 확인한 '유'의 삶이 공허하다). 물론 남편 '수만'이 주겠다던 '비밀 상자'도, 간병하던 노인의 '쿠키 상자'도 '원더'하지는 않다(「원더박스」). 고작해야 25년간 유예된 여행에의 약속 같은 것이 실존의 근거일 수는 없기 때문이다.

억울한 것은 그들 모두가 "일상적으로 하는 일에 별로 오차가 없는"(「잔디」, p. 177), 말하자면 '열심히 산 사람'들이라는 점이다. 그러나 실제에 있어 그들은 '열심히 잘못' 살았다. 그들의 만년은 『저녁의 구애』에 등장하는 그 강박적인 삶들의 연장 같아서, 너무나도 반복적이고 규칙적으로 잘 살다 보니(우연의 불안을 피해) 그럴듯한 비밀 하나도 간직하지 못한 채 죽음 앞에 서고 말았다. 동일성의 지옥을 통과하다 자신을 타인들과 구별할 변변한 근거 하나 마련하지 못한 채 생을 마감할 처지에 몰린 이들……

물론 이런 인물들이 편혜영의 소설에서 이번에 처음 등장하는 것은 아니다. 평론가 조연정이 『밤이 지나간다』(창비, 2013) 해설에서 지적했듯, 네번째 소설집의 많은 인물들이 이미 이런 상태에서 비밀 없는 채로 죽음과 대면했었다. 그렇대도 『소년이로』의 주인공들이 훨씬 더 실존적인 데가 있다는 점은 지적해야 온당할 듯하다. 이제 편혜영의 인물들이 지금 그런 처지에 몰릴 수밖에 없었던 사태의 책임이 누구에게 있는지 따지듯 되묻기 시작한다. 가령 불의의 사고로 허리를 다친 「원더박스」의 '수만'이 "척수 마취에서 깨어나자마자" 묻는다. "누구 책임이냐고."(p. 108)

그러나 이 질문에 대한 답이 그렇게 간단히 얻어질 수 있는 성질의 것일까? 저 말을 통해 수만이 자신도 모르게 묻고 있는 것은, 고작 부상의 이유가 아니라 '내(우리) 삶의 근거를 박탈한 이는 누구(무엇)인가?'라는 훨씬 더 근본적이고 형이상학적인 물음일 테니 말이다. 물론 일반적으로 '수만'이 처한 저와 같은 상황에서 그 책임 소재가 어디를 향할 것인지 우리는 안다. 우선은 사태와 유관한 타인의 책임(가령 그날 자신이 사고 장소로 갈 수밖에 없도록 만든 김 사장), 조금 더 교묘하게는 인간 일반의 책임(「개의 밤」 지명의 아내처럼, '우리 모두에게 책임이 있으니 누굴 탓할까')……

그러나 우리는 이제 정신분석의 윤리에 대해 얼마간 들은 바 있으니 저런 심리적 메커니즘이 결국엔 '방어기제'에 불과하다는 사실에 대해서도 안다. 설사 얼마간 강요된 것이었다 할지라도 내 삶의 방향을 선택한 것은 나다. 그러니까 동일성의 지옥에서 규칙을 반복하며 살아낸 것도 나고, 그럴듯한 '비밀' 하나 없는 삶을 선택한 것도 나다. 설사 다른 삶이 불가능해 보였거나 위험해 보였다 할지라도 그 선택의 최종 책임은 내게 있다. 그렇게 말하는 이들이 편혜영 소설 속에도 있다.

> 소영도 알았다. 수만의 탓이 아니었다. 그러나 편리하게 김의 탓이라고 떠넘길 수 없었다. 연민이 드는 가운데 누구도 잘못한 게 없다면, 자신이 전적으로 피해자라고 여긴다면, 바로 그 때문에 수만에게 잘못이 있는 게 아닐까 하는 생각도 했다. (「원더박스」, p. 113)

> 지명은 감은 눈을 떴다. 고개를 조아리며 기도하는 아내에게 말하고 싶었다. 하느님은 아무도 벌하시지 않는다고, 우리를 벌하는 건 우리 자신일 뿐이라고, 지옥에 있는 사람들은 대개 자기가 선택해서 거기 있는 것이라고 말해주고 싶었다. (「개의 밤」, p. 154)

> 사과가 쉽지 않다는 걸 남편은 잘 알고 있다. 그건 잘못을 인정

> 하고 책임을 지겠다는 뜻이다. 어떤 책임은 모든 걸 요구한다. 그러므로 사과는 손해다. 가진 걸 잃고 수치를 감당해야 한다. 그럴 바에야 비굴하게 구는 게 낫다고 생각하는 사람이 있다. (「잔디」, pp. 184~85)

「원더박스」의 '소영'은 책임을 타인에게 떠넘기고 자신을 전적으로 피해자라고 여기는 것, 바로 그것이 수만의 잘못이라고 '생각한다'. 「개의 밤」의 '지명'은 만약 누군가 지옥 같은 삶을 산다면 그것은 대개 자신의 선택 때문이라고 '생각한다'. 「잔디」의 화자는 남편이 수치를 감당하는 대신 비굴을 택했음을 '안다'. 편혜영의 소설에서는 처음 등장했다고 해도 과언이 아닌 저 세 인물들이 공히 '생각하는' 윤리, 그것을 이른바 '자기 원인 되기'의 윤리라 불러도 무방할 것이다. 최종적으로 선택은 내가 했으므로, 이 삶의 책임 소재는 바로 나 자신에게 있다는 사실의 자각, 흔히들 '상징적 죽음'이라 부르는 어떤 결단…… 자, 그렇다면 여기저기 (아주 차갑고 정확하고 건조하게) 지옥의 풍경만 보여주던 편혜영의 소설에도 이제 믿고 기댈 윤리가 생겼을까?

그러나 작가 편혜영을 그렇게 얕잡아 봐서는 곤란하다. 상기해봐야겠다. 소설이 끝나갈 즈음 저 셋이 어떻게 했더라…… '소영'은 저 생각을 '수만'에게 말하지 않는다. 소설 말미 그녀는 "또다시 알 수 없는 방식으로 인생에 속아 넘어갔다는 기분이 들었고 이것이야말로 누구의 잘못인가 하는 생각에 빠져"(p. 131)든다. '지명'의 경우, 실은 그가 저런 '윤리적'인 생각과 어울리는 인물인지조차 회의적이다. 그는 대체로 "욕을 먹어야 하는 일에는 어쨌든 욕을 먹어야" 한다고 생각하는 사람이지만, 그 이유는 "그래야 열심히 산 탓이라고 가장할 수 있"(p. 162)기 때문이다. 물론 「잔디」의 화자 또한 수치를 무릅쓰고 남편 대신 피해자에게 사과하지 않는다. 소설 말미에 잔디가 죽어가는 정원에 울려 퍼지는 것은 바로 그녀 자신의 욕설이다.

종종 평론가들은 이른 답을 가지고 있는 경우가 많아서 작품에서 너무 많은 것을 읽거나, 기대하거나, 요구한다. '텍스트'를 상대하기 때문이다. 가령 윤리나 전망 같은 것들…… 그러나 좋은 작가들은 언어로 '삶'을 상대하는 경우가 많아서, 되어 있지 않고 될 수 없는 것을 미리 된 것처럼 쓰지 못한다. 편혜영은 확실히 그런 작가다. 그에게서 어떤 윤리나 전망 같은 것을 발견하려면 저 지옥 같은 세계 속에서 좀더 견디며 기다려야 할 듯하다. 실은 그것이 작가의 윤리일 것이다.

비(非)윤리 혹은 미(未)윤리적 소설 쓰기
— 백가흠론

1

책으로 된 감옥 속에 만년의 삶을 완전히 유폐시켜버린 한 노인이 있다. 한때 평론가이자 대학 교수이기도 했던 그에게(나는 나의 노후를 그와 쉽게 동일시한다) 어느 날 'P'라는 젊은 작가가 찾아온다. "노랑 바탕에 뭔지 모르는 곤충 한 마리가 그려져 있"(「그래서」, 『힌트는 도련님』, 문학과지성사, 2011, p. 83)는 표지의 소설책을 냈던 작가인데, 자신이 40년 전 무심코 그에게 던진 "그래서?"라는 말 한마디가 작가의 삶과 죽음을 좌우했다는 사실을 이제 노인은 감당해야 한다(그러나 그는 백가흠의 인물, 당연히 그 사실을 감당하지 않는다). 물론 저 노란 책 표지에 그려져 있는 곤충의 종류와 책 제목, 그리고 작가의 이름을 나는 특정할 수 있다. 곤충은 귀뚜라미고, 책 제목은 『귀뚜라미가 온다』(문학동네, 2005), 작가는 (백가흠 소설 속에 등장한) 백가흠이다.

『같았다』(문학동네, 2021)의 원고를 처음 받았을 때, 내 기분이 바로 저 노인과 같았달까? 『귀뚜라미가 온다』가 세상에 나온 것은 2005년의 일, 나는 그 책 말미에 '해설'을 붙였더랬다. 백가흠은 당시 신인 작가였고, 『귀뚜라미가 온다』는 그의 첫 소설집이었다. 말하자면 나는 작가 백가흠을 독자들과 맺어준 첫번째 주례자였던 셈인데, 그랬으니 거의 20년이 지난 지금 이제 무게감 있는 중견작가가 된 그의 아홉번째 책을 읽고 뭔가를 다시 써야 하는 일이 어딘가 인과응보 같았고, 책임을 지는 일 같았고, 평론가의 윤리 같기도 했다. 그러나 나는 소설 속 그 고약한 노인과 달리 그 일을 이제 감당해볼 참이다. 우선 추억 삼아 『귀뚜라미가 온다』에서 가장 (끔찍하게) 인상 깊었던 장면 하나.

> 허공에 번쩍 들린 아이가 발악을 하며 몸부림칩니다. 사내가 아이를 마루 위로 집어던집니다. 아이가 벽에 부딪히더니 마루로 떨어집니다. 순식간에 아이 울음소리가 멈춥니다. 병출씨가 눈을 끔벅이며 마루 위의 아이를 쳐다봅니다. 여자도 멍하니 아이를 쳐다봅니다.
>
> 얼매나, 조용햐, 개숭아. 우리 들어가자. 아저씨 약 좀 주라. (「배꽃이 지고」, p. 224)

'사내'는 과수원 주인, 병출과 여자는 발달장애인 노예 부부(백가흠의 세계를 개연성 없는 폭력의 세계라고 비난하지 말자. 그들은 분명 우리가 사는 실제의 세계에서 걸어 나온 존재가 아닌가. 우리도 그들에 대해 들은 적이 있지 않은가), 사내가 여자에게 달라는 것은 이제 아이가 못 먹게 된 그녀의 젖, 이런 세계가 『귀뚜라미가 온다』의 세계였다. 실려 있는 모든 작품이 저런 세계를 다뤘다. 생물학적으로, 그러니까 (특히 남성의) 본능과 욕구로 완전히 환원된 세계 말이다. 따라서 과수원 주인을 고유명사가 아닌 '사내'라고 부르는 것은 지극히 합당해 보이는데, 그는 사람이기보다는 '수컷'이라는 호칭에 더 가까울 듯하고, 짐승에게 고유명사는 어울리지 않기 때문이다. 저 장면이 더 끔찍해지는 것은 화자의 단정한 존대 어법 때문이기도 한데, 묘사로 일관하는 저 문장들은 마치 동물 생태 다큐멘터리의 내레이션을 닮았다. 그래서 나는

『귀뚜라미가 온다』 해설에 그를 두고 '폭력적 남성성을 극대화함으로써 역설적으로 그 폭력성을 내파하는 작가'라고 썼다.

2

그때부터 궁금했다. 『조대리의 트렁크』(창비, 2007)까지, 아니 그 이후로도 줄곧 등장하는 존비속 폭행, 영아 유기, 성도착, 신성모독, 살인, 매매춘, 사도마조히즘 등의 기원이 말이다. 마치 영혼이 없는 것처럼 단순하게, 그리고 반성 없이 저런 일을 저지르는 백가흠의 인물들, 말하자면 전혀 대타자의 세례를 받아본 적이 없는 것만 같은 그 인물들은 어디서 출현한 것일까?

스스로 그런 물음을 던진 백가흠 소설 속 최초의 인물은 '근원'이다. 작중 연예기획사 사장이 수십 가지 직업을 전전해온 그에게 묻는다. "원래는 뭐가 되고 싶었는데?" 그럴 때 근원의 대답은 이렇다. "원래라는 게 없어요. 그때그때 밥 벌어먹으려고. 좀 하다 보면 오래 할 일이 못 되는 거 같고."(「그런, 근원」, 『힌트는 도련님』, p. 53) 오로지 먹고 살기 위한 삶, '원래'라는 것이 없는 삶, 그것은 『귀뚜라미가 온다』의 세계와 그다지 다르지 않은, 생물학적으로 환원된 삶이다. 과수원이 연예기획사로 바뀌었을 뿐(더한 생존 투쟁이 이곳에서 일어나지 않던가), 그가 사는 세계는 동물적 삶의 연장이다. 그러던 그에게 어머니가 죽어가고 있다는 전갈이 온다. 어머니는 물론 만인의 기원(이제부터 이 말을 백가흠의 어법에 따라 '근원'으로 바꾸어 쓴다), 근원 씨의 '근원 찾기'가 그렇게 시작된다.

그런데 범박하게 말해 근원 찾기 서사의 종결에는 대체로 두 가지 경우의 수가 존재한다. 첫째는 근원의 되찾음, 곧 '근원과의 충만한 화해'다. 그럴 때 근원 찾기 서사는 소설이 되지 못하고 동화나 판타지가 된다. 왜냐하면 소설이란 '선험적 고향상실성'의 장르이고, 우리 시대에 하늘의 별자리는 도통 우리가 나아가야 할 길의 지도가 되어주질 못하니까. 그런데 근원은 소설의 주인공, 따라서 그에게 지도도 내비게이션도 없는 것은 당연하다. 게다가 '어머니-근원'이 누워 있다는 산골의 옛집을 찾아가는 와중에, 별자리와 먼 불빛은 지도가 되어주기는커녕 자꾸 그의 눈을 흐릴 뿐이다.

그렇다면 「그런, 근원」은 근원 찾기 서사의 두번째 경우에 속할지도 모르겠다. 근원 찾기의 실패, 곧 '근원의 결여에 대한 확인'의 서사 말이다. 루카치가 소설을 두고 "성숙한 남성의 형식"(이 말의 젠더 편향성은 두고두고 재고되어야 한다)이라 말할 때 염두에 두었던 것도 이런 종결이었을 텐데, 근대인인 우리에게 애초부터 돌아갈 근원 같은 것은 없었다는 사실의 재확인이 이루어지면서 이야기는 끝난다. 이미 끝나버린 길에서 여행을 시작했던 문제적 개인은 이제 그 상실을 떠안은 채로, 근원의 결여를 긍정하면서 세계를 살아내야 한다. 이른바 (라캉적인 의미에서) '주체'가 되는 셈이다. 상실을 상실한 자, 우리가 상실한 것은 애초부터 없었다는 것을 확인한 자, 근원은 그런 주체인가? 그러나 그럴 리가…… 백가흠의 주인공에게 그런 일은 일어나지 않는다.

> 한참을 뛰다시피 산을 내려가던 남자가 다시 벚나무 집 쪽으로 발길을 돌렸다. 남자는 마치 벚나무 집에서 원래 살았던 사람처럼 마당 한 귀퉁이에 기대어져 있던 삽을 들고 뒷동산으로 올라갔다. 평평한 곳을 골라 남자는 삽질을 하기 시작했다. (「그런, 근원」, 『힌트는 도련님』, p. 68)

어머니 집을 찾아가던 와중에 불빛을 보고 들어선 산중의 외딴집,

거기에 어머니는 없고 죽은 지 이미 오래된 노파의 시신만 있다. 부재하는 근원, 근원은 역시나 결여다. 그러나 근원은 루카치의 성숙한 남성은 아니었는지 마치 처음부터 거기 없었던 걸로 하려는 듯 서둘러 시신을 땅에 묻는다. 중요한 정보는 "마치 벚나무 집에서 원래 살았던 사람처럼"이라는 부사절에 숨어 있다. 그는 삽의 위치를 이미 알고 있던 사람인 듯 행동한다. 그리고 인용문보다 조금 앞서 그가 어두운 방안에서 허공에 매달려 있는 스위치를 찾아 불을 켜는 장면에도 정보는 숨어 있다. 그는 방에 들어서자마자 "오래전의 기억"에 따라 "익숙한 동그란 스위치"(p. 65)를 누른다. 그러니까 저 집은 근원의 집이 맞고, 시신은 어머니가 맞다.

그렇다면 이제 근원 찾기 서사의 세번째 종결 방식을 상정하지 않을 수 없겠다. 근원의 결여와 마주하기, 그러나 그것을 '부인'하기. 근원이 서둘러 시신을 묻었던 것은 아마도 그런 이유였을 것이다. 그는 루카치의 문제적 인물처럼 근원의 결여라는 사태와 마주한다. 그러나 그는 '주체'로서 거듭날 생각도 용기도 자신도 없다. 대신 사태를 부인하고 자신은 근원의 결여와 마주한 적이 없는 것처럼 산을 내려간다. 그러니까 그는 '주체'가 되지 못하고(않고) 살아온 그대로 주욱 살아가게 될 참이다.

3

『四十四』(문학과지성사, 2015)는 대체로 그렇게 근원의 결여를 부인하고 산을 내려와 '살아온 그대로 주욱 살아온' 사람들(대체로 44세이거나 그 시절 즈음에 속해 있는)의 이야기다. 그러나 '억압된 것은 반드시 회귀한다'고 말했던 이는 그 유명한 프로이트. 이미 대면해버린 근원의 결여가 부인한다고 쉽사리 기억 속에서 사라질 리는 만무하다. 이제 결여는 사소한 계기만 주어져도 환기된다. 그것과 다시 대면하게 될지 모른다는 불안이 그들을 덮친다. 그럴 때 백가흠의 소설은 최근 유행하는 '윤리적 종결 형식'(나의 명명법이다)의 구조와 얼마간 유사해진다. 그 구조란 대강 이런 것이다.

① 일상→② 계기→③ 근원 찾기→④ 실재와의 조우→⑤ 주체의 탄생

『四十四』에 실린 대부분의 작품에 두루 해당되는 도식이지만 「더 송 The Song」 한 작품만 사례로 삼아보자. 소설은 "한승훈 선생이 죽었다는 연락을 받은 것은"(p. 43)으로 시작한다. 워낙에 고약한 성품을 지닌 백가흠의 주인공들 중 한 명이다 보니 온전히 안온한 것만은 아니었지만(그는 이혼 소송 중이고 재직 중인 대학에서는 사정위원회에 회부되어 있다), 그럭저럭 유지되어가던 '일상'(①) 속으로 소식 하나가 날아온다. 소식은 대체로 부음이나 느닷없는 전화, 혹은 불수의적 기억의 형태를 취한다. 그것이 억압되었던 기억 저편의 사건을 소환하는 '계기'(②)가 된다. 장 교수의 경우 스승의 죽음을 알리는 부음이 계기다. 그러자 잊은 줄로만 알았던 30여 년 전 기억이 불수의적으로 돌아온다. 흰 개와 얽힌 그 기억 속에서 그는 개를 죽게 했고, 선배 '미현'을 쫓아냈다. 그는 잊고 지냈으나 동료들은 그 사실을 모두 기억하고 있다. 사실상 그 사건이 그의 이후 삶을 결정지은 '근원'(③)이다. 물론 그 사건을 근원이라 부르는 것은 그 사건이 그를 이른바 '실재' 앞으로 데려다 놓기 때문이기도 하다. 장례식장에서 온갖 찌질한 언사로 행패를 부리던 장 교수는 동료의 입을 통해 그 흰 개의 주인이었던 '미현'의 죽음에 대해 듣게 된다. '실재와의 조우'(④)다.

아마도 완성된 '윤리적 종결 형식'을 갖춘 이즈음의 소설들에서라면 이후의 사태는 이렇게 진행되었으리라. 내가 잊어버린 기억 속에서 나에 의해 상처받은 타인이 있었음을, 내 일상은 그와 같은 사실의 망각 속에서 유지되었던 것임을 주인공이 깨닫게 되고, 그럼으로써 그 윤리적 짐을 누구도 아닌 바로 자신의 것으로 떠안는 '주체'(⑤)가 탄생하는 결말 말이다. 그러나 백가흠 소설 속에서 그런 일은 일어나지 않는다. 소설의 결말은 이렇다.

> 그는 버럭 소리를 지르며 화를 내고 싶었지만 할 말이 없었다. 이 모든 일이 30년 전 그 흰 개 때문이었다. 오랜 시간이 지났음에도 사라지지 않는 장구에 대한 부채감, 그것이 지금까지도 자신을 되돌릴 수 없는 인생으로 살게 하고 있다는 생각이 들었다. 그는 속으로 '죽은 미현을 찾아서라도 가만두지 않겠다'고 다짐하고 있었다. (「더 송The Song」, 『四十四』, p. 78)

말하자면 백가흠 소설 속에서 자신이 가한 상해로 고통받은 타인과 직면하는 사태는 윤리적 주체의 탄생으로 이어지지 않는다. 주체의 탄생 없는 '(非, 未)윤리적 종결 형식'! 장 교수는 여전히 그 모든 책임을 개와 미현에게 돌린다. 그것이 근원의 결여 앞에서 부인의 기제로 사태를 회피했던 바로 그 주인공들이 일상을 살아가는 방법이다. 그들은 성공했건 실패했건 거듭되는 부인 속에서만 자신의 삶을 합리화하고 정당화한다. 윤리란 말은 어쩌면 작가 백가흠에게는 가장 어울리지 않는 말일지도 모르겠다.

4

길게 에둘러 왔으니, 이제 『같았다』에 실린 작품들 속 주인공들이 공히 보여주는 불안과 강박의 원인에 대해 말해볼 차례다. 우선 저 고약한 중늙은이 장 교수의 "죽은 미현을 찾아서라도 가만두지 않겠다"는 회피성 다짐에서 일말의 불안을 읽지 못한다면 그것은 그에게도 작가 백가흠에게도 공평하지 못할 듯하다. 그는 지금 무척 불안하다. 자신의 일상이 느닷없는 실재와의 조우를 통해 와해되고 말 것 같은 불안…… 그리고 그 불안이야말로 『같았다』에 실린 거의 모든 작품들을 지배하는 강박적 징후들의 원인이다.

불안은 필연코 강박을 동반하는 법, 「훔쳐드립니다」의 주인공이 보여주는 절도강박(그는 생계형 도둑이 아니다), 「1983」의 조팔삼과 안일구가 보여주는 83강박(83년생 조팔삼과 1983년판 마돈나의 앨범), 「같았다」의 여주인공이 빠져 있는 약물중독과 「그 집」의 형일이 빠져 있는 도박중독(강박증의 특징으로서의 중독적 반복), 「그는 쓰다」의 자칭 소설가가 반복적으로 행하는 전처에게 새벽 전화 걸기와 (글, 돈, 애)쓰기, 「코로 우는 남자」의 주인공이 매일 투척하는 미끼 없는 낚시…… 각종 강박이 일시적이나마 불안을 잠재운다. 그러나 강박은 자위행위와 같아서, 실은 불안을 완전히 소거시키지도 못할뿐더러 더 큰 불안의 요인이 된다. 그리고 더 큰 불안, 백가흠의 소설들 속에서 그것은 물론 하나같이 '근원의 결여' '근원과의 분리'를 지시한다. 이렇게.

> 집에서만 이상한 냄새가 났다. 어디에서 무언가 썩고 있는 게 분명했다. 집에만 오면 썩은내가 진동을 했다. 그는 냄새의 근원을 찾아 온 집안을 헤집어놓았다. 하지만 집안 어디에서도 근원을 찾지 못했다. (「그는 쓰다」, p. 258)

나는 엄마의 유골함을 책보에 싸서 들고 오래 산책을 했다. 가끔 그랬다. 한강에 그냥 뿌릴까 싶어 들고 나온 것이지만 매번 그러지 못했다. 나는 엄마의 유골함을 도로 텔레비전 옆에 놓았다. (「나를 데려다줘」, p. 202)

"무슨 소리야. 너, 부모와 가족을 찾아야지. 사람이 근원을 알아야 살 수 있는 건데."

"근원? 그게 뭔데?"

"그런 게 있어. 원래 있었던 거 말이야. 네가 있게 된 근거 말이야." (「1983」, p. 65)

「그는 쓰다」의 주인공이 보여주는 (돈 혹은 글)쓰기 강박증 이면에는 '근원을 찾을 수 없음'에 대한 불안이 놓여 있다. 그의 강박과 환후 증상이 시작된 것은 모친(근원)이 죽은 후란 사실도 덧붙여둘 만하다. 「나를 데려다줘」의 주인공이 겪고 있는 불안은 확연히 분리 불안이다. 인간이 최초로 어머니의 배 속에서 빠져나올 때 겪게 되고 이후에 영원히 반복된다는 그 근원적 분리에 대한 공포 말이다. 그는 어머니의 죽음이라는 실재와 조우하는 대신 유골함을 들고 산책하는 일로 죽음과의 대면을 회피한다. 그러나 끝내 유골함을 버리지 못한다. 「1983」의 안일구는 근원(부모)이 있음에도 불구하고 팔삼의 친부모 찾기에 강박적으로 매달린다. 근원의 결여는 그에게 존재의 근거가 상실되었음을 의미하기 때문이다. 요컨대 『같았다』(이 표제작의 주인공 이름 또한 '근원'이다)에 실린 작품들은 하나같이 근원의 결여를 강박과 불안을 통해 회피하는 인물들의 사연을 나열한다. 그런 그들이 '① 일상→② 계기→③ 근원 찾기→④ 실재와의 조우→⑤ 주체의 탄생'으로 이어지는 윤리적 주체 형성의 전 단계를 완성할 가능성은 거의 없어 보인다.

5

백가흠의 소설 세계에서 저 윤리적 주체 형성 과정의 가장 먼 데까지 가본 인물은 「코로 우는 남자」의 '딸 잃은 사내'다. 딸 서원은 또래 남자아이들에게 상상할 수 있는 가장 사악한 방식으로 살해당했다. 딸의 죽음 후 1년, 재판은 진행 중이고 그는 매일 저수지에 빈 낚시를 드리운 채 수면을 바라본다. 그러나 낚시는 그를 치유하지 못한다. 대신 백가흠의 인물로서는 드물게 실재와 조우한다. 억압으로부터 회귀한 기억 속에서 그는 바로 그 저수지에서 어렸을 적 친구의 죽음을 방관한 적이 있다. 조우는 거기서 멈추지 않는다. 딸의 죽음에 대해서도 그는 죄가 있다. 그야말로 딸의 가출 사실조차 몰랐던 무책임한 아빠였던 것이다. 매일 찾아오는 살인범의 어머니 앞에서 그는 그 사실을 인정하고 받아들인다. 그가 말한다.

> "당신 아들 원망하지. 진심으로 똑같이 되갚아주고 싶소. 그런데 시간이 지나니까 한편으로 서원이가 무사하고 별일 없었다면 나는 아마 죽을 때까지 그애가 불쌍하다는 것을 몰랐을 거라는 생각이 들었소. 미안한 마음도 들지 않았을 거요. 내가 평생 그애에게 속죄하며 살아야 한다는 것을 몰랐을 거요. 그게 불가능하다는 것도 깨닫지 못했을 거고." (「코로 우는 남자」, p. 302)

내 안의 죄와 대면하기. 죽은 타인의 고통을 내 것으로 받아들이기.

아마도 그가 저 말만 하고 말았다면 우리는 그렇게 이즈음 자주 눈에 띄는 윤리적 주체 형성 과정의 완성을 다시 한번 목도할 수도 있었으리라. 내 죄로소이다. 내 죄로소이다. 그러나 그는 이미 살인자의 어머니에게 상해를 가했고, 실신한 여자 앞에서 이렇게 말을 이어간다.

> "내가 왜 당신에게 관대한지 모르겠는 거요. 그럴 만한 이유가 없는데 말이오. 측은한 마음이 드는데, 그런 나를 발견하면 그게 또 화가 나는 거요. 그래서 안 되겠다 생각했소. 우리 힘으로 풀 수 없는 게 있다는 걸 알게 됐소. 그래서 나도 당신과 합의를 보기로 마음먹은 거요." (「코로 우는 남자」, p. 302)

그는 자신이 딸의 죽음에 대해 책임이 있음을 안다. 그 사실과 조우했고 또 받아들였다. 그러나 그도 인간, 그렇다고 해서 극한의 분노와 절망과 슬픔이 사라지지는 않는다. 그에 따를 때 그것은 "우리 힘으로 풀 수 없는" 한계 너머의 경험이다. 나로서는 그가 주어로 사용하고 있는 '우리'라는 대명사가 단지 자신과 여자만을 지시한다고 생각되지 않는다. 아마도 '우리'란 다들 고만고만한 인내와 참을성을 가진 '인류'를 지시하는 대명사이리라.

인류는 참척의 고통 앞에서마저 윤리적 주체로 거듭날 수 있는 존재다. 그러나 그런 인류에 속하는 개별자는 그다지 많지 않다. 그런 이유로 눈물도 흘리지 못하고 표정도 짓지 못하게 된 저 아비의 고통에 섣불리 윤리라는 처방을 내렸다면 나는 작가 백가흠을 덜 신뢰하게 되었으리라. 왜냐하면 내 마음속 그는 『귀뚜라미가 온다』 시절부터 지금까지 줄곧 비윤리 혹은 미윤리의 작가였으니까. 보통의 '너'와 '나'들처럼 5·18 이후에도, 4·16 이후에도, 미얀마 사태 이후에도 온갖 강박과 방어와 부인으로 무장한 채, 살아오던 그대로의 삶을 가까스로 살아가고 있는 (그리고 살아가게 될) 바로 우리들의 이야기를 쓰는 작가였으니까.

참, 그 사내에 대해서라면 아직 할 말이 남아 있다. 소설은 이렇게 끝난다. "고요함이 거기 있었다."(p. 303) 사내가 물속으로 가라앉은 직후다. 죽음만이 그에게 고요를 가져다준다. 이 소설집에 자발적 죽음들이 즐비한 걸 보면 이후 백가흠의 소설이 어디를 '향'하게 될지 얼추 짐작할 수 있다. 2013년에 출간된 그의 장편 『향』(문학과지성사)이 향해 있던 저 타나토스의 영역 어디쯤이겠지. 그러나 오늘은 윤리적 주체의 완성 직전에 스스로 죽음을 택한 고인에게 명복을…… 왜냐하면 우리가 온전한 의미에서 윤리적 주체가 된다는 일의 어려움(라캉도 말하거니와 그것은 상징적 죽음을 불사하는 일이다)을 몸소 보여준 그의 미윤리가 어쩌면 더 윤리적으로 보이기도 하는 터이니 말이다.

제비가 떠난 후
— 윤대녕론

1

전갈이 없었으므로 나는 그의 어머니가 귀천했다는 소식을 나중에야 들었다. 발인도 한참 지난 후였으므로 조문하지 못했다. 그래서였던가, 제비들이 떠나고 나면 묵묵부답 완전한 침묵에 들었다가, 첫눈과 함께 집을 나가기를 반복하던 어떤 어머니의 이미지가 떠올랐다. "여자는 영원의 나라를 왕래하는 철새 같은 존재란다"(「제비를 기르다」, 『제비를 기르다』, 창비, 2007, p. 57)라고 말하던 그 어머니가 제비 따라 영영 가셨구나 싶었다. 2018년 겨울, 첫눈 온 뒤의 일이었다.

2

그랬다. 제비의 운명을 타고났던 그 어머니 말고도 윤대녕 소설에 등장하는 인물들은 주로 저쪽 영원의 나라와 이쪽 지상의 나라를 '왕래'하며 살았다. 그랬으므로, 모두 은어 같았고 연 같았고 제비 같았다. 말하자면 그들은 "근원결락강박"(「국화 옆에서」, 『은어낚시통신』, 문학동네, 1995, p. 165)을 앓고 있는 이들이어서 잃어버린, 혹은 잃어버렸다고 가정된 근원을 찾아 떠나지 않고는 배길 수 없는 습성, 곧 역마를 타고난 사람들이었다. 밥상머리에 말 한 마리가 불쑥 고개를 내밀고는 "자!! 이제!! 가자!!"(「말발굽 소리를 듣는다」, 같은 책, p. 126)라고 말하면 냅다 수저를 내팽개치고 자리에서 벌떡 일어나 백 년 만에 한 번 핀다는 대나무꽃을 보러 떠나는 사람들이 윤대녕의 주인공들이었고, 여행 와중에 그들이 겪은 무수한 우연과 필연의 사연들, 다치고 다치게 하는 관계와 연애들, 그것이 윤대녕 소설의 뼈대였다. 이른바 '존재의 시원을 찾아서'(남진우)라는 말이 윤대녕의 소설 세계를 요약하는 관용어가 된 것도 그런 이유였다.

3

그런데 '왕래'라고 했거니와 떠나기 위해서는 원심력이 필요하고 돌아오기 위해서는 구심력이 필요하겠다. 척력만 강하면 떠나 돌아오지 않을 것이고, 인력만 강하면 애초에 떠나지 않을 것이기 때문이다. 그러므로 '왕래'하는 윤대녕의 소설들은 원심력과 구심력의 역학 관계 속에서 형성되었다고 해보자. 그럴 때 초기 윤대녕 소설의 경우 원심력이 구심력에 비해 강했단 사실은 틀림없어 보인다.

가령 나는 지금 윤대녕의 아름다운 단편들 중에서도 으뜸이라 여기는 「빛의 걸음걸이」(『많은 별들이 한곳으로 흘러갔다』, 생각의나무, 1999)를 떠올리고 있다. 서두에 고향 집의 평면도를 그려놓고 시작하는 그 작품 말이다. 1972년에 지어진 그 집에서 빛의 걸음걸이가 가장 먼저 시작되는 동쪽 건넌방에는 해산한 여동생이 머문다(새 생명과 젊음은 항상 동쪽에 머무는 법이다). 서쪽 건넌방에는 병든 누나가 산다(그 방에 황혼 녘에야 빛의 걸음이 닿는 것은 당연한 이치다). 그리고 북쪽 안방에는 이제 죽음을 맞이할 참인 어머니가 산다(빛이 그 걸음걸이를 다 마치는 순간 어머니는 죽는다).

이쯤 되면 저 낡은 집이 생로병사를 주관하는 시간의 집이고, 생명 있는 것이라면 무엇이나 반드시 경과해야 하는 생애 단계를 공간화해 놓은 집이란 사실은 짐작 가능하다. 다만 궁금한 것은 "스물여섯 살 이후 그곳이 내게는 1년에 그저 서너 번쯤 내려와 묵고 가는 허름한 호텔 방이었다. 나는 부모형제와도 어쩔 수 없이 반쯤은 타인인 나이가 돼 버려 안방은 물론이고 동쪽 건넌방이거나 서쪽 건넌방에 있으면 몹시도 부자연스럽고 불편하기만 했다"(「빛의 걸음걸이」, 같은 책, pp. 108~09)라고 말하는 화자가 어디에 머물고 있는가 하는 점이다.

그는 해바라기 방에 머문다. 그 방은 해바라기밭 위에 만들어졌고 대문에서 가장 가까운 곳에 위치해 있다. 물론 해바라기는 빛이 걷고 있는 동안은 지상이 아닌 하늘만 바라보는 꽃이고, 대문에서 가장 가까운 방은 아무 때나 떠나기에 가장 적합한 방이다. 말하자면 강력한 원심력의 자장권 내에 위치한 방이다.

그렇게 '잃어버린 무언가'가 저기 바깥 먼 데 있다는 듯, 항상 떠날 채비를 못 해 안달이었던 무모한 인물들이 초기 윤대녕 소설의 주인공들이었다. 그리고 윤대녕의 소설이 그토록 아름다웠던 이유가 바로 그 원심력에 지배당한 자들의 '무모함'에 있었다. 자명한 실현 불가능성을 부인하고 '존재의 시원'을 찾아 길 위를 떠도는 동안, 그들의 여행은 무척이나 장관이었다. 설사 그들 모두가 여행의 목적지에 도달하여 자신의 '시원'과 생생하게 맞대면하지는 못했다 할지라도, 그의 모든 주인공들이 가진 소리와 빛에 대한 예민한 감수성이 아름다웠고, 달, 꽃, 죽음, 물 등의 신화적 이미지들과 교합할 줄 아는 그의 언어들이 아름다웠다. 그중에서도 특히 『많은 별들이 한곳으로 흘러갔다』에 실린 여러 단편들이 아름다웠다.

4

그러나 이 제비와 역마의 가계에서 서쪽 방의 누나인들, 북쪽 방의 어머니인들, 대문 옆 떠나기 좋은 방에 머문 적이 없었을까? 게다가 빛은 그 뒤로도 계속 걸음을 재촉했을 터이고, 화자의 왕래도 다리에 힘을 잃었을 테니 어느 시점에는 그 역시 방을 옮겨야 하지는 않았을까?

그렇게 윤대녕의 소설에서도 구심력이 원심력을 제압하거나 최소한 동등한 위력을 발휘하는 시기가 온다. 그 시기는 대체로 소설집 『누가 걸어간다』(문학동네, 2004)가 발표되던 2000년대 중반 즈음이 아니었나 싶다. 그리고 그런 경향이 확연해지는 것은 (『많은 별들이 한곳으로 흘러갔다』 이후) 그의 가장 빼어난 단편들이 실려 있는 『제비를 기르다』에서였다. 가령 「낯선 이와 거리에서 서로 고함」(『누가 걸어간다』)의 화자가 무더운 여름에도 밤새 배낭을 메고 도시의 한복판을 걷는 것은 떠나기 위해서가 아니다. 그에게도 역마가 없지 않아서 일상 바깥을 꿈꾸지 않는 바는 아니나, 그가 걷는 것은 돌아오기 위해서다. 그는 떠나기 위해 걷는 것이 아니라 떠나지 않기 위해 가까스로 걷는다. 같은 책에 실린 「올빼미와의 대화」는 구심력과 원심력이 대등하게 길항하는 그 시기 윤대녕 소설의 역학을 상징적으로 보여주는데, 이 작품은 아내가 집을 비운 사이 지난날의 이방 강박을 종용하는 자아와 그 시절을 옛 시절로 돌리고 정주하려는 자아 간의 갈등에 대한 기록이다. 화자에게 밤마다 걸려오는 전화의 진짜 발신자는 원심력이다. 통화에 매혹당하면서도 그를 경계하는 전화의 진짜 수신자는 구심력이다.

이후 「편백나무숲 쪽으로」(『제비를 기르다』)를 발표한 것이 2006년 봄(『문학동네』 2006년 봄호), 이 작품에서 평생을 떠도는 삶으로 일관하던 아버지가 돌아와 '대정(大定)'을 맞는 곳은 고향의 300만 평 편백

나무 숲이다. 수구초심…… 구심력이 최종적으로는 원심력을 압도한다. 이 작품을 읽을 즈음 나는 이제 윤대녕이 그토록 찾아 헤매던 존재의 시원이 원래 자신이 있었던 곳, 삶 이전에 있었던 곳, 말하자면 죽음이 된 것은 아닐까라는 생각을 했던 것도 같다. 이후로 윤대녕 소설 속 주인공들은 여행을 계속했지만 그것은 떠나기 위해 돌아오는 여행이 아니라 돌아오기 위해 떠나는 여행이었다. 낭만적 풍모는 사라지고 삶의 고단함이 묻어나는 여행이었다. 말투는 건조해지고 묘한 달관의 느낌이 나는 문체가 냉정했다. 『대설주의보』(문학동네, 2010)의 해설을 쓰면서 신형철이 '범속한 비극'이라는 말로 요약하려 했던 바도 아마 그런 변화였던 듯하다.

> 시스템과의 낭만적 긴장 대신 '생'이라는 불가항력이 소설을 이끈다. 무언가를 바꾸기에는 너무 늦어버렸다는 체념이 소설 곳곳에 자욱하다. 귀소의 모티프가 있되 그것은 신생을 예감하는 영원회귀의 귀소가 아니라 죽음을 준비하는 수구초심의 귀소다. 〔……〕 남녀를 불문하고 윤대녕의 인물들은 이제 병들어 견디고, 견디며 죽어간다. (신형철, 「은어에서 제비까지, 그리고 그 이후」, 『대설주의보』 해설, p. 285)

5

"병들어 견디고, 견디며 죽어"가는 사람들의 이야기를 쓰는 일은 작가로서는 무척이나 힘든 일이었을 것이다. 전력을 다해 쓰는 작가들은 작중 인물들과 같이 앓고 같이 죽기도 하는 법이니까. 그러나 작중 인물이 아니라 실제의 인물 수백 명이, 그것도 바로 자신이 지켜보는 눈앞에서 수장당하는 광경을 보는 일은 아예 차원이 다른 고통을 가져다준다. 세월호 참사는 윤대녕에게도 어김없이 심각한 심리적 외상을 가져다주었던 듯하다. 장편 『피에로들의 집』(문학동네, 2016) 「작가의 말」에 윤대녕은 이렇게 쓴다.

> 계간지 연재가 시작될 즈음 세월호 사고가 발생했다. 나는 그만 말문이 막혀버렸다. 이후 만성적인 우울과 불안에 시달리며 쓰다, 말다를 반복하면서 작가임을 스스로 한탄하기도 했다. 결국 연재가 한 차례 중단된 뒤, 나는 미완의 원고를 들고 밖으로 나갔다. (「작가의 말」, 『피에로들의 집』, p. 248)

말을 업으로 삼은 작가에게서 들을 수 있는 가장 참담한 말, 그것은 아마도 '말문이 막혔다'이리라. 그러니까 내가 읽은 윤대녕의 단편집 『누가 고양이를 죽였나』(문학과지성사, 2019)의 원고들은 모두 그의 말문이 막힌 다음에 씌어진 것들이었고, 그래서 나는 작품들 자체보다 되레 그 속에 담긴 작가의 안부가 궁금했다. 아니나 다를까, 참사 이후 그 역시 이 나라의 진지한 작가들 대부분이 그렇듯이 안녕하지 못해 보였다. 원고를 통독해보니 이즈음 그를 사로잡고 있는 것은 '타나토스와 총' 그러니까 죽음 충동과 분노의 정념이었다.

6

루카치가 소설이란 애초에 일종의 여행담이라고 했으니 원심력 없는 소설은 존재하기 힘들다. 피터 브룩스의 말을 빌려와도 사정은 마찬가지다. 이야기를 만들고 이어가려는 원심력으로서의 에로스와 이야기를 끝내고 사건을 종결지으려는 구심력으로서의 타나토스가 없다면 소설은 일정한 분량의 이야기로 완성되지 않는다. 그러니 세월호 이후에도 윤대녕의 소설들에 여행담이 적지 않다고 나무랄 일만은 아니다. 게다가 여행의 성격 자체가 완연하게 변했다. 죽은 자의 흔적을 좇는 여행, 죽고자 떠나는 여행, 사랑하는 이의 죽음으로부터 기원한 여행……

가령 「서울-북미 간」의 'K'는 돌연한 딸의 죽음으로 인해 가정이 완전히 파탄 난 상태다. 심리적 외상으로 인해 우울증과 알코올 중독에 빠져 있던 그가 북미 여행을 결심한 것은 세월호 참사를 겪은 후다. 참사는 그의 정신을 완전히 피폐하게 만든다. 결국 캐나다로 떠난 그는 페이스북을 통해 알게 된 여성 'H'를 만난다. 그러나 초기 소설과 달리 둘의 만남에는 어떤 떨림이나 에로틱한 분위기도 없다. H 역시 삼풍백화점 붕괴 때 남편을 잃고 평생을 고통에 시달리며 살아온 인물임이 곧 드러나기 때문이다.

「나이아가라」에서도 사정은 마찬가지인데, 화자가 북미 대륙 횡단 열차 여행을 감행하는 것은 죽은 '삼촌'(실제로는 남)의 흔적을 찾기 위해서다. 여행의 끝에서 그가 깨닫는 것은 삼촌이 자신을, 그리고 자신 역시 그를 마음 깊이(얼마간 동성애적으로) 사랑했다는 사실이다. 비슷하게 「백제인」의 주인공이 떠도는 삶을 택한 것은 1,400여 년 전에 죽은 여인의 조상을 사랑했기 때문이다. 죽음에 대한 사랑, 그러니까 타나토스가 그의 평생을 지배했다. 다른 작품 「경옥의 노래」는 초기의 걸작 「상춘곡」(『많은 별들이 한곳으로 흘러갔다』)과 대조해서 읽을 때 흥미롭다. 「상춘곡」의 화자는 낭만적이게도 벚꽃의 개화 속도에 맞춰 옛 여인이 홀로 사는 곳까지 북상한다. 그러나 「경옥의 노래」의 경옥은 이미 죽었고, 그녀를 사랑했던 상욱은 이제 죽은 그녀를 화장해 재를 뿌리러 다닌다. 죽은 연인과 함께 다녔던 곳들을 돌아다니며 그녀의 재를 뿌리는 일, 그것은 죽음의 여행이고 애도의 여행이다.

게다가 '대정'이나 '존재의 시원'이나 '정화' 같은 낭만적인 이름을 붙이기에는 그 죽음들의 성격이 너무나도 현실적이고 비참하다. 가령 「밤의 흔적」에서 출몰하는 죽음들은 이렇다. 번개탄을 피워놓고 자살한 50대 중반의 기러기 아빠(그의 유언은 이랬다. "한사코 끌어안고자 했던 삶이 마침내 칼이 되어 내 심장을 찌르는구나." 그리고 벽에는 마치 초기 윤대녕 소설의 흔적이라도 되는 것처럼 백양나무 가로수 사이로 당나귀 한 마리를 끌고 가는 남자의 뒷모습이 흐릿하게 찍힌 사진이 걸려 있었다), 죽은 후에도 다섯 달 동안이나 방치되어 있다 발견된 독거노인, 지방에서 올라와 실업 상태를 비관해 죽음을 예고하고 자살한 20대 청년, 애니멀 호더인 주인에 의해 버려져 아파트에서 죽은 채 썩은 십수 마리의 고양이와 강아지들(그 장면의 묘사는 삼가는 게 좋겠다)……

이런 압도적인 죽음들 앞에서 자살에 실패한 여자의 꿈속에 등장하는 '암리타'(생명의 물)가 발생시키는 원심력은 한갓 체념한 자들의 꿈 이상이 되지 못한다. 차라리 현수의 인간에 대한 다음과 같은 정의가 마음에 더 와닿는다. "우리는 죽음의 언저리를 맴돌며 그것을 파먹고 사는 까마귀 같은 존재라는 생각이 들어. 안 그래?"(p. 158) 현수로 하여금 저런 말을 하게 할 때, 지금 윤대녕은 인간을 '호모 타나토스'라고 정의하고 있지 않은가!

요컨대 이번 소설집에서 윤대녕의 인물들이 떠나는 모든 여행은 죽음을, 그것도 아주 현실적이고 구체적인 죽음을 싸고돈다. 죽기 위해, 죽음을 피해, 죽음을 좇아 떠나는 여행들만이 즐비하다. 마치 피터 브룩스의 말을 뒤집어서 에로스가 아니라 타나토스의 힘으로 써 내려간 소설들이랄까?

7

죽음과 함께 이 소설집에서 도드라지는 윤대녕의 변화를 꼽으라면 그것은 '사회적인 것'의 '귀환'이다. 물론 꼼꼼하게 윤대녕의 작품들을 따라 읽어온 독자들이라면 그간 그의 작품들 속에 (마치 배경처럼 스쳐 지나가기는 하더라도) 사회적 시간과 공간들이 아예 부재하지는 않았다는 사실을 알고 있을 줄 안다. 가령 『미란』(문학과지성사, 2001)처럼 전형적인 연애담에서조차 주인공 성연우가 젊은 날 제주도로 여행을 떠나던 시점은 '1년 앞으로 다가온 서울 올림픽' 탓에 공항에서의 검색이 강화되고 있었다고 명기되고, 제주도의 민박집('명왕성'이라는 이름의) 옆방에서는 운동권 학생들이 노래를 부르고 있었고, 오미란이 연우의 사랑을 처음 승낙했던 날은 1987년 5월 16일(!)이었고, 서귀포에서는 초병의 느닷없는 암호가 튀어나와 엄연한 분단 현실을 강조하기도 했으며, 변호 의뢰인 김학우는 연우의 양심 없는 비정치성을 책하기도 하지 않았던가?

그러나 윤대녕이 이번 소설집에 실린 「총」에서처럼 오로지 대사회적 분노의 정념을 드러내놓고 표출한 적은 내 기억에는 없다. 베트남전에 참전해 무공훈장을 받고 이러저러한 추문과 비리에도 불구하고 국가유공자 자격으로 여러 혜택을 누린 늙은 가부장, 온갖 폭력과 추궁으로만 가족을 대했던 이 늙은 국가주의자를 보면서 광화문의 태극기 어르신들(이 말을 쓰고 싶지 않지만)을 떠올리지 않기는 힘들다. 아들 명기가 그의 이마에 권총을 들이댔을 때의 분노, 그러나 마치 무슨 버릴 수 없는 유산이라도 되는 것처럼 그를 차 뒷좌석에 태우고 돌아가야 할 때 느끼게 되는 막막함은 이전의 윤대녕 소설에서는 느껴보기 힘든 정념이다.

한때 '생물학적 상상력'으로 '사회학적 상상력'의 고갈을 극복하고

1990년대 한국문학을 개시했다는 평을 받았던 윤대녕이 쓴 작품으로서는 드물게 사회학적인 작품들은 더 있다. 표제작인 「누가 고양이를 죽였나」에서 윤대녕은 만연한 가부장적 폭력과 피해 여성들의 동료애적 연대를 그려 보이는가 하면, 앞서 거론한 「서울-북미 간」에서는 세월호 참사와 삼풍백화점 붕괴 사건을 연결시킴으로써 한국 사회의 취약하고 부패한 근대성을 역사화하기도 한다. 이즈음 윤대녕은 명백히 '사회적인 것'으로 귀환하고 있음에 틀림없다.

8

사회적인 것의 '귀환'이라고 했거니와 이 말은 윤대녕의 소설이 사회적인 것들과 무관하지 않았던 적이 있었음을 의미한다. 돌아오거나 돌아간다는 것은 한 번쯤은 있었던 곳으로 간다는 의미이고, 엄밀하게 그런 의미에서 나는 윤대녕의 소설에 최근 사회적인 것들이 '등장'하기 시작했다고 쓰지 않고 '귀환'하고 있다고 썼다.

한 평론가의 '존재의 시원을 찾아서'라는 아주 적절하고도 아름다운 명명 이후 『은어낚시통신』은 대체로 그 방향으로만 해석되어왔다. 그러나 꼼꼼하게 다시 읽어보면 『은어낚시통신』은 전혀 균질적인 텍스트가 아니다. 첫 창작집이 대체로 그렇듯이 그 작품집 안에는 「은어」 「말발굽 소리를 듣는다」 「국화 옆에서」 같은 작품들만 있지는 않았다. 「눈과 화살」도 있었고, 「그를 만나는 깊은 봄날 저녁」과 「January 9, 1993 미아리 통신」도 있었다. 김승옥 계열에 속한 후자의 두 작품은 논외로 하더라도 「눈과 화살」에서 나는 이런 구절들을 읽은 적이 있다.

……이 순간에도 철조망 안으로 누군가 나를 들여다보고 있다.

> 아, 거대한 눈(眼), 그것은. —그렇다, 모든 등록번호와 생년월일과 본적과 탁아소와 학교와 병원과 기타 공공기관과 교통시설과, 모든 제도가 만들어놓은 것들은 그 자체로 하나의 거대한 감시의 눈이 된다. 살아 숨 쉬는 외눈박이 괴물의 눈! 그것은 내가 볼 수 없는 어두운 곳에, 높은 곳에서 나를 주시하고 있다. 횡단보도의 신호등 뒤에서, 자정이 넘은 술집에서, 등화관제 속에서, 전철의 개찰구에서, 기타의 행정구역에서…… 나는 그저 하나의 전형, 순종하는 전형일 뿐이다.
>
> 너와 내가 나누어 가지고 있는 것 같으면서 사실은 서로를 억압하고 지배하는 권력의 효과를 나는 거부한다. 우리의 삶 속에서 그것은 미세한 힘으로 퍼져 생식을 거듭하고 있지.
>
> 결국에 나는 광기에 사로잡힌 자로 분류되고 처벌될 것이다. 어디, 유배를 보낼 터이지. 그러나 나는 광인임을 자인하며 유배지로 향한다. 그렇게 나는 나 자신을 심판해버린다. (「은어낚시통신」, 같은 책, p. 277)

저 문장들에서 누구라도 카프카와 푸코, '규율권력'과 '이데올로기적 국가기구' 같은 단어들을 떠올리지 않기는 힘들어 보인다. 나는 언젠가 저 작품들을 두고 윤대녕이 '가지 않은 길'이라고 쓴 적이 있는데, 말하자면 윤대녕은 1990년대 초반에 누구보다도 일찍 푸코를 문학적으로 전유하려고 시도했을 만큼 사회적인 것들에 익숙한 작가이기도 했다. 다만 그가 어떤 이유론가(아마 그는 천생 아감벤적인 의미에서 '우울증적 주체'였던 것으로 보인다. 그리고 당시 시대는 그런 성향과 그런 소설을 원했다) 그 길을 가지 않았다. 그리고 이른바 '해석적 억압'의 원리에 따라 주류적 해석이 그로 하여금 다른 길은 제쳐두고 존재의 시원을 찾는 여행을 계속하도록 독려하기도 했으리라.

그의 소설에 사회적인 것이 '등장'한 것이 아니라, 그의 소설이 사회적인 것으로 '귀환'하는 듯하다는 말은 이런 의미다. 그러니까 자신의 소설 속 주인공들이 그랬던 것처럼 작가 윤대녕도, 아주 긴 여행 끝에, 애초에 인연을 맺었으나 선택하지 않았던 어떤 길 앞에 다시 서 있다. 나는 그가 그 길에 다시 들어설지 그간 걸어온 길을 계속 걸을지 가늠할 수 없다. 그러나 그가 어떤 길을 선택하든 내가 그의 소설 읽기를 그만두지 않겠다는 약속은 할 참이다. 나도 제비의 습성을 가졌고, 늙은 국가주의자들을 그만큼이나 싫어하기 때문이다.

내가 뭘 잘못하지 않았는데?
— 임현, 『그 개와 같은 말』

1

『그 개와 같은 말』(현대문학, 2017. 이하 이 책을 인용할 경우 작품명과 쪽수만 표기)에 실린 임현의 단편 「좋은 사람」은 다음과 같은 문장으로 끝난다.

> 우리가 이렇게나 닮았다.
>
> 한 번쯤 말해주고 싶은데 그걸 들어줄 우재가 지금 옆에 없다. (「좋은 사람」, p. 121)

우재와 그 주변 사람들에 대해, 화자는 이미 짧지 않은 이야기를 했다. 그리고 "한 번쯤 말해주고 싶"었다는 말이 지시하는바 그 이야기의 내포 청자는 친구 우재였다. 그러나 우재는 이 이야기가 발화되는 내내 청자로서 화자의 곁에 있지 않았다. 우재는 지금 옆에 없다. 말하자면 청자의 부재 속에서 이 이야기는 발화되었다. 그럼 그 이야기는 누가 들었나? 비슷한 예를 「그 개와 같은 말」에서도 찾을 수 있다. 화자의 이야기는 이렇게 시작한다.

> 그 후 한 달쯤 지나 우리는 멀지 않은 곳을 여행했다.
>
> 거기서 나는 연경에 대한 이야기도 들려주었다. 모두 한 것은 아니고 해도 괜찮은 것들로만 골라 했는데 그때 내가 하지 않은 말들은 대강 이런 종류의 것들이었다. (「그 개와 같은 말」, p. 152)

화자는 세주에게 이전 여자친구였던 연경의 이야기를 들려주었다. 그러나 (다들 그렇듯이) 새 여자친구에게 들려줘도 괜찮을 만한 것들만 골라서 들려주었다. 그러므로 화자의 이야기는 연경에게 들려주지 않은 세주에 대한 이야기들이다. 그래서 연경은 듣지 못한 그 이야기는 누가 들었나? 내가 들었다. 그리고 독자들이 들었다.

청자의 부재 속에서 발화되는 말들을 우리는 흔히 '독백'이라고 한다. 그리고 그 독백들 중 일반적인 경우라면 감추고 싶을 내용이 들어있을 경우, 그리고 각별한 (자격을 갖춘) 극소수의 사람들에 의해 청취되었을 경우, '고백'이라고 한다. 임현의 소설들은 그런 의미에서 하나같이 고백의 형식을 취하고 있다. 자주 끼어드는 구어체와 내밀하고 섬세한 묘사들 덕분에 우리는 절친도 여친도 듣지 못했던 화자의 비밀스러운 이야기를 듣는다는 은밀한 친근감 속에서 그의 문장들을 읽어나간다. 그러나 심심풀이로 들을 고백은 아니다. 그의 고백은 우리에게 요청하는 것이 많다. 임현은 이장욱의 「고백의 제왕」 이후로 가장 심하고 독하게 고백하는 작가다.

2

장르의 발생 시기를 고려할 때, 어떤 소설이 고백의 형식을 취하고 있다는 사실이 그리 놀라울 것은 없다. 소위 '내면'이 생긴 근대인이라면 고백하는 일에 서툴 리 없으니까. 아니, 실은 고백이 먼저 있고 나서 그 근대적 내면이라는 것도 발명되었다고들 하니까. 가라타니 고진은 이렇게 지적한다.

> 고백이라는 형식 또는 고백이라는 제도가 고백해야 할 내면 또는 〈진정한 자기〉라는 것을 만들어낸 것이다. 문제는 무엇을 어떻게 고백할 것인가가 아니라 이 고백이라는 제도 자체에 있다. 감추어야 할 것이 있어서 고백하는 것이 아니다. 고백한다는 의무가 감추어야 할 것을 또는 〈내면〉을 만들어내는 것이다. (가라타니 고진, 『일본근대문학의 기원』, 박유하 옮김, 민음사, 1997, p. 104)

내면이 생기자 고백이 있게 된 것이 아니라 고백이 있자 내면이 생겼다. 우리는 그런 내면을 주체라고도 부르고 자아라고도 부른다. 마치 내 안의 나보다 더 나다운 무엇이 있기라도 한 것처럼, 이 부재하는 중심에 의해 우리는 스스로를 일관된 인격으로, 확고한 정체성을 가진 판단의 주체로 상상한다. 그러나 고백은 반드시 타자를 상정할 수밖에 없다는 점에서(그 타자가 신이 되었건, 사제가 되었건, 판사나 검사가 되었건, 정신분석의가 되었건) 실제로는 대타적이다. 우리는 '누구에겐가' 고백한다. 청자 없는 고백은 있을 수 없다. 따라서 나에 의해 고백되어야 할 죄와 잘못과 비밀의 기준은 내 외부에 대타자의 형태로 존재한다. 실은 그 대타자가 우리로 하여금 고백하게 한다. 그런 방식으로 대타자는 내면화된다. 제도로서의 고백은 항상 대타적이다. 근대인들이 고대인들(가령 푸코가 『주체의 해석학』에서 그리스·헬레니즘 시기의 '자기 배려'적 주체들이라고 불렀던 사람들)에 비해 특별히 '예속적 주체'라면 그런 이유가 크다.

내면 없는 주인공은 소설 이전의 서사 양식에서만 등장한다. 춘향이와 심청이에게 내면은 없다. 그들은 대타자/이념의 육화다. 심청은 그냥 효고, 춘향은 그냥 절개다. 그들은 고유명사가 아니라 일반명사다. 그러나 근대적 장르로서의 소설에서는 사정이 다르다. 우리는 판단과 행위에 있어 '내면적' 갈등 없는 소설의 주인공을 상정할 수 없고, 그런 의미에서라면 소설 역시 고백의 산물이다. 햄릿이 (관객들에게 들릴 만한 성량의 독백으로) 자신의 목숨을 자신의 의지에 따라 거두어 갈 수 있는 어떤 것으로 상정했을 때 (죽느냐 사느냐) 그는 이미 스스로를 주체로 상정한 셈이다. 소설은 그때 이미 탄생했다고 해야 맞는지도 모른다. 그랬으니 고백이 뭐, 고백체가 뭐, 그리 대단하다고 말하기는 힘들 듯도 하다.

그러나 다른 종류의 고백도 있지 않을까?

3

'그러나 다른 종류의 고백도 있지 않을까?' 이것이 임현의 소설들을 읽고 난 뒤 가장 먼저 든 생각이다. 예속적 주체 형성 과정에 개입하는 제도로서의 고백이 아닌 다른 유형의 고백. 법적으로나 도덕적으로 그리 결격 사유가 없어 보이는 주체는 무엇을 고백할까? 대타자의 도덕적부심을 통과한 후에도, 우리에게는 고백해야 할 어떤 것이 남는 것일까? 임현의 고백하는 주인공들은 그렇게 '대자적 고백'의 가능성 같은 것을 우리에게 묻는다. 고백할 게 없어 보이는 주체가 고백한다. 그럴 때 그들은 아이러니하게도 "내가 뭘 잘못했는지?"를 고백하지 않고, "내가 뭘 잘못하지 않았는데?"라고 질문한다(「외」에 등장하는 이 의문문을 나는 처음에 관습에 따라 잘못 읽었다). 그러고는 그 '잘못하지 않은 사실들의 잘못'을 고백한다. 사례들의 목록은 좀 길다. 그런 인물들은 소설집 『그 개와 같은 말』 곳곳에서 발견되니까.

일면식이나 있었을까, 아주 친하지는 않았던 지인의 죽음 앞에서 누군가 "좋은 사람이었는데 불쌍하다"라고 말했다면, 그는 고백할 잘못이 생겼다고 말할 수 있을까? 없다. 도덕적으로도 법적으로도 종교적으로도 대타자의 기준에 부합하는 발언이니까. 그러나 임현의 소설 속에서라면 사정이 다르다. 그는 "네가 뭘 안다고 그렇게 말해? 왜 다들 무책임하게 좋았다고만 해? 불쌍하니까, 씨발 존나 불쌍하니까 다 잊어버리고 좋은 것만 생각하라는 거야, 뭐야? 그럼 좋은 사람 이외의 그 애는 다 어디로 가는데? 어떻게 좋은 게 그 애의 전부야? 왜 함부로 사람을 그렇게 만들어?"(「좋은 사람」, pp. 114~15)라는 비난에 직면해야만 한다. 그러니까 고유한 타인의 죽음을 그의 고유한 죽음 속에서 고유하게 애도하지 않고, 관습화된 애도로 대신한 죄, 작중 소설가인 화자는 그 죄(라고 하기 힘든 윤리적 오류)를 고백하고 있는 셈이다.

어떤 결과를 빚을지 전혀 예상하지 못한 채로, 월세가 세 달이나 밀린 세입자를(그 이전에도 여러 차례 사정을 봐준 적이 있다) 한파 속으로 내보냈다가, '어쩔 수 없이' 그의 죽음(그의 실수가 화재를 불렀다)에 하나의 원인을 제공하고 만 형수(설거지를 하면서 라디오에서 흘러나오는 사연만으로도 훌쩍거리고, 버스 정류장의 노인들과도 자주 담소를 나누고, 야밤의 취객을 깨우기도 하고, 난치병 환자와 그 가족들의 사연 앞에서 자신의 상황을 안도하기도 하던 평범하고 선한 여자)에게 고백할 만한 죄가 있을까?(「무언가의 끝」) 임현의 소설 속에서는 고백할 것이 있다. 꿈에 붉은 토끼를 본 사실을 형에게 말해주지 못해 형이 죽었을지도 모른다고 고백하는 화자도 있을 정도니까.

모두 다 고백해야 한다. 간절히 길을 묻는 여인에게 (자신이 익히 알고 있었으나 그 순간에는 떠오르지 않은) 그 길에 대해 알려주지 못한 기억을 두고두고 반복해서 고백해야 하고(「무언가의 끝」), "누군가 다치거나 죽거나 충돌하거나 무너지는" 일에 전혀 연루되지 않았음에도 불구하고, 최소한 "그게 아니라면 내가 무사하다는 것을 무엇으로 확인할 수 있을까"(「무언가의 끝」, p. 146)라는 생각 따위로 타인들의 불행을 내 위안의 근거로 삼았을 수도 있다는 사실을 고백해야 한다. 중동에서 온 친구 샤리프의 나라를 "경제 수준은 높지만 어쩐지 못사는 나라 이름 같아"(「그 개와 같은 말」, p. 156)라고 무의식중에 폄훼한 사실도 고백해야 하고, 여자친구의 어려움을 위로하지 못하고 그녀의 토로 앞에서 자기 연민에 사로잡혀 기억 속 "겨울에 죽은 그 개"(「그 개와 같은 말」, p. 173)만 떠올렸던 사실도 고백해야 한다. 나와 무관한 화재로 죽은 친구에 대해(「말하는 사람」), 내 앞에 서 있는 타인에게서 풍겨 온 것이 아니었을 수도 있는(그러나 사실은 그에게서 풍겨 나온) 냄새를 (정당하게도) 그 사람에게서 풍겨 나오는 것으로 단정해버렸던 사실에 대해(「불가능한 세계」), 팔을 잃은 남편을 필사적으로 돌보았으나 그 돌봄 속에 돌보는 자의 우월감 같은 것은 없었는지에 대해(「거기에 있어」), 그러니까 잘못하지 않았으나 잘못할 수도 있었던 많은 일들, 타인에 의해 비난받을 이유는 없으나 나 스스로에게는 비난의 대상이 될 수도 있을 만한 그 모든 일들에 대해……

그들은 스스로에게 매 순간 질문한다. "내가 뭘 잘못하지 않았는데?"

4

"내가 뭘 잘못하지 않았는데?" 이 이상한 질문은 푸코의 어떤 강연을 연상시킨다. 푸코는 1982년에 행한 콜레주 드 프랑스에서의 강연에서 스토아주의자들의 '의식 점검'에 대해 길게 설명한 적이 있다. 그중 '저녁 점검'에 대해서는 이렇게 보고한다.

> 세네카에 있어서 중요한 것은 매일 저녁 잠자리에 들어 주변의 모든 것들이 조용해졌을 때 자신이 하루 동안 행한 바를 재점검하는 것입니다. 그는 이 상이한 활동들을 숙고해 보아야 합니다. 어떤 것도 간과해서는 안 된다고 세네카는 말합니다. 게다가 그는 자기 자신에게 어떤 관대함도 보여서는 안 됩니다. 그리고 이 점검에서 그는 재판관의 태도를 취합니다. 게다가 그는 자기 신의 법정에 자신을 소환하여 판사임과 동시에 피고인이 된다고 말합니다. (미셸 푸코, 『주체의 해석학』, 심세광 옮김, 동문선, 2001, pp. 508~09)

물론 얼마간의 세월이 지나 12세기 즈음이 되면 점차로 기독교의 고해성사가 저 의식을 흡수하게 될 것이다. 고백하는 자는 자신에 대해 판사의 지위는 상실하고(왜냐하면 대타자/신이 판사니까) 피고인으로만 남게 될 것이다(왜냐하면 인간이란 선험적으로 죄인이니까). 그러나 그 전 시기까지 고백은 "자기 신의 법정에 자신을 소환하여 판사임과 동시에 피고인이" 되는 일이었다. 푸코는 스토아주의자들의 고백이 대타적이지 않고 대자적이었다고 말하고 있는 셈이다. 그러니까 고백이 예속의 형식이 아니라 '자기의 테크놀로지'였던 시절도 있었다는 말인데, 임현의 저 거의 결벽증적인 '위해 불안'(타인에게 해를 끼치고 있거나 해를 끼치게 될지도 모른다는 불안)이 상기시키는 것이 그 기술들이다. 그 불안을 이기지 못해 그들은 고백한다.

왜일까? 임현의 인물들은 왜 하나같이 "자기 자신에게 어떤 관대함도 보여"주지 않으면서 매일매일의 의식 점검을 통해 행해지지도 않은 잘못들을 고백하고 예상하는 것일까? 당겨 말하자면, 인류가 그래야만 잘못하지 않는(혹은 잘못을 덜 저지르는) 종족이기 때문이다. 그런 점에서 나는 「그 개와 같은 말」에서 연경이 "좆같은 소리야, 다 좆같은 소리"(p. 153)라고 메모해두었던 레비나스의 구절이 어떤 것이었는지 알 수 있을 것도 같다.

> 자아임(자아로 존재함, être moi)은 자기에게 결부되어 있음을 함축하며, 자기를 처치해버리는 일이 불가능하다는 점을 내포한다. 물론 주체는 자기에 대해 뒤로 물러설 수 있지만, 이 물러섬의 운동은 (자기로부터의) 해방이 아니다. 이는 마치 죄수를 놓아주지는 않고 그를 매어놓은 밧줄만 느슨하게 해주는 격이다.
>
> 자기와의 결부, 그것은 자기 자신을 처치할 수 없다는 불가능성이다. (에마뉘엘 레비나스, 『존재에서 존재자로』, 서동욱 옮김, 민음사, 2003, p. 148)

마치 밧줄에 묶여 있는 죄수처럼 자기 자신으로부터 떠날 수 없는 자아, 이 땅에 생명 가진 물질로 태어나 무슨 형벌이나 되는 것처럼 자기 유지를 위해(서만) 안간힘 쓰도록 운명 지어진 존재, 그것이 인간이다. 인간의 조건은 (인간만 그럴까마는) 자기 자신을 처치할 수 없다는 불가능성 그 자체이다. 그럴 때 주체가 제아무리 자기에 대해 뒤로 물러서 타인들에게로 눈을 돌린다 해도 그것은 사슬이 허락하는 범위 내에서의 알량한 관용일 뿐이다. 이 비관적인 사태 앞에서 레비나스는 '무조건적으로 타자를 환대하라'는 정언명령을 제안한다.

임현은 유사한 사태를 다른 말로 표현한다. "살면서 내 뒤통수를 볼 일은 없"(「외」, p. 212)는 것이 인간이다. 연경은 "좆같은 소리"라고 했겠지만, 그렇게 강한 부인 속에 인간의 이기적 본성에 대한 성찰이 숨어 있었던 것인지도 모를 일. 인간은 최종심에서 자기 유지(코나투스)를 향해 정향된 생물체여서 자신의 뒤통수를 성찰하기는 무척이나 힘들다. 그러니 항상 스스로를 의심하라. 레비나스와는 다르게 작가 임현이 제시한 정언명령, 그것은 '자신을 끊임없이 의심하라'이다.

자신이 가르치던 제자가 사고를 당했을 때, 울먹이는 목소리로 위로하면서도 "어느 순간에 이르자 이번 중간고사가 걱정되기 시작"(「고두」, p. 34)하는 것이 인간이다. "자기 행동을 스스로 흡족하게 여기는 마음. 자비를 베푸는 자가 갖게 되는 그 우월한 감정"(「고두」, p. 35)이 없는 순수한 자선 같은 것도 없다. 그러니,

> 의심을 해라. 결국 내가 말하고 싶은 것도 바로 그 점이니까. 인간은 본래 이기적이고 그러므로 노력해야 한단다. 자신의 행동을 돌아보고 끊임없이 반성해야 하지. 의지를 가지고 아주 의식적으로 행동하지 않으면 그냥 생긴 대로 살게 되거든. (「고두」, p. 33)

> 인간이란 본래 이기적인 존재고 그러므로 부단히 경계해야 하는데도 부도덕하고 불의한 세계가 따로 존재하는 줄로만 알아. 그런 세계에 사는 자들의 전형이 있고 그것은 자기와 다르며 그러므로 그래서 그랬을 거라고 상상하는 거야. (「고두」, pp. 49~50)

"아주 당연하고 기본적인 것조차"(「불가능한 세계」, p. 256) 의심을 해라. "언제든지 다르게 보일 가능성"(「불가능한 세계」, p. 265)을 염두에 두고 행동해라. 우리 모두를 포함한 인간은 본래 "자기에게 결부되어 있는 존재"이고, 어떤 순간에도 "자기 자신을 처치할 수는 없는" 존재이기 때문이다. 항상적인 의심 상태를 유지하라. 매 순간 너의 의식을 점검하라. "매일 저녁 잠자리에 들어 주변의 모든 것들이 조용해졌을 때 자신이 하루 동안 행한 바를 재점검하"라. 낮에 행한 것들을 스스로에게 고백하고 숙고하라. 그리고 자신에게 어떤 관대함도 보이지 마라. 스스로에게 재판관이 되어라. 너 자신을 "판사임과 동시에 피고

인"이 되게 하라.

아마도 혹자는 자신에 대한 끊임없는 의심을 명령하는 「고두」의 저 화자가 소위 '믿을 수 없는 화자'여서 그의 요설을 다 받아들일 수는 없다고 말할지도 모르겠다. 그러나 그렇다면 소설을 다시 읽어보라고 권하고 싶다. 꼬여 있는 말투와 달리, 그는 어려움에 빠진 제자들을 최선을 다해 돌본 스승이었고, 저지른 일에 책임을 지려던 사람이었고, 오래 죄책감에 괴로워하던 사내였다. 비관적인 그가 최근 우리 소설에서 자주 인구에 회자되곤 하던 유의 착한 '윤리적 주체'가 아니라는 사실에는 틀림이 없지만, 그가 신랄하다고 해서 비윤리적 주체인 것도 아니다.

그는 말한다. 윤리적인 세계와 비윤리적인 세계가 따로 존재해서, 어느 날 회심하고 회개하고 죄를 고백한 후 이르게 될 순결한 세상(이것이 십자가의 약속이고 고해성사이다) 따위는 없다고. 고백은 구원받기 위해서, 혹은 욕망으로부터 해방되기 위해서 행해지는 것이 아니라 매 순간 잘못을 덜 저지르기 위해서, 내가 앞으로 저지르게 될 윤리적 오류들에 미리 대비하기 위해서, 일종의 장비를 갖추는 일과 같은 거라고.

5

소설가라고 예외일 수는 없을 것이다. 아니 의식 점검으로서의 고백은 소설가에게는 더욱더 필요한 덕목이다. 왜냐하면 소설가는 그 정의에 있어 남의 얘기를 쓰는 사람이기 때문이다. 어쩔 수 없이 자기 존재에 결부되어 있는 자가 타인의 삶을 이야기할 때는 더 조심해야 하는 법이다. 소설가는 끊임없이 질문하고 고백해야 한다.

"만약 그게 우재였더라면 달랐을까. 그랬다면 지금과는 아주 다른 걸 쓰게 되었을까"(「좋은 사람」, p. 116)라고. "그런 사고가 없었더라도 나는 그 사람에 대해 쓸 수 있었을까, 그걸 쓰려고 했을까, 그게 좋은 이야기라고 여겼을까, 무엇보다 그때의 일들을 기억이나 할 수 있을 것인가"(「좋은 사람」, p. 118)라고. "그랬다면, 지금쯤 어머니에 대해 다른 말을 할 수 있지 않았을까. 문영이라면 그걸 어떻게 말했을까"(「말하는 사람」, p. 252)라고…… 그것이 '말하는 사람'(그가 소설가가 아니라면 누구겠는가)으로서의 소설가가 갖춰야 할 윤리다. 작가 임현이 그처럼 심하게 고백하고 매 순간 스스로를 독하게 의심하는 작가여서 다행이다.

파기된 계약
— 양선형, 『클로이의 무지개』

오히려 여담은 결말을 잊게 하고, 논증부나 서술부를 결말에서 분리하고,
작품을 목적성에서 분리하고, 결말을 신경 쓰지 않는 순간의 향유를
강요하는 것이 아닐까?

—란다 사브리, 『담화의 놀이들』(이충민 옮김, 새물결, 2003)

1

소설을 읽는 일, 그리고 쓰는 일은 '결말'이라는 이름의 악마와 체결한 계약에 가깝다. 결말 없는(열린 결말이라 하더라도) 소설은 상정할 수 없기 때문이다. 그 어떤 작가도 지구상에 존재하는 모든 종이를 다 가져다 활자로 뒤덮을 수 있도록 허락받은 적 없다. 게다가 자신이 겪었거나 만들어낸 모든 이야기를 소설로 쓰는 것도 불가능하다. 지난 24시간을 이야기하는 데 꼭 24시간이 필요했던 보르헤스의 소설(「기억의 천재 푸네스」) 속 주인공 푸네스가 소설가가 될 수 없는 것은 그런 이유인데, 소설을 쓴다는 것은 그보다 훨씬 많은 것에 대해 쓰지 않는다는 것을 의미한다. 그렇게 작가는 애초에 정해진 결말을 향해서만 쓴다.

마찬가지로 독자 역시 필연적으로 결말을 향해, 결말을 기대하며 소설을 읽는다. 소설이 결말을 맞았다는 증거는 주어진 한 권의 책이다. 카프카의 『성』마저도 미완성인 채로 결말이 나 내 손안에 있다. 미완도 결말이다. 결말이 나지 않았다면 그 책이 지금 내 손에 있을 리 없다. 게다가 양적인 혹은 질적인 차이가 있을 수는 있겠으나 모든 독자에게

는 '문학 능력'(조너선 컬러)이란 것도 있다. 가령 소설 초반부, 탐정 사무실에 전화가 걸려와 외진 숲에서 발견된 시신에 대한 소식을 전하는 장면을 읽을 때, 독자는 특정 결말을 예상하고 기대한다. 대체로 독자에게 '추리소설'의 플롯을 알아볼 정도의 문학 능력은 있기 때문이다.

2

『클로이의 무지개』(문학과지성사, 2022)에 실린 양선형의 중편 「거위와 인육」에 그런 계약이 등장한다. 작중 '그'를 이제 '소설가'로 바로잡아보자. 그리고 '허풍쟁이 악마'를 '결말'이라고 불러보자. 둘은 셀 수 없는 단위의 돈을 걸고 계약을 맺는다. '소설'은(양선형의 소설에서 이 말은 종종 '서술자'와 의미가 같다. 서술자를 대신해 소설 자신이 소설을 쓴다. 글쓰기 기계다) 긴 여담과 장광설로 뜸을 들이다가 둘 사이에 이루어진 계약의 내용을 이렇게 실토한다. "잠적한 허풍쟁이 악마를 추적하는 것, 다시 말해 의뢰인인 허풍쟁이 악마의 의뢰를 통해 의뢰의 표적이기도 한 허풍쟁이 악마를 추적하는 것이 허풍쟁이 악마와 체결한 계약의 내용이었다."(pp. 75~76)

이제 둘의 계약에 의해 소설의 결말은 정해졌다. 결말의 악마가 요구한 것을 그레마스식으로 옮기자면 주체가 욕망을 서사의 동력으로 삼아 어떤 대상(그것이 자아가 되었건 물건이 되었건 인물이 되었건 어떤 상태가 되었건)을 찾는 여행을 떠나는 '모험의 편력담'이었던 것이다. '나를 찾아라. 그래서 내가 자아를 찾아 감행하는 편력의 서사를 완성하라.' 작가는 결말이 준 무한한 부를 대가로 받았으니 이제 그 빚을 갚아야 할 차례다. 결말에서 온 악마를 찾아내 이 자아 찾기 편력의 서사를 완성해야 하는 것이다.

3

그러나 그럴 리가…… 양선형의 전작 소설집 『감상 소설』(문학과지성사, 2018)에 실린 대부분의 작품에서 우리가 읽었던 것은 바로 '소설을 시작할 수 없음' '소설을 끝낼 수 없음'에 대한 자의식이었다. 그랬으니 그가 계약금을 모두 탕진한 후 뱉은 말은 이렇다. "배를 째라지."(p. 75) 결국 소설 말미 그의 배는 째지게 되지만, 여기서는 그가 계약을 이행하지 않고 그 많은 돈을 낭비하고 만다는 점, 그리고 낭비의 방식이 중요하다. 그는 돈을 이렇게 쓴다. "허풍쟁이 악마에게 받은 황금으로 독서가들을 후원하기 시작한다. 매달 충분한 만큼의 급여를 지급한다. 평생 책을 읽으며 몽롱하고 관념적인 문제들만을 궁리해도 생계가 해결될 것이다. 책들이 그들의 집에 감당하지 못할 만큼 쌓이면 그게 애물단지로 전락하지 않도록, 책을 위해 집을 교체할 수 있도록 두둑한 보너스를 선사한다."(pp. 129~30) '무위의 공동체' '문학의 공산주의', 그토록 난해하고 숭고하고 또 그런 만큼 실현 불가능해 보였던 이념들이 소설 속에서 이렇게 쉽게 현실이 된다. 그의 (무)행위는 분명 생산과 축적의 경제보다는 낭비와 포틀래치의 경제에 속한다.

게다가 그의 낭비는 단순히 돈의 (낭비를 초과하는) 낭비일 뿐만 아니라, 서사의 낭비이기도 하다. 그가 편력을 떠나지 않고 또 편력과 관련된 어떤 '기능'(프로프적인 의미에서)도 수행하지 않음으로 인해 이야기는 도무지 진척될 기미가 보이지 않기 때문이다. 이야기의 낭비는 여러 가지 방식으로 수행된다. 자주 '그'와 '소설'과 다른 인물들의 장광설이나 몽상이 끼어들어 서사의 진행을 방해한다. 증식하는 여담digression들이다. 「가면의 공방」 서술자의 말마따나 소설에 "온갖 어설픈 형식과 혼란과 태업의 누덕누덕한 모자이크가 지속"(p. 14)적으로 다녀간다. 소설의 여담은 종종 로트레아몽의 데페이즈망dépaysement 형태를 취하기도 하고 분열증자의 진술 형태를 취하기도 하는데, 그 가장 극단적인 형태는 「가면의 공방」 21쪽 이하에서 발견된다.

사실 양선형이 작품에 도입하는 광의의 '여담'적 요소들은 상상을 초월한다(그는 비평적 안목도 갖춘 다독가임에 틀림없다). 그 모든 요소들을 나열하는 일은 이 지면에서는 불가능할 듯하니 란다 사브리의 몇 문장으로 요약해본다. "황당한 연상, 기억의 공백과 장애, 다소간 유용한 삽입구들의 미친 듯한 증가, 불쑥 떠오른 훌륭한 생각들, 방향 상실, 갑작스런 단절로 귀착되는 표류, 어쩔 줄 몰라 내뱉는 '내가 어디까지 얘기했지?'라는 말 등등"(『담화의 놀이들』, p. 10). 거기에 꿈, 인물들의 자리 바꿈, 장르 변환, 잠재태와 현실태의 구별 불가능 같은 것들을 더할 수도 있다. 이 모든 것들이 그가 이야기를 낭비하며 결말의 악마에게 진 빚을 갚지 '않는' 방식이다.

4

그와 같은 글쓰기가 구체적인 이미지로 형상화된 것이 바로 나침반이 망가진 거인의 팽이 '자이로스코프'(「클로이의 무지개」)와 거대한 컨테이너 바벨 '프루프록 씨의 저택'(「프록코트 혹은 꼭두각시 악몽」)이다. 믿을 수 없는 속도로 회전하는 팽이에 나침반이 없다. 그런 경우 그것의 궤적은 예측할 수 없다. 그러니까 이야기는 결말을 향해 직진할 수 없다. "신화, 정신분석학, 그리스 비극이나 성경, 니체의 텍스트에서 좀 도둑질한 것처럼 보이는 아포리즘, 살로 소돔의 고리타분한 가훈을 뻔뻔스럽게 인용하는 현판이 내실 곳곳에 어수선하게 내걸려 있"(p. 282)는 미로 건축물은 그의 주인 프루프록(그는 잡동사니들로 조립된 기계

인형이다)과 마찬가지로 일종의 조잡하면서도 그로테스크한 브리콜라주 작품과 같다. 주인공이 편력을 포기하고 기꺼이 기능이 되는 일을 포기할 때 소설이 취하게 될 모습이 바로 그와 같을 것이다.

그랬으니 이제 결말의 악마가 돌아온다. 어떻게든 소설은 끝나야 하고 계약은 지켜져야 하기 때문이다. 돌아온 악마가 말한다. "이 숨바꼭질에 내 일생을 걸었던 거지. 나는 내 자아를 녀석에게 전적으로 빚지고 있었어. 〔……〕 픽션이란 으레 그런 거잖아. 만일 녀석의 수사가 내 바람처럼 성공적이라면, 뒷덜미를 붙잡고 내 이름을 호명하며 '찾았다!'라고 소리친다면, 나는 그때 기꺼이 이 실종과 사치의 유희를 중단한 뒤 백일하에 드러난 나의 그림자를 끌어안고 장렬하게 죽음을 택할 작정이었지."(p. 125)

악마의 저 대사를 요약하자면 그-소설가는 악마-결말의 자아 찾기 편력을 완성하지 않았다. 으레 픽션이란 그런 결말을 맞아야 하는데도 말이다. 결국 악마는 그-소설가의 배를 짼다. 그가 배 째라 하고 서사를 낭비했으니 당연한 수순이다. 소설은 어쨌든 결말을 맞은 셈이다. 다소 인위적이고 다급하다지만(그럴 수밖에, 편력이 없었으니) 결말은 결말이다. "그는 죽었다. 하느님이 개입하지 않는 이상에야 이 장면이 이 소설의 최종적인 끝, 끝의 끝임을 부인하지 못하겠다."(p. 136)

5

그러나 '소설'의 저 결말 선언은 거짓말이거나 허풍이다. 이후로도 소설은 여섯 쪽이나 더 이어지기 때문이다. 결말의 악마에 의해 죽은 그가 부활한다. 아니 그의 시신에서 '눈물 강낭콩들'이 부활한다. 그리고 눈물 강낭콩들에게는 어떤 굴성이 있다. 그래서 그것들은 "꼼지락

거리고 꿈틀거렸으며, 제 에너지를 방류할 지점을 찾아 계속해서 공회전하기를 멈추지 않았다". "무모한 언어들이 거기에 고여 진동하고 있었다." 그러니까 그의 죽음과 함께 소멸했던 언어의 진동이 눈물 강낭콩들에게서 부활한다. 양선형에 따를 때 "소설은 언제나 천 가지의 불능을 주파해 순간의 가능성을 보전하는 방법에 대해 말할 수밖에 없는 형식"(p. 139)이니까.

나였다면 강낭콩의 자리에 고구마를 심었을지도 모르겠다. 비선형적이고 생명력 강하고 그래서 그 궤적을 예상할 수 없고, 그 결말이 어디 있는지 좀체 찾아내기 힘든 '리좀' 식물(들뢰즈) 말이다. 물론 이때 리좀은 글쓰기-기계의 다른 말이다. 결말과의 계약을 파기하고, 혹은 무시하고, 혹은 결말을 맞았음에도 불구하고, 비선형적으로 덧붙여지고 재조립되고 증식하고 불어나는 글쓰기…… 눈물 강낭콩들과 함께 양선형은 지금 그런 글쓰기를 시도하고 있는 중이다. 혹은 약속하고 있는 중이다.

6

다시 제사로 인용한 란다 사브리의 문장으로 돌아가서, "결말을 잊게 하고, 논증부나 서술부를 결말에서 분리하고, 작품을 목적성에서 분리하고, 결말을 신경 쓰지 않는" 문장들은 우리에게 무엇을 요청하는 것일까? 대개는 관습적이고 권위적으로 찾아오기 마련인 악마-결말과의 계약 파기, 무계약, 지침 없는 독서, 문학적 무능력 속에서 내 눈앞에 주어지는 문장들의 향유, 그런 것은 아닐까? 란다 사브리가 말한 "순간의 향유"란 아마도 그런 의미일 텐데, 양선형의 『클로이의 무지개』를 읽어가던 어느 순간, 한없는 문학적 무능력 속에서 나도 그런 경험을 했던 것 같다. 정확하고 단단하면서 아이러니와 유머와 패러디와 알레고리를 능숙하게 구사하는, 그래서 일상어와 완전히 독립해버린 듯한 문장들의 향연 같은 것 말이다. 이 말에 과장은 없다.

젊은 아톨레타리아트의 초상
— 서이제, 『0%를 향하여』
이민진, 『장식과 무게』
신종원, 『전자 시대의 아리아』

1. 좋은 사람이 못 되어서

서이제의 중편 「셀룰로이드 필름을 위한 선」의 화자는 반복해서 이렇게 세 번 말한다. “나는 좋은 사람이 되고 싶었다. 나는 좋은 사람이 되고 싶었다. 나는 좋은 사람이 되고 싶었다.”(『0%를 향하여』, 문학과지성사, 2021, p. 41. 이하 『0%』) 물론 저렇게 ‘사람’이라는 단어 앞에 붙어 있는 ‘좋은’이라는 말의 내포는 철학적으로도 과학적으로도 특정하기 힘들다. 도대체 어떤 사람을 ‘좋은’ 사람이라고 할 수 있단 말인가? 그러나 소위 ‘믿을 수 없는 화자’라고는 도저히 보기 힘든 소설 속 화자가 저렇게 말했다면 우리는 저 말을 믿어야 한다. 아니 저 말을 하는 사람을 ‘좋은 사람’으로서 확정해야 한다. ‘좋은’이란 말의 내포가 무엇이든, “좋은 사람이 되기 위해 무진 애를 쓰며 살아왔”다는 사실 자체가 그가 좋은 사람임을 보증하기 때문이다.

그러나 어찌 된 일인지, 서이제의 주인공들은 스스로를 좋은 사람으로 인정하지 않는다. 대신 스스로를 ‘바보나 멍청이’라고 생각하는데, 따라서 그들을 사로잡고 있는 주된 감정은 수치와 열패, 죄책감 등이다. 그런 부정적 감정의 원인은 일견 단순해 보인다. 생활고와 주위의 시선…… 그들 중 대다수가 평균 취업 연령을 훌쩍 넘긴 실업 상태의 청년층에 속하기 때문이다. 물론 이때 '주위'란 공급과 수요, 투자와 회수의 관점에서, 멀쩡한 '사람'을 '인적 자본'(게리 베커)이라 칭하기로 동의한 이들이 주류가 된 세상을 말한다. 서이제의 인물들 모두가 그런 감정으로 살지만, 그중 「사운드 클라우드」의 수철이 가장 전형적이다.

> 그는 입간판을 주워 온 이후 계속해서 죄책감을 느끼기 위해 그것을 버리지 않고 놔두었다며, 죄책감은 공부를 하는 데 도움이 된다고 했다. 이거 볼 때마다, 내가 공부 안 하고 술 퍼마신 게 생각나. 공부를 하면 죄를 씻는 기분인데 공부하는 곳에 입간판이 있으면 아무리 죄를 씻어도 또다시 죄책감을 느끼기 때문에, 또다시 죄를 씻기 위해 또다시 공부를 할 수 있다고 했다. (「사운드 클라우드」, p. 205)

그가 처음 공무원 시험 준비를 시작한 목적은 당연히 그간 (주로 부모로부터) 자신에게 투자된 자본을 초과 회수하기 위함이었을 것이다. 취직 말이다. 그러나 수년이 지난 지금 그가 공부하는 목적은 죄책감을 벗어나기 위함이다. 그런데 죄책감을 벗기 위해 공부를 한다는 말은 죄책감 없이는 공부를 할 수 없다는 말이기도 하다. 그래서 그는 도로의 멀쩡한 입간판을 훔쳐 자신의 고시원에 가져다 둔다. 스스로 죄책감을 불러일으키기 위해서다. 이제 그의 공부는 죄책감이 목적이다. 수단과 목적의 전도라는 말은 이럴 때 참 적합하다.

그러나 생각해보면, 작금의 (실은 오래전부터) 한국 소설에서 저만한 사정에 시달리지 않는 인물 찾기도 힘들다. 가난, 비정규 아르바이트, 원룸이나 고시원 거주, 홈리스, 실업, 질병, 신경증…… 김애란, 박민규, 황정은, 윤성희, 편혜영 등은 말할 것도 없고, 최근의 김혜진, 박민정, 이주란, 임솔아, 한정현까지…… 이 작가들의 인물 역시 투자했으나 (혹은 어떤 상속 자본도 투자받지 못했으나) 회수되지 못한 '인적 자본'이긴 마찬가지였다. 그러나 그들은 '유머'를 통해서건 '망상'을 통해서건 타인과의 '연대'를 통해서건 자존을 잃지 않으려 노력했고 또 노력 중이다. 그러나 서이제, 그리고 같이 다루게 될 이민진의 주인공들은 그렇지 않다. 그들을 사로잡고 있는 것은 열패감과 수치심이다…… 왜일까? 그들이 특별히 예술가, 혹은 예술가 지망생이기 때문이다.

2. 낭만주의도 상징주의도 다 옛말이고

그들이 예술로 인해 수치스럽다는 말을 단정적으로 뱉고 말았으니, 피하고 싶어도 묻지 않을 수 없는 질문, 그것은 다시 (지긋지긋하게도) '예술이란 무엇인가?'이다.

> 내가 진정으로 하고 싶은 말은 한마디로 요약되기를 거부하는 말이었고, 내가 쓰고 싶은 이야기는 어째서 이야기를 그렇게 써야 하냐고 반문하는 이야기였으니까. 나는 거부할 수도 반문할 수도 없었다. 그러나 나는 학생에게 전통적인 플롯에 대해, 극적 개연성에 대해, 명확한 주제에 대해 이야기했다. 파토스와 카타르시스. (서이제, 「0%를 향하여」, 『0%』, p. 327)

> 그날의 기억이 선명한 건 다른 사람의 울음을 그렇게 집중해서 들어본 적이 없었기 때문인 것 같아요. 아이러니하게도 제가 타인의 슬픔을 가장 직접적으로 느낀 순간이었죠. 말 이전의 표현이라서 그랬을까요. (이민진, 「RE:」, 『장식과 무게』, 문학과지성사,

2021, p. 42. 이하 『무게』)

「0%를 향하여」의 영화감독 지망생이 "진정으로 하고 싶은 말은 한마디로 요약되기를 거부하는 말"이다. 말하자면 상업영화의 '로그라인'에는 결코 담을 수 없는 그런 말…… 그러나 현실 속에서 그는 학생에게 플롯과 개연성과 파토스와 카타르시스에 대해 이야기해야 한다. 바로 그 낙차가 나를 수치스럽게 한다. 「RE:」의 소설가 유완이 타인의 슬픔에 동참할 수 있을 때는 "말 이전의 표현"과 마주했을 때뿐이다. 달리 위로할 수 없어 들어줄 수밖에 없는, 말로 되어 나오지 못하는 말…… 말하기가 업인 소설가와 말로 할 수 없는 타인의 슬픔 사이의 낙차가 그를 열패감에 빠지게 한다. 말하자면 그들에게 예술이란 '말이 쓸모없어지는 지점'에 도달하는 과업 같은 것이다. 영화, 소설, 음악, 그림, 시…… 주어진 역할에 따라 사용하는 매체는 각각 달라도 말이 용도를 상실한 그 지점을 그들은 '예술적'이라고 부른다. 혹은 그 지점을 추구하는 것을 '예술'이라 부른다. 낭만주의자들이나 상징주의자들처럼 말이다.

그렇다면 결국 다시 칸트인가? 무관심의 관심, 용도로부터의 해방…… 아니면 결국 프로이트인가? 승화, 잉여쾌락…… 그도 아니면 김현의 무용지용? 백낙청의 공평무사? 물론 '각박한 유용/순수한 무용'의 이분법을 양식 삼아(예술은 항상 울분에 찬 채 이분법의 후자에 위치해 있었다) 수치와 죄책 없이 살아가던 예술의 시대도 있었다. 실은 그런 시대가 지금으로부터 멀리 떨어져 있지도 않고, 어쩌면 여전히 우리는 그런 시대를 살고 있는지도 모른다. 그러나 천재란 이름으로 기행이 추앙받고, 예술이란 이름으로 방탕이 허용되던 그런 시절은 이제 곧 필멸할 듯하다(코로나19도 이에 기여한 바 크다). 낭만주의 패러다임의 종말이라고나 할까? 낭만주의도 상징주의도 이제 다 옛말이다. 그러니까 이제 무용은 순진이고 유용은 대세다. 그런데 문제는 서이제나 이민진의 예술가 인물들도 그 사실을 안다는 점이다.

> 내가 이러고 사는 한, 나는 영화 하는 척하는 고주망태 새끼들에게 영화감독 취급을 받는 것도 아니면서 동시에 스무 살 아이들과 함께 맥도날드 패티를 열심히 굽는다 한들 평범한 어른 취급도 받지 못할 나이라는 걸 잘 알고 있었다. 나는 더 이상의 수치를 만들지 않기 위해 여전히 바보와 멍청이의 유사성과 차이점에 대해 고민하는 바보 멍청이로 살 수밖에 없었고, 그렇게 사는 바보 멍청이이기 때문에 또다시 영화를 찍고 싶었고, 영화를 찍는다고 유미 선배에게 알려주고 싶었다. (서이제, 「셀룰로이드 필름을 위한 선」, 『0%』, p. 119)

> 정신 질환으로 입원하는 건 당시 내 주변에서 특별한 케이스가 아니었다. 무명작가회에도 낭만주의형 천재를 표방하는 이들이 있어서 우울증이니 조울증이니 떠들고 다니며 스스로 광인의 낙인을 찍었다. "헛짓거리 하지 말고." 나는 그들과 헤어지면서 담배 연기와 함께 잔소리를 내뱉었으나 진심 어린 우려는 아니었다. 예술가처럼 보이려는 과장과 허세는 탈색이나 타투와 다르지 않았다. (이민진, 「프루스트가 쓰지 않은 것」, 『무게』, pp. 95~96)

영화를 하는 게 아니라 영화를 하는 척하는 '고주망태 새끼들'과 더불어 "더 이상의 수치를 만들지 않기 위해" 바보 멍청이로 사는 '나'가 서이제의 주인공이다. "탈색이나 타투"와 다르지 않은 과장과 허세로 "우울증이니 조울증이니 떠들고 다니며 스스로 광인의 낙인"을 찍는 이들의 행태를 '헛짓거리'라고 일갈하는 '나'는 이민진의 주인공이다.

그러니 그들을 두고 낭만주의나 상징주의의 '순수' 이데올로기에 감염된 이들이라고 말해서는 곤란하다.

물론 그럼에도 둘 다 예술을 그만두지는 못한다. '나'는 또 독립영화관들을 순례하듯 전전하고, 유완은 소설을 쓴다. 저 하늘에나 있다는 예술의 이념을 좇아 허송세월하는 짓은 '고주망태 새끼들'이나 하는 '헛짓거리'라는 걸 아는데, 그걸 여전히 하고 있는 나는 무엇인가? 라는 자각 속에서……

3. 아톨레타리아트

그런데 "한마디로 요약되기를 거부하는 말"이나, "말 이전의 표현"을 찾으려는 노고는 왜 부끄러움을 유발하는 것일까? 즉 젊은 예술가들인 그들에게 예술적인 행위는 왜 수치스러운가? 그것은 역시나 투자와 회수의 문제처럼 보인다.

알튀세르를 따라 지상의 모든 노고를 '실천'이라고 불러보자. 그리고 그 규정적 모델을 '생산적 실천', 말하자면 '노동'이라고 불러보자. 노동은 이렇게 이루어진다. '원재료 → (노동력+생산수단) → 변형된 생산물'. 구체로서의 원재료가 있다. 거기에 주어진 생산수단과 그것을 가동하는 노동력이 주어진다. 그리고 그로부터 변형된 구체로서의 생산물이 산출된다. 물론 노동의 경우, 그 생산물은 생존에 유용한 그 무엇들이다.

이제 저 규정적 모델에 따라 재료와 생산수단과 생산물을 각각 달리하는 종별적 실천들이 구분될 수 있다. 가령 철학적 실천(이데올로기들의 통일체를 생산한다), 과학적 실천(개념을 생산한다), 정신분석적 실천(무의식의 다른 배치, 즉 치유를 생산한다) 등등. 그리고 그런 종별적 실천들 중에는 '예술적 실천'도 있다. 그것은 어떤 실천인가?

서이제와 이민진에 따를 때 저 도식의 '생산물' 자리에 "한마디로 요약되기를 거부하는 말"이나 "말 이전의 표현"을 놓으려는 실천이 아닐까? 말하자면 유용성을 상실한 말(혹은 소리, 영상)을 생산하는 실천. 우리 시대 젊은 예술가들 그리고 지망생들의 부끄러움, 자조, 자탄, 냉소, 자학적 유폐 또한 그 자리에서 발생하는 듯하다. 왜냐하면 "한마디로 요약되기를 거부하는 말"이나 "말 이전의 표현" 같은 '예술적 실천'의 생산물들은 밥이나 옷이나 변기처럼 유용한 생산물들이 아니니까…… 세상은 더욱더 '유용성'(투자 이상의 회수)을 유일무이하고도 단일한 저울로 삼아가고 있는 판국인데도 말이다. 수치스러울밖에……

그런데 (알튀세르는 그렇게 하지 않았지만) '예술적 실천' 내에서도 두 종류의 종별적 실천을 구별할 수 있을 듯하다. 가령 천만 관객 영화를 생산하는 실천과 관객이 0퍼센트로 하향 수렴하는 독립영화를 생산하는 실천은 확실히 달라 보인다. 그럴 때 문제는 생산수단에 있다. 가령 대규모 상업영화에서 관건은 생산수단이다. 마르크스가 그것의 소유 여부로 계급을 양분했던 바로 그 생산수단 말이다. 그런 의미에서 문화 산업 자본의 실천은 이제 일반적인 생산적 실천과 그리 달라 보이지 않는다. 대규모의 생산수단과 대규모의 노동력을 투입해 무용한 예술 작품이 아니라 유용한 (잉여 가치를 창출하는) '상품'을 산출하기 때문이다. 그것은 예술적 실천이 아니다.

그렇다면 독립영화에 목숨 건 서이제 작품 속 주인공들의 실천 도식은 이쯤 되겠다. '재료 → (노동력+X) → X'. 생산수단의 자리가 비어 있고 그 결과로 생산물의 자리도 비어 있다. 그는 생산수단이 없는 예술 프롤레타리아다. 영화가 아닌 소설의 경우는 어떨까? 애초에 생산수단을 그다지 필요로 하지 않을 뿐만 아니라, 예외적 생산수단(출판 계약, 창작 지원금, 작업실, 여행비, 취재비 등) 또한 잘 주어지지 않고, 특별한 경우('대박')를 제외하고는 계급 이전이 가능할 정도로 잘 팔리는 생산물을 산출할 리도 없는 것이 소설 쓰기일 테니, 영화의 경우와 동일한 실천 도식을 써도 무방할 듯하다. 그러니까 역시나 '재료 → (노동력+X) → X'.

노동력만 있고 생산수단을 마련할 부가 그들에게는 없으므로 생산물로서의 작품은 탄생하지 않거나 가까스로 탄생한다. 투자된 노동량에 해당하는 가치가 회수되지 않을 것은 각오한 상태다. 혹은 생산된 상품 없이는 결코 가치가 발생하지 않을 터이니, 그는 가난을 면치 못하는 영원한 감독 지망생이거나 무명 작가가 되기 십상이다. 그러니까 이것은 결국 다시 투자와 회수의 문제, 투자할 생산수단의 소유자와 그것을 갖지 못한 자의 문제, 말하자면 계급의 문제다. 그렇다면 이제 그들을 얼마간의 무리를 무릅쓰고 '아톨레타리아트Artoletariat'라 불러도 무방하겠다.

4. 극장과 페르굴라

나는 문화 산업 자본이 실로 막강한 생산수단을 동원해 생산해내는 상품들에 그다지 관심이 없다. 그것을 예술적 실천이라 부르고 싶은 마음도 없다. 대신 생산수단 없는 아톨레타리아트들이 저와 같은 수치심 속에서 '예술적 실천'을 통해 역설적으로 보존하는 것, 혹은 만들어내지 않는 것에 관심이 많다.

먼저 만들어내지 않는 것, 그것은 (너무 뻔한 이야기지만) 소비되는 상품으로서의 예술 작품, 그리고 (지배) 이데올로기다. 「셀룰로이드 필름을 위한 선」의 화자는 이렇게 말한다. "나는 어떻게 이순신이 대한민국 1천7백만 관객을 극장으로 불러들일 수 있었는지, 그 이유를 전혀 알 수 없었고, 그 이유를 이해하려고 노력하는 모든 시도에서 자살하고 싶은 충동을 자주 느끼곤 했었다.”(『0%』, p. 111) 블록버스터는 항상 지배 이데올로기를 동반하거나 생산한다. 그렇지 않고서는 민족주의와 애국주의로 똘똘 뭉친 “1천7백만”이 볼 리가 없기 때문이다. 영원한 독립영화 감독 지망생은 그 앞에서 자살 충동을 느낀다.

그리고 보존하는 것, 그것은 극장과 ‘페르굴라’다. 자학적 유희 충동(서이제의 소설 전체를 관통하는 유희적 속도감은 마조히즘적 유머에서 나온다)에 사로잡힌 독립영화광의 입을 통해 서이제는 이렇게 말한다. “인디스페이스 관객석이 꽉 차 있는 모습을 살아생전 볼 수 있을까.”(「0%를 향하여」, 『0%』, p. 321) “누구는 마약도 하는데, 저는 왜 예술 뽕도 못 맞아요?”(같은 글, p. 346) 독립영화관 객석이 만석이 되는 광경이라니! 이 말들이 지시하는 것은 예술적 실천 (불)가능성 속에 잠재해 있는 유토피아적 계기다. 혹은 수치심이 보존하고 있는 유토피아적 상상이기도 하다. 만들 수 없는 영화가 가장 탁월한 영화이듯, 0퍼센트로 하향 수렴하는 관객만이 100퍼센트의 관객 점유율을 꿈꿀 수 있게 하는 것은 아닐까? 그러니까 그가 만들지 못한 영화 속에 영화의 유토피아는 보존되어 있는 것이 아닐까? 그 어떤 영화보다 영화적인 영화로서 말이다.

소설의 경우도 마찬가지다. 이미 언어의 한계를 잘 인식하고 있는, 그래서 재현 불가능성의 열패감이 글쓰기에 대해 구성적이라는 사실도 알고 있는 「장식과 무게」 화자는, 소설 말미 이렇게 말한다. “처음으로 돌아가 내가 재건하고자 했던 게 무엇이었는지 생각했지만, 그것은 애초에 존재하지 않았던 것처럼 떠오르지 않았다. 기억은 미완의 형식이었고, 기억 속 페르굴라는 끝내 복원되지 못할 대상이었다.”(『무게』, p. 86) 이모와의 추억이 깃든 페르굴라를 기억과 서술을 통해 복원하려던 시도는 그렇게 실패로 돌아간다. 기억은 ‘항상 미완’의 형식이고, 기억의 대상은 '항상 더 많은' 이면을 가지기 때문이다. 그러나 '언어 이전의 표현'을 믿는 작가 이민진에게 미완은 실패가 아니다. 그것은 마치 오래된 페르굴라를 휘감은 덩굴들처럼, 오래 쌓이고 쌓여 시간의 장식에 무게를 부여할 말들의 끝없는 누적일 테니까. 그러니까 기억한다는 것, 누군가에 대해 쓴다는 것은 작중 이모의 행적처럼 영원히 보존되고 유예된 애도, 곧 페르굴라와 같다.

그러니까 페르굴라는 어떤 '유토피아적 계기'에 가깝다. 말의 엄밀한 의미에서 유토피아가 항상 존재하지 않는 장소를 지칭한다면 말이다. 미완의 형식일 수밖에 없는 기억에 대해 말하고 말하고 또 말하기, 그러면 언젠가 누적되고 교차된 말들이 결국 오래된 시간의 장식처럼 무게를 얻게 되는 순간이 올 거라는 믿음, 그것은 항상 실패하는 소설 속에 잠재되어 있는 유토피아적 계기다. 그 희미한 계기를 이민진은 결코 포기하지 않는다. 이렇게.

> 숲과 불 그리고 기도. 그 비유들이 의미하는 바를 추측하는 건 어렵지 않지만, 어느 글이든 써봐야 그 비유들의 정체를 알게 될 거라는 즉감이 들었어요. 이성이라는 곧은 길을 두고 에두른 길을 선택하는 건 분명 소모적인 방식이지만, 그게 제가 가려는 곳에 도달할 수 있는 유일한 길이라고요. 구전으로 이어지다 없어진 이야기 속 장소를 찾아 걷고 또 걸어 마침내 숲속 장소에 도달하는 게 글쓰기라는 행위라면 지금 제가 쓰는 것들도 그 장소에 이르는 길일 테죠. 모두 잊었기 때문에 이 길이 맞는지 확인해줄 사람은 없지만, 각자의 길을 걷던 우리가 한 장소에서 만나게 되리란 예감이 들어요. 설령 길이 엇갈리더라도 우리가 거친 경로를 수집해 나중에 지도 한 장은 얻을 수 있지 않을까요. 비유를 통해 확장된 세계의 지도를요. (「RE:」, 『무게』, p. 43)

"비유를 통해 확장된 세계의 지도", 그것은 소설의 유토피아다.

5. 고의적인 예술지상주의자

서이제와 이민진이 예술 프롤레타리아트에 가깝다면 신종원은 (이런 명명법이 가능하다면) 고의적인 예술지상주의자다(그렇다고 예술 프롤레타리아트가 아니라는 말은 아니다). '고의적'이라고 하는 것은 그가 '의도적'으로 시류를 거스르는 글쓰기를 시도하(겠다고 선언하)기 때문이다. '예술지상주의자'라고 하는 것은 그가 서이제나 이민진과 달리 예술가나 예술에 '대해', 혹은 그 어려움에 '대해' 쓰는 것이 아니라 문장으로 된 '절대 예술'을 바로 지금 여기 우리 눈앞에 '현현'시키려고 시도하기 때문이다. 마치 오스카 와일드의 『도리언 그레이의 초상』 서문을 연상시키는 『전자 시대의 아리아』(문학과지성사, 2021, 이하 『아리아』) 말미, 긴 「작가의 말」이 그 증거다.

> 바로 그런 이유로 나는 동시대의 많은 목소리에서 매력을 느끼지 못하는 게 아닐까. 압도당하지 않는 게 아닐까. 다른 사람의 목소리를 대변하겠다며 아우성치는 목소리들. 사실 우리는 우리 자신이 목소리에 대해서조차도 잘 알지 못하는데. 유행하는 것들이 곧 시대정신이라고 말한다면 글쎄. 시절은 그대로 가도 좋으니. 뒤카스의 아사한 주검과 첼란의 익사체 앞에서도 공포에 질리지 않고 싶다. 호모사피엔스사피엔스 다음이 있다면. 호모사피엔스사피엔스사피엔스 같은 말장난이 아니라. 오히려 그들 모두를 앞질러 가서. 아담의 말, 아브라함의 말, 카인의 말. 가능하기만 하다면, 빛의

> 말을 훔쳐 오고 싶다. 시시한 말들은 모두 저리 비켜. 나의 하느님이 죽어 몰락할 거라는 사실은 미리 예언되어 있고. 우리 앞에 놓인, 아직 도래하지 않은, 미래의 책들이 지금 멀리서 걸어오고 있는 중이니. (「작가의 말」, 『아리아』, p. 302)

시류와의 선언적인 작별, 최초의 말에 대한 흠모, 도래할 책에 대한 예언적 기대 등은 모두 상징주의자들의 어법을 닮았고, 역사를 초월한 말의 기나긴 생존에 대한 믿음은 영락없이 (한국에서 종종 오용되고 있는 것과는 다른 의미에서) 유미주의자들의 그것이다. 아니나 다를까 그는 300여 쪽의 이차원 종이 위에 문자라는 매체가 가진 여러 특성을 최대한 활용해 그간 볼 수 없었던 실험을 감행한다. 도드라지는 것은 음악적 실험이다. 아니 정확히 말하자면 '책의 교향곡화' 실험이다.

소설집에 실려 있는 여덟 편의 소설 제목에는 각각 푸가, 아리아, 멜로디, 볼레로, 송가집, 사보, 보이스, 코다 같은 음악 관련 용어들이 붙어 있다. 해설자 이소가 이 여덟 편을 유기적인 소나타 형식의 문자적 변형으로 읽는 것은 흥미로운데, 만약 그 해석이 맞다면 이 소설은 문장으로 이루어진 긴 교향곡인 셈이다(실제로 몇몇 작품에는 읽기의 속도와 강약을 지시하는 악상 기호들이 들어 있다. 마치 악보라도 되는 것처럼). 이를테면 절대 예술이자 첫번째 예술로서의 '리듬'에 바쳐진 소설적 오마주……

모든 작품이 작가가 들인 공만큼 정교한 가작이지만, 그중에서도 「멜로디 웹 텍스처」가 신종원의 예술관을 가장 잘 보여주는 작품으로 읽힌다. 한 마리 거미가 보일러 본체가 있는 베란다에서 집을 짓는 장면이 거의 광학적인 수준의 익스트림 클로즈업으로 세밀하게 묘사된다. 묘사에 사용되는 어휘와 개념 들도 생물학, 화성학, 광학에서 빌려온 차가운 용어들이다. 그러나 문장에서 리듬은 사라지지 않는다. 마치 물레를 잣는 일정한 속도의 소리가 리듬을 만드는 것처럼, 거미가 느리지만 정확하고 리드미컬하게 자신의 집을 잣는 것처럼…… "삐그덕, **찰칵**. 삐그덕, **찰칵**. 삐그덕, **찰칵**. 삐그덕, **찰칵**."(『아리아』, p. 83. 강조는 원문, 이하 동일)

이윽고 거미가 잠들면 이 소리는 이제 먼 옛날의 아테네와 아라크네 신화의 한 장면과 디졸브된다. 거미의 꿈이다. 그 장면은 아테네의 손에서 절대 'texture(직조물)'가 탄생하는 순간이다. 정확히는 아테네와 아라크네가 물레를 잣는 리듬 속에서, 예의 거미가 집을 잣던 이런 리듬, "삐그덕, **찰칵**. 삐그덕, **찰칵**. 삐그덕, **찰칵**. 삐그덕, **찰칵**."

절대 리듬이 결국 자아낸 직조물(texture, text) 앞에서 염색장이들이 먼저 무릎을 꿇는다. '회화'는 그렇게 리듬이 낳은 텍스트의 완벽한 색조를 경배하면서 그것을 영원히 모방하게 되리라. "두번째로 엎드리는 인간들은 악사들이다."(p. 88) 세계를 늘였다 줄였다 하는 듯한 여신의 실패, 그 일정하고 우아한 리듬에서 '음악'이 만들어진다. "세번째로 엎드리는 인간들은 예언자들이다."(p. 89) 여신은 완성될 모습을 미리 기획하고 직조물을 짰으니 미래를 보는 눈을 가진 자이기도 하다. 아마도 '철학'과 '과학'은 그렇게 생겨났으리라.

물론 우리가 알다시피 승리는 아테네의 것이다. 아라크네는 수학자들의 변론에도 불구하고(그들은 목이 잘린다) 영원히 물레를 자아야 하는 운명을 벌로 받는다. 리듬 그 자체가 되어버린 거미. 그리고 베란다의 거미가 깨어나면 다시 디졸브되는 마지막 화면이 있다. 눈앞에 놓여 있는 24인치 모니터 한 대. "인쇄용지의 규격은 A4 표준 국배판 사이즈 장평은 160퍼센트 양쪽 정렬 자간 없음 다단 없음"(p. 103). 그러니까 그 화면은 작가 자신 앞에 놓인 백지, 아직 비어 있는 '텍스트'다.

그는 아마도 백지의 텍스트 위로 리듬이 찾아오기를, 태초부터 모든 예술의 지배자였던 아테네와 아라크네의 그 실 잣는 리듬이 찾아오기를 기다리고 있는 듯하다. '절대 texture'의 리듬을 '문자 text'로 구현하는 것, 그 리듬을 바로 우리 앞에 문자로서 현현하게 하는 것, 그것이 모든 '사회적인 것들'의 틈입을 철저히 봉쇄한 대가를 치르기로 작정하고 이 작가가 택한 업이니까. 폐소에서 문장 잣는 거미의 업 말이다.

6. 사족—내 손안의 구름

신종원의 「비밀 사보 노트」에는 책 한 권(로트레아몽, 『말도로르의 노래』, 황현산 옮김, 문학동네, 2018)을 그가 어떻게 다루는지를 잘 보여주는 감동적인 장면이 하나 있다. 이런 장면이다.

> 인쇄 판형은 신국판 사이즈. 엄지손가락과 가운뎃손가락을 최대한 벌린 길이보다 조금 더 멀다. 센티미터 눈금으로 스물네 칸쯤. 이제 책 위에 손바닥을 붙여봐도 좋은데. 매끈한 겉표지가 손힘에 눌려 내려앉고. 아직 들떠 있는 책날개 사이의 작은 틈 사이로 바람, 바람, 바람. 소리가 아주 작은. 당신에게는 자유가 있어서, 지금 바로 겉표지를 빼서 던져버린다. 북커버가 벗겨진 책은 여전히 말수가 적다. 아니, 없다. 어느 고약한 인쇄업자가 말줄임표라도 제본해놓은 걸까. 표지를 책의 얼굴처럼 떠올리는 사람들이 종종 있는데. 이 책의 얼굴은 아주 검다. 딥 블랙. 스모크 그레이. 그 사이 어디쯤. 불길 속에서 전소된 책에도 영혼 같은 게 있다면. 틀림없이 이런 생김새일 듯. 이 어둡고 불운해 보이는 사물의 얼굴을 들여다보는 당신. 만져봐도 괜찮을까. (『아리아』, pp. 208~09)

책을 단순한 정보의 저장소로 대하지 않고(그래서 문자들의 의미만을 탐하지 않고), 만지고, 냄새 맡고, 책날개 사이로 부는 바람의 결을 느끼는 저런 오감적 향유 방식은 참 아날로그적이다. 저 장면의 감동은 바로 거기서 온다. 다른 작품「작은 코다」나「저주받은 가보를 위한 송가집」에서 드러나는 전자 복제 기술에 대한 반감, 아날로그 문명에 대한 향수도 유별나다. 후자의 작품에서 오래된 바이올린에 대해 작가가 느끼는 감정은 벤야민의 '아우라' 개념에 정확히 육박할 정도다.

서이제의 경우도 마찬가지이다.「사운드 클라우드」는 이렇게 끝난다.

> 나는 무언가 잡으려고 하는 듯, 주먹을 꽉 쥔다. 손에 잡히는 건 에어팟이 전부고, 고작 그게 전부라서, 이건 자랑할 것도 아니라는 생각이 든다. 시발. 나는 주먹을 꽉 쥔 채, 발걸음을 돌리고 있다. (『0%』, p. 219)

이렇듯 허공의 구름처럼 질감과 부피 없는 에어팟 속의 음악 대신, 셀룰로이드 필름과 레코드와 CD의 물질성에 대한 향수는 서이제에게서도 도드라진다. 더하자면「셀룰로이드 필름을 위한 선」「그룹사운드 전집에서 삭제된 곡」「0%를 향하여」가 모두 그런 작품들이다. 모란디의 전시를 보고, 미술관에서 일하며, 아직 글의 힘을 믿는 이민진의 주인공들은 말할 것도 없다.

이런 현상은 좀 역설적이다. 가령 나는 전자광학 기기가 가져다준 시각 체험 없이 신종원의 소설들이 쓰일 수 있었을 거라고는 상상하기 힘들다. 예의 그 거미 묘사는 근접 카메라에 의한 초고속 촬영을 연상케 한다.「옵티컬 볼레로」의 시점은 아예 캠코더의 일인칭 시점일 때도 있다. 마찬가지로 서이제의 소설들은 선형적 서사 형식 대신 영화적 편집을 선호한다. 몽타주와 플래시백, POV 숏의 돌출, 신scene들의 어수선한 배치 등등.

그러니까 이 세 작가에게서는 예술에서 물질성이 사라지는 현상에 대한 애도와 향수, 그러나 이미 그 물질성으로부터 떠날 태세가 되어 있는 이들 특유의 양가성이 동시에 나타난다. 내용은 아날로그에 대한 향수를 다루지만, 형식은 이미 디지털이랄까?

그러고 보니 중요한 사실 하나를 빠뜨릴 뻔했다. 여기서 다룬 세 권의 소설집은 모두 세 작가의 첫 작품집이고, 그들은 공히 젊다. 그러니까 최신의 문화 자본을 상속받은 작가군에 속한다. 문학적 세대란 종종 이런 우연에 의해 형성되는 경우도 있을 텐데, 내가 보기에 그들은 마치 21세기의 벤야민들 같다. 영화와 사진이라는 초미의 강력한 매체가 등장했다는 사실을 무시할 수 없었으나, 그렇다고 오래 묵은 예술 작품에서 은은하게 풍겨 나오는 그 시간의 압도적인 물질성, 그러니까 '아우라'를 포기할 수 없었던 19세기의 마지막 인간 벤야민 말이다. 그런 의미에서라면 이 세 작가를 묶어 '21세기 벤야민 세대'라 불러도 크게 틀린 말은 아니겠지 싶다.